녹슨달

녹슨달

초판 1쇄 발행 2023년 2월 28일
초판 2쇄 발행 2024년 4월 5일

지 은 이 | 하지은
펴 낸 이 | 조미현

책임편집 | 김솔지
일러스트 | 해랑
디 자 인 | 나윤영, ziwan

펴 낸 곳 | (주)현암사
등   록 | 1951년 12월 24일 (제10-126호)
주   소 | 04029 서울시 마포구 동교로12안길 35
전   화 | 02-365-5051 | 팩스 02-313-2729
전자우편 | dalda@hyeonamsa.com
홈페이지 | www.hyeonamsa.com

ISBN 978-89-323-2278-0 03810

녹슨 달

Rusty Moon

하지은 장편소설

달다

어느 화가의 죽음

말하자면 내 아버지는 그런 사람이었다. 보통 사람. 그 사실을 죽도록 싫어하고 어떻게든 거기서 벗어나고자 했지만 끝내 그러지 못한, 재능도 없고 운도 따라주지 않은 평범한 사람이었다.

아버지는 화가였다.

그림 그리는 것을 좋아해서 그 일을 한다고 했지만 아버지가 그림을 그릴 때 웃는 건 한 번도 본 적이 없다. 오히려 한숨을 쉬고 머리를 쥐어뜯고 물감을 내던지다 못해 끝내 울음을 터뜨리기 일쑤였다.

언젠가 나는 아버지에게 물었다.

"그렇게 괴로운 일을 왜 계속하시는 거예요?"

"언젠가는 이 괴로움이 끝날 거라고 믿기 때문이지."

"지금 그만둬 버리면, 그러면 끝나는 거잖아요."

아버지는 텅 빈 화폭으로 눈을 돌려 한동안 거기에 시선을 고정했다. 하지만 정작 비어있는 건 아버지인 것처럼 보였다.

"그건 괴로움이 끝나는 게 아니야. 내가 끝나는 거지."

그로부터 몇 개월이 지나도록 텅 빈 캔버스에는 선 하나 그어지지 않았다. 그러던 어느 날 아침, 아버지는 모처럼 기분 좋게 일어나 캔버스 앞에 앉았다.

"오늘은 왠지 좋은 그림이 그려질 것만 같아."

그런 아버지의 모습에 덩달아 기분이 좋아진 나는 그림을 기대하겠노라 말하고 학교에 갔다. 그리고 집에 돌아왔을 때 여전히 텅 비어있는 캔버스를 발견했다.

그 앞에 목을 매달고 죽어있는 아버지도.

-재능을 비관하던 화가, 스스로 목숨을 끊다

아버지의 죽음은 그렇게 신문에 한 줄로 정리되었다.

그 죽음은 말하자면 그런 죽음이었다. 세상이라는 복잡한 무대 위에서 주인공쯤 되는 누군가가 휘두르는 칼에 맞아 우수수 쓰러지는 사람 가운데 하나. 누구도 이름을 궁금해하지 않고 누구도 그의 죽음에 슬퍼하지 않는 그런 죽음 말이다.

"이제 끝난 건가요?"

아버지를 묻고 난 뒤 무덤 앞에 서서 그렇게 물었지만 답은 들려오지 않았다. 나는 아직도 잘 모르겠다. 아버지가 괴로움을 끝낸 건지, 괴로움이 아버지를 끝내버린 것인지.

어쩌면 둘 다일 테고, 어쩌면 어느 쪽이든 상관없을지도 모르겠다.

1

흙으로 그리는 화가

멀리서 석벽을 두드리는 소리가 메아리처럼 희미하게 들려온다.

그치지 않고 도시에 울려 퍼지는 이 소리는 세계에서 가장 큰 성당을 짓겠다는 교황의 야심이 만들어낸 소리다. 새 교황의 즉위를 기념하여 시작된 대성당 건축 사업은 37년이 흐른 지금까지도 계속되고 있고, 그사이 아흔 살에 가까워진 교황은 자신의 업적을 눈으로 보지 못하고 죽을까 봐 몹시 두려워하고 있었다.

이는 처음 설계를 맡았던 건축가 바르바오의 책임이 컸다. 어차피 자기 생전에 이 사업이 끝날 리 없음을 안 그는 교황의 허황된 요구들을 모두 수용했고, 덕분에 뒤를 이은 후계 건축가들이 설계도를 펼 때마다 바르바오의 이름 앞에 불경한 손짓을 하는 관례가 생겨났다.

그럼에도 어쨌든 수십 년의 세월과 교황청의 전폭적인 지원 아래 성 바이니 대성당은 점차 그 위상을 드러냈는데, '믿음의 크기는 곧 성당의 첨탑 높이에 비례한다.'라는 교황의 냉소 섞인 말대로 많은 사람들이 단지 그 건축물을 보는 것만으로도 압도당했다.

이제 대성당은 가장 중요하고도 위험한 돔을 얹는 작업을 앞둔 채 미리 외부 세부 작업을 마무리하고 내부 장식을 채워줄 장인들을 수소문하고 있었다.

이때만을 기다리고 있던 제삼 귀족 모슬로 라잔 경은 그의 가문에서 직접 후원하는 라잔 공방에 그 일을 맡겨줄 것을 청원했고, 교황으로서도 당시 최고의 장인들만이 모여있다고 평해지던 그의 공방을 거절할 이유가 없었다.

청이 수락되자마자 라잔 경은 각 분야의 최고 자리에 앉아있던 세 사람을 불러들였다. 일흔 살을 바라보는 화가 벡리와 젊은 조각가 아르놀, 장식가 코지가 그들이었다.

"알다시피 이건 세기적인 사업일세. 역사상 가장 성스럽고 위대한 건축물에 혼을 불어넣는 작업이란 말이지. 나는 우리 라잔 공방이야말로 이 도시에서 가장 뛰어난 공방이라고 믿고 있네. 그러니 그대들은 결코 나를 실망시켜서는 안 될 것이야."

벡리는 존경받는 화가였지만 오랫동안 백내장을 앓아왔기에 눈이 거의 보이지 않는 상태였다. 아르놀은 수년간 지속된 침체기로 조각을 만들기보단 부수는 게 일이었다. 코지로 말할 것 같으면 최근 예술품을 장식하는 일보다 사람의 알몸을 장식하는 데 더 훌륭한 재능을 발휘했다.

따라서 라잔 경의 말을 듣는 동안 세 사람 모두 자신을 대신할 뛰어난 제자들을 고르고 있었다.

화가 벡리는 제일 먼저 시세로를 떠올렸다. 가끔 지나치게 건방지거나 지나치게 공손하게 굴어 자신을 비웃는 게 분명한 태도를 보이지만, 어쨌든 실력은 가장 좋았다. 다음으로 떠오른 레오나드의 경우 가장 아끼는 제자였으나 안타깝게도 지금은 공방에 놔둘지 쫓아낼지를 먼저 고민해야 하는 처지였다.

결국 그는 마음엔 들지 않지만 시세로에게 그 일을 맡기기로 결론을 내렸다. 그러나 우쭐해하는 모습을 보기 싫어서라도 작업이 시작되기 전에 미리 알려주지는 말자고 생각했다.

그 무렵 부모도 연고도 돈도 없던 열일곱 살의 내가 그 저택에 들어간 건 그야말로 요행이었다. 아버지가 돌아가신 뒤 나는 구걸도 하고 도둑질도 하고 가끔 가넬 신부님의 성당 일을 도와가며 근근이 버티고 있었다. 신부님은 나에게 복사(服事)가 되지 않겠느냐고 권했지만 그 편이 지금보다 살아가기 낫다는 걸 알면서도 거절했다. 성전에서 자살을 가장 극악한 죄 중 하나로 말하고 있는 만큼 내게는 자격이 없다고 생각했던 것이다.

그럼에도 가넬 신부님은 늘 내가 배를 곯지 않는지, 찬 곳에서 자는 건 아닌지 걱정해 주었다. 심지어 죽은 아버지보다도 친근하게 느껴질 때가 있었다. 그대로 거기 머물렀더라면 언젠가 틀림없이 신부님의 양자나 후계자가 되었을 거라 생각한다. 하지만 신은 내게 그보다는 더 극적인 삶을 준비해 두고 있었다.

어느 날 평소와 같이 성당의 앞마당을 쓸고 있을 때, 검은색의 귀족 의복을 걸친 남자가 들어와 가넬 신부님이 어디 있는지 물었다. 고해의 방에 어떤 여성분과 함께 있다는 내 말에 그는 밖에서 기다리며 내가 청소하는 모습을 구경하다가 말했다.

"참으로 꼼꼼하게 쓸고 있구나. 먼지 한 톨 남기지 않을 생각인가 보구나."

"사내가 청소를 할 생각이라면 응당 그래야지요."

내 대답이 마음에 들었는지 그가 다시 말했다.

"너는 사랑을 하여도 감정 한 톨 남기지 않고 모든 것을 쏟아부을 수 있겠느냐."

"사내가 사랑을 한다면 응당 그래야지요."

그가 웃었을 때, 신부님과 함께 있던 여자가 성당에서 나왔다. 남자와 여자는 눈이 마주치자 둘 다 무척 놀라는 기색이었다. 내가 의아하게 바라보는 가운데 여성이 먼저 베일로 얼굴을 가리더니 빠른 걸음으로 자리를 떴다. 잠시 서있던 남자는 어딘지 망연해 보이는 얼굴로 성당에 들어갔다.

그가 다시 나왔을 때 나는 내 기준으로 앞마당을 완벽하게 쓸어낸 상태였다. 땀을 비 오듯 흘리며 빗자루에 기대어 서있는 나를 그는 처음 보는 사람인양 잠시 쳐다보았다.

"신부님은 만나셨는지요?"

먼저 말을 걸어서인지 그는 살짝 눈살을 찌푸렸지만 대답했다.

"그래. 그런데 너는 이곳의 복사이냐?"

"아닙니다. 그저 가끔 성당 일을 돕는 길거리 소년입니다."

그는 잠시 턱을 만지작거리더니(왜 귀족들은 뭔가를 고민하는 척할 때 늘 그런 행동을 하는 걸까.) 뜬금없이 말했다.

"내 저택에서 일해볼 생각이 없느냐."

"나리의 저택에서요?"

"그래. 아마 허드렛일부터 시작해야 할 거다. 하지만 길거리에서 사는 것보다는 나은 잠자리와 음식을 얻겠지."

더 이상 가넬 신부님에게 폐를 끼치기 싫었던 나는 얼른 대답했다.

"하겠습니다. 뭐든 시켜만 주십시오."

"그럼 따라오너라. 그리고 앞으로는 나를 뒤벨 자작님이라고 불러라."

"예, 뒤벨 자작님."

그렇게 해서 그를 따라간 곳이 바로 대외적으로 예술을 사랑하고 널리 후원한다고 알려진 라잔 가문이었다. 하지만 훗날 모슬로 라잔 경이 스스로 고백했듯이, 그가 오랫동안 예술가들과 밀접한 관계를 맺어온 것은 교황의 권위가 왕보다 높고 모든 것이 종교적으로 해석되는 나라에서 예술이 무척이나 중요한 위치를 차지했기 때문이었다.

물론 당시 나는 그런 것을 전혀 몰랐고 새로 생긴 일자리에 대한 약간의 기대감과 걱정만이 있을 따름이었다. 그렇게 뒤벨 자작을 따라 멀리 저택이 보이는 거대한 정원으로 들어섰을 때 누군가 둥근 관목들 사이에서 불쑥 튀어나왔다.

"오라버니!"

"사라사구나. 놀랐잖니."

"어딜 다녀오셔요? 조찬 이후 내내 오라버니를 찾았답니다."

"아버님께서 날 부르셨니?"

"아니요. 제가 오라버니께 보여드리고 싶은 새 그림이 있어서요. 어제 직접 경매장에 나가 사온 것이랍니다. 제 견해로는 색감과 구도 모두 뛰어난 것 같아요. 다만 화가의 이름이 유명하지 않다는 게 흠이지요. 하지만 오라버니의 마음에 드신다면……."

그녀는 고작해야 내 또래거나 나보다 한두 살 어려 보였는데, 아이 같은 목소리로 조숙한 말투를 쓰려고 노력하는 것이 사랑스러운 아가씨였다. 생기 넘치는 눈동자로 그녀의 오라버니를 어찌나 열렬히 바라보았던지 나는 어렵지 않게 그녀가 뒤벨 자작을 몹시 따르고 있음을 알 수 있었다. 하지만 자작은 이 어린 숙녀에게 그다지 관심을 기울이는 눈치가 아니었다.

그건 동생을 사랑하지 않아서라기보다는 그 무렵 그의 머릿속에 다른 것이 꽉 들어차 있었기 때문이었을 것이다.

"오후에 시간이 나면 한번 보자꾸나. 하지만 네가 자꾸 경매장에서 그림을 사오는 걸 아버님은 별로 좋아하지 않으실 거다……."

내 쪽을 쳐다볼 법도 한데 그녀의 가녀린 푸른 눈동자는 자작에게서 떨어지지 않았다. 덕분에 나는 그녀의 귀여운 얼굴을 마음 놓고 감상할 수 있었다. 그때까지만 해도 그런 행동에 개인적인 감정이나 특별한 의미가 있었던 것은 아니다. 아름답지만 결코 가질 수 없는 값비싼 명화를 보는 것처럼, 그저 지켜보는 게 좋았을 뿐이다.

길거리에서 뭐든 하고 살았던 내게 허드렛일은 크게 어려울 것이 없었다. 다만 가문의 분위기 탓인지 하인들은 모두 조용하고 무뚝뚝했다. 스스로는 잘 몰랐지만 나는 대단히 정에 굶주렸던 모양이다. 그들과 친구 혹은 가족 비슷한 관계가 될 수 있을 거라 기대했으니. 하지만 그 바람이 한참 빗나갔음을 깨닫기까지 그리 오래 걸리지 않았다.

나이가 나이이다 보니 나는 물동이를 이고 가느라 옷자락이 젖거나 목덜미에 흐르는 땀을 훔치는 젊은 하녀들에게서 눈을 떼지 못했다. 또한 남자 하인들과 함께 일할 때마다 듣는 음란한 이야기들이 혈기왕성한 나에게 이런저런 상상력을 불러일으켰다.

성에 대한 궁금증으로 간질간질한 마음을 느끼며 잠을 설치던 어느 날, 평소 이름을 알고 지내던 누나뻘 되는 하녀가 나를 불러냈다. 그리고 아무 생각 없이 그녀를 따라갔다가 이렇다 할 마음의 준비도 없이 여성과 처음으로 밤을 보내게 되었다. 어떤 의미로든 그것은 굉장한 경험이었다.

다음 날 아침 눈을 떴을 때 성적 충족감과 더불어 앞으로 가까워질 수 있는 사람이 생겼다는 생각에 마음 한쪽이 포근해지는 것을 느꼈다. 하지만 그녀는 기대했던 친근한 태도를 보이는 대신 깨어나자마자 냉랭하게 옷을 입고 나가버렸다. 어리둥절했던 나는 조금 시간이 흐른 후에야 그녀가 여러 남자 하인들과 별 감정 없이 그런 행동을 한다는 것을 알게 되었다.

그런 식으로 저택에 적응해 나가는 동안 틈이 날 때마다 흙바닥에 그림 그리는 일도 빼먹지 않았다. 어릴 때부터 늘 그림을 그리는 아버지 곁에 있었기에 자연스레 나도 그림을 그리곤 했던 것이다. 그러나 비싼 물감에는 아버지가 손도 대지 못하게 했기에 항상 집 근처의 흙을 이용하는 수밖에 없었다.

아버지는 가끔 창밖으로 내 그림을 내다보며 웃곤 했는데, 그 단란함은 내가 열 살 때 미술 아카데미에 보내달라고 조르면서 깨지고 말았다.

"왕립 아카데미라고?"

"미술 학교예요. 거긴 천재들만 들어갈 수 있다던데 저보고 들어와도 된다고 했어요."

"누가 말이니? 언제 내게 말도 없이 시험을 본 거지?"

"시험을 본 게 아니에요. 아까 시장 바닥에서 그림을 그리고 있는데 어떤 분이 지나가다가 그렇게 말씀하셨어요. 그림 실력이 좋으니까 학교에 다니고픈 생각이 있으면 자길 찾아오라고요. 와서 자기 이름만 말하면 된다고 했어요. 이름이…… 아, 레이번이라고 했어요."

아버지는 놀라다 못해 경악에 가까운 반응을 보였다. 나는 흥분해서 물었다.

"그 사람 진짜 화가가 맞아요? 유명한 사람이에요?"

"……아니, 아니다. 그럴 리가 없어. 사기꾼일 게다."

"진짜라니까요. 저보고 꼭 오라고 했어요."

"조용히 해라. 정말로 화가가 될 생각이니? 그러고 싶다고 말한 적 없잖느냐."

"되고 싶어요. 아버지처럼요."

"그럴 수 없어. 넌 재능이 없다."

틀림없이 기뻐해 줄 거라 생각했는데 아버지의 얼굴은 내 예상과 달리 너무나 싸늘했다.

"재능이 없다니요? 그분이 아카데미에 들어오라고 했는데도요?"

"학생 수가 부족했던 모양이지. 돈이 궁했거나."

"거긴 졸업할 때까지 모든 게 무료라고 했어요. 온갖 재료들도 다 갖추어진 데다 지원금까지……."

"어쨌든 넌 못 가."

"갈 거예요. 가게 해주세요!"

아버지는 드물게도 크게 화를 내면서 오랫동안 고민하며 그려온 그림을 내 앞에서 갈기갈기 찢어버렸다. 다음 날에는 늙어가는 아비를 두고 혼자 떠날 생각이냐며 매달리고 애원하기까지 했다. 그래도 내 마음이 변하지 않자 정 그렇다면 가족의 연을 끊는 수밖에 없다고 말했다.

"좋아요. 그게 아버지가 바라시는 거라면."

아버지는 몹시 상처받은 듯했다. 하지만 그건 아버지를 두고 가려는 아들에 대한 서운함 같은 종류의 상처는 아니었다.

훗날에야 나는 그것을 이해했다. 그는 아들을 질투했던 거다.

아무튼 잠시 반항을 했어도 열 살 꼬마에 불과했던 내가 혼자서 왕궁을 찾아갈 수 있을 리 만무했다. 결국 아카데미에 입학하지 못했고 그 후로 아버지는 내가 그리는 그림을 다시는 쳐다보지 않았다. 나도 아버지가 보는 앞에서 그리는 걸 피했고 그러자 그림 그리기가 예전보다 즐겁지 않았다. 결국 아버지의 관심과 인정이 좋았던 거다.

돌이켜 생각해도 그때의 일은 우울한 기억 이상도 이하도 아니다. 아버지가 죽은 뒤에야 다시 그림을 그리기 시작했는데 그때마다 묘한 죄책감을 느끼면서도 그만둘 수가 없었다. 어쩌면 그림을 그리는 것만이 아버지를 추억하는 유일한 방법이었는지도 모르겠다.

라잔 가문에 들어간 뒤에는 주로 쓰는 나만의 화폭도 생겼다. 그곳은 드넓은 라잔 정원의 한구석으로, 흙이 고르고 사람이 거의 오지 않아 딱 적당한 곳이었다.

내가 그리는 것은 때로 사람의 얼굴이기도 하고 지나가다 본 어떤 장면이기도 했지만 보통은 저택 뒤에 있는 골짜기의 풍경이었다. 눈부신 녹초지 위에 오랜 유적처럼 드문드문 바위가 부서져 있고 그 뒤로 희미한 안개에 싸인 바다가 있었다. 물을 길으러 갈 때마다 보는 그 광경이 내겐 세상에서 가장 아름다운 소재였다.

그러나 공을 들여 그 풍경들을 세세히 그려내고 나면 그 자리에서 바로 슥 지웠다. 그것이 규칙이었다. 내게는 누구에게도 그림을 보여주지 않고 화가가 되지도 않겠다는 결심이 있었다. 결코 아버지처럼 죽지 않겠다는 마음 때문이었다.

어느 날 평소처럼 물을 길어 돌아왔을 때 저택 앞에 줄줄이 서있는 마차들이 보였다. 먼발치서 딱 두 번 얼굴을 봤을 뿐인 모슬로 라잔 경이 직접 현관까지 나온 걸로 보아 지위가 높은 손님들이 온 것 같았다. 하지만 더 구경하고 있을 틈도 없이 집사가 내 팔을 붙잡아 끌었다.

"뭐 하다가 이제 오는 거냐? 빨리 가서 세수하고 옷 갈아입어라. 시동이 필요하시단다."

나는 온몸으로 싫은 기색을 내비쳤지만 집사의 주먹에 세게 머리를 얻어맞고는 별수 없이 옷을 갈아입었다. 하루 종일 귀족 나리들을 따라다니며 도대체 무슨 소린지 알아먹을 수 없는 대화의 홍수 속에서 몇 시간이고 정자세로 서있어야 하는 시동 노릇은 내가 가장 싫어하는 일이었다.

현관 복도에서 머리를 조아리고 있자니 안쪽에서 뒤벨 자작과 사라사 아가씨가 팔짱을 낀 채 걸어 나왔다. 처음에 그냥 지나쳤던 뒤벨 자작은 손님들을 기다리는 동안 주위를 둘러보다 나를 발견했다.

"가넬 신부의 그 아이로구나. 그렇게 입고 있으니 제법 시종의 티가 난다."

"예, 자작님. 감사합니다."

"저택 일은 어떠하지?"

"그럭저럭 할 만합니다."

"그래. 오늘 오신 분들은 귀빈들이시다. 실수하지 말거라."

"예."

뒤벨 자작이 고개를 돌리자 이번엔 사라사 아가씨의 시선이 느껴졌다. 하인에 불과한 나에게 어째서 자기 오라비가 말을 거는지 의아했으리라. 시선이 떨어졌는지 보려고 살짝 고개를 들었다가 그녀와 정면으로 눈이 마주치고 말았다. 그녀가 살짝 눈살을 찌푸렸기에 나는 즉시 허리를 숙였다.

잠시 후 손님들이 들어오자 다른 시종들이 외투를 받아 내가 옷걸이인 양 팔 위에 쌓아 올렸다. 하나하나 구겨지지 않게 펴서 옷걸이에 걸어둔 다음 복도로 나오니 2층으로 올라가는 계단 아래에서 계단 장식을 만지고 있는 누군가가 보였다. 태도로 보나 옷차림으로 보나 손님들의 시종 중 하나일 게 분명했으므로 나는 크게 헛기침을 했다.

"함부로 건드리지 마십시오."

"오?"

안개처럼 뽀얀 회색의 머리카락을 가진 남자는 몽롱하게 나를 돌아보더니 다시 계단 장식으로 눈을 돌렸다. 그리고 어딘지 붕 떠 있는 듯한 목소리로 물었다.

"너는 이것이 누구의 작품인지 알고 있니?"

"글쎄요. 조각에는 아무 지식이 없는지라."

"그렇다면 저기 계단 위 벽에 붙어있는 그림은?"

"잘 모르겠습니다."

"이렇게 안타까운 일이 있나. 매일같이 수많은 거장들 틈에서 숨 쉬고 있다는 사실을 모르다니. 하지만 과연 라잔 가문의 저택이라고 할까. 예술가들을 널리 사랑하고 후원한다는 가문."

이 대목에서 그는 왜인지 낮게 웃었다.

"아무도 신경 쓰지 않을 난간 아래 장식조차 거장 오스킨의 작품이군. 그리고 저 그림은 호세이즘 시대의 걸작이라고 평해지는 〈고요한 침잠〉이지. 아가르트의 솜씨야. 아, 저쪽에 있는 금장식은 카이손의 유작임이 틀림없구나. 어디로 눈을 돌려도 걸작들만 보일 따름이지만, 사실 이건 지나친 예술적 낭비라 해도 과언이……."

"그리고 거기서 재미있는 차림으로 수많은 걸작들을 알아보시는 그대는 엘마이다 키리오니겠구려."

무심코 다른 목소리가 들려온 쪽을 쳐다봤다가 황급히 고개를 숙였다. 계단 위에서 압도적인 표정으로 우리를 내려다보는 사람이 바로 이 저택의 주인인 모슬로 라잔 경이었다. 예술 작품을 논하던 남자는 라잔 경을 신기한 무언가라도 되는 양 바라보았다.

"인사가 늦어 미안합니다. 나는 본래……."

"괴이한 언행으로 가주들을 당황시키거나 식견을 시험해 보는 걸 좋아하시지. 누구도 그걸 막을 권리 또한 없고 말이오."

"정확합니다. 한 가지 더 말씀드리자면 이렇게 빨리 나를 알아본 사람은 경이 유일합니다."

"칭찬으로 듣겠소. 올라오시구려. 정찬이 막 시작된 참이오."

키리오니는 고개를 숙인 다음 나를 힐끗 쳐다보며 웃었다.

"그럼 나중에 보지. 부러운 친구."

그가 사라지고 나서도 한동안 그가 했던 말들이 머릿속에서 떠나지 않았다. 당시엔 그를 잘 몰랐음에도 꽤나 강렬한 기억이었다.

벌써 눈치 챈 사람도 있겠지만, 그가 바로 훗날 대백과사전을 편찬함으로써 위대한 학자로 불릴 엘마이다(중간에 생략된 수많은 이름들은 무시하자.) 키리오니다. 그는 젊은 시절에 이미 모르는 것이

거의 없었고 특히 예술적 식견으로는 따를 자가 없었다.

사람들은 보통 키리오니라 하면 하얀 수염에 근엄하고 총명한 노인을 떠올리지만, 사실 그는 어딘지 공허하며 자신 외의 모든 사람들을 은연중에 경멸하는 음울한 사람이었다. 무엇이든 알고 있는 자에게는 그게 어쩌면 당연한 일인지도 모르지만.

그날 정찬이 끝나고 신사들이 응접실로 나오자 실내는 금세 담배 연기로 가득 찼다. 나는 한쪽 구석에 못 박혀 가끔 술과 담배를 필요로 하는 손님들이 있으면 가져다주었다. 나중에 보자고 했던 키리오니는 응접실에 들어오지도 않았다. 또 저택 어딘가에서 예술 작품들에 감탄하거나 혹 한탄하고 있을까?

"축하드립니다, 라잔 경. 경의 공방에서 이번에 바이니 대성당 내부를 장식하는 일을 맡으셨다지요."

"그렇다오. 미흡하지만 최선을 다해야지요."

"무슨 그런 겸양의 말씀을. 경께서 후원하시는 라잔 공방이야말로 이 도시 최고가 아닙니까?"

"하지만 장인들 모두 너무 늙었다오. 내게는 새로운 인재들이 필요해요."

"시세로나 레오나드 같은 젊은이들도 눈에 차지 않으시다는 겁니까? 그렇다면 키리오니를 통해 한번 알아보시지요. 이런저런 예술가들과 교류하길 좋아하는 친구니까요. 이런, 이 친구 그새 또 어디론가 가버렸군."

나는 눈꺼풀을 짓누르는 졸음과 힘겹게 사투해야만 했다. 귀족들은 꼭 저렇게 나지막한 목소리로 대화를 나눠야만 하는 걸까? 이따금 '대성당'이라느니 '천장화'와 같은 단어들이 들려왔지만 전체적으로 무슨 소린지는 하나도 알 수 없었다.

"한데 키리오니 그자는 대체 어떻게 그런 권한을 얻은 겁니까? 왕궁과 성당은 물론이고 어느 귀족가든 마음대로 드나들 수 있다니요."

반쯤 잠들었던 나는 손에서 무언가 스르르 미끄러지는 느낌을 받고 화들짝 깨어났다. 얼른 손에 힘을 주고 눈을 떠보니 은쟁반이 아슬아슬하게 잡혀있었다. 만약 이걸 떨어뜨렸더라면…… 식은땀이 흐르는 것을 느끼며 그다음부터 정신을 똑바로 차리고 섰다.

"모르지요. 이러저러한 말들이 많긴 한데 대체로 허황된 이야기들뿐입니다. 심지어 그가 교황의 숨겨둔 아들이 아니냐는 소리도 있습니다."

누군가의 말에 신사들이 한바탕 웃음을 터뜨렸다. 하지만 그들 중심에 앉아있던 라잔 경은 전혀 웃지 않았다. 어느 한곳을 가만히 응시하며 파이프를 깊게 빨아들인 그는 연기와 함께 섬뜩한 말을 내뱉었다.

"농담으로 하기엔 좀 신성모독적이로군."

누군가 일부러 하려 해도 그렇게 단칼로 자르듯이 침묵을 만들 수는 없을 것이다. 응접실의 분위기가 어찌나 싸늘했던지 숨을 내뱉는 순간 얼어붙을 것만 같았다. 아무렇지 않게 그런 침묵을 만들어낸 라잔 경은 또다시 아무렇지 않게 침묵을 깼다.

"그가 단지 권력을 휘두르는 것에만 재미 들린 얼간이었다면 나는 그가 가진 권한과 상관없이 언제든 내 저택에서 내쫓았을 것이

오. 하지만 그는 많은 것을 꿰뚫어 볼 줄 아는 현명한 사람이고 때로는 존경스럽기까지 하지. 그러니 더 이상 우리 젊은 친구에 대한 불쾌한 추측들은 하지 말도록 합시다."

신사들은 어색하게 웃음을 터뜨렸고, 마치 그것이 의무인 양 순식간에 다른 화제들을 쏟아냈다.

며칠 뒤 나는 달빛 아래에서 홀로 그림을 그리고 있었다. 정원 한구석 나만의 화폭에는 특별히 고르고 고른 흙이 모여 있었다. 땅을 파 내려갈수록 흙의 색이 조금씩 짙어졌기에 그것으로 서로 다른 색과 명암을 표현했다.

그날의 주제는 달빛이었다. 중앙에는 가장 곱고 연한 흙을 모아 반듯하게 달을 그렸고, 반짝이는 작은 모래 알갱이들로 은은한 빛이 퍼지는 것처럼 보이도록 했다. 달에서 멀어질수록 땅을 깊이 파서 그림자를 만들었더니 마치 정말로 땅 위에 달이 떠있는 것 같았다.

나는 한동안 완성된 그림을 보며 감탄했고 이번만은 곧바로 지워버리기가 어쩐지 아깝다고 생각했다. 하지만 곧 손을 들어 가장자리부터 흙을 덮기 시작했는데 그것도 달 주위로 가서는 멈추고 말았다.

여기는 사람들이 거의 오지 않는 곳이다. 내일 한 번만 더 이 그림을 보고 지우면 안 될 이유도 없지 않은가.

고민 끝에 나는 덮었던 흙을 다시 세심하게 치우고 한동안 그림을 내려다보다가 잠자리로 돌아왔다. 묘한 만족감과 기대감으로 가슴이 두근거리는 것을 느끼며.

하지만 다음 날 자리에서 일어났을 때 창밖을 내다보고 심한 낭패감에 빠졌다. 비가 오고 있었던 것이다. 어차피 지워버릴 거였다고, 늘 그래왔지 않느냐고 속으로 위안했지만 어쩔 수 없는 실망과 슬픔이 밀려왔다. 그때 처음으로 내 그림을 영원히 간직하고 싶다고 생각했던 것 같다.

소용없다는 걸 알면서도 주저하며 어제 그 자리로 걸음을 옮겼다. 한데 누군가 우산을 든 채 거의 지워진 내 그림을 내려다보고 있었다. 앞으로 나서야 할지 돌아서야 할지 몰라 갈등하던 그때 또다른 누군가가 첨벙거리며 걸어오는 소리가 들렸다. 나는 황급히 근처 덤불 속에 숨었고 잠시 후 발자국 소리의 주인이 나타났을 때는 깜짝 놀라고 말았다.

그 여자였다. 뒤벨 자작과 성당에서 마주치자 황급히 사라졌던 여자. 이윽고 우산을 든 채 그림을 내려다보던 사람도 고개를 들었다. 뒤벨 자작이었다.

충격 때문인지 추위 때문인지 몸이 떨렸다. 그 자리를 떠나고픈 마음이 간절했지만 그러다 들켰을 경우 벌어질 일을 상상하고 싶지 않았다. 그날 성당 앞에서 보여준 두 사람의 태도와 아무도 오지 않는 정원 한구석에서의 만남. 이것만으로 둘 사이에 뭔가 있다고 생각하기에 충분했다.

"왜 나를 불렀지요."

여자의 목소리는 상상과 달리 낮고 짙었다. 하지만 묘하게 울리는 풍부한 성량에 그녀가 가수일지도 모른다는 생각이 들었다.

"왜 불렀느냐고요?"

자작은 허탈한 듯 분노한 듯 묘한 말투였다.

"그날 이후 나와는 완전히 절연한 줄로 알았는데요."

"절연이라고요? 당신과?"

"아니라면 그날 왜 나를 외면했지요. 당신의 아버지 때문인가요.
아니면 두려웠나요?"

자작은 얼굴이 꿈틀했을 뿐 아무 말도 하지 않았다.

"춥군요. 그만 돌아가야겠어요."

여자는 자작의 시선을 외면하며 외투를 꽉 여미었다. 그녀의 어
깨는 이미 모두 젖어있었다. 여전히 대답 없는 자작을 향해 그녀가
무언가 말하려는 순간, 자작이 우산을 떨어뜨리고 그녀에게 달려
들더니 열정적으로 키스를 퍼부었다. 밀어낼 것이란 내 예상과 달
리 여자도 우산을 놓고는 두 팔로 자작의 목을 단단히 휘감았다.

그건 단순한 입맞춤이 아니었고 평범한 애정과도 완전히 다른
종류의 것이었다. 무엇이 그토록 서로를 열렬히 원하게 하는지, 왜
그것이 애틋하면서도 안타까운지 당시 나로서는 이해할 수 없었
다. 다만 그 모습은 사정을 모르는 내 가슴까지도 뜨거워지게 만들
었다.

더 이상 지켜봐서는 안 될 것 같아 나는 소리 내지 않고 그 자리
를 빠져나왔다.

며칠 뒤 땅이 마르자 다시 그곳으로 가서 그림을 그렸다. 뒤벨
자작과 그때 본 여인이 서로를 다정하게 끌어안은 장면이었다. 뭔
가 깊은 생각이 있어 그랬던 것은 아니다. 다만 두 사람이 언젠가

이 자리에서 다시 만났을 때 작은 선물이 되기를 바랐다. 그래서 이 번만큼은 규칙을 어기고 그림을 남겨두기로 했다.

하루가 지나자 못 견디게 궁금해진 나는 밤중에 몰래 숙소에서 나와 그림이 그려진 장소로 갔다. 한데 달빛 아래에서 한동안 찾아 헤맸음에도 내 그림을 발견할 수 없었다. 다른 사람이 먼저 발견하고 지워버린 게 아닌지 걱정하고 있을 때 누군가 내 어깨를 홱 잡아챘다. 하마터면 비명을 지를 뻔했다.

"네 짓이었더냐."

"자…… 자작님?"

어둠 속에 드러난 그의 표정이 너무도 무서웠기에 나는 대답하지 못하고 헐떡거렸다. 자작은 내 어깨를 흔들며 다그쳤다.

"네가 그 그림을 그렸느냐고 물었다."

칭찬을 기대했던 것은 아니었지만 이런 반응 또한 예상하지 못했다. 나는 고개를 떨어뜨린 채 주억거렸다. 그는 한탄하듯 한숨을 내쉬었다.

"어째서 그런 그림을 그렸지?"

"그게…… 보았습니다. 두 분이 함께 계신 것을 말입니다."

"그래서 모두에게 알릴 작정이라도 한 거냐?"

"아, 아닙니다. 저는 그저 두 분이 그걸 보시면 좋아하실 줄로만 알았습니다."

자작은 혀를 차고 그림이 있던 자리로 나를 끌고 갔다.

"다른 누가 보지는 않았겠지? 혹시라도 누군가에게 이에 대해 말한 적이 있느냐?"

"하늘에 맹세코 없습니다. 그렇게 눈치 없는 놈은 아닙니다."

그는 잠시 침묵하다가 나를 놓아주었다.

"미안하구나. 놀라고 당황했던 나머지 그림은 내가 모두 지워버렸다."

"아니요, 괜찮습니다. 제가 생각이 짧았습니다."

"일전에 비 오던 날 여기 그려져 있던 다른 그림을 보았다. 그것도 네가 그린 것이냐?"

"예, 그렇습니다."

"솜씨가 좋던데, 어째서 공방에 도제로 들어가지 않았지?"

"도제요? 그런 건 생각해 본 적도 없습니다. 화가란 아무나 할 수 있는 것이 아니지 않습니까. 고결한 예술가분들이 하는 것이지요. 저 같은 것이 했다간 비참하게……."

나도 모르게 아버지의 죽음에 대해 이야기할 뻔했으나 다행히 자작이 말을 가로챘다.

"별로 그렇지는 않다. 장인들 중에 파렴치한 작자들이 얼마나 많은지 너는 상상도 할 수 없을 거다. 이해할 수 없는 일은 그런 자들이 만들어내는 것 중에도 더러 훌륭한 작품이 있다는 것이지. 그들도 내면의 본질에는 아름다움이 있다는 뜻일까, 아니면 그럴듯한 흉내와 자기기만일까……."

그는 씁쓸한 듯 중얼거렸지만 내겐 어려운 이야기라 무슨 말인지 잘 이해할 수 없었다. 자작도 그걸 깨달은 듯 다른 이야기를 했다.

"아무튼 네가 본 일은 앞으로도 비밀로 해다오. 그리고 한 가지 더 부탁해도 되겠느냐."

"무엇이든지요."

"여기에 다시 그림을 그려주렴. 둘이 함께 있는 것 말고 내 초상화로 부탁한다."

조금 의아한 주문이라고 생각했지만 나는 고개를 끄덕였다.

"그렇게 하겠습니다."

그러자 금속이 부딪치는 소리와 함께 무언가 반짝하고 내 발밑에 떨어졌다. 믿을 수 없게도 그것은 금화였다.

"그림값이다. 마음에 들면 하나 더 주도록 하마."

나는 손을 벌벌 떨면서 금화를 주웠다. 이런 큰돈을 가져도 되는 것인지 알 수 없었다. 그러나 묻기 위해 다시 고개를 들었을 때 자작은 이미 가버리고 없었다. 나는 금화를 꼭 쥐어 옷 속 가장 깊숙한 곳에 넣었다. 내가 그림을 그려 얻은 최초의 돈이었다.

다음 날엔 어째서인지 공방으로 불려갔다. 그곳은 라잔 저택과 벽 하나로 가로막혀 있었다. 저택에서 가끔 그 벽을 쳐다보긴 했지만 내겐 벽의 높이만큼이나 멀고 생소한 세계였다.

영문을 모른 채 문 근처를 서성이고 있자니 내 또래로 보이는 소년 하나가 밖으로 나왔다. 소매를 꽉 잡아맨 채 머리에 회색 두건을 쓴 소년은 자신을 견습 도제인 마로라고 소개했다.

"뒤벨 자작님께서 직접 보내셨다지?"

"어…… 그랬어?"

대답이 미심쩍었던지 소년은 나를 아래위로 훑어보곤 공방 쪽으로 까딱 고갯짓했다.

"스승님은 안 계셔. 하지만 너 같은 애를 스승님이 직접 볼 필요
나 있을까 모르겠네. 대신 큰형님께서 봐주실 거야. 그것만으로도
영광인 줄 알아."

뭘 봐주겠다는 건지 알 수 없었지만 어젯밤 있었던 일과 무관하
지 않다는 것만은 분명했다.

소년을 따라 안으로 들어서자마자 입이 떡 벌어졌다. 건물은 내
가 일하던 저택에 비할 바가 아니었지만 마당에 울리는 망치질 소
리와 톱질 소리, 땀을 흘리며 자기 작업에 깊이 몰두하고 있는 사내
들의 모습은 대단히 인상적이었다. 문을 지나는 순간 흐르는 공기
마저 달라진 것 같았다.

여기가 진짜 예술가들의 세계구나. 나는 그때 꽤나 감동했던 것
같다.

"이쪽으로 와."

멍하니 서있던 내게 소년이 짜증스럽다는 듯 말했다. 나는 작업
하는 조각가들 사이를 유령이라도 된 것처럼 지나갔다. 문을 두 개
더 지나가자 방금 전과 또 다른 분위기의 마당이 나왔다.

그곳은 정적이고 고요했으며 어딘지 모르게 긴장감이 서려있었
다. 가운데에 거대한 마당을 두고 양 옆으로 방이 늘어서 있었는데
열린 문틈으로 안쪽 풍경들이 보였다. 누군가 물감을 뒤집어쓴 몰
골로 붓을 든 채 정신없이 왔다 갔다 하는가 하면 다른 누군가는 아
버지를 떠올리게 하는 모습으로 텅 빈 캔버스 앞에 망연히 앉아있
기도 했다.

한동안 그것을 바라보던 나는 소년이 저만치 앞서가자 얼른 뒤

를 쫓았다. 소년이 들어간 곳은 오른쪽 맨 끝에 있는 방이었다. 나는 어쩐지 기가 질려 주춤거리며 안으로 들어갔다.

한 남자가 작업대 위에 앉아 무릎을 세운 채 삐딱하게 고개를 기울이고 있었다. 졸고 있었는지 소년과 내가 들어서자 불쾌한 듯 움찔거렸다.

"뭐야, 이 꼬마였어?"

"네, 시세로 형."

그는 손바닥으로 눈을 거칠게 비비고는 찢어져라 하품을 했다. 그 사람이 바로 소년이 말한 큰형님인 듯싶었다. 하지만 그렇게 불리기엔 상당히 젊었다.

"하여튼 그 노인네는 늘 귀찮은 일만 나를 시킨단 말이야. 레오나드도 만날 놀고 있는데."

그의 얼굴에서는 따분하지만 어딘지 자긍심 넘치는 권태가 묻어났다. 특이한 인상의 사람이라고 생각하고 있을 때 그가 말했다.

"캔버스라면 저기 얼마든지 널려 있으니까 아무거나 그려봐. 물감하고 붓도 마음대로 갖다 쓰시구려."

그러고는 탁자 위에 벌렁 드러누웠다. 어찌해야 할지 몰라 소년과 그를 번갈아 보았지만 소년은 어디 해볼 테면 해보라는 얼굴을 하고 있을 뿐이었다.

"저……."

결국 입을 열자 시세로라는 사람이 눈을 번쩍 떴다.

"뭐. 붓까지 갖다 쥐어주랴?"

"아니요. 전 붓으로 그림을 그려본 적이 없는데요."

소년이 푸 하고 웃음을 터뜨렸다가 얼른 헛기침을 했다. 시세로는 한쪽 눈가를 잔뜩 찌푸린 채 어이없다는 듯 물었다.

"그럼 뭐, 목탄?"

"아니요, 저는……."

"네놈이 뭘 가지고 뭘 그리든 관심 없어. 어쨌거나 높으신 나리께서 보내셨다니 이 몸의 귀중한 시간을 쪼개서 너한테 허비하는 중이라고. 그러니까 아무거나 있는 대로 그리고 나가."

그는 다시 눈을 감았다. 별 이유도 없이 험한 말을 들어 어안이 벙벙했지만 이상하게 화는 나지 않았다. 다만 그제야 이 모든 게 의미하는 바가 무언지 깨달았다.

나는 주저 없이 등을 돌려 바깥으로 나갔다. 소년이 '어어' 하며 당혹스러워했지만 상관하지 않고 마당 한가운데에 털썩 주저앉았다. 그리고 내 방식대로 그림을 그려나가기 시작했다.

그것은 언젠가 그리기로 마음먹었던 라잔 저택 정원의 풍경이었다. 시세로의 말 때문인지 이상한 오기가 생겨 자갈돌과 나뭇잎 하나하나까지 정성을 들여 그렸다. 손가락이 움직이는 자리 위로 나무와 꽃이 나타난다. 그럴 때마다 마치 내가 그것을 창조해 낸 양 은밀한 기쁨이 느껴졌다.

마침내 모든 것을 그려내고 몸을 일으켰을 때는 이미 해가 넘어가는 시각이었다. 땡볕 아래에서 온종일 그림만 그렸기에 온몸이 땀에 젖어있었다. 주위를 둘러보고 나서야 대여섯 명쯤 되는 사람들이 내 그림을 구경하고 있다는 사실을 깨달았다. 나를 데려온 도제 소년도 있었는데 몹시 못마땅한 얼굴이었다. 소년은 나와 눈이 마주치자 몸을 홱 돌리더니 시세로가 있던 방으로 들어갔다.

잠시 후 시세로가 걸어 나왔다. 계속 자고 있었는지 얼굴에는 짜증과 졸음이 가득했다. 아무 생각 없이 나왔던 그는 몰려 있는 사람들을 보고 버럭 소리를 질렀다.

"다들 한가하냐? 뭘 구경들 하고 있어?"

사람들이 서둘러 각자의 방으로 흩어졌다. 시세로는 기지개를 켜면서 나를 향해 비웃는 듯한 시선을 보냈다.

"다 그렸냐, 꼬마야?"

나는 고개만 끄덕였다. 그는 별 관심 없는 태도로 내 그림으로 눈을 돌렸다가 두 팔을 쭉 뻗은 채로 멈췄다. 그의 얼굴에서 서서히 웃음이 사라지더니 그림의 끝에서 끝까지 눈동자가 아주 천천히 움직였다. 그는 나를 한 번 보고는 다시 그림을 보았다. 긴장과 기대감으로 뱃속이 이상하게 꿈틀거렸다.

"오호라. 어쨌든 제법 그리긴 하는군."

그는 그림 주위를 왔다 갔다 하며 턱을 만지작거렸다. 하지만 나는 그의 눈동자가 흐리다는 것을 알았다. 그림을 보고 있는 게 아니라 무언가 다른 생각을 하는 것이다.

"한데 고작 정원을 보고 따라 그린 게 전부냐? 시시하구만. 화가가 되고 싶은 놈이라면 좀 더 거창한 걸 그려야지. 종교나 역사나 신화의 한 장면 같은 거 말이다. 게다가 명암 대신이랍시고 흙을 파낸 이 부분들 좀 봐라. 조악하기 이를 데 없어. 화가가 될 재능이나 있는지 의심스럽구나. 뿐만 아니라……."

듣고 있는 동안 얼굴이 확 뜨거워졌다. 나는 그의 말이 끝나기도 전에 발로 그림을 싹 쓸어버렸다. 그러자 시세로의 표정이 굳어졌다.

"너 지금 뭐 하냐?"

제법 큰 그림이었기에 몇 번을 반복해야 했다. 그림을 완전히 지우고 나서 고개를 들자 시세로는 짜증스러운 듯이 나를 보았다.

"이봐, 아직 평가 중이잖아. 마음대로 지우면 어떻게 해?"

"평가받고 싶지 않습니다."

"뭐?"

"저는 그리고 싶을 때 그리고 싶은 것만을 그립니다. 화가가 될 생각은 없습니다."

그의 미간 사이에 굵은 주름이 나타났다. 이제까지 보여준 무례한 행동들은 평소 그의 성격이었을 뿐, 진짜 화를 내는 건 지금이라는 생각이 들었다.

"그걸 네 마음대로 선택이나 할 수 있을 것 같냐?"

"아니요. 저는 선택할 수 있는 기회조차 얻고 싶지 않습니다."

"이 건방진 자식 좀 보게……."

"이건은 제 나름의 놀이일 뿐입니다. 높으신 예술가분들의 흉내를 낼 생각은 전혀 없습니다. 그건 저 같은 것이 할 수 없는 일이니까요."

내 비굴한 태도 덕분인지 그는 겨우 화를 가라앉히는 듯했다.

"그럴 거였으면 처음부터 여긴 왜 왔냐? 썩 꺼져."

나는 미련 없이 일어서서 옷에 묻은 흙을 털고 그곳을 빠져나왔다. 하루 종일 그림만 그렸으니 해야 할 일이 산더미였다. 우선 물부터 길어야겠지……. 거기까지 생각했을 때 갑자기 힘이 쭉 빠졌다.

물론 화가가 될 생각도 없고 혼자 그리는 것에 만족해 왔지만 남한테서 조악하다는 말을 들으니 기분이 매우 상했다. 어릴 때 아카데미로 오라던 사람도 그렇고 자작님마저 내 그림을 칭찬했는데 진짜 화가라는 사람은 그러지 않은 것이다.

게다가 규칙은 어쩌고 그렇게 보란 듯이 그림을 그렸을까. 나는 캔버스 앞에서 울고불고 안간힘을 쓰다 목매달아 죽는 일은 결코 하고 싶지 않았다. 아버지처럼, 그런 일은.

"역시 전 재능 없던 아버지의 재능 없는 자식이네요. 그런 저를 도대체 왜 질투하셨던 건가요?"

쓸쓸하게 웃으며 그렇게 되뇌어 보았다. 대답은 없었지만 아버지가 만족하고 있을 거라는 생각이 들었다. 이상하게도 그 사실에서 우울함과 함께 아주 희미한 만족감이 느껴졌다.

2.

공
방
과
모
사
가

시세로를 비롯한 공방과의 첫 만남은 꽤나 강렬했지만 되새겨
볼 새도 없이 엄청난 일이 벌어지고 말았다. 그것은 놀랍고 또……
아주 슬픈 일이었다.

나는 처음 비명을 들은 몇 안 되는 사람 중 하나다. 여느 날과 다
름없이 저택 현관을 쓸고 있는데 안에서 무언가 깨지는 소리와 함
께 여성의 비명이 들려왔다. 안으로 들어가도 될지 몰라 현관을 서
성이던 그때 집사장이 뛰쳐나왔다. 귀신이라도 본 것처럼 두 눈이
크게 벌어지고 옷차림도 엉망이었다. 정신 나간 듯 두리번거리던
그가 나를 발견했다.

"너, 너너너너!"

"예?"

"가서 의사 불러와. 의사 말이야, 당장!"

"이 가문의 주치의 되시는 분 말씀이신가요?"

"그래! 아, 아니. 아무라도 최대한 빨리!"

나는 빗자루를 놓고 달려 나갔다. 거리에서 살다시피 했기에 가장 가까운 의원이 어딘지 알고 있었다. 진료받던 환자들도 제치고 의사의 손을 붙잡아 돌아왔을 때는 비명소리가 들린 지 반 시간쯤 지난 뒤였다. 그러나 현관 앞에 서있는 집사의 얼굴을 보고 이미 늦었음을 깨달았다. 그는 침통한 얼굴로 의사를 안으로 데려갔다.

여성의 비명 소리였다는 점과 집사가 그렇게 안절부절못하는 것으로 봐서 안주인 마님이나 사라사 아가씨가 잘못됐을 거라 생각했다. 하지만 잠시 후 쓰러진 사람이 들려나왔을 때 나는 내 눈을 의심했다.

뒤벨 자작이었다. 얼굴은 붉다 못해 보랏빛이었고 고개가 크게 뒤틀려 있었다. 축 늘어진 뻣뻣한 팔과 다리를 보는 순간 그것이 시체임을 직감했다. 나는 충격 속에서 그의 몸이 마차에 실리는 장면을 보았다.

뒤이어 나온 라잔 경은 무섭게 굳은 얼굴로 모든 걸 지켜보고 있었다. 그의 입가에 미세하게 경련이 일었다. 라잔 부인과 사라사 아가씨가 울부짖으며 마차를 따라가려 했으나 라잔 경의 단호한 손짓에 의해 막혔다.

"들어라."

그의 목소리가 현관 앞에 울려 퍼졌다.

"너희 모두 오늘 보고 들은 것을 잊어야 할 것이다. 누구라도 이에 대해 한마디라도 입을 놀린다면…… 맹세코 누군지 찾아내어 천 갈래 만 갈래로 찢어 죽일 것이다."

고통과 분노가 뒤섞인 그의 목소리에 모두가 압도당해 적막이 흘렀다. 라잔 경은 충분히 시간을 둔 다음 몸을 돌려 부인과 딸을 데리고 저택 안으로 사라졌다. 닫힌 문 안에서 희미한 울음소리가 들려왔다. 나는 마차가 사라진 곳과 저택을 번갈아 보며 여전히 정신을 못 차리고 서있었다.

"뭐 해! 아무 일도 없었다는 듯 현관이나 쓸어."

집사가 작지만 날카롭게 외쳤다. 나는 얼떨떨한 기분으로 다시 현관을 쓸기 시작했다. 그러나 아무것도 눈에 들어오지 않고 내가 뭘 하는지도 알 수 없었다. 더 이상 자작이 칭찬했던 그런 완벽한 비질은 할 수 없었다. 자꾸 먼지 대신 다른 것이 눈에 아른거렸다. 결국 나는 빗자루를 놓고 정원으로 달려갔다.

"그래. 마음에 드는구나."

그는 언뜻 미소를 보이고 내게 손짓했다. 고개를 조아린 채 조금 더 가까이 가자 그가 손을 내밀었다. 거기엔 금화 두 닢이 있었다.

"생각보다 아주 잘 그렸구나. 하나 더 주마."

"저, 정말 감사합니다."

나는 금화를 소중히 갈무리했지만 자작의 말이 진심일지 의심스러웠다. 잠시 후 그가 그림을 내려다보며 물었다.

"공방에는 찾아가 보았니? 별 다른 말을 듣지 못했느냐?"

"조악하다는 말만 들었습니다."

"그래? 의외구나. 분명히 너한테 재능이 있다고 생각했는데. 하긴, 벨리는 너무 늙었어. 어쩌면 네 그림이 보이지도 않았을 게다. 그래도 공방에 들어가고 싶다면 내가 다른 화가들에게 얘기해 보마."

"아닙니다. 전 화가가 되고 싶은 생각은 없습니다. 지금 생활에 만족합니다."

자작은 의외라는 듯 나를 보다가 다시 그림으로 눈을 돌렸다.

"그래. 그렇다면 가끔 이곳에……."

"예?"

"가끔 이곳에 새로이 그림을 그려주렴."

"그림이요? 아무것이나요?"

"그래."

나는 당혹스러웠지만 어쩐지 기쁘기도 했다. 그림을 남겨두지 않는다는 규칙이 떠올랐지만 화가가 되지만 않는다면 별 상관없을 듯싶었다. 이제 나에게도 관람자가 생긴 것이다.

"그렇게 하겠습니다. 사실 저는 늘 이곳에 그림을 그렸습니다. 다만 지금까지 다른 사람의 눈에 띌까 봐 그리자마자 지웠을 뿐입니다."

"그래? 아까운 일이기는 하지만 오히려 남지 않을 그림이라는 게 매력적이기도 하구나."

그는 턱을 쓰다듬으며 한동안 생각에 잠겼다. 입가에 그려진 부드러운 미소를 봐서는 누구를 생각하는지 알 것 같기도 했다.

그때…… 그는 이미 다음 날 자신이 저지를 일을 결정한 뒤였을까?

그 자리로 달려가면서 이미 나는 울고 있었다. 그런 시체를 본 적이 있었다. 어떻게 하면 그런 모습이 되는지도 알고 있었다. 그건, 목을 맨 사람의 모습이다. 아버지가 죽었을 때 딱 그런 얼굴이었다. 자작은 스스로 목숨을 끊은 것이다.

　하지만 그렇다면 왜, 어째서 내게 그런 부탁을 했단 말인가.

　그 자리에 도착하고 나서야 나는 답을 알았다. 아직도 그곳에는 내가 그린 자작의 얼굴이 남아있었다. 그리고 다른 손님도.

　"자작님은…… 자작님은 오시지 않아요."

　그림을 내려다보고 있던 사람이 천천히 고개를 들었다.

　"그래. 알고 있다."

　낮게 울리는 목소리는 담담했다. 나는 자꾸 목이 메는 걸 느끼며 반문했다.

　"알고 계신다고요?"

　"그를 데리고 나오는 걸 보았다."

　그것으로 되었다는 듯 그녀는 더 말하지 않았다. 나는 울컥해서 꽥 소리를 질렀다.

　"그분은 당신을, 그분을 당신을……."

　"그것도 알고 있어."

　그녀는 차분하게 대답하고 베일로 얼굴을 가렸다. 그러곤 마지막으로 자작의 얼굴을 한 번 더 쳐다보고 자리를 떠났다.

　나는 화가 나기도 하고 기가 막히기도 해서 그녀가 사라진 자리를 씩씩거리며 노려보았다. 자작과 함께 있을 때 그녀는 결코 저런 모습이 아니었다. 그럼 그건 다 가짜였단 말인가? 도대체 어떤 사람이 연인이 죽었는데도 눈물 한 방울 흘리지 않는단 말인가.

잠시 후에야 나는 그곳에 온 이유를 떠올리고 그림으로 눈을 돌렸다. 실제와 거의 똑같은 자작의 얼굴을 다시 보니 그리움이 밀려왔다.

자작님, 자작님. 도대체 어째서 저런 여자를 사랑하셨던 건가요? 그리고 왜 저런 여자 때문에…….

그때 문득 나는 내 그림의 어딘가가 달라져 있다는 느낌을 받았다. 그리고 한참을 들여다본 후에야 깨달았다.

분명히 비는 며칠간 오지 않았었다. 내가 이 그림을 그린 후로는 단 방울도.

조용한 장례식이 치러졌다. 라잔 경의 친척과 몇몇 친구들이 조문을 와서 어떻게 이처럼 불행한 사고가 일어날 수 있느냐고 앞다투어 열변을 토했다.

공식적으로 뒤벨 자작은 말을 타다 낙마해 죽은 것으로 되었다. 자살이 악마에 씌어 저지르는 가장 끔찍한 범죄인 만큼 라잔 경은 어떻게든 아들의 죄를 감춰야만 했던 것이다.

희극과도 같은 장례식이 끝나자 라잔 가문에서는 조용한 변화들이 일어났다. 라잔 경이 외출하거나 손님을 초대하는 일이 현저히 줄었고 라잔 부인의 모습은 아예 볼 수 없었다. 사라사 아가씨의 경우 완전히 다른 사람이 되어 정신 나간 사람처럼 저택이나 정원을 떠돌아다녔다. 하루가 멀다 하고 시녀들이 그녀를 찾아 헤매는 모습을 목격할 수 있었다.

나는 홀로 자작과의 약속을 지켰다. 일 때문에 자주 그릴 수는 없었지만 적어도 일주일에 한 번은 새로운 그림을 남겼다. 그림은 내가 지울 때까지 바람에 쓸리거나 빗물에 지워진 흔적만 있을 뿐, 누가 와서 본다거나 하는 낌새는 전혀 찾아볼 수 없었다. 그럼에도 가끔 자작의 혼이 이곳을 떠돌지 않을까 싶어 지치지 않고 그림을 그려 넣었다.

언제나처럼 일을 마치고 정원으로 향한 어느 날이었다. 그림을 그려둔 장소에 가까워질수록 평소와 다른 꺼림칙한 기분이 느껴졌다. 주저하며 그곳에 도착했을 때 등지고 서서 그림을 내려다보는 어떤 키 큰 남자가 보였다. 나는 깜짝 놀라 입을 열었다.

"자작님?"

내 목소리에 그가 천천히 뒤를 돌아보았다.

"오, 너 그 부러운 친구로구나."

그가 나를 그렇게 부르고 나서야 누구인지 깨달았다. 오래전 손님들이 들이닥쳐 시동 옷을 입어야 했던 그때 계단 장식을 보며 예술가들의 이름을 줄줄이 읊었던 남자다. 이름은 키리오나라고 했다.

"여긴 또 어쩐 일이십니까? 오늘 초대를 받으셨나요?"

"아니. 음, 그게 말이지. 그게 말이야. 그렇게 해서 그렇게 된 거란 말이지."

"……예?"

"초대를 못 받았다는 말이지."

내 눈이 가늘어지자 그가 황급히 덧붙였다.

"도둑질 하려던 건 아니다. 아니고말고. 하고자 하면 합법적으로도 얼마든지 할 수 있지만 말이야. 아무튼 중요한 건 그게 아니지. 일전에 내가 이 저택에 왔을 때 여러 걸작들을 보고 감탄했단다. 솔직히 너무 많아서 다 보지도 못했지. 그래서 오늘 마저 보러 온 거란다. 그래서 여기 있는 이 담을 뛰어넘었는데? 넘자마자 이 그림이 딱 보이더란 말이지."

부단히도 졸음을 이겨내려는 사람처럼 그의 말투는 어딘가 어눌하고 박자도 이상했다. 뭐라고 말해야 할지 몰라 고민하고 있을 때 그의 몽롱하던 눈이 처음으로 반짝거렸다.

"이게 도대체 누구 솜씨일까? 솔직히 나는 내 자신에게 퍽 실망하던 참이란다. 적어도 이 나라에 사는 화가는 전부 구분할 수 있다고 자신했거든. 한데 아무리 봐도 이건 늙은 벡리의 솜씨는 아니야. 그렇다고 시세로의 것도 아니지. 그 거만한 친구는 절대 흙바닥 같은 곳엔 그림을 안 그릴 테니. 그렇다면 이것이야말로 결코 자기 그림을 그리지 않는다는 레오나르의 솜씨일까? 오, 정말 그런 걸까? 그래, 그거 일리 있군. 있고말고. 고마워. 답이 나온 것 같군. 아니지, 그런데 그럴 리가 없잖아. 레오나르는 그 말대로 자기 그림은 안 그리니까. 이것 참 다시 미궁으로 빠져드는군."

도대체 이해할 수 없는 말투성이라 정신이 하나도 없었다. 그는 나에게 말을 한다기보다는 혼자 질문을 던지고 혼자 답하고 있었다. 그의 결론이 점점 허황된 쪽으로 치닫자(심지어 그는 죽은 뒤벨 자작의 유령이 생전 펼치지 못했던 재능을 발휘하고 있는 중이라고도 했다.) 나는 참지 못하고 불쑥 내뱉었다.

"제가 그린 건데요."

그는 세 마디쯤 더 쏟아낸 후에야 말을 멈췄다.

"뭐라고?"

"제가 그린 거라고요."

그는 입을 벌린 채 나를 보고는 다시 그림을 내려다보았다.

"자네, 도제였나?"

"아니요. 그냥 허드렛일을 하는 하인입니다만."

"도제가 아니라고? 도제가 아니라고?"

"아닙니다. 아니에요."

그는 깜짝 놀라며 조각처럼 굳어버렸다. 부담스러워진 나는 조심스레 부탁했다.

"이만 나가주실래요? 아무리 봐도 불청객이신 것 같은데요."

"어? 아니, 그럴 수야 없지. 오랜만에 이런 재미난 걸 발견했는데. 네 말을 못 믿어서가 아니고, 아니 사실 못 믿어서 그러는데 다른 그림을 그려봐 주면 안 될까?"

지난번 시세로와의 일이 떠올랐기에 고개를 저었다.

"안 돼요. 전 제 그림을 다른 사람에게 보여주지 않기로 맹세했어요. 이 그림을 보신 것만으로도 규칙 위반이라고요."

"안 그려주면 부끄럽지만 이 자리에서 울 거다. 펑펑 울 거라고."

"그러시든가요."

내 말이 끝나자마자 그가 진짜로 눈물을 흘리기 시작했다. 순식간에 무슨 시냇물마냥 눈물이 줄줄 흘러내린 것이다. 아무리 대단한 배우라도 그렇게 빨리 거짓 울음을 터뜨리진 못할 것이다. 그러니까 그 말은, 거짓이 아닐 수도 있다는 얘기였다.

"무, 무슨 짓이에요. 진짜 우는 거예요? 그쳐요. 그치라고요!"

하지만 그는 그 자리에 서서 무너진 둑처럼 울어댔다. 거짓이든 아
니든 정말 대단한 능력이 아닐 수 없었다. 결국 나는 항복을 외쳤다.

"알았어요! 보여주면 되잖아요, 보여주면."

그러자마자 그가 흡 하더니 울음을 뚝 그쳤다. 나는 맹세코 눈물
을 그렇게 마음대로 다루는 사람은 처음 보았다.

"고맙군. 하지만 자네도 손해 보는 건 아니야. 내 눈물은 정말 값
지거든."

토하고 싶은 기분으로 땅바닥에 앉긴 했지만 뭘 그려야 할지 알
수 없었다. 일전에 시세로가 보였던 반응이 생각나 걱정도 되었다.
우선 예전 그림을 싹 쓸어버린 뒤(키리오니는 잠깐 안타까운 탄성을
냈다) 고개를 들고 단호히 말했다.

"전 화가는 안 될 거예요. 그러니 내 그림이 이렇다 저렇다 평가
하지 마세요."

키리오니는 부드럽게 웃었는데 마치 어린아이의 치기를 바라보
는 어른 같은 웃음이었다. 그를 무시하고 그림을 그리기 시작했다.

마땅히 그릴 게 없을 때 꽃만큼 좋은 주제도 없다. 가을에 접어
든 저택 뒤 골짜기엔 향유꽃과 산국 등이 가득 피어있었다. 나는 낮
에 보았던 꽃의 범람을 그대로 재현한 다음 내가 상상한 몇 가지를
첨가했다.

두 시간 가까이 걸렸음에도 키리오니는 계속 똑같은 자세로 서
서 내 모습을 지켜보았다. 마침내 그림이 완성되었을 때는 아주 심

각한 표정으로 뜯어보았다. 한동안 기다리던 나는 그에게서 아무 말이 없자 초조함을 못 견디고 입을 열었다.

"이제 됐나요?"

"꽃 주위에 저건 뭐지?"

그는 마치 내가 말을 걸어주길 기다린 사람처럼 황급히 물었다. 그가 가리킨 방향을 보면서 시큰둥하게 손을 털어냈다.

"그건 향기잖아요."

"향기……라고?"

그는 그런 단어는 처음 듣는 듯한 얼굴이었다.

"네. 꽃 냄새가 아주 좋았거든요. 하지만 그림으로는 맡을 수 없으니까 어떻게든 비슷하게 표현해 보려고 한 거예요."

그는 이제 그림을 노려보던 눈으로 나를 똑바로 쳐다보았다.

"그림으로 맡을 수 없는 걸 표현하려고 했다고?"

"네. 그런데 그게 그렇게 따져 물을 만큼 바보 같은 짓인가요?"

"아니지! 이건 굉장한 일이야."

그의 진지한 대답에 나는 할 말을 잃어버렸다. 그는 부담스럽게도 내 손까지 꽉 잡았다.

"너는 관념을 있는 그대로 표현하려 했어."

"관…… 뭐요?"

"관념! 눈에 보이지 않는 것! 객관적으로 증명할 순 없지만 존재한다고 굳게 믿는 것들 말이야."

"대체 무슨 말씀이신지."

그는 그림 주위를 안절부절못하며 왔다 갔다 했다.

"어느 화가에게 '사랑'이라는 주제를 주었다고 치자. 그 화가가 무엇을 그려내겠니? 오, 뻔하게도 남녀 둘이서 서로를 껴안거나 그 뒤로 사랑의 여신이 나타나는 정도겠지. 그 누구도 사랑 그 자체만을 그리거나 색으로 표현하려고 한 적은 없단 말이야. 결코 신을 형상화해서는 안 되는 것과 마찬가지로, 화가들은 관념 자체를 그려내는 걸 끔찍이 두려워해. 이 모든 건 종교 탓이기도 하지. 정말이지 끝없이 예술을 억압하고 정체시키거든. 하지만 네 그림은, 네 그림은 정말이지……."

칭찬하고 있는 것 같긴 했지만 나는 왜인지 기분이 나빠져서 그림을 싹 지워버렸다. 그러자 그는 거의 화를 내려고 했다.

"뭐 하는 거야?"

"뭐라는 건지 모르겠어요. 난 그냥 그리고 싶은 걸 그렸을 뿐이에요. 이상하게 해석 같은 거 하지 마세요. 당신이 뭘 알아냈든 그건 내가 그리려고 한 게 아니니까요. 분명히 말했죠. 평가하지 말라고요."

그의 얼굴이 단번에 싸늘해졌다.

"그래서 화가가 안 될 거라고 한 거구나."

"뭐가 또 그래서라는 거예요? 멋대로 짐작하지 마세요. 그냥 나는 화가라는 걸 할 수 없어서 그럴 뿐이에요."

키리오니는 별로 믿는 표정이 아니었지만 더 이상 설득하려 들지도 않았다. 훗날 그의 대표적인 성격으로 각인된 남다른 고집을 생각해 보면 의외의 일처럼 보일 수도 있지만, 몇몇 사람들만이 알고 있는 그의 높은 자존심을 생각하면 놀라운 일도 아니다.

하지만 그는 직접 설득할 생각이 없었을 뿐 나를 완전히 포기하지도 않았다. 또한 뒤벨 자작과 같은 방법을 쓰지도 않았다.

확실히 그는 영리한 인물이었다.

"안녕."

양손에 여물이 가득 담긴 통을 들고서 나는 상대방을 멍하니 바라보았다.

"어…… 안녕하세요."

"나는 레오나드라고 해."

"아, 네."

어디서 들어본 이름이라고 생각하다가, 얼마 전 키리오니의 정신없는 중얼거림 속에 그 이름이 들어 있었다는 걸 기억해 냈다. 그렇다면 그도 화가일 테고 여기 온 게 키리오니와 무관하지 않다는 얘기였다.

"전 공방에 안 가요. 그림을 그려보라고도 하지 마세요."

그는 잠깐 웃었는데, 우아하고 평온하던 얼굴에 미소가 어리자 오히려 조금 슬퍼 보였다. 시세로와 마찬가지로 특이한 인상의 사람이라고 생각하는 순간 그가 입을 열었다.

"너한테 그리라고는 안 할 거야. 대신 내가 그리는 걸 보겠니?"

"당신이 그리는 거라고요?"

순간 호기심이 동했으나 간신히 나를 다잡았다.

"아뇨, 별로. 할 일이 있어서요."

좋은 구실이라고 생각하며 양동이를 들어 보였으나 그는 전혀 흔들림이 없었다.

"일이 다 끝나면 정원으로 오려무나. 먼저 가서 기다릴게. 어딘
지는 네가 더 잘 알겠지."

그가 등을 돌려 사라지자 나는 잠깐이지만 수상한 사람이 정원
에서 기웃거린다고 집사에게 고자질을 해볼까 고민했다. 하지만
사내답지 못한 행동일뿐더러 짧은 시간이었지만 그가 준 인상에
흥미가 생겼다. 결국 평소보다도 서둘러 일을 마치고 그가 기다리
는 장소로 갔다.

"왔구나."

그는 내 그림 옆에 캔버스를 세워두고 서있었다. 오른손에는 나
무로 된 작은 판자를 끼고 왼손에는 붓을 들고 있었다. 나무판 위에
몇 종류 안 되지만 선명한 색의 물감이 묻어있는 것을 보자 가슴이
뛰었다.

"저게 네 그림이지?"

그가 바닥을 내려다보며 말했다. 어째서인지 잠깐 부끄러운 기
분이 들었다. 그는 내 그림을 지켜보다가 캔버스 위로 눈을 돌렸다.

"네 그림을 이곳으로 옮길 거야. 색까지 넣어서 말이지. 운 좋게
도 나는 이 그림 속의 장소가 어디인지 알고 있단다. 나도 자주 가는
골짜기지. 그러니 네가 기억하는 모습과 크게 다르지 않을 거야."

말을 마치자마자 그는 대담하게도 화폭의 중앙을 붓으로 슥 그
어 내렸다. 아무 망설임 없는 그 행동이 내게는 대단히 인상적이었
다. 흙바닥 위라면 상관없겠지만(틀리면 단지 흙으로 덮으면 될 뿐이
니까.) 내게 저런 새하얀 천 위에 그림을 그리라고 한다면 선 하나

굿기도 아주 부담스러울 게 분명했다. 하지만 그는 마치 아이들 장난인 양 슥슥 붓을 움직였다. 거기에는 어떤 규칙도 통일성도 없어 보였다.

이를테면 내 경우엔 나무 밑동을 완성한 뒤에 잎사귀를 그리겠지만, 그는 나무줄기를 그리다가 갑자기 반대쪽에다 꽃잎을 그리고, 허공에 꽃잎이 떠있도록 놔둔 채 뒤에 있는 골짜기로 이동하는 식이었다. 신기한 것은 일견 아무 생각 없어 보이는 그 행동이 점차 그림을 완성해 나간다는 점이었다.

나는 솔직히, 인정하지 않을 수 없었다. 그의 손동작 하나하나에 온 정신이 팔려 있었다. 질감이라곤 느껴지지 않던 둥근 회색 면에 붓을 몇 번 대자 거칠고 모난 돌이 되어 순식간에 입체감을 띠었다. 뒤쪽에 어색하게 떠있던 산자락도 붓이 몇 번 왔다 갔다 하자 갑자기 안개에 싸인 비밀스러운 산맥으로 돌변했다. 게다가 그 모든 작업들이 어찌나 빠른지 잠시 눈을 감는 시간조차 아까울 정도였다.

마침내 그는 채 반 시간도 지나지 않아 내 그림에 색을 입힌 모작(이상의 완벽한 복제품)을 그려냈다. 나는 몇 종류 되지 않던 물감에서 수많은 꽃과 나무들의 색채가 나왔다는 걸 믿을 수가 없었다. 그의 그림은 또한, 자존심 상하는 일이긴 하나 흙바닥의 내 그림보다 훨씬 아름다웠다.

"어땠니?"

나는 그의 작업에 완전히 마음을 빼앗긴 상태였지만 치기 탓에 그것을 인정하고 싶지 않았다.

"뭐…… 신기하긴 하네요."

"네 그림은 물론 훌륭해. 흙 위라면 너만큼 그릴 수 있는 사람은 아마 없을 거다. 하지만 보다시피 우리는 캔버스 위에서 더 많은 것을 표현할 수 있지. 무엇보다 색—이건 대단히, 대단히 중요하단다—을 넣을 수 있어."

"전 그런 거 쓸 줄 몰라요."

"배우면 돼."

그가 붓을 내려놓고 나를 바라보았다.

"내가 괜찮은 화가였다면 널 직접 가르치고 싶었을 거야. 하지만 아쉽게도 그렇지 못해."

"당신이 괜찮은 화가가 아니라고요?"

나는 거의 성을 낼 뻔했다. 그것은 믿을 수도 인정할 수도 없는 말이었다. 만약 그가 직접 나를 가르친다면 규칙이고 뭐고 공방에 들어가는 일도 심각하게 고려해 볼 생각이었던 것이다.

"아니란다."

그가 언뜻 웃었다.

"사람들에게 내 이름을 대고 물어본다면 여러 가지 재미있는 이야기를 들을 수 있을 거야. 그중 확실한 거 하나는 내가 창조적인 사람이 못 된다는 거지. 나는 내 그림을 그리지 않거든."

"당신 그림이라고요?"

그가 흙바닥의 그림과 자신의 그림을 차례대로 가리켰다.

"모작. 모사. 그것만이 내가 하는 일이야."

"어째서요?"

"글쎄. 아무튼 그래서 난 결코 화가로 인정받지 못해. 모사가일 뿐이지."

"하지만……."

나는 자존심과 진실 속에서 갈등하다 결국 말해버렸다.

"솔직히 말해서 당신 그림이 내 그림보다 더 나은걸요."

"그렇지 않아. 색을 입혔기에 그렇게 보일 뿐이야. 나는 네 그림과 똑같이 그렸어. 그것만은 내가 아주 잘하는 일이란다. 그리고 흙이기에 어쩔 수 없이 포기해야 하는 부분들이 캔버스에 충실히 표현되었을 뿐이야."

나는 그가 한 말을 되새기며 내 그림과 그의 그림을 비교해 보았다. 그러면서 내가 붓을 쥐고 그릴 경우 어떤 것들이 가능할지 상상했다. 그것은 감미로우면서도 고통스러운 느낌이었다.

"라잔 공방에는 너를 가르쳐줄 뛰어난 화가들이 많단다. 가장 존경스러운 분은 역시 벡리 스승님이시지만, 요즘 눈이 많이 안 좋으시지. 아마 직접 너를 가르치실 순 없을 거야. 하지만 그 외에도 시세로라든가……."

"그 사람은 싫어요!"

내 반응에 그는 조금 놀라워했다.

"시세로를 알고 있니?"

"예전에 만났어요. 뒤벨 자작님께서 돌아가시기 전에…… 제 그림을 보시곤 공방에 가보라고 하셨거든요. 갔더니 그 사람이 있었는데 절 마음에 들어 하지 않았어요."

"그래?"

레오나드는 잠시 뭔가 생각하는 듯했다.

"시세로가 마음에 들어 하는 사람은 그리 많지 않아. 반대의 경우도 마찬가지고. 하지만 그가 아니라도 너를 가르쳐줄 화가는 많단다."

"그래도……."

다음 말을 꺼내기 전에 몇 번이고 망설였다. 그 이야길 이 사람에게 해도 되는 걸까? 만난 지 얼마 되지 않은, 그렇지만 이상하리만치 신뢰가 가는 이 사람에게?

"제 아버지도 화가셨어요. 그렇지만 그림을 그릴 때마다 괴로워하다가 결국 스스로 목숨을 끊으셨어요."

레오나드는 입을 벌렸지만 아무 말도 하지 않았다. 한동안 그는 말없이 나를 지켜보기만 했다. 그건 동정일 수도 있었지만 그다지 기분 나쁘지 않았다.

"전 그렇게 되고 싶지 않아요."

"누구나 그렇게 되는 건 아니야."

그는 다소 거칠게 대꾸하더니 다시 말했다.

"미안하구나. 네 아버지를 나쁘게 말할 생각은 아니었단다."

"괜찮아요. 전 그저 확신할 수 없어요. 저에게 정말로 화가가 될 재능이 있다고 보시나요? 아버지와 같은 결과가 나오지 않을 거라고 약속할 수 있어요?"

질문하면서도 그 대답을 레오나드에게 강요하는 건 부당하다고 생각했다. 하지만 당시 나는 정말로 절박했다. 그의 대답이라면 뭐든 믿을 수 있을 것 같았다.

그는 대답을 피하지 않고 신중하게 생각한 뒤에 말했다.

"솔직히 그건 아무도 약속할 수 없어. 재능이란 건 객관적으로 증명할 수 있는 게 아니니까. 하지만 개인적인 내 관점을 물어본다면, 그래. 난 네게 충분한 가능성이 있다고 생각한다. 하지만 결코 그것만으로 좋은 화가가 되는 건 아니야. 그 가능성을 얼마나 갈고 닦느냐, 그리고 네가 마음을 얼마나 수련하느냐가 중요하지."

"마음이요? 착해져야 한다는 뜻인가요?"

"아니, 강해져야 한다는 뜻이야. 혼자 즐거워서 그림을 그릴 때는 잘 모르겠지만 정식으로 도제 과정을 밟기 시작하면 여러 가지가 힘들 거다. 그림이란 건 잘 그려질 때도 있지만 그렇지 않을 때가 더 많거든. 또 끊임없이 스스로를 의심하게 될 거다. 자신에게 재능이 있는지 없는지, 지금 그리고 있는 그림이 좋은 그림인지 나쁜 그림인지, 앞으로 훌륭한 화가가 될 수 있을지 없을지. 다른 사람들로부터 평가받고 이런저런 소리를 듣다 보면 그건 더욱 심해지지. 그래서 재능이나 다른 무엇보다도 여기, 이 마음이 튼튼해야 해."

그가 내 가슴을 주먹으로 툭 쳤다. 아프지도 않은데 이상한 느낌이 들어 가슴 언저리를 문질렀다.

"정말 그거면 되나요?"

"그거면이라니, 그게 가장 어려운 거야. 마음이 바로 선다면 네가 걱정하는 그런 일이 벌어지지 않을 거라고는 약속할 수 있어."

나는 그래도 머뭇거릴 뿐 대답할 수 없었다. 사실 레오나드에게 말한 게 전부는 아니었다. 마음 속 깊이 그보다 더 걸리는 일이 있었다. 나는 스스로를 죄인이라고 생각하고 있었다. 어쩌면 내 재능과 아카데미와 관련된 일이 무엇보다도 아버지에게 깊은 상처를 냈고, 그래서 아버지가······.

"해가 지는구나. 난 이만 가봐야겠다."

깜짝 놀라 고개를 들었다. 그의 말대로 해가 지고 있었다. 나는 아직 결정을 내리지 못해 마음이 조급했다. 한데 그는 미련 없이 도구들을 챙기고 있었다.

"혹시 배우고 싶어지거든 옆에 있는 공방으로 찾아오렴. 어차피 나 혼자 결정한다고 어떻게 되는 것도 아니니."

그러고서 그대로 가버릴 것처럼 몸을 돌렸다. 나는 그를 붙잡아야 할지 말아야 할지 갈피를 못 잡고 허둥거렸다. 그때 그가 돌아보더니 물었다.

"그런데 네 이름이 뭐니?"

"파도. 파도 조르디예요."

"그래, 파도. 반가웠다."

그는 간단히 악수만 하고 떠났다. 신경 쓰듯 꽤 많은 이야기를 해준 것에 비하면 그 태도는 너무나 냉랭해서 나는 적잖이 헷갈렸다. 그가 나를 마음에 들어 한 것인지 아닌지 알 수 없었다. 아버지에 대한 내 이야기가 그를 언짢게 만들기라도 한 것일까?

그날 밤 고민에 고민을 거듭하며 밤새 뒤척이고 잠도 자지 못했다. 레오나드가 보여준 행동과 말들이 계속 머릿속을 떠돌았다.

훗날에야 레오나드는 그때 일을 회상하며 왜 그랬는지 이유를 말해주었다.

"내가 그런 식으로 가버리면 네가 안절부절못하고 다음 날 바로 찾아올 거라고 생각했어. 잘 들어맞았지, 안 그래?"

그가 옳았다. 밤새 시달린 끝에 나는 참지 못하고 바로 다음 날 공방으로 달려갔다. 사실 그가 화폭의 정중앙에 힘차게 붓을 찍던 순간부터 이미 마음은 결정되어 있었던 것 같다.

레오나드의 추천으로 시험은 면제되었으나 도제의 자격을 얻기 위해선 금화 다섯 닢을 내야 한다는 소리를 듣고 기절할 뻔했다. 결국 뒤벨 자작에게 받아 고이 숨겨두었던 금화 세 닢을 주고 두 닢은 훗날 갚기로 했는데, 이도 레오나드의 보증으로 가능했다.

레오나드가 누굴 추천한 것은 이례적인 일이었는지 곧바로 모두들 나를 보러 몰려왔다. 그중에는 시세로와 그를 큰형님이라고 부르던 도제 소년도 있었다. 두 사람의 얼굴에 떠오른 표정을 보면서 나는 만족감과 불편함을 동시에 느꼈다.

3.

하얀 눈의 기사

공방 생활은 생각만큼 자유롭지 않았다. 평일 주말 할 것 없이 새벽같이 일어나야 했으며 규칙적인 식사와 운동은 필수였다. 또 정기적으로 공방 바깥으로 산책을 나가야 했는데 우울해지기 쉬운 직업의 특성상 꼭 필요한 일이라고 했다. 호칭에 대한 주의도 들었는데, 밖에서는 그들을 단순한 기술자로 보지만 공방 안에서는 그들 모두가 예술가라고 했다.

"그게 차이가 있어요?"

"큰 차이가 있지. 아직 사람들의 인식 속에서 우리는 그저 손재주로 벌어먹고 사는 노동자란다."

"전 어느 쪽이든 별로 상관없을 것 같은데요."

"그림에 대해 진지해진다면 네 생각도 바뀔 거야. 사실 남들이 부르는 호칭보다 자기 스스로 어떻게 생각하느냐가 더 중요하겠지만 말이다."

당시엔 잘 와닿지 않았으므로 별로 귀담아듣지 않았다. 나는 다만 하루라도 빨리 레오나드가 보여줬던 것처럼 물감으로 그림을 그리고 싶었다. 하지만 물감을 쓰게 해달라고 조르는 내게 레오나드는 청천벽력과도 같은 말을 했다.

"그러려면 몇 년은 걸릴 거야."

"예?"

"원래 도제 생활은 힘들고 길다. 처음엔 네가 저택에서 하던 것과 별 다를 바 없는 허드렛일을 해야 해. 공방을 청소하고 다른 형제들이 먹을 음식을 준비하고, 시장에서 미술 재료들을 사오거나 캔버스를 짜고 물감을 만드는 일 등을 하지. 스승님의 시중도 들고 말이다."

"그럼 저는 언제 그림을 그리는데요?"

"틈이 난다면 언제든 개인적으로 연습해도 좋아. 하지만 시간이 많이 나진 않을 거다."

말을 하는 내내 레오나드가 피식피식 웃고 있었으므로 나는 불만 가득한 목소리로 물었다.

"일부러 지금에 와서 알려주는 거죠?"

"이젠 알아도 어쩔 수 없으니까. 이미 금화 세 닢은 지불했고 내게 두 닢이나 빚졌다는 걸 잊지 마라."

"이 사기꾼!"

"어허, 이제는 나를 형님이라고 불러. 공방의 도제들은 모두 서로를 형제로 칭하니까."

한동안 투덜거렸지만 내심으론 형제들이 생겼다는 게, 무엇보다 레오나드 같은 형이 생겼다는 게 너무나 기뻤다. 하지만 그렇다고 모두가 마음에 들었던 것은 아니다. 특히 시세로는 최악이었다.

"야, 막내. 어디서 농땡이를 치고 있어. 빨리 가서 내 방 안 치워?"

언제 왔는지 시세로가 사나운 얼굴로 소리 질렀다. 나는 장난스럽게 조르던 레오나드의 목에서 손을 떼고 최대한 반항적으로 시세로를 노려보며 지나갔다. 시세로는 내가 그러거나 말거나 방 안쪽에서 전혀 눈을 떼지 않았다. 그제야 그가 내가 아닌 레오나드를 쳐다보고 있음을 깨달았다.

"막내랑 아주 잘 노닥거린다. 네 담당도 아니면서."

그가 명백한 시비조로 말했지만 레오나드는 담담하게 대꾸했다.

"스승님께서 결정해 주시기 전까진 누구의 담당도 아니지. 그래서 그때까지는 내가 가르치려는 거야."

"가르쳐? 대체 뭘? 천박하게 남의 그림이나 베껴대는 것?"

내가 대신 욱해서 돌아보았으나 레오나드가 말리듯 고개를 저었다.

"저 애는 그런 일은 하지 않아. 더 훌륭한 일을 할 거야."

"그거 참 기대되는구만. 스승님께 부탁해서 아예 내 밑으로 넣어버리는 것도 좋겠어."

"글쎄, 그걸 네 마음대로 결정할 수는 없을걸."

"이제 현실 파악 좀 해라. 스승님은 끝났어. 다음 공방장의 자리가 누구한테 갈지 생각해 보라고."

말을 마치고 시세로가 몸을 돌리자 피할 새도 없이 눈이 마주쳤
다. 그의 얼굴이 험악해지는 걸 보고 얼른 작업실로 달려가 빗자루
를 들고 쓸기 시작했다. 초조하게 바깥의 눈치를 살폈지만 다행히
쫓아오는 기색은 없었다.

시세로의 밑으로 들어간다니, 그것만은 가장 피하고 싶었다. 행
여 그렇게 되면 금화 세 닢은 포기하고 공방을 나갈 수도 있겠다는
생각까지 들었다. 하지만 라잔 가문에서 나를 다시 하인으로 받아
줄까? 무엇보다 그는 특별한 이유도 없이 나를 왜 싫어하는 것일까.

"야, 너."

화판을 쌓아둔 무더기 뒤에서 첫날 만났던 도제 소년이 걸어 나
왔다. 시세로를 큰형님이라 부르며 시동처럼 쫓아다니는 마로였다.

"왜?"

"넌 얼마 주고 여기 들어왔냐?"

"얼마냐니? 금화 다섯 닢이잖아. 두 닢은 빚졌지만."

마로는 픽 웃더니 시세로와 똑같이 거만한 자세로 작업대 위에
걸터앉았다.

"그야 공식적으로만 그런 거고. 뒷돈 받는 일은 죽어도 안 한다
던 그 레오나드가 대체 얼마에 움직인 거야?"

"뒷돈이라니, 무슨 말인지 모르겠는데."

"숨길 생각 마. 뻔한 거 아냐. 시험을 면제받고 들어오려면 누구
든 돈을 내야 해. 레오나드가 얼마를 받았어?"

그제야 어렴풋 공방의 생리가 이해가 갔다. 실력이 별로 없어도

돈만 있으면 누구든 추천권을 살 수 있는 모양이었다. 그걸 알게 되니 오히려 기뻤다.

"난 한 푼도 안 냈어."

"웃기지 마!"

"정말이야. 나한테 그럴 돈이 어디 있어? 내내 길거리에서 살다가 얼마 전 겨우 저택에 일자리를 얻었을 뿐인데. 게다가 넌 기억하고 있을 거 아냐. 전에도 난 여기 와서 시험을 봤어. 자작님의 추천으로."

"그래! 그리고 그때 떨어졌잖아."

"이번엔 붙었지."

마로는 이를 문 채 악을 썼다.

"그러니까 돈을 준 게 틀림없어."

"네 입으로 말했잖아. 레오나드는 뒷돈 받는 일은 죽어도 안 한다고."

"지금이야 옛날이랑은 사정이 다르지! 언제 쫓겨날 판인지 모르는데 하루빨리 뒷돈으로 생활비라도 마련해야 하지 않겠어?"

"그건 또 무슨 말이야? 레오나드가 왜 쫓겨난다는 거야?"

내가 조급하게 묻자 마로는 여유를 되찾고 비열한 웃음을 터뜨렸다.

"아, 그래. 넌 모르는구나."

"뭘 모른다는 거야? 재수 없게 웃지 말고 말해."

"그 작자는 예술가가 아니야. 공방의 사람들은 모두 경멸하고 있지."

"말조심해. 레오나르트만큼 그릴 수 있는 사람은 여기 없어."

"뭐, 채색 솜씨는 좀 봐줄 만하지. 하지만 대체 화가라는 사람이 자기 그림을 그리지 않는다는 게 말이 돼? 평생 남의 그림만 베끼는 사람한테는 장인이라는 이름도 아까워."

"그리고 너한테는 도제라는 이름도 아깝다."

마로의 얼굴이 확 붉어졌다.

"너 이 자식!"

"덤벼봐. 붓이나 휘두르고 살던 놈한테 길바닥 인생이 뭔지 가르쳐주지."

나는 소매를 걷고 침을 탁 뱉었다. 움찔한 마로는 서서히 뒷걸음 질 치더니 문에 다다르고 나서야 소리쳤다.

"스승님이 곧 레오나르트를 쫓아낼 거랬어. 네 뒤를 봐줄 사람도 없어진다는 말이지. 그런 다음에 두고 보자, 너."

"어이구, 무서워라."

녀석이 사라지자 다시 세게 비질을 시작했지만 집중이 되지 않았다. 레오나르트가 쫓겨난다고? 그럼 이곳에 시세로나 마로 같은 녀석들하고만 남아서 온갖 허드렛일을 해주고 괴롭힘이나 당해야 한단 말인가?

빗자루를 내던지고 모아두었던 먼지도 발로 흩어버렸다. 역시 이딴 곳엔 들어오는 게 아니었다. 레오나르트는 물론이고 키리오니, 아니 그 전에 뒤벨 자작까지도 원망스러웠다.

아무 상관이 없는 아버지까지도.

다음 날은 새벽부터 사람들이 분주하게 공방을 뛰어다녔다. 왜 그런가 물어봤더니 한 달 만에 그들 모두의 스승이 돌아오기 때문이라고 했다. 심지어 그분은 성 바이니 대성당 건축과 관련된 일로 교황의 부름을(세상에, 교황이라니.) 받았다고 한다.

"무사히 다녀오셨습니까, 스승님."

화방의 도제와 화가들은 물론이고 조각공과 장식가들까지 대문으로 나와 그를 맞이했다. 그렇게 대단한 사람인가 하고 고개를 슬쩍 들어보니 실망스럽게도 다 늙고 살이 축 늘어진 노인이 서있었다. 더 관찰하고 싶었지만 옆에 있던 누군가가 머리를 찍어 눌렀기에 허리를 숙였다. 그렇게 요란한 환영식이 끝나자 레오나드가 불렀다.

"스승님께 너를 소개해 드려야겠다."

"저를요?"

"도제가 되었는데 당연히 인사드려야지."

그를 따라 공방 구석의 작고 수수한 방으로 갔다. 존경받는 노화가의 방치고는 너무 허름하다는 생각이 들었다. 듣기로 공방에서 기거하는 다른 화가들과 달리 그의 집은 따로 있다고 하는데 그 때문인 것 같았다.

"스승님, 레오나드입니다."

"오, 그래."

화가 벡리는 초라하게 방 한구석에 구겨진 듯 앉아있었다. 다시 봐도 정말이지 금세 축 늘어져 흩어질 것만 같은 모습이었다. 게다가 그의 하얗게 변한 눈동자는 레오나드가 아닌 다른 곳을 보고 있었다.

"가셨던 일은 잘 되었습니까?"

"오냐. 성하께서 직접 작업에 대해 이런저런 당부를 하시더구나. 무엇보다 천장화와 제단화가 가장 중요하다 하셨다."

"그렇군요."

잠시 대화가 이어진 뒤 벡리의 눈이 언뜻 내 쪽을 보았다.

"그런데 네 뒤에 서있는 게 뭐냐? 그림자인가?"

"새로 들어온 막내 도제입니다. 제 추천으로 왔습니다. 인사드리렴."

"안녕하세요. 파도 조르디라고 합니다."

하지만 노인의 눈은 놀란 듯이 레오나드에게 향하고 있었다. 내 이름을 듣기나 했는지 의심스러웠다.

"네 추천으로 왔다고?"

"예. 하지만 키리오니가 먼저 저에게 추천을 해주었습니다. 좋은 재능을 가진 아이라고요."

"키리오니가? 그렇다면 정말로 괜찮은 녀석인가 보구나."

"잘 성장한다면 틀림없이 훌륭한 화가가 될 거라고 믿습니다. 어쩌면 스승님의 뒤를 이을지도 모르지요."

두 사람은 마치 내가 거기 없는 것처럼 서로만을 바라보며 진지하게 대화했다. 멋쩍어진 나는 자랑스러운 기분을 드러내지 않기 위해 애썼다.

"그래, 네가 데리고 있을 생각이냐?"

"그건 어렵다는 걸 아시지 않습니까."

"아직도란 말이냐? 도저히 그 일을 잊을 날이 오지 않겠느냐?"

"오지 않을 겁니다. 언제까지고."

레오나드가 나지막하지만 단호하게 말했다. 두 사람 사이에 내가 모르는 어떤 일이 있는 것 같았다. 묻고 싶은 마음이야 굴뚝같았지만 그래서는 안 된다는 것쯤은 알고 있었다. 결국 레오나드가 뜻을 굽히지 않자 벡리는 혀를 찼다.

"그래. 그럼 시세로에게 맡겨야겠구나."

내가 입을 떡 벌리자 레오나드가 나를 바라보았다. 그에게 안 된다고 필사적으로 고개를 저었다. 그는 잠시 생각해 보다가 스승에게 말했다.

"제 생각엔 오퍼스트나 시벨이 좋을 것 같습니다."

"두 사람은 아직 배워야 할 단계이지, 다른 사람을 가르치기에는 이르다. 하지만 시세로는 거의 완벽하지. 그래, 그 성격은 어떻게 할 수 없겠지만 어쨌든 실력은 완벽해. 저 아이가 뛰어나다면 가장 뛰어난 스승 밑에서 배우게 하는 게 옳다."

"스승님, 제가 충분히 말씀드리지 못했군요."

레오나드는 어째서인지 나를 걱정스럽게 한 번 보고는 벡리의 귀에 대고 작게 말했다.

"저 아이는 그러니까…… 좀 지나치게 뛰어난 편입니다."

그 순간만큼은 내 얼굴이 조각처럼 굳었으면 했다. 도저히 표정을 통제할 자신이 없었기 때문이다. 못 들은 척하기 위해 갖은 애를 다 썼지만 얼굴이 확확 달아올랐다.

"아."

벡리는 뭔가 알았다는 소리를 냈다.

"그렇다면 시세로는 안 되는군. 안 되고말고."

"예, 안 됩니다."

노인의 눈동자가 새삼 나를 지그시 바라봤다. 이번만큼은 제대로 보는 것 같았다. 나도 그의 백태가 잔뜩 낀 죽은 것 같은 눈을 마주 보았다. 불편할 만큼 긴 응시였다.

"좋다. 그렇다면 내가 데리고 있으마."

마침내 노인이 말했다. 나는 잘못 들었겠거니 하고 레오나르드를 쳐다보았다. 그의 얼굴에도 놀라움이 떠올라 있었다. '앞도 제대로 보이지 않는 분이 어떻게 나를 가르친다는 거예요?' 만약 레오나르드가 먼저 입을 열지 않았다면 틀림없이 내가 먼저 그렇게 물어봤을 것이다.

"하지만 그러시기엔 스승님의 건강이……."

"아직 어린애 하나 정도 가르치기에는 충분하다. 성당 일 때문에 바빠질 텐데 마침 조수도 필요하고, 이 아이가 적당하겠구나."

어린애에다 조수라고? 필사적으로 레오나르드를 쳐다보았지만 스승의 말이어선지 레오나르드도 그 이상 뭐라 말하지 못하는 것 같았다.

결국 어어 하는 사이 나는 벡리의 직속 제자가 되어 방을 나왔다.

"어쨌든 시세로는 아니니까 잘된 거죠. 아닌가요?"

내 물음에 레오나르드는 복잡한 얼굴을 했다. 나와 벡리의 방을 한 번씩 번갈아 본 그가 갑자기 내 어깨를 짚었다.

"어쨌든 이것으로 정식 도제가 되었구나. 축하한다."

"뭔가 대답을 회피하려 한다는 생각이 드는 이유는 뭐죠."

"그럴 리가 있니. 가장 훌륭한 스승님 밑에서 배우게 되었잖아. 넌 아주 운이 좋은 거란다."

"글쎄, 정말 그런 거면 왜 눈을 못 마주치는데요?"

"난 원래 좀 사시였다."

레오나드가 그렇게 온갖 말도 안 되는 변명으로 대답을 회피하자 불안해졌다. 눈도 거의 보이지 않는다면서 정말 나를 가르칠 수 있을까? 차라리 험하게 배우더라도 시세로의 밑이 나았던 건 아니었을까?

결국 나는 몇 번 더 추궁하다가 포기했다. 이미 결정된 이상 벡리 스승님 밑에서 배워보는 수밖에 없었다. 긍정적으로 생각해 보면 그가 공방에서 가장 높은 위치니 앞으로 시세로나 마로가 함부로 하지는 못할 터였다.

"그런데요."

"응?"

"시세로가 가장 뛰어나다면서, 어째서……."

지나치게 뛰어난 아이는 못 가르치는 거냐고 묻고 싶었지만 내 자신을 그렇게 말하는 것처럼 들릴까 봐 우물쭈물했다. 다행히도 레오나드는 알아들었다.

"아, 그에게는 그림 실력에 비해 가르치는 재능이 없거든."

"그래요?"

아까 그게 정말로 그런 느낌이었나? 어딘지 석연치 않았지만 레오나드가 대답하지 않으려는 이유가 있을 거라 생각해서 더 이상은 묻지 않았다.

내가 벡리 스승님의 직속 도제가 되었다는 소문은 공방 안에 빠르게 퍼졌다. 모두들 놀란 눈치였다. 그도 그럴 것이 스승님은 지난 10년 동안 직속 도제를 두지 않고 장인의 자격이 있는 화가들만 이따금씩 지도했었기 때문이다.

나는 장님 화가의 제자가 되었다는 게 별로 기쁘지 않았지만 다른 도제들의 질투심은 하늘을 찔렀다. 특히 마로가 제일 심했다. 그래도 내 뒤에 스승님이 계셔서인지 예전처럼 드러내놓고 적개심을 보이거나 비꼬지 못했다. 내 짐작이 맞은 셈이었다.

의외인 점은 시세로의 괴롭힘도 뚝 끊겼다는 거다. 스승님께 별로 공손한 태도가 아니어서 기대하지 않았는데 의외였다. 게다가 그는 공방 안에서 마주쳐도 내가 아예 보이지 않는 것처럼 행동했다. 처음에는 잘되었다고 생각했지만 그것도 잠깐이었다. 내 몫까지 합쳐서 그가 레오나드를 아주 못살게 굴었던 것이다.

"그냥 결투라도 신청하지 그래요."

"결투라고?"

아침부터 세 번이나 부당한 욕을 들어먹고도 레오나드는 그저 재미있다는 듯 반문했다.

"자존심 안 상해요? 다른 도제들 앞에서도 거리낌 없이 그러는데."

"글쎄. 가만히 들어보면 그가 하는 말이 그리 틀린 것도 아니란다."

"진짜 사람이 좋다고 해야 할지 답답하다고 해야 할지."

레오나드는 조용히 웃기만 했다. 시세로가 나에게 했던 행동이 단지 심술이라면 레오나드에게는 정말로 악에 받쳐있는 듯 보였다. 분명히 두 사람 사이에는 경쟁자 이상의 뭔가가 있었다. 언젠가는 들을 기회가 있겠지 하고 일단 묻어뒀다.

초겨울에 접어든 어느 날, 나는 어깨 살갗이 벗겨질 정도로 열심히 물을 길어 나르고 있었다. 스승님의 도제가 되었다고 해서 하는 일이 별반 달라지지는 않았다. 오히려 하루 종일 스승님 곁에서 청소하고 밥 차리고 시중만 들다 보니 내가 하는 일이 도제인지 시종인지 구별할 수가 없었다. 레오나드 곁에 있을 땐 적어도 그가 그리는 걸 구경이나마 했는데 말이다.

특히 골짜기에서 물을 길어오는 일이 가장 힘들었다. 공방에서 쓰는 물의 양은 상상을 초월했기에 하루에 대여섯 번은 더 왔다 갔다 해야 했다. 저택과 달리 우물도 없었기 때문이다.

그날도 물을 세 번 기르고 네 번째로 골짜기로 향하는데, 작은 초원을 지날 때쯤 노란 꽃무더기에서 부스럭대는 소리가 들렸다. 작은 짐승인가 싶어 기웃거리는 순간 뭔가가 그 속에서 불쑥 고개를 내밀었다.

배시시 웃고 있는 그 얼굴은 놀랍게도 돌아가신 뒤벨 자작님의 동생인 사라사 아가씨였다. 그녀의 귀여운 얼굴은 흙과 꽃으로 엉망이 되어있었다.

"아가씨, 어떻게 여기까지 나오셨어요?"

나는 물동이를 내려놓고 다가갔지만 아가씨는 손 안 가득 모았던 노란 꽃을 내게 던지곤 반대쪽으로 쪼르르 달려갔다. 그러다 아가씨가 절벽 아래로 떨어질까 덜컥 겁이 났다.

"아가씨! 기다리세요. 아가씨!"

내가 붙잡으러 쫓아가자 그녀는 술래잡기라도 하듯 즐겁게 웃으며 더욱더 멀리 도망쳤다. 가엾게도 그녀는 뒤벨 자작이 죽은 이후 계속 그런 모습이었다. 더 이상 또랑또랑한 목소리로 눈을 빛내며 그림과 예술에 대해 이야기하는 소녀가 아니었던 것이다.

"늦게 들어가면 혼나는데."

나오기 전에 이미 공방관(예술가는 아니고 공방의 생활을 관리하는 책임자였다.)으로부터 물이 부족하니 서두르라는 이야길 듣고 온 참이었다. 하지만 아가씨를 내버려 두고 갈 수는 없었다. 겨울이 가까웠기에 그대로 해가 지면 추운 곳에서 그녀가 혼자 밤을 지새울지도 모르는 일이었다.

"아가씨, 제발 좀 거기 서세요!"

내가 간절하게 외치자 그녀는 절벽 끝에서 아슬아슬하게 멈췄다. 바다에서부터 절벽을 타고 올라오는 바람이 거칠게 그녀의 옷자락을 헤집었다. 거꾸로 흩날리는 포도색 머리카락 사이로 두 개의 푸른 눈동자가 나를 관통하듯 바라보았다. 어째서인지 그 모습은 사람을 압도하는 뭔가가 있었다.

"이리 나오세요. 저와 같이 저택으로 돌아가요."

나는 자세를 숙인 채 조심스럽게 손을 내밀었다. 그녀는 내 얼굴만 뚫어져라 바라보다가 도도하게 내 손을 잡았다.

"그래요. 착하지요. 자, 이쪽으로 한 걸음씩……."

"바보 취급하지 마."

그녀가 내뱉은 말에 나는 얼어붙었다.

"하인 주제에 감히 누굴 어린애 대하듯 하는 거야?"

그녀는 오만하게 고개를 쳐든 채 나를 내려다보았다. 나는 눈만 깜빡거리다가 얼른 손을 놓았다. 그리고 의심스럽게 물었다.

"설마 제정신이신 건가요?"

"당연하지."

"아니, 그럼 그동안 일부러 미…… 아픈 척하셨던 거예요?"

"그래. 일부러 미친 척했어."

그녀는 머리카락을 한쪽으로 휙 넘기고 허리 위에 손을 올려놓았다.

"너, 그때 오라버니가 데리고 온 그 아이지?"

"네. 그런데 아이는 아닙니다만……."

"오라버니를 어디서 만났어? 왜 널 데리고 오신 거야?"

"어느 성당에서 만났습니다. 제가 청소하는 모양새가 마음에 드셨는지 하인 자리를 주겠다고 하셨어요."

성실하게 대답하면서도 뭔가 이상한 상황이라고 생각했다. 그동안 연기했다는 걸 아가씨는 너무도 당당히 고백하고 이제는 나에게 따져 묻고 있으니 말이다. 게다가 그런 태도는 그녀에게 잘 어울렸다.

"성당이라고? 오라버니가 거기엔 왜 갔지? 혹시 누굴 만났어?"

베일을 쓴 낮은 목소리의 여자가 떠올랐지만 무턱대고 그렇다고 대답할 정도로 바보는 아니었다.

"신부님을 만나셨어요."

"신부님 말고 다른 사람은?"

"저 말고는 없었는데요."

"정말이야?"

"네."

그녀는 잠시 나를 믿을지 말지 가늠하는 눈길로 훑었다. 그러더니 도도한 태도로 고개를 홱 돌렸다.

"길을 안내해. 돌아가야 하니까."

나는 물동이를 지고 그녀의 앞쪽에서 길을 헤치며 골짜기를 내려갔다. 거의 다 내려오고 나서야 이제는 하인도 아닌데 왜 아가씨의 명령을 듣고 있는 건지 의구심이 들었다. 하지만 그녀가 길에 대해 불만을 표시할 때마다 나도 모르게 연달아 사과하며 열심히 나뭇가지를 쳐냈다. 평민의 본능은 어쩔 수 없는 모양이다.

저택 앞에 다다르고 나서야 아가씨의 귀족적인 얼굴이 풀어졌다. 그녀는 다시 몽롱한 표정으로 돌아가 나를 살살 놀리듯이 말했다.

"오늘 있었던 일을 설마 다른 사람들한테 말하지는 않겠지?"

"예, 뭐."

"좋아. 아주 좋아."

"그런데 저…… 왜 일부러 미친 척하시는 거예요?"

그녀는 대답해 줄까 말까 고민하는 표정을 지었다. 결국 아무렴 어떠냐는 태도로 입을 열었다.

"정말 미쳐버리고 싶은데 미칠 수 없을 때는, 미친 척 해보는 것도 나쁘지 않겠다고 생각했어."

말과는 전혀 어울리지 않는 명랑한 걸음으로 그녀가 쏙 들어갔다. 이해할 듯 말 듯했기에 한동안 서성이던 나는 물동이를 떠올리고 얼른 공방으로 걸음을 옮겼다. 공방관으로부터 아름다운 욕설의 화음을 들었음은 물론이다.

한동안 나를 방치해 두던 스승님이 정식으로 호출했다. 얼마나 가슴이 뛰었는지 굳이 말할 필요도 없을 것이다. 드디어 그림을 그리거나 적어도 그림 그리는 모습을 구경할 수 있겠다고 기대했다. 하지만 내가 찾아갔을 때 스승님은 외출복 차림이었다.

"시간이 없으니 얼른 가자꾸나."

"외람되지만 어딜 가시는 건지 여쭈어도 될⋯⋯."

"안 된다."

그렇다는데 어쩌겠는가. 옷 하나 제대로 걸치지 못하고 공방을 나서는 수밖에. 스승님은 내 팔을 지팡이 삼아 붙잡고 걸었다. 노인의 악력은 의외로 셌다. 그 상태로 반시간을 걸으니 팔에 멍이 들지도 모른다는 생각까지 들었다.

곧 무언가 부딪치고 내리치는 소리가 들렸다. 고개를 든 나는 하늘을 찌를 듯 높이 솟은 지붕을 발견했다. 마무리 공사가 한창인 바이니 대성당이었다.

"어라, 그새 돔이 생겼네요?"

"돔을 얹은 지가 언젠데 이제 와 그러느냐."

"저는 처음 봤습니다. 저택에 들어가기 전까지만 해도 없었는데요."

"지금 담당하고 있는 놈이 퍽 유능해서인지 금세 완성하더구나. 별로 마음에 드는 녀석은 아니다만 실력이 괜찮은 건 사실이야. 왜 그렇게 재능 있는 녀석들은 항상 성격이 지랄 같은지 모르겠다."

그 말에 내 성격도 지랄 같은지 잠깐 고민했다. 그래야만 재능이 있다는 말처럼 들렸기 때문이다. 그러다 어떤 모순점을 발견했다.

"레오나드는 너무 순해서 탈인데요."

"그 녀석은……."

스승님은 뭔가 말하려다 대신 한숨만 내쉬었다.

"말하고 싶지도 않구나. 하지만 그 녀석도 지랄 같긴 마찬가지야."

짙은 그림자가 얼굴을 덮었다. 어느새 대성당이 꽤나 가까워졌던 것이다. 그토록 가까이에서 올려다보기는 처음이었다. 멀리서 볼 때도 느꼈지만 성당의 크기는 정말로 압도적이었다. 어느 순간 그대로 무너져 나를 짓누를 것만 같았다.

"벡리 화백님 아니십니까?"

누군가 알은척하며 다가왔다. 공사장의 인부 같은데 품이 넓은 작업복을 입고 소매를 걷어붙인 모습에서 건장하고 남자다운 느낌이 물씬 풍겼다. 나도 공방에서 저런 차림을 하고 다니고 싶다고 생각했다.

"누구지? 프리우스인가?"

"예, 기억하시는군요."

"다들 불가능한 일이라고 말하던 걸 해낸 사람인데 당연히 기억하지."

스승님이 돔이 있는 쪽을 가리키자 프리우스는 멋쩍게 웃었다. 그렇다면 그가 바로 스승님이 말했던 재능 있지만 성격이 지랄 같은 젊은 놈일 터였다.

"어인 행차십니까? 아직 내부 정리가 덜 끝나서 작업은 못 하실 텐데요."

"먼저 살펴보고 무엇을 그려 넣을지 결정하려고 하네. 교황 성하의 말씀대로 지나치게 종교적이지도 덜 종교적이지도 않은 주제로 말일세. 그런데 자네는 그게 대체 뭐일 거라 생각하나?"

"어이쿠, 못 배운 놈인지라 그런 어려운 질문을 하시면 곤란합니다. 게다가 종교 같은 예민한 주제를요. 까딱 잘못하면 이단으로 의심받는 세상에."

"이단이라. 그렇구만."

길에서 굴러먹은 나도 그 말이 얼마나 무서운지 알고 있었다. 평민들은 감히 허리를 편 채 성당 앞을 지나다니지도 못했다. 이단이라는 말 한마디면 쉽게 가족 모두가 멸족당하는 세상이었다. 특히 도시 전체를 내려다보는 듯한 대성당이 올라서기 시작한 뒤로 더했다. 거기에 교황의 세 번째 눈이 달려있다고 말할 정도였다.

"들어가서 한번 보시겠습니까?"

"그래. 하지만 자네가 어떻게 작업했는지 잘난체하는 것은 지난번에 다 들었으니 이번엔 내 제자와 함께 조용히 둘러보고 싶네."

프리우스는 낄낄 웃고는 정문까지 우리를 안내했다.

"시세로는 잘 지냅니까?"

"그 녀석이야 늘 똑같지."

"지금 생각해도 참 아깝습니다. 그놈은 미술보다는 건축을 했어야 할 놈입니다."

"그랬으면 나도 편했겠지."

스승님의 말씀에 내가 더 열심히 고개를 끄덕였다. 시세로만 없었어도 공방 생활이 지금보다는 훨씬 나았을 것이다.

정문 앞에서 프리우스는 정중히 인사하고 사라졌다. 성당 안으로 들어서니 더 굉장한 광경이 눈에 들어왔다. 세상에, 커도 이렇게 클 수가 있다니. 과장을 좀 섞어 말하자면 이 도시 사람 전부는 아니어도 반은 들어갈 듯한 크기였다.

내부는 또 어찌나 견고하고 아름다운지, 돔 아래 원형으로 세워진 황금 제단은 위에서부터 쏟아져 내리는 햇빛으로 찬란했다. 바닥은 매끄러운 대리석이었고 제단의 뒤쪽 벽면을 수천 개는 되어 보이는 파이프 오르간이 웅장하게 뒤덮고 있었다. 그 중앙에 있는 하얀 공백이 바로 제단화가 그려질 자리인 듯했다. 그것을 보자 괜히 내 가슴이 뛰었다.

"정말로 굉장하지 않느냐?"

"예. 사람이 이걸 만들었다는 게 믿기지 않네요."

"무서울 정도지. 나는 가끔 사람이 무엇까지 할 수 있을지 생각하면 두렵다."

"그게 왜 두려운 일인가요?"

"모든 걸 인간이 만들었다고 생각해 보아라. 이 성당, 그 위로 쏟아지는 빛, 그리고 어쩌면 신까지도."

차갑고 섬뜩한 기분이 등골을 찔렀다. 자세히는 모르지만 방금 스승님이 아주 위험한 발언을 했다는 것만큼은 본능적으로 느낄 수 있었다. 성당 안은 넓고 텅 비어있었다. 분명 스승님의 목소리가 작지 않은 크기로 울렸을 것이다. 나는 얼른 주위를 둘러봤다. 다행히 우리밖에 없었다.

"스승님, 그런 말씀은……."

"알고 있다. 내가 너무 늙어서 정신이 나가려는 모양이다."

스승님은 헛웃음을 짓고 성당 안을 왔다 갔다 하며 생각에 잠겼다. 그림을 구상하시는 것 같아 방해하지 않으려고 구석에 서있었다. 넓은 천장을 그림으로 채우려면 도대체 얼마의 시간이 걸릴지 짐작할 수 없었다. 그 일을 모두 스승님이 하게 되는 걸까? 아니면 시세로가?

그가 엄숙한 종교화를 그린다고 생각하니 어쩐 상상이 되질 않았다. 심하게 어울리지 않는 것 같았다. 차라리 레오나드라면 자신만큼이나 온화하고 경건한 그림을 그려낼 텐데. 하지만 그는 자기 그림을 결코 그리지 않는다. 도대체 왜일까?

"이제 그만 가자꾸나. 또 들러야 할 곳이 있으니."

"또요?"

내 목소리에 피로가 묻어 있었던지 스승님이 달래듯 말했다.

"이번엔 마차를 타고 갈 거다."

얼마 안 된 시간이지만 곁에서 시중을 들며 스승님에 대해 배운 게 몇 가지 있는데, 그중 하나는 이 노인이 대단한 구두쇠라는 점이었다. 늙은 몸을 이끌고 집과 공방을 오가는 왕복 한 시간 거리의 길도 걸어다니시니(그것도 나를 지팡이 삼아서) 더 말할 필요도 없었다. 한데 그런 스승님이 마차를 잡아탄다면 그건 아주 어마어마하게 먼 곳이라는 뜻이었다.

체념하고 마차에 올라탔을 때 뜻밖에도 스승님은 이렇게 말했다.

"왕성으로 가주게."

왕성이라니, 세상에 왕성이라니.

오늘 외출에 대한 실망감이 감격으로 뒤바뀌는 순간이었다. 나 같은 빈민은 멀리서도 감히 바라보기 힘든 곳. 근처에 가는 것조차 제한되어 있기에 아이들에게 있어 그만큼 모험심과 동경을 자극하는 곳도 없었다.

"진짜 왕성으로 가는 건가요? 가서 왕님을 만나요? 공주님과 왕자님도요?"

"왕님이 뭐냐. 덜떨어진 놈 같으니라고. 글쎄, 그분들을 뵈러 가는 건 아니지만 어쩌면 마주칠 수도 있겠지."

"우와, 우와아."

"제발 들어가서는 입 좀 다물고 있거라. 원 시종을 잘못 뽑았구만."

"역시 시종으로 부릴 생각이셨던 거군요?"

스승님은 바로 코를 골기 시작했다. 뭐 아무래도 좋았다. 시종이고 도제고 하인이고 간에 왕성에 간다는데! 틀림없이 그 거대한 성문 안에는 황금 대로가 쫙 깔려 있고 양 옆에는 나팔수들이 늘어서서 우렁차게 나팔을 불 것이다. 왕님 납시오! 신하의 외침에 꽃가루가 뿌려지고 사람들의 환호 소리가 모든 것을 뒤덮을 것이다. 뒤에서 후광이 비치는 근엄한 왕의 곁에는 세상 그 어디에서도 본 적 없던 아름다운 공주가 미소를 지으며 손을 흔든다. 상상하다가 입에서 침이 흐를 지경이었다.

"서라. 이곳은 왕의 거처다."

그때 낯선 목소리와 함께 마차가 섰다. 나는 얼른 고개를 내밀어 바깥을 내다보았다. 광채 나는 은색 갑옷을 입은 기사가 손을 들고 서 있었다. 맙소사, 진짜 기사다. 동화책에나 나올 법한 끝내주게 멋진 기사!

"머리 치워라, 이놈아."

스승님이 내 머리를 딱 때렸다. 맞은 부위를 문지르며 뒤로 물러
서자 철컥철컥 하는 소리가 들리더니 창문 밖으로 기사의 가슴께가
보였다. 키가 얼마나 큰지 그는 고개를 숙여서 안을 들여다보았다.

"신분과 방문 목적은…… 아, 벡리 화백님이십니까."

평소 탐탁지 않게 생각했던 스승님이 너무도 존경스러워지는 순
간이었다.

"고생하는구려, 부대장. 당신이 직접 성문 앞을 지키고 있을 줄
은 몰랐소."

"왕성의 치안을 책임지는 것이 제 임무니까요. 이곳 또한 예외가
아닙니다."

"근면하시군."

"맡은 일을 다할 뿐입니다."

그는 대답하고 잠깐 내 쪽을 봤는데 눈이 마주치자마자 나는 깜
짝 놀랐다. 그의 한쪽 눈동자가 두드러지는 하얀색이었기 때문이
다. 다른 쪽의 청색 눈과는 대조적이었다. 너무 뚫어지게 쳐다봐서
인지 그는 살짝 눈살을 찌푸리고 다시 스승님에게 고개를 돌렸다.

"폐하를 뵈러 가십니까?"

"아니. 재상을 뵈러 왔소."

"그렇습니까. 그렇다면 제가 직접 모시지요."

대답을 기다리지 않고 그는 근처에 있던 말에 훌쩍 올라탔다. 행
동이 어찌나 빠르고 간결한지 동작 하나하나에서 멋이 뚝뚝 묻어나

는 것 같았다. 내가 눈을 못 떼자 스승님은 재미있다는 듯 말했다.

"아직 소년은 소년이로구나. 기사를 그렇게 좋아하는 걸 보면."

"귀족으로 태어났더라면 저는 반드시 기사가 됐을 겁니다."

"재미있는 소릴 다 하는구나. 꼭 귀족이어야만 기사를 하는 게 아니다. 저 사람도 귀족이 아니었지만 자기 힘으로 작위를 얻었지. 때문에 진짜 귀족들로부터 멸시를 받기는 하지만 어쨌든 굉장한 일이야."

"우와, 더 멋있네요."

"멋있긴, 이 녀석아. 저 기사의 이름은 폰 블레이젝이다. 한데 사람들은 그를 두 가지의 다른 이름으로 부르지. 하나는 하얀 눈의 기사, 다른 하나는 자비 없는 블레이젝. 앞으로는 그를 볼 때마다 한 가지 상기하거라. 그가 얼마나 많은 시체를 쌓았기에 그 자리에 서 있는 것인지를."

스승님의 말을 듣고 나니 새삼 기사의 뒷모습이 달라 보였다. 좀 더 무게감이 있달까. 아무튼 내게는 말 등 위로 늘어진 그의 푸른 망토가 멋있게만 느껴졌다.

그의 호위를 받아 우리는 왕성 바로 앞에서 내렸다. 성은 넓기는 했지만 높이가 성당보다 못했다. 나는 그 점이 몹시 못마땅했다. 아무리 신의 성전이라고 해도 왕의 집보다 높게 지어도 되는 걸까? 물론 당시에는 교황과 왕의 관계를 정확히 몰랐기에 했던 생각에 불과하지만 말이다.

"재상께서 기다리고 계십니다."

궁중하인으로 보이는 남자가 우리에게 다가왔다. 역시나 왕성답게 하인의 옷마저 고급스러운 태가 났다. 블레이젝이라는 기사는 스승님께 고개를 살짝 숙이더니 다시 말을 타고 사라졌다. 아, 정말이지 한 폭의 그림 같다. 어쩌면 나는 화가가 아니라 기사가 될 운명은 아니었을까?

"뭘 멍하니 서있느냐. 얼른 들어가자."

처음보다 줄어들긴 했지만 나는 여전히 기대감을 가지고 성으로 들어갔다. 하지만 상상했던 것과 달리 황금 대로가 펼쳐지거나 군악대가 쭉 늘어서 있지는 않았다. 낡은 느낌이 그대로 묻어나는 석벽이 고풍스럽긴 했지만 화려함과는 전혀 거리가 멀었다. 바닥에 깔린 융단도 차라리 라잔 저택의 것이 더 낫다고 생각될 정도였다. 이 나라의 왕은 검소한 사람인가?

"함께 오신 분은 이쪽에서 기다려주십시오."

하인이 안내한 곳은 거대한 응접실이었다. 나는 거기 홀로 남았고 스승님은 안으로 더 깊이 들어가더니 휘장 뒤로 사라졌다. 스승님을 기다리는 동안 조금 주눅 든 기분으로 주변을 둘러보았다. 벽에는 그림이 가득 걸려있고 조각과 장식들도 많았지만 그런 거야 저택에서도 많이 봤으니 별로 새로울 게 없었다.

어색하게 앉아있는 내게 하인이 무언가 마시겠냐고 물어왔다. 나는 과감하게 술을 달라고 했고 그는 뭔가 못마땅한 표정이었지만 결국 고급스러운 잔에 술을 담아 가지고 왔다.

한 잔 쭉 비우고 앉아있는데 응접실 저편에서 한 무리의 여성들이 나타났다. 검은 드레스를 입은 기품 있어 보이는 여성이 앞장서고 그 뒤를 시녀들이 따라오는 모양새였다. 무슨 공주라도 되나?

그렇게 생각하는데 옆에 있던 궁중하인이 황급히 앞으로 달려 나가 허리를 숙였다.

"재상을 만나러 왔네만. 선약이 있었던 건가?"

그녀가 나지막한 목소리로 말했을 때 나는 머리를 한 대 얻어맞는 기분을 느꼈다. 그 독특한 낮은 음성을 어찌 잊을 수 있을까. 나도 모르게 잔을 떨어뜨리며 자리에서 일어나자 그녀를 비롯한 모든 사람들이 내 쪽을 돌아보았다.

"죄, 죄송합니다."

나는 황급히 잔을 줍고 고개를 숙였다. 하마터면 그녀를 부를 뻔했다. 그녀가 대체 왜 여기 있는지, 뭐가 어떻게 돌아가는 건지 알 수 없었다. 다행히 하인이 먼저 관심을 거두고 그녀에게 말했다.

"재상께는 다른 손님이 먼저 방문하셨습니다."

"……아. 시간이 걸리는 약속인가?"

기분 탓인지 그녀가 대답을 조금 지체한 것처럼 느껴졌다.

"잘 모르겠습니다. 들어가서 찾아오셨다고 전해드릴까요?"

"아니. 손님이 계시다니 여기서 잠시 기다리지. 혼자 있을 테니 너희들도 모두 물러가도록."

발걸음 소리도 내지 않고 시녀들이 모두 사라졌다. 궁중하인도 마찬가지였다. 나는 어정쩡하게 선 채 이러지도 저러지도 못하고 필사적으로 시선을 회피하고 있었다. 잠시 후 그녀가 사락사락 걸어와서는 내 옆에 앉았다.

"앉거라."

그녀의 목소리에서 거부할 수 없는 권위가 느껴졌다. 나는 조심스럽게 앉았다.

"여기서 보게 될 줄 몰랐다. 너는 그때 그 아이가 맞지?"

"그날 밤 라잔 저택에서 본 아이를 말씀하시는 거라면, 예. 맞을 겁니다."

"나를 보고 놀란 얼굴이더구나. 나도 마찬가지였다. 그렇다면 안에 있는 손님은 모슬로 라잔이겠구나."

"아닙니다. 안에는 벡리 스승님께서 계십니다."

그녀가 고개를 살짝 기울였다.

"벡리라고? 그가 스승이라면 너는 도제라는 말이더냐."

"예."

"달빛 아래 그려져 있던 그림도?"

"제가 그렸습니다."

그녀는 한숨을 흘려보냈다.

"그렇구나."

그대로 그녀는 입을 다물었고 나는 안절부절못한 채 앉아있었다. 물어보고 싶은 게 많았지만 결코 먼저 말을 걸어서는 안 될 것 같았다. 누군지 몰라도 라잔 경과 스승님에게 존칭을 안 붙인다면 그건 아주 어마어마하게 높은 사람이라는 뜻이었다.

그동안 나는 멋대로 여자 쪽의 신분이 낮아 자작님과 그렇게 애달파하면서도 이루어지지 못하는 줄로만 알았다. 하지만 완전히 잘못 생각하고 있었다. 신분 차이가 두 사람의 문제였다면 낮은 신분이 장애가 된 쪽은 그녀가 아니라 자작님이었던 것이다.

"그런데 왜 요새는 그림을 그리지 않지?"

"예?"

나도 모르게 고개를 들었다가 그녀와 눈이 마주쳤다. 그녀는 부드럽게 웃고 있었다.

"그 정원에 말이다. 가끔 찾아갈 때마다 그림이 그려져 있던데 요즘은 그렇지 않더구나."

"설마 그 후에도 거기 오셨던 건가요?"

"그랬지. 그리움이 쌓여 흘러넘칠 때마다. 견딜 수 없는 고통이 마음을 어지럽힐 때마다."

이상한 일이었지만 그렇게 말하는 그녀의 얼굴을 보고 있자니 나까지도 똑같은 고통이 느껴지는 것만 같았다. 그 순간 나는 오래도록 궁금해했던 의문 중 하나가 풀리는 것을 느꼈다.

가끔 이곳에 새로이 그림을 그려주렴.

죽기 전날 자작님이 나에게 그런 말을 했던 것은, 그녀가 꾸준히 그곳을 찾을 것을 알았기 때문일까?

"아이야."

그녀의 손이 다가오자 나는 흠칫 놀라 피했다. 그러곤 얼른 눈을 비볐다.

"자작님은 생각하셨어요."

그녀가 손을 거두고 나를 조용히 바라보았다. 주제 넘는 것 같았지만 이 이야길 꼭 하고 싶었다.

"돌아가신 후에 남겨질 당신을 생각하셨어요. 그곳에 계속 그림을 그려달라고 부탁한 건 자작님이셨어요. 그날…… 그렇게 가버리신 그날, 거기에 자기 얼굴을 남겨달라고 한 것도 자작님이셨어요."

옆에서 숨을 멈추는 소리가 들렸다. 그녀는 갑자기 자리에서 일어났다. 그러곤 이러지도 저러지도 못하고 두 손을 놓았다 잡았다 했다. 아무 말도 하지 않았지만 나는 그녀가 마음으로 울고 있을 거라고 생각했다. 그날 내 앞에서 그랬던 것처럼.

"공방으로 들어가는 바람에 잊고 있었어요. 약속해 놓고 지키지 못했어요. 앞으로 다시 그곳에 그림을 남겨둘게요."

그녀는 고개를 저었다.

"그럴 리 없어."

"아니에요. 정말로……."

"그가 그런 말을 했을 리가 없어."

그제야 나에게 하는 말이 아니라는 걸 깨달았다. 잠자코 입을 다물자 그녀는 어지럽게 왔다 갔다 했다.

"나를 생각했을 리 없어. 그는 알고 있었어. 내가 그날 만나서 그에게 무슨 말을 할지 알고 있었어. 그래서 죽어버린 거야. 내 눈앞에서, 내가 보는 앞에서, 그렇게 그런 모습으로."

그녀는 스스로가 한 말이 두렵다는 듯이 걸음을 멈췄다. 나 또한 가슴이 철렁 내려앉았다.

"그게 무슨 말씀이세요? 알았다니, 무엇을요?"

그녀의 혼란스러운 눈이 내게 향했다. 그것을 말해도 되는지 아닌지 모르는 듯했다.

"나는."

마침내 그녀의 입이 열렸다.

"그날 그에게 더 이상 만날 수 없다고 말할 참이었다. 편지로 이야기했지만 그가 믿지 않았기 때문이지. 그는 약속 시간이 되어도 나오지 않았다. 그리고…… 비명 소리가 들렸다."

그녀의 목소리는 이따금 떨렸고 또 멈추기도 했지만 끝까지 이어졌다.

"그런 나에게, 그런 나에게 정말로 자기가 가버린 뒤 그림을 남겨주라고 말했단 말이냐? 나에게?"

나는 고개를 떨어뜨린 채 대답했다.

"예, 그러셨어요."

그녀는 걸음을 멈춘 채로 침묵했다. 고개를 들지 않아서 그녀의 표정이 어떤지는 알 수 없었다.

"그리고 앞으로도 저는 그 약속을 지킬 거예요."

"그러지 않아도 된다. 앞으로는 찾지 않을 것이다."

극도로 절제된 목소리였지만 이번엔 속지 않았다.

"기다려주세요. 제가 물감 다루는 법을 배우면, 마음껏 그림을 그릴 수 있는 날이 오면 자작님의 초상화를 그려서 선물로 드릴게요."

그녀에게선 대답이 없었다. 움직이는 기척도 느껴지지 않았다. 잠시 기다렸다 고개를 들었을 때 그녀는 어느새 사라지고 없었다. 자리에서 벌떡 일어나 주위를 둘러보았다. 하지만 그곳엔 나뿐이었다. 꿈이라도 꾼 듯한 기분이었다.

"이만 가자, 얘야."

그때 스승님이 나타나면서 신비로운 적막이 깨졌다. 머뭇머뭇 그분을 따라가는 동안에도 계속해서 뒤를 돌아보았다. 분명 그것은 꿈이 아니었다. 하지만 어디에도 여인의 모습은 보이지 않았다.

4.
천재를 죽이는 방법

그날 이후 나는 뒤벨 자작의 초상화를 위해서라도 하루 빨리 물감으로 그림 그리는 법을 배우고 싶었다. 하지만 스승님은 결코 붓을 잡게 해주지 않았고 불만스러워하는 나에게 뜬구름 잡는 말만 했다.

"화가는 붓을 잡기 전에 빈 화폭을 보면서 무엇을 그릴지 생각해야 한다. 그리고 붓을 쥐고 나서는 그것을 어떻게 그릴지 더욱더 많이 생각해야 한다. 그러나 정작 화폭 위에 붓을 찍고 난 다음부터는 아무것도 망설이지 말아야 한다. 손이 가는 대로 그려야 하느니라."

그러니까 그 말에 대해 연습하기 위해서라도 제발 붓 좀 쥐게 해달라고 애원해도 소용없었다. 결국 나는 저택에 있을 때보다 더 많은 허드렛일에 시달리며 예전처럼 흙바닥에 그림을 그리는 수밖에 없었다. 종종 다른 도제들이 그걸 구경하러 오곤 했는데 매번 빈정거리면서도 누구보다 열심히 오는 게 바로 마로였다. 하여튼 이해할 수 없는 녀석이었다.

하루는 레오나드가 보는 가운데 공방 앞마당에 그림을 그리는데, 갑자기 도제들이 전부 야단법석을 떨며 담장 쪽으로 몰려갔다. 궁금한 나머지 그들을 힐끔거리자 레오나드가 어쩔 수 없다는 듯 말했다.

"보고 싶으면 뭔지 가서 보고 오렴."

신이 나서 달려갔지만 도제들 틈에 시세로가 섞여있어 약간 흥이 떨어졌다. 나는 최대한 그를 멀리하고 다른 도제들에게 물었다.

"왜 그래? 뭔데 그래?"

"라잔 저택의 아가씨야. 그 미친 아가씨 말이야. 지금 옷도 제대로 안 입고 정원을 뛰어다니고 있어."

깜짝 놀라 담 너머를 보려 했지만 내 키로는 어림없었다. 다른 도제들처럼 누군가가 밑에서 받쳐주지 않으면 보기 어려울 듯했다. 발만 동동 구르며 주위를 두리번거리던 그때 시세로와 눈이 마주쳤다. 뜻밖에도 그는 픽 웃었다.

"너도 보고 싶냐?"

그가 거의 몇 개월 만에 말을 건 것이라 나는 대답하지 못하고 얼떨떨하게 서있었다. 그때 시세로가 몸을 낮추더니 자기 어깨에 올라타라는 손짓을 했다. 갑자기 나한테 왜 다정하게 구는 것인지 알 수 없었다. 어쩌면 이제 잘 지내보자는 의미일지도 모른다는 생각에 냉큼 그의 어깨에 올라탔다.

순식간에 몸이 위로 솟구쳤고 담장 너머의 풍경이 눈에 들어왔다. 맙소사. 옷을 제대로 안 입었다는 말은 너무 예의 바른 표현이었다. 그녀는 완전히 속옷 차림이었다.

"와, 이거 눈요기 제대로 한다."

"야야, 밀치지 마."

"나도 좀 보자!"

공방에는 죄 사내들뿐이니 다들 흥분해 있었다. 아무리 그래도 공방을 후원하는 가문의 여식인데 이건 너무 배은망덕했다. 가서 말려야겠다는 생각이 들어 내려달라고 하려는 순간, 갑자기 몸이 균형을 잃고 휘청거렸다. 나는 애타게 팔을 휘저었지만 손끝이 담벼락을 한 번 긁었을 뿐 아무것도 붙잡지 못했다. 세상이 기울고 모든 형체와 색채가 뒤섞였다. 쾅!

등부터 바닥에 떨어졌는데 들소가 가슴을 들이받는 느낌이었다. 숨이 턱 막히고 눈앞이 새카매졌다. 속에서 당장 피 맛이 올라왔다.

"괜찮아? 이봐, 파도. 파도!"

누군가 내 어깨를 흔들었다. 초점이 돌아오면서 레오나드의 얼굴이 보였다. 다른 도제들도 전부 나를 둘러싸고 내려다보고 있었다.

"나 좀 일으켜줘요."

레오나드의 팔을 붙잡고 일어났더니 머리가 지끈거렸다. 피 섞인 침을 탁 뱉고 두 눈을 비볐다. 그제야 좀 정신이 들었다. 분노보다는 의문을 담아 나를 패대기친 장본인을 바라보았다.

"왜 그랬어요?"

"미안. 좀 무겁더라. 버텨보려고 했지만 역부족이었어."

누가 봐도 그건 진심으로 사과하는 태도가 아니었다. 오히려 웃음을 참기 위해 애쓰는 듯 보였다. 그 곁에서 똑같이 비열한 표정을 흉내 내는 마로는 차라리 귀엽기라도 했다.

"당신 진짜 못된 사람이네요."

내 말에 시세로가 코웃음 쳤다.

"세상에 안 못된 사람도 있냐?"

"또 유치하기도 하고요. 그거 알아요? 누굴 괴롭히는 건 다 관심의 표현이래요. 진짜 그 사람이 싫으면 가까이 안 하지 일부러 괴롭히지도 않는다는 말이에요. 그냥 친해지고 싶으면 그렇다고 솔직하게 말해요."

"이거 웃기는 꼬맹이일세. 난 별로 너 괴롭힌 적도 없고 친해지고 싶은 생각은 더더욱 없어."

"그럼 나랑 레오나드 좀 내버려둬요. 다음에 또 이런 짓 하면 우릴 좋아한다고 생각해 버릴 거예요."

주위의 몇몇 도제들이 웃음을 터뜨렸다가 황급히 멈췄다. 시세로는 기도 안 찬다는 표정이었다. 나는 옷을 툭툭 턴 다음 어딜 가냐는 레오나드의 물음도 무시하고 공방을 나왔다. 그런 다음 담장을 빙 돌아 저택 정원으로 들어갔다.

사라사 아가씨는 그때까지도 추운 날씨에 속옷 차림으로 하녀들과 술래잡기를 하고 있었다. 하녀들은 혹시라도 라잔 경이나 라잔 부인이 그 모습을 볼까 거의 울기 직전이었다. 가만히 그들을 관찰하던 나는 하녀들이 안 보일 때쯤 덤불을 뚫고 아가씨 앞에 나타났다.

"아가씨."

"아, 깜짝이야!"

나를 알아본 그녀는 정신 나간 표정을 풀고 뭔가 말하려 했다. 하지만 아직 담장 너머에서 도제들이 지켜볼 것이었으므로 내가 먼저 말했다.

"다 큰 남정네들이 저기 벽 너머에서 구경하고 있는데 이런 차림을 하고 계시다니요."

그녀는 잠깐 놀라더니 훌륭하게도 바보처럼 빙빙 도는 연기를 해 보였다. 내 곁을 스쳐가면서 그녀가 낮게 속삭였다.

"정말이네. 속 시커먼 사내들 같으니라고."

"누구든 그런 차림을 하고 밖을 나돌아 다니면 처다볼 수밖에 없지 않을까요."

"요새 아버님이 의심을 하고 계시거든. 이런 모습을 보여야 다신 의심 못 하시지."

"과연, 훌륭한 방법이 아니라고는 못 하겠네요."

그녀는 꺄르르 웃고 공방 쪽에서 보이지 않게 높이 솟은 나무들 틈으로 사라졌다. 무심코 따라가려던 나는 저편에서 하녀들이 다시 나타난 것을 보고 그만두었다. 그녀와 뭔가 더 이야기하고 싶었지만 그래도 되는지 알 수 없었다.

다시 공방으로 돌아왔을 때 도제들은 다 흩어지고 없었다. 레오나드가 혼자 마당에서 기다리고 있었다.

"의사에게 안 가봐도 되겠어?"

"이 정도로 뭘. 괜찮아요."

"아무래도 이번 일은 스승님께 말씀드려야겠다. 시세로에게 사과하라고 했지만 안 하겠대."

"그런 걸 할 사람인가요. 스승님께 말씀드릴 것도 없어요. 어린 애도 아니고."

레오나르드는 고개를 끄덕이고 자신의 방 쪽을 가리켰다. 얘기 좀 하자는 것 같아 그를 따라갔다.

작업실엔 그가 한창 모사 중인 커다란 캔버스 두 개가 있었다. 원본은 시세로가 그린 어느 귀부인의 초상화였고 반쯤 완성된 게 레오나르드의 그림이었다. 이 일로 시세로는 요즘 끊임없이 레오나르드를 모욕하고 있었다. 만날 자기 그림이나 베껴 그리는 얼간이라는 등의.

레오나르드는 여러 색의 물감이 묻은 의자 하나를 내 쪽으로 밀었다. 그리고 자신은 작업대 위에 걸터앉았다.

"아무래도 말해줘야 할 것 같구나."

"뭘요?"

어디서부터 이야기를 할지 그는 잠시 가늠해 보는 눈치였다. 겁이 난 내가 먼저 입을 열었다.

"설마 당신 쫓겨나나요?"

"응? 그 이야기도 들었니? 언젠가는 그럴 수도 있겠지. 하지만 지금 하려는 얘기는 그게 아니야."

조금 마음이 놓여서 잠자코 그의 말을 기다렸다.

"어쩌면 아주 상관이 없지도 않겠구나. 내가 언제 나가게 될지 모르니 역시 이야기해 두는 편이 좋겠어. 기억하고 있지? 너에게 스승을 누구로 붙여줄까 고민하던 그때 시세로는 절대 안 된다고 했던 거."

"네."

"그건 그럴 만한 사정이 있어서야. 사실 그에게 가르치는 재능이 없는 건 아니야. 믿지 못하겠지만 그는 꽤나 심혈을 기울여 자기 밑에 있는 도제들을 가르친단다."

의외이긴 했지만 마로가 그렇게 따르는 걸 보면 정말 그럴지도 몰랐다.

"시세로는 좀 제한적으로 도제를 받지. 결코 특출하게 재능 있는 아이들은 가르치지 않아. 스승님께서 그에게 맡기지도 않고."

"왜요?"

"그건……."

레오나드는 한참이나 말을 골랐다. 어떻게 하면 동료에 대해 가능한 한 좋게 말할 수 있을지 고민하는 것 같았다. 고생할 거 없이 그냥 망할 놈이라고 하면 될 것을.

"예전에 한 명, 정말 실력이 뛰어난 아이가 있었어. 고작 열세 살밖에 되지 않았지만 재능이 탁월했지. 모두들 그 아이가 공방에 들어왔을 때 놀라움을 금치 못했어. 나와 스승님도 마찬가지였지. 그대로 성장한다면 역사서 한 페이지에 기록될 위대한 화가가 될 게 분명했으니까."

듣고 있자니 가슴이 조금 불편했다. 레오나드가 그렇게 극찬을 하니 질투심이라도 느끼는 듯했다. 나는 그런 거 안 하는 줄 알았는데.

"스승님께서 직접 가르치길 원했지만 그때 이미 백내장이 어느 정도 진행되던 때라 그럴 수 없었지. 대신 제자들 중에서 가장 뛰어났던 시세로에게 맡겼단다. 시세로는 처음엔 놀랄 정도로 열의를 보이며 그 아이를 가르쳤어. 우리 모두 의외라고 생각할 정도였지. 한데……."

그는 짧게 한숨을 쉬었다.

"잘은 모르겠지만 그 아이가 우쭐했던 나머지 그만 시세로의 자존심을 건드렸던 것 같아. 당신은 나를 가르칠 자격도 없다는 식으로. 그런데 놀라운 건 시세로의 반응이었지. 그 말에 전혀 화내지 않았던 거야."

정말 믿기 어려운 일이다. 지금 시세로를 봐서는 전혀 상상이 가지 않았다. 온갖 집기를 다 때려 부수고 그 아이도 반쯤 죽여놓아야 어울릴 것 같은데.

"오히려 웃으면서 그래도 자기한테는 경험이 있으니 곁에서 도울 수 있을 거라 했지. 아이는 시세로의 너그럽고 진심 어린 태도에 곧 자기가 했던 말을 후회했어. 그리고 그에게 사과했지. 시세로는 의연하게 받아들였고 그것으로 마무리된 듯 보였단다. 하지만 우린 그때는 몰랐던 거야. 시세로라는 녀석은 상처받은 자존심을 치유할 줄도, 결코 잊을 줄도 모른다는 것을."

이야기를 듣는 동안 나도 모르게 긴장이 되었다.

"다만 감추고 있었을 뿐이야. 언제고 그것을 반드시 갚아주겠다는 일념으로. 시세로는 다른 도제들을 모두 방치하고 그 아이만을 열성적으로 가르쳤단다. 가르치고 또 가르치고 그림에 대해 얘기하고 또 얘기했지. 이를테면 이런 식이었어. '역시 잘 그리는구나. 한데 여기 이 부분, 이 부분의 섬세함을 조금 더 살려보면 어떨까?

너는 다 좋은데 섬세함이 조금 부족하더구나.' 그 무렵 아이는 전적으로 시세로에게 의지하고 있었고 그렇게 자신에게만 모든 것을 쏟아붓는 사람을 믿지 않을 수 없었단다. 시세로만이 진정한 스승이라고 여겼지. 때문에 그의 말 한마디 한마디에 조금씩 휘둘리기 시작했어. 재능 있고 경험 많고 자신을 사랑해 주는 스승의 말이기에 틀림없는 진실이라고 믿었던 거야."

나도 레오나드를 그렇게 생각하고 있었기에 이해할 수 있었다. 레오나드는 조금 지친 기색으로 말했다.

"알고 있니? 아무리 굳건한 탑이라고 해도 옆에서 조금씩, 꾸준히 흔들면 결국 무너진다는 것을. 그것도 끈기와 인내와 열정—그걸 그런 식으로 말해도 되는지는 모르겠구나—을 가지고 한다면 더욱더 무너뜨리기 쉽지. 언젠가부터 그 아이의 그림이 이상해졌어. 자신이 무엇을 그리는지 모르고 무엇을 그리고 싶은지도 잊어버린 것 같았어. 하지만 아이는 아무것도 모르고 그저 열심히만 했지. 곁에서 지켜보고 있기 안타까울 만큼. 오직 시세로의 말에 따라 그를 만족시킬 그림을 그리기 위해 노력했던 거야. 하지만 시세로는 늘 만족하지 못했어. 아니, 안 했지. 곁에서 계속 아이에게 희망을 불어넣을 뿐이었어. '네겐 재능이 있어. 이 부분만 조금 고친다면 틀림없이 훌륭한 화가가 될 거다. 그리고 이 부분도.' 하지만 아이가 아무리 그의 말대로 해도 좋은 그림은 나오지 않았어. 결국 아이는 자기 재능에 회의를 품었고 시세로의 말을 의심하기 시작했단다. 오래도록 자신을 일부러 무너뜨렸다는 사실은 모른 채 자신에게 재능이 있다는 거짓말만 했다고 생각했어. 결국 그 아이는 자기 손을 엉망으로 자해하고 공방을 나갔단다."

다 듣고 나니 입이 벌어졌다. 너무도 엄청난 이야기였다. 레오나드는 그 아이를 떠올리는 듯 잠시 허공을 보다가 우울하게 웃었다.

"아마 그때부터가 아니었나 싶어. 시세로가 자기 외에 모든 재능 있는 사람들에게 적의를 품은 건. 예전에도 질투는 했지만—예술가라면 누군들 그러하지 않겠니—그 정도는 아니었어. 아이를 그렇게 망가뜨리는 동안 시세로의 내면에서도 뭔가가 망가진 거지. 아무튼 그 일이 있은 후로 스승님은 시세로에게 함부로 도제를 맡기지 않아. 시세로 또한 겉으로야 내색하지 않지만 또다시 그런 일이 생기는 걸 두려워하고 있어. 아마 그래서 너를 미워하는 걸 거야. 네가 처음 시세로 앞에서 그림을 그렸을 때부터."

그의 말에 가슴 한 부분이 뜨끔했다. 딱히 시세로가 나를 미워한다는 게 새로워서 그런 것은 아니었다. 한동안 잊고 지냈던, 잊고 싶었던 아버지와의 일이 다시금 떠올랐다. 내가 아카데미에 가는 것을 극도로 싫어했던 아버지.

"이해할 수 없어요. 어째서 그처럼 뛰어난 사람이 그렇게 조바심을 내는 거죠? 시세로는 충분히 훌륭한 화가라고 하지 않았나요?"

"그래, 맞아. 그렇기에 더 그러는 거야."

"부자들이 돈이 많을수록 더 돈에 집착하는 것처럼요? 귀족들이 높은 신분일수록 더 신분에 엄격한 것과 마찬가지로요?"

"그것과 비슷한 맥락인 것 같구나."

"알겠어요."

내가 자르듯 대답해서인지 레오나드는 의아해했다.

"뭘 알았다는 거지?"

"그런 때 어떻게 대처해야 하는지 알고 있다고요."

"어떻게 하면 되는데?"

"위협이 되지 않으면 돼요. 부자 앞에서는 가난한 척하고 귀족
앞에서는 비굴해야지요. 시세로에게는 재능 없어 빌빌거리는 도제
정도가 되면 적당할 거예요. 그렇게 하면 무시는 당할지언정 적으
로는 취급받지 않아요."

레오나드는 놀랐다는 듯이 나를 보다가 물었다.

"마음에 드는 방법은 아닌데, 할 수 있겠니?"

"길거리 인생이 늘 그랬는걸요. 어렵지 않아요."

"어쩌면 너한테 모욕을 주고 더 괴롭힐지도 모르는데?"

"차라리 그게 다행이지요. 내게 친절히 대해줄 때야말로 진심으
로 무서운 생각을 하고 있다는 거니까요."

레오나드는 피식 웃었다.

"어른스럽구나."

"전 예전부터 이미 어른이었어요. 왜 다들 애 취급하는지 모르겠
지만."

"널 보고 있으면 왠지 동생 같아서 그럴 거야."

레오나드가 진짜 형이라면 동생 취급받는 것도 나쁘지 않을지
모른다. 잠시 더 그와 잡담을 나누다 작업실을 나왔다. 그런데 놀랍
게도 밖에서 시세로가 기다리고 있었다. 혹시라도 그가 우리 대화
를 엿들은 게 아닐까 싶어 가슴이 뜨끔했다.

"어이, 꼬마."

모른 척하고 지나가려 했지만 그가 뒤에서 말을 걸었다.

"이 몸이 먼저 사과하려는데 무시냐? 아까 그건 내 실수야. 그냥 좀 흔들면서 겁을 주려고 한 건데 균형을 잃은 거라고. 미안했다."

지금 정말로 사과하는 건가? 내가 돌아보자 그는 혼자 할 말을 한 것에 만족했는지 휘파람을 불며 자기 작업실로 돌아갔다.

레오나드가 해준 이야기를 들어서일까. 그의 말투가 그답지 않게 친절하게 느껴졌기에 소름이 끼쳤다.

그 일이 있고 얼마 지나지 않아 스승님의 호출을 받았다. 이번에도 외출인가 싶어 갔더니 놀랍게도 물감과 붓, 용해제와 나무 팔레트 같은 미술 재료들을 엮어서 주셨다.

"이제 그림을 그려도 되는 건가요?"

"그래, 이 건방진 녀석아. 보통 허드렛일을 3년 정도 해야 자기만의 도구를 갖지만 상황이 상황이니만큼 네게는 좀 더 일찍 주는 것이다."

"무슨 상황인데요?"

물어보면서도 나는 은근히 기대감을 드러냈다. 혹시 내 재능이 더 두고 볼 수 없을 만큼 특출해서?

"무슨 생각하는지 뻔히 들여다보이는구나. 다시 뺏을까 보다. 레오나드가 네 녀석에게 바람 넣는 말을 너무 많이 해줬어. 내가 말한 상황이란 내 눈이 완전히 멀어버릴 날이 멀지 않았다는 것을 뜻한다."

너무도 충격적이어서 뭐라 말해야 할지 알 수 없었다. 나라면 그걸 그렇게 담담하게 말할 수 없을 것이다. 평생 그림만 그리고 살아온 분이 눈을 잃는다는 게 도대체 어떤 의미일까? 짐작조차 불가능했다.

"기특하게 걱정은 하는 기색이구나. 어쨌든 일이 그렇게 되었으니 내가 아직 희미하게나마 볼 수 있을 때 너를 빨리 가르쳐야겠다."

"그러다가 눈이 더 빨리 안 좋아지면 어쩌시려고요? 무리하지 않으셔도 돼요. 전 그냥 레오나르한테 배우면……."

스승님은 부드럽고도 빠른 동작으로 꾸러미에서 붓을 꺼내 내 머리를 딱 때렸다.

"건방지도다. 내 눈은 내가 알아서 할 테니 넌 그림이나 제대로 그려라."

"아, 예에. 그럼 뭘 그려볼까요?"

다시 한번 붓이 내 머리를 딱 때렸다.

"아이고, 자꾸만 왜요?"

"뭘 그리느냐고? 그걸 지금 나한테 묻는 거냐? 화가건 조각가건 장식가건 남한테 자기가 뭘 만들어야 하느냐고 묻는 놈이야말로 예술가 중에 가장 쓸모없는 놈들이다. 네 스스로 결정하도록 해!"

"아, 예에."

몇 대 맞긴 했지만 도구를 들고 나오는 내 가슴은 두근거렸다. 드디어 물감이란 놈을 써보게 되었으니 말이다. 자세히는 몰랐지만 어릴 때 아버지가 다루는 모습을 종종 보았으니 어렵지는 않을 거라 생각했다.

나는 마당에 이젤을 세우려다 얼마 전 레오나르와 나눴던 대화를 떠올리고 그의 작업실로 자리를 옮겼다. 어딜 나갔는지 레오나드는 없고 완성된 모사품과 원본이 서있었다. 두 개를 비교해 보던 나는 내 눈을 의심했다. 무엇이 원작이고 무엇이 모사품인지 전혀 알 수 없었다. 전에 흙에 그렸던 내 그림을 캔버스로 옮길 때도 느꼈지만 레오나드의 능력은 정말 상상 이상이었다. 원작보다 더 아름다운 모사라는 게 가능한 걸까?

"거기, 너."

그때 뒤에서 누군가 주저하듯 나를 불렀다. 돌아보니 마로가 서있었다.

"왜?"

"라잔 저택에서 널 불러."

"저택에서? 누가?"

"사라사 아가씨가. 이유는 나도 몰라."

귀찮아질 것 같다고 생각하며 도구를 내려놓는데 마로가 눈을 크게 뜬 채 그것들을 훑어봤다. 나는 좀 불안해져서 말했다.

"훔쳐 가거나 건드릴 생각은 하지 마."

"그런 짓을 왜 해? 사람을 어떻게 보는 거야?"

"그런데 왜 뚫어져라 쳐다봐?"

"그냥…… 너 설마 그거 스승님한테 받은 거야?"

"그래. 이제부터 그림을 그려도 된대."

잠깐이었지만 마로의 얼굴에 진심으로 부러워하는 표정이 스쳐서 나도 좀 당황했다. 마로는 이내 샐쭉하게 입을 다물더니 작업실을 나갔다. 그러고 보니 녀석은 나보다 공방에 먼저 들어왔는데도 아직 그림 그리는 걸 허락받지 못했다. 괜히 미안하기도 하고 신경이 쓰였다. 시세로를 그렇게 따르지만 않았어도 나이도 비슷하겠다 친구가 되었을 텐데.

저택으로 간 나는 기다리고 있던 시녀를 따라 어느 방으론가 갔다. 별다른 설명도 듣지 못한 채 거기서 옷을 갈아입고 얼굴과 머리도 단정히 해야 했다. 다 끝내고 거울을 보고 나서야 내가 왜 불려왔는지 깨달았다. 젠장, 또 시동이 필요하셨군.

"어머나, 그렇게 입으니 예쁘다."

뭐라, 예쁘다고? 어디에선가 나타난 사라사 아가씨의 감탄사에 그녀가 진정으로 돌아버렸구나 하고 생각했다.

"이게 다 뭔가요? 전 더 이상 이 저택의 하인이 아닙니다만."

"하지만 이 저택에서 후원하는 공방의 도제로 있잖아."

"그거야 그렇지만……."

"그럼 여전히 우리 가문에 충성을 바쳐야 할 의무가 있는 거야."

그게 그런 건가? 헷갈렸기에 나중에 스승님께 여쭤봐야겠다고 생각했다. 아가씨는 혼자 신이 난 듯 내 모습을 이리저리 뜯어보며 마음에 들지 않는 부분은 직접 고쳤다.

"그나저나 저기 시녀가 서있는데 그렇게 멀쩡한 모습 보이셔도 돼요?"

"저 아이도 너처럼 다 알고 있어. 그러니 널 데리고 오라고 할 수 있었지. 나랑 가장 친한 아이야."

"어쩐지. 그런데 시동이 필요하신 거 보니 오늘 무슨 파티라도 있는 모양이네요."

"응. 좀 큰 파티가 있어. 아버님께서 오랜만에 여시는 거야. 이제 저택의 분위기를 바꿀 때가 되었다면서."

아가씨는 말끝을 흐렸다. 자작님이 돌아가신 게 올 봄이었으니 근 1년이 된 셈이다. 라잔 경은 이제 그 일을 잊기로 결정한 모양이었다.

"그러니까 오늘은 곁에서 시중 좀 들어줘. 내가 모두를 속이고 있다는 건 너와 저 아이밖에 모르니까 곁에 두기 편해서 그래."

"이젠 이런 짓 그만두시지 그래요. 솔직히 말해서 처음보다 그렇게 괴롭지 않잖아요."

그녀는 놀란 표정으로 따져 물었다.

"뭘 안다고 그래? 네까짓 게 뭘 안다고?"

"나도 아버지가 돌아가셨을 때 처음엔 너무 슬프고 막막했어요. 혼자서는 살아갈 수 없을 것 같았지요. 하지만 결국 이렇게 살아있어요. 지금도 여전히 그분을 사랑하고 또 그리워하지만, 슬픔 때문에 아무것도 못할 정도는 아니에요. 아가씨도 분명히 그럴걸요."

말하고 나서야 또 멋대로 입을 놀렸다고 맞는 게 아닐지 걱정되었지만, 아가씨는 나를 때리는 대신 눈물을 쏟을 기세였다. 아이고, 어쩌면 더 아프게 생겼다.

"나는 그저 오라버니가 보고 싶었을 뿐이야. 너무 보고 싶어. 하지만 어느 순간부터 아무리 보고 싶어 해도 돌아오지 않는 걸 깨달았어. 모든 게 허무해졌지. 너한테 갑자기 사실을 밝힌 것도 그 때문이야."

"그럼 다른 사람들에게도 그렇게 하면 되잖아요?"

"그게 쉽지 않아. 생각해 봐. 계속 정신 나간 아이처럼 행동하다가 그게 다 연극이었다고 말하면 아버님과 어머님이 뭐라고 하시겠어? 틀림없이 아주 실망하고 화내시겠지. 나 때문에 꾸지람 들은 하인들은 또 어떻고. 다들 나를 미워할 거야. 이젠 그게 너무 무서워."

"거짓말은 한번 시작하면 커지기 마련이에요. 지금 그만두지 않으면 언젠가 정말로 돌이킬 수 없을 거예요."

그녀는 슬픈 표정이었지만 울지는 않았다. 대신 내 소매를 단정히 접어주었다.

"네가 한 말을 생각해 볼게. 오늘은 어쨌든 이 연극을 이어가자."

"알았어요. 이번에는 도와드릴게요."

그녀가 시녀와 함께 옷을 갈아입으러 간 사이 나는 홀로 응접실에 내려왔다. 오랜만에 만난 하인들이 알은척을 하며 반가워했다. 특별히 친하게 지낸 건 아니지만 말도 없이 사라져서 궁금했던 모양이다. 내가 공방에 도제로 있다고 말하자 그들은 꽤나 놀라워했다.

"도제가 되어서도 이런 일은 계속 해야 하나 보지?"

"그러게 말이에요. 사실 여기 있을 때보다 공방에서 더 일을 많이 하는 것 같아요."

"그게 다 훌륭한 화가가 되기 위해 기초를 다지는 게 아니겠어? 잘해봐라. 유명해지면 우리 잊지 말고."

다들 낄낄거리고 웃는데 그런 일이 일어날 리 없다고 분명하게 믿는 듯한 태도들이었다.

잠시 후 아가씨가 시녀와 함께 몽롱한 표정으로 내려왔다. 생각보다 그녀가 너무 멀쩡하게 행동해서 괜히 내가 더 찔끔했다. 하지만 하인들은 별로 신경 쓰는 눈치가 아니었다. 오늘은 평소보다 좀 얌전하시군. 누군가 이렇게 중얼거렸을 뿐이다.

그녀를 따라 연회장으로 가니 라잔 경이 직접 이것저것 지시하는 게 보였다. 그만큼 오늘 파티를 신경 쓰고 있다는 얘기였다. 그는 사라사 아가씨를 보더니 걱정도 노여움도 아닌 아주 이상한 표정을 지었다. 하지만 그 표정에서 심각성을 느낀 건 나뿐인 듯 아가씨는 대담하게도 아버지에게 혀를 내밀어 보이고 연회장을 천방지축 뛰어다니기 시작했다. 라잔 경은 그런 그녀를 말리지도 않았다.

곧이어 손님들이 도착하고 음악이 연주되었다. 훌륭한 요리들이 줄지어 나왔고 샴페인이 가득 담긴 쟁반이 이리저리 옮겨 다녔다. 오랜만에 라잔 가문에서 여는 파티라선지 손님들의 수가 어마어마하게 많았다. 아무리 대담한 아가씨라 해도 그 많은 사람들 앞에서 아버지를 망신시킬 수는 없을 것이다. 그래서 그녀는 시녀들의 힘을 못 이기는 척 아버지 곁에 앉아있었다.

"안녕, 부러운 친구."

누군가 내 귀에 속삭이듯 말해서 화들짝 놀라 뒤를 돌아보았다. 오랜만에 보는 키리오니였다.

"또 당신이에요?"

"섭섭한 반응이로군. 레오나드 말로는 공방에서 잘 지내고 있다고 하던데. 누구 덕에 공방에 들어갔지?"

"아, 네. 당신 덕분에 아주 자알 지내고 있지요. 매일 청소하고 물을 긷고 물감은 만져보지도 못하고 스승님한테 구박만 받으면서 말이에요."

"예술가의 길은 원래 험난한 것이지. 그 시간을 낭비한다고만 생각하지 말고 열심히 이것저것 눈으로 보아두게. 나중에 모두 재료가 될 테니까."

그는 말을 마치고 음울하게 웃었다. 어쨌든 충고인 것 같아 고맙다고 말하려는데 그는 자기 말을 들었든 말든 관심 없다는 태도로 왔을 때처럼 훌쩍 자리를 떠났다. 고개를 절레절레 젓고 다시 연회장을 바라보니 한 사람이 눈에 들어왔다.

"어!"

내 탄성이 너무 컸던지 주위 몇몇 사람들이 돌아보았다. 나는 얼른 입을 다물었다. 시선이 거두어졌을 즈음이 되어서야 다시 슬쩍 고개를 돌렸다. 맙소사, 진짜다. 그 사람이 와있었다. 스승님과 같이 왕성으로 갔을 때 만났던 기사.

호칭도 멋있다고 생각해서 기억하고 있었다. 하얀 눈의 기사 혹은 자비 없는 블레이젝. 처음 봤을 때 입었던 번쩍거리는 갑옷 대신 무도회에 걸맞은 예복을 갖춰 입고 있었다. 그런데도 정말이지 심술이 날 정도로 멋있었다.

훔쳐보는 게 나만은 아닌 듯 여러 귀부인들이 그를 곁눈질했다. 그런 눈길을 받는 게 나라면 어떤 기분이 들까 하고 잠시 행복한 망상에 빠졌다.

"여러분, 잠시만 주목해 주십시오."

그때 라잔 경이 자리에서 일어나더니 잔을 가볍게 두드렸다. 연주가 잠시 중단되고 사람들도 하던 걸 멈추었다.

"아시다시피 우리 가문에 불행한 일이 있어 그동안 아끼는 사람들과의 교우를 멀리해 왔습니다. 그로 인해 여러분들께 무례를 저지른 점에 대해 이 자리를 빌려 진심으로 사과드립니다."

라잔 경이 정중하게 고개를 숙이자 짧은 격려의 박수소리가 들렸다.

"오늘 이처럼 오래간만에 뜻깊은 자리를 마련한 것은 그에 대한 사죄이기도 하며 또한 여러분들께 알려드릴 기쁜 소식이 있어서입니다."

그가 말을 끊더니 곁에 있는 사라사 아가씨를 내려다봤다. 아버지를 비롯한 모든 사람들의 시선이 자신을 주목하니 아가씨도 당황하는 것 같았다.

"여기 있는 내 여식은 비록 지금 몸이 조금 불편하지만 라잔 가문의 혈통을 이어받은 유일한 후계자입니다. 그동안 이 아이를 위해 조용히 진행해 온 일이 마침내 성사되었다는 사실을 여러분들께 말씀드리게 되어 기쁩니다. 오늘 이 자리에서 나는, 나의 여식 사라사 모르프 라잔과 훌륭한 기사 가문의 자제인 폰 블레이젝의 약혼을 발표하는 바입니다."

잠시 아무 생각도 들지 않았다. 그의 말이 왜 그토록 충격적인지 알 수 없었다. 나만 그런 건 아닌 듯했다. 틀림없이 축하해야 할 소식임에도 장내에 아주 기묘한 침묵이 감돌던 것이다.

사람들은 방금 자신이 들은 이야기를 믿을 수 없고 믿고 싶지도 않은 얼굴들이었다. 평민에 불과한 나도 이해하기 어려운데 귀족인 그들이야 오죽할까. 이 결혼은 기사 계급과 귀족 계급, 그것도 제삼 귀족인 라잔 가문과 어느 이름 없는 가문의 결합인 것이다. 제삼 귀족이란 말 그대로 왕족과 교황을 제외하고 이 나라에서 세 번째로 높은 사람이었다.

"이거 축하드립니다. 경사스러운 일이군요. 그렇고말고요."

감히 그 분위기에서 침묵을 깰 수 있었던 것은 키리오니뿐이었다. 그의 목소리에 다들 정신이 든 것 같았다. 꽤나 늦은, 억지로 치는 것이 분명한 박수소리가 들려왔다. 어느새 사람들의 주목을 받게 된 하얀 눈의 기사는 무표정한 얼굴로 고개를 숙여 답례하고 있었다.

나는 아가씨에게 시선을 돌렸다. 과연 이 상황에서도 연기를 계속할 수 있을지 궁금해서였다. 그녀는 입을 벌린 채 멍하니 앉아있었는데 분명히 연기는 아니었다. 옆에서 당황한 시녀가 그녀의 입가를 닦아주는 척하며 무어라 빠르게 속삭였다. 하지만 아가씨는 그녀를 밀어내더니 자리에서 일어나 연회장 밖으로 뛰쳐나갔다.

혹시 눈치챘을까 싶어 라잔 경을 바라보았다. 딸의 모습을 지켜보는 그의 얼굴은 무서우리만치 냉정해서 무슨 생각을 하고 있는지 짐작할 길이 없었다.

나는 슬그머니 자리를 떠서 아가씨의 뒤를 쫓아갔다. 그녀는 도저히 어울린다고 할 수 없는 장소에 있었다. 어쨌든 배설물 냄새가 진동하는 마구간은 몸을 숨기기에 적당한 곳이 아니다. 그러나 곧 내 생각이 틀렸음을 깨달았다. 그녀는 숨으려 한 게 아니었다. 잘 다룰 줄도 모르는 말을 억지로 끌고 나오는 중이었다.

"아가씨, 아가씨!"

"놔! 여길 떠날 거야."

"떠나서 어디로 가시겠다는 거예요?"

"어디든 갈 거야. 여기만 아니면 돼."

하지만 말은 자기 이름과 똑같은 단어를 듣지 않았고, 몇 번 더 신경질적으로 고삐를 잡아당기던 아가씨는 그만 짚단 위로 쓰러지고 말았다. 그녀는 신경질을 내며 발을 굴렀다.

"왜 이렇게 되는 거야? 믿을 수 없어. 아버님은 어떻게 내게 한마디 말씀도 없이 그런 결정을 해버리실 수가 있지?"

그거야 말해도 이해 못 할 것 같은 모습을 보였으니 당연한 일이었다. 하지만 지금 굳이 그녀의 실수를 지적함으로써 더 화를 돋울 필요는 없었다.

"일단 지금이라도 가서 아가씨가 그동안 거짓말해 왔다는 걸 고백하세요. 그런 다음 차분하게 말씀드리면 그분도 아마 다시 생각해 보실지도……."

"바보 같은 소리 마! 이미 모든 사람들 앞에서 공표했는데 그걸 없었던 일로 할 수 있을 것 같아? 그건 기사 가문과 결혼하는 것보다 더한 수치야. 아버님께서 그런 짓을 하실 리 없어."

"그럼 어쩌시려고요?"

그녀는 입술만 잘근잘근 깨물며 아무 말도 못 했다. 그때 대답이 다른 곳에서 들려왔다.

"간단한 일입니다. 공표한 그대로 나와 결혼하면 됩니다."

나는 너무 놀라 뒤로 돌다가 하마터면 여물통에 처박힐 뻔했다. 아가씨는 그런 나를 보지도 못했다. 나보다 더 놀라있었으므로.

한쪽 어깨에 망토를 늘어뜨린(젠장, 언젠가 꼭 따라 하고 싶을 정도로 멋있는 차림이었다.) 하얀 눈의 기사는 차분한 걸음걸이로 마구간에 들어섰다. 그가 들어서니 오물과 냄새로 점철된 그곳조차 비장한 전장이 되는 느낌이었다.

"정식으로 인사드리겠습니다. 저는 블레이젝 가문의 후계자인 폰 블레이젝입니다. 4년 전 기사 서임을 받고 현재 왕성 치안대의 부대장을 맡고 있습니다."

아가씨는 의혹 가득한 눈으로 그의 얼굴을 올려다볼 뿐 이렇다할 답례의 말을 하지 않았다. 블레이젝은 별로 실망한 기색도 없이 한 걸음 다가와 대담하게도 아가씨의 머리카락에 손을 대었다. 아가씨는 반사적으로 그 손을 쳐냈다.

"감히, 무례하군요. 아무리 아버님께서 당신을 약혼자로 정해주셨다 한들 아직 정식으로 혼약하지 않은 상태입니다."

"실례했습니다. 허락을 먼저 구했어야 하는 일인데."

블레이젝의 손에서 작은 지푸라기가 떨어졌다. 그걸 보고 나서야 아가씨는 방금 자신이 너무 정상적으로 행동했다는 걸 깨달았다. 그녀가 놀라는 것을 보고 블레이젝은 무뚝뚝하게 말했다.

"당신이 거짓으로 아픈 척하는 건 이미 알고 있었습니다."

"알고 있었다고요? 어떻게……?"

"제가 오랫동안 모셔온 어떤 분께서 바로 당신이 연기하고 있는 그 병을 실제로 앓고 계시기 때문입니다."

아가씨는 불안한 표정을 지었다.

"설마 제 아버님께서도 알고 계신가요?"

"라잔 경께서는 모르십니다. 아니면 모른 척하고 계시거나요. 라잔 가문의 하나뿐인 후계자가 정말로 미쳤다는 사실보다는, 미친 척 행동하고 있다는 사실이 더 받아들이기 힘드실 테니 말입니다."

모욕당한 귀족 숙녀답게 아가씨는 손을 들어올렸다. 하지만 곧 생각을 바꾼 듯 내게 명령했다.

"이 자를 내 눈앞에서 치워줘."

나는 약간 겁을 먹었지만 최대한 예의 바르게 말했다.

"들으신 대로 아가씨께서 원치 않으시니 이만 자리를 떠나시는 게……."

내가 기억하는 건 그의 망토 자락에 손을 대었다는 사실뿐이다. 세상이 갑자기 뒤집히더니 정신을 차렸을 땐 지푸라기에 처박힌 채 말의 엉덩이를 올려다보고 있었다. 허리, 어깨뿐 아니라 턱까지 떨어져 나갈 것처럼 아팠다. 아가씨의 놀란 듯한 비명소리가 들려왔다.

"감히 나를 건드리지 마라."

얼음장처럼 차가운 목소리가 윙윙거리는 귓속으로 들어왔다. 간신히 몸을 일으킨 나는 턱부터 만져보았다. 다행히 제자리에 붙어 있었지만 말을 하기 힘들 정도로 아팠다.

손짓 하나로 사람을 그렇게 만들어버린 남자는 관심 없다는 듯 아가씨에게 고개를 돌렸다.

"나는 내 아내가 현명하기를 바랍니다. 한데 당신이 지금까지 해온 일은 결코 그렇다고 볼 수 없군요. 당신 오라버니의 죽음이 석연치 않다고 의심받는 지금, 당신까지 그런 식으로 행동하면 라잔 가문에는 저주가 내렸다는 소문이 날 수도 있습니다. 알다시피 이 도시는 그런 단어에 민감하지요. 그러니 당신의 가문을 통해 성장하려는 내 의지에 정면으로 반하는 일은 앞으로 하지 않았으면 좋겠습니다. 말할 필요 없이 그것은 당신 아버지를 위한 일이기도 합니다. 앞으로는 현명하게 행동하십시오."

그의 행동과 말 모두에 아가씨는 충격을 받은 듯했다. 자존심과 분노 때문에 굳게 입을 다문 그녀에게 블레이젝은 정중히 인사하고 몸을 돌렸다.

마구간을 나가며 그는 잠시 나를 보았다. 멋있게만 보이던 그의 하얀 눈동자가 그토록 무섭기는 처음이었다. 다음에 또 건드리면 죽이겠다, 내게는 그렇게밖에 해석되지 않았다.

"괜찮아?"

잠시 후 아가씨가 나를 일으켰다. 하지만 부축이 필요한 건 내가 아니라 그녀인 것 같았다. 아가씨의 손이 자꾸만 떨렸기에 나는 충동적으로 그 손을 잡았다. 하지만 아가씨는 겁을 먹은 와중에도 침착하게 내 손을 밀어냈다.

"난 괜찮아."

그녀를 방에 데려다줄 때까지 우리 둘 다 아무 말도 하지 않았다. 방으로 들어간 그녀가 문을 닫기 직전 눈으로만 외롭게 인사를 보내왔다. 나는 고개를 숙였다.

숙소로 돌아와 자기 위해 누웠지만 오래도록 잠이 오지 않았다. 그게 상처의 아픔 때문인지 계속 어른거리는 손의 감촉 때문인지는 스스로도 잘 알 수 없었다.

그런 날이 끝없이 계속되리란 걸, 그때는 물론 알지 못했다.

5.

철문 뒤의 왕자

그로부터 3년 후 봄, 나는 갓 스물두 살을 넘겼고 아가씨는 스무 살 생일을 목전에 둔 상태였다. 스무 살이 되면 결혼식을 올리기로 되어있었기에 아가씨의 신경은 극도로 예민해졌다.

약혼이 결정되던 날 그녀는 비로소 아버지에게 그동안 속여왔음을 고백했지만, 그녀의 예상대로 라잔 경은 고개만 끄덕였을 뿐 약혼을 취소하지 않았다. 오히려 철없는 행동에 대한 벌이라도 되는 것처럼 더욱더 신속하게 약혼을 준비했다.

그리하여 한겨울 눈이 오던 날 두 사람은 라잔 저택의 정원에서 약혼식을 올렸고, 그에 따른 영향 때문인지 폰 블레이젝은 치안 부대장에서 대장으로 승격되었다. 그것이야말로 그가 말했듯 아가씨의 가문을 통해 성장하려는 의지와 맞아떨어지는 일이었지만, 그는 별로 기뻐하는 기색도 없이 담담히 받아들였다고 한다.

아가씨와 나의 관계에도 많은 변화가 있었지만 그 이야기는 우선 접어두고, 그림으로 이야기를 돌려보자. 내 입으로 말하기는 뭐하지만 레오나드의 말에 따르면 나는 눈부신 성장을 이뤄냈다.

처음에는 물감에 용해제를 얼마나 섞어야 하는지도 몰라 그림이 엉망진창이었지만 점점 도구들을 다루는 것에 익숙해졌다. 스승님은 늘 뜬구름 잡는 말씀만 하실 뿐 직접 이렇게 해라 저렇게 해라 가르치지 않았기에 뭐든 혼자 배워가야 했다. 결과만 놓고 본다면 그건 훨씬 효과가 있었고 스승님은 처음부터 그걸 의도한 듯이 말했지만 그럴 때마다 시선은 항상 다른 곳으로 향했다.

늘 시샘에 찬 눈으로 바라보던 마로도 얼마 전부터 붓을 잡더니 신이 나서 작업실 밖으로 나오지도 않았다. 주로 시세로가 작업하는 그림에서 배경이나 작은 소품 따위를 맡아 그리는 것 같았다.

한 가지 놀라운 일은 마로와 내가 그동안 상당히 가까워졌다는 거다. 어쨌든 마주칠 때마다 서로 눈살을 찌푸리거나 욕을 내뱉지 않는 사이가 된 것만도 가까워진 게 틀림없다. 가끔 밉살맞게 굴때도 있지만 마로는 내가 이론적인 것을 배우지 못해 어려움에 부딪힐 때마다 지나가는 투로 조언을 해주곤 했다.

"이봐, 소실점은 그렇게 잡는 게 아니야."

어쩌면 단순히 잘난체하고 싶은 걸 수도 있지만 어쨌든 내게 꽤 도움이 된 것도 사실이다.

묘한 것은 시세로의 태도였는데 그는 참을 수 없을 정도로 괴롭히다가도 이따금 어리둥절해질 정도의 친절을 베풀었다. 레오나드에게 약속했듯 재능 없는 비굴한 놈처럼 굴려고 했지만 오래 가지 않아 내 실력은 공방 사람들 모두가 알게 됐다. 그림처럼 명확하게 실체가 남는 분야도 없으니 애당초 숨기려야 숨길 수가 없었던 것이다. 하지만 시세로의 태도는 별반 달라지지 않았고 그래서 좀 불안한 한편 실망스럽기도 했다. 내가 그에게 전혀 위협적이지 못하다는 의미였으니까.

어쨌든 점차 그림 그리는 것에 애정을 느끼게 되었고 정말로 화가가 될 수 있을지도 모른다는 희망이 생겼다. 다른 도제들이 들어오면서 허드렛일도 많이 줄었고 공방에서의 생활이 점차 만족스러워졌다.

그런데 하필 그때 스승님이 벼락을 내리셨다.

"다들 마당에 모이라고 하거라."

한창 그림에 집중하고 있었기에 나는 스승님이 두 번을 더 말하고 뒤통수를 내리친 후에야 알아들었다.

"갑자기 마당에는 왜 모이라고 하십니까?"

"이놈이 하여튼 요즘 들어 꼬박꼬박 말대꾸를 하는데 한번 제대로 혼나볼 테냐?"

"지금 가려고 하지 않습니까."

스승님이 집어던진 붓을 피해 바깥으로 나오니 봄 냄새가 물씬 풍겨왔다. 저택 뒤 골짜기엔 또 한가득 꽃이 피었을 터였다. 새 도제들이 들어온 덕에 물 긷는 일은 더 이상 내 몫이 아니었고 덕분에 골짜기로 나가본 지도 오래였다. 조만간 나들이를 가야겠다고 생각하며 배에 힘을 주고 크게 외쳤다.

"스승님께서 다들 마당에 모이라고 하십니다아!"

도제들이 가장 먼저 후다닥 뛰쳐나왔고 장인 자격이 있는 화가들은 좀 더 느긋하게 걸어 나왔다. 오랜만에 레오나르드의 얼굴을 본나는 반갑게 손을 들었고 레오나르드도 고개를 끄덕했다. 시세로는자다 나왔는지 뒷머리가 하늘로 솟구쳐 있었다.

"다들 모였느냐."

잠시 후 스승님이 지팡이를 짚고 걸어 나와 모두 앞에 섰다. 다들 긴장한 기색이 역력했다. 그도 그럴 것이 바로 어제 스승님이 교황을 만나고 왔던 것이다. 이번에야말로 성 바이니 대성당 벽화를그리라는 지시를 받았을 게 분명했다.

"심장 고동 소리들 좀 낮춰라. 늙은이 심장에까지 부담이 오는구나. 그래, 너희들이 기다리던 대로 드디어 우리가 그 일을 시작하게될 것 같다."

도제들 사이에서 짧은 환호성이 터져 나왔다. 나는 시세로의 눈에 아주 오래간만에 생기가 도는 것을 보았다.

"벌써 3년 전에 시작해야 했던 일이지. 하지만 알다시피 그동안두 번이나 돔이 무너졌다. 자기 잘난 맛에 살던 프리우스는 고개도못 들고 다닐 정도로 창피스러워했지. 어쨌든 세 번째가 되어서야그는 자기 조상과 후손 이름들까지 걸고 다시는 돔이 무너질 일이없을 거라 장담했다. 그러니 이제는 우리가 일을 시작해도 될 것으로 보인다고 교황께서 말씀하시더구나."

사람들 모두 잔뜩 흥분하고 들떴다. 나도 마찬가지였다. 역사에

길이길이 남을 위대한 업적, 그것은 과연 누구에게 맡겨질 것인가?

"이 늙은이는 이제 거동조차 불편하니 더 이상 제자들의 앞길을 막아서는 안 된다고 생각한다. 물론 내 지시 아래 작업하겠지만 천장화와 제단화는 전적으로 본인 이름으로 남는다. 영원히 기억될 거장으로 남고 싶으냐? 그렇다면 이 일을 제대로 해내거라."

스승님은 말을 마치고 제자들을 쭉 훑어보았다. 긴장감은 최고조에 달했다. 마치 지금에 와 누구에게 맡길지 고민하는 것 같았다. 마당 안은 극도로 적막했다. 긴장한 나머지 심장이 목구멍 바깥으로 튀어나올 것만 같았다.

"레오나드."

마침내 스승님 입에서 그 이름이 흘러나왔을 때 가슴이 철렁 내려앉았다. 기쁨과 동시에 환희를 느꼈다. 승리의 함성이라도 부르짖고 싶었다. 하지만 꾹 참고 그를 돌아보았다. 모두의 시선을 한 몸에 받은 레오나드는 조금 어리둥절한 표정을 짓고 있었다.

"네, 스승님."

"너에게 천장화를 맡긴다."

레오나드의 얼굴이 딱딱하게 굳었다. 본인뿐만 아니라 다른 화가와 도제들도 차마 믿지 못하겠다는 기색이 역력했다. 특히 시세로의 얼굴은 보고 있기도 힘들었다.

"스승님."

레오나드의 목소리가 흘러나오자 모두들 숨을 죽였다.

"감히 스승님의 명에 반하려는 생각은 없습니다. 하지만 명을 거두어주십시오. 제게는 그런 능력이 없습니다."

"아니. 네게는 오래전부터 이미 그런 능력이 있었다. 쓰지 않았을 뿐."

"그렇지 않습니다. 다른 훌륭한 화가들에게 맡겨주십시오."

"내 명을 따르지 않을 생각이거든 이 공방을 나가라."

사람들 사이로 경악스러운 표정들이 스쳐지나갔다. 나도 마찬가지였고 레오나르도마저 놀란 것 같았다. 말이 없는 그를 보면서 초조한 기분을 느꼈다. 오, 안 돼. 오, 제발.

"바라신다면 그렇게 하겠습니다."

다시 한번 가슴이 내려앉았다. 이제 사람들의 고개는 다시 스승님에게 돌아갔다.

"그리겠다는 이야기냐, 나가겠다는 이야기냐?"

"나가겠습니다."

스승님의 늘어진 볼살이 푸들거렸다. 백색이 된 눈으로 한참 동안 그를 노려보던 스승님은 시세로에게 고개를 돌렸다.

"시세로. 천장화는 네가 맡아라."

"싫습니다."

두 번째 폭풍이다. 스승님도 그 반응은 예상하지 못한 듯했다.

"뭐라고 했느냐?"

"들으셨을 텐데요."

"네 녀석이…… 네 녀석들 모두 나를 모욕하는 거냐? 이제는 눈이 멀었다고 스승으로조차 여기지 않겠다는 것이냐?"

다른 도제들과 화가들이 황급히 고개를 숙였다. 하지만 시세로는 태연히 말했다.

"처음에는 천장화를 레오나드에게 맡기겠다 말씀하셔 놓고, 그놈이 거절하자마자 보란 듯이 저에게 맡으라고요? 저야말로 묻고 싶군요. 도대체 누굴 모욕하시는 겁니까?"

스승님은 분노하다 못해 기가 막힌다는 표정을 짓더니 균형을 잃고 비틀거렸다. 곁에 있던 내가 황급히 붙잡자 스승님은 내 팔을 부여잡고 다급히 속삭였다.

"나를 안으로, 안으로 데려가다오."

다른 도제들도 얼른 다가왔으나 스승님은 모든 손을 뿌리쳤다. 내가 부축해서 방으로 모시자 스승님은 헐떡이며 자리에 앉았다. 아까는 몰랐는데 지금 보니 땀을 비 오듯 흘리고 있었다. 그만큼 스승님에게도 이 결정이 어려웠던 모양이다. 레오나드의 대답은 특히 충격적이었을 것이다.

"나는 정말로 스승의 자격이 없구나. 이렇다 할 명작을 남기지 못한 거야 내 능력이 부족한 탓이나, 제자들마저 똑바로 지도하지 못하다니. 라잔 경을 뵐 낯이 없다."

스승님의 그런 말을 들으니 시세로에게는 물론이고 레오나드한테까지 화가 날 지경이었다.

"그런 말씀 마십시오. 제가 있지 않습니까."

"고얀 놈. 그래, 마지막으로 네가 남았지."

"다들 안 맡겠다 하니 그냥 스승님께서 몽땅 다 그려버리십시오. 그걸 스승님의 역작으로 만들면 되지 않습니까."

"내 눈은 이제 형체도 제대로 구분하지 못한다."

무어라 위로의 말을 하고 싶었지만 스승님을 더 비참하게 만들

것 같아 입을 다물었다. 말할 수 없이 서글픈 기분이 들었다. 그림만이 전부인 삶에서 갑자기 눈이 멀어버리면 어떻게 될까? 상상도 할 수 없었다.

"그만두거라. 나까지 침울해지는구나. 눈이 나빠질수록 다른 사람의 감정을 더 잘 느끼게 된다. 나로서는 달가운 일이 아니지."

"……스승님, 오래 사십시오."

"갑자기 웬 끔찍한 소릴 하느냐. 눈이 먼 늙은이가 오래 살아 무슨 영화를 누리겠다고. 너나 오래 살거라."

"전 단명할 겁니다. 천재는 단명한다고들 하지 않습니까."

스승님은 잠깐이지만 헛웃음을 지었다.

"건방진 놈. 하긴 젊은 놈들에게는 그런 치기가 가장 어울리지. 부디 네 말대로이길, 또한 네 말대로이지 않기를 바란다. 그럼 난 이만 눈 좀 붙여야겠구나. 자고 일어나면 가장 아끼는 제자들이 내 말을 거역한 일 모두 꿈처럼 느껴질지도 모르지. 정말로 꿈이었으면 좋겠구나……."

이불을 덮어드리고 방에서 나오는데 괜히 마음이 울컥했다. 스승님의 상태를 아는지 모르는지 그때까지 마당에서 기다리고 있던 도제들이 우르르 몰려왔다.

"어떻게 됐어? 누구한테 맡기신대?"

"일단 주무시고 일어나서 생각해 보신대."

"시세로하고 레오나드가 안 한다는데 과연 누구한테 맡기실까? 누가 그걸 할 수 있지?"

"난들 알겠어."

나는 그들을 물리치고 고민하다 레오나드의 방으로 갔다. 그도 올 줄 알았다는 듯 내 얼굴을 보자마자 눈살을 찌푸렸다.

"가서 안 할 거라고 전해드리렴."

"스승님은 아무 말씀도 안 하셨는데요."

"그래? 난 또 설득하라고 널 보낸 줄 알았구나."

　그의 말투에서 약간의 냉소가 느껴졌다.

"레오나드. 우리 만난 지 3년 정도 됐죠?"

"그쯤 된 것 같구나. 갑자기 왜?"

"이제는 말해줄 때도 되지 않았어요?"

　레오나드는 대꾸하지 않고 하던 일을 계속했다. 그제야 그의 행동을 주목한 나는 그가 짐을 싸고 있다는 걸 깨달았다.

"정말 떠나려고요?"

"그러라고 하셨잖니."

"도대체 왜요? 젠장, 레오나드. 그냥 하면 되잖아요. 이건 성 바이니 대성당의 천장화를 그리는 일이에요. 천년만년 어쩌면 인간 역사상 영원히 남을 위대한 건축물의 얼굴을 그리는 일이라고요!"

"얼마나 오래 갈지는 두고 봐야 알지. 벌써 돔이 두 번이나 무너졌잖니."

　그의 대답이 너무도 치졸해서 나는 그때까지 쌓아온 존경심에 금이 가는 것을 느꼈다.

"돔이 무너질까 봐 겁이 나요? 그게 고작 당신이 생각해 낸 변명거리예요?"

"파도."

그는 치우던 걸 내려놓고 피곤한 듯이 말했다.

"넌 더 이상 어리고 건방진 꼬마가 아니다. 내게 무례하게 굴지 마."

"물론 내가 좋아하는 그 레오나드에게는 그러지 않겠죠. 하지만 비겁한 겁쟁이에게는 얼마든지 무례하게 굴 거예요."

울컥해서 한 말이지만 나도 과하다는 걸 알고 있었다. 하지만 레오나드는 아무 말 없이 짐을 마저 정리하더니 등에 멨다. 그가 인사하려는 듯 내 앞에 와서 섰지만 미안함과 분노, 기타 여러 감정들이 겹쳐서 어린애같이 고개를 돌려버렸다. 물론 그는 늘 그랬던 것처럼 신경 쓰지 않았다.

"너는 앞으로 크게 성장할 거야. 하지만 예전에 네가 걱정했던 그런 일이 일어나지 않으려면 계속 노력해야 한다. 그쯤은 너도 알고 있겠지. 언제 어디서든 침체기는 올 수 있고 더 이상 그림을 그릴 수 없을 것처럼 느껴질 때도 있을 거다. 그래도 포기하지 않고 계속 그림을 그리다 보면 어느 순간 다시 편해질 날이 올 거야. 그런 일이 영원히 반복되는 게 예술가들의 인생이라고 봐도 과언이 아니지. 허무하다고 느껴질지 몰라도 어느 순간 뒤를 돌아보면 수많은 그림들이 네 곁에 남아있을 거야. 그러니 의심하지 말고 계속 그리도록 해."

나는 아무 대답도 하지 않았고 그는 내 머리를 쓰다듬었다.

"이게 영원한 이별은 아니니 언제든 만나고 싶다면 찾아오렴. 잘 지내."

자기 할 말을 마친 그는 가뿐하게 짐을 들고 작업실을 나섰다. 내 인사는 필요하지도 않은 듯했다. 마음속에서 그를 붙잡을 것을 종용했지만 오기가 말렸다.

누가 또 당할 줄 알고?

그는 나를 공방으로 불러들일 때도 그런 식으로 사람을 안달하게 만들었다. 아쉬울 것 하나 없다는 듯한 그 태도가 사람을 얼마나 짜증나게 하는지 알고나 있을까? 절대 안 당해. 두 번은 안 당해.

"······레오나드!"

내 인내심은 고작 거기까지였다. 급히 마당으로 뛰쳐나갔지만 이미 그의 모습은 보이지 않았다. 대문 밖까지 달려 나가다 조각공 하나와 부딪치면서 하마터면 그의 작품을 부서뜨릴 뻔했다. 역정을 내는 그에게 제대로 사과조차 못 하고 밖으로 나가 주위를 두리번거렸다. 길게 이어진 가로수 길에는 아무도 없었고 다만 저쪽에서 마차 한 대가 서서히 멀어지고 있었다.

"이 배신자! 겁쟁이!"

고래고래 소리를 지르는 내 입으로는 마차가 남기는 먼지만 실컷 들어왔다.

"어처구니가 없구만. 그깟 얼간이 하나가 공방을 나갔다고 그렇게 침울할 이유가 있어?"

"입 닥치고 물감이나 골라."

"네가 공방 사정을 잘 모를 때야 그럴 수도 있다고 생각했지만 지금은 아니지. 자기 그림을 그리지 않는 화가라니, 넌 그게 말이 된다고 생각해?"

"화가에도 다양한 종류가 있고 자기가 뭘 그릴지는 스스로 결정하는 거야. 레오나드만큼 붓자국을 남기지 않고 완벽하게 그릴 수 있는 사람은 없어. 그의 모사가 원본보다 뛰어난 경우가 한둘이 아니라고."

"그럼 뭐해. 어쨌든 자기 사인도 남길 수 없는걸. 그런 건 화가라고 볼 수 없어."

화구점에 마로와 함께 간 것부터가 잘못이었다. 안 그래도 엉망인 기분을 녀석이 더 엉망으로 만들고 있었다. 공방에서는 재료가 떨어지지 않도록 주기적으로 시내에 있는 화구점에 다녀와야 했는데, 물감과 캔버스의 질을 볼 줄 알아야 했으므로 적어도 3년 이상 공방에서 배운 도제들이 맡았다. 요즘에는 나와 마로가 적당했기에 주로 같이 다녔다.

"그나저나 너 앞으로 조심해야 할 거야."

"내가 왜?"

"이제 시세로 형님이 괴롭힐 사람이 없어졌잖아. 다음 목표야 당연히 너지."

마로의 말대로였다. 한숨이 절로 나왔다.

"하여튼 어린애 수준에서 못 벗어난다니까. 그딴 놈을 형님이라고 부르다니 내가 다 창피하다."

"그건 네 녀석이 몰라서 그러는 거야. 형님이 나나 다른 도제들한테는 얼마나 친절한데. 너처럼 건방진 녀석에게만 예외일 뿐이지."

그야 너희들 실력은 형편없으니까 그렇지.

그렇게 쏘아붙여 주고 싶은 걸 간신히 참았다. 내가 시세로 말대로 정말 건방지긴 한 모양이다. 스스럼없이 그런 생각을 하다니.

화구점에서 파는 물감도 그날따라 질이 좋지 않아 짜증스러웠다. 파란색이 다 떨어져서 꼭 사야 했는데 아무리 싸구려라고 감안해도 용납되지 않는 품질이었다. 보통 다른 공방에서는 물감을 전부 만들어 쓰는데 우리 공방은 워낙 사람이 많다 보니 비율이 반반이었다. 숙련된 도제들이 정성을 다해 만든 수제 물감은 주로 장인 화가들이 썼고(시세로 같은 완벽주의자는 물감도 자기가 직접 만들었다) 시장에서 파는 싸구려 물감은 도제들의 몫이었다.

"오늘 물감 상태가 왜 이래요?"

"상태가 뭐 어떻다고 그래. 늘 하던 대로 정성 들여 만들었구만."

"모르는 척하지 마세요. 아저씨도 보면 알잖아요. 앞으로 계속 이런 식이면 다른 데로 다닐 거예요. 우리 공방에서만 구입하는 양이 얼만데 이래요?"

"알았어, 알았어. 다시 마련해 둘 테니까 이틀 뒤에 와."

마로와 나는 물감을 제외한 다른 재료들만 사서 화구점을 나왔다. 시장은 사람들로 넘쳐났는데 활기차게 느껴져야 할 모습이 왠지 모르게 복잡하고 거부감만 들었다. 마로를 앞세워 시장을 빠져나오던 중, 입구에 있는 선술집을 보고 우리 둘 다 입맛을 다셨다.

"술 한잔하고 갔으면 좋겠다."

"그러게. 하지만 난 돈이 없어. 있으면 네가 사라."

"나도 없어. 재료비에서 남은 걸로 마시면 안 될까?"

"이게 남은 거냐? 물감 살 돈이지."

"물감 정도야 작업실에서 훔쳐도 되잖아. 표도 안 날 거야."

레오나드가 나간 뒤로 좀 막 나가는 심정이었던 내게 그 말은 달

124

콤하게 들렸다. 정말 그래버릴까? 고민하고 있던 그때 선술집 야외 의자에서 술을 마시던 사람이 우리를 불렀다.

"어이, 거기 도제 녀석들."

어째 익숙한 목소리였다. 마로는 돌아보자마자 반가운 표정을 지었지만 나는 욕부터 내뱉었다.

"시세로 형님!"

"어, 그래. 오늘 재료 사는 날이었나 보지?"

"네. 하지만 물감은 아직 못 샀어요."

"그래서 남은 돈으로 한잔하려고 했군?"

한심하게도 마로는 움찔하는 기색을 보였다. 내가 고개를 젓자 시세로의 시선이 내 쪽으로 향했다. 하여튼 그런 일을 추궁할 때만 나를 봤다. 나는 심드렁하게 대답했다.

"그랬으면 좋겠다 하고 생각만 했을 뿐입니다."

"그래? 그랬단 말이지."

시세로는 키들거리며 웃었다. 설사 그게 진실이었다 하더라도 그냥 넘어갈 사람이 아니었다. 하지만 우린 아직 돈을 써버린 게 아니니 크게 문제 삼을 수는 없을 터. 그때 시세로가 입을 열어 내 예상과는 전혀 다른 말을 꺼냈다.

"올라와라, 꼬맹이들. 이 형님이 한잔 사주마."

순간 내 귀를 의심했고 마로조차 눈을 껌벅거리며 자기가 뭘 잘못 들은 게 아닌지 고민했다. 시세로는 이 상황을 즐기는 게 분명한 얼굴로 더욱더 사납게 웃었다.

"뭐 하냐? 마음 변한다."

"아, 아뇨. 지금 갑니다. 와, 역시 큰형님이세요."

마로는 훌쩍 계단을 올라 시세로의 맞은편 자리를 차지했다. 나는 차라리 시장 사람들 틈에 깔려서 죽는 게 낫겠다고 생각했지만 여기서 거절하면 진짜 그를 적으로 만드는 일이었으므로 참고 올라갔다.

"고생이 많다, 이 도제 녀석들."

적당히 취한 듯 얼굴이 붉어진 그는 커다란 대접에 차례대로 술을 부었다. 취하면 정신 나간 개처럼 변하는 사람은 많이 봤어도 갑자기 친절해지는 사람은 못 봤는데, 시세로가 그런 사람일 거라고 생각하니 기쁘기는커녕 무서워졌다.

"쭉 마셔라, 마로야. 내 밑에서 네가 제일 고생하는 거 이 형님이 다 알고 있다."

"형님……."

마로는 진짜 감동한 듯, 한마디만 더 하면 그대로 울어버릴 기세였다. 녀석은 겁도 없이 한가득 찬 술을 단번에 마셔버리고 괴로움과 즐거움이 뒤섞인 탄성을 질렀다.

"너도 마셔라. 네 녀석은 별로 귀엽게 보이지 않는다만, 어쨌든 동생이니까."

"네, 고맙습니다."

마로에게 지기 싫다는 이상한 오기가 발동해서 나도 한 잔을 다 비워버렸다. 대접을 탁 내려놓자 시세로는 낄낄거리고 웃었다.

"이 자식들 보게. 주당이 따로 없네. 오냐, 그래. 형님이 사준다니까 작정하고 마셔보겠다 이거지? 나도 바라던 바다. 어디 누가 끝까지 살아남나 해보자."

술이 나오고 안주가 나오고 다시 술이 나오고 안주가 나오길 반복한 끝에, 우리들은 어지러움과 구토의 깃발 아래 사이좋게 정복당했다. 하지만 이상하리만치 기분이 좋아져서 이렇게 술을 사주는 시세로가 정말로 좋은 사람일지 모른다는 생각까지 들었다.

마로는 한참 전에 뻗어 코를 골며 바닥에서 자고 있었고 시세로는 탁자 위에 머리를 떨군 채 돌처럼 굳어있었다. 그도 자고 있다고 생각했으므로 잠시 후 그가 입을 열었을 때는 깜짝 놀랐다.

"기쁜 날이다. 그렇지 않냐."

"아, 네……. 그런데 뭐가요?"

"꼴도 보기 싫던 한심한 자식이 드디어 나갔지 않냐."

좋았던 기분이 놀라울 만큼 순식간에 팍 식었다.

"그래요. 좋으시겠죠. 사실 당신이 공방 한가운데에서 잔치를 열지 않은 게 나도 참 의외였어요."

술이란 놈이 내 안의 겁까지 전사시킨 모양이다. 하지만 시세로의 분노도 마찬가지인 듯했다. 그는 내 빈정거림에 화를 내기는커녕 한참을 웃었다.

"그놈이 왜 자기 그림을 그리지 않는지 너는 아냐?"

심장이 잠깐 펄떡거리고 뛰었다. 하지만 순순히 그렇다고 대답하거나 궁금해하면 틀림없이 그가 나를 놀리듯 입을 다물어버릴 거라고 생각했다.

"글쎄요. 뭐 그렇게 대단한 이유라도 있을까요?"

관심 없다는 듯 대답하고 술잔을 입으로 가져갔다. 한데 시세로가 그 잔을 낚아채더니 테이블 아래로 던져버렸다. 놀란 나는 그의 악에 받친 듯한 눈과 마주쳤다.

"우라지게 훌륭한 이유가 있으시단다, 이 건방진 꼬마야."

나도 모르게 침이 꼴깍 넘어갔다. 그의 그런 얼굴은 예전에 시세로를 처음 만났을 때 딱 한 번 본 적이 있었다. 평소 나를 괴롭힐 때처럼 단순한 심술궂음이 아니라 진정한 경멸과 분노에서 비롯된 얼굴 말이다.

"레오나드를 그렇게 충실한 개처럼 따랐으면서도 그걸 몰라?"

"그런 식으로 말하지 말아요."

"건방져, 이 자식아. 네놈은 건방지다고. 그래서 지긋지긋하게 싫어."

"좋아해 달라고 한 적 없어요. 당신이 그러든지 말든지 상관 안 해요."

"당신, 아직도 당신이냐? 형님이라고 불러야 한다는 걸 알 텐데."

"당신한테는 형 소리 하고 싶지 않아요."

"나뿐이 아니라 레오나드를 제외한 모든 놈들에게 그렇겠지. 네놈은 감사한 줄을 몰라. 편법으로 공방에 들어와 놓고는 먹여주고 재워주고 그림까지 가르쳐주는데 끝끝내 스스로가 공방 사람이라는 걸 인정 안 하지. '나는 너희들과는 달라.' 그게 네 이마에 꼿꼿이 써 붙이고 다니는 재수 없는 표식이란 말이다."

더 이상 듣고 있을 수가 없어 자리에서 벌떡 일어났다.

"나는 그런 적 없어요. 그건 당신의 피해 의식이잖아요!"

"피해 의식? 내가 너한테 그딴 걸 왜 갖냐?"

"레오나드에게 다 들었어요. 당신은 밑도 끝도 없이 사람을 미워하잖아요. 당신보다 잘나고 재능 있는 사람들, 특히 레오나드 같은 사람을요! 알고는 있어요? 그거 진짜 추해요."

시세로의 표정은 변하지 않았지만 주위의 공기가 어떤 식으로든 확연히 달라진 게 느껴졌다. 그는 이를 드러낸 채 침묵했고 나는 내가 무슨 말을 한 건지 스스로도 이해할 수 없었다. 씩씩거림이 가라앉는 동안 두려움과 후회가 밀려왔다. 아, 그런 말을 하려던 게 아니었는데.

"꺼져."

매섭게 나를 보던 눈을 거두고 시세로는 아무 일 없었다는 듯 다시 술을 들이켰다. 나는 머뭇거리다 천천히 소리 나지 않게 물러났다. 실룩이는 그의 몸이 금방이라도 벌떡 일어나 나를 쫓아올 것만 같았다. 조금 거리가 멀어진 후에는 뒤도 돌아보지 않고 뛰었다.

며칠 동안 시세로를 피해 스승님의 작업실에 틀어박혔다. 스승님은 건강이 안 좋다는 이유로 당분간 공방에 나오지 않았기에 혼자 쓸 수 있었다.

마로가 평소와 달리 머뭇거리며 물감을 사러 가지 않겠냐고 물었기에 그날의 언쟁을 녀석이 들었을지도 모른다는 생각이 들었다. 하긴 둘 다 그렇게 소리를 질렀으니 시장에 소문이 퍼졌다 해도 놀라울 게 없었다. 몸이 아프다는 핑계로 거절하자 군말 없이 떠나려던 녀석이 갑자기 뒤로 돌아 외쳤다.

"넌 왜 그렇게 멍청하냐? 시세로 형님은 물감도 자기가 직접 만

들고 캔버스도 스스로 짜는 완벽주의자야. 그런 사람이, 같은 작품이 두 개 필요하다고 해서 모사가에게 자기 일을 맡길 것 같아? 형님은 그게 몇 개가 됐든 전부 다 자기가 그려낼 사람이야. 그런데도 그걸 다른 사람에게 맡긴 건 그게 다름 아닌 레오나드여서야. 레오나드이기 때문에 맡긴 거라고!"

녀석의 말에 괜히 가슴이 따끔거렸다. 하지만 나는 지기 싫어서 대꾸했다.

"그게 뭐? 그래서 어쨌다는 거야?"

마로는 대답 없이 증오심 가득한 눈으로 나를 노려보더니 밖으로 나갔다. 녀석이 사라진 곳을 노려보던 나는 손에 잡히는 대로 그쪽에 집어던졌다.

'나는 너희들과는 달라.' 그게 네 이마에 꼿꼿이 써 붙이고 다니는 재수 없는 표식이란 말이다.

시세로의 그 말이 이따금씩, 아니 사실은 훨씬 자주 머릿속에 떠올랐다. 그의 말대로 나는 내가 가장 싫어하던 그런 사람이 되어버린 걸까? 스승님과 레오나드의 아낌없는 칭찬 속에서 별다른 어려움 없이 그림을 그려왔기에?

시험도 부정도 없이 공방에 들어왔고, 다른 누구도 아닌 최고스승의 도제가 되었으며 누구보다도 빨리 붓을 잡았다. 마로를 비롯한 몇몇 도제들이 대놓고 시샘하는 것도 무리는 아니다.

하지만 맹세코 내가 잘난 놈이라고 생각해 본 적은 한 번도 없었다. 남들이 칭찬하는 그림 실력에 대해서도 스스로 확신하지 못했고 괜찮다고 하니까 괜찮은가 보다, 그 정도로만 생각할 따름이었다. 한데 그런 내가 자만할 리가. 그림과 재능에 대한 고뇌 때문에 가장 비극적인 최후를 맞이한 장면을 직접 본 내가 어찌 그럴 수 있을까?

나는 아니다. 시세로가 내게 피해 의식을 가진 게 맞는다. 간신히 그렇게 결론을 내리자 마음이 조금 편해졌다.

"어이, 도제 청년."

그때 내 모든 상념을 물리치는 맑고 사랑스러운 목소리가 들려왔다.

"아가씨?"

작업실의 문틈 사이로 사라사가 빼죽 고개를 내밀었다. 깨끗한 포도색 머리를 땋아 올린 덕분에 그녀의 하얀 목이 잘 드러났다. 나는 텅 빈 가슴으로 바람이 에는 듯한 느낌을 받으며 얼른 시선을 돌렸다.

"여기에 어쩐 일이십니까? 옷에 물감 묻으십니다."

"그냥 어떤 그림 그리나 한번 보고 싶어서."

그제야 나는 그리던 그림이 뭔지 깨닫고 심장이 뚝 떨어지는 기분을 맛보았다. 종종걸음으로 다가온 그녀가 그림을 보기 직전 간신히 캔버스를 돌렸다.

"왜 그래?"

"이건, 이건 그러니까…… 나중에 보여드리겠습니다. 분명히 깜짝 놀라실 겁니다."

"뭔데 그래?"

"아가씨한테 드릴 선물입니다만 아직 완성이 덜 됐습니다."

"나한테라고? 그럼 지금 미리 보여주면 안 될까?"

"안 됩니다. 절대 안 돼요."

그녀가 장난스럽게 자꾸 보려고 했기에 나는 물감이 번질까 봐 조심하면서도 그녀를 피해 이리저리 달아났다. 결국 포기한 그녀가 불만스러운 표정을 지었다.

"빨리 완성해서 보여줄 거지?"

"물론입니다."

나는 그림을 벽 쪽에 돌려 세워두었다. 그녀는 금세 표정을 풀고 생긋 웃으며 내 팔을 잡아당겼다.

"골짜기에 놀러 가지 않을래?"

"지금요?"

"그래, 지금."

"곧 있으면 해가 질 텐데요."

"그게 어때서. 눈 감고도 내려올 수 있는데."

그녀가 몇 번 더 조르자 하는 수 없이 옷을 갈아입고 가방 안에 종이와 연필을 챙겼다. 아가씨가 먼저 나가서 시녀와 함께 산책길에 올랐다. 그들과 함께 떠나는 모습을 보일 수 없기에 조금 기다렸다가 뒤를 따랐다. 어느 정도 언덕을 오르자 아가씨가 시녀에게 말했다.

"수고했어, 베니. 먼저 돌아가 있도록 해."

"하지만 아가씨, 조금 있으면 블레이젝 기사님이 오시는데요."

그제야 그녀가 왜 갑자기 골짜기에 가자고 했는지 알 수 있었다. 기분이 순식간에 가라앉았다.

"오든지 말든지 무슨 상관이야. 어차피 날 보러 오는 것도 아닌데. 나에 대해 묻거든 그의 얼굴을 보기 싫어서 도망쳤다고 말해."

곤란해하는 시녀를 놔두고 아가씨는 내 팔을 끌어당겼다.

"어서 가. 오늘은 정상까지 오를 거야. 바다를 보고 싶어."

반시간쯤 골짜기를 오르는 동안 그녀는 아무 말도 하지 않았다. 처음 보여줬던 들뜬 기색은 사라지고 미간 사이에 시름이 잡혀 있었다. 깊이 생각에 잠긴 그 얼굴을 바라보기 위해 나는 그녀의 상념을 방해하지 않았다. 상념의 주체를 상당히 미워함에도 불구하고 말이다.

"아, 바다다."

마침내 정상에 오르자 그녀는 노련한 선원처럼 손으로 햇빛을 가리고 먼바다를 내다보았다. 그곳에 마치 그녀가 바라는 것이 있는 것처럼 그리우면서도 애정 섞인 미소를 지었다. 나는 적당히 풀이 자란 자리에 외투를 벗어 깔고 가방을 내려놓았다. 잠시 후 그녀가 되돌아와 그 위에 앉았다.

"왜 말이 없어?"

"그냥 꽃을 좀 보고 있었습니다. 오랜만에 와서 그런가 새삼 아름답네요."

"여기는 매일 와도 그래. 저택도 아버지도 지긋지긋하게 싫지만 이곳만은 좋아."

"그런가요."

잠시 침묵이 지나고 그녀가 다시 입을 열었다.

"공방 생활은 어때? 시세로가 아직도 괴롭혀?"

어린애처럼 고자질을 해서 그녀가 시세로와 나 사이를 알게 된
건 아니다. 다만 공방으로 놀러 온 그녀가 종종 그런 장면을 본 적
이 있었다.

"요즘은 서로 부딪힐 일이 별로 없습니다."

"그렇구나. 레오나드가 나갔다는 이야기도 들었는데. 우울하
겠네."

"그보다는 원망하는 감정이 더 큽니다. 이젠 레오나드가 그러는
걸 이해하고 싶지도 않아요."

"언젠가는 이해할 날이 오겠지. 그때가 되면 그를 더 좋아하게
되지 않겠어?"

그녀의 작은 손이 다가와 내 어깨를 다정히 어루만졌다. 나는 당
황한 나머지 경직되어 아무 말이나 내뱉었다.

"그러는 아가씨께서는 블레이젝 기사님과 요즘 어떠신지요."

그녀의 손이 멎었다. 나는 금세 후회했지만 줄곧 물어보고 싶었
던 말이기도 했다. 사라사는 바다로 다시 눈을 돌렸다. 무언지 모를
안타까움과 소망하는 빛을 담고서.

"늘 똑같지. 투철한 의무 정신을 가지고 정기적으로 나를 찾아와
서는 순서에 맞춘 예의 바른 대화들을 나눠. 그동안 평안하셨습니
까, 별다른 일 없이 건강하십니까, 곧 있을 결혼식에 더 필요한 사
항은 없으십니까, 당신이 내 약혼자여서 기쁘게 생각하고 있습니
다, 다시 만나 뵙는 날까지 안녕히."

그녀는 쌓아둔 듯 쏟아내고 한숨을 덧붙였다.

"그 사람은 나에게 일말의 애정도 없어. 나를 찾는 게 그저 의무

이고 필요한 일이기에 하는 거야. 왕성에서 그가 맡고 있는 치안대
장 직책처럼 사라사 모르프 라잔의 약혼자 직책 또한 성실히 수행
하는 거지."

그녀는 그렇게 중얼거리고 갑자기 나를 똑바로 바라보았다.

"하지만 너는 그와는 다르겠지? 너는 오직 나에게만 네 모든 애
정을 쏟고 헌신하겠지?"

지독한 애증이 뒤섞인 그녀의 물음에 내 가슴은 타오르고 휘몰
아쳤다. 그러나 표정과 말투 어디에서도 그것을 드러내지 않고 담
담히 말했다.

"네. 제 마음은 온전히 모두 아가씨 것입니다."

그녀는 만족한 듯이 내 목을 끌어안고 볼에 입을 맞추었다. 애정
을 빌미로 그녀는 자주 그런 식으로 나를 고문했다. 하지만 알면서
도 너무 고통스럽고도 달콤해서 헤어날 수가 없었다.

2년 전 여름, 약혼자의 차가운 태도를 견딜 수 없어 우는 그녀를
품에 안은 순간부터 나는 감히 꿈꿔본 적 없던 사랑에 대해 알게 되
었다. 그녀를 바라보는 것만으로도 좋던 그 감정은 점차 부풀어 올
라 감히 그녀를 안거나 입 맞추기를 욕심내었고, 지금에 와서는 단
지 애정이나 사랑이라는 말로는 충족될 수 없는 깊고 강렬한 소유
욕에 시달리고 있었다.

이따금씩 내가 무서워질 정도로 그녀를 원해서, 그럴 때마다 미
친 듯이 그림만 그리고 또 그렸다. 어쩌면 앞으로 영원히 그래야만
할지도 몰랐다.

"지난번에 이야기했던가? 그가 가져왔다던 생일 선물 말이야.

그럴듯한 포장을 하고 있었지만 한눈에 알아봤지. 그가 직접 고른
게 아니라는 걸. 아마 부하나 하인을 시켰을 테지. 그는 그런 사람
이야. 따스함이라곤 조금도, 아주 조금도 없는 사람이야……."

사라사, 내 사랑. 감히 품어서도 바라서도 안 되는 사람.

그녀는 하얀 눈의 기사를 사랑했다.

정확히 언제부터였는지 모르겠지만 공교롭게도 내가 그녀를 사
랑하게 된 것과 비슷한 시기가 아니었나 싶다. 초기에만 해도 블레
이젝의 무섭고 차가운 태도(전장을 오래 헤쳐온 기사다운 분위기)를
그녀는 치를 떨며 싫어했다. 온화하고 부드럽던 그녀의 오라버니
와는 정반대의 인물이었기 때문인지도 모른다.

하지만 언제부턴가, 내가 눈치채지 못한 어느 시기에 그녀의 감
정에 변화가 일어났다. 나는 그녀가 블레이젝에 대해 점점 더 많이
이야기한다는 걸 깨달았다. 물론 대부분이 그에 대한 험담이었지
만 그만큼 그를 신경 쓰고 관찰하고 있다는 뜻이기도 했다. 그리고
아주 가끔 그에게서 괜찮은 면을 발견했을 때 그녀는 조심스럽게
그 부분을 언급하며 내 의향을 물어보았다. 마치 이 정도면 사랑해
도 좋지 않겠냐는 듯이.

그럴 때마다 마음이 텅 빈 듯 공허해져도 항상 그녀의 편을 들어
주었고 그러면 그녀는 안심한 듯이 다시 블레이젝을 비난했다. 그
를 사랑한다는 사실을 결코 인정하지 않으려는 그녀의 태도는 스
스로의 마음을 보호하려는 것 이상도 이하도 아니었다.

그녀는 사실 견딜 수 없어 하고 있었다. 블레이젝이 의무적으로

약혼자 역할을 하는 것에, 공적으로가 아니라 사적으로 찾지 않는 것에, 그녀를 사랑해 주지 않는 것에. 그래서 끊임없이 내게서 사랑을 확인받고 내 사랑에 안심하고 기대려는 것이다. 나를 사랑하지도 않으면서.

"피곤해. 조금 누워있을래."

그녀가 내 무릎을 베고 눈을 감았다. 그녀의 고요한 얼굴을 내려다보다가 추운 듯 떠는 그녀의 어깨 위에 손을 얹었다. 생각 같아서는 끌어안아 따스하게 만들어주고 싶었지만 안 될 일이었다.

다각, 다각, 다각.

멀리서 자갈길을 따라 올라오는 말발굽 소리가 들려온 것은 그로부터 반 시간쯤 지난 뒤였다. 제법 가파른 골짜기를 말을 타고 올라오다니 숙련된 기수인 모양이었다. 누구인지 몰라도 아가씨와 이렇게 있는 모습을 보여도 될지 고민스러웠다.

그때 말머리와 함께 기수의 머리카락이 보였다. 더는 생각할 겨를도 없이 다급히 아가씨를 흔들어 깨웠다.

"일어나세요. 어서요!"

아가씨는 조금 어리둥절한 눈으로 물었다.

"왜 그래?"

"블레이젝 기사님이 올라오셨습니다."

그녀는 화들짝 놀라 몸을 일으켰다. 그녀가 멀리서 다가오는 사람을 멍하니 바라보는 동안 나는 티 내지 않고 거리를 조금 벌렸다. 아가씨는 흐트러진 옷을 정리할 생각도 못 했다.

열 걸음 정도 떨어진 곳에 블레이젝이 말을 멈추고 내렸다. 그는 그에게 가장 잘 어울리는 은색 갑옷을 입고 있었다.

"실례. 이곳에 홀로 오르셨다는 이야기를 듣고 와봤습니다."

하지만 왜 혼자가 아니냐고 묻는 듯 그의 고개가 내 쪽으로 향했다. 사라사는 당혹스러운 듯 시선을 이리저리 옮기다가 말했다.

"아. 잠시 마음이 갑갑해서 산책을……. 그동안 평안하셨는지요."

"예. 그런데 레이디께서는 그렇지 않으신 것 같군요."

사라사가 조금 어리둥절해하자 그가 손을 들어 그녀의 머리카락에 붙어있던 풀잎을 떼어주었다. 나는 사라사의 손이 드레스자락을 꽉 움켜쥐는 것을 보았다.

"단정치 못한 모습을 보여 죄송하군요."

"책망하려는 뜻은 없었습니다. 한데 오늘 제가 방문할 거란 연락은 못 받으셨는지요?"

사라사는 두어 번 숨을 고르고 나서야 대답했다.

"요즘 마음이 안정되지 못해 잠시 잊고 있었어요. 무례를 용서하세요."

"괜찮습니다. 당신이 이곳에 올라 마음이 안정된다면 저와의 약속은 언제든 미루셔도 됩니다. 다만 다음번에도 이럴 생각이시라면 함께하는 영광을 누리도록 해주십시오."

"……그렇게 하겠어요."

블레이젝은 다음으로 내게 고개를 돌렸다.

"전에도 함께 있는 모습을 보았는데, 당신의 시종입니까?"

"아니요. 이쪽은 라잔 공방의 도제인 파도 조르디입니다. 공방의 수장인 벡리 화백의 직속 도제이지요. 실력이 아주 뛰어나답니다."

"그렇습니까? 그러고 보니 벡리 화백님과 함께 있던 모습을 본 기억이 나는군요."

그리고 마구간에서도 본 적이 있겠지. 자기 손으로 바닥에 내팽 개쳤던 시종의 모습을.

마음속에서 그에 대한 적의가 솟았지만 나는 잠자코 고개를 숙였다.

"바람이 차니 이만 내려가시지요. 저택의 따뜻한 응접실에서 함께 차를 마셨으면 합니다."

블레이젝이 손을 내밀자 아가씨는 그 손을 잡았다. 말이 있는 곳까지 함께 걸어간 블레이젝은 아가씨를 말에 태운 뒤 잠시 양해를 구했다. 아가씨가 어리둥절해하며 허락하자 그는 내 쪽으로 걸어 왔다. 그의 표정을 본 나는 무슨 일이 일어날지 직감했다. 아가씨는 그의 등만 보고 있기에 알 리 없겠지만.

내 앞에 선 자비 없는 기사는 시체의 산 속에 마지막 하나 남은 적을 바라보듯 나를 보았다.

"한 번만 이야기할 테니 잘 들어라."

입을 열 수 없을 만큼 압도적인 분위기 앞에 나는 솔직하게 움츠러들었다. 아마 같은 기사라면 그런 느낌을 살기라고 표현할 것이다.

"다시는 그녀와 이렇게 단둘이 있지 마라. 이런 모습이 한 번 더 내 눈에 띄면 그 자리에서 너를 베겠다."

이는 한 점의 과장도 없는 통보였다. 목에 칼이 닿아있는 것 같은 두려움 속에서도 희한하게 치기가 솟았다. 블레이젝은 그것으로 할 말이 끝났다는 듯 등을 돌렸으나 나는 겁도 없이 불쑥 물었다.

"아가씨를 사랑하십니까?"

그는 걸음을 멈추고 이 기막힌 상황을 잠시 이해해 보려는 듯 시간을 두었다가 내 쪽으로 돌아섰다. 그가 나를 당장 벨지도 모른다고 생각하면서도 말을 이었다.

"그래서 그런 이야기를 하시는 거라면 차라리 기쁠 것 같아서 그럽니다."

그건 내 모든 용기를 끌어내 한 말이었다. 그는 놀랍게도 화를 내지 않고 잠시 나를 보다가 대답했다.

"기대를 저버려 유감이지만 나는 약혼자에게 성실히 책임을 다할 뿐, 애정을 근거로 너에게 그런 말을 한 것은 아니다."

역시나. 그는 아가씨에게 결코 개인적인 애정이 없다. 마음이 무거운 한편 안심이 되다니 내가 이처럼 간사할 수가 없다.

"그리고 무례를 책망하는 대신 온전히 대답한 것은, 내 살의를 그대로 받고도 끌어낸 너의 용기를 존중해서다. 그러나 두 번은 용납하지 않겠다."

말을 마친 그는 미련 없이 등을 돌려 아가씨가 있는 곳으로 돌아갔다. 아가씨는 무슨 대화를 나눴는지 궁금하다는 듯 나를 보고 있었다. 그녀를 안심시키기 위해서는 웃는 수밖에 없었다.

아가씨 뒤로 블레이젝이 훌쩍 올라타더니 말을 돌려 내려갔다. 그런 두 사람의 모습은 그림을 그리면 그대로 동화 속 한 장면이 될 것처럼 잘 어울렸다.

며칠 후 드디어 나는 뒤벨 자작의 초상화를 완성했다. 아가씨가 작업실에 돌아왔을 때 숨긴 그 그림이다. 그녀의 선물이라고 거짓 말했지만 사실 성에서 만난 베일을 쓴 여성의 것이었다. 오래전에 했던 그녀와의 약속을 지킬 생각이었다. 어쩌면 그녀 쪽에서 잊어버렸을지도 모르지만.

붓을 잡은 이후 그만큼 스스로의 그림이 마음에 들기는 처음이었다. 다시금 찬찬히 뜯어보았지만 역시 더 손을 댈 곳이 없었다. 자작님의 얼굴은 놀랍도록 사실적이었고 입가에 띤 잔잔한 미소도 기억 속 그대로였다. 조금 미화된 감이 없지 않았지만 그 정도야 자작님에 대한 그리움으로 용서될 만했다.

그림을 포장한 다음 어떻게 하면 성에 갈 수 있을지 고민했다. 스승님께 부탁하면 되겠지만 요즘 몸이 좋지 않으시니 무리해서 모셔가기도 뭐했다.

생각 끝에 나는 저택 정원으로 향했다. 그녀가 다시 찾지 않겠다고 했지만 그래도 혹시나 하는 마음에 그림을 남겨두곤 했던 그 자리에 글을 썼다.

'그때 약속했던 것을 전해드리고 싶습니다.'

간단한 말이었지만 그녀가 본다면 이해할 수 있을 거라 생각했다. 언제가 될지 몰라도 이런 식으로 계속 글을 남긴다면 분명 화답이 오리라. 이상하리만치 그런 확신이 들었다.

"여, 부러운 친구."

그날 오후 작업실에서 그림을 연습하고 있는데 그런 부름이 들려왔다. 하마터면 붓을 잘못 놀릴 뻔했던 나는 놀라기도 하고 화가 나기도 해서 돌아보았다. 문가에 서있는 것은 역시나 키리오니였다. 그는 음울한 태도로 손을 흔들었다.

"열심히 그리고 있군. 소개해 준 보람이 있는 것 같아."

"또 당신이군요. 여긴 어쩐 일이십니까?"

"내가 나타날 때마다 감히 그런 질문을 던지는 게 자네밖에 없다는 걸 아나? 하지만 용서하지. 나는 재능 있는 자들에게는 너그러우니까."

그는 허락도 없이 작업실 안으로 걸어 들어와 내 그림을 훑어보았다.

"자네 그림 좀 구경해도 되겠나?"

"이미 하고 계신 것 같은데요."

"이것 말고 다른 그림도 보고 싶다는 이야기야. 오, 그런데 이건 뭐지? 물감으로 어떻게 이런 걸 했지?"

그가 가리킨 것은 내가 들판의 흙무더기를 그린 부분이었다. 미숙한 솜씨를 지적당한 듯 부끄러워서 작게 말했다.

"그게, 아무리 해도 물감만으로는 만족스러운 표현이 안 되더군요. 그래서 흙이랑 풀을 물감에 섞어서 칠해봤습니다."

키리오니는 무서울 만큼 눈을 반짝거리며 나와 그림을 번갈아 보았다.

"물감에 흙과 풀을 섞었다고? 아무튼 정말 재밌는 친구라니까. 내가 발견했지만 너무 재미있어."

"깨진 유리를 주워 갈아서 섞어보기도 했습니다. 그건 이 부분이죠. 당신 재미있으라고 한 일은 아니지만요."

멀리 햇빛에 반짝이는 강가를 가리키자 그는 또 흥미롭게 그 부분을 관찰했다.

"실력이 부족하니 이런 수라도 내야지 별수 있겠습니까. 스승님께선 그림 그리는 방법에 대해 거의 아무것도 가르쳐주지 않으시더군요."

"벡리는 훌륭한 화가를 길러내는 방법을 알고 있으니까."

그의 말에서 나는 두 가지 거부감을 느꼈는데, 아무것도 가르치지 않는 게 좋은 방법일 리 없다는 것과 그가 스승님 이름에 아무런 존칭도 붙이지 않았다는 데에서였다. 그러나 그에 대해 따져 묻기 전에 문 밖에서 사람들의 목소리가 들려왔다.

"스승님께서 오신 모양이네요."

"그럴 테지. 오늘 여기서 나와 만나기로 약속했거든. 그럼 부러운 친구, 차 좀 타주겠나? 미리 말해두지만 나는 입맛이 까다로우니 맛있게 타야 한다네."

"손님이면 손님답게 그냥 가져다주는 대로 얌전히 드시죠."

내 말이 어디가 재밌는 건지 모르겠지만 그는 낮게 한참을 웃었다. 그를 내버려 두고 밖으로 나오니 스승님 곁에 서있는 시세로가 보였다. 오래도록 피해왔던 대면이기에 나는 깜짝 놀랐다.

"그러니까 저도 들어가서 그를 만나봐야……."

뭔가 항의하는 것 같던 시세로는 내 얼굴을 보더니 입을 다물었다. 그 기척에 스승님도 내 쪽을 돌아보았다.

"파도냐?"

"예, 스승님."

"안에 키리오니가 와있느냐?"

"네, 안에서 기다리고 있습니다."

"그럼 차 좀 부탁하마. 내 것은 필요 없고 그의 것만. 대신 맛있게 타야 한다. 입맛이 까다로우니."

"예에."

스승님은 시세로를 가볍게 밀어내고 안으로 들어갔다. 둘이 남겨지는 것만은 피하고 싶어 얼른 몸을 돌렸지만 시세로가 내 어깨를 붙잡았다. 그날의 일에 대해 이야기하려는가 하고 뜨끔했지만 그는 전혀 다른 말을 했다.

"안에 정말로 키리오니가 와있냐?"

"네. 그런데요?"

"같이 있었단 말이지? 너한테 혹시 무슨 이야길 하더냐?"

"별로, 그냥 제 그림을 보고 재미있다고 했습니다."

그는 얼굴을 일그러뜨리더니 경멸 가득한 목소리로 말했다.

"재미있다고?"

"나쁜 뜻으로 하는 말 같지는 않았습니다만."

그의 말투에 기분이 나빠져서 변명했지만 시세로는 더욱더 차갑게 웃었다.

"너의 그 조잡한 짓거리가 말이냐? 당연히 재미있겠지. 고상하고 얌전한 그림들만 보다가 비록 엉망진창이긴 해도 그런 새로운 시도를 보았으니 어찌 재미가 없겠냐. 하지만 그는 잘 모르는 모양이다. 그런 시도는 아무도 못 해본 게 아니라 아무도 하고 싶지 않아 했을 뿐이라는 걸."

나는 그의 손을 점잖게 쳐냈다.

"어쨌든 그는 마음에 들어했습니다. 나도 마찬가지고요. 내가 내 그림을 좋아하는 이상 다른 누가 뭐라고 하든 상관없습니다. 그러니 당신은 당신 그림이나 그리십시오. 나는 내 그림을 그릴 테니."

시세로는 이를 드러내고 위협적으로 웃었다.

"아직도 형님이 아니라 당신이라고 부르는 거냐?"

"당신이야말로 저를 동생이라고 부른 적이 없잖습니까."

의외로 허를 찔린 듯 그는 입을 다물었다. 그 틈을 타 얼른 부엌으로 도망쳤다. 혹시나 따라오지 않을까 차를 끓이는 내내 뒤를 돌아보았지만 다행히 그런 일은 없었다.

"변화해야 할 시기는 이미 한참 지났지요. 이 도시는 이제 모든 게 종교적입니다."

차를 들고 스승님의 방으로 건너가던 나는 잠시 걸음을 멈췄다. 안에서 들려오는 말들이 뭔가 이상했기 때문이다. 말의 내용보다는 스승님이 존대하고 있다는 사실에 놀랐다.

"바꿀 사람들이 나타날 것일세. 이그문드도 동의했지. 그는 더 이상 신을 찬미하는 글을 쓰지 않을 거야. 베르낭도 종교음악이라면 이제 지긋지긋하다고 했고."

"모두 젊은 사람들이로군요. 하지만 저같이 눈먼 늙은이에게 무슨 힘이 있겠습니까."

"그대의 제자들을 계도할 수 있는 힘이 있지."

"내 제자들이라고요?"

게다가 키리오니는 스승님에게 하대하고 있었다. 두 사람은 거의 아버지와 아들뻘인데 어찌 된 영문인지 알 수가 없었다.

문득 파티 때 어느 귀족이 했던 말이 떠올랐다. *심지어 그가 교황의 숨겨둔 아들이 아니냐는 소리도 있습니다.* 그 말은 사실이거나 그에 근접한 듯싶었다.

"당신이 기대를 걸고 있던 레오나드는 공방을 나갔습니다."

"알고 있네. 찾아가 봤지. 그의 그림도 있더군."

"녀석의 그림이라니요?"

"말 그대로일세. 거기서 자기 그림을 그리고 있어."

스승님도 그렇겠지만 나도 깜짝 놀랐다.

"무슨 그런, 망할 녀석 같으니. 나가서야 자기 그림을 그리더란 말입니까?"

"나도 처음 보았네. 숨기고 싶어 하는 이유를 알았지."

"형편없군요."

"그 반대일세. 너무 아름답고 너무 시대를 앞서갔지. 무엇보다도 본인이 본인 그림을 사랑하기에 그것으로 족하는 것 같았네."

스승님은 아무 말도 하지 않았다. 나는 놀라서 가슴이 두근두근했다. 너무 아름답고 너무 시대를 앞서간 그림이란 대체 어떤 걸까. 그게 그의 집에 있다고? 차가 식어간다는 생각은 못 하고 정신없이 두 사람의 이야기만 엿들었다.

"무엇을 그리고 있는지 알 만하군요."

"미안하군, 벡리. 필시 그대에게는 괴로운 기억일 텐데."

"괴로운 기억이라고요?"

스승님은 끊어질 듯 웃었다.

"그런 말로는, 아니. 사람의 말 한마디로 어찌 그것을 다 표현할 수 있단 말입니까."

"그런데도 어째서 레오나드를 미워하지 않지?"

"미워하지 않을 리가요. 한때는 이 손으로 녀석을 죽이려 한 적도 있었습니다. 그러나 녀석이 나 이상으로 고통받았다는 걸 알고 나서는 그럴 수 없더군요. 그 일이 있고 난 후 아무리 비난을 받아도 모사만 해온 것을 보면 알 수 있지 않습니까. 한때 그렇게 재능 있고 자만심이 넘쳤던 레오나드가 말입니다."

"그래. 과거의 그를 생각해 보면 정말 믿기 어려운 일이지."

두 사람의 대화가 거기서 끊어졌기에 나는 내 빈곤한 상상력을 저주할 수밖에 없었다. 레오나드에게 자만심 넘치던 시절이 있었다니, 그게 사실일까? 그리고 스승님과 무슨 일이 있었던 건지 너무 궁금해서 온몸이 따가울 지경이었다.

"어쨌든 벡리, 그대가 할 수 있는 일을 잘 생각해 보아야 할 거야. 예술을 위해서라도 이 도시를 이 상태로 놔둬서는 안 되네."

스승님은 대답하지 않았고 잠시 후 누군가 일어서서 움직이는 소리가 들려왔다. 나는 서둘러 쟁반을 들고 뒤로 갔다가 아무렇지 않게 다시 되돌아왔다. 그리고 마침 밖으로 걸어 나오던 키리오니와 마주쳤다. 내 얼굴을 본 그는 찻잔으로 시선을 내렸다.

"오, 샨닐차군. 내가 제일 좋아하는 거지. 어디 자네 솜씨를 한번 볼까?"

그는 찻잔을 들더니 그 뜨거운 것을 단번에 마셔버렸다. 그러곤 어울리지 않게 큼 하는 소리를 냈다.

"괜찮군. 자네가 도제만 아니었어도 당장 내 시종으로 썼을 거야."

"어딜 마음대로 쓰신다는 겁니까? 누굴 모실지는 내 스스로 결정합니다."

내 말에 키리오니는 평소처럼 음울한 웃음 대신 부드러운 미소를 지었다. 순간 레오나드의 얼굴과 겹쳐 보일 정도로 닮은 미소였다.

"마음에 드는군, 자네. 부디 그림을 그릴 때도 그렇게 자네의 결정만을 따르도록 하게."

"물론 그럴 겁니다."

키리오니는 만족스러운 듯 고개를 끄덕이고 걸음을 옮겼다. 그의 뒷모습을 보다 스승님의 방으로 들어가려는데 갑자기 그가 다시 돌아섰다.

"자네 혹시 극광을 본 일이 있나?"

"예? 뭐요?"

"극광. 동화에 나오는 거 말이야. 추운 북쪽에서만 볼 수 있다는 빛."

"글쎄요. 그게 뭔지 잘 모르겠는걸요."

"안타깝군. 나는 예전부터 항상 극광을 그린 그림을 가지고 싶었지. 왠지 자네라면 그려줄 것도 같았는데 말이야."

그는 내 말은 기다리지 않고 다시 등을 돌려 걸어갔다. 도대체 뭐야? 어리둥절한 기분으로 고개를 돌리자 이번엔 반대쪽에서 창문이 쾅 닫히는 게 보였다. 시세로의 방이었다.

아까 일도 그렇고 시세로가 키리오니에게 어떤 관심을 가지고 있는 것 같았다. 사실이라면 정말로 놀라운 일이다. 오늘 신기한 일이 여러 가지로 많다고 생각했다.

베일을 쓴 여성에게 줄 그림을 포장한 지 보름 가까이 지났다. 점차 회의적이 되었고 더 이상 정원에 글도 남기지 말아야겠다고 생각했다. 그때 애타게 기다렸음에도 전혀 반갑지 않은 사자가 도착했다.

"파도 조르디. 왕성에 계신 고귀한 분으로부터 너를 데려오라는 명을 받았다."

언제나 자기 직책에 충실한 블레이젝은 나를 별로 좋아하지 않을 텐데도 격식을 갖춰 대했다.

"당신이 직접요?"

"그래. 말을 탈 줄 아나?"

"아뇨."

"그렇다면 마차가 필요하겠군. 라잔 가문에서 빌려올 테니 채비를 갖추고 기다리도록."

그가 멋지게 말을 몰고 사라지자 숨어서 지켜보던 공방 사람들이 모두 뛰어나왔다.

"무슨 일이야, 파도? 왕성이라니, 네가 거길 왜 가?"

"거기 계신 어떤 분을 만나 뵐 일이 있거든요."

"설마 귀족한테 초상화 의뢰라도 받은 거야?"

"그런 일은 아니에요."

하지만 작업실에서 포장이 된 그림을 들고 나오니 사람들의 의심은 확신으로 굳어진 것 같았다. 마로는 얼빠진 얼굴이었고 멀찌 감치 팔짱을 끼고 서있는 시세로도 삐딱해 보였다. 왜인지 신물이 나서 마음대로들 생각하라지 싶었다.

공방 밖에서 기다리고 있자니 저택에서 마차 한 대가 빠져나왔 다. 말에서 내려 걸어오는 블레이젝과 사라사 아가씨도 보였다.

"이만 왕성으로 돌아가 봐야 할 것 같습니다. 안으로 들어가시 지요."

"잠시만 머물다 가실 수는 없나요? 오자마자 이렇게 가시는 건⋯⋯."

아가씨는 내 얼굴을 보더니 말끝을 흐렸다. 나와 그림을 훑은 그 녀의 시선이 마지막으로 블레이젝에게 향했다.

"마차를 탈 사람이 파도였나요?"

"공무 때문에 부득이한 일입니다. 흔쾌히 허락해 주셔서 감사합 니다. 그럼."

그는 아가씨의 대답을 기다리지 않고 내게 짧게 명령했다.

"타라."

마부는 내 얼굴을 알아보고 못마땅한 표정을 지었다. 예전에 하 인이었고 지금은 도제에 불과한 나를 마차에 태워야 한다는 사실 에 자존심 상한 것 같았다. 어쨌든 내가 올라타자마자 마차는 출발 했고 블레이젝은 호위하듯 곁에서 말을 몰았다. 창밖으로 사라사 아가씨의 모습이 점차 작아졌다. 묻고 싶은 게 가득한 얼굴이었다.

왕성까지 가는 긴 시간 동안 늠름한 기사의 뒷모습을 훔쳐보았 다. 생각해 보면 아가씨가 그에게 반하지 않는 게 오히려 이상한 일이었다. 나는 그를 질투하는 한편 동경했다. 그의 모습도 언젠가 그려보고 싶었다. 그래서 아가씨의 결혼 선물로 주면 완벽할지도 모르겠다. 그런 비참한 생각을 하며 킬킬거렸다.

잠시 후 블레이젝이 말의 속도를 늦추더니 창문 근처로 다가왔다. 그리고 나를 똑바로 봐서 내심 놀랐다. 설마 지금 나에게 말을 걸려고?

"물어볼 것이 있다만 대답을 강요하지는 않겠다."

참 친절하시군. 나는 고개를 끄덕였다.

"지금 뵈러 가는 그분과는 어떤 관계인가?"

어떤 관계냐고? 딱히 정의할 수는 없었다. 처음 가넬 신부님의 성당에서 뒤벨 자작님과 함께 만난 일과 정원에서 두 사람을 목격한 일, 마지막으로 자작님이 죽던 날까지 차례대로 스쳐지나갔다. 그걸 사실대로 말할 수는 없는 일이었다.

"지난번 벡리 스승님과 함께 왕성에 갔던 것을 기억하시지요? 그때 처음 뵈었습니다."

"그럼 오늘은 무슨 일로 가는 거지? 스승의 심부름을 하는 것인가?"

"그렇다고 볼 수 있습니다."

나는 상체를 젖혀서 창문 사이로 포장한 그림이 보이도록 했다.

"이걸 전해드리러 갑니다."

그는 묘하게 안심하는 기색이었다. 그대로 다시 말을 몰고 가려하기에 이번엔 내가 물었다.

"외람되지만 그분은 대체 어떤 분이십니까? 대답을 강요하지는 않겠습니다."

블레이젝의 입꼬리가 살짝 올라가서 순간 웃는 건가 생각했다. 하지만 그 미소 비슷한 것은 제대로 된 형체를 갖추기 직전 사라졌다.

"지난번에 뵈었다면서 누군지도 몰라보았단 말인가. 너처럼 천한 것이 함부로 들을 수 있는 이름이 아니다."

"이름이 궁금하다는 것은 아닙니다. 다만 자작…… 당신 같은 분에게 명을 내릴 수 있는 사람은 어떤 신분일지 궁금해서 그럽니다. 높은 귀족이신가요?"

"귀족이라고."

그가 이번엔 확실하게 비웃었다.

"어찌 이 나라에 살면서 나라의 주인이 될 분을 몰라보느냐. 그분은 왕세자비 전하시다."

그건 예상했던 어떤 대답과도 달랐다. 왕세자비라면 분명 왕자님의 부인이자 미래의 왕비가 될 분일 텐데? 나는 머리가 지끈거리는 것을 느끼며 생각을 정리했다.

뒤벨 자작님과 그분은 서로를 사랑했다. 그런데 그분은 자작님보다 신분이 높은 왕족일뿐더러, 결정적으로 결혼을 한 사람이었다. 그것도 왕자님의 부인! 그렇게 서로 힘들어한 것도 당연했다.

"그분 앞에서는 예의에 맞게 행동해라."

"별 걱정을 다 하십니다. 저 이래봬도 예의 바른 놈입니다."

그는 대꾸도 하지 않고 가버렸다. 지금까지 아무 생각이 없었는데 갑자기 떨리기 시작했다. 내가 감히 왕족한테 먼저 만나자고, 그것도 도제 주제에 그림을 그려 선물로 주겠답시고 찾아가고 있는 건가? 이건 다 실수였다고, 마부에게 마차를 돌려 공방으로 돌아가자고 말하고 싶었지만 그랬다간 틀림없이 저 자비 없는 기사가 칼을 꺼내 한 점 망설임 없이 내리칠 것이다.

느리게 가는 것만 같던 시간이 어느샌가 흘러 왕성에 도착했다. 이도 저도 못하고 마차에서 내려 블레이젝을 따라 속절없이 안으로 들어갔다.

"여기서 기다려라."

그는 예전 그 응접실에 나를 혼자 남겨놓고 사라졌다. 그때처럼 어디선가 궁중하인이 나타나 술을 주지 않을까 기대했지만 적막하기만 했다. 초조하게 기다린 끝에 블레이젝이 다시 나타났다. 그는 내 존재 자체가 몹시 못마땅하다는 듯 바라보며 말했다.

"처소로 직접 데려오라 하시는군. 이제부터 행동거지를 극히 조심하도록 해라."

말하지 않아도 그 이상 조심할 수 없는 상태였다. 고개를 숙인 채 그를 따라 복도를 걸어갔다. 낡은 석벽 끝에 거대한 문이 있었다. 왕세자비의 방이라고 하기엔 너무 음침하고 무거운 철문. 마치 사람을 가둘 때나 쓸 법한 것이었다.

블레이젝이 양팔로 힘껏 문을 열어젖혔다. 안에는 또 다른 응접실이 있었다. 아까 것보다는 작았지만 대신 아늑해 보였다. 전체적으로 짙은 붉은색이 감도는 가구들이 고풍스러우면서도 위엄 있는 분위기를 풍겼다.

"왔구나."

목소리가 들려온 쪽으로 황급히 고개를 돌렸다. 창가를 등지고

선 여성이 나를 바라보고 있었다. 무릎을 꿇어야 할지 말아야 할지
몰라 그림을 든 채 어정쩡하게 서있었다. 그녀는 웃으며 손짓했다.

"이쪽으로 오거라."

블레이젝의 눈치를 보고 그녀에게 다가갔다. 황송하게도 그녀의
바로 맞은편에 자리가 마련되어 있었다. 늘 딱딱한 작업용 의자에
만 앉았던 나는 푹신한 감촉이 엉덩이에 착 감기는 것을 느끼고 잠
깐 황홀해했다.

"폰, 차를."

그녀가 말하자 블레이젝이 고개를 숙이고 밖으로 나갔다. 맙소
사. 도저히 어울리지 않지만 그가 차 시중을 든단다. 묘하게 웃음이
나오려 했지만 웃을 수가 없었다.

그녀가 고개를 돌려 나와 눈을 마주쳤다. 그동안 몇 번 만났음에
도 처음으로 그녀의 얼굴을 제대로 본다는 생각이 들었다. 그녀는
사라사와는 확연히 다르게 성숙한 느낌이 드는 여성이었다. 얼굴
전체가 섬세하면서도 특징 없이 부드러웠고 두 눈은 흔들림이 없
었다. 강하고 위엄 있다. 언젠가 꼭 그려보고 싶은 얼굴이었다.

"나를 관찰이라도 하고 있는 것 같구나."

그녀가 미소와 함께 말하자 흠칫 놀라 시선을 거두었다.

"죄송합니다. 화가 흉내를 냅답시고 주제넘게 살펴본 것 같습
니다."

"괜찮다. 덕분에 나도 네 얼굴을 좀 더 자세히 볼 수 있었다. 예
전에 봤을 때보다 많이 자란 것 같구나. 그때는 그저 어리기만 한
소년 같았지."

"지금은 스물두 살이나 됐습니다. 소년 같아서는 곤란하지요."

"그래. 새삼 시간이 많이 흘렀다는 걸 알겠구나."

그녀의 시선이 창밖 어디론가 향했다. 시간이 흘렀다는 스스로의 말과는 다르게 그녀는 변한 것이 없는 듯했다. 특히 누군가를 그리워하는 눈이.

"아참, 가지고 온 것을 보여드려야죠."

내 말에 그녀는 놀란 기색이었다. 가지고 온 그림의 포장을 뜯으려 하자 어째서인지 시선을 돌렸다. 그래도 나는 포장을 뜯었다.

다시 보아도 정말 잘 그려진 그림이었다. 장인 자격증을 받았더라면 서명도 할 수 있었을 텐데 아쉬웠다. 그녀의 반응이 어떨까 기대하며 쳐다보았지만 여전히 그림을 외면하고 있었다. 조금 시간이 지나서야 그녀는 천천히 그림을 향해 고개를 돌렸다.

"아."

뜻 모를 탄성을 흘린 그녀는 한참 동안이나 그림에서 눈을 떼지 못했다. 눈가가 일그러졌다 펴지기를 반복했다. 그녀의 손이 망설이듯 그림을 향해 다가가다가 거두어졌다. 어째서인지 안타까운 기분이 들어 자작님과 그녀의 얼굴을 번갈아 보았다. 자작님의 곁에 그녀도 같이 그려 넣을 걸 그랬나 보다.

"마음에 드십니까?"

여전히 그림만 바라보면서 그녀가 힘없이 미소를 지었다.

"그래. 기억에 있는 모습보다 선명하구나. 이런 사람이었지. 그래……. 늘 그리워했는데도 어째서인지 잊어버렸던 것 같은 기분이 든다."

"저도 제 기억에 있던 모습을 그린 거라 정확한지 어떤지는 알 수 없습니다."

"아니. 얼굴은 조금 다를지 몰라도 이 미소는 그대로구나. 그는 이렇게 웃는 사람이었어."

나도 특히 그 자상한 미소가 마음에 들었으므로 그녀의 말에 기분이 좋아졌다. 그때 철문이 힘겹게 열리고 블레이젝이 아닌 시녀가 차를 들고 들어왔다. 나는 얼른 그림을 창 쪽으로 돌려서 시녀가 보지 못하도록 했다. 슬쩍 왕세자비의 눈치를 보니 조금 전과는 확연히 다르게 딱딱한 얼굴이었다. 귀족들은 어릴 때부터 표정을 가장하는 법이라도 배우는 걸까?

시녀가 나가자 블레이젝이 뒤이어 들어와 문을 닫았다. 그리고 문지기처럼 지키듯 섰다.

"그림을 이리."

나는 블레이젝의 눈치를 보며 그녀에게 조심스럽게 건넸지만 그녀는 괜찮다는 듯이 말했다.

"그는 내가 가장 신뢰하는 사람이다. 자작에 대해서도 알고 있지."

"알고 있다고요?"

"나 혼자 이곳에서 나가기는 힘들지. 항상 그가 도와주었단다."

사실이라면 놀라운 일이었다. 그것도 그의 책무인 걸까? 그게 아니라면 아무리 왕족의 명령이라 해도 그가 불륜을 도울 것 같지는 않으니, 왕세자비의 명이 무엇보다 우위에 있는 게 분명했다.

"그래서 이 그림을 나에게 선물로 주겠다는 건가?"

"네. 하지만 그건 전하께서 어떤 분이신지 모를 때 감히 주제

넘게 했던 생각이고, 저처럼 이름 없는 도제의 그림이 싫으시다
면…….”

"아니. 나는 이 그림이 무척 마음에 든다. 제값을 주고 사고 싶구나."

그녀의 말에 무척 기뻤지만 손사래 치며 대답했다.

"값을 주실 필요는 없습니다. 처음부터 선물로 드릴 생각이었으
니까요."

"나는 받은 것에 반드시 대가를 치른다. 이처럼 훌륭한 예술 작
품이라면 더욱 그렇지."

"후, 훌륭한 작품이라니요. 아직 멀었습니다."

"내가 예술에 깊은 조예가 있는 건 아니지만 여러 좋은 작품들
틈에서 숨 쉬며 살다 보니 약간의 식견이나마 가지고 있다. 네 그림
은 섬세하고 따뜻하다. 그리고 선 하나조차 함부로 그은 것이 없어.
얼마나 스스로의 그림에 최선을 다했는지, 완벽을 추구했는지 알
것 같다."

그녀가 한 말은 내 가슴을 관통하는 거나 다름없었다. 그거야말
로 내가 그림을 그릴 때 가장 중요하게 여기는 부분이었으니 말이
다. 갑자기 얼굴이 달아오르면서 가슴이 뜨거워졌다.

"그런 좋은 말씀을 해주셔서 감사합니다."

"나야말로 고맙구나. 값은 받지 않겠다 했으니 다른 걸로 보답해
야겠군."

그녀는 잠시 생각에 잠긴 얼굴을 하다가 입을 열었다.

"혹시 왕립 아카데미에 대해서 알고 있는가?"

오래간만에 듣는 그 단어는 내게 무서운 기분을 안겨다 주었다.

어릴 적엔 그렇게도 가고 싶어 했던 곳이다. 하지만 그러려다 벌어진 일은 떠올리고 싶지 않았다.

"들어는 봤습니다."

"너만 괜찮다면 그곳에 들어갈 수 있도록 내가 추천해 주마. 원장인 레이번과 나는 절친한 사이지."

"예? 레이번이라고요?"

"그 이름을 알고 있구나. 현재 궁정수석화가이며 동시에 왕립 아카데미의 원장이지."

물론 알고 있었다. 어렸을 적 아카데미에 오라고 했던 화가가 자신을 레이번이라 했었으니까. 맙소사, 진짜 화가였다니. 게다가 수석화가라고?

"왜 대답이 없지? 아카데미에 들어가는 건 화가를 꿈꾸는 사람이라면 다들 바라마지 않는 일인데."

"하지만 전…… 잘 모르겠습니다. 너무 갑작스러워서요. 추천을 해주신다 해도 실력이 될지 모르겠습니다."

"물론 결정은 레이번이 하겠지. 하지만 나는 충분히 가능성이 있다고 생각되는구나."

왕립 아카데미라. 이번이 두 번째 기회다. 한데 워낙 뜻밖의 일이라 뭐라 대답해야 할지 알 수 없었다. 그곳에 들어가면 좋을까? 하지만 그럼 공방 생활은 계속할 수 없을 것이다. 스승님과 다른 사람들, 그리고 사라사 아가씨는…….

"내키지 않는 얼굴이구나."

그녀는 실망하면서도 재미있어하는 얼굴이었다. 좋아하리라고 믿었던 게 분명했다.

"죄송합니다. 하지만 저는 아직 벡리 스승님 곁에서 배울 게 더 많은 것 같습니다."

"벡리라. 그런가? 네가 그렇게 생각한다면 하는 수 없지."

그녀가 고개를 돌려 블레이젝을 불렀다. 그가 걸어오자 그녀는 그림을 내주었다.

"그곳에."

간단한 말을 알아들은 듯 블레이젝은 그림을 가지고 방 한쪽의 휘장 너머로 사라졌다. 어딘가에 그림을 모아두는 장소라도 있는 걸까? 아니면 비밀금고라든가. 상상력을 발휘해 보는 내게 그녀가 말했다.

"폰을 제외하고 너는 유일하게 나와 자작의 관계에 대해 알고 있는 사람이다. 지금까지 입을 다물어주었으니 앞으로도 그러리라 믿어도 되겠지?"

"물론입니다. 자작님께서는 제게 여러 가지로 은혜를 베풀어주셨습니다. 갚지 못할망정 저버려서는 안 되겠지요."

"그래. 고맙구나."

조용히 웃던 그녀가 갑자기 손을 뻗어 내 손을 잡았다. 나는 깜짝 놀랐지만 피하면 무례일 것 같아 가만히 있었다.

"앞으로도 가끔 이렇게 만날 수 있었으면 좋겠구나. 나와 친구가 되어주지 않겠니?"

"예? 치, 친구라니요. 제가 어떻게 감히."

"그렇게 말하지 말거라. 나는 예술가들을 좋아한단다. 특히 화가

들을. 그들과의 만남에서는 나를 왕세자비라 부르지 말라고 한다."

"그러면 어떻게……."

"이름을 부르렴. 내 이름은 이데아란다."

블레이젝은 분명 왕족의 이름은 함부로 들을 수 없다고 했다. 한데 이토록 쉽게 가르쳐주다니. 내가 화가여서인가? 순간 내 손을 잡고 있는 그녀의 손이 분명하게 느껴졌다. 나를 바라보는 그녀의 눈동자만큼이나 따뜻하고 단단한 손이다. 나는 어쩐지 홀리는 것 같다고 생각하며 대답했다.

"예, 이데아 님."

곁에서 뭔가 부서지는 소리가 난 것은 그때였다. 우리 둘 다 놀라 돌아보았다.

몇 걸음 떨어지지 않은 곳에 누군가 의자에 걸려 넘어져 있었다. 순간 블레이젝이 그답지 않게 어처구니없는 실수를 한 건가 했지만 아니었다. 왜소한 몸집에 걸맞지 않는 펑퍼짐한 옷을 입고, 그런 옷 때문에 허우적거리며 일어나지 못하는 그는 아무리 봐도 블레이젝이 아니었다.

"괜찮으신가요?"

어쩔 줄 몰라 하는 나와 다르게 이데아는 황급히 일어나 그쪽으로 다가갔다. 끙끙거리는 그를 일으키자 머리카락에 엉킨 작은 왕관이 보였다. 손에는 왕가의 문양이 찍힌 거대한 반지를 끼고 있었다. 설마.

"부인, 부인."

"예. 여기 있습니다, 전하."

부인에다, 전하라고? 이데아는 그를 어린애 달래듯 품에 안고 등을 토닥였다. 그는 기분이 좋은 듯 헤죽거리고 웃었다. 이따금 웅얼거리는 소리를 냈는데 두 눈은 초점이 맞지 않고 턱 밑으로는 침이 흘렀다.

도저히 눈앞의 장면을 받아들일 수 없어 입만 벌린 채 바라보는 내게 이데아가 명령했다.

"이제 떠나거라."

지금까지의 부드러움은 온데간데없이 차가운 말투였다. 나는 얼른 자리에서 일어나 두 사람 쪽을 보지 않으려고 애쓰며 문으로 걸어갔다. 힘주어 철문을 열고 나니 그제야 그 문의 용도가 어렴풋 짐작이 갔다. 슬프고 잔인한 일이었다.

뒤따라 나온 블레이젝이 그 문을 닫았다.

"왕자님이시지요?"

내 물음에 그가 돌아보더니 짧게 대답했다.

"말하면 안 된다. 누구에게도."

"당신이 섬긴다던 분이 저분이셨나요? 아가씨가 앓는 척하는 그 병을 실제 앓고 있다던."

"그래."

그래서 그토록 쉽게 알아차렸던 것이다. 문득 그의 눈에 아가씨의 행동이 얼마나 가증스러워 보였을까 하는 생각이 들었다.

"이데아 님은 그래서 자작님을……."

눈 깜짝할 사이 목에 칼이 와 닿았다. 놀라서 상체를 뒤로 젖혔다. 블레이젝은 흔들림 없이 나를 겨눈 채 한 마디 한 마디 힘을 주어 내뱉었다.

"그래서 병든 남편을 외면하고 다른 남자를 만나러 다녔다고 말하고 싶은 건가? 어디 해봐라. 그것이 네 유언이 될 테니까."

눈을 시리게 하는 칼날을 내려다보며 나는 조심스럽게 말했다.

"비난하려던 게 아닙니다. 오히려 슬프다고 생각하고 있었습니다. 자작님하고 이데아 님의 그건, 그런 게 아니었습니다. 짧은 만남이나 도피 같은 게 아니었다고요. 두 사람은 진심으로 서로를……."

"시라도 쓰겠군."

그는 질린다는 듯이 말하고 검을 거두었다.

"그분의 처소에 발을 한 번 들였다 하여 모든 것을 알았다는 듯 말하지 마라. 오랫동안 섬겨온 나조차 진실이 무언지는 모른다. 또한 알려 해서도 안 된다."

"주제넘었다면 죄송합니다."

"나에게 사과할 일은 아니지."

그는 몸을 돌렸다.

"불필요한 생각은 말고 가서 네가 할 일이나 제대로 하는 것이 좋을 것이다, 화가여. 화가답게 말이지."

자비 없는 기사는 등을 보이고 철문 안으로 사라졌다. 무언가 손을 대어선 안 되는 비밀이라도 감추듯 철문은 무겁고 단단하게 닫혔다.

6.

소녀의 초상

여름이 가까워오던 어느 날, 그동안 만났던 독특한 인상의 사람들(이데아와 블레이젝)을 그리던 나는 스승님의 부름을 받고 방으로 찾아갔다. 스승님은 깊이 생각에 잠겨있었던 듯 내가 들어가자 몸을 움찔하며 돌아보았다.

"파도냐?"

"네. 몸은 괜찮으신가요?"

"별로 좋지는 않구나."

"그럼 왜 무리해서 나오셨습니까."

"몸이 좋지 않기 때문에 빨리 해결을 해야 할 것 같았다."

"해결이라고요?"

"이제 너에게 장인 자격을 주려고 한다."

정신이 멍해졌다. 방금 무슨 이야기를 들은 것인지 이해가 가지 않았다. 스승님은 다시 말했다.

"너는 더 이상 도제가 아니다. 앞으로는 장인의 자격을 갖춘 정식 화가가 될 것이다. 레오나드가 나갔으니 그의 빈 작업실을 네 것으로 사용하거라. 필요하다면 네 밑으로 도제를 받아도 된다."

너무 놀라 입을 벌렸지만 무슨 이야기부터 해야 할지 알 수 없었다.

"아니 저, 스승님?"

"말하거라."

"너무 뭐랄까······. 갑작스럽습니다만?"

"이 녀석아, 이런 때는 고맙다는 말부터 하는 거다."

"그렇지만 진심이십니까?"

"불편한 몸 친히 이끌고 나와 거짓말을 할까?"

"하지만, 도대체 왜 저를요?"

스승님의 지팡이가 머리 쪽을 겨누고 날아왔다. 하지만 이제 제법 키가 큰 나였기에 머리 대신 어깨에 맞았다. 우습게도 그 순간 늙어버린 스승님에 대한 연민이 솟구쳤다. 다음부터는 고개라도 숙여드려야 할 것 같았다.

"하여튼 복에 겨운 줄도 모르고. 일찍 붓을 잡게 해준 것도 모자라 내 방에서 마음껏 그림을 그리게 해주고, 이제 최연소 장인 자격까지 주겠다는데도 불만이냐?"

"불만이 아니라, 그러니까 어째서인데요?"

"꼭 내 입으로 네놈의 특출한 재능을 칭찬해야 만족할까? 눈이 멀었다고 코앞의 재목을 두고 몰라볼 정도는 아니다. 그러니 듣거라, 이 녀석아. 네놈이 전생에 무슨 공을 세웠는지 몰라도 타고난 무언가가 있는 것만은 확실하다. 하지만 오히려 그렇기에 그것을 극복해 내지 않고서는 훌륭한 화가는 될지언정 유일한 화가는 되지 못할 것이다."

그 말이 어쩐지 가슴을 뒤흔들어서 나는 큰소리로 외쳤다.

"아니, 그 반대입니다. 두고 보십시오. 훌륭한 화가는 못 될지언정 유일한 화가는 될 테니까요. 누구와도 같지 않고 그 누구도 그릴 수 없는 그림을 제가, 그릴 겁니다!"

스승님은 의외라는 듯 나를 보다가 이가 다 빠진 입으로 커다란 미소를 지었다. 그리고 들끓는 낮은 웃음을 한참이나 웃었다.

"다 늙은 화가의 가슴을 이리도 두드려 깨우느냐. 네가 여태까지 해온 말 중에 가장 마음에 드는 말이로다. 그래, 두고 보마. 어디 나도 세상도 깜짝 놀라게 해보려무나."

스승님은 품에서 문서를 꺼냈다. 묻지 않아도 장인 자격증이라는 것을 알 수 있었다. 그제야 가슴이 두근거리기 시작했다. 나는 기사 서임이라도 받듯 한쪽 무릎을 꿇고 그것을 받았다. 내 어깨를 두드려주는 스승님은 아쉬우면서도 기쁜 얼굴이었다. 소중히 품에 갈무리한 뒤 진심을 담아 고개를 숙였다.

"정말로 감사드립니다."

"오냐. 그럼 이제 장인이 되었으니 네가 나를 좀 도와야겠다."

"무엇을요?"

"맡기려던 두 제자 모두 거절했으니 대성당의 천장화를 내가 그리려 한다."

놀라움과 전율을 동시에 느끼며 스승의 하얗게 퇴색한 눈동자를 바라보았다. 그분도 내 걱정을 눈치챘는지 단호하게 말했다.

"그게 내 마지막 작품이 될 것이다. 그리고 네가 말했던 대로 내 이름을 널리 알릴 역작이니라."

나는 진심과 존경을 담아 말했다.

"알겠습니다. 그렇다면 제가 곁에서 뭐든 돕겠습니다."

"네가 도울 일은 하나뿐이다. 내가 작업을 하는 동안 누구도 그것을 보지 못하게 하는 일 말이다. 심지어 너 자신도 아니 된다."

"예? 하지만 어떻게 그런…… 설마 혼자서 그걸 전부 다 그리시겠다는 말씀입니까?"

"그렇다. 할 수 있겠느냐? 누가 와도, 심지어 왕이나 교황이 행차해도 절대 문을 열어줘서는 안 된다."

그게 가능이나 한 일일까? 하지만 굳게 결심한 스승님의 눈을 보면서 차마 못 하겠다고 할 수는 없었다.

"알겠습니다. 최선을 다하겠습니다."

"최선만으로는 안 된다. 반드시 그렇게 해야만 한다."

"도대체 무얼 그릴 생각이신데요? 왜 그렇게 숨겨야 합니까?"

"어찌 보이기 전에 입으로 먼저 말할까. 명심하거라. 화가는 오직 그려서 보여주는 것으로만 말해야 한다."

나는 그 말을 가슴에 새겼다. 스승님은 여태껏 무거운 짐을 지다 내려놓은 사람처럼 홀가분한 얼굴이었다. 어찌 보면 초연한 듯 보이기도 했다. 문득 불안한 느낌이 들어 물었다.

"설마 위험한 일을 하시려는 것은 아니겠지요?"

"이 나이가 되면 모험이라는 것을 하고 싶어도 못 하느니라. 죽기 전에 꼭 그리려 하던 것이 있다. 완성되기 전에는 누구에게도 보여주고 싶지 않구나."

"알겠습니다. 그렇다면 제 목숨을 내놓기 전에는 누구도 그 그림을 볼 수 없게 하겠습니다."

"고맙구나. 하지만 정말로 목숨을 내놓지는 말아라. 네 남은 생은 나보다 훨씬 길며 또한 소중할 것이니."

스승님과 한동안 손을 잡고 있다가 방을 나왔다. 괜히 눈가가 시큰거렸다. 스승님의 불안하고 약한 모습도 그렇고, 태어나 처음으로 누군가가 내 삶이 의미 있다고 말해주었기에 마음이 흔들렸다.

그림을 그리는 이상 나는 쓸모 있고 또 누군가에게는 소중해질 수 있다는 걸 그때 처음으로 배웠다. 그것이야말로 스승님으로부터 받은 여러 감사한 것들 중에서도 가장 큰 것이었다.

공방에 스승님의 결정이 알려지자 당연히 난리가 났다. 고작 스물두 살에 불과하고 도제 생활을 4년도 못 채운 내가 장인이 되었으니 말이다. 보통 도제가 된 뒤 3년간 허드렛일을 해야 처음 붓을 잡을 수 있고, 그 후 장인이 되려면 천재라는 소리를 들어도 최소 5년 이상이 걸렸다. 길게는 15년까지 도제 생활만 한 사람도 있으니 내가 장인 자격을 얻은 것은 그야말로 파격적인 처사였다.

순수하게 화가가 된 것에만 기뻐했던 나는 여러 가지 문제(주로 인간관계)가 남아있다는 걸 깨달았다.

"스승님은 눈뿐만 아니라 정신까지 멀어버리신 모양이군."

가장 격분하리라 생각했던 시세로는 의외로 그 말 한마디만 던지고 신경을 끄는 듯했다. 하지만 마로는 달랐다. 조금씩 관계가 나아져 이제는 드디어 친구가 될지도 모른다고 생각한 순간 일이 터진 것이다. 마로는 나와 눈도 마주치지 않았다. 예전에는 조금 빈정거리는 투라고 해도 먼저 말을 걸고 농담도 했는데 이젠 나를 피하기만 했다. 시장에 재료 사러 나가는 일도 더 이상 하지 않으니 녀석에게 말 붙일 기회도 없었다.

"내버려두거라."

대성당으로 향하는 길에 스승님은 내 고충을 듣더니 간단히 대답했다.

"그 나이에 질투하는 것이 어쩌면 발전에 도움이 될지도 모르지. 하지만 그려갈수록 알게 될 게다. 누구보다도 적으로 여기고 또 넘어야 할 상대는 따로 있다는 걸."

"그게 누굽니까? 설마 너 자신이라는 그런 식상한 말씀을 하시려는 건 아니죠?"

스승님은 잠시 침묵하다가 버럭 화를 냈다.

"이 녀석아, 그게 왜 식상하겠냐? 진리니까 그렇지!"

"아, 예."

"그렇게도 다른 대답을 원한다면 한 가지가 더 있다."

"뭡니까?"

스승님의 손가락이 대범하게 위를 가리켰다.

"신."

얼이 빠져 있던 나는 예전에 봤던 대로 근엄한 라잔 경의 흉내를 내어 대답했다.

"농담으로 하기엔 좀 신성모독적이로고…… 아야야, 알겠습니다."

"머지않았느니라. 너도 당해보면 알 것이다. 여기저기서 쇄도하는 종교, 종교, 또 종교에 관한 주문들. 언젠가부터 너 자신이 종교 그림 이외엔 아무것도 못 그린다는 것을 깨달을 날이 올지도 모른다. 그건 두렵고 무서운 일이지."

그렇게 말하는 스승님이야말로 매일 대성당의 천장화를 그리러 가고 있었다.

장인이 되고 나서 레오나드의 편지도 받았다. 그에게 상한 마음은 여전했지만 편지를 받고 솔직하게 기쁘기도 했다. 그는 작은 집에 혼자 살며 그림을 그리고 있다고 했다.

〈네가 특별하다는 건 알았지만 이렇게 빨리 장인이 될 줄은 몰랐다. 정말 축하한다. 하지만 이제부터가 시작이라는 것을 잊지 말렴. 그리고 내 집에 한번 초대하고 싶으니 여유가 될 때 언제든 찾아오려무나.〉

오래간만에 보고 싶기도 하고 무엇보다 그의 그림이 궁금했으므로 다음 날 바로 레오나드를 찾아갔다. 편지에 적힌 주소는 예전에 지냈던 빈민가 근처였다.

창백한 회벽과 삭막한 외길. 지붕이 낮은 건물들뿐인데도 이상하게 그곳엔 햇빛이 들지 않는다. 어쩌면 거기 살고 있는 사람들의 음울한 기운 때문인지도 모른다. 희망, 꿈, 즐거움. 그런 긍정적인 단어를 사치로 생각하는 사람들. 단지 하루 먹을 것과 입을 것에 대한 생각만으로도 벅찬 곳이었다.

레오나드는 집이라고 부르기도 민망한, 다닥다닥 붙어있는 일층짜리 창고 중 하나에 살고 있었다. 비록 모사만 해왔다지만 꽤 오래 공방 생활을 했는데 제대로 된 집을 구할 돈도 모을 수 없었던 걸까?

"레오나드."

문을 열고 휘장을 걷으니 여러 개의 캔버스가 가장 먼저 눈에 들어왔다. 대체로 공백이었는데 한쪽에 세워둔 캔버스만 천으로 덮여있었다. 무언가 그려져 있다는 의미이리라. 어쩌면 키리오니가 말했던 대로 그의 그림일지 몰라 천을 걷어보고 싶은 마음이 간절했다. 하지만 누군가 내 그림을 허락 없이 살펴본다면 어떤 기분일까 생각하고 꾹 참았다.

그의 작업 의자에 앉아 반시간쯤 기다렸을까. 마침내 레오나드가 돌아왔다.

"파도!"

"오랜만이에요, 레오나드."

그는 약간 변한 모습이었다. 차분히 어깨 위로 늘어뜨리던 머리는 끈으로 묶었고 하얗고 곱상하던 얼굴은 햇빛에 그을려 까무잡잡했다. 소매를 걷어 드러난 팔뚝에는 얼룩이 잔뜩 묻었고 입고 있는 옷의 상태도 좋아 보이지 않았다. 그런 모습을 보고 있자니 속이 상했다.

"이게 무슨 꼴이에요? 공방을 나가더니 그래, 좋던가요?"

"일을 하고 왔더니 더러워져서 그래. 잠깐 씻고 올 테니 기다리렴. 그동안 그림을 구경해도 돼."

그는 부드럽게 웃고 뒷문으로 나갔다. 그만이 지을 수 있는 자상하면서도 우울한 웃음은 그대로였다. 어쨌든 허락을 받았으므로 계속 궁금해했던 천에 싸인 그림으로 다가갔다. 어쩐지 가슴이 두근거렸다.

한 번도 본 적 없는 눈물이 날 정도로 멋진 풍경이 들어있을까? 혹은 극적이고 장엄한 종교화일까? 아니면 자화상?

마침내 천을 걷어내자 그림이 드러났다. 그걸 보고 느낀 감정은 은밀한 놀라움과 비슷했다. 처음에는 예상 외로 평범하다고 생각했다. 하지만 자세히 뜯어보니 그렇게 단순하게 말할 수 있는 게 아니었다.

화폭 안에 있는 것은 아마도 열여섯 혹은 열일곱쯤 되었을 법한 평범한 소녀. 하지만 소녀의 눈동자에 담긴 깊이와 의미를 알 수 없게 살짝 벌어진 입술, 어둠 속을 달려가다 누군가의 부름이라도 들었는지 상체만 조금 틀어 뒤를 돌아보는 듯한 자세까지 모든 것이 신비로웠다. 소녀의 주위엔 배경이라 부를 만한 것이 없고 단지 어둠에 둘러싸여 있었다. 평온한 곳인지 무서운 곳인지 짐작도 할 수 없는 그곳에 그녀는 단지 홀로 아름답게 존재했다. 어째서인지 눈을 뗄 수 없는, 놀랍도록 보는 사람을 끌어들이는 그림이었다.

그녀가 누구인지 몰라도 화가로 하여금 이렇게 그려내게 할 수 있는 대상은 하나뿐이다. 말로는 어떻게 표현할 수 없이 사랑하는 사람인 것이다.

키리오니의 말이 맞았다. 너무 아름답고 너무 시대를 앞서갔지. 보통 사람들은 그 그림을 그저 평범한 소녀의 초상이라 말할 것이다. 하지만 얼마 되지 않은 내 그림 인생을 걸고서 감히 말하자면 그것은 단지 초상화라고만 불릴 게 아니었다. 이는 새로운, 무어라 이름 붙일 수 없는 종류의 것이었다. 나처럼 물감에 이런저런 것을 섞고 남들이 그리지 않는 주제만을 그리려는 조잡한 시도가 아닌, 이것이야말로 진정한…….

"그걸 보고 있구나."

퍼뜩 정신을 차렸다. 레오나드가 문가에 기댄 채 얼굴에서 물기를 닦아내고 있었다. 새삼 그동안 알아왔던 레오나드가 아닌 다른 사람처럼 보였다. 내가 대답 없이 바라보기만 해서인지 그는 멋쩍게 웃었다.

"아직도 화가 안 풀린 거야?"

"아…… 아뇨. 그냥 오랜만에 얼굴을 봐서 그런가 좀 이상하네요."

"나도 그래. 얼마 안 된 것 같은데 그새 얼굴이 좀 변했구나. 어른스러워졌어."

"누누이 말하지만 전 예전부터 어른이었다니까요."

레오나드는 피식 웃고 수건을 널어놓은 뒤 의자에 앉았다. 내가 곁에 앉자 우리는 나란히 소녀의 그림을 바라보게 되었다.

"저게 바로 당신의 그림이군요."

"그래, 내 그림이지. 너는 처음 보겠구나."

허무할 정도로 쉽게 대답하는 그에게 복잡한 마음이 들었다. 화가 나는 것 같기도 했다.

"결국 밖으로 나와서 이렇게 자기 그림을 그릴 거면서, 왜 공방에서는 그리지 않겠다고 한 거죠?"

레오나드는 그림에서 눈을 떼지 않은 채 대답했다.

"나도 무어라 확실히 말할 수는 없구나. 그곳에서는 여러 가지에 얽매여 있었지. 속죄해야 할 것도 있었고. 하지만 다 버리고 나오니 뭐랄까······. 이제는 다른 방법으로 속죄를 해도 될 것 같았어. 그림을 그리는 것으로 말이야."

"무얼 속죄한다는 건데요?"

그는 혼자만의 생각에 잠긴 듯 내 물음에는 답하지 않고 말을 이어갔다.

"무엇보다 그리움을 견딜 수 없었지. 그녀를 세상 밖으로 꺼내주고 싶었어. 내 기억이 점점 흐려지는 것도 무서웠고."

"누구인가요? 저분은."

그의 미간이 복잡하게 일그러지는 것을 보면서 괜한 걸 물었나 싶었다. 그는 가까스로 무언가를 삼키려고 애쓰는 것 같았다. 대답하지 않아도 좋다고 말하려는 순간 그의 입이 열렸다.

"벡리 스승님의 하나뿐인 딸이자 공방의 모두로부터 사랑받았던 진정한 뮤즈. 그리고······ 내 아내다."

상상도 못 했던 대답인지라 잠시 충격에 휩싸였다. 아내가 있었다고? 게다가 스승님의 딸?

173

"그런 분이 있다는 걸 저는 왜 아직까지도 몰랐죠? 지금 어디에……."

"죽었어. 오래전에."

우리 사이에 내려앉은 침묵은 짙고 무거웠다. 레오나드는 한참 후에야 아주 작은 목소리로 덧붙였다.

"내 잘못이었지."

어쩐지 무서운 대답이 들려올 것 같다고 생각하며 조심스레 물었다.

"그게 왜 당신 잘못인데요?"

"그건……."

차차 일그러지던 그의 얼굴이 눈앞의 그림을 보고 결심한 듯 굳어졌다.

"내 그림 때문이야."

"당신 그림 때문이라고요?"

"내가 그려서는 안 되는 것을 그렸거든."

어떤 것인지 짐작이 갔다. 그는 내 표정을 보고 고개를 끄덕였다.

"신 말이다."

정확히 그걸 어떻다고 말할 수는 없지만, 아주 무섭고 심각한 일이라는 것쯤은 알고 있었다. 스승님도 그렇고 누군가 그런 이야기를 했었다. *결코 신을 형상화해서는 안 되는 것과 마찬가지로, 화가들은 관념 자체를 그려내는 걸 끔찍이 두려워해.* 그래, 키리오니가 한 말이었다.

"너는 알지 모르겠지만 그건 이 도시에서는 결코 해서는 안 되는 일이란다."

"들어서 알고 있어요. 그런데 당신은……."

추궁하듯 들리지 않도록 애쓰며 덧붙였다.

"왜 그런 걸 그렸죠?"

순간 그는 맥이 탁 풀려버린 것 같았다. 갈피를 못 잡고 그의 고개가 이리저리 흔들렸다.

"네가 그걸 이해할지 모르겠다. 젊었을 적 나는 그러니까, 세상에서 내가 가장 잘났다고 생각하던 놈이란다."

스승님과 키리오니의 대화에서 얼핏 들은 내용이긴 하지만 본인의 입으로 직접 들으니 새로웠다. 지금 그의 모습과는 전혀 어울리지 않았기 때문이다. 나는 짐짓 놀란 척 물었다.

"정말인가요?"

"그래. 어려서부터 천재라는 소리를 자주 들었고 스스로도 실력에 자신이 있었으니까. 발전도 빨랐고 그림 그리면서 어려움이라곤 느껴본 적이 없었단다."

"지금 들어도 참 얄밉네요."

레오나드는 잠깐 웃었다.

"어려서 그랬던 거니까 이해하렴. 그때는 시야가 좁았어. 아직 거장들의 진정한 위대함을 알기 전이었고 치기 어린 마음에 누구보다 내가 잘 그린다고만 생각했단다. 주위에서 칭찬만 해댄 탓도 컸어. 끝도 없이 콧대는 높아졌고 스승님조차 내 상대가 안 된다고 여겼지."

입이 떡 벌어졌다. 레오나드는 내 얼굴을 보고 멋쩍은 표정을 지었다.

"나도 내가 그런 생각을 했었다니 지금은 어디에라도 뛰어들고 싶은 심정이다. 어쨌든 그렇게 자만심이 끝을 모르고 치솟은 덕에 건드려서는 안 되는 부분까지 손을 대고 만 거야."

과거를 되새기는 그의 눈동자가 단단해졌다. 그가 말하고 있는, 결코 두려움을 몰랐던 시절에 했을 법한 눈이었다.

"모두가 벌벌 떨며 그리길 거부하고, 누구도 완벽하게 그려낼 수 없다는 금지된 주제. 생각해 보렴. 세상에서 자기가 최고라고 생각하는 사람에게는 더없이 매력적인 주제가 아니었겠니?"

무서우리만치 이해가 갔다. 당연히 도전하고 싶었을 것이다.

"나는 모두에게 비밀로 하고 대성인 탄신일에 공개할 생각으로 그 주제를 그리기 시작했다. 심지어 아내조차 못 보게 했지. 그녀는 같은 화가이기도 했으니까."

"그분이 화가셨다고요?"

"스승님의 하나뿐인 딸이라고 하지 않았니. 어려서부터 공방에서 자랐으니 물감보다 친한 친구는 없었단다. 게다가 꽤 실력 있는 화가였어."

"여류화가라는 거군요. 멋진데요."

"그래. 처음 그녀를 좋아하게 된 이유이기도 하니까. 어쨌든 그렇게 성 탄신일을 하루 앞두고 그림이 완성됐지."

그는 눈을 질끈 감았다가 떴다.

"갑자기 집에 교황의 군대가 들이닥쳤다. 평소 나를 시기하던 무리 중 하나가 그림을 훔쳐보고 밀고했던 거야. 내 그림은 사람들 앞에 드러났고 스승님을 비롯한 공방의 모든 사람들이 경악을 금치 못했다. 병사들은 내 목에 창을 들이댔고 그대로 즉결 처형이 내려질 기세였어. 하지만 그때 그녀가 나섰지."

그는 흐느끼듯 한숨을 쉬었다.

"그녀는…… 그것을 자신의 그림이라 했다. 나는 말도 안 된다고, 내가 그렸다고 울부짖었지. 하지만 그녀는 조용히 그림의 한쪽 구석을 가리켰어. 거기엔 그녀의 서명이 있었지."

등에 소름이 돋았다.

"설마 그럼."

"그녀는 알고 있었던 거야. 완벽하게 숨겼다고 생각했지만 어리석기 그지없는 일이었지. 함께 사는 사랑하는 사람에게 어떻게 숨길 수 있었겠니. 그녀는 알면서도 나를 막지 않고 내버려 뒀어. 그리고 자기가 대신 죄를 뒤집어썼지. 왜 그런 길을 택했는지 지금도 알 길이 없다. 나는……."

"화가였잖아요."

나도 모르게 가장 먼저 떠오른 말을 내뱉었을 뿐인데 레오나드는 홱 돌아보았다. 그의 눈이 번뜩거렸다.

"뭐라고?"

"같은 화가였잖아요. 그건 분명 비극적인 일이었고 잘했다고 말할 생각은 없어요. 하지만 같은 화가로서 말하자면, 만약 내가 사랑하는 사람이 그와 같은 일에 도전한다고 한다면 아마 전……."

"너도 아직 어리긴 마찬가지구나!"

그가 갑자기 크게 소리 질렀다. 나는 움찔하며 말을 멈췄다. 그가 그토록 화를 내는 건 처음 보았다.

"그게 그렇게 대단해 보이더냐? 그래? 내가 말하지 않았니. 나는 그저 오만한 녀석에 불과했다고! 우월감에 취한 나머지 그게 나와 사랑하는 사람들에게 어떤 결과를 초래할지는 생각도 못 했던 거야. 너희들이 못하는 걸 나는 이렇게 할 수 있다, 그저 저열하게 자랑하고 싶었던 거라고. 그게 그리도 멋져 보이니? 말리지 않고 부추겨야 할 것으로 보여? 너는 어쩌면 그렇게도 나와……."

그는 가까스로 말을 멈췄다. 스스로가 하려던 말에 놀란 것 같았다. 그의 표정을 보고 내 심장은 주체할 수 없이 뛰기 시작했다.

"당신과 뭐요? 나도 그때의 당신과 같아요? 오만하고 건방진가요?"

"아니…… 아니다. 좀 흥분했구나. 서로 가라앉히도록 하자."

"말해줘요! 나 건방진가요? 자만하고 있는 거예요?"

레오나드는 입을 다물었다. 그의 굳은 얼굴을 보고 있으니 내가 큰 잘못이라도 한 것처럼 떨렸다. 그것만은 피하고 싶었다. 그렇게만은 되고 싶지 않았다. 레오나드는 한참 후에야 조용히 말했다.

"파도. 너는 아직 어리고 이제부터가 시작이야. 그려서는 안 되는 것을 그리겠다고 날뛸 정도여서는 곤란하지만, 벌써부터 움츠러드는 것도 옳은 일이 아니야. 너는 좀 더 자신감을 가져도 돼."

"하지만……."

"하던 이야기나 마저 끝내자꾸나. 어쨌든 나 대신 잡혀간 그녀를 위해 나는 그녀의 결백과 내 죄를 입증하기 위해 최선을 다했다. 하지만 그림에 무지한 무리는 내 그림을 그녀의 것으로 판단, 결국 심판했지."

지금까지 괴로워하며 이야기했던 것에 비해 무서우리만치 담담한 결론이었다.

"그럴 만도 했던 것이 우리의 그림은 좀 닮았거든. 서로 사랑했기 때문인지, 늘 서로의 그림을 보아왔기 때문인지는 잘 모르겠다. 하지만 어느 정도 실력 있는 화가라면 차이를 알 수 있는데도 그들은 그러한 노력조차 하지 않았어. 사실 그들에게는 누가 죽으나 마찬가지였겠지. 단지 심판하는 것, 그것만이 목적이었으니."

그의 말이 끝났지만 나는 무어라 말해야 할지 알 수 없었다. 어중간한 위로는 감히 꺼낼 수도 없었다. 레오나드의 우울한 얼굴에 항상 무언가 있다는 건 짐작했지만 이런 비극을 숨기고 있는지는 몰랐다. 다정하고 자상한 그가 한때 누구보다 오만했으며 신까지 그리려 했다는 사실도 믿기 어려웠다.

"미안하구나. 오래간만에 반가운 걸음을 했는데 이런 우울한 얘기들을 해버려서."

"아니에요. 물어본 건 나였는걸요."

"그만 식사나 하자. 아까부터 배가 고팠거든."

식사는 단출했다. 빵과 야채 몇 가지, 말라비틀어진 고기 한 조각이 있었을 뿐이다. 어쩐지 목으로 잘 넘어가지 않아 힘겹게 먹는 나를 보고 레오나드가 미안한 듯이 말했다.

"오겠다고 미리 연락을 줬더라면 제대로 준비했을 텐데."

"아니에요. 그럴까 봐 일부러 말하지 않고 온 거예요."

"말은 잘하는구나. 공방에서 먹는 것보다도 못하지. 알고 있어."

"배가 너무 고파서 쥐를 잡아먹고 흙을 삼킨 적도 있어요. 그러니까 이것도 호화스러운 거예요."

"그런데 왜 그렇게 못마땅한 표정이지?"

나는 결국 먹던 빵을 내려놓고 그를 바라보았다.

"공방으로 돌아오면 안 되나요? 나는 괜찮지만, 당신이 늘 이렇게 먹고 산다고 생각하니까 마음이 안 좋아요."

"그거 감동적이구나. 내 걱정을 했단 말이지."

그의 큰 손이 내 머리를 흩어놓고 돌아갔다.

"고맙지만 괜찮아. 믿을지 모르겠지만 여기 있는 게 정말로 마음 편하고 좋아."

"바이니 대성당의 천장화는 결국 스승님께서 그리기로 하셨어요. 그러니까 이제 더 이상 당신에게 강요하지 않을 거라고요. 제가 스승님께 잘 말해볼게요. 스승님은 부인하실지 몰라도 당신을 꽤나 좋아하신다고요."

"그래, 알아. 그러니 더 이상 곤란하시게 하지 말자꾸나."

"레오나르드."

"그곳에 돌아가면 나는 또다시 그림을 그릴 수 없게 돼. 오직 이곳에서만 그녀의 얼굴을 그릴 수 있어."

"왜요? 도대체 왜요?"

그는 빵을 한 조각 삼키고 대답했다.

"그녀의 그림을 사람들 앞에 내보이거나 팔 생각이 없어. 그녀 말고 다른 것을 그릴 생각도 없고. 공방에 돌아가면 또다시 모사만 반복해야겠지. 너도 장인이 되었으니 이제 알겠지만 그건 다른 화가들을 모욕하는 일이야."

"하지만……."

거짓말하지 않고 당당히 아니라고 말할 수 있을까? 공방의 화가들은 모두 손재주만을 가진 기술자가 아니라 예술가로 불리기를 원한다. 그런 그들에게, 그리고 나에게 의심할 수 없는 실력을 가졌다 한들 다른 사람의 그림만을 베껴내는 레오나드가 같은 화가로 느껴질까?

"나로서는 거기에 필사적으로 돌아가야 할 이유가 없어. 시세로를 마주하는 불편한 일을 하지 않아도 되고."

"알았어요. 다시는 그런 말 하지 않을게요."

"화났니?"

"아니에요."

나는 그때부터 꾸역꾸역 음식만 입으로 밀어 넣었다. 레오나드는 내 표정을 이따금 살필 뿐 아무 말 하지 않았다.

식사를 마치고 떠나야 할 때가 되자 그는 조금 아쉬워하면서 뭔가를 건넸다.

"뭐예요?"

"너도 이제 진짜 화가가 되었으니 본격적으로 네 이름을 알려야지. 이건 매년 왕가에서 주관하는 아카데미 그랑프리의 소식지란다. 네가 여기에 참가했으면 해."

"아카데미 그랑프리라고요?"

나는 그가 준 종이를 훑어보았다.

"이제 겨우 자격이 생겼을 뿐인데 대회에 나가는 건 좀 이르지 않아요?"

"빠르면 빠를수록 좋지. 꼭 상을 받지 않아도 네 그림을 사람들에게 알릴 수 있는 좋은 기회니까. 운이 좋아 입상하면 그다음부터는 의뢰가 잘 들어온단다."

"당신도 상을 받은 적이 있어요?"

"예전에. 젊었을 적에는."

"시세로나 공방의 다른 화가들은요?"

"시세로는 나 때문에 번번이 2위를 했었지. 나를 싫어할 만도 해. 내가 작품을 출품하지 않은 다음부터는 시세로도 더 이상 참가하지 않고 있어."

오히려 이제 자기 세상이라고 신이 나서 참가할 줄 알았는데 의외였다.

"그거 뭐랄까. 나름대로 의리를 지키는 건가요?"

"글쎄."

레오나드는 알 듯 모를 듯 웃었다.

다음 날 눈을 뜬 나는 스승님의 잔뜩 주름진 얼굴을 발견했다.

"제자의 자는 얼굴을 그렇게 사랑스럽다는 듯 내려다보실 것까진 없는데요."

"……일어나라고 몇 번을 말했는지 아느냐!"

간신히 몸을 일으켰지만 몸 여기저기가 뻐근했다. 전날 오래간만에 먼 길을 다녀와서 그런 모양이었다.

"얼른 씻고 준비하거라. 오늘 라잔 경께서 친히 공방을 방문하실 거다. 주로 가솔의 초상화가 필요할 때 오시는데 이번에도 뭔가 부탁하시려는 모양이다."

"그게 저랑 무슨 상관인데요?"

"라잔 경은 직접 모든 화가들을 돌아보고 사람을 뽑는다. 네 녀석도 이제 장인이니 후보에 올라가야 할 게 아니냐."

스승님은 그게 굉장히 중요하다는 듯 말했지만 나는 별 관심이 없었다. 어차피 시세로나 오퍼스트 같은 보증된 화가들을 시킬 게 분명했기 때문이다. 머리를 긁적이다 후보라고 하니 어제 레오나드에게서 들은 그랑프리 대회가 생각났다.

"스승님, 매년 왕가에서 주최한다는 아카데미 그랑프리에 대해 아십니까?"

"오호라, 자격을 얻자마자 거기 참가하려는 것이냐?"

"아뇨, 레오나드에게 듣긴 했는데 어떤 건지 좀 더 알아보려고요."

"네 녀석에게 대상은 한참 이르다. 하지만 경험을 쌓을 겸 출품하는 것은 나쁘지 않겠구나. 본선에만 올라가도 고명한 심사위원들의 심사평을 들을 수 있으니까."

"심사평이라고요?"

어쩐지 거부감이 들었다. 예전부터 누군가 내 그림을 두고 이러쿵저러쿵 말하는 게 싫었던 것이다. 하지만 계속 화가 일을 한다면 그것도 어쩔 수 없는 일일 터였다.

"본선에 오르는 것도 힘든 일이니 미리부터 너무 기대하지 말거라."

"기대라니요. 아직 참가할지 말지 결정도 안 했습니다."

"내 생각엔 해보는 게 좋을 것 같구나. 레오나드도 그렇게 말했겠지."

스승님은 이상하게 뜸 들이다가 물었다.

"녀석은 잘 지내더냐?"

"솔직히 별로 잘 지내는 것 같진 않았습니다. 본인은 지금 생활에 만족한다고 했지만요."

"녀석의 그림도 보았고?"

"……예."

"어떠하더냐?"

레오나드의 아내이자 스승님의 딸이었다는 여성의 얼굴이 떠올랐다. 하지만 그걸 말해도 좋을지 알 수 없었다.

"놀라웠습니다. 아름답지만 그것만이 전부가 아닌, 쉽게 두드러지지 않으면서도 누구와도 같지 않은 그런 그림이었습니다."

"무엇을 그리더냐? 종교화냐?"

내가 대답을 지체하자 스승님은 다시 물었다.

"어떤 여자의 초상화더냐?"

나는 놀라움을 담아 스승님을 바라보았다. 그것으로 대답이 되었다는 듯 스승님은 고개를 끄덕였다.

"그럴 테지. 그래야 했을 테지. 그러지 않으면 안 되었겠지."

"스승님, 저……."

"늦었다. 얼른 준비하거라."

스승님은 지팡이를 짚고 터덜터덜 밖으로 걸어 나갔다. 왠지 찜찜한 기분이 들었지만 두 사람 사이의 문제니 내가 어떻게 할 수도 없었다. 항아리의 물을 부어 대충 세수만 하고 밖으로 나가보니 도제들이 난리법석을 떨며 청소하고 있었다.

"뭐야? 오늘 대청소하는 날이던가?"

내 목소리에 몇몇 도제들이 돌아보았다. 그중 하나인 마로는 나와 눈이 마주치자마자 고개를 홱 돌려버렸다. 대신 들어온 지 얼마 안 된 어린 도제 녀석이 대답했다.

"아니요. 라잔 경께서 공방을 둘러보러 오신대서요."

"그래서 청소하는 거야? 하여튼 귀족들은 아랫사람들만 고생시킨다니까."

"그러게요."

대꾸하면서 녀석은 지나치게 반짝거리는 눈으로 나를 쳐다보았다.

"왜?"

"아, 아니에요."

녀석은 얼굴까지 붉히며 얼른 고개를 숙이고 비질을 계속했다. 사내 녀석이 나를 보고 얼굴을 붉히다니 결코 기분 좋은 경험은 아니었다.

그때 문간에서 기척이 들리더니 곧 지팡이를 짚은 스승님과 라잔 경, 그 옆에 사라사 아가씨까지 함께 나타났다. 그녀를 보는 내 가슴은 벅차면서도 미어졌다. 나는 그녀를 사랑하는 한편 증오하고 있었다. 그러나 증오는 애꿎게도 그녀를 더욱 원하게 할 뿐이다.

"요즘은 시벨의 실력이 좋아지고 있지요. 녀석에게 맡겨보셔도 좋을 겁니다."

"그의 그림이 괜찮다는 건 알고 있네만 역시 시세로만큼은 못하네. 그러나 시세로에게는 너무 자주 맡겼지. 좀 새로운 화가가 있었으면 좋겠는데."

라잔 경과 스승님이 나란히 걸어 들어오자 마당에 있던 사람들 모두 자연스럽게 길을 텄다. 두 사람은 화가들의 작업실마다 한 번씩 멈춰 섰고 그때마다 스승님은 작업실 주인에 대해 설명했다. 약간 떨어진 채 따라오던 사라사 아가씨는 내 쪽을 보고 싱긋 웃었다. 나도 억지로 웃어 보였다.

"그리고 이쪽은 이번에 새로 장인의 자격을 얻은 녀석입니다."

라잔 경이 나를 바라보자 즉시 고개를 숙였다. 그는 조금 틈을 두었다가 말했다.

"아직 젊어 보이는군. 한데 벌써 장인이 되었다고?"

"예. 어린놈이지만 실력이 괜찮습니다."

"그래?"

관심 있다는 반응이 오자 왠지 가슴이 조금 떨렸다. 하인으로 모실 때는 내게 눈길 한 번 안 주던 사람이었다. 한데 지금 나를 똑바로 보고 있는 것이다.

"젊은 화가여, 그대의 그림을 보여주겠나?"

얼떨떨하게 그를 보다가 스승님에게 눈을 돌렸다. 스승님은 꾸짖는 얼굴로 말했다.

"뭘 하느냐, 네 그림을 보고 싶다고 말씀하시지 않느냐."

"아, 예. 이쪽으로 오십시오."

나는 허리를 숙여 두 사람이 먼저 들어가도록 한 뒤 따라 들어갔다. 사라사는 나를 지나치면서 대담하게도 손을 한 번 잡았다가 놨다. 드레스 자락 때문에 누가 보진 못했겠지만 괜히 가슴이 철렁했다.

"그림이 몇 점 없군."

작업실 안을 둘러본 라잔 경이 아쉽다는 듯 말했다.

"말씀드렸다시피 장인이 된 지 얼마 되지 않아 완성된 작품이 별로 없습니다. 그렇다고 도제 시절의 그림을 보여드릴 수는 없지 않겠습니까."

스승님의 설명에 그는 고개를 끄덕이며 내 그림들을 훑어봤다. 어쩐지 스스로가 초라하게 느껴졌다. 왜 좀 더 열심히 그려두지 않았을까?

"실력은 괜찮지만 주제가 너무 시시하지 않은가? 대체로 풍경화나 정물화를 그려놨군."

"아직 스스로 갈고닦는 시기라 그런 것 같습니다. 솜씨가 무르익기 시작하면 역사화나 종교화 같은 주제들로 그림을 그리겠지요."

"자네는 이 청년을 높이 평가하고 있는 모양이로군, 백리."

"5년만 일찍 공방에 들어왔어도 제 뒤를 이을 만한 녀석이라고 생각했을 겁니다."

라잔 경은 새삼스럽게 나를 보았고 나는 무표정을 유지하기 위해 온갖 노력을 기울였다. 스승님 말씀은 기분 좋은 것이었지만 이마가 따끔거릴 만큼 민망하기도 했다. 내 기분을 알아차린 사라사만이 곁에서 짓궂은 얼굴을 하고 있었다.

"스승님, 부르셨습니까?"

누군가 작업실 안으로 들어왔다. 평소와 달리 어느 정도 옷차림을 정돈한 시세로였다. 그는 라잔 경을 보더니 놀라울 정도로 정중하게 고개를 숙였다.

"오랜만에 뵙습니다."

"잘 있었는가, 시세로. 실력은 여전하겠지."

"신경 써주신 덕분입니다."

다음으로 시세로는 스승님의 얼굴을 보았다. 무슨 일인지 묻는 것 같았다. 기색을 알아차린 라잔 경이 먼저 친절하게 설명했다.

"이번에 초상화를 맡길 일이 있어 들렀네."

"그러십니까?"

"늘 하던 대로 자네가 좋을지, 아니면 새로운 인재에게 맡겨볼지 고민하고 있다네."

그제야 시세로의 시선이 나에게 향했다. 뚝뚝 떨어지는 경멸을 담고서.

"이 녀석에게 말입니까?"

"아직 판단을 보류하고 있네만 자네의 스승은 이 소년을 높이 평가하는 모양이더군. 나도 새로운 그림들이 보고 싶고 말이야."

소년이 아닌데. 나는 입술을 달싹였지만 말하지 못하고 기다렸다. 시세로는 내게서 눈을 거두더니 대담하게 말했다.

"언제나 선택은 경께서 하셨지 않습니까. 저보다 이 녀석에게 더 흥미가 가신다면 한번 맡겨보시지요."

그의 도전적인 태도와 자신감에 라잔 경은 난처하면서도 흥미로워하는 것 같았다.

"자네가 그렇게 말하니 곤란해지는군. 벡리, 그대의 생각은 어떠한가?"

"두 사람 다 훌륭하니 경의 뜻대로 하시면 될 듯합니다."

"이런. 다들 나에게 결정을 미루는 건가."

라잔 경이 잠시 생각하는 표정을 짓자 그때까지 가만히 있던 사라사가 입을 열었다.

"늘 공방에 새로운 인재들이 필요하다고 말씀하시지 않았던가요? 존경받는 노화백의 기대를 받고 있는 이 청년에게 한번 맡겨보시는 것도 좋을 것 같습니다."

"그렇게 생각하느냐?"

얼떨떨하게 고개를 들자 사라사가 다정한 웃음을 보내왔다. 라잔 경의 기대하는 듯한 시선도 이어졌다.

"좋아. 그렇다면 벡리의 안목을 믿고 이 새로운 화가에게 맡겨보지."

너무 놀라 입이 다물어지지 않았다. 스승님도 놀란 것 같았다. 사라사는 축하한다는 듯 웃었고 라잔 경은 내 어깨를 두드렸다. 무심코 시세로를 쳐다봤던 나는 얼른 고개를 바로 했다. 다른 사람의 벌어진 상처를 들여다보는 것처럼 불편한 감각이 몸을 찔렀던 것이다. 나는 무례하게도 라잔 경을 향해 다시 물었다.

"정말이십니까?"

"나는 내 결정을 번복하지 않는다, 소년."

"알겠습니다. 정말로 감사합니다. 하지만 저를 소년이라고 부르지 마십시오. 제 이름은 파도 조르디입니다."

순간 방 안에 있던 사람들 모두 나를 쳐다보았다. 하지만 건방진 일이라는 걸 알면서도 말하지 않을 수 없었다. 지금 이 순간이 내 화가 인생에 있어 중요한 첫 발이 되리란 걸 분명하게 느꼈기 때문이다. 나는 그에게 내 이름을 말해주고 싶었다.

　"젊다는 건 좋은 거군. 하지만 파도 조르디, 행동으로가 아니라 그림으로 나를 놀라게 만들어보아라."

　"반드시 그렇게 하겠습니다."

　결의를 다지며 고개를 숙이자 얼음장 같은 목소리가 들려왔다.

　"저에 대한 볼일은 끝나신 것 같군요. 이만 실례하겠습니다."

　시세로는 그렇게 말하고 허락도 받지 않고 밖으로 나갔다. 꽤 무례한 일이었지만 라잔 경은 이상한 미소를 보이며 고개만 살짝 저을 뿐이었다.

　"그럼 이제 네가 무엇을 그려야 할지 말해주겠다. 우리 가문에 곧 뜻깊은 경사가 생긴다. 여기 있는 내 여식의 결혼이지."

　알고 있었는데도 새삼 놀라서 사라사를 바라보았다. 그녀의 얼굴에서 웃음기가 사라졌다.

　"따라서 신랑과 신부 두 사람을 그린 초상화가 필요하다. 서로에게 다정한 듯 보이지만 너무 가깝지도 않은, 온화하지만 위엄을 잃지 않는 그런 초상화여야 한다."

　멍하니 사라사의 얼굴을 바라볼 뿐 라잔 경의 목소리는 먼 곳에서 들려오는 것 같았다. 스승님이 크게 기침하는 소리를 듣고 퍼뜩 정신을 차렸다. 라잔 경이 날카롭게 물었다.

　"내 말을 들었느냐?"

"예, 다 들었습니다."

"한 주에 한 번. 합하여 세 번의 방문이 허용될 것이다. 결혼식은 한 달 남았으니 그 안에 완성시켜야 한다. 만일 나를 만족시키지 못한다면 다음이란 없을 것이다."

"알겠습니다. 반드시 만족하실 만한 그림을 그리겠습니다."

그는 고개를 끄덕이고 스승님과 함께 바깥으로 나갔다. 잠시 지체한 뒤 사라사가 따라 나가자 나는 근처에 있던 의자에 털썩 앉았다. 문득 허무한 웃음이 나왔다. 어쩌자고 이런 것을 기쁘게 맡으려 했을까. 블레이젝과 아가씨의 초상화를 그리라고? 그런 것 따위 시세로에게나 줘버릴 것이지!

그러나 그녀는 귀족 아가씨이고 나는 이제 갓 장인이 된 화가일 뿐이다. 감히 탐내어서도 바라서도 안 된다. 그리는 수밖에 없다. 괴로워하고 분노하고 끝없이 비참함에 떨면서도.

초상화를 그리기에 앞서 공식적인 내 첫 작품이 될 그림을 위해 물감을 새로 만들기로 했다. 직속으로 두고 있는 도제도 없고 얼마 전까지 친구였던 도제들에게 시키고 싶지 않아 직접 하기로 한 것이다.

그러나 물감 만드는 공정실로 가자마자 그런 내 결정을 후회했다. 한창 거기서 광석을 빻고 있는 시세로가 보였던 것이다. 마로의 말대로 그는 정말 자기가 쓸 물감을 직접 만들고 있었다.

그는 내 얼굴을 보더니 웃는 것도 화내는 것도 아닌 기묘한 표정을 짓고 시선을 돌렸다. 그대로 되돌아나가기도 뭐해서 한쪽 구석에서 홍화 잎을 물에 담가 휘젓기 시작했다.

조용히 젓고 빠는 소리만 이어졌다. 잠시 후 강한 산 냄새가 났다. 시세로가 침전물을 녹이는 모양이었다. 그대로 그가 산을 들고 와 내 머리에 부어버릴지도 모른다는 망상에 사로잡혀 있을 때, 시세로의 목소리가 들려왔다.

"두 사람이 함께 있는 초상화라 쉽지는 않을 거다."

잠시 머뭇거리다가 용기를 내서 뒤를 돌아보았다. 하지만 시세로는 나와 눈을 마주치지 않고 혼잣말하듯 계속 말했다.

"한 사람일 경우에는 그의 자세와 표정, 소품과 상징에만 신경 쓰면 되지. 하지만 두 사람일 경우에는 대상을 어떻게 배치하느냐가 가장 중요해. 서로 너무 가까워도 너무 멀어도 균형이 흐트러진다. 더군다나 라잔 경은 까다로운 사람이라 웬만큼 해서는 안 될 거야."

조언임이 분명했지만 그가 왜 그러는지 알 수 없었다. 자기가 맡을 일을 나에게 빼앗겨 화가 난 줄 알았는데?

침묵을 지키고 있자 시세로는 고개를 들고 픽 웃었다.

"왜, 내가 선배다운 말을 하니까 이상하냐?"

"솔직히 말하자면 그래요."

"어찌됐든 앞으로 너도 라잔 공방의 일원이고 이런저런 의뢰를 맡아 할 테지. 일일이 거기에 기분 나빠할 생각은 없다. 네가 우리 공방의 명성을 해치면 안 되니 돕는 척이라도 해야지."

고맙다는 말이라도 해야 하는 걸까? 하지만 레오나드가 했던 이야기가 다시금 떠올랐다. 그걸 듣고 나는 이렇게 말했었다. *내게 친*

절히 대해줄 때야말로 진심으로 무서운 생각을 하고 있다는 거니까요.

"그런데 너, 저택 아가씨와는 무슨 사이인 거냐?"

너무 놀라서 막대기로 손가락을 찧고 말았다. 눈물이 찔끔 날 정도였지만 아파할 겨를도 없었다.

"뭐라고요?"

"그냥 궁금해서 말이다. 무슨 사이기에 아가씨가 겁도 없이 사람들 앞에서 손을 다 잡았을까?"

반격할 기회를 잡았다는 심술궂은 미소가 그의 얼굴에 떠올랐다. 그 잠깐의 일을 하필 그가 봤단 말인가? 당황했지만 머리를 재빠르게 굴렸다.

"무슨 소린지 모르겠군요. 어제 잠깐 스치기는 했습니다만."

"그런 것뿐이라면 내 말에 왜 그렇게 놀랐을까. 손가락 안 아프냐?"

나는 부딪힌 손가락을 꽉 쥐었다. 손잡은 걸 본 것도 그렇고 치가 떨릴 만큼 집요한 관찰력이었다. 화가라서일까, 아니면 단순히 내게 악의적인 관심을 품은 걸까?

"당신이 말도 안 되는 소리를 하니까 그렇잖습니까."

"아, 그래? 아무 사이도 아니시다······."

그렇게 되뇌며 그는 능글거리는 미소를 지었다. 불안한 기색을 감추려고 어떻게든 다른 쪽으로 화제를 돌렸다. 그가 관심을 가질 만한 것으로.

"얼마 전에 레오나드를 만나고 왔어요."

효과가 있었다. 시세로의 눈빛이 확연히 달라진 것이다.

"괜찮게 지내고 있는 것 같더라고요. 그의 그림도 있었고요."

"그래서 뭐."

"당신도 한번 찾아가 보지 그래요?"

"미친놈."

욕을 들을 거야 예상하고 있었으므로 나는 별로 기죽지 않았다.

"어떤 여자 그림이던데요."

"……뭐?"

아무 생각 없이 던진 말이었는데 반응은 놀라울 정도였다. 시세로의 얼굴에 분노나 비웃음 이외의 감정이 그대로 드러나는 걸 본 것은 그때가 처음이었다. 나는 적잖이 놀랐지만 상대에 비하면 아무것도 아닌 것 같았다. 어쩐지 말을 잘못 꺼낸 것이 아닌가 하는 후회가 들기 시작했다.

"방금, 뭐라고 했냐?"

"어떤 여자 그림이라고요. 레오나드의 말로는 자기 부인이라던데……."

시세로는 가까스로 나한테서 눈을 떼고 작업대를 내려다보았다. 하지만 손은 전혀 움직이지 않았다. 길고도 아슬아슬한 침묵이 흘렀다.

"그래. 네 말대로 한번 찾아가보는 것도 좋겠군."

잠시 후 그가 한 글자 한 글자 힘을 주어 내뱉듯이 말했다. 그때부터 시세로는 놀라울 만한 속도로 작업을 끝마치더니 자기 자리까지 말끔하게 정리하고 작업실을 나갔다. 신경이 쓰여 창문으로 바깥을 살피던 나는 잠시 후 그가 외출복 차림으로 공방을 나가는 걸 보고 가슴이 철렁했다. 레오나드에게 가는 게 분명했다. 하지만 이제 와 붙잡을 수도 없고 말린다고 가지 않을 시세로도 아니었다.

레오나드가 자기 부인의 초상화를 그렸다는 말에 그렇게 민감하게 반응할 이유가 있을까? 공방의 모두에게서 사랑을 받았던 진정한 뮤즈. 레오나드는 그렇게 말했었다. 거기에 시세로도 속해있었던 걸까?

심란해서 물감 만드는 일을 그만두고 나왔다. 시세로가 돌아올 때까지 기다릴 생각이었다. 별 뜻 없이 마당을 왔다 갔다 하던 그때 시세로의 작업실이 눈에 들어왔다. 살짝 열린 문 안쪽에 캔버스 몇 개가 세워져 있었다. 그러고 보니 그의 그림을 한 번도 제대로 본 적 없었다는 생각이 들었다.

나는 충동적으로 그의 작업실로 향했다. 허락 없이 그림을 살펴보는 건 예의가 아니란 생각이 들었지만 잠깐 보고 나오는 것 정도야 어떠랴 싶었다.

완벽주의자답지 않게 문을 열어두고 나간 걸 보면 어지간히 급했다는 소리였다. 다시금 마음이 무거워졌지만 이미 벌어진 일. 나중에 레오나드에게 죽도록 사죄하자고 마음먹었다.

시세로의 작업실은 깔끔하게 정리되어 있었다. 작업실 네 귀퉁이마다 각각 작업대와 재료, 완성된 작품과 작업 중인 작품들로 나뉘어 있었다. 중앙에는 책상과 많은 서적들이 있었다. 그가 책을 본다니 조금 의외였다. 좀 더 둘러보다가 그림들로 다가갔다.

그림을 그려본 사람이라면 누구라도 부인할 수 없을 거다. 그림에서는 그걸 그린 사람의 성품이 어떤 식으로든 묻어난다는 걸. 그렇기에 처음 시세로의 그림을 봤을 때 나는 의아하지 않을 수 없었다. 그의 그림에서 느껴지는 것은 드높은 자존심과 약간의 권태, 그리고 극도의 경건함이었다.

앞의 두 가지는 그의 첫인상과도 일치하는 것이었지만 마지막 부분은 이해가 가지 않았다. 나머지 그림들도 꼼꼼히 살피며 다른 느낌은 없는지 찾아보았다. 어떤 것에서는 신경질적인 흔적이, 어떤 것에서는 약간의 냉소기가 묻어나기도 했지만 전체적인 인상은 크게 다르지 않았다.

도대체가, 경건함이라니? 그의 그림 중 대다수가 역사상 의미 있고 극적인 사건들을 그리기는 했지만 단지 소재 때문에 그런 분위기를 풍기는 건 아닌 듯했다.

나는 다시금 시세로라는 인물을 찬찬히 떠올렸다. 처음 그를 만나던 날부터 공방에 들어와 보여준 태도, 레오나드에게 드러내 보이던 적의 등. 하지만 어떤 장면에서도 경건함 따위가 들어갈 틈새는 없었다. 도대체 그의 내면 어느 부분과 연결되어있는 걸까?

분명한 건 그의 그림이 매우 훌륭하다는 점이었다. 단순히 잘 그렸네, 하고 감탄이 나오는 수준이 아니라 보는 순간 숨을 멈추게 되는 그런 그림이었다. 하지만 내 안의 반항심 혹은 그에 대한 적의가 그래봐야 레오나드만큼은 아니라고 항변했다.

"여기서 뭐 하는 거지?"

하마터면 그대로 심장이 멎을 뻔했다. 하지만 곧 시세로가 아닌 마로의 목소리임을 깨달았다. 놀라움에 이어 분노가 일었다.

"깜짝 놀랐잖아!"

내가 소리를 지르자 마로는 움찔했다. 주춤거리던 녀석은 화가
난 표정을 지었다.

"여기서 뭐 하냐고 물었어."

"뭘 하든 네놈이 무슨 상관이야?"

"상관있지. 여긴 내가 모시는 큰형님의 방이니까."

"그럼 가서 일러바쳐. 네놈이 잘하는 거라곤 그것뿐이지."

마로는 울컥한 얼굴로 금방이라도 달려들 듯했다. 오면 상대해
줄 생각으로 나도 버티고 서서 노려보았다. 녀석은 잠시 후 태도를
누그러뜨리고 냉정한 표정을 지었다.

"아, 그래. 감히 도제 주제에 장인께서 하시는 일을 방해했군."

"그건 또 무슨 수작이야?"

"큰형님의 말씀은 하나도 틀리지 않았어. 넌 정말 재수 없는 놈
이야."

녀석은 그렇게 내뱉고 휙 나가버렸다. 어이가 없고 화가 났다. 자
기가 아직 장인이 못 된 게 내 탓인가?

시세로도 그렇고 마로도 그렇고 정당성 없는 시샘과 적의에 이
제는 신물이 났다.

"네가 그리게 되어 정말 다행이야. 시세로가 날 바라보는 눈빛
은 별로 마음에 들지 않거든. 오퍼스트의 그림은 취향이 아니고."

사라사는 그녀에게 가장 잘 어울리는 흰색 드레스를 입고 있었
다. 시녀가 분주하게 그녀의 머리를 정돈했다. 시간이 거의 다 되었
기에 나는 초조하게 캔버스 앞에 앉아있었다. 라잔 경이 실물 크기

를 주문했기에 캔버스의 크기는 내 키보다도 훨씬 컸다.

"어떤 모습으로 그릴 거야?"

"미리 말씀드리면 재미없지 않겠습니까?"

"완성된 후에 보는 게 좋을까? 하지만 아버님께서는 무척 까다로운 안목을 가지고 계셔. 아무리 공을 들여 완성해도 마음에 들지 않으면 폐기하실 거야. 그러니 내가 미리 봐두는 게 좋을지도 몰라."

"그때가 되어 폐기하게 되더라도 저를 믿고 한번 맡겨보세요."

내 말에 그녀는 빙긋 웃었다.

"당연히 믿지. 내 파도인데."

작업을 위해 평정을 유지하려고 애썼건만 그녀의 말 한마디로 물거품이 되었다. 말뿐인 걸 알면서도 이상한 기쁨과 희망이 솟구친다. 악의 없이 잔인한 사람 같으니라고.

그때 정중히 노크하는 소리가 들려왔다. 사라사는 살짝 놀라더니 시녀에게 다급히 손짓했다. 금세 머리 손질이 마무리되고 시녀가 문을 열었다. 드디어 고대하던 사람이 들어섰다.

"제가 조금 늦게 도착한 모양이군요."

하얀 눈의 기사였다. 평소에도 빌어먹을 만큼 멋지다고 생각했지만 그날은 정점을 찍었다. 내가 부탁했던 대로 그는 은색 갑옷을 입고 한쪽 어깨엔 푸른 망토를 늘어뜨리고 있었다. 허리에는 길고 날렵한 장식검을 찼고 손엔 붉은 깃털이 풍성한 투구를 들고 있었다. 그날따라 서로 색이 다른 눈동자도 두드러졌다.

그의 모습을 감상하던 나는 봐서 좋을 게 없다는 걸 알면서도 사라사를 쳐다보았다. 그녀도 한순간 넋을 빼앗긴 것 같았다. 하지만 금세 표정과 목소리를 가다듬었다.

"늦지 않으셨습니다. 제가 먼저 와서 화가와 이야기를 나누고 있던 참이에요."

"그러셨습니까?"

이제는 꽤 시간이 흘러 서로에게 부드러워질 법도 한데 둘 다 이상할 정도로 격식과 예의를 갖췄다. 평소처럼 서로의 안부를 묻는 형식적인 인사가 오고 간 뒤 블레이젝이 나에게 말했다.

"해가 저물기 전에 왕성으로 돌아가야 한다. 오래 걸리지 않았으면 좋겠군."

"알겠습니다."

나는 미리 준비해 줄 것을 부탁했던 탁자 위에 의자를 올려놓았다. 그리고 사라사를 향해 말했다.

"단단하게 고정되어 있으니 걱정하지 말고 이 위에 올라가 앉아 주십시오."

사라사는 당혹스러운 얼굴이었다.

"설마 날 이런 우스꽝스러운 모습으로 그리겠다는 건 아니지?"

"물론 아닙니다. 눈높이를 맞춰야 해서 그런 거니 이해해 주세요."

주저하며 발판을 딛고 오르려는 그녀에게 손을 내미는 순간 반대편에서도 블레이젝이 똑같은 행동을 했다. 그가 경고의 눈빛을 보내는 것을 보고 즉시 손을 내렸다. 약혼자가 바로 곁에 있는데 주제넘은 행동을 했던 것이다. 사라사는 조심스럽게 블레이젝의 손

199

을 잡고 올라가 앉았다.

"조금만 몸을 옆으로 틀어주시겠습니까? 예, 그렇게요. 고개는 이쪽으로 고정하시고요. 시선은 조금 내리깔아서…… 네. 그렇게 기사님을 바라보시면 되겠습니다."

그녀는 약간 난처한 기색이었지만 약혼자에게서 눈을 떼지 않았다. 블레이젝도 자연스럽게 손을 잡은 채 그녀를 올려다보았다. 마주보는 두 사람의 표정을 보는 순간 내 직감이 틀리지 않았음을 깨달았다. 그들은 그때처럼 묘한 분위기를 형성했다.

내가 그리려 한 것은 예전에 골짜기에서 블레이젝이 사라사를 말에 태워 에스코트하던 모습이었다. 내 머릿속에 그 장면은 아름답고도 아프게 박혀있었다. 결혼식 초상화에 어울리는지 아닌지는 알 수 없었지만 꼭 그려내고 싶었다.

사실 말에 탄 사라사의 모습을 그린다고 해도 실제 높이를 그대로 재현할 필요까지는 없었다. 눈을 내리깔고 있는 사라사의 모습, 위를 올려다보는 블레이젝의 모습을 따로따로 그려 그림 속에서 일치시키면 그만이었으니까. 하지만 그래서는 도저히 두 사람이 서로를 바라볼 때의 미묘한 표정이 제대로 나타날 것 같지 않았다. 특히 사라사의 표정이.

"얼마나 이러고 있어야 하지?"

사라사가 조금 민망한 듯 약혼자에게서 눈을 떼지 않은 채 물었다.

"다 그릴 때까지입니다."

나는 스케치를 시작하며 대답했다. 그리는 내내 괴로울 줄 알았는데 막상 캔버스 앞에 서니 그런 생각은 전혀 들지 않았다. 오직 내가 느낀 그대로를 표현하기 위해, 좀 더 세밀하고 좀 더 사실적으로 그리기 위해 온 정신을 쏟아부었다. 실제로 나는 시간이 가는 줄도 모르고 작업했다. 중간 중간 그들의 대화 소리만 이따금 귀에 들어왔다.

"결혼식은 크논 성당에서 하게 될 거라고 아버님께서 말씀하셨어요. 피로연은 이 저택에서 하고요."

"아쉬움이 크시겠군요. 성 바이니 대성당이 완공되었더라면 그곳에서 할 수 있었을 텐데 말입니다."

"저는 어디에서 하든 상관없는걸요."

"하긴 그러시겠군요."

블레이젝의 대답에 사라사는 머뭇거리며 물었다.

"무슨 뜻인지요?"

"어차피 원치 않던 결혼식이 아닙니까."

"그런······."

그녀가 당혹스러워하는 게 느껴져 나는 큰소리로 말했다.

"기사님께서는 망토를 손으로 받쳐 조금 들어주십시오. 네, 그렇게요. 감사합니다."

두 사람은 한동안 침묵했다. 잠시 후 사라사가 다시 입을 열었다.

"처음에는 그러했는지도 모르지요. 하지만 이제는 이것이 가문을 위한 일이며 제 의무인 것을 압니다. 그러니 거부하지 않아요."

"그렇습니까."

블레이젝의 대답은 듣고 있는 내가 무안해질 만큼 담담했다.

마치 어느 쪽이든 상관없다는 투였다. 사라사의 속눈썹이 살짝 떨렸지만 상대를 바라보는 자세는 변함이 없었다. 그녀에게는 힘겨운 순간일까 혹은 행복한 순간일까. 고개를 젓고 다시 그림에 몰두했다.

"왕성의 일은 많이 고되신지요?"

다시 용기를 낸 그녀의 한마디.

"특별히 고될 것은 없습니다. 왕가의 안전을 지키는 일이니 명예로울 뿐이지요."

여전히 딱딱한 대답.

"근무가 끝나면 여가 시간에 특별히 하시는 일이라도 있나요?"

만난 지 3년이 넘은 약혼자에게 던지기에는 조금 뒤늦은 질문.

"책을 읽거나 가솔들을 돌보지요. 왕세자비 전하의 말 상대가 되어드리기도 합니다."

별반 감흥 없는 듯한 기사의 대답.

두 사람의 대화를 듣고 있자니 내가 다 답답해졌다. 도대체 저 남자는 그동안 정기적으로 찾아올 때마다 무슨 이야기를 했던 걸까? 취미를 이제야 물을 정도라니. 사라사가 자조적으로 '그동안 평안하셨습니까, 그럼 다시 만나 뵙는 날까지 안녕히.'라는 말만 하고 떠난다고 했지만 설마 그게 사실일 줄은 몰랐다.

"레이디께서는 별다른 일 없이 지내고 계십니까?"

대답만 하는 것이 성의 없다고 생각했는지 이번엔 블레이젝이 먼저 물었다.

"예. 차근차근 가문의 안주인으로서 해야 할 일들을 배우고 있어요."

"안주인이라고는 해도 어차피 우리가 지낼 곳은 이곳 라잔 가문이 아닙니까."

그의 목소리에는 약간의 조소가 깔려있었다. 그럴 만했다. 결혼식 이후 사라사가 그의 집으로 가는 대신 블레이젝이 라잔 저택에 들어오기로 되었던 것이다. 신분 차이가 현격할 때는 종종 신랑이 신부 집으로 들어가는 일이 있었다. 그것은 라잔 가문의 체면을 살리기 위한 일이겠으나 반대로 블레이젝의 체면은 형편없이 낮아진다고 할 수 있었다.

사라사도 그 기색을 느꼈는지 얼굴을 조금 굳히며 말했다.

"어디에 있든 한 사람의 부인으로서 마음가짐이 달라져야 한다고 생각합니다."

"그렇게 저를 위해주고 계셨다니 솔직하게 감사드려야겠군요."

"만약 여기 머무르는 게 마음에 들지 않으신 거라면 제가 아버님께 말씀드려서……."

"그런 일은 하지 않으셔도 됩니다. 언젠가 제 힘으로 자립하여 나갈 생각입니다."

사라사가 조금 뜻밖이라는 표정을 짓자 블레이젝은 있는 듯 없는 듯한 미소를 지었다.

"물론 당신과 함께 말입니다."

사라사의 얼굴은 새빨간 물감을 덧칠한 것처럼 붉어졌다. 고개 숙인 그녀는 더 이상 블레이젝과 시선을 마주치지 못했다. 나는 심드렁하게 외쳤다.

"아가씨, 고개를 조금만 들어주시겠습니까?"

"어? 아, 그래."

"대단히 감사합니다."

하지만 곧 후회했다. 다시 블레이젝을 바라보는 사라사의 얼굴이 놀랍도록 부드러워져 있었다. 애정과 더불어 신뢰에 찬 눈빛이었다. 블레이젝은 그 시선을 조금의 당혹스러운 기색도 없이 받아냈다. 마치 모든 것이 그가 생각했던 대로인 양.

그날 해가 질 때까지 블레이젝의 얼굴과 상체를 다 그렸다. 그는 표정과 자세가 거의 흐트러지지 않았기에 작업하기 어렵지 않았다. 그에 비해 사라사의 표정은 자꾸만 변했으므로 가닥을 잡기 어려웠다. 어느 쪽도 마음에 들지 않았다.

작업이 끝나자 블레이젝은 내내 한 자세로 서있었음에도 전혀 힘든 기색 없이 사라사와 작별 인사를 나눴다. 그리고 격식 때문이겠지만 내게도 수고했다는 말 한마디를 남겼다.

그가 떠나자 방 안엔 사라사와 나 단둘이 남았다. 그녀와 마주하고 싶지 않았던 나는 최대한 빨리 작업을 정리한 뒤 자리를 뜨려 했다. 하지만 사라사가 내 앞을 가로막았다.

"오랜만에 단둘이 있는 거 같네. 그렇지?"

"전 이만 공방으로 돌아가 봐야 합니다."

"왜 그리 서둘러?"

"스승님께서 기다리십니다."

그녀를 지나쳐 가려 했지만 가방끈이 붙잡혔다.

"잠시면 돼. 물어볼 게 있거든."

걸음을 멈췄지만 그녀를 돌아보지는 않았다. 잠시 후 그녀의 손이 뒤에서 내 허리를 살며시 잡았다. 나도 모르게 숨을 들이켰다.

"정말 왜 그래? 화가 난 건가, 그래?"

놀리는 듯 달래는 듯 종잡을 수 없는 말투. 나는 입을 꾹 다문 채 대답하지 않았다. 그녀가 돌아나와 나를 마주 보았다. 두 팔을 뻗으면 내 품으로 들어올 만큼 가까운 거리였다.

"파도?"

"아무것도…… 아닙니다. 하루 종일 그림을 그렸더니 피곤할 뿐이에요."

"화가 난 거로군. 그렇지?"

"아니래도요."

순간 그녀가 다가왔다. 청량하면서도 아찔한 향기가 코를 찔렀다. 길고 섬세한 속눈썹이 보인다. 그 아래 보석처럼 빛나는 파란 눈동자도. 이어 입술에 터무니없이 부드러운 것이 닿았고 가슴 속에서는 뭔가가 폭발했다. 그것은 뜨겁고 따가웠으며 환희에 차고 통스러웠다. 떨어진 그녀가 정신 못 차리는 나를 재미있다는 듯 올려다보았다.

"이걸로 용서해 주지 않겠어?"

"어…… 어째서."

"어째서라니, 원하지 않았다는 뜻인가?"

마음을 추스르고 주먹을 꽉 쥐고 나서야 말할 수 있었다.

"한 달 후 아가씨께서 다른 사람의 부인이 된다는 것을 잊으셨습니까?"

"그러니 이제 손도 대지 말라?"

"그것이 바람직할 텐데요."

"감히 나를 거부하겠다고? 나를 사랑한다고 말해놓고, 그 모든 건 거짓이었나?"

"아닙니다."

그녀의 손이 내 얼굴을 찰싹 때렸다. 이어 가슴과 팔도 때렸다. 투덕거리는 수준보다는 조금 셌다. 한동안 버티던 나는 한 걸음 물러나며 그녀의 손을 잡았다.

"그만하십시오."

"피하지 마! 가만히 있어야지. 네 몸과 마음 모두 내 것이라 하지 않았어? 감히 네 쪽에서 먼저 나를 거부해? 노예 주제에. 버려도 내가 버려야지!"

"그럼 그렇게 하십시오. 더 이상 사랑하지 않으면서 사랑하는 척, 사랑하면서 사랑하지 않는 척은 마십시오."

그녀가 손을 멈췄다. 그리고 의혹 가득 찬 눈으로 나를 올려다보았다.

"사랑하는 척, 사랑하지 않는 척하고 있다고?"

"저와 블레이젝 기사님 말입니다."

사라사는 두어 걸음 뒤로 물러났다. 얼굴에는 숨길 수 없는 당혹과 놀라움이 떠올라 있었다. 그녀는 정말로 내가 모를 거라 생각한 걸까, 아니면 그동안 자신이 잘 숨겨왔기를 바란 걸까.

"무슨 말인지 모르겠어. 내가 좋아하는 건 너야. 그 사람은 내 의지와 상관없이 결정된 약혼자일 뿐이야."

"아니요. 아가씨께서는 저를 좋아하지 않습니다. 그리고 그 사람은 아가씨의 의지와 상관없이 사랑하게 된 사람입니다. 왜 솔직하게 인정하고 행복해하지 않으십니까? 그걸 억지로 피하고 외면하려는 이유가 뭐죠? 혹시라도 그동안 저에게 마음 주는 척했던 것 때문이라면 그러지 않으셔도 됩니다. 제게 아무 마음이 없었다는 건 예전부터 알고 있었으니까요."

"난 그런 게……."

"아무리 제 품에 기대셔도 그건 블레이젝의 품이 아니지요. 제게 키스하신다 해도 마찬가지입니다."

그녀는 흠칫 놀라더니 입을 다물었다. 마치 이제야 그 사실을 깨달은 것처럼 보였다. 나는 가방을 추스른 다음 긍정도 부정도 하지 않는 그녀를 남겨두고 방을 떠났다.

7.

아카데미 그랑프리

사람들이 몰려가는 성당 쪽으로 꽃이 뿌려지고 아련한 풍경 속을 종소리가 메운다. 성당으로 오르는 새하얀 계단에는 붉은 융단이 깔려있고 그 옆으로 은백색 갑옷을 입은 기사들이 정렬한 채 서 있었다. 푸른 하늘 아래 모든 것들이 눈부시고 아름답게 빛났다.

드디어 신부와 신랑이 등장했다. 안에서 식을 마치고 나온 것이다. 새하얀 드레스를 입은 신부의 베일 사이로 수줍은 미소가 언뜻 보인다. 신랑은 평소처럼 표정 없는 얼굴로 마주치는 사람들에게 일일이 목례하고 있었다.

두 사람은 계단을 내려와 꽃으로 가득 장식된 마차에 올라탔다. 그리고 사람들에게 손을 흔들며 어딘지 모를 곳으로의 긴 여행을 떠났다.

"안녕히. 내 사랑."

나는 손 안 가득 담았던 꽃잎을 버렸다.

그로부터 사흘 동안 잠도 자지 않고 그림만 그렸다. 새하얀 드레스를 입은 사라사, 행복하게 웃고 있는 사라사, 골짜기에서 바다를 바라보는 사라사……. 그제야 조금은 레오나드가 이해될 것도 같았다.

시세로가 레오나드를 찾아간 이후 그를 한 번 더 방문했다. 그의 작업실에는 여전히 죽은 아내의 그림들만 가득 있었다. 시세로가 별다른 일을 저지르지는 않았는지 우려하며 묻자 그는 우울하게 웃으며 답했다.

"왜 안 했겠어. 모든 그림을 부숴버리고 갔어."

"뭐라고요? 그걸 그냥 놔뒀어요?"

"놔뒀어. 다시 그리면 되니까."

그는 엉망이 된 캔버스들을 쌓아놓은 한쪽 구석을 가리켰다. 시세로는 종종 그 후로도 술에 취해 그림을 부수러 찾아온다고 했다.

"정말로 미안해요. 내 잘못이에요. 하지만 그는 대체 무슨 권리로 그러는 거예요? 당신이 뭘 그리든 무슨 상관이라고요."

"우리에게는 여러 가지 복잡한 사정이 있어. 지금 네게 다 말해주기는 어렵지만 어쨌거나 그가 하는 짓이 꼭 나쁜 것만은 아니야. 덕분에 필사적으로 그림을 그리게 되었지."

"필사적이라고요? 곧 부서질 그림들인데요?"

"그러니까 더욱 필사적이지."

나로서는 이해할 수 없는 말이었다.

사라사가 떠난 뒤 마음은 괴로운데 반대로 그림은 끝없이 나왔다. 나 자신도 놀라울 만큼 그려지고 또 그려졌다. 어쩌면 단순히 그리는 걸 반복하는 것이야말로 발전하기 가장 좋은 길인지도 몰랐다. 스스로도 성장한다는 게 느껴질 만큼 실력이 쑥쑥 올라갔다. 더 이상 공방에서 나를 운이 좋아 장인이 된 놈 취급하는 사람은 없었다.

막연하게 그림을 잘 그리고 싶다던 희망이 이제 구체적인 성과를 요구했다. 당장의 가장 큰 목표는 아카데미 그랑프리에 입상하는 것이었다. 그대로만 계속 간다면 못 받을 것도 없어 보였다.

끝없이 샘솟는 그림에 대한 열망. 먹고 자는 시간도 아깝고 오직 그림만 그리고 싶었다. 그대로 죽어버린다 해도 좋으리라. 나에 대한 의심도 아버지에 대한 우울한 기억들도 점차 희미해졌다. 아무것도 나를 막을 것은 없어 보였다.

"그랑프리라, 그렇지. 지금의 네게는 그게 가장 중요할 테지."

스승님께 당분간 대성당에 가지 못할 것 같다고 말씀드렸다. 가을에 그랑프리가 마감되므로 시간이 촉박했던 것이다. 당연히 불호령을 내리실 줄 알았는데 예상 외로 스승님은 덤덤히 고개를 끄덕였다.

"어차피 당분간 혼자 생각할 것이 좀 있었느니라. 그랑프리가 끝날 때까지는 따라오지 않아도 좋다."

죄송스러웠지만 한편으로는 기쁘기도 했다. 그림을 향한 집중을 방해하는 요소는 무엇도 달갑지 않았던 것이다. 한데 역시 마음대로 되지는 않았다.

"그랑프리에 나간다지?"

그 무렵 무료했던지 시세로는 자주 내 작업실에 들렀다. 삐뚤게도 나는 미래의 경쟁자가 될 후배에 대한 경계인가 하고 생각했다.

"그렇습니다만, 왜요?"

"이 몸도 나갈까 해서 그런다."

"당신이요?"

"내가 나가면 안 되는 이유라도 있냐?"

우리는 서로를 냉정히 대했지만 이상할 만큼 거리낌 없이 대화를 주고받기도 했다. 그래서 나는 아무렇지 않게 그의 치부를 들추었다.

"레오나드가 출품을 안 한 뒤로는 안 나가신다고 들었습니다만."

"모르는 게 없구만. 그래서 뭐?"

"제가 나간다니까 따라 나간다는 건 레오나드만큼 저를 신경 쓰고 있다는 뜻인가 해서요."

시세로는 물론 기막혀했다.

"이 건방진 자식아. 네 그 잘난 콧대를 꺾어주려고 그런다. 어디 그랑프리에서 내게 무릎 꿇고도 그렇게 오만하게 구는지 두고 보자."

"그런 말 하다가 저 혼자 입상하면 얼마나 창피할지는 알고 있는 거죠?"

"어이구, 제발 그렇게 되게 해주십쇼. 천재 화가 양반님."

그럴 때마다 오히려 이상한 친근감이 느껴졌다. 친해지자는 건지 미워해 달라는 건지 헷갈릴 지경이었다. 그에게 마음을 놓아서는 안 된다고 생각하면서도 이따금 경계가 풀렸다. 어쩌면 이럭저럭 잘 지낼 수도 있다고 기대했던 것 같다.

사라사가 떠나고 두 달이 지난 여름, 또다시 부름을 받고 이데아를 찾아갔다. 겨우 세 번째에 불과한데 왕성에 들어서자 익숙한 느낌이 들었다. 몇 년 전만 해도 감히 이 근처에 발을 디딘다는 건 상상도 못 했는데.

그녀가 있는 곳은 철문이 있는 방 그대로였다. 전처럼 그녀는 창가에 앉아있었고 무릎엔 왕자가 어린애처럼 누워 잠을 자고 있었다. 그리고 놀랍게도 그 곁에 폰 블레이젝이 서있었다.

"당신……."

왜 여기에 있느냐고 물으려는 순간 그의 눈이 꾸짖듯 노려보았다. 나는 엉거주춤 이데아에게 먼저 고개를 숙였다.

"오래간만에 찾아뵙습니다."

이데아는 희미하게 웃더니 자신의 맞은편 의자를 가리켰다. 나는 블레이젝의 표정을 살피며 앉았다. 반년으로 예정된 신혼여행 길에 올랐던 사람이 두 달 만에 여기 돌아와 있는 까닭이 무엇이란 말인가? 사라사도 함께 돌아온 걸까? 묻고 싶은 마음이 간절했지만 함부로 입을 열 수가 없었다.

"잘 지내는 것 같구나."

"예, 덕분입니다."

나는 가까스로 블레이젝에게서 눈을 떼고 이데아를 바라보았다.

조용하며 위엄 있게 아름다운 모습 그대로였다.

"갑자기 불러서 미안하구나. 부탁할 것이 있어서."

"부탁이라고요?"

그녀는 고개를 들어 블레이젝을 바라보았다. 그는 방 한쪽으로 걸어갔다가 손에 무언가 들고 되돌아왔다. 바로 내가 그린 뒤벨 자작의 초상화였다. 한데 멀쩡하지 않았다. 자작의 얼굴 한쪽에 물이라도 엎지른 듯 얼룩이 번져있었던 것이다.

"어쩌다 이렇게 된 겁니까?"

안타까운 마음에 그녀를 채근하듯 물었다. 그녀의 부주의함에 조금 화가 났다. 내심 가장 마음에 드는 그림이기도 했고 다른 누구도 아닌 자작의 그림이었으니 말이다. 이데아는 미안하다는 듯 말했다.

"내 잘못이다. 그곳이 안전할 거라 믿었는데."

"비라도 새어 들어왔던 건가요?"

이데아는 순간 이해하지 못하는 얼굴이었고 나도 묻고 나서야 바보 같은 질문이라는 생각이 들었다. 세상에 왕성, 그것도 왕자의 방에 비가 샌다니.

이데아는 웃음을 터뜨렸다. 눈을 질끈 감고 어린애처럼 웃어서 나도 놀랐다. 그녀는 곧 정갈한 태도로 돌아갔지만 눈매는 여전히 웃고 있었다.

"그렇게 생각할 수도 있다니 재미있구나."

"무지에서 나온 실언이었습니다. 죄송합니다."

"아니. 미안한 건 나다. 네가 어떤 마음으로 이 그림을 그려 나에게 가져왔을지 알면서도 그것을 소중히 여기지 못했다. 나도 가슴이 아프구나."

"괜찮습니다. 크게 상한 것은 아니니 복원할 수 있을 겁니다. 그것 때문에 부르신 거죠?"

"그래. 하지만 복원한 뒤에는 다시 가져오지 않는 게 좋을 것 같다."

"예?"

이데아는 더 이상 말하지 않고 남편의 머리만 쓰다듬었다. 두 사람에게서 눈을 돌려 블레이젝을 잠시 보았지만 그가 답해줄 것 같지는 않았다.

"저, 어째서 말입니까?"

"뭐라고 말해야 할까. 다시 가져온다 해도 아마 또 망가질 거다."

바보같이 느껴졌지만 같은 질문을 반복해야 했다.

"어째서 말입니까?"

"전하께서 그 그림을 마음에 들어 하지 않으시거든."

나는 왕자를 내려다보았다. 아무 생각 없이 평화롭게 잠든, 말 그대로 어린아이 같은 얼굴일 뿐이었다. 그런데 그가 마음에 들어 하지 않는다고?

"설마 그림을 이렇게 만든 게……."

"전하셨지."

당황스러우면서도 어쩐지 오싹한 기분이 들었다. 아무것도 모르는 듯 보이는 이 사람이 왜 자작의 그림을 싫어한단 말인가. 그 방에는 다른 많은 그림들도 걸려있었지만 모두 멀쩡했다. 그런데 어딘가에 숨겨두었던 이 그림만 망가뜨렸다고?

"믿기지 않는다 해도 그것이 사실이다."

"믿지 못하겠다는 것이 아닙니다. 하지만…… 어딘가 찾으실 수 없는 곳에 두는 것은 어떻겠습니까?"

"그래. 그리할 수도 있겠지. 분명 그리할 수도 있어."

하지만 그녀는 내키지 않는 얼굴이었다. 그녀가 걱정하는 게 뭘까. 다시 그림을 망치게 되는 것? 아니면 남편의 이해할 수 없는 행동일까. 이도 저도 아니라면 어쩌면, 그녀에게 더 이상 자작의 그림이 필요 없어진 것은 아닐까?

"이야기에 몰두한 나머지 잊고 있었구나. 폰, 차를. 그리고 전하를 방으로 모셔가도록."

블레이젝은 잠든 왕자를 안아들어 응접실 반대쪽 휘장 너머로 데려갔다. 정말 시중이나 들기 위해 여행을 포기하고 되돌아온 건가? 애초에 치안대장이라는 사람이 이곳에만 머무르는 이유는 또 뭐란 말인가. 빨리 사라사를 만나서 이야기를 듣고 싶었다.

"이리, 내 옆에 와서 앉거라."

그녀가 자신의 옆자리를 손으로 짚었다. 그래도 괜찮을까 싶었지만 명령이니 곁으로 가서 앉았다. 그녀는 예전처럼 내 손을 끌어다 잡고 다정하게 말했다.

"어떻게 지내는지 듣고 싶구나."

"별다른 일은 없습니다. 매일 그림을 그리고 또 그릴 뿐입니다."

"요즘은 어떤 걸 그리지?"

"아카데미 그랑프리에 출품할 그림을 그리고 있습니다."

"오, 아카데미 그랑프리라고."

그녀는 '내가 왜 그 생각을 못 했지.' 하고 중얼거렸다.

"좋은 생각이다. 그랑프리는 화가들에게 크나큰 기회지. 내가 레이번에게 특별히 네 그림을 잘 지켜보라고 일러두겠다."

"저, 그런 일은 하지 않으셔도 됩니다."

"어째서?"

"정당하지 않은 것 같아서요."

"정당하지 않다?"

그녀는 살짝 웃고 좀 더 가까이 다가왔다. 어라, 뭔가……. 당혹스러워하는 내게 그녀가 손을 뻗었다. 그 손은 내 얼굴에 닿았다.

"너처럼 젊고 재능 있는 사람들에게서는 반짝거리는 빛이 나지. 미래에 대한 긍정적인 기대감, 설레면서도 조심스러운 확신. 그런 따뜻하고 보기 좋은 빛이 있어."

"그……렇습니까?"

"그래. 사람들이 생명력이라고 부르는 건 아마 그런 거겠지."

그녀의 낮은 목소리는 어떤 말이든 신비롭게 들리게 하는 힘이 있었다. 나는 이상한 감각에 사로잡혀 멍하니 그녀를 바라보았다. 그녀는 여전히 내 얼굴을 쓰다듬으며 나를 지그시 지켜보고 있었다. 어딘가 묘하고 어색한 상황인데도 거기서 헤어날 수가 없었다.

그때 누군가 문을 똑똑 두드렸다. 나는 화들짝 놀라 얼른 이데아에게서 떨어졌다. 열려 있던 문으로 블레이젝이 들어서고 뒤이어 시녀가 와서 차를 내려놓았다. 설마 본 것은 아니겠지? 나는 블레이젝의 표정을 살폈지만 별다른 점을 찾을 수 없었다.

"차를 마신 다음 그림을 가지고 돌아가도록."

이데아는 다시 차분한 태도로 돌아가 말했다.

"예. 그런데 정말 다시 가져오지 않아도 괜찮겠습니까?"

"그래. 그게 나을 것 같구나."

그녀에겐 더 이상 어떤 미련도 없어 보였다.

잠시 후 왕성을 떠나오며 나는 얼룩진 자작의 얼굴을 심란한 마음으로 내려다보았다.

"어쩌면 저는 자작님의 그림을 주는 것으로 그녀에게 계속 자작님을 사랑하라고 강요했는지도 모르겠습니다."

눈동자는 지워져 보이지 않았지만 어렴풋이 남은 입가는 여전히 미소를 짓고 있었다.

"한 사람을 영원히 사랑한다는 건 어쩌면 불가능한 일일까요?"

초상화 속 그에게는 어리석은 질문일 것이 틀림없었다. 죽음에 못 박혀 원하지 않아도 영원히 그대로일 테니.

사라사는 여행에서 돌아오지 않았다. 하인 시절 얼굴을 알던 라잔 가문의 시녀에게 물어본 결과 블레이젝이 임무를 핑계로 신혼여행에서 혼자 돌아왔다는 것을 알게 되었다. 그 때문에 라잔 경이 불같이 화를 냈다는 것도.

사라사는 젊은 귀족들이 자주 찾는 서쪽 휴양지에 홀로 남아있었다. 라잔 경이 돌아올 것을 명했으나 그녀가 거절했다고 한다. 그리고 그녀다운 자존심으로 예정된 여행 기간을 채울 것이란 짧은 답장을 해왔다.

　신부가 집에 없으니 블레이젝이라고 라잔 가문에 머물 리 만무했다. 그는 정리하기를 차일피일 미루고 있는 자기 저택에서 지내고 있었다. 라잔 경의 노여움은 점점 커졌으며, 설상가상 블레이젝의 작위는 기사에서 남작으로 대폭 승격되었다. 지위도 치안대장에서 근위대장으로 바뀌었으니 더 이상 라잔 경이 함부로 좌지우지할 수 있는 인물도 아니었다.

　블레이젝은 이제 만족할까? 고민해 보았지만 알 수 없는 일이었다. 그는 처음부터 어떤 것을 원하거나 그렇지 않은 의도를 함부로 내보이지 않았다. 끝이 어딘지는 본인만 알고 있을 터.

　나는 사라사가 없는 지루하고 고통스러운 여름을 보냈다. 그대로 있으면 속 안의 무엇이든 끊어질 것 같아 참지 못하고 다른 여자들을 찾기도 했다. 그러나 순간의 쾌락이 지나간 뒤에는 더 큰 허무와 고통이 밀려왔다. 외롭고 외로워서 그대로 죽어버릴 수도 있을 것 같았다.

　낮에는 미친 듯이 그림을 그렸지만 밤이 오면 신음뿐이었다. 뜯어낼 듯 이불을 부여잡고 땅을 뒹굴어도 텅 빈 가슴은 시원하게 긁어지질 않았다. 오직 붓을 쥐거나 누군가를 안을 때만 잠시 그것을 덮어둘 수 있을 뿐이었다.

　그렇게 끔찍한 여름이 지나고 가을이 오자 어쨌든 그림은 완성되었다. 그랑프리에 출품하기 위해 별로 좋아하지 않던 종교를 주제로 그린 그림이었다. 늘 초상화나 풍경화, 정물화밖에 그리지 않던 내게는 낯선 분야였고 따라서 다른 여러 종교화들을 참고해 구도와 장면을 잡을 수밖에 없었다.

새로운 시도인 데다 그때까지 그린 것 중 가장 큰 규모였는데도 이상하게 별다른 감흥이 없었다. 분명히 썩 잘 그려졌음에도 무언가 빠져있고 생기 없다는 느낌을 지울 수가 없었다. 나는 결국 스승님께 보여드리고 의견을 묻기로 했다.

"이 그림이냐?"

스승님이 가리킨 것이 사라사의 초상화였기에 나는 다른 쪽으로 이끌었다.

"이겁니다."

"흠…… 그래."

스승님은 한참이나 그림을 기웃거리듯 살폈다.

"잘 그려진 것 같구나."

"그렇습니까?"

"그래. 그런 것 같다."

"같다고만 말씀하지 마시고 좀 자세히 봐주십시오. 제 생각엔 뭔가 부족한 것 같은데 그게 무언지 도저히 모르겠습니다."

"찾는다 해도 고치기엔 늦지 않았느냐? 그랑프리 마감이 며칠 안 남은 걸로 아는데."

"그래도 그때까지 최선을 다해봐야지요."

"옳은 말이구나. 그렇다면 잘 찾아보아라."

"도와주지 않으실 생각입니까?"

"제자를 부려먹는 스승은 봤어도 스승을 부려먹는 제자는 못 봤느니라. 스스로 찾아내도록 해야지."

스승님은 그대로 몸을 돌려 가려다 무엇 때문인지 멈칫하고 서성거렸다. 하실 말씀이 남은 건가 했지만 한 발 한 발 천천히 걸음을 옮길 뿐이었다. 조심스럽게, 마치 모든 곳에 밟지 말아야 할 것이 깔려 있다는 듯이. 그걸 본 순간 이상한 예감이 들어 입을 열었다.

"스승님, 보여드릴 게 한 가지 더 있습니다만."

"귀찮게 하는구나. 이번엔 뭐냐?"

나는 예전에 그리다 만 캔버스를 꺼내왔다. 배경 채색만 된 것이었다. 조심스럽게 보여드리며 스승님의 표정을 살폈다.

"선물로 드리려고 감히 스승님의 초상화를 그려봤습니다. 마음에 드셨으면 좋겠습니다만."

"내 초상화라고?"

스승님은 놀란 듯 고개를 내밀어 유심히 그림을 살폈다. 그러곤 언뜻 기쁜 표정을 지어 보였다.

"잘 그렸구나. 큰 대회를 준비하면서 어찌 이럴 시간을 다 냈느냐? 기특하구나. 내 제자 녀석을 헛되이 키우지 않았구만."

"……예. 헛되이 키우지 않으셨습니다."

"고맙구나. 이건 내 방에 걸어두마."

스승님이 손을 내밀었지만 나는 캔버스를 잡아당겼다. 그러곤 목이 메어 잘 나오지 않는 목소리로 간신히 말했다.

"지금 보니까 아직…… 마무리할 곳이 조금 남은 것 같습니다. 완성되는 대로 가져다 드리겠습니다."

"기운 빠지게 하기는. 알겠다."

스승님은 지팡이를 짚고 천천히, 천천히 밖으로 나갔다. 그분이

나가자마자 캔버스를 그 자리에 떨어뜨렸다.

맙소사. 눈이 잘 보이지 않으실 거라고는 생각했지만 이 정도일 줄이야. 아무 형태도 없는 배경을 초상화로 착각할 정도라면 눈의 수명은 이미 다한 것이나 다름없다. 그런데도 아직 혼자 걸어 다니시거나 대성당의 천장화를 그리신다니 믿기지 않았다. 도대체 스승님은 거기에 무엇을 그리고 있단 말인가?

잠시 후 정신이 들자마자 나는 시세로의 작업실로 갔다.

"있어요?"

뭔가 열심히 작업 중이던 마로가 고개를 들고 나를 확인하더니 무시하듯 시선을 돌렸다. 녀석은 이제 나를 싫어하다 못해 증오하는 것 같았다. 특히 내가 시세로와 가끔 어울리기 시작한 뒤로 더했다.

책상 위에 드러누워 있던 시세로는 고개만 들고 누군지 확인했다.

"왜, 또 여자 필요하냐?"

술집에 자주 드나드는 그가 그동안 내게 여자들을 소개시켜준 사람이었다.

"아니요. 그랑프리에 낼 그림이 완성되었습니다."

"그래서 뭐."

"당신 그림은 어찌 되었나 해서요."

"이 몸은 예전에 이미 끝내고 농땡이 중이시다."

"자신 있습니까?"

울컥하며 노려본 쪽은 마로였다. 우리식의 농담에 익숙해진 시세로는 핏 웃음만 터뜨렸다.

"너 그러다 대회 끝나고 창피해서 운다."

"저야 우는 걸로 끝나겠지만 당신은 아마 작업실 밖으로 한 발자국도 못 나올걸요."

"하여튼 붓보다 입을 더 잘 놀리지."

"당신은 둘 다 못하잖아요."

"받아주니까 끝없이 기어오르려고 드네. 그만 나가라."

하지만 나는 버티고 서서 말했다.

"스승님 눈이 아무래도 이젠…… 완전히 보이지 않는 것 같습니다."

말이 없던 시세로가 천천히 몸을 일으켰다. 마로도 놀란 듯 보였다. 한쪽 무릎을 세운 채 팔을 걸친 자세로 시세로가 입을 열었다.

"이제 알았냐? 좀 됐다."

"좀 됐다고요? 당신은 알고 있었습니까?"

"모르는 게 더 이상하지. 더군다나 스승님 직속 제자라는 놈이."

"전, 아무 변화 없이 대성당에 나가시기에, 그래서……."

"나도 그게 좀 의문이란 말이지. 도대체 보이지도 않는 눈으로 스승님은 거기에 뭘 그려 넣고 있는 걸까? 역사상 가장 위대한 건축물에 무슨 우스꽝스러운 짓을 하려는 거냐고."

"그런 식으로 말하지 마요. 당신 정말 은혜라고는 모르는군요?"

"뭐 받은 은혜가 있어야지. 그 양반은 언제나 레오나드, 레오나드뿐이었다고. 내가 배운 건 제자들한테 잘해줘 봐야 돌아오는 거 하나 없다는 교훈뿐이야."

"아무리 그래도……."

그때 시세로의 말에서 뭔가 깨달았다. 이 심각한 사태에 대해 논의할 사람은 그가 아니었던 것이다. 나는 인사도 없이 돌아섰다. 한데 등 뒤에서 그가 말했다.

"작업실 문단속 잘하고 다녀라. 혹시 아냐? 지나가던 길고양이가 캔버스를 죄 찢어놓고 갈지."

자물쇠로 이중 삼중 문을 잠근 뒤에야 공방을 나왔다. 오랜만에 레오나드를 만난다고 생각하니 기분이 조금 나아졌다.

"스승님의 눈이 이제 완전히 보이지 않는다고?"

찻잔을 건네주는 레오나드의 표정은 심각했다. 한 달 만에 찾은 그는 별로 달라진 것이 없었다. 몸은 더 수척해졌지만 얼굴은 반대로 평온해 보였다.

"완전히는 아닌 것 같아요. 어쨌든 아직 혼자 돌아다니실 수 있으니까요. 하지만 그림은 전혀 알아보지 못하세요. 내가 그린 풍경화를 초상화로 착각하실 정도로."

"맙소사. 심각하군."

레오나드는 걱정스러운 얼굴을 했다. 나는 이게 기회가 아닐까 싶어 물었다.

"원하지 않는다는 건 알지만, 그래도 돌아오는 게 어때요? 공방으로요."

그는 대답하지 않고 잠시 내 얼굴을 쳐다보았다. 바로 거절하지 않는 것에 약간 희망을 가졌다.

"스승님이 의지할 사람이 달리 어디 있겠어요? 당신을 가장 아낀다는 거 잘 알잖아요. 시세로는 절대 늙고 눈먼 스승님을 보살피지 않을 거예요. 당신에게 오기 전에 그에게도 말해봤지만, 자기가

223

갚아야 할 은혜가 대체 어디 있냐고 묻더군요."

"하여튼 변하질 않는군, 그 녀석은."

"그러니까 당신밖에 없다고요. 여기서 그리던 그림을 공방에 들어가서 그린다고 뭐가 달라져요?"

"많이 다르지. 나는 이 그림들은 팔 생각도 전시할 생각도 없어. 오직 자기만족을 위해 그릴 뿐이야. 하지만 공방에 들어가면 그렇게 내 고집만 부릴 수가 없지. 의뢰를 받고 일을 해야 해. 다시 모사를 시작해야 할 거야. 알다시피 다른 화가들의 경멸을 받고 공방의 이름을 떨어뜨리는 일이지. 폐가 된다고."

"아무튼 고집 한번 세네요. 앞으로도 평생 저 여자분의 그림 말고는 그리지 않을 생각이에요?"

"그래. 그렇게 하기로 맹세했어."

그의 외골수 같은 행동이 못마땅했지만 별수 없었다. 솔직히 그렇게 실력 있으면서 수도사적인 결심을 지켜가는 거야말로 대단한 일이었다. 만약 누군가 나에게 일생 동안 사라사의 그림만을 그리라고 말한다면(그녀를 사랑함에도 불구하고) 차라리 그림을 포기해 버릴지도 모른다. 세상에는 다른 그리고 싶은 것도, 터무니없이 아름다운 것도 많기 때문이다. 자기 욕망을 억누르고 그리고 싶지 않은 것만 그려야 한다면 그림을 그릴 이유가 없다.

한데 레오나드에게는 어떻게 그게 가능한 걸까. 단지 속죄 때문인가? 아니면 나로서는 짐작할 수 없는 깊이의 사랑이 그에게만 존재하는 것일까.

"그래도 스승님께서 나를 필요로 하신다면……."

그가 어렵게 말을 잇자 귀가 번쩍 트이는 기분이었다.

"돌아올 거예요?"

"글쎄, 아직은 좀 더 생각해 봐야겠다. 네 말대로 스승님을 누가 돌볼 수 있을지 걱정이구나. 그분에게는 다른 가족도 없으니."

"제가 도울게요. 당신이 돌아오기만 한다면요."

레오나드는 언뜻 웃었다.

"너는 아직 젊고 어려. 누굴 돌보기보다 네 가정을 먼저 꾸려야지. 너도 슬슬 아내를 맞이할 나이가 되지 않았니? 특별히 누구 좋아하는 사람이라도 있어?"

사라사의 얼굴이 떠오르자 마음이 짓눌리듯 아팠다.

"있었어요."

"있었다고?"

"네. 하지만 다른 사람과 결혼했어요."

레오나드는 잠깐이지만 뭔가를 눈치챈 기색이었다. 하지만 고맙게도 그것을 확인하려 들거나 묻지 않았다. 그에게 매번 이것저것 캐묻던 나와는 다르게도.

"마음고생이 심했겠구나. 하지만 시간이라는 약은 꽤 잘 드는 편이지. 곧 잊고 다른 좋은 사람을 만날 수 있을 거야."

"그럴까요?"

"그럴 거야."

그럼 당신은요? 평소의 나였다면 그렇게 물었을 것이다. 하지만 나를 위해 모른 척해준 그를 위해 나도 그렇게 하기로 했다.

우리는 차를 나누어 마시고 곧 헤어졌다. 레오나드가 돌아올지도 모른다는 생각에 잠시 우울한 기분을 잊을 수 있었다. 단지 그가 오는 것만으로 뭐든 심각한 일들이 해결될 것 같았다. 하지만 공방에 도착했을 때 레오나르드든 누구든 해결할 수 없는 문제가 발생하고 말았다.

나는 마로가 몹시 불안해하는 얼굴로 내 작업실에서 나오는 장면을 목격했다. 처음에는 대수롭지 않게 생각했지만 곧 떠나기 전 작업실을 철저히 잠가두었다는 걸 기억해냈다. 순간 불안이 엄습했다.

"너 왜 거기서 나오는 거야?"

나를 본 마로의 얼굴이 하얗게 질렸다. 녀석은 더듬거리며 뒷걸음질 쳤다.

"나, 난 몰라. 내가 그런 게 아냐."

"네가 그런 게 아니라니 뭘…… 설마."

나는 작업실로 뛰어 들어갔다. 안의 광경을 확인하는 순간 눈앞이 아찔해졌다.

작업실 안은 단 한 가지만 제외하고는 내가 떠날 때와 다를 것이 없었다. 그래, 갈기갈기 찢어져 있는 그림 한 점을 빼고는. 그랑프리에 출품하기 위해 몇 달에 걸쳐 매달렸던 그 그림이었다.

"어째서? 도대체 어째서……."

단지 멍한 느낌밖에 들지 않았다. 분노보다 허탈감이 먼저 솟았다. 나도 모르는 사이 그 자리에 무릎을 꿇고 앉아있었다. 이건 뭔가 심하게 불공평했다. 왜 이런 일이 생긴 거지? 왜 나에게 이런 일이 일어나야 하지?

비겁하게 뒷걸음질하던 마로의 모습이 떠올랐다. 그제야 격렬한 분노가 솟구쳐 올랐다. 나는 자리를 박차고 밖으로 뛰쳐나갔다. 그러자마자 반대편 시세로의 작업실 문이 쾅 하고 닫히는 게 보였다.

성큼성큼 그쪽으로 걸어가는 동안 얼굴이 뜨겁게 달아오르고 귓속이 쿵쾅거렸다. 온몸에서 열이 나는 것 같았다. 태어나 그렇게 완전히 이성을 잃는 느낌은 처음이었다. 손에 닿는 게 무엇이든 다 박살낼 수 있을 것 같았다.

"당장 나와! 죽이기 전에 나와!"

문을 있는 힘껏 발로 걷어찼다. 나무로 만들어진 낡은 문이라 쉽게 나가떨어졌다. 책상 뒤에 벌벌 떨며 서있는 마로가 보였다. 눈이 뒤집히는 기분이었다.

"내가 그런 게 아니야, 아니래도!"

"오늘 진짜로 내 손에 죽을 줄 알아."

"난 아니야! 그냥 지나가다 문이 열려 있기에, 잠깐 봤는데 안이 그렇게 되어있기에, 잘못하면 내가 뒤집어쓸까 봐, 그래서 도, 도망을……."

그런 뒤죽박죽 섞인 말이 진실처럼 들릴 리 만무했다. 나는 녀석을 잡기 위해 무작정 달려들었다. 마로는 비명을 지르며 이리저리 도망치다가 내 손에 붙잡히자 빽 소리를 질렀다.

"시세로 형이 그랬어! 시세로 형이 그랬다고!"

나는 녀석을 붙든 채 멈췄다.

"뭐?"

"내가 봤어. 형님이 그러셨단 말이야, 젠장!"

녀석도 나도 서로를 노려보며 숨을 몰아쉬었다. 나는 잠시 후 조용히 물었다.

"사실이야?"

"너도 들었잖아? 고양이를 조심하라고. 죄 캔버스를 찢어버리고 갈지도 모른다고!"

물론 똑똑히 기억하고 있었다. 하지만 정말 그럴 생각으로 그 이야길 했을 거라고는 생각하지 않았다. 그것은 너무나 바보 같고 유치하고 터무니없이 사악한…… 딱 시세로다운 행동이었다.

녀석을 잡은 손에서 힘이 빠져나갔다. 마로는 그대로 땅바닥에 넘어져 분한 표정으로 나를 노려보았다.

"시세로는 어디 있어?"

"그걸 내가 어떻게 알아?"

"어디 있냐고."

"모른다니까!"

하긴 어리석은 질문이다. 그가 공방을 제외하고 있을 곳은 한군데뿐이다. 나는 마로에게 사과하지 않고 그 방을 나왔다.

거리를 점령한 것은 밤과 소란이었다. 늦은 밤 친숙한 사람들이 주점 앞이나 골목 등지에서 술에 대한 찬가를 부르고 있었다. 하지만 나는 그들 모두로부터 격리된 채 혼자 붕 떠있는 느낌이었다. 거리를 걸어도 걷는 기분이 들지 않고, 목적지로 향하면서도 어디로 간다는 느낌이 없었다. 아무 생각 없이 무슨 짓이든 저지를 수 있을 것 같았다.

차라리 그 자리에 남아 똑같은 방식으로 시세로의 그림을 부술 걸 그랬다는 생각이 든 건 목적지에 거의 다다랐을 때였다. 내가 여자를 필요로 할 때마다 빈정대고 놀리면서도 함께 갔던 곳이다.

거기 가면 우리는 각자 볼 일을 봤는데 내 경우엔 여자였고 시세로는 술이었다. 서로 어울리지는 않았지만 갈 때도 함께, 올 때도 함께였다. 그렇다고 딱히 친근한 대화를 나눈 것은 아니고 한두 마디씩 시비 걸듯 주고받는 게 다였다. 그래, 그게 전부였다. 결코 그를 친구라 생각해 본 적 없으며 친구가 되어주리라 믿은 적도 없었다.

그런데 왜, 어째서 이토록 치가 떨릴 정도로 배신감이 느껴진단 말인가?

그는 항상 나를 싫어한다고 말했고 그 말과 다르지 않게 행동했다. 이따금 헷갈릴 만큼 친절한 조언을 해주기도 했지만 나는 레오나드의 말을 상기하면서 그 말을 듣지 않았다. 말하자면 처음부터 끝까지 그를 신뢰하지 않았던 거다. 그런데도 어째서.

"어인 행차냐?"

낯익은 술 취한 목소리에 고개를 들었다. 눈앞에 얼굴이 벌게진 시세로가 보였다. 언제나처럼 그는 야외의자에 홀로 술병을 늘어놓고 앉아있었다.

"또 여자 찾으러 온 거냐? 하여튼 어린 게 더 밝힌다니까."

그는 낄낄거리며 웃다가 테이블 위에 엎어졌다. 참으로 이상하게도 그 순간 그에 대한 연민이 솟구쳤다.

"나는 당신을 좋아한 적 없어요."

주위에 다른 사람은 아무도 없었기에 내 목소리는 어둠 속에 나직이 울렸다. 분명 그를 만나자마자 욕설을 퍼부어 줄 거라 생각했는데 놀라울 만큼 차분한 기분이었다. 시세로는 미동도 하지 않은 채 등만 보이고 있었다.

"당신을 믿어본 적도 없어요. 당신한테 처음으로 마음을 놓았던 그날, 당신이 나를 바다에 내팽개쳐 버렸기 때문이죠."

3년쯤 전이었다. 내게 목말을 태워줬다가 인정사정없이 떨어뜨린 일이.

"하지만 그럼에도 불구하고 그림에 대해서만큼은 최소한의 선을 지킬 거라 생각했어요. 아무리 내가 미워도 내 그림에 손을 댈 거라고는 생각하지 않았어요. 그림에 대한 당신의 태도만큼은 다른 어떤 것과 비교할 수 없이 진지하다는 것을 알았기 때문이에요. 그림 그리는 게 얼마나 힘들고 또 행복한 일인지 당신이야말로 잘 알고 있을 거라 믿었기 때문이에요. 그래서 설마, 나를 망치는 한이 있어도 내 그림은 망치지 않을 거라고 생각했어요."

"지금 대체 무슨 말을 하고 있는 거냐?"

그가 몸을 일으켜 나를 똑바로 쳐다보았다. 짧은 사이 술이 완전히 깬 것처럼 보였다. 모르는 척하는 그의 표정을 보는 순간 머리를 다시 테이블에 처박아 주고 싶은 욕구가 치솟았다. 하지만 간신히 참고 말했다.

"당신이란 사람에게 내가 터무니없는 기대를 했던 모양이네요. 내가 보았다고 믿은 게 전부 틀렸던 거죠. 당신은 그림에 대한 어떤 애정도 존경심도 없어요. 그저 하루 그려서 하루 먹고살 뿐인, 예술가라는 이름은커녕 장인이라는 이름도 아까운 놈팽이예요."

시세로의 미간에 굵은 주름이 잡혔다. 진심으로 화가 났다는 소리였다. 그리고 그게 내가 바라는 거였다.

"당신과 최소한의 관계마저 맺고 싶은 마음이 사라졌어요. 앞으로 당신은 내게 아무것도 아닌, 내 세계에는 존재하지 않는 사람이에요. 형님은 고사하고 한 사람의 인간으로서도 당신을 존중하지 않겠어요. 그 말을 하러 왔어요."

시세로가 테이블을 탕 하고 내려치더니 이를 드러내며 말했다.

"언제는 나를 무척이나 신경 써준 것처럼 말하는구나. 네 녀석이 이러는 게 새삼스러운 일도 아니다만, 이유를 모른 채 비난당하는 게 기분 좋지만은 않거든? 잘나신 후배님께서 또 뭣 때문에 지랄하는지 들어나 보자."

"내 그림이요."

얼굴이 다시 달아오르기 시작했다.

"당신이 찢어버린 내 그림 말이에요!"

"내가 뭘 어째?"

"마로가 다 말했으니 발뺌 그만두시죠. 그런 짓을 할 사람이 당신밖에 더 있어요? 그렇게도 두려웠습니까? 나한테 대상 자리를 빼앗길까 봐 걱정했어요? 화가라는 사람이, 누구보다 잘난 화가라는 사람이 그렇게밖에 할 수 없었습니까? 당신은 정말 어쩔 수 없이 뼛속까지 사악한 사람이에요. 질투에 미쳐 천재라는 한 아이의 인생을 망친 것도 모자라서 나까지 망치려고요? 어디 한번 해보시죠. 나는 그렇게 쉽게 당하지 않을 테니까요."

말을 끝내고 숨을 몰아쉬며 그를 노려보았다. 시세로의 얼굴에 보기 드물게 충격적인 표정이 드러나 있었다. 통쾌한 기분이 들었다.

"왜요, 내가 모를 것 같았습니까? 아니면 모르기를 바랐나요. 한 가지 말해두죠. 당신은 언젠가 그 모든 걸 돌려받을 겁니다. 다른 사람을 불행하게 만든 만큼 당신 자신도 불행해질 겁니다. 기꺼이 기원해 드리죠. 아주 비참한 말년을 맞이하시기를!"

시세로가 와락 달려들었다. 우리 둘은 테이블과 의자를 넘어뜨리며 뒹굴었다. 나는 그의 멱살을 잡았고 그는 내 목을 졸랐다. 숨이 막혀오자 정신없이 팔을 휘둘러 그를 떨쳐냈다. 그가 벌떡 일어서더니 짐승처럼 헐떡이며 말했다.

"이 자식, 너…… 네가 무슨 말을 했는지 알고나 있는 거냐?"

"아주 똑똑히 알고말고요."

그가 괴성을 지르며 다시 달려들었다. 하지만 이번에는 대비하고 있었기에 곧장 옆으로 피하며 어깨로 그를 들이박았다. 시세로는 난간을 부서뜨리며 계단 아래로 굴러 떨어졌다. 어딘가 부러졌을지도 모를 만큼 큰 충격이었다. 나는 씩씩대며 난간 너머를 내다보았다. 부서진 나무들 틈에서 시세로가 신음하고 있었다.

"맙소사, 저거 시세로 아냐?"

소란을 듣고 나온 다른 손님들과 술집 주인이 그에게 달려갔다. 그들은 시세로를 일으키면서 내 쪽을 쳐다보았다. 나는 도망치듯 그 자리를 벗어났다.

어딜 향해 가는지도 모른 채 밤거리를 비틀거리며 달렸다. 마음껏 퍼부어 주고 나면 후련할 줄 알았는데 오히려 기분이 더 엉망진창이었다. 분명한 건 이로써 내가 정도 이상의 선을 넘었다는 거다. 그동안 시세로와 나눈 게 미움이었든 정이든 이제 어떤 식으로든 돌이킬 수 없어졌다는 걸 알았다. 먼저 선을 넘은 사람은 그인데도 왜 이렇듯 마음이 괴롭단 말인가.

도저히 공방으로 돌아가 부서진 그림들을 다시 볼 엄두가 나지 않았다. 몇 개월에 걸쳐 오직 그것 하나에만 매달렸는데 결과를 보기도 전에 끝난 것이다. 단지 허무하다고 말하기에도 턱없이 모자랐다.

나는 아무 곳으로나 걸었다. 걷고 또 걷다가 지치면 길바닥 위에 쓰러져 잠들 생각이었다. 길거리 생활이 익숙하던 시절에는 자주 그랬으니 어려울 것도 없었다.

한데 얼마간 걷던 나는 어느 작은 성당 앞에서 멈춰 섰다. 어쩐지 낯익은 성당이었다.

"아니, 파도 아니냐?"

멍하니 목소리가 들려온 쪽을 바라보았다. 머리가 희끗희끗하게 변했지만 내가 아는 사람이 거기 서 있었다. 놀란 얼굴이지만 그 속에 감출 수 없는 반가움과 인자함이 드러난, 내가 본 가장 진정하며 유일한 신부.

"신부님…… 가넬 신부님!"

왈칵 울음이 솟구쳤다. 예전부터, 아주 오래전부터 참아왔던 눈물이 마침내 터진 양 뜨겁게 흘러내렸다.

신부님은 놀라지도 당황하지도 않았다. 다만 아무것도 묻지 않고 나를 다정하게 안아주었다. 그리고 속삭였다.

"그래그래. 힘들었구나. 속상한 일이 정말 많았는가 보구나. 혼자서 얼마나 외로웠니. 괜찮다. 이제 다 괜찮다. 내가 여기 있지 않느냐."

나는 그 품에서 모든 것을 쏟아내어 울었다.

오랜만에 본 성당은 어쩐지 전보다 작아진 느낌이었다. 아니면 내가 커버렸거나. 가넬 신부님은 약간의 먹을거리와 이불을 내주고 원하는 만큼 언제까지고 머물러도 좋다고 말했다. 나는 고맙다고 말하고 꾸역꾸역 음식을 뱃속에 집어넣었다.

식사를 마친 뒤에는 어릴 때 그랬던 것처럼 성당 의자에 이불을 깔고 누웠다. 신부님이 잘 자라고 인사하고 촛불을 끄고 나가자 짙게 어둠이 깔렸다. 이상할 정도로 평온하고 안락한 기분이 들었다. 나는 금세 잠에 빠져들었다.

괴로움이 나를 끝내기 전에 내가 먼저 괴로움을 끝내야 했거든.

꿈에 뒤벨 자작이 나왔다. 그가 바로 시세로가 인생을 망쳐버린 천재 소년이었다. 어디서 들어본 말 같다고 생각하는 순간 목을 맨 뒤벨 자작의 몸이 천천히 돌기 시작했다. 어깨가 보이고 등이 보이고 다시 어깨가 보이고……. 그대로 더 돌면 보랏빛으로 변한 그 끔찍한 얼굴과 마주할 터였다.

안 돼.

필사적으로 보지 않으려 했지만 몸이 전혀 움직이지 않았다. 눈도 감기지 않았다. 안 돼, 안 돼! 이대로라면 그 얼굴과 마주친다. 뒤벨 자작의 몸은 거의 다 돌았다. 나는 비명을 질렀다.

등골에 섬뜩한 소름이 끼치는 것과 동시에 눈을 떴다. 비단 꿈에서뿐만 아니라 그동안 알아온 세계와 전혀 다른 곳으로부터 깨어나는 듯한 느낌이었다.

처음에는 이유를 잘 몰랐지만 서서히 제정신이 돌아오면서 깨달았다. 그 강렬한 느낌을 불러일으킨 정체는 꿈이 아닌 눈앞에 정면으로 보이는 천장화였다. 정신이 몽롱한 탓인가? 아니면 새벽빛이 만들어낸 착각인가? 감히 몸을 일으킬 생각도 못 하고 한없이 그림을 바라보았다.

그것을 뭐라고 표현해야 할지 모르겠다. 위대함, 장엄함, 숭고함. 그런 단어들의 나열로는 충분하지 않았다. 다만 압도당하여 눈을 뗄 수가 없었다. 한눈에 관람자를 사로잡는 자유분방하면서도 균형을 잃지 않는 구도. 같은 계열이면서도 채도가 모두 다른 현란한 색감. 무엇보다 극도로 자신감에 찬 필치가 너무나 감동적이었다. 보면 볼수록 절망과 함께 환희가 차올랐다.

그것은 내가 그동안 흉내 내온 가짜들과 다른 진짜였으며, 나 같은 화가는 결코 따라갈 수 없는 걸작이었다. 어찌 이름조차 알려지지 않은 작은 성당에 이 같은 그림이 존재하는가? 스승님께는 죄송한 말이지만 그건 성 바이니 대성당에 그려졌어도 전혀 손색이 없을 법했다. 어디에서건 모두를 압도할 수 있는 역작이었다.

지금껏 이러한 그림을 모르고 있었다는 게 믿기지 않았다. 어린 시절 내내 성당에서 지냈는데 왜 한번 천장을 올려다볼 생각도 못 했을까? 부당하고 억울하게 느껴지기까지 했다. 스승님은 여기에 이런 그림이 있다는 걸 알까? 공방의 누구라도 이것을 알았을까?

아니, 모를 것이다. 그랬다면 누구라도 이렇게 말해주지 않고서는 못 견뎠을 테니까.

'가서 가넬 신부의 작은 성당에 있는 천장화를 보거라. 그것이야말로 너희들이 추구해야 할 진정으로 완성된 예술이니라.'

이런 것을 이제야 보았다니, 이제야 느꼈다니. 내가 그린 부서진 종교화는 그저 어린애 낙서일 뿐이다. 그럴듯하지만 속은 텅 비어 있는, 괜찮은 그림일지언정 훌륭한 그림은 아니었다. 마음속에 신앙이 없는데 어떻게 그림에서 경건함이 묻어날 수 있을까. 종교화를 그린 것은 단지 상을 타기 위해서였지 내가 바라고 추구했기 때문이 아니었다. 그래서 그토록 어딘가 모자란 가짜 냄새를 풍겼던 거다.

"일어났니?"

어느새 다가온 가넬 신부님의 얼굴이 천장화 속 성인들의 얼굴 중 하나로 섞여들었다. 나는 멍하니 물었다.

"신부님, 저 천장화를 그린 사람은 누구죠?"

신부님은 천장을 잠깐 올려다보고는 고개를 갸웃거렸다.

"글쎄다. 꽤 오래 전의 일이라. 작은 성당이고 돈이 없다 보니 어느 이름 없는 화가에게 맡길 수밖에 없었단다."

나는 거의 소리를 지를 뻔했다.

"이름 없는 화가라고요? 이걸 그린 사람이요?"

"지금은 어쩌면 유명해졌는지도 모르지. 가난하고 배고파했던 그를 위해 그러기를 빌자꾸나."

"가난하고 배고파했다고요. 이걸 그린 사람이요……."

신부님의 얼굴이 사라지자 다시 그림이 나를 압도했다. 여러 가지 복잡한 마음이 들었지만 화가가 누구인지 알고 싶다는 소망보다 간절한 것은 없었다. 틀림없이 지금은 유명하고 위대한 화가가 되어있을 것이다. 어쩌면 이 나라 최고라는 레이번일지도 모른다. 그래, 그래야 한다. 반드시 그래야만 정당하다.

그가 누구이든 만나고 싶었다. 그 사람이라면 괴로움이 자신을 끝내기 전에 먼저 괴로움을 끝내는 방법을 알고 있을지도 모른다. 아니, 그라면 틀림없이 그럴 것이다.

8.

찢어지는 밤

가넬 신부님께 감사의 인사를 하고 공방으로 돌아와 부서진 캔버스들을 치웠다. 그림이 엉망이었다는 사실을 이제 알지만 가슴이 아픈 것만은 어쩔 수가 없었다. 몇 개월 동안 없는 신앙심으로나마 극적이며 엄숙한 장면을 만들어내기 위해 얼마나 애를 썼던가. 성공하지 못했어도 그 노력만큼은 결코 거짓이 아니었다.

불을 피운 자리에 캔버스 조각들을 하나하나 넣으면서 결심을 다졌다. 다시는 진심이 담기지 않은 그림을 그리지 않으리라. 원하는 것을 원하는 대로 표현할 때까지 멈추지 않으리라. 그리고 반드시 성공하리라. 아버지와 같은 길을 가지 않으리라. 괴로움이 나를 끝내기 전에 내가 먼저 괴로움을 끝내리라.

불이 사그라지고 재를 치울 때가 되자 작업실 문이 열렸다. 스승님을 비롯한 공방 장인들이 우르르 몰려들어왔다. 무슨 일인지 표정이 다들 굳어있었다. 나는 영문을 몰라 그들을 살피다가 물었다.

"왜 그러십니까?"

"네가 시세로의 팔을 부러뜨렸다는 게 사실이냐?"

천천히 어제의 기억이 되살아났다. 역시 어딘가 부러졌던 모양이다. 약간의 죄책감을 느끼면서도 담담히 되물었다.

"팔이 부러졌답니까?"

"그래. 네가 그랬지?"

"전 그냥 계단 아래로 밀었을 뿐입니다. 팔이 부러진 건 재수가 없었던 모양이지요."

"뭐야?"

흥분한 장인 중 하나가 따지려는 찰나 스승님이 손을 들어 막았다.

"기다려라. 이유는 들어봐야 하지 않겠느냐. 파도야, 왜 그랬느냐?"

누구에게든 내 행동이 정당하다고 말할 수 있었지만 스승님의 실망 가득한 목소리는 예상 밖으로 가슴을 아프게 찔렀다. 나를 믿기보다 그럴 만한 이유가 반드시 있기를 바라는 것 같았다.

"왜 그랬냐고요? 이걸 보십시오."

고자질하고 싶지 않았지만 내 억울함을 성토해야 할 필요성을 느꼈다. 나는 재로 가득 찬 자리를 보여주었다.

"부서진 제 작품들입니다. 지금 막 태운 참이지요. 아카데미 그

랑프리에 출품하기 위해 몇 달에 걸쳐 그린 그림을 시세로가 찢어
버렸습니다."

장인들 사이에 충격이 번지길 기다렸지만 의외로 그들의 태도는
냉정했다. 문득 불안감이 들었다. 그렇다면 이미 알고들 있다는 건
데. 한 장인이 마침내 입을 떼었다.

"시세로는 그런 짓을 한 적이 없다고 말했다."

"그럼 쉽게 자기 잘못을 인정하겠습니까? 발뺌부터 하겠지요.
하지만 목격자가 있습니다."

"목격자라고? 누구지?"

"마로입니다. 시세로의 수석 도제 말이죠."

그제야 다들 조금씩 동요하는 눈치였다. 스승님은 나를 가만히
보다가 옆에 있던 장인에게 말했다.

"가서 마로를 데려오너라."

그가 나가고 다시 돌아오기까지 작업실 안에는 묘한 침묵이 감
돌았다. 속이 부글부글 끓어올라 당장이라도 성을 내고 싶었지만
스승님 앞이라서 꾹 참았다. 지금 누구에게 따져 묻고 있단 말인가.
공방 내에서 다른 화가의 작품을 부수는 파렴치한 짓을 한 게 누군
데. 특히 스승님의 태도는 너무나 서운했다.

오래 지나지 않아 장인이 마로를 데리고 들어왔다. 영문을 모
르고 들어오던 녀석은 스승님과 모여있는 장인들을 보고 깜짝 놀
랐다.

"물어볼 것이 있어 불렀느니라."

"예, 예."

"정말로 시세로가 파도의 그림을 부수는 걸 보았느냐?"

마로의 당황하는 시선이 내게 향했다. 가만히 녀석을 쏘아보면서 기다렸다. 슬그머니 고개를 수그린 녀석은 기어들어가는 목소리로 말했다.

"아니요."

"방금 뭐라고 했느냐? 아니라고?"

"예."

뭐가 어째? 기가 막혀 입을 벌렸지만 스승님이 손을 들어 막았다.

"하지만 파도 말로는 네가 목격자라고 하던데."

"아닙니다. 어제 저 녀석이 자기 캔버스가 부서졌다면서 저를 죽일 듯이 달려들었습니다. 그래서 그만, 생각나는 변명이 없어서 그렇게 말했습니다."

"그럼 캔버스가 부서진 건 사실이냐?"

"그렇다고…… 본인은 말하던데요."

"너 이 자식!"

울컥하며 달려들었으나 장인들의 손에 붙잡혔다. 마로는 스승님 뒤로 피한 채 나를 빤히 바라보았다. 녀석의 태도와 표정으로 보아 어제부터 이 거짓말을 준비해 온 게 틀림없었다. 시세로가 시켰을 것이다.

"너 진짜 내 손에 죽어볼래? 사실대로 말 안 해?"

"진정해라, 파도야. 진정하거라. 오퍼스트, 마로를 데리고 나가라."

"안 됩니다, 스승님! 저 자식 거짓말을 하고 있는 거라고요!"

하지만 마로는 뻔뻔한 얼굴로 오퍼스트와 함께 밖으로 나갔다.

남은 장인들이 나와 스승님의 얼굴을 번갈아 보다가 말했다.

"알고 계시겠지만, 스승님. 형제의 팔을 다치게 한 장인과는 이곳에서 함께 지낼 수 없습니다."

뭐라고? 나는 당황해서 고개를 이리저리 돌렸지만 누구도 나와 시선을 마주치지 않았다.

"그림이 부서졌다는 저 녀석의 말도 믿을 수 없습니다. 흔적도 없지 않습니까?"

"그럼 내가 지금 있지도 않았던 그림을 부서졌다 말하고, 그 때문에 시세로의 팔을 부러뜨렸다는 건가요?"

"네가 시세로를 얼마나 싫어하는지 공방 사람들 모두 잘 알고 있다. 그래서 이런 거짓말을 지어낸 건지도 모르지."

"맙소사…… 반대야, 그 반대라고요. 이 눈뜬장님들아!"

"말조심해."

그들과는 말이 통하지 않는다는 생각이 들어 그때까지 침묵을 지키고 있던 스승님을 바라보았다.

"보셨잖아요, 스승님. 제 그림을 보셨잖아요. 제가 전부터 계속 그랑프리를 위해 그림을 준비해 온 걸 알고 계시죠?"

"알고 있지. 그래, 알고 있단다."

"시세로가 그걸 부쉈단 말이에요!"

"미안하구나, 파도야. 하지만 내가 직접 그것을 본 적은 없구나."

순간 목이 콱 막혔다.

"예?"

"내 눈은 이제 사물을 거의 구분하지 못한다. 네가 완성되었다며

242

보여주었던 그림을 사실은 보지 못했다."

내 충격은 다른 장인들에 비하면 아무것도 아니었다. 그들은 믿을 수 없다는 듯 스승님을 붙들고 물었다.

"사실입니까? 그게 사실입니까?"

"스승님, 대체 언제부터……."

"그럴 수가, 그럴 수가."

그러나 스승님은 다른 장인들의 입을 다물게 한 뒤 나를 불렀다.

"파도야."

나는 대답하지 않았다. 스승님은 다시 한번 나를 불렀다.

"얘야. 시세로는 부정하겠지만 나는 녀석을 생각 이상으로 잘 알고 있다. 녀석은, 그래. 가끔 무례하고 심술궂게 굴기도 하지. 하지만 결코 그런 식으로 다른 사람의 그림을 망칠 녀석은 아니다. 너희 둘의 사이가 좋지 않다는 것은 나도 알고 있다. 하지만 그렇다 해도 설마 그런 짓까지 하진 않았을 게다."

머릿속이 텅 비는 기분이었다. 결국 스승님도 나보다 시세로를 믿는 것이다.

"그럼 저는요? 저는 그림이 망가진 척하고 일부러 시세로의 팔을 부러뜨릴 놈으로 보이십니까?"

"그런 이야기가 아니다. 여기에는 어떤 오해가……."

"오해 같은 건 없습니다. 하시고 싶어 하는 말씀 잘 알겠습니다. 다른 화가의 팔을 부러뜨린 녀석 따위 공방을 나가야겠지요."

아무도 아무 말도 하지 않았다. 단지 홧김으로 내뱉은 말은 아니었지만 누구도 붙잡거나 말리지 않는다는 것에 깊이 배신감을 느껐다. 누구보다도 스승님에게 그랬다.

"이만 저를 놓고 나가주십시오. 금방 정리하고 나가겠습니다."

장인들은 주저하며 나를 놓았다. 곧바로 등을 돌려 작업실을 치우기 시작했다. 한동안 말없이 서있던 스승님은 걸음을 옮겨 작업실을 나갔다. 뒤이어 다른 장인들도 나갔다.

마침내 아무도 남지 않자 행동을 멈췄다. 가슴이 쿵쾅거리고 아파서 주저앉고만 싶었다. 어제까지만 해도, 아니 오늘 공방에 돌아와 그림을 태울 때까지만 해도 이런 오해가 생길 거라고는 생각조차 못 했다. 다들 어깨 위에 달고 다니는 건 장식품인가? 어떻게 이럴 수가 있지?

다른 사람들은 그렇다 치더라도 스승님에게는 특히 뼛속 깊이 원망과 야속함을 느꼈다. 내가 나간다는 말에 그분은 아무 말씀도 하지 않았다. 얼마나 믿었는데, 얼마나 따르고 의지했는데. 직속제자라고 하고서는, 내게 재능이 있다고 해놓고서는!

느지막이 심술궂은 후회가 들었다. 이렇게 될 줄 알았더라면 왕세자비의 아카데미 입학 제안을 받아들일 걸 그랬다. 대체 여길 나가 어디로 가야 한단 말인가? 모아둔 돈도 별로 없고 아는 사람이라곤 더더욱 없는데. 가넬 신부님의 작은 성당? 매일같이 그 위대한 작품 아래에서 살 수 있다면 그것도 나쁘진 않을 것 같았다. 하지만 신부님에게 또 폐를 끼치고 싶지 않은데.

결국 생각나는 건 레오나드뿐이었다. 운이 좋다면 그가 지내는 창고 비슷한 건물에 방을 하나 얻을 수 있을지도 몰랐다. 간단한 짐과 그동안 작업해 온 캔버스들을 한데 묶어 밖으로 들고 나왔다.

마당을 서성이던 몇몇이 서로 눈빛을 교환하더니 약속이라도 한 듯 나를 못 본 척했다. 나도 그들에게 시선을 주지 않고 담담히 지나쳤다.

스승님은 나를 보고 있을까? 아니, 보고 있어도 보이지 않을 거다. 앞으로 내 도움 없이 대체 어찌 지내시려고. 이젠 다 알아서 하시라지. 당신께서 성실한 종을 내쫓은 거니까.

그러면서도 공방을 나갈 때까지 계속 스승님이 나를 불러주길 기다렸다. 그러나 아무리 천천히 걸어도 스승님은 끝내 나를 부르지 않았다.

내가 창고에 도착했을 때 레오나드는 내부를 정리하고 있었다. 단순한 정리가 아니라 아예 짐을 싸는 것처럼 보였다. 양손 가득 짐을 들고 있는 나를 보고 그가 놀란 듯 물었다.

"무슨 일이야? 그게 다 뭐지?"

나는 간략하게 시세로와 있었던 일, 오해를 받아서 공방에서 쫓겨나게 되었다는 사실을 이야기했다. 레오나드는 걱정 섞인 얼굴로 물었다.

"확실하니? 정말 네 그림을 시세로가 부쉈다고?"

"그날 그럴 거라는 암시가 담긴 말을 했어요. 나는 설마 하면서도 문을 걸어 잠그고 나왔죠. 하지만 작업실로 돌아갔을 때 이미 그림이 다 부서져 있었어요."

"네가 직접 본 것은 아니로구나. 마로가 목격했다고 하는 말만 들은 거지?"

"네. 하지만 설마 녀석이 거짓말을 했을 리가요. 다른 사람도 아니고 그렇게나 쫓아다니는 시세로인데 모함할 리 없잖아요."

"그럴 수밖에 없었는지도 모르지."

나는 언뜻 이해가 가지 않았다.

"무슨 말이에요?"

"그래야만 했을 경우를 한 가지 생각해 볼 수 있지. 마로가 직접 그림을 부쉈기에 남에게 덮어씌워야만 했을 때."

말도 안 된다고 하려 했으나 꼭 그렇게 생각할 근거가 없다는 걸 깨달았다. 그냥 녀석은 아니라고 믿고 싶었다. 아니어야 했다. 그렇지 않으면 내가 시세로에게 한 짓은……

"그렇지만 모함이었다면 시세로가 부정했겠죠. 마로한테 들었다고 제가 직접 따졌을 때 별말 안 했다고요."

"그럼 자기가 한 짓이라고 인정했니?"

"말로는 안 했지만 한 거나 마찬가지예요. 그때 시세로의 표정을 봤어야 해요."

하지만 레오나드는 별로 납득하는 얼굴이 아니었다. 문득 불안해졌다. 어떻게 해서든 그게 시세로의 짓임을 인정하도록 만들어야 했다. 그래야만 내 처지에 대한 이해와 동정 또한 받을 수 있으니까. 하지만 여러 번 반복된 내 말을 듣고도 레오나드는 이렇게 말했다.

"미안하구나. 스승님과 마찬가지로 나도 시세로가 그랬을 거라고는 생각하지 않아. 물론 그 녀석이 무례하고 불쾌한 짓을 자주 하긴 하지만 다른 사람의 그림을 함부로 부수지는 않는다. 그림을 하나하나 완성하는 게 얼마나 힘든 일인지 본인도 잘 알고 있기 때문이지."

나는 기가 막혔다.

"함부로 부수지 않는다고요? 매일 찾아와 당신의 그림을 부수는 건 대체 뭐고요?"

"그건, 우리 사이에는 그럴 만한 사정이……."

"웃기지 마요! 당신이나 스승님이나 공방 안의 장인들 모두 가식적이기 짝이 없어요. 시세로에 대해 욕하고 불평할 때는 언제고 이런 일이 생기니까 다들 편을 들고 난리예요? 지금 생각해 보니 그딴 곳에서 나오길 아주 잘했군요!"

"파도."

그의 표정이 엄격하게 굳어지는 것을 보고 마음 한구석이 움찔했지만, 지기 싫은 마음에 더욱 사납게 말했다.

"당신 도움을 받으러 여기 왔지만 이제는 그것도 필요 없을 것 같네요. 내겐 나를 믿어주는 사람이 필요하지 시세로의 추종자 따위는 필요 없어요."

내 빈정거림에 레오나드가 침묵하는 것을 보고 저열한 만족감을 느꼈다. 하지만 잠시 후 그가 입을 열었을 때 정작 상처받은 사람은 나였다.

"그래. 어차피 나도 지금은 널 도울 수가 없다. 공방으로 되돌아갈 생각이니까."

"……예?"

"스승님의 눈이 거의 보이지 않는다 했으니 불충한 제자이지만

곁에 있어드려야 할 것 같다. 이젠 네가 없으니 더더욱 다른 누군가
의 손길이 필요하실 테지."

아까 짐을 정리하던 게 그래서인가? 그러도록 종용한 게 나였지
만 지금에 와 이뤄지는 것은 바라지 않았다. 하필 내가 공방에서 쫓
겨난 이때에.

"혼자 지낼 곳을 찾고 있다면 여기도 나쁘지 않을 거다. 이 방은
남겨두고 갈 테니 필요하다면 네가 쓰렴."

필요 없어요. 나는 이런 걸 바란 게 아니에요. 이런 걸 바란 게 아
니었다고.

"어쨌든 그림이 부서진 데 유감을 표한다. 하지만 이미 부서졌으
니 너무 마음 쓰지 말고 다시 시작하렴. 내년이 있으니 또 도전하면
돼."

그는 말을 마치고 짐을 들어올렸다. 멍하니 서서 그걸 보고만 있
었다. 내 마음이 이토록 괴로운데 바로 곁에 있는 그가 몰라준다는
게 이해가 가지 않았다. 어느 때보다도 막막하고 친구가 필요한 이
때 그가 훌쩍 떠나려 한다는 것이 믿기지 않았다.

나는 그에게도, 스승님에게도, 사라사에게도, 누구에게도 아무것
도 아닌 사람인 것이다. 갑자기 형언할 수 없는 외로움이 느껴졌다.

"파도."

레오나드가 마침내 떠나려는 듯 나를 불렀다. 하지만 대답하지
않고 가만히 서있었다. 그가 와서 나를 달래주기를, 이 끝없는 상실
감을 이해해 주기를 바랐다.

"파도."

한 번만 더 불러준다면 자존심이고 뭐고 떠나지 말라고 그에게 매달릴 참이었다. 하지만 기다려도 그는 다시 나를 부르지 않았다. 다만 작게 한숨을 내쉬고 문가로 움직였다. 정말로 그가 떠날 작정이라는 걸 깨닫는 순간 날카로운 것이 내 가슴을 찔렀다.

　가지 마요.

　나는 등만 내보인 채 그렇게 말했다.

　제발 가지 말아요.

　소리 내어 말하지 않아도 이렇게 간절한 마음이라면 들을 수 있어야 하는 것 아닌가?

　문이 닫히는 소리와 함께 내 가슴에서도 뭔가가 무너져 내렸다. 잠시 심호흡을 하고 셋을 센 뒤 돌아보았다.

　없었다. 거짓말도 농담도 아니었다. 좁은 창고가 허전할 만큼 텅 비어있었다.

　나는 웃었다. 소리 없이. 밤과 고독이 가증스럽게 나를 향해 달려들었다.

　죽은 듯한 두 달이 흘렀다. 두 달 동안 아무도 나를 찾지 않았다. 한 번쯤은 다시 오리라고 생각했던 레오나드는 내 기대를 간단히 배신했다. 스승님한테서도 편지 한 통쯤은 올 줄 알았는데 터무니없는 바람이었다.

　아카데미 그랑프리 예선이 마감되기 하루 전날, 나는 그려두었던 사라사의 초상화 중 아무거나 뽑아 충동적으로 제출했다. 초상화가 대상에 뽑히는 일은 한 번도 없었다지만 그냥 지나칠 수가 없었다. 누군가 이유를 묻는다 해도 달리 할 말이 없었다. 나도 몰랐으니까. 누구든 내 그림을 보고 관심을 가져주기를, 나에게 관심을 가져주기를 바라는 절박함에서 나온 행동이었는지 모른다.

하루 종일 멍하니 누워있는 게 생활의 전부였다. 아무 의욕이 나지 않고 그림에 대해서는 떠올리기만 해도 구역질이 났다. 이럴 거였다면 나를 공방으로 데려가지도 말았어야지. 내게 눈속임 같은 짓을 해서 홀릴 때는 언제고 간신히 그림에 대해 진지해진 이때에 버린단 말인가? 차라리 귀족가의 하인으로 남는 게 좋을 뻔했다. 그럼 적어도 사라사의 얼굴을 매일 볼 수 있었을 테니까.

그렇게 산 채로 말라가던 어느 날, 평소의 나였다면 전혀 달가워하지 않을 사람이 찾아왔다. 그러나 너무도 외로웠던 그때 나는 그의 방문조차 반가웠다.

"여기 있었나."

빈민가와는 전혀 어울리지 않는 귀족적이고 깨끗한 자태의 블레이젝이었다. 방만하게 누워있던 나는 깜짝 놀라 일어섰다.

"당신이 여긴 어떻게……."

그는 대답하지 않고 잠시 창고 안을 둘러봤다. 살짝 눈살이 찌푸려진 걸로 봐서 이런 곳에 발을 디딘 게 마음에 들지 않는 듯했다.

"괜한 걸 물었군요. 당신이 찾아오는 이유는 한 가지뿐이었지요. 왕세자비 전하의 호출."

"그래. 하지만 이번에는 그분의 개인적인 용무 때문이 아니다. 네가 그랑프리에 출품한 그림 때문이지."

"제 그림이요?"

완전히 잊고 있었다. 그러고 보니 마감 이틀 전에 뭔가를 가져다 냈었다. 그게 뭐였더라.

"내 아내를 그린 이유를 설명해라."

가슴이 내려앉았다. 그랬다. 그동안 그려둔 사라사의 그림 중 하나였다. 그림에 대한 비판을 들을지언정 그린 이유에 대해 답해야 할 줄은 몰랐는데.

"두 분의 초상화를 그릴 때 습작했던 그림입니다."

"습작이라고."

블레이젝은 창고 안을 다시 둘러봤다. 그의 시선이 잠시 세워둔 캔버스들에 머물렀다. 오, 안 돼. 만약 그가 저걸 본다면……..

"평소에도 그렇게 남의 아내를 습작하곤 하나?"

"아닙니다. 더 나은 초상화를 위해 이런저런 구도로 연습해 봤을 뿐입니다."

"연습이라."

손에서 식은땀이 다 났다. 그나저나 사라사가 안중에도 없는 사람치고는 집요하게 따져 묻고 있었다. 이제는 조금 달라진 건가?

"마음에 안 드는군. 이따금 너에게 칼을 휘두르고 싶어질 때가 있다. 하지만 지금까지는 그럴듯한 이유를 만들어주지 않더군. 영리하게도."

속에서는 심장이 얼어붙었지만 겉으로는 아무렇지 않게 말했다.

"그럼 앞으로도 영리하게 행동해야겠군요."

"그래야 할 것이다."

그가 문을 열고 나오라는 고갯짓을 했다. 밖으로 나가보니 마차

가 서있었다. 그것을 타고 향한 곳은 왕성 외곽에 붙어있는 어떤 고
풍스러운 건물이었다. 입구에서 정문까지 가는 쭉 이어진 담에 여
러 특이한 부조들이 새겨져 있었다. 같은 인물이 몇 번이나 반복되
는 것을 보면서 그 부조가 연결된 하나의 이야기라는 걸 깨달았다.
마치 어떤 인물의 영웅담 같았다.

정문에서 내려서 블레이젝과 함께 안으로 들어갔다. 안쪽 풍경
은 놀라웠다. 묘하게 라잔 공방과 닮았으면서도 훨씬 화려했다. 온
갖 역동적인 조각들이 정원 여기저기 놓여 있고 나무들마저 악기
같은 특이한 모양을 하고 있었다. 건물로 들어서는 벽돌 길은 형형
색색으로 물들어 아름다운 문양을 그렸다.

자유분방하고 활기찬 정원에 비해 건물은 필요 이상으로 절제
되어 있었다. 고풍스러운 문을 지나 건물 안으로 들어서면 마치 성
당에 온 것처럼 엄숙한 분위기가 흘렀다. 벽은 낡고 창백한 석돌로
왕성의 것과 비슷했다. 조금 더 들어가니 물감 냄새가 코를 찔렀다.
그러자 가슴이 뛰었다. 그 냄새 하나로 오랫동안 잊고 지냈던 그리
기에 대한 욕구가 치솟는 기분이었다.

"여기 데려왔습니다."

건물 가장 안쪽에 응접실 같은 넓은 공간이 있었다. 방 중앙에는
긴 타원형의 탁자가 있었는데 대여섯 명의 사람들이 빙 둘러 앉아
있었다. 거기에 이데아도 있었다.

"오랜만이구나, 파도."

"또 뵙습니다, 왕세자비 전하."

"여기서는 내 이름을 부르거라."

"예?"

뜻밖의 대답에 고개를 든 나는 새삼스레 사람들을 훑어보았다. 사적인 모임이라고 생각하기에는 분위기가 무거웠다. 이데아의 곁에 앉은 짧은 반백 머리카락의 남자가 생기 넘치는 눈동자로 나를 열심히 쳐다보았다.

"그런데 무슨 일로 저를 부르신 건지……."

"정말로 몰랐던 모양이구나. 하긴, 우리 모두 네가 왜 나타나지 않는지 궁금해했지."

"예?"

이데아는 테이블 위에 놓인 네모난 물체를 들어올렸다. 캔버스였다. 그것도 내가 아주 잘 알고 있는 그림이 그려진.

"내가 직접 전할 수 있어 기쁘구나. 아쉽게도 우승은 못 했지만, 네 그림은 심사위원들로부터 호평을 받아 가작을 받았다."

"네?"

지금 내가 상을 받았다고 이야기하는 건가?

"신인으로서 이만큼 해낸 것도 대단하다. 그러니 실망하지 말고 내년에 더 좋은 작품으로 반드시 대상을 타길 바란다."

정말 그걸로 상을 받았다고? 갑자기 얼굴이 확 달아올랐다. 자리에 앉은 사람들은 내가 얼굴을 붉힌 이유가 상을 받은 게 기뻐서라고 생각하는 듯했다.

"나이도 어린데 대단하구나. 누구에게서 그림을 배웠지?"

반백 머리의 남자가 내게 물었다. 나는 아직 당혹감 속에서 빠져나오지 못한 채 대답했다.

"지금은 쫓겨났지만 라잔 공방에 있었습니다. 벡리 스승님 밑에서요."

"아하, 벡리라고."

그들은 잠시 자기네들끼리 뭐라고 수군거렸다. 여전히 실감이 잘 나지 않았다. 가작이라고? 대상은 아니지만 어쨌든 상을 받았으니 잘했다는 뜻일까, 아니면 참가하면 대부분 받는 상일까? 초상화인 데다 솔직히 그렇게 공을 들여 그린 것도 아닌데 상을 받았다니 믿기지 않았다.

"벡리의 밑에서 배웠다면 이토록 훌륭하게 성장한 것도 놀라운 일이 아니지. 시세로나 레오나드 같은 걸출한 화가들도 배출했으니까. 그럼 이로써 벡리의 문하에서만 수상자가 둘이 나온 셈이로군."

그의 말에 갑자기 심장이 철렁했다. 수상자가 둘이라면…….

"대상은 누군가요?"

내가 조바심을 내며 묻자 그는 이상한 미소를 띠며 말했다.

"시세로란다. 네게는 선배일 테지."

맙소사, 결국 그가 타낸 것이다.

문득 억울하다는 생각이 들었다. 그딴 남자는 내 선배가 아니고, 경쟁자의 그림을 없애는 비겁한 술수를 써서 상을 얻은 거라고 외치고 싶었다. 하지만 꾹 참았다. 증거도 없이 그렇게 주장해 봐야 상을 못 타서 떼쓰는 걸로밖엔 안 보일 터였다.

"별로 좋아하는 눈치가 아니로군."

그의 말에 이데아를 비롯한 몇몇 사람들이 웃음을 터뜨렸다. 감정이 얼굴에 드러났나 싶어 황급히 표정을 굳혔다. 그는 웃음을 그치고 말했다.

"우리가 너를 부른 건 제안을 하나 하기 위해서다."

"제안이요?"

"그래. 본래 가작에는 상금과 한 달 간의 전시 권한만이 주어지지. 하지만 이번에 우리는 너의 가능성을 높이 평가하여 왕립 아카데미 회원 자격을 부여하기로 결정했다."

아카데미라고? 나는 얼른 이데아를 쳐다보았다. 그녀는 빙그레 웃으며 고개를 끄덕였다.

"전에는 공방에 남아있어야 한다며 거절했었지? 하지만 쫓겨난 지금은 달리 거절할 핑계가 없겠군."

"저, 정말이십니까?"

"우리 모두의 결정이다."

그녀의 말대로 공방에서 쫓겨난 지금 이건 대단한 기회처럼 보였다. 하지만 만일 스승님이 마음을 바꿔 곧 나를 부른다면 어떻게 하지? 혹 레오나드가 돌아온다면.

갈등하는 내게서 대답이 없자 이데아는 웃으며 말했다.

"이렇듯 아카데미 회원이 되길 주저하는 건 너밖에 없을 거다. 하지만 이번에는 잘 생각하는 게 좋을 거야. 이것은 두 번째 기회이며 또한 마지막 기회이기도 하니까."

그녀의 말대로였다. 도대체 무엇 때문에 주저한단 말인가. 돌아올지 아닐지도 모르는 사람을 위해 그 좁은 방에 처박혀 있을 셈인가?

"감히 실례가 되지 않는다면 아카데미 회원 자격이라는 것이 어떤 건지 듣고 싶습니다."

나는 최대한 정중한 태도로 말했다. 반백 머리 남자와 이데아가 서로를 한 번 보더니 남자 쪽에서 입을 열었다.

"쉽게 말하자면 이곳 아카데미에 네 거처가 생기는 것이다. 작업 공간은 물론이고 미술 재료들과 식사, 잠자리까지 제공하지. 그밖에도 생활에 필요한 다른 것들을 무상으로 지원한다. 원하는 때 원하는 그림을 그릴 수 있으며 그림 의뢰를 받거나 거절하는 것도 오로지 본인의 결정에 따르지. 또한 모든 부수적인 것들을 차치하고라도 왕립 아카데미 회원이라는 명예가 생긴다. 이 나라에서 가장 뛰어나다고 일컬어지는 화가들 틈에 속하게 되는 것이지."

그의 말을 듣고 나서야 흥분으로 가슴이 떨려왔다. 이것은 머릿속으로 계산할 그런 일이 아니었다.

"제가 그런 자격을 받아도 되는 겁니까?"

"원래는 그랑프리 수상자에게만 주어지는 권한이다. 그러나 이번에만 특별히 네게 기회를 주기로 했다. 네가 그린 이 초상화는 일견 단순해 보이지만 그 안에 깊이가 담겨있다. 또한 어디에서도 본 적 없던 화풍이지. 아직 덜 여물었다는 생각은 들지만 네가 앞으로 어떻게 완성시켜 나가는지 지켜보고 싶다."

그의 말에 갑자기 눈가가 뜨거워졌다. 누군지도 모르는 사람이었지만 내 그림을 인정해 줬다는 사실이 중요했다. 나는 머릿속 좁고 쓸쓸한 창고의 문을 사정없이 닫아버렸다.

"기회를 주셔서 감사합니다. 절대 실망시키지 않겠습니다."

그날 바로 아카데미로 거처를 옮겼다. 레오나르에게 뭔가 말을 해줘야 하지 않을까 싶었지만 찾아오지도 않는 그가 괘씸해서 그만두기로 했다. 어차피 관심도 없을 테니까.

아카데미에 있는 작업실은 라잔 공방의 그것과는 비교도 안 되게 넓었고 제공되는 물자도 풍족했다. 가끔 구경만 할 수 있던 만찬이 매끼 차려졌으며 평상시에도 고급스러운 차와 간식을 먹을 수 있었다. 본래 도제들이 하던 허드렛일은 모두 하인들이 담당했으며 화가가 개인적으로 받아들이는 제자는 그저 스승 밑에서 그림을 배우기만 하면 되었다. 왜 거절을 했었나 후회가 들 정도로 풍요로운 환경이었다.

의외인 건 시세로의 결정이었다. 레이번이 말하기를(놀랍게도 이데아 옆에 앉아있던 반백 머리 남자가 바로 아카데미 회장인 레이번이었다.) 시세로는 회원의 자격을 거절했다고 했다.

"라잔 공방에는 다들 머물고 싶어 하는 특별한 이유라도 있는 것 같군."

그의 웃음 섞인 말에 단지 벡리 스승님을 존경해서 그런 것 같다고 대답했다. 하지만 다른 사람이라면 모를까 시세로만은 절대로 그럴 리 없었다. 그래서 나도 이해가 가지 않았다. 그는 왜 아카데미에 들어오지 않은 걸까? 레오나르가 돌아갔기 때문에 빈정거릴 수 있는 대상이 생겨서?

나로서는 그가 오지 않는 것이 훨씬 좋았기에 곧바로 그에 대해서 잊어버렸다. 대신 레이번에게 전부터 궁금했던 것을 물었다. 바로 가넬 신부의 성당에 있는 이름 모를 천장화를 그가 그렸는가 하는 것이었다. 그는 고개를 갸웃거리며 그런 적이 없다고 대답했다. 나는 실망한 한편 더욱더 화가의 정체가 궁금해져 애가 탔다.

그리고 마침내 전시회 날이 다가왔다.

"훌륭하군."

"다른 수상작들에는 여러 이견이 있지만, 대상만큼은 분명히 걸작이로군요."

"역시 라잔 공방의 시세로야. 이름이 아깝지 않아."

전시회 날 나는 상당히 고까운 기분으로 관람자들의 평을 듣고 있었다. 그들은 내 앞에서 거리낌 없이 시세로를 추켜세우고 내 그림을 폄하했다. 그럼에도 신랄하고 예의 없는 사람들이라고 비난할 수도 없는 게, 내가 가작 수상자라는 걸 그들이 알 방법이 없었기 때문이다. 나는 그저 평범한 옷차림으로 그림 근처를 서성거리고 있었다.

"이 초상화는 정말 독특하군. 앞으로 무엇을 보여줄지 기대되지 않나? 이름이 생소한 걸 보니 신인인가 보군."

"들리는 소문에 의하면 시세로와 같은 라잔 공방 출신이랍니다."

"라잔 공방이라. 거기 아직 레오나드도 있나?"

"스승과의 불화로 나갔다고 하던데요."

"저런. 벡리는 확실히 눈이 멀었어. 그런 인재를 차버리다니."

울컥한 마음에 레오나드는 다시 공방에 되돌아갔다고 외치고 싶었지만 참아야 했다. 두 사람은 멋대로 말을 계속 주고받았다.

"이제 공방을 물려주고 은퇴할 때지요. 누가 그것을 이어받을지 궁금하지 않으십니까?"

"당연히 시세로가 아닐까?"

"시세로는 확실히 실력이 괜찮지요. 하지만 대인 관계에 있어서는 그다지 평이 좋지 못합니다. 말이 스승과의 불화지, 솔직히 레오나드가 공방을 떠난 이유가 시세로 때문이라는 이야기가 있습니다."

"두 사람 사이에는 앙금이 많이 남아있으니까. 예전에 그랑프리에서 내내 레오나드가 시세로를 제치고 우승했던 것도 그렇고, 그걸 가지고 레오나드가 늘 비웃었던 것도 그렇고, 마지막으로 시세로가 사랑했던 여자까지 빼앗았으니 미워하는 것도 당연하지 않은가."

듣고 있던 나는 온몸이 굳는 걸 느꼈다. 방금 뭐라고?

"확실히 그때의 레오나드는 지금의 시세로보다도 얄미운 구석이 많았죠. 그나저나 시세로가 사랑했던 여자라면 혹시 벡리 화백의 따님을 말씀하시는 겁니까?"

"그래. 게다가 그 여자, 레오나드의 잘못으로 죽었다지?"

더 이상 아무 말도 들리지 않았다. 나는 사람들을 헤치고 건물 밖으로 나가 정원으로 한참을 들어갔다. 사람이 없는 구석진 곳을 찾아 앉아 그 남자가 했던 말을 되새겨 보았다.

레오나드가 시세로를 제치고 항상 우승했었다는 이야기는 알고 있었다. 하지만 그걸 가지고 레오나드가 시세로를 비웃었다는 건 처음 듣는 이야기였다. 그건 오히려 시세로에게나 어울리는 일이었다. 내가 아는 레오나드는 결코 그럴 수 있는 사람이 아니었<u>으므로</u>.

하지만 그는 젊었을 적 자신이 꽤 오만하다고 스스로 말했었다. 어쩌면 정말로 그런 행동을 했을지도 모른다. 중요한 건 그게 아니다. 사랑하는 사람을 빼앗았다는 부분이 중요했다. 그렇다면 시세로 또한 스승님의 딸이자 공방 내 뮤즈였던 여성을 사랑했었다는 말이 된다. 그리고 그녀는 레오나드의 자만심이 저지른 실수로 죽었다.

거기까지 생각하고 나서야 뒤늦은 충격이 왔다. 이어지지 않던 연결고리 하나가 꿰맞춰지는 기분이었다. 시세로가 레오나드를 그렇게 증오한 건 결코 이유가 없지 않았다. 모든 게 사실이라면 그가 그러는 것도 이해가 갔다. 미워할 수밖에 없다. 그의 그림을 부술 정도로.

그의 그림을 부술 정도로! 너무 놀라 자리에서 들썩였다. 레오나드의 그림이 바로 그녀였다. 시세로가 사랑했다는, 빼앗겼다는 여성. 자기가 사랑했던 여성을 죽인 사람이 그녀의 그림을 그리고 있는 것을 봤을 때 과연 어떤 기분이 들까? 나로서는 상상도 되지 않았다.

"왜 그렇게 놀란 표정이야?"

숨도 생각도 모든 것이 동시에 멎었다. 목소리로 상대방을 인지했음에도 누군지 확인하는 게 두려웠다. 그런 나를 기다리는 대신 그녀는 자신의 손으로 내 턱을 붙잡고 돌렸다.

"오랜만이야, 파도."

사라사의 얼굴에 농염한 미소가 피어올랐다. 대체 그녀는 언제 그런 표정을 지을 줄 알게 된 걸까. 가슴이 두근거리면서 동시에 미어졌다. 나는 그녀가 점점 더 아름다워지는 것이 말할 수 없이 슬펐다.

"오랜만입니다, 사라사 아가씨."

사라사는 빙긋 웃고 손가락으로 내 입술을 툭 건드렸다.

"건방진 내 종. 사랑스러운 가짜 연인 같으니라고. 내가 여행으로 자리를 비운 사이 공방을 나갔어?"

"죄송합니다. 하지만 말씀 드릴 겨를이 없었습니다."

"대강의 이야기는 들어 알고 있어. 하지만 정말로 시세로가 그림을 부쉈어? 그랬다면 내가 아버님께 말씀드려 어떻게 해줄 수도 있는데."

"아니요. 하지 않으셔도 됩니다. 이제는 저도 누가 그랬는지 확신이 안 섭니다. 만약 그가 했다 해도 저는 그에게 그림으로 되갚아 줄 생각입니다."

"훌륭한 자세야. 방금 그 말은 멋진걸."

사라사가 내 곁으로 가까이 다가섰다. 주위에 아무도 없었지만 누가 언제 나타날지 모르기에 불안했다. 나는 살짝 거리를 두었다.

"아가씨께서 여기에 어쩐 일이십니까?"

"수상작들을 보러 왔지. 아버님이 후원하는 공방에서 대상이 나왔잖아. 아버님과 함께 왔어. 네 그림을 보고 얼마나 놀랐던지. 거기에 내가 있더군."

감춰둔 부끄러운 물건을 들킨 것처럼 얼굴이 달아올랐다.

"허락 없이 그려서 정말 죄송합니다."

"아니, 난 마음에 들어. 다만 아버님이 조금 이상하게 생각하시더군. 왜 나를 그렸냐면서. 지난번 결혼식을 위한 초상화를 그릴 때 습작하던 그림 같다고 둘러댔어."

"다행이군요. 저도 블레이젝 기사님에게 그렇게 말씀드렸습니다."

"폰?"

그녀는 깜짝 놀라더니 아무렇지 않은 척 물었다.

"그 사람이 뭐라고 했기에?"

"왜 아가씨를 그렸느냐고 묻더군요. 제가 그런 짓을 한 게 별로 마음에 들지 않는 눈치였습니다."

"그래?"

사라사는 잠시 어딘가를 보다가 화제를 돌려 밝게 물었다.

"그보다 아카데미 회원이 되었다지? 축하해. 앞으로 영원히 공방에 돌아올 일은 없겠네."

왠지 진심으로 축하하는 목소리가 아니었다.

"잘 모르겠습니다. 아마 그럴 거라 생각합니다."

"나를 보러 오는 일도 없을 테고."

"그건 공방에 있었어도 마찬가지였을 거라고 생각합니다만."

"그래. 그렇군."

그녀의 미소는 거기까지였다. 갑자기 원망 가득한 눈으로 나를 바라보는 그녀에게 당혹감을 느꼈다.

"네 모든 것은 내 것이라 하지 않았어?"

맙소사. 그녀는 여전히 나를 고문하고 있다.

"지금도, 그리고 앞으로도 그럴 겁니다."

"말로만 그렇지. 언제나 말로만. 진실로 나에게 대체 무엇을 줬지?"

"저는 언제나 모든 것을 드릴 준비가 되어있습니다. 하지만 아가씨께서 무언가를 원하신 적이 없지 않습니까."

사라사는 변명하려는 듯 입을 열었다. 하지만 아무 말도 하지 않았다. 그녀는 슬픔과 분노가 뒤섞인 얼굴을 했다. 묘하게도 나를 향한 게 아닌 그녀 자신을 향한 듯 자조적이었다.

"원하는 건 있어. 그걸 원하는 게 너무도 이기적이고 잔인하기에 말하지 않았을 뿐이야. 다른 사람을 사랑하고 그 사람의 아내가 되어서도 나만 사랑해 줄 것을 어떻게 강요할 수 있겠어."

"강요하실 필요 없습니다. 그럼에도 저는 여전히 아가씨를 사랑하니까요. 그런 제가 병신일 뿐입니다."

그녀가 살짝 웃음을 터뜨렸다. 그리고 자신의 목덜미 근처를 더듬더니 옷 속에 감춰져 있던 목걸이를 꺼내들었다. 간단한 동작으로 그것을 풀어낸 그녀는 내 목을 끌어안듯 목걸이를 채웠다. 어리둥절하게 목걸이를 만지는 내 손을 그녀가 꽉 붙들었다. 그리고 나를 똑바로 바라보며 주문처럼 말했다.

"그렇다면 제대로 이기적으로 굴겠어. 감히 나를 마음속에서 지우지 마. 죽는 날까지 오직 나만을 사랑하고 원하고 그리워해. 심지어 내가 다른 사람을 사랑해도, 영원히 내가 너를 사랑하지 않는다 해도 변하지 마. 그것이 억울하고 분하고 화가 나도, 그럼에도 멈출 수 없는 스스로를 원망하면서 끝까지 나를 사랑해."

도망치고 싶은 동시에 그 강한 손아귀에 단단히 붙들리고 싶은 욕망을 느꼈다. 차분한 얼굴 뒤에 어떻게 그토록 강렬한 소유욕을 숨길 수 있을까. 이상하게도 그 순간 나는 어느 때보다도 사라사에게 매료되었다.

"그렇게 하겠습니다, 아가씨."

시세로를 만난 건 사람들이 모두 돌아간 뒤의 텅 빈 전시장 안에
서였다. 해가 지는 어스름 속에 나는 홀로 그곳에서 그림을 바라보
고 있었다. 마치 아스라한 고대 벽화라도 보듯 신비한 기분이었다.
그것은 내 것이 아닌 시세로의 그림이었다.

그를 인정하기 싫던 치기 어린 마음을 가라앉히고 가만히 그림
을 보니 사람들의 평가가 이해가 가는 듯싶었다. 그것은 엄숙한 동
시에 고요한 역동성을 지니고 있었다. 일전에 그의 그림에서 느꼈
던 경건함은 희미한 대신 자신의 재능과 기교를 거리낌 없이 드러
냈다. 마치 모두에게 보란 듯이 지나칠 만큼 뻐기고 있었다.

나는 확신했다. 그가 그 걸출함으로 오히려 모두를 기만하고 있
음을. 다른 그림에서는 모르겠으나 눈앞의 그림에서만큼은 분명했
다. 그는 단지 뽐내며 비웃고 있을 뿐이다. 그의 그림에 찬사를 던
질 사람들과 오직 그것만을 목적으로 그림을 그려낸 자기 자신을
동시에.

어둠 속에 한숨이 섞여 흘렀다. 그가 이런 짓을 하도록 몰아붙인
나 자신도 공범처럼 느껴졌다. 레오나드의 부인과 시세로의 관계
를 알게 된 후 그에 대한 시각이 조금 바뀌었다. 어쩌면 연민이라도
느끼는 것인지 모르겠다. 그에 기뻐해야 할지 분노해야 할지 알 수
없었다.

다만 한 가지 분명하게 깨달은 것은, 스승님과 레오나드의 말이

결코 틀리지 않았다는 거다. 자존심 강하고 오만한 그는 얼핏 다른 이들을 하찮게 여기는 듯 보이지만 그렇다고 결코 심술로 남의 그림을 부술 사람은 아니었다. 이유를 어떻게 말로 설명할 수는 없다. 가장 단순하게 표현하자면 이런 그림을 그린 사람이 그런 짓을 할 리 없다는 맹목적인 신뢰라고 해야겠다. 이건 내가 그에게 바치는 찬사이기도 하다.

"감동이라도 했냐?"

어둠 저편에서 목소리가 들려왔지만 그다지 놀라지 않았다. 왜 인지 그런 상황이 올 것을 염려하면서도 기다렸던 것 같다.

"별로요. 당신답네요. 잘난체만 잔뜩 해놓고."

비웃는 소리에 뒤이어 복도를 걸어오는 발소리가 들렸다. 그의 형체가 조금씩 분명해졌다.

"이것 봐라."

충분히 가까워지자 그가 걸음을 멈추고 천에 감긴 한쪽 팔을 들어올렸다. 다른 손에는 술병이 들려 있었다. 나는 어깨만 으쓱했다.

"미안해요."

"미안하다면 다냐? 두 달이나 지났는데 아직도 팔이 시큰거린다."

"원한다면 똑같이 내 팔을 부러뜨려도 좋아요."

"그럼 너도 똑같이 내 그림을 부술 거고?"

나는 잠시 고개를 숙였다. 막상 인정해야 할 순간이 오니 내 입으로 내뱉기가 쉽지 않았다.

"당신이 한 게 아니라는 거 알아요."

마침내 말했다. 하지만 그는 대답하지 않았다.

"궁금한 건 당신이 왜 적극적으로 스스로를 변호하지 않았는가 하는 거예요."

"그럼 뭐라고 해야 했을까. 마로 녀석이 겁에 질려 거짓말을 한 거니까 가서 나 대신 그놈 팔을 부러뜨리라고?"

의외의 반응이었지만 시세로가 마로를 너무나 아껴서 그런 말을 한 거라고는 생각하지 않았다. 단지 그런 행동이 그의 성격에 지독히도 맞지 않았을 거다.

"당신이 그렇게 말했어도 안 믿었겠죠. 너무 흥분한 상태였거든요."

"그래 보이더군. 마로는 어떻게 할 거냐?"

"어떻게 할 생각 없어요. 지금은 시간도 많이 지났고 그 녀석은 미워하기 어렵군요."

"동정이냐?"

"설마요. 그런 건 마음에 여유 있는 사람들이나 할 수 있는 거죠. 그냥 부서진 그림에 더 이상 미련이 없어졌어요. 사실 그거 엉망이었거든요."

"잘 알고 있군. 참새가 공작 꼬리 달고 펼쳐보려는 짓이었지."

그의 비유가 너무 정확하다는 생각이 들어 헛웃음을 터뜨렸다. 시세로도 사납게 이를 드러내며 웃었다. 예전 같았으면 그가 악의로 그런다고 생각했겠지만 지금은 아니었다. 조금 그의 성격을 알 것 같았다.

"미안해요."

"그 말은 아까 한 것 같은데."

"팔 부러뜨린 것 말고, 심한 말을 한 거 말이에요."

"아하. 내가 망쳤다던 그 녀석 이야기."

나는 입을 다물었다. 내색하진 않았지만 꽤 충격을 받았다. 그가 그렇게 쉽게 입을 뗄 거라곤 생각하지 못했기 때문이다.

"레오나드한테 들었냐? 하긴 녀석밖에 없겠지. 언제나 결백한 척, 착한 척하는 레오나드의 말은 모두들 잘도 믿어버리니까. 특히 스승님하고 네가 그렇지. 신이 나서 떠들어댔겠지? 내가 한 천재 소년을 어떤 식으로 괴롭히고 망쳤는지, 내가 얼마나 나쁜 놈인지, 왜 가까이하면 안 되는지."

나는 아무 말도 하지 않고 가만히 있었다.

"모두가 나를 비난하는 그 사건에 대해 말해볼까. 처음 그 아이를 보았을 때는 깜짝 놀랐지. 정말 대단했거든. 재능을 타고난다는 게, 천재라는 게 뭔지 처음 알았다. 하지만 사람들이 생각한 것과 달리 난 결코 녀석을 미워하지 않았어. 오히려 경외했지."

경외라고? 나는 눈앞의 형체가 시세로가 맞는지 의심하기 시작했다.

"천재란 건 말이야. 태어나서 만들어지는 게 아니라 이미 완성된 채로 태어나는 거야. 얼마 지나지 않아서 그걸 깨달았지. 그 아이에게는 가르칠 것이 없다는 걸, 아니 처음부터 배울 게 없었다는 걸. 그래서 뭐랄까, 조바심 비슷한 걸 느꼈지. 금세 내가 필요 없다는 걸 깨닫고 떠날 것 같았어. 그래서 난 어떻게든 스승답게 굴어야 했지. 그 아이에게 전혀 필요하지 않은 조언을 하기 시작했던 거야."

시세로의 얼굴에 내가 그에게서 한 번도 본 적 없던 표정이 떠올랐다.

"그때 나는 사람의 말 한마디 한마디가 얼마나 큰 영향을 미칠수 있는지 모르고 있었다. 내가 녀석에게 뭐라고 말하든 흔들리지 않고 나아갈 줄 알았지. 내가 원한 것은 그저, 녀석이 내가 필요하다고 느끼도록 만드는 것뿐이었어. 그렇다고 완전히 말도 안 되는 조언을 한 것은 아니야. 이미 완벽한 그림에 이 부분을 보완하면 더 완벽해질 거라고 말하는 식이었지. 한데 결과는 끔찍하더군. 완벽한 그림에 붓을 대니 더 완벽해지기는커녕 훨씬 나빠졌어. 완벽 이상의 완벽은 없었던 거지."

그가 그렇게까지 솔직히 말하는 것에 나는 순수하게 놀랐다. 그러면서 다른 생각도 하고 있었다. 천재 소년의 완벽한 그림이라는 걸 보고 싶다는 생각.

"언제, 어디서부터 그렇게 모든 게 망가진 건지 나도 모르겠다. 깨달았을 때는 이미 돌이킬 수 없을 만큼 처참하게 변해버린 뒤였지. 내가 그렇게나 아끼고 숭배하던 손이 자해로 피에 젖은 걸 보았을 때…… 나는 후회하고 뉘우치고 울부짖었다. 하지만 녀석은 속죄할 기회도 주지 않고 떠나버렸어. 그 후로는 어디에서도 본 일이 없고."

할 말이 남은 듯한 느낌이었는데 그 말을 끝으로 시세로는 입을 다물었다.

긴 침묵과 함께 밤이 흘렀다. 가슴은 이상하게 두근거렸고 머릿속은 혼란스러웠다. 레오나드가 해준 이야기와 결과만 놓고 보자면 같았지만, 과정과 당사자의 마음은 판이하게 달랐다. 무엇이 진실인지 고민하지는 않았다. 다만 시각의 차이가 이렇게까지 다른 결론을 내릴 수 있다는 것이 놀라웠다.

"함부로 말한 것 사과할게요. 진심으로."

시세로는 씁쓸하면서도 혐오하는 얼굴로 나를 바라보았다.

"난 네 녀석이 정말 싫다."

"말로 하지 않아도 온몸으로 표현하고 있기 때문에 잘 알고 있어요."

"네 녀석을 보고 있으면 그 아이가 떠올라서 싫어. 처음에는 그놈이 얼굴과 이름을 바꾸고 나한테 복수하기 위해 찾아온 줄만 알았다. 그럴 만큼 이유도 없이 날 증오하더라, 너."

"내가요?"

그건 말이 되지 않았다. 처음부터 이유 없이 날 싫어한 쪽은 시세로였다.

"농담이야. 그냥 건방져서 싫어."

나는 헛웃음을 삼켰다. 농담이 아니었을 수도 있다는 생각이 든 것은 조금 시간이 지난 뒤였다. 시세로는 진지한 목소리로 입을 열었다.

"나는 같은 실수를 하고 싶지 않았어. 내심으로는 나 또한 네가 내 도제가 될까 봐 걱정했지. 하지만 한편으로는 바라기도 했어. 기회를 얻고 싶었으니까. 나는 그걸…… 젠장. 나는 다시 한번……."

뭔가 말하고 싶지만 그의 자존심이 그러지 못하게 가로막고 있는 듯했다. 결국 그는 혼자 힘겹게 싸우다가 져버렸다.

"됐다. 이 이야기는 여기까지만 하자. 목덜미가 다 간지럽다."

"그러는 게 좋겠어요. 나도 그러던 참이니까."

그가 가려는 듯 돌아서는 걸 보고 내가 물었다.

"왜 스승님과 레오나드에게는 이 이야기들을 해주지 않는 거죠? 두 사람 다 똑같은 오해를 하고 있는데요."

사실 정말 묻고 싶었던 건 그 일을 왜 내게만 이야기해 주는가였다. 레오나드의 이름이 나와서인지 그의 얼굴은 대번에 찌뿌려졌다.

"멋대로들 판단하게 내버려 둬. 두 사람한테는 아무 말도 하지 마라. '너 사실은 그렇게 나쁜 놈이 아니었구나.' 하면서 친근한 얼굴로 다가오는 모습은 상상만 해도 구역질이 나려고 하니까."

"나는 그래도 괜찮고요?"

"너 그럴 거냐?"

잠시 생각해 보다가 고개를 저었다.

"그러기엔 당신한테 당한 게 너무 많네요."

"그러니까 얘기했지."

픽 웃으며 그가 고개를 돌리는 순간 이상하게도 어느 때보다 가깝게 느껴졌다. 결국은 그가 우려한 대로 되어버린 셈이다.

"행여 앞으로 그런 일이 생기지 않도록 따끔하게 한마디 해줄까? 저기 있는 네 그림 말이다."

그가 손으로 내 그림이 있음직한 어둠을 가리키자 가슴이 철렁 내려앉았다.

"내 그림이 왜요?"

"너 어쩌다 저 그림을 그리게 됐냐?"

전에 추궁했던 사라사와의 관계를 묻는 거라고 생각했다.

"지난번 아가씨의 결혼 기념 초상화를 그릴 때 습작한 겁니다만."

"설마, 아닐걸."

"아니라니요?"

"자세히 봐. 이런, 어둠 속이라 자세히는 힘들겠군. 그냥 네 그림을 머릿속에 떠올려봐라. 그리고 어떤지 가만히 지켜봐."

그의 말대로 사라사의 초상화를 머릿속에 그려보았다. 어디에서부터 붓을 대서 어디에서 끝냈는지 똑똑히 기억하고 있었다. 하지만 시세로가 뭘 말하고자 하는 건지는 알 수 없었다.

"떠올렸는데요?"

"그럼 그건 한쪽에 치워놓고, 이제 레오나드의 그림을 하나 떠올려봐라."

레오나드의 그림이라고? 그의 그림이라면 가장 먼저 떠오르는 건 역시 그의 아내 그림이다. 처음 창고로 찾아갔을 때 천을 걷어내고 본 그림 말이다. 어둠 속에서 신비롭게 존재감을 드러내며 뒤돌아보던 소녀. 형용할 수 없는 눈망울과 무언가 말하고 싶어 하는 듯한 입술. 누구와도 같지 않고 어디에도 없던 그만의⋯⋯.

나는 눈을 번쩍 떴다.

"이제 좀 알겠냐?"

그는 웃음소리 하나 내지 않았지만 내게는 잔인한 비웃음처럼 들렸다. 범죄라도 저지른 듯 심장이 은밀하게 뛰었다. 부정하고 싶다는 듯이, 숨기고 싶다는 듯이.

"아니에요."

무얼 말하는지도 모르면서 변명부터 내뱉었다. 사실은 이미 다 알고 있음에도.

"아니에요. 그건 우연히……."

"우연히 닮은 거라고? 정말 그럴까? 너는 저택 아가씨의 그림을 많이 그렸지. 그렇다면 레오나르의 그림을 보기 전과 후, 그러니까 예전의 네가 그리던 것과 요즘 것이 어떻게 다른지 냉정하게 비교해 봐라."

하고 싶지 않았다. 서늘하던 어둠 속 공간이 덥게 달아올랐다. 가만히 있는데도 몸에 열이 나고 식은땀이 흘렀다. 떠올리지 않으려고 애쓰면 애쓸수록 머릿속에서는 더욱 분명하게 장면들이 되살아났다.

그의 말대로 나는 사라사의 그림을 제일 많이 그렸다. 특히 그녀가 결혼식을 올리고 떠났을 때 미친 듯이 그리고 또 그렸다. 내가 주로 그린 것은 정원을 뛰어다니는 그녀, 바다를 바라보고 있는 그녀, 꽃 틈에 섞여 있는 그녀였다. 항상 내가 좋아하는 풍경과 같이 그렸다. 그런 것을 좋아했기에.

그리고 지금은…… 그녀는 어느 그림에서나 혼자다. 그녀를 둘러싸고 있는 것은 텅 빈 공간이고 주로 어둠이다. 그녀는 예전처럼 해맑게 웃거나 뛰어다니는 대신, 신비스러운 미소를 짓고 뜻을 알기 어려운 눈을 하고 있다. 그건 원래 내 그림이 아니었다. 그건…….

"일부러 그런 게 아니에요. 일부러 따라 한 게 아니에요!"

내가 머리를 쥐어뜯으며 외치자 시세로의 얼굴이 일그러졌다.

"그만둬라. 일부러 했다고는 안 했다."

"그럼 뭐예요? 저게 뭐예요? 왜 저런 것이, 나는 어쩌다가, 나는, 저건 내가 그린 게 아닌……."

"네가 그린 것 맞아. 이미 네 그림을 보기 전에 어느 정도 예상하고 있었다. 영향을 받지 않는 게 오히려 이상한 일이겠지. 레오나드의 그림은 충격적이었을 테니까."

멍하니 고개를 끄덕이고 또 끄덕였다.

"예, 그래요. 정말로 놀라웠어요. 말할 수 없이."

"존경하는 그림을 무의식중에 따라 하는 일은 아직 배워가는 예술가들에게 어쩔 수 없이 나타나는 일이다. 너도 아직 한참 멀었다는 이야기지."

"하지만 상을 받았어요. 남의 것을 따라 한 그림으로 상을 받았다고요. 이건 말도 안 돼요. 나는 상을 반납해야 해요!"

"그건 네 마음대로 해라. 하지만 알고나 있는 거냐? 그렇게 하면 아카데미에서도 쫓겨난다."

"그래야 마땅해요! 정말 부끄러운 짓을 했어요. 쫓겨나도 할 말 없어요. 다시는 이러지 않을 거예요. 다시는 이런 일이 없을 거예요."

시세로는 이를 드러내며 웃었다. 고소해하는 거라고 생각했는데 뜻밖에도 그는 매우 부드럽게 말했다.

"그래, 예술가라면 그 정도 자존심은 있어야지. 처음으로 네놈이 내 마음에 드는 짓을 한다."

다음 날 나는 레이번을 찾아가 모든 것을 솔직하게 이야기했지만 그는 수상은 취소하더라도 아카데미에는 그대로 남아있어도 좋다고 했다. 의아해하는 내게 그는 간단히 설명했다.

"세상도 그림도 돌고 도는 것일세. 우리 모두 옛 대가들의 작품
과 기법을 모방하며 그림을 배워왔지. 누구의 영향도 받지 않고 자
기 혼자 모든 걸 이룩했다고 말하는 것이야말로 건방진 일이야. 자
네에게 완벽을 바라고 아카데미에 들인 게 아니네. 앞으로가 기대
되기 때문이었어. 이 일을 계기로 반성하고 좀 더 자기만의 것을 계
발하도록 하게."

"예. 저…… 감사합니다."

레이번은 마음씨 좋은 할아버지 같은 미소와 함께 큼지막한 손
으로 내 어깨를 두드렸다. 덕분에 아카데미에는 남을 수 있었지만
레오나드에게 사과해야 하는 일이 남았다. 어쩌면 이번 일로 나를
경멸할지도 모르지만 레오나드라면 그러지 않을 거란 믿음이 있
었다.

"들어가도 되겠니?"

온화하지만 어딘가 우울함이 묻어나는 목소리. 놀랍게도 그는
내가 찾아가기 전에 먼저 아카데미로 찾아왔다.

"레오나드!"

전보다 더 야위었고 어딘지 지친 기색이었다. 공방에서의 생활
이 평탄치 않은 모양이었다. 엉망으로 흩어진 물감들과 캔버스를
치우고 그를 자리에 앉혔다. 선 채로 바라보니 훨씬 더 왜소해 보
였다.

"생각보다 쾌적한 환경은 아니구나."

그가 방 안을 한번 둘러보더니 농담처럼 말했다. 나는 고개만 주

억거렸다.

"반갑지 않은 모양이로구나. 하긴 그럴 만도 하지. 그때 너만 남
겨두고 그렇게 가버렸으니."

자기가 그랬다는 걸 기억하긴 하는 모양이다. 알면서 한 번 찾아
오지 않았다니 그게 더 괘씸하지만.

"용서해 주지 않을래? 나도 네가 내 그림을 따라 한 것을 용서할
테니."

직격으로 가슴에 무거운 것을 맞은 느낌이었다. 나는 어렵게 고
개를 들었다가 그와 눈이 마주치자마자 다시 떨구었다.

"미안해요. 직접 가서 말하려고 했는데."

"괜찮아."

"혹시 전시회 때 와서 본 건……."

"아니야, 시세로가 말해줬어."

돌아가자마자 신이 나서 고자질을 했나보군. 한데 그런 그의 행
동이 밉살스러우면서도 쓴웃음이 났다. 그에 대한 내 마음이 변하
긴 변했는가 보다.

"고의로 그런 건 절대 아니에요."

"알고 있어. 놀라지 마라. 시세로가 네 편을 들어주더구나. 결국
엔 너도 나도 똑같이 나쁜 놈이라며 끝내기는 했지만."

"시세로다운 결론이군요."

"그렇지."

또 쓴웃음.

"예전보다는 시세로가 많이 편해진 모양이지?"

275

"네?"

"전하고는 왠지 반응이 좀 다른 것 같아서."

"그런가요."

시세로도 그렇고 레오나드도 남다른 관찰력을 가지고 있는 것 같았다. 스스로 확신할 수 없는 미묘한 감정의 변화를 쉽게 눈치채니 말이다.

"그런데 화나지 않았어요?"

"화가 나? 왜?"

"따라 하는 거, 기분 나쁠 것 같아서요."

"전혀. 어떤 마음이 드는지 솔직하게 이야기하면 오히려 네가 기분이 더 나쁠걸."

"왜요? 어떤 마음이 드는데요?"

레오나드의 얼굴에 희미한 표정이 스쳐 지나갔다. 본인은 의식하지 못했을 만큼 미세한 표정이었다. 하지만 나는 분명히 그것을 보았다고 말할 수 있다. 사람들이 말했던 그의 오만한 과거를 증명할 법한, 그건 비웃음이었다.

"그렇게밖에 할 수 없었다는 것을 동정하지."

순간 말문이 막혔다. 그는 쓸쓸한 얼굴로 나를 바라보았다. 얼굴이 확 뜨거워졌다.

"기분 상했니?"

"아니요."

내가 듣기에도 내 목소리는 너무 이상했다. 그가 믿을 리 만무했다. 본래 내 잘못이니 그런 취급을 당해도 할 말이 없다. 나는 그에게 분명히 죄를 지었다. 분하다면 뉘우치고 다시는 하지 않으면 된다. 다시 그런 말을 들을 짓을 하지 않으면 된다. 그러나 메스꺼울 만큼 속이 너무 이상했다.

얼굴이 빨개진 채로 입을 다물고 있는 내 꼴은 온몸으로 그에게 상처받았다고 말하는 거나 다름없었다. 하지만 그는 다행스럽게도 '그것 봐라, 네가 더 기분이 나쁠 거랬지.'라는 등의 말은 하지 않았다. 잠자코 내가 가라앉을 때까지 기다려주었다.

"안 할 거예요. 다시는."

하나하나 힘주어 말했다. 그때보다 그 말을 더 가슴 깊이 새긴 적도, 레오나드의 과거를 완전히 이해한 적도 없다. 레오나드는 잠자코 고개를 끄덕였다.

"하지만 내가 찾아온 이유는 그게 아니야. 스승님의 그림이 완성되었어."

놀라움과는 별개로 그가 왜 그 이야기를 그토록 심각하게 말하는지 그때는 알지 못했다.

사람이 없는 한밤중의 대로는 신비스러웠다. 세상에 나 혼자인 것처럼 은밀한 상상력을 자극한다. 어둠의 저편은 비록 거기에 무엇이 있는지 안다 해도 여전히 가슴을 두근거리게 만드는 미지의 세계였다.

하지만 분위기에 도취되려는 나를 곁에서 자꾸만 누군가가 몸을 치며 깨웠다.

"왜 자꾸 때리는 거예요."

"내가 밤눈이 좀⋯⋯ 어이쿠, 어두워서. 아무래도 네 팔을 좀 잡고 가야 할 것 같다."

나는 크게 한숨을 내쉬고 어린애라도 데리고 가듯 팔을 내주었다. 아무리 사람이 없는 밤중이라지만 남자와 팔짱을 끼고 가다니, 한 걸음씩 내딛을 때마다 사나이로서의 체면이 뭉텅뭉텅 떨어져 나가는 기분이었다. 하지만 레오나드는 신이 난 듯했다.

"이러니 꼭 동생이랑 어디 놀러 가는 것 같구나."

"난 친형이 있어도 팔짱 끼고는 안 다닐 거예요."

"팔짱 정도야 뭐 어때서. 난 친동생이 있으면 껴안고 뽀뽀해 줄 수도 있다."

"⋯⋯하지 마요. 진심으로 던져버릴 거예요."

그는 마른 웃음을 터뜨렸다.

깊은 밤을 틈타 우리 둘은 세기의 대성당으로 쳐들어가는 중이었다. 성당은 한 노화가를 제외하고 누구에게도 열어준 적 없던 문을 우리에게 열어야 할 것이며 새벽빛은 역시 그 노화가를 제외하고 누구에게도 보여준 적 없던 그림을 우리에게 보여주어야 할 것이다. 이는 레오나드와 우리가 동시에 짠 작전이었다.

그는 예전에 내가 그랬듯 눈먼 스승님의 작품을 걱정하고 있었다. 스승님이 천장화를 완성했다고 말하기는 했지만 그것이 제대로 된 그림이기나 할지 의심스럽다는 거였다. 스승님은 내가 공방을 나온 이후로도 빠짐없이 성당을 찾았으며 나올 때는 항상 온몸이 물감에 젖어있다고 했다. 예전에는 천장화를 그리면서도 물감이 거의 옷에 묻지 않게 깔끔히 처리하셨던 분이므로 제자들의 걱정은 더욱 커졌다.

따라서 레오나드는 교황과 왕을 비롯한 수많은 대귀족들과 관료, 예술가들 앞에서 라잔 공방의 우두머리이자 존경받는 노화가가 망신당하는 일을 막기로 했다. 제자로서 감히 스승의 작품에 손을 대는 한이 있더라도 말이다. 그리고 나도 거기에 막 동참한 참이었다.

몰래 성당에 잠입하여 밤을 지새운 뒤 해가 떠오를 무렵 그림을 확인하고 나오자는 게 계획이었다. 허점투성이인 그 계획의 문제점은 일단 확인된 것만도 한 가지였다. 어떻게 들어가느냐.

정문은 항상 스승님만 가지고 다니는 열쇠로 철저히 잠겨있었고 다른 문들은 공개 전까지 완전히 폐쇄된 상태였다. 창은 높은 곳에 나있고 좁고 긴 형태라 사람의 몸이 들어가기에 여의치 않았다. 따라서 어떻게든 정문을 여는 수밖에 없었는데 방법을 묻는 내게 레오나드는 간단히 대답했다. 일단 가서 한번 보자는 것이었다.

"당신이 스승님 방에서 몰래 열쇠라도 훔쳐 나왔으면 좋았잖아요"

레오나드가 아무 대꾸도 못 하는 걸로 봐서 그제야 그 생각이 떠오른 게 분명했다. 한 번만 더 쉬면 열 번째가 될 한숨을 내쉬고 레오나드를 이끌었다.

골목을 돌자 먼 어둠 속에 거대한 그림자가 서있는 게 보였다. 하늘마저도 집어삼킬 듯한 그것은 사람에게 다소 과분해 보이는 상식 파괴적인 건축물이었다.

"다 온 거니?"

"네, 이쪽이 정문이에요."

매일 와본 곳이기에 어둠 속에서도 비교적 쉽게 정문을 찾았다. 레오나드는 천천히 문고리를 만져보고는 탄식했다.

"쇠사슬까지 걸려있구나."

"몰랐어요? 설마 처음 와본 거예요?"

"내가 직접 모셔다 드리려 했지만 스승님이 거절했어. 늘 새로 들어온 도제 녀석이랑 다니셨지."

"그랬군요."

새로 온 도제라면 늘 나를 초롱초롱하게 바라보던 그 녀석일 것이다. 하지만 그게 누구든 현 상황에는 전혀 도움이 되지 않았다. 자물쇠를 만져본 나는 자신 없었지만 내가 아는 유일한 방법을 써보기로 했다.

"혹시 가느다란 막대기 같은 것 없나 더듬어봐요."

"그걸로 열어보게? 책에서나 본 것 같은데 진짜 그런 걸로 열 수 있어?"

"이래봬도 길거리 인생 7년이에요. 자랑스럽진 않지만 옛날 손재주가 아직 남아있을 거예요."

우리 둘은 어둠 속을 필사적으로 더듬어 간신히 적당한 것을 찾아냈다. 자물쇠 안에 그것을 집어넣고 돌리기 시작했다. 아무것도 보이지 않으니 그저 손끝의 감각으로 맞춰보기를 여러 차례, 희미하지만 뭔가 탁 하고 움직이는 느낌이 들었다.

"됐어요. 연 것 같아요."

"정말? 대단하구나. 그런 건 어디서……."

"중요한 건 그게 아니잖아요."

자물쇠를 열고 쇠사슬을 푼 다음 안으로 들어갔다. 똑같이 어두웠지만 성당 안의 어둠은 좀 더 중첩된 느낌이었다. 바깥보다 무거운 공기 질감 속에 돌과 나무 냄새가 섞여있었다.

"그림이 보여?"

"아무것도 안 보여요."

조심조심 걸어가다가 발에 뭔가 걸렸다. 더듬어보니 예배석인 것 같았다.

"일단 여기 누워서 일출을 기다리죠."

"그러지 말고 촛불이라도 켜보는 게 어떨까?"

"전 이 성당의 높이를 알아요. 어지간한 불빛으로는 안 보일 거예요. 차라리 스승님이 작업할 때 쓰는 사다리차를 찾는 게 어때요? 거기 올라가면 적은 빛으로도 보일 텐데."

"거기 올라가서는 더 안 보일 거다. 이 천장을 다 채울 정도라면 정말 어마어마한 크기의 그림인데, 코앞에서 들여다보고 그게 어떤 건지 파악하기는 어려울 거야."

하긴, 눈앞에서 나무를 보면서 숲의 모양을 짐작하긴 어려울 것이다. 결국 우리는 원래 계획대로 일출을 기다리기로 했다. 어렵사리 어둠을 더듬어 긴 의자 위에 나란히 몸을 눕힐 수 있었다. 넓은 공간인 데다 너무 조용해서 우리가 만드는 숨소리마저 크게 들렸다.

레오나드도 나와 똑같이 그 적막이 불편하다고 느낀 모양이다. 목소리를 최대한 낮춘 채 그가 입을 열었을 때 나는 차라리 안도했다.

"아카데미 생활은 어떠니?"

"아주 좋아요. 하지만 거기 거주하는 화가들은 서로에게 그다지 친절하지 않아요."

"어디든 사람이 모이면 마찬가지야. 마음이 맞는 사람은 소수지. 예민한 예술가들끼리는 더 그렇단다."

하긴 아카데미에 비하면 규모가 작다고 할 수 있는 라잔 공방에서도 그토록 여러 가지 일들이 있었다.

"라잔 공방은 어때요? 전과 다름없나요?"

"글쎄. 과도기를 맞이하고 있는 것 같아."

"과도기요?"

어둠 속에서 레오나드가 몸을 뒤척이는 소리가 들렸다. 목소리가 한층 가까워진 걸로 봐선 내 쪽을 보는 자세로 누운 것 같았다.

"우리 머리 위에 있는 게 무엇이든 그건 스승님의 마지막 그림이지. 따라서 누가 공방을 물려받을 것인가를 놓고 자기들끼리 수군거리고 있어. 아무래도 나보단 시세로 쪽이 지지를 많이 얻고 있지. 하지만 내가 될 거라 믿고 접근해 오는 화가들도 있어."

"구역질나네요."

내 강한 어조에 다소 놀랐던지 레오나드가 반문했다.

"구역질난다고?"

"아무도 슬퍼하지는 않네요. 평생에 걸쳐 그림만을 그려온 사람이 퇴장한다는 사실에는."

"슬퍼하는 것과는 또 별개의 문제라고 생각하지만, 네 말이 과히 틀리지는 않은 것 같구나."

그가 다시 뒤척였다. 그리고 더 이상 아무 말도 하지 않았다. 내 말이 그의 기분을 상하게 했을지도 모른다는 생각이 들었을 때 그는 이미 고르게 숨을 내쉬고 있었다. 잠이 든 거라 생각한 나는 숨소리를 낮추었다.

어둠이 무척 짙다. 어둠에도 질감이 있을까? 온통 어둠만을 그린다면 그건 또 무엇이 될까. 그걸 그림이라고 할 수는 있을까? 분명한 것은 어둠도 움직인다는 사실이었다. 어둠은 내게서 점점 멀어졌다. 왜일까? 좀 더 눈을 크게 뜨고 확인하려 해도 반대로 눈은 점점 감겼다. 그대로 꿈의 영역으로 넘어갈 때까지 나는 계속 어둠을 잡으려고 애썼다.

밝고 따스한 것이 눈을 찔렀다. 여전히 잠에 취한 채 몸을 돌렸다. 한데 자리가 좁고 불편했다. 잠시 눈을 떠본 나는 짙은 원목색의 나무의자를 목격하고 짜증을 내며 다시 눈을 감았다. 그러나 다음 순간 몸을 벌떡 일으켰다.

"레오나드, 아침이에요."

"으응? 뭐라고?"

"아침이라고요!"

나는 옆에 있는 그를 마구 흔들어 깨웠다. 그는 겨우 몸을 일으켰지만 얼굴을 있는 대로 찌푸린 채였다.

"죽겠군. 내 나이쯤 되면 춥고 딱딱한 데서 자면 안 되는데."

"스승님이 들으면 욕을 바가지로 퍼부으실 그런 소리 말고…… 스승님! 그림! 천장화!"

우리 둘의 고개는 동시에 위로 향했다. 그리고 그대로 멎었다.

내게는 처음 가넬 신부의 성당에서 천장화를 봤을 때만큼이나 충격적인 순간이었다. 스승님의 천장화는 일단 경이로운 크기부터 보는 사람 모두를 간단히 압도했다. 하지만 불행히도 그게 다가 아니었다.

나는 고개를 스르르 돌려 레오나드를 바라보았다. 천장을 올려다보는 자세로 말문이 막힌 듯 몇 번이고 입을 열었다 닫은 레오나드도 곧 나를 바라보았다. 우리 둘은 침묵으로 서로를 완전하게 이해했다.

그 그림은 파괴되어야 했다.

"아, 이런 미친놈들! 뭐 하는 거냐고!"

"갑자기 당신을 사랑하게 되어서 납치하는 건 아니니까 걱정 말아요."

내 말에 레오나드는 떨떠름한 표정으로 동의했고 납치 중인 대상의 몸은 경직되었다. 결국 그는 온갖 욕설을 퍼부어대면서도 나와 레오나드에 의해 끌려갔다. 공방 구석 레오나드의 방으로 들어온 우리는 문을 단단히 걸어 잠그고 그를 놓아주었다. 시세로는 불쾌한 듯 옷을 털고는 험악한 표정으로 우리 둘을 쏘아보았다.

"어디 이 미친 짓을 납득시켜 보시지."

"당신이 납득할 거라는 데 뭐든 걸어도 좋아요."

시세로는 팔짱을 낀 채 기다렸고 그래서 나는 사정을 설명했다. 길지는 않았다. 바이니 대성당의 천장에 뭐가 그려져 있는지 말하기만 하면 됐으니까.

"뭐?"

그의 얼굴에 드물게 경악한 표정이 그대로 드러났다. 하지만 우리가 놀란 것과 마찬가지로 그도 자기가 그랬다는 사실에 놀란 것 같았다. 억지로 표정을 거둔 그는 짐짓 퉁명스럽게 대꾸했다.

"그래서 뭐. 늙은이 노망을 누가 말려."

"그렇게 말하지 마세요. 당신의 스승이기도 하잖아요."

"뭘 해준 게 있어야 스승이지. 여기 들어와서 득 본 게 뭐 있다고?"

"그럼 왜 여기 남아있는 건데요?"

내가 따지듯 물었다.

"레이번이 그러던데요. 아카데미에 들어오라는 제안을 거절했다면서요. 그렇게도 여길 싫어하는 당신이 왜 그랬을까요?"

"그거야 내 마음이지. 여기가 눈물 나게 좋아서라기 보단 아카데미가 치가 떨리도록 싫어서 그런 거다."

"어쨌든 당신은 라잔 공방 사람이고 벡리 화백님의 제자예요. 그러니 도리를 지키란 말이에요."

"도리는 무슨. 그 문제를 나더러 대체 어떻게 해결하라는 거냐? 괜히 참견했다가 우리 모두 잘못되길 바라는 건 아니겠지?"

"참견 안 해도 말려들걸요? 당신과 레오나드는 스승님의 수석제자니까요. 그리고 어쩌면 라잔 가문까지도……."

레오나드가 손을 들어 내 입을 다물게 했다. 시세로는 그를 기분 나쁘다는 듯이 바라보았다. 레오나드는 딱 한마디 했다.

"그녀의 이름으로 부탁해."

나는 맹세할 수 있다. 시세로의 눈에서 불똥이 튀는 걸 똑똑히 보았다고.

그는 광증에라도 걸린 사람처럼 눈을 부릅뜬 채 레오나드를 노려보았다. 레오나드는 담담히 그것을 마주 보며 말했다.

"스승님은 그녀의 아버지야. 그녀가 그분을 얼마나 사랑했는지 너도 잘 알지. 마지막 가는 길에 그분을 우리에게 부탁했다는 것도."

시세로의 얼굴은 마치 레오나드의 신체를 어떻게 분리하면 좋을 것인가를 두고 고민하는 사람 같았다. 레오나드는 고개를 젓고 덧붙였다.

"이 일이 끝나면 내게 무슨 짓을 해도 다 받아들이지. 이번만 도와줘."

시세로는 이를 갈다 마침내 입을 열었다.

"좋아, 다 좋다고. 이 일을 해결한다 치자. 그런데 도대체 무슨 방법으로? 그 어마어마한 높이에 그려져 있는 천장화를 며칠 만에 어떻게 바꾸겠다는 거냐? 도제들 다 동원해서 매달려도 안 될걸. 단지 아무렇게나 칠해서 덮어버리는 거야 간단하지만 그랬다간 성당 공개일에 왕과 교황을 비롯한 모든 사람들 앞에서 스승님을 제대로 망신시킬 거다."

"그래. 그렇기 때문에 그 방법은 안 돼. 누구나 납득할 수밖에 없는 방법으로 그림이 파괴되어야 해."

"제기랄, 그러니까 그게 대체 뭐냐고!"

뜻밖에도 레오나드는 미소를 지었다. 마치 장난을 앞둔 악동 같은 미소였다.

"우린 프리우스에게 죄를 짓게 될 거야."

시세로는 멍한 표정을 지었다. 이해하지 못해서가 아니라 이해했기 때문에 너무도 어처구니없어하는 그런 표정이었다. 하지만 내 경우엔 전자였다. 어디선가 들어본 것 같지만 도저히 기억나지 않는 그 이름이 누구를 가리키는지 알 길이 없었다. 물으려는 순간 시세로가 먼저 입을 열었다.

"그걸 하겠다고?"

"그래."

"정말 한다고?"

"그래."

"젠장. 그래서 내가 필요했던 거로군."

"거기에 있어서는 널 따라갈 사람이 없잖아. 그건 프리우스도 인정했지. 그래서 네가 미술을 택했을 때 그토록 안타까워했던 거고."

"집어치워. 너한테서 칭찬을 듣느니 욕을 듣는 게 낫지."

두 사람의 대화를 듣다 보니 희미하게 기억나는 바가 있었다. 그러니까 그건 아주 오래전 대성당에 스승님과 함께 갔을 때…….

"아! 그 건축가!"

"그래. 모두들 불가능하리라 여겼던 바이니 대성당의 돔을 끝내 완성한 인물. 하지만 그건 두 번이나 무너졌었지."

나는 시세로가 좀 전에 지었던 것과 똑같은 표정을 지었다. 레오나르가 뭘 하려는지 깨달은 것이다. 실로 어처구니없었다. 하지만 레오나르는 미소만 되돌려주었다.

"세 번이라고 안 될 것 있어?"

그림을 공개해서도, 그렇다고 무작정 물감으로 덮어버려서도 안 되는 난항 속에서 레오나르는 파격적인 해결책을 내놓았다. 스승님은 드디어 천장화를 완성했지만 공개 전에 누구도 예상치 못한 불의의 사고가 터져 또다시 돔이 무너지는 것이다. 생각해 보면 그보다 확실한 해결책도 없었다.

이미 두 번의 전적이 있었으므로 누군가 일부러 그런 짓을 했다고 판단하기는 어려울 것이다. 오히려 애꿎은 프리우스만 욕을 먹을 가능성이 컸다. 물론 이로써 세 번째니 단순히 욕만 먹고 끝나지는 않겠지만 그림의 공개는 성공적으로 막을 수 있었다.

그러니까 무너뜨릴 수만 있다면.

레오나르는 지나치다 싶을 정도로 시세로를 믿고 있었다. 나 또한 어렴풋 프리우스가 했던 말이 기억났다. 그는 시세로가 건축이 아닌 미술을 택한 걸 아쉬워했고 나 또한 그와 똑같이 아쉬워했었다. 시세로가 건축의 세계로 달려가 버렸다면 라잔 공방은 지금보다 훨씬 더 평화로웠을 테니까. 물론 건축의 일부분은 좀 더 불행해졌겠지만.

"나도 장담은 못해. 무너뜨리지 못해도 너무 원망들 말라고. 애당초 실현 가능한 걸 요구해야지. 돕고 싶어도 나 원."

그의 목소리에는 명백한 태만이 깔려있었다. 해도 그만 못해도 그만이라는 정도로 생각하고 있는 게 분명했다. 불안한 마음이 들었지만 지금 당장은 그밖에 도움을 청할 사람이 없었다.

건들거리며 앞서 걷는 그의 뒤에서 나는 레오나드에게 속삭였다.

"그냥 스승님의 다리 하나씩 붙들고 애원해서 공개를 늦추도록 해보는 게 어때요? 그때까지 우리가 어떻게든 그림을 바꾸면……."

"그걸 허락해 주실 분이셨다면 그런 그림을 그리지도 않았겠지."

그의 말이 맞았다. 스승님이 왜 그런 그림을 그렸는지는 너무도 명백했다. 결코 마음을 바꿀 리 없었다.

"멈춰."

레오나드가 말했다. 나는 얼떨결에 그를 따라 멈춰 섰고 시세로도 몇 걸음 앞에서 섰다. 레오나드는 손가락을 들어 앞쪽을 가리켰다.

"녀석이 있어. 망을 보고 있군."

그의 말대로 대성당 앞에는 예전에 내가 그랬던 것처럼 정문을 지키고 서있는 도제가 있었다. 나처럼 느긋하지 않고 철두철미한 자세로 지나가는 사람들을 하나하나 감시하고 있었다. 레오나드는 하늘을 올려다보고 말했다.

"해가 지려면 아직 시간이 좀 있어. 여기서 기다렸다가 스승님께서 돌아가시고 밤이 되면 움직이자. 시세로, 그때까지 너는 성당의 구조물을 파악하고 어떻게 무너뜨릴지 생각해 둬."

시세로는 화내는 것도 잊어버릴 만큼 어이없어 했다.

"바깥에서 슥 보면 그게 되는 줄 아냐? 안에 들어가봐야 알 거 아냐. 설계도도 없는 마당에 아주 당연하다는 듯이 요구하는구만."

"건축의 천재라면서."

시세로의 얼굴이 굳었다. 레오나르드를 말려야 하는 게 아닐까 고민했지만 레오나르드는 그가 평소에는 절대 짓지 않는 표정, 비웃음까지 섞어가며 말했다.

"왜, 못 하겠어?"

다음으로 시세로가 보여준 행동은 내 예상을 완전히 빗나갔다.

격분하며 가버릴 줄 알았던 그가 오히려 품에서 종이와 목탄을 꺼내더니 성당의 모습을 빠르게 그려 나가기 시작했던 것이다. 단순한 전경화가 아니라 구조물을 분석하는 설계도 비슷한 것이란 걸 깨닫고 나는 솔직하게 놀랐다. 고개를 돌려 레오나르드를 바라보니 그는 겨우 웃음을 참고 있었다. 눈짓과 표정뿐이었지만 그가 무슨 말을 하려는지 알 것 같았다.

'시세로라는 녀석은 이렇게 다루면 되지.'

고개를 끄덕이고 싶은 기분과 절레절레 내젓고 싶은 기분을 동시에 느꼈다. 얼굴까지 벌게진 채 성당을 몇 바퀴씩 돌며 종이와 사투하는 시세로의 모습은 흡사 일생일대의 역작이라도 그려내려는 사람 같았다.

해가 질 무렵이 되자 시세로는 결국 외형만 보고서도 돔의 구조를 거의 완벽하게 그려내었다. 절대로 불가능한 일이라고 생각했지만 레오나르드는 구조물들이 서로를 어떻게 지지하고 연결하는지 그 원리를 이해하고 수치를 계산할 줄 알면 큼지막한 설계는 가능하리라고 짐작(그도 확신은 못 했다.)했다.

나는 시세로에게 처음으로 순수한 존경심을 느꼈지만 그런 존경심을 요구한 대가로 그는 거의 쓰러지기 일보직전이었다. 한 장의 설계도를 위해 수십 장이 넘는 종이들에 그리고 수치들을 계산해야 했으니 그럴 만도 했다.

"이제 더는 못 해. 여기까지다. 내부는 너희들이 말해준 걸 토대로 얼추 짜 맞췄고, 프리우스가 고전 양식 그대로 네 개의 기둥이 각 귀를 지지함으로써 무게를 분산시키는 방법을 썼을 거라 예상하고 결론을 산출했다. 저 정도 크기와 무게의 돔이라면 아치의 구조도 탄탄해야 하고 기둥의 크기와 위치도 한 점의 오차 없이 정확한 자리에 세워져야 해. 물론 프리우스가 얼간이가 아닐 경우에만 정확한 위치에 있겠지."

나와 레오나드가 동시에 그 얼간이 같은 표정을 지은 게 틀림없었다. 시세로는 우리 표정을 보고 짜증스러워했지만 드물게 친절한 설명을 덧붙였다.

"네가 어떤 그림을 본다고 해봐. 소실점이 어딘지쯤은 잡아낼 수 있을 거 아냐. 원근법을 통해 그림 속 인물과 사물의 거리가 어느 정도인지도 짐작할 수 있을 거고, 좀 더 정확히 재어보면 축척을 통해서 실제거리를 거의 완벽하게 계산해 낼 수 있겠지. 물론 그 화가가 원근법과 소실점의 원리를 알고 제대로 구현해 냈을 경우에만."

"아……하?"

"관두자. 내부에 뭐가 더 있는지는 알 수 없지만 어쨌든 기둥 중 한 개만 부수면 돔을 무너뜨릴 수 있을 거야."

그 대목만큼은 우리 둘 다 아주 쉽게 이해할 수 있었다. 그래서 도저히 믿을 수가 없었다.

"기둥 한 개라고요? 기둥 한 개가 무너지면 성당 전체가 다 무너진다고요?"

"전체라고는 안 했다. 하지만 돔은 무너질 거다."

"그렇군요. 간단하네요!"

"간단하냐? 뭐든 답을 알고 보면 쉬운 법이지."

실제로 그 간단한 답 하나를 얻기 위해 시세로가 적어냈던 숫자들은 어마어마했다. 그의 핀잔에 나는 멋쩍은 기분을 느꼈다.

"비꼬는 거 아니고 진심인데요. 존경해요."

"닥쳐."

"부끄러워하는 거예요?"

"너, 이……."

"고개들 낮춰. 스승님이 나오시는군."

레오나드의 말대로였다. 굳게 닫혀있던 대성당의 문이 열리고 스승님이 바깥으로 나왔다. 도제 아이가 얼른 가서 그분의 팔을 붙들었다. 나는 녀석이 자기 맡은 바를 열심히 한다는 것에 안도했다.

두 사람이 문을 단단히 걸어 잠그고 떠났을 때는 이미 사위가 충분히 어두워진 뒤였다. 레오나드는 시세로에게 미리 계산하도록 하길 잘했다고 말했고 나도 동의했다. 안쪽에서 우리는 또 상당히 헤맬 터였다.

"그런데 정말 괜찮겠냐?"

들어가기 직전 시세로가 진지한 얼굴로 돌아보며 물었다. 나와 레오나드는 이제 와 무슨 말인가 싶어 그를 멀뚱히 응시했다.

"우리 스승이 노망나긴 했어도 자기가 무슨 짓을 했는지 모를 사람은 아니야. 이건 그분의 선택에 의한 거라고."

"그 선택이 자살이라고 해도 말리지 말아야 한다는 거냐?"

"너는 그때 자살하기 위해 그런 짓을 했냐?"

레오나드가 대답하지 않고 얼굴만 굳히자 시세로는 비웃듯이 말했다.

"아니겠지. 너는 그저 자기가 얼마나 잘났는지 내보이고 싶어 안달하던 놈이니까. 하늘을 찌르던 그 자만심이 결국 누굴 해쳤는지 떠올려봐라."

"누구보다도 뼈저리게 잘 기억하고 있어. 이제 와 상기시켜 줄 필요 없어."

시세로는 거칠게 발을 굴렀다.

"바로 이게 스승님의 마지막 그림이야! 너도 그걸 부인하지는 않겠지. 그분은 잘 보이지도 않는 눈으로 이걸 그렸어. 누구처럼 자기 그림을 그리지 않는 조악한 방법을 쓰는 대신 직접 복수하기 위해!"

자기 말에 정당성을 부여하려는 이유 때문이기도 하겠지만 시세로가 스승님을 두둔하듯 말했을 때는 놀라지 않을 수 없었다. 두 사람은 더 이상의 말없이 서로를 길게 노려보았다. 나는 그들 사이에 오래되었으며 녹슬지 않는 증오 이외에 다른 게 있을지 모른다고 생각했다.

"그래서 놔두자는 거냐."

한참 후 어둠에 목이 멘 듯 탁한 목소리가 레오나드의 입에서 흘러나왔다. 시세로가 대답하기 전에 그는 다시 말했다.

"또다시 그런 일이 생기는 걸 보자는 거냐. 비극을 대물림하자고? 복수를 한다면 그건 내가 해. 스승님은 아니야. 너도 아니고."

어둠 속에서 분명하게 흠칫하는 기색이 느껴졌다. 레오나드는 담담히 말하고 있었지만 짐작할 수 없을 만큼 비통함이 중첩되고 중첩되어 더 이상 스스로가 비통함인지도 모르는 그런 목소리 같았다.

"우리가 서로를 그렇게 부를 수 있는 날은 아주 오래전에 나로 인해 끝나버렸지. 하지만 나는 또다시 어리석은 회환과 고통에 사로잡혀 너를 이렇게 부르겠어. 친구여, 이번 한 번만 내가 바로잡을 수 있게 도와줘."

고요하면서도 격정적인 침묵이 흘렀다. 숨조차 함부로 내쉴 수 없는 소리의 질식 상태에서 어둠을 헤매는 시선만이 오고 갔다. 마침내 그것을 깨뜨리는 발걸음 소리가 들려왔다. 이윽고 그 뒤를 따르는 또 다른 발걸음 소리도. 나는 잠자코 그에 동참하는 세 번째 사람이 되었다.

하늘을 찌르는 높디높은 세기의 건축물은 그들이 파괴자인 줄도 모른 채 문을 열고 우리를 맞이했다.

어둠 속에서 그것이 어떤 표정으로 우리를 내려다보고 있을지 궁금했다. 자신을 부수리라 짐작한다면(물론 그 존재가 실재한다면 짐작할 수 있을 것이다.) 매우 격노할 터였다. 우리가 지금부터 하려는 짓을 서사적으로 표현한다면 굉장한 언어도단이 될 수 있었다.

우리는 신을 죽이려 하고 있다.

대성당에 그려진 그것. 결코 누구에게도 보여서는 안 되는 그것은 수년에 걸쳐 한 노화가가 말없이 분노하고 인내하며 그려낸 신이었다. 무엇으로도 정의할 수 없고 다만 무섭고 기괴한 그것을 그 외의 다른 존재로는 생각할 수 없었다. 게다가 끝없이 타오르는 그 것은 사람들을 향해 억겁의 불꽃을 던지고 있었다. 산 채로 불에 타며 고통스러워하는 사람들의 모습은 예배석 바로 위에 소름 끼칠 만큼 실감나게 그려져 있었다. 즉 신은 당신의 신도들을 향해 너희를 고통으로써 심판하겠노라 외치고 있는 것이다.

단지 심각하다고 말하는 것만으로는 터무니없이 부족한 이단행위였다. 이 도시에서는 결코 신을 그릴 수 없으며 문학에서도 신을 의인화해서는 안 된다. 신은 그 자체로 신. 실재하지만 결코 현세에 재림해서는 안 되는 존재다. 또한 끊임없이 변화하는 인간에 비해 신은 변화하지 않는 궁극적 완성형의 개체다. 따라서 그리는 사람 혹은 표현하는 사람에 따라 신의 모습이 제각기 달라지는 것을 종교는 절대로 용납할 수 없었다.

신의 절대성은 그것을 증거할 무엇도 필요로 하지 않으며 그렇기에 예술은 특히 경계되어 왔다. 성인의 초상화나 신의 기적이 행사된 인간의 모습을 그리는 것은 허용되었지만 신 자체는 조금의 침범도 허용되지 않았다. 따라서 금단의 영역이자 순백의 영역이며 그런 만큼 매혹적이었다. 그래서 레오나드는 그것을 그렸고, 그래서 그의 부인이 대신 죽었다.

그로부터 십여 년이 지난 지금, 한 노화가가 마지막 시(視)생명을 불살라 그때의 복수를 하고 있는 것이다. 사람이 신을 그려 사람을 심판하려 하고 있다. 인간과 같은 영역으로 끌어내려진 신은 아름답지만 조악했다. 그렇게 표현한 것 자체가 그의 조롱임을 신도들 또한 모를 리가 없었다.

"멍하니 있지 마, 파도. 기둥은 어디 있지? 시세로?"

위험을 무릅쓰고 레오나드가 초를 켜서 손에 들었다. 어둠을 밀어내는 구가 그다지 크지 않아 어스름 속에 선 시세로의 모습은 섬뜩해 보였다. 그는 우리가 초조해하는 기색에도 아랑곳하지 않고 잠시 후에야 입을 열었다.

"젠장."

짜증과 실망이 뒤섞인 욕설에 가슴이 철렁 내려앉았다. 뭔가 예상과 크게 빗나간 게 틀림없었다. 레오나드도 나와 같은 기분을 느낀 듯 다급히 물었다.

"왜 그래?"

"기둥이 없어."

"기둥이 없다고?"

"그래."

"그럴 리가 있어? 위치가 다를 수도 있잖아. 주위를 잘 봐."

"아냐. 이 근처엔 기둥이라고 할 만한 게 아무것도 없어."

그게 무슨 뜻인지 알 수 없었다. 레오나드를 바라보니 그도 당황한 얼굴이었다. 시세로는 천장을 올려다보는 자세 그대로 굳어있었다.

"뭘 했는지 알 것 같군. 흥. 그래서 두 번이나 무너졌던 거로군."

"뭐가요?"

"고대 양식을 버리고 새로운 시도를 한 거야. 벽만으로 돔을 떠받친 거지. 대담하기 그지없군. 성공할 리가 없는데 성공한 듯 보여. 내가 기억하는 프리우스는 얼간이인데 실수를 한 나머지 뭔가 만들어낸 모양이군."

레오나드는 불안해하며 촛불로 위를 비추려 했지만 터무니없는 짓이었다. 천장을 보려면 촛불이 수백 개는 필요할 것이다.

"어쩌지?"

절망과 초조함이 뒤섞인 레오나드의 목소리에서 시세로에게 의지하는 기색을 느낄 수 있었다. 시세로는 태평하게 턱을 괸 채 잠시 생각에 잠겨 있다가 말했다.

"벽을 무너뜨리는 수밖에."

"벽?"

"한쪽 면만 무너뜨리면 돔은 틀림없이 무너진다."

"하지만 어떻게?"

"내가 말한 건 구해왔어?"

그의 말에 나는 주섬주섬 품에서 주머니 몇 개를 꺼냈다. 성당에 오기 전에 시세로가 구해오라고 한 것들로 빈민가 구석에 사는 가짜 연금술사로부터 구입할 수 있었다.

"이것들로 뭘 하게요?"

시세로는 주머니 속에 든 것을 하나하나 풀어 세밀하게 섞으며 말했다.

"벽을 무너뜨려야지. 기둥 하나를 부수는 것과는 많이 달라. 좀 크게 터뜨려야 돼. 그럼 틀림없이 흔적이 남을 거고, 이게 사고가 아니라 누군가 일부러 저지른 짓이라는 걸 알게 될 거야."

다 섦은 그가 레오나드의 손에서 불을 빼앗아 들고 마치 시험에 빠뜨리는 악마처럼 기괴한 표정을 지으며 물었다.

"어떻게 할래?"

태평하게 아침을 기다리던 밤은 찢어지는 굉음에 신음했다. 별마저도 흔들리는 것 같은 거대한 폭발이 연달아 이어졌다. 잠을 침범당한 사람들은 놀라고 불쾌해하며 하나둘 바깥으로 나왔다. 그리고 역사적인 폭거의 현장을 똑똑히 목격했다.

신화적인 건축물이 하늘을 향해 성토하듯 불을 뿜고 있었다. 밤은 보장받은 어둠과 침묵의 권한을 동시에 빼앗긴 것에 노여워했다. 화려한 불꽃 축제 같은 광경에 홀려있던 사람들은 하나둘 어떤 기이한 공백을 눈치챘다. 무언가가 있어야 할 자리에 있지 않았다.

한 존경받는 건축가가 조상과 후손의 이름을 걸고 약속했던 돔이 다시 한번 무너져 내리고 만 것이다.

9.

괴로움이라는 순례길

레오나드는 스승님의 책상 앞에 똑바로 앉아있었다. 시세로는 방만하게도 침대에 발을 쭉 뻗고 앉아 벽에 머리를 기대었다. 나는 이럴 수도 저럴 수도 없어서 초조하게 방 안을 왔다 갔다 하기만 했다.

잠시 후 부산스러운 소리와 함께 스승님이 불쑥 들어왔다.

"어떻게 된 일이냐."

분노와 우려가 반쯤 뒤섞인 목소리였다. 나는 책임을 떠안기듯 레오나드 쪽을 바라보았지만 스승님이 나와 그의 얼굴을 분간할 수 있을지조차 의문이었다. 결국 레오나드가 자리에서 일어나 스승님에게 다가가 그분의 늙고 주름진 손을 붙잡은 채 조용한 목소리로 이야기를 시작했다.

꼿꼿이 선 채 레오나드의 이야기를 듣던 스승님은 '천장화' 혹은 '폭발' 같은 단어에서 심하게 떠는 모습을 보였다.

"너희가…… 너희들이 그리했다고?"

"예. 붙잡히면 누구든 찢어 죽이겠다며 사람들이 찾고 있는 것이 바로 저희들입니다."

스승님이 비틀거렸기에 나와 레오나드가 얼른 붙잡았다. 내 팔을 더듬던 스승님이 떨리는 목소리로 물었다.

"파도냐?"

그 목소리에 섞인 안도와 걱정, 반가움 때문에 울컥하는 기분을 느꼈다. 간신히 마음을 다잡고 나서야 입을 열 수 있었다.

"예, 스승님."

"어쩌면 이렇게도 어리석을 수가. 어째서 돌아왔느냐. 왜 너까지 이 일과 연관되고 만 게냐?"

"레오나드가 알려줘서 알았습니다."

스승님은 한탄했다.

"얼마 전까지 네 녀석이 내 주변 가장 가까이에 있었다는 걸 많은 사람들이 알고 있다. 그림이 공개되면 너 또한 나를 도왔다는 혐의를 벗을 수 없으리라 생각했다. 그래서 내쫓고 찾지 않았던 건데."

서운함과 원망이 감격으로 뒤바뀌는 순간이었다.

"그러셨습니까? 전 그것도 모르고 얼마나 스승님을 원망했는지 모릅니다. 반드시 성공해서 절 쫓아낸 것을 후회하게 만들어드리려고 했지요."

"차라리 그렇게 하지 그랬느냐."

스승님이 힘없이 웃었다. 억지로 짜내어 웃는 것 같은 미소였다. 나는 새삼 짧은 시간 동안 스승님이 얼마나 늙었는지를 깨달았다. 눈도 잘 보이지 않는 분이 그 어마어마한 크기의 천장화를 홀로 그려냈다. 틀림없이 엄청난 자기 소모였을 것이다.

"그런 깊은 뜻이 다 있으셨군. 참나."

빈정거리는 목소리에 우리 모두 고개를 돌렸다. 시세로는 유일하게 이 상황이 마음에 들지 않는 듯했다.

"레오나드에 이어 저 건방진 녀석까지 쫓아냈던 게 바로 당신이 아끼는 제자들을 보호하기 위해서였습니까? 그럼 다른 제자들은요. 천장화가 공개되었을 때 공방에 남은 다른 화가들과 도제들에게는 해가 안 갈 거라고 생각하셨습니까? 혹은 알면서도 무시했던 겁니까."

"시세로."

레오나드가 경고하듯 불렀지만 물론 시세로는 아랑곳하지 않았다.

"나는요! 빌어먹을, 지금까지 필요 없는 고생을 해가며 공방을 지켜온 나에 대해서는 일말이라도 염려해 봤습니까? 했을 리 없지요. 당신은 언제나 그런 식이었으니까. 작업을 맡길 때도 도제를 줄 때도 언제나 레오나드, 레오나드, 레오나드! 당신의 그 레오나드만 예뻐하셨지요. 심지어 딸을 줄 때에도!"

딸이라는 말에 스승님은 더 견디지 못했다. 다만 울음 같은 탄식을 흘리며 고개를 떨구었다. 그만하라고 말하고 싶었지만 시세로의 표정을 보니 차마 그럴 수 없었다. 그는 자신의 말에 스스로 무너지고 있었다.

"그녀가 좋아한 건 나였습니다. 당신도 그걸 부인하지는 않겠지요? 그랬기 때문에 레오나드와 약혼할 것을 서둘러 종용하지 않았습니까. 하나뿐인 아버지를 너무도 사랑한 딸이 감히 거역할 수 없도록, 그래서 자기 말을 안 듣는 놈 대신 좀 건방지긴 해도 고분고분한 놈을 택하도록. 안 그랬습니까?"

이제 충격받은 쪽은 스승님이 아니라 레오나드였다. 그는 넋 나간 얼굴로 시세로와 스승님을 번갈아 보았다. 하지만 시세로는 더 이상 아무 부연하지 않았고 스승님도 말이 없었다. 침묵만이 미칠 듯한 속도로 흘러갔다.

잠시 후 스승님이 고개를 들었다. 땀과 눈물에 젖은 얼굴은 생기가 다 빠져 나간 노인의 그것과 같았다. 그분이 입을 열고 목소리를 내었을 때 나는 깜짝 놀랐다. 마치 죽어가는 숨소리처럼 들렸던 것이다.

"부인하지 않으마."

이제 죽은 것 같은 표정을 하고 있는 쪽은 레오나드였다. 그는 그게 사실이냐고도 묻지 않았다. 답을 듣기 두려워하는 것 같았다.

"내가 그렇게 하도록 종용했다. 하지만 딸아이는 분명히 행복해했다. 결국에는 그 아이도 레오나드를 아끼게 됐으니까. 그래서 자기가 하지 않은 일을 했다고 말하고 대신 죄를 뒤집어쓴 것이다. 레오나드를 살리기 위해."

"바로 그겁니다! 당신이 그녀에게 강요하지만 않았어도, 말 안되는 억지를 부리지만 않았어도 그녀는 아직 살아있었을 겁니다.

나와 더불어 행복하게 살고 있었을 거라고요!"

레오나드가 자리에서 벌떡 일어났다. 그리고 시세로를 향해 성큼성큼 걸어갔다. 시세로도 바라던 바라는 듯 몸을 일으켰다. 그대로 두면 서로를 죽이기라도 할 기세였다. 나는 말리기 위해 몸을 일으켰다. 그러나 레오나드의 다음 행동이 나를 멎게 했다.

그가 시세로 앞에 털썩 무릎을 꿇었다. 그리고 고개를 숙였다. 시세로마저 움찔 놀란 기색이었다. 그대로 레오나드가 입을 열었을 때 그의 목소리에는 다른 어떤 것 대신 지독한 피로감만이 묻어났다.

"내가 약속했었지. 이번 일만 끝나면 나를 어떻게 해도 좋다고. 그 약속 지키겠다. 이 자리에서 네 손으로 나를 죽여라. 혹은 내 손목이라도 비틀어라. 다시는 그림을 그리지 말라고 하면 그렇게 하겠다. 평생 네 도제로 살라고 하면 그렇게도 하겠다."

이 기막힌 행동에 나는 물론이고 스승님도 아무 말을 하지 못했다. 시세로는 금방이라도 폭발할 듯 일그러진 얼굴로 옛 친구를 노려보았다.

"그러니까 더 이상 그 이야기는 꺼내지 마라. 스승님도 나도, 너 자신도 괴롭히지 마."

이가 부서지듯 갈리는 소리가 났다. 혹시라도 시세로가 레오나드에게 달려들 때를 대비해 나는 온몸을 긴장시켰다. 하지만 그는 끝내 움직이지 않았다.

"빌, 어, 먹, 을."

한참 만에 한 글자씩 힘겹게 뱉어낸 시세로가 갑자기 뒤로 돌아 다리로 벽을 걸어찼다. 한 번, 두 번, 세 번. 자학이라고밖에 할 수 없는 행동을 말리려는 순간 그가 휙 돌아섰다.

"항상 내가 나쁜 놈이로군. 뭘 해도, 뭘 해도!"

사납게 시선을 돌리던 그의 눈이 나와 마주쳤다. 눈동자에 선 핏
발 하나하나에서 분노가 뚝뚝 묻어나는 것 같았다. 하지만 한순간
다른 것이 섞여 있는 것을 본 듯했다. 분명치 않아서 자세히 보려는
순간 그가 들킨 것을 감추듯 시선을 거두었다. 그리고 요란한 소리
를 내며 방을 나갔다.

남아있던 우리가 서로에게 말을 하는 것을 극도로 꺼렸기에 방
안은 한참 동안 침묵 상태였다. 하지만 곧 스승님이 생기 없는 목소
리로 입을 열었다.

"고맙기도 하구나. 날 살리겠다고 저지른 너희들의 패륜이."

레오나르는 충격받은 표정이었고 나도 크게 다르지 않았다. 우
리는 서로를 한 번 보고 다시 스승님을 바라보았다. 스승님의 눈에
서 뜨겁게 눈물이 흘러내렸다.

"그것은 내 마지막 작품이었다. 모든 것을 다해 그린 역작이었
다. 잃어버린 내 딸에게 바치는 추도화였다."

아무 말도 할 수 없었다. 다만 목이 메고 눈가가 뜨거워지는 것
을 느꼈다. 울지 않기 위해 이를 꽉 물었다.

"복수를 위한 이 늙은이의 추악한 발악이었다. 한데 너희들이 그
것을 망쳤다. 내가 가르친, 내 손으로 길러낸 제자들이 스승의 그림
을 파괴했다."

무언가 변명의 말 혹은 사죄의 말이라도 하고 싶었지만 입술이
덜덜 떨리기만 할 뿐 아무 말도 나오지 않았다. 스승님은 천천히 자

리에서 일어났다.

"이제 나의 시대는 끝났다. 다시는 붓을 들지 않겠다. 제자를 받지도 공방에 관여하지도 않겠다. 생에는 미련이 없지만 그렇다고 스스로의 목숨을 끊지는 않을 것이다. 다만 죽은 듯이 살아가리라."

"스승님!"

나는 절규하며 그분의 다리에 매달렸다. 하지만 스승님은 조금도 힘들이지 않고 다만 걸어가면서 내 손을 뿌리쳤다. 나는 다급히 레오나드를 돌아봤다. 하지만 그는 고개를 떨군 채 눈물만 떨어뜨리고 있었다.

벽을 더듬어 문가에 다다른 스승님은 고개를 들어 잠시 허공을 보았다. 그리고 탄식처럼 내뱉었다.

"너희들은 이제 더 이상 나를 스승이라 부르지 마라."

그리고 방을 나갔다.

"정말 끔찍한 일이지. 안 그러니?"

나는 무의식중에 만지고 있던 목걸이에서 손을 떼며 반문했다.

"예?"

"안 듣고 있었구나."

이데아는 서운한 대신 재미있어하는 얼굴로 사라사가 준 목걸이로 손을 뻗었다. 나는 하마터면 목걸이를 감출 뻔했지만 다행히 그런 짓을 저지르기 전에 그녀가 먼저 목걸이를 잡았다.

"고급스러운 물건이군. 어디서 났지?"

"아…… 어머니께서 주신 겁니다."

"어머니라고?"

고개를 갸웃거리는 걸로 봐서 평민임이 분명할 어머니가 어떻게 이런 물건을 줬는지 궁금한 것 같았다. 나는 기왕 거짓말을 한 김에 좀 더 보태기로 했다.

"한때 어느 귀족분이 어머니를 쫓아다닌 일이 있었답니다. 그때 선물로 받은 물건이라고 들었습니다."

"그는 네 아버지가 아닌가?"

가슴 속이 뜨끔하면서 아버지의 모습이 순식간에 머릿속에 떠올랐다 사라졌다.

"아닙니다."

"아무튼 네 어머니에게는 상당히 소중한 추억이었나 보구나. 이토록 잘 보관했다가 너에게 물려준 것을 보면."

"아마 그랬던 것 같습니다."

그제야 그녀는 목걸이에서 손을 떼었고 나는 안도의 한숨을 쉬었다. 하지만 다음 순간 그녀의 손가락이 내 목덜미를 만지작거렸으므로 다시 긴장할 수밖에 없었다.

"네가 듣지 않는 동안 나는 네 스승에게 일어난 일에 대해 말하고 있었다. 늙은 대가에게 너무도 잔혹한 일이 일어났다고. 더 이상 앞이 보이지 않는 그에게 그것은 마지막 작품이었다. 한데 성당이 부서지는 바람에 그림 또한 망가졌으니."

기분이 한없이 추락하는 말이었다. 다시 스승님의 마지막 모습이 떠올랐다.

"누가 성당을 그렇게 만든 것일까?"

가슴이 뜨끔했다. 그녀의 질문은 요즘 도시의 음모론자들을 열광시키는 주요 화제 중 하나였다. 다행스럽게도 현재 가장 타당성을 얻고 있는 건 이교도들의 짓이라는 설이었다. 스승님의 천장화는 그들의 폭거에 희생당한 다시없을 예술 작품으로 승화되고 있었다.

프리우스는 죄가 없었지만 책임을 지고 물러났고 다른 나라에서 이름을 떨치던 어느 신예 건축가가 초청되어 왔다. 더 이상 눈이 보이지 않는 스승님 대신 새로운 화가가 천장화와 제단화를 그리게 되었고 그 추천은 레이번에게 맡겨졌다. 그리고 레이번은 결정을 내린 상태였다.

"전하?"

이데아의 목소리에 상념에서 깨어났다. 여러 번 봐왔기에 이제는 크게 감흥이 없는 풍경. 자기 몸에 맞지 않는 커다란 옷을 걸치고 삐뚤어진 왕관을 쓴 왕자가 이데아에게 달려왔다. 이데아는 어머니처럼 다정하게 그를 품에 안았다.

"부인. 부인."

"예, 전하."

"보고, 보고……."

"보고 싶어서 오셨다고요. 알고 있습니다, 전하."

"여기, 여기에."

"있으셔도 됩니다. 제 무릎을 베고 누우세요."

왕자는 그 말을 따르며 행복한 표정을 지었다. 이데아도 따스한 표정으로 왕자를 내려다보았다. 아무래도 그게 예의인 것 같아 그만 자리를 떠나려 했다. 하지만 이데아가 단호한 눈으로 앉혔다.

"기다려라. 곧 잠드실 거다."

"하지만……."

"이곳에 눕혀드리고 너와 나는 침실로 들어가면 된다."

흠칫하며 입을 다물었다. 그녀의 말은 어쩌면 별다른 의미가 아닐 수도 있었다. 전에도 그녀의 침실에서 함께 차를 마신 적이 있었으니까. 하지만 어째서인지 그날따라 조금 다르게 들렸다. 내 기색을 알아챈 듯 그녀가 미소 지으며 말했다.

"언젠가는 이런 일이 있을 것을 알았을 텐데."

신에게 맹세코 그런 적은 없었다.

"몰랐습니다."

"이제 알겠구나."

"도대체 왜……."

이데아는 묘한 표정으로 나를 바라보다가 물었다.

"정말로 이해하지 못하는 건가, 아니면 이해하지 않으려는 건가?"

"예?"

"여성에게도 욕망이 있다는 게 네게는 새로운 이야기인가?"

왜인지 낯이 뜨거워 시선을 내렸다. 이데아는 똑같은 어조로 말을 이어갔다.

"너도 돈을 주고 여자들을 품어본 적이 있겠지. 해본 적이 없다고는 말하지 마라, 파도 조르디."

"제가 그런 여자들과 같은 처지란 겁니까? 저는 몸을 팔지 않습니다."

"나도 돈을 주고 사려는 게 아니다."

"그럼 대신 애정을 주는 척해서 사려는 겁니까? 자작님에게 그랬던 것처럼요?"

　나도 모르게 목소리가 올라갔다. 곧바로 고개를 숙여 사과했지만 그녀는 조금 상처받은 얼굴이었다.

　"나는 애정을 주는 척하지 않아. 마음에 둔 자들은 진심으로 아낀다. 그런 자들과는…… 그래, 너 말고도 다른 자들이 있었다. 하지만 그들 속에 뒤벨 자작을 포함시켜서는 안 돼. 안 되고말고."

　나는 잠시 기다렸다가 최대한 정중하게 물었다.

　"그건 무슨 뜻인지요?"

　"나는 그를 진심으로 사랑했다."

　그녀의 마른 눈에서 갑자기 눈물이 떨어졌다. 전혀 예상하지 못했기에 깜짝 놀랐다. 어쩔 줄 몰라 하는 나를 앞에 두고 그녀는 혼잣말처럼 말했다.

　"그와는…… 그런 게 아니었어. 단지 차 한 잔 마시는 짧은 시간, 예의를 갖춘 형식적인 몇 마디의 대화. 그것도 1년에 서너 번이나 있었을까? 가끔 예기치 못하게 그를 멀리서라도 발견하면 너무나 기뻤지. 드문 외출 때 그의 저택 근처를 지나가기만 해도 가슴이 설레었다. 어쩌다 그와 이야기라도 나눈 날엔 밤새 한숨 자지 못하고 행복과 그리움에 시달렸지. 그런 소소한 일에 믿을 수 없을 만큼 행복했어. 나 자신도 놀랄 만큼 사랑했다."

　가슴 한구석이 이상했다. 그녀가 하는 말이 어떤 느낌인지 이해할 수 없었다. 그래서는 안 되는데, 나도 사라사를 놀랄 만큼 사랑하는데. 그러나 그녀와 이야기하고 만나는 것을 소소하게 기뻐한 적은 없었다. 늘 그녀를 욕망했기에 만나고 나면 지독한 갈증과 비참함만이 남았다. 나는 정말로 그녀를 사랑하기는 한 걸까?

"그런 감정은 이전에도 느껴본 적 없고 이후로도 없었다. 솔직하게 말하자면 내가 가까이한 남성들은 모두 그를 대신했을 뿐이다. 너도 마찬가지고."

그녀가 갈구하는 눈으로 나를 바라보았다. 내 결정을 기다리겠다는 듯이 보였다. 나는 고개를 숙이고 잠시 침묵했다. 생각에 잠겨 있는 듯 보이기 위한 행동이었을 뿐 실제로 복잡한 생각을 한 것은 아니다. 그녀의 말은 명쾌하고 솔직했다. 그래서 나도 그렇게 하기로 결정했다.

"잠드셨군요."

내 말을 이해하지 못하는 듯 보였던 왕세자비는 이내 고개를 내려 왕자의 얼굴을 확인했다. 그리고 그녀 특유의 낮은 목소리로 말했다.

"그렇군."

더 이상은 말없이 서로 완벽하게 일치하는 행동을 했다. 죄책감 같은 것은 느껴지지 않았다. 그녀에게 분명한 이유가 있듯 내게도 같은 이유가 있었다.

나 또한 사라사를 대신할 사람이 필요했다.

그녀가 어둠 속에서 촛불을 켰다. 노르스름한 빛에 드러난 나신의 윤곽에 새삼 감탄했다. 하지만 그대로 바라보는 것도 예의가 아닌 것 같아 그만 일어서서 옷을 입었다.

그녀는 방을 나서는 나에게 아무 말도 하지 않았다. 그저 침대에 똑바로 누워 멍하니 위를 올려다볼 뿐이었다. 가없는 허무. 대신이라던 그녀의 말이 거짓이었음을 깨달았다. 그녀에게 자작을 대신할 사람은 아무도 없는 것이다.

방을 나온 나는 저만치 어둠 속에 보이는 기다란 형체에 깜짝 놀랐다. 간신히 진정하고 나서야 누워있는 왕자라는 것을 깨달았다. 그의 존재 자체를 아예 잊고 있었기에 머쓱한 기분이 들었다.

잠을 깨우지 않기 위해 조심조심 걸음을 옮기던 그때 문득 소름이 돋았다. 뭔가를 깨달은 나는 천천히 왕자를 향해 돌아섰다.

그는 여전히 같은 자세로 누워있었다. 하지만 내가 기억하는 그의 자리는 거기가 아니었다. 원래 침실에서 등을 돌린 쪽 의자에 누워있었다. 한데 지금은 그 맞은편에 누워있다. 즉 침실을 바라보는 쪽으로 말이다.

극도의 추위 속에 땀을 흘리는 기분이란 바로 그런 것일 거다. 본 것일까, 안 것일까. 혹은 아무 의미 없는 움직임이었나. 이도 저도 아니라면, 원래 저 자리에 있었는데 내가 착각한 걸까?

어둠 속에서는 더 이상의 기척도 소리도 없었다. 아무도 숨조차 쉬지 않는 것 같았다. 어느 쪽이건 나는 최대한 빨리 그 자리를 벗어나기로 했다. 무거운 문을 힘겹게 열고 방을 나와 거의 뛰듯이 복도를 걸어갔다. 하지만 누군가의 시선이 계속 따라오는 것만 같아 자꾸만 뒤를 힐끔거렸다.

그 탓이었다. 부주의하게 그 순간 가장 마주치고 싶지 않던 사람과 마주친 것은.

"당신의 벗이 저기 있군요."

너무도 빨리 고개를 돌리는 바람에 우드득 소리가 났다.

"파도?"

화려한 흰 드레스에 보석이 잔뜩 박힌 머리장식과 깃털 달린 부채. 내가 기억하던 것과는 많이 달라진 모습의 사라사였다.

그녀는 얼마 전 남편을 따라 왕성으로 거처를 옮긴 상태였다. 표면상의 이유는 블레이젝의 업무 때문이었지만 그를 가까이 두려는 왕세자비의 입김이 작용한 결과였다. 왕성 생활에 적응하기 위한 허영인 듯 이리저리 꾸민 그녀가 마음에 들지 않았다.

"아가씨."

고개를 숙이자 그녀의 곁에 있던 블레이젝이 말했다.

"오랜만에 만난 듯하니 이야기라도 나누십시오. 나는 전하를 뵈러 가겠습니다."

"네."

블레이젝은 무심한 태도로 곁을 지나치며 나를 힐끗 보았다. 마치 왕세자비와의 일을 다 알고 책망하는 듯하여 가슴이 뜨끔했다. 하지만 설마 그걸 알 리가.

곁으로 다가온 사라사가 내 손을 붙잡고 어디론가 이끌었다. 틀림없이 왜 왔는가 물을 것이라 생각했다. 사실대로 말할 수는 없으니 그녀를 방문하러 온 척하는 수밖에 없었다. 하지만 자기 방에 도착하자마자 그녀가 물은 건 다른 것이었다.

"왜 말하지 않았어?"

순간 그녀가 나와 이데아의 관계를 알고 있다고 착각했다.

"예?"

"그가 왕세자비를 사랑하고 있다는 거."

바로 앞에 있는 사람을 '그'라고 지칭하는 것은 좀 이상할뿐더러 나는 왕세자비를 사랑하지도 않았다. 그래서 차츰 그녀가 다른 이야기를 하고 있다는 걸 깨달았다.

"그라는 건 누굴 말씀하시는 겁니까?"

"당연히 폰, 그 사람이지!"

나는 간신히 블레이젝의 이름이 폰이었음을 기억해냈다. 그러자마자 경악했다.

"뭐라고요?"

"몰랐단 말이야?"

"그걸 제가 어떻게…… 아니 그보다 사실입니까?"

이데아에게 좀 지나치게 충성하기는 해도 사랑할 거라고는, 그가 누군가를 사랑할 수 있을 거라고는 상상해 보지 못했다.

"사실이야. 내 눈으로 확인했어."

"하지만, 물론 그가 이데아 님 곁에 항상 가까이 있기는 합니다만 그렇다고 해서 그걸 사랑이라고는……."

"어떻게 모를 수가 있어? 바로 옆에서 봤는데, 눈앞에서 그 사람의 행동을, 그 표정을 봤는데!"

그녀는 소리 지르다시피 외치고 갑자기 내 뺨을 후려쳤다. 시야가 바뀌고 뺨이 얼얼해지고 나서야 그녀가 무슨 행동을 했는지 깨달았다. 나는 원망보다 의문을 가득 담아 그녀를 바라보았다.

"아가씨?"

"왜 그걸 몰라? 왜 말하지 않았어? 왜, 왜……."

그녀는 말끝에 신음을 흘렸다. 부당한 추궁이었지만 잠자코 있었다. 그녀 스스로도 알 것이기 때문이다. 단지 화를 낼 사람, 대신 뺨을 후려칠 사람이 필요했으리라. 그녀는 곧 떨리는 손을 내게 뻗었다.

"파도. 미안해."

그리고 내 얼굴을 감쌌다.

"견딜 수가 없었어. 참을 수가 없었어. 여기 나는 혼자라서, 사실은 보고 싶었어. 너무너무 보고 싶었어. 그렇게 생각하자마자 네가 나타나서, 그래서 무척 기뻤는데……."

"괜찮습니다."

사실 하나도 괜찮지 않았다.

"나도 내가 틀렸기를 바랐어. 몇 번이고 의혹 속에서 두 사람을 관찰했어. 하지만 그의 태도가 달라. 겉으로 보기에 말투나 행동, 표정 등에 변화는 없지만 분명히 뭔가가 달라."

어쩌면 그녀만이 느꼈던 것은 아닐지도 모른다. 왕세자비의 불륜에 대해 알고 있으면서 그것을 눈감아 주고 또한 돕기까지 하는 블레이젝의 행동에 나 또한 의문을 가진 적이 있었다. 둘 사이의 미묘한 기색을 느낀 적도. 하지만 그가 단지 자기 책무에 너무 충실해서 그러려니 했다.

"그렇군요."

마침내 내가 인정하자 사라사는 묘하게 상처받은 듯했다.

"그래서요?"

"그래서라니?"

"블레이젝이 왕세자비를 사랑하는군요. 때문에 당신은 상처받았고요. 방금 그걸 제 앞에서 호소하시고 또 화풀이도 하셨지요. 이제 다음은 뭔가요? 제가 어떻게 해드리면 되죠?"

이런 상황에서 그녀를 몰아붙이는 것은 분명히 정당하지 못했다. 하지만 상처받고 분노하는 그녀에게 나 또한 상처받고 분노한다. 그녀가 더욱 고통받길 바라는 기이할 정도로 가학적인 충동을 느낀다.

"말씀을 해주셔야죠. 아무 말씀도 안 하실 거라면 제 쪽에서 이야기할까요? 당신에게 해줄 이야기라면 산더미같이 많이 있습니다만."

"파도, 제발 화내지 마."

차라리 그녀가 내 무례를 꾸짖고 한 번 더 빰을 후려쳤더라면 정신이 들었을지도 모른다. 하지만 나는 불안해하는 그녀의 태도에서, 내게 화내지 말라고 매달리는 약한 모습에서 더욱 잔인해지고 싶은 충동을 느꼈다. 그래서 해선 안 될 짓을 해버렸다.

"예. 아마도 블레이젝은 그중 하나일 겁니다. 왕세자비가 병신 같은 왕자 대신 침대로 끌어들이는, 그런 남자들 중 하나일 거라고요."

사라사의 얼굴을 보지는 않았다. 다만 먼 곳에서 들려오는 어떤 대화를 들었다. 꽤나 과거의 일이었다.

감히 나를 마음속에서 지우지 마. 죽는 날까지 오직 나만을 사랑하고 원하고 그리워해. 심지어 내가 다른 사람을 사랑해도, 영원히 내가 너를 사랑하지 않는다 해도 변하지 마. 그것이 억울하고 분하고 화가 나도, 멈출 수 없는 스스로를 원망하면서 끝까지 나를 사랑해.

"충격적인 사실은 당신의 오라버니도 그중 하나였다는 겁니다. 뒤벨 자작님 말이지요."

그렇게 하겠습니다, 아가씨.

"그리고 마지막으로, 어쩌면 당신에게는 별 감흥 없는 이야기일지도 모르지만 저 또한 그렇습니다. 아가씨를 만나기 직전 그분의 침실에서 막 나온 참이었지요."

그런 사랑이, 가능할 리 없다.

그녀를 담담히 마주 보았다. 그녀는 입술을 비틀어 웃었다. 그리고 천천히 고개를 가로저었다.

"제정신이 아니로군. 내가 알던 파도가 아니야. 아아, 알겠어. 아까 뺨을 때린 것 때문에 화가 난 거로군. 그렇지? 하지만 아무리 그렇다고 해도 모욕을 하고 싶다면 내게 해. 내 남편과 오라버니를 감히 끌어들이지 마."

"어떻게 모욕이 될 수 있겠습니까? 사실을 말했을 뿐인데."

"파도 조르디!"

그녀는 신경질적으로 소리 지르고 다시 비틀린 미소를 지었다.

"좋아, 좋아. 그거로군. 말로는 안 된다는 거지. 굳이 너도 내 뺨을 때려야겠다는 거지. 그럼 그렇게 해. 자, 손을 내밀어. 손 내밀라고!"

내 손을 들어 자기 뺨을 때리려는 그녀에게서 황급히 물러났다. 그녀는 악을 쓰듯 내게 매달렸다.

"어떻게 해주길 바라냐고 묻지 않았어? 나를 똑같이 때려. 네 얼굴에 있는 것처럼 손자국을 내! 때리라고!"

우리 사이에 누군가 달려든 것은 그때였다. 커다란 힘에 떠밀려 내가 뒤로 넘어지자 사라사는 소리를 질렀다. 허리가 부서지는 고통과 함께 고개를 드니 사신처럼 나를 내려다보는 하얗고 푸른 두 개의 눈이 보였다. 사라사는 그 사람의 품에 반쯤 안겨있었다.

"놔요. 놓으라고요!"

"정신 차리십시오, 부인."

나직한 목소리가 말했지만 사라사는 더욱 몸부림쳤다. 결국 블레이젝은 사라사의 두 어깨를 강하게 잡으며 말했다.

"사라사."

그녀의 몸부림이 멈췄다. 그녀는 흐트러진 머리카락 속에 처연한 두 눈으로 블레이젝을 바라보았다. 블레이젝은 한 번 더 말했다.

"사라사."

"사실……이에요?"

블레이젝은 입을 다물었다. 나는 그녀의 질문이 부적합하다고 생각했다. 방금 뛰어든 사람에게 사실이냐니. 하지만 블레이젝의 대답은 더 불합리했다.

"뒤벨 자작과 저 화가의 경우에는 그녀의 정부인 것이 맞소."

온몸의 털이 쭈뼛 선다는 건 이런 느낌일 것이다. 충격받은 듯 꼿꼿이 서있던 사라사는 갑자기 풀썩 자리에 주저앉았다. 블레이젝은 그녀를 안아들고 침실로 들어갔다. 그리고 한동안 나오지 않았다.

도망쳐야 할까? 하지만 블레이젝이 나를 처벌하기로 마음먹는다면 어디에서든 찾을 수 있을 것이다. 어쩌면 몇 걸음 떼기도 전에 칼에 맞아 죽을지도 모른다. 아무려면 어떠랴. 그때는 정말로 아무 상관없다고 생각했다.

잠시 후 블레이젝이 침실에서 나왔다. 나는 무심코 그의 허리 주변을 확인했다. 칼을 차고 있지는 않았다. 하지만 그가 정말로 누군가를 죽일 생각이라면 굳이 칼이 필요하지는 않겠다는 생각이 들었다.

"앉아라."

"이미 앉아있습니다만."

"제대로 앉아라."

블레이젝이 쓰러뜨린 자세 그대로 넘어져 있던 나는 툭툭 털고 일어나 그가 가리키는 의자에 앉았다. 그는 맞은편에 앉아 딱히 어떤 표정도 짓지 않고 나를 가만히 바라보기만 했다. 한쪽 무릎을 세우고 두 손을 그 위에 차분히 얹은 다분히 귀족적인 자세였다.

겁을 주려는 걸까? 거기에 지고 싶지 않았지만 다른 어떤 것도 아닌 답답함을 못 이겨 먼저 입을 열었다.

"지금 뭘 하는 겁니까?"

"생각을 하고 있다."

"생각이라고요?"

"너를 어떻게 할지."

쉬운 선택을 앞두고 고민하는 사람처럼 그는 한가롭게 말을 이었다.

"목을 자를까? 아니면 혀만 뽑을까. 다리를 으스러뜨리거나 두 눈을 멀게 하는 것도 좋겠지. 네 스승처럼."

심장이 덜컥덜컥 움직였다. 문이 있는 것도 아닌데 지나치게 어딘가를 들락날락하는 기분이었다. 나는 쥐어짜내듯 간신히 말했다.

"그러지 말아주십시오."

"네 죄를 알 텐데?"

"사실을 말한 것도 죄입니까?"

"맨 처음 말한 것은 사실이 아니었지."

나는 머리를 굴려 내가 가장 먼저 뭘 말했던가를 떠올렸다.

"당신이 이데아 님을 사랑한다는 것 말입니까? 사랑하지 않으신다고요?"

"그분은 유일하게 나를 부술 수 있다."

블레이젝은 그 이상 분명할 수 없다는 듯 단호하게 말했다. 하지만 나는 이게 무슨 말인가 싶었다.

"부술 수 있다고요?"

"나는 어떠한 순간에도 신념을 지킨다. 또한 어떤 일이든 내게 주어진 책임과 의무는 반드시 수행한다. 그리고 가장 가까운 사람보다도 내 칼을 더 믿는다."

그는 딱 자기가 말하고 있는 사람 그대로였다. 결혼도 필요해서 했고 결혼했기 때문에 사랑하지 않아도 남편으로서의 역할을 수행하고 있으니까.

"그러나 이데아 님은 그 모든 걸 무의미하게 만들 수 있다."

그가 덧붙인 말에 적잖이 놀랐다. 블레이젝은 그런 내 기색에도 아랑곳하지 않고 말을 이었다.

"그분 앞에서 내 신념은 무너질 수 있고 그분이 원한다면 어떤 부당하고 비도덕적인 일도 할 수 있다. 그분의 명이라면 내 책임과 의무 모두 저버린 채 굴복할 수 있으며 수백의 적을 앞에 두고도 칼을 버릴 수 있다. 오직 그분만이 그런 식으로 나를 부술 수 있다."

뭐라고 해야 할지 알 수 없었다. 다만 지극히 그답다는 생각만 들었다.

"사랑만이 당신을 부순다는 거군요."

"네가 그것을 사랑이라고 말하고 싶다면 말리지는 않겠다. 하지만 그것은 네 정의이지 내 정의가 아니야."

"그래서 제가 사실과 다르게 말했다는 겁니까?"

"아니. 네가 사실과 다르게 말한 부분은 그다음이다. 나는 그분과 함께 침소에 들어간 적이 없다."

솔직히 놀랐다. 겉으로 표현은 안 해도 이데아가 가장 아끼는 게 그일 거라 내심 생각했던 것이다. 그럴 수밖에 없다. 인정하기 싫지만 눈앞의 남자는 적어도 겉모습으로만 따지자면 여태껏 만나본 어떤 사람보다도 매력적이었다. 게다가 내 정의에 따르면 지고지순하다 말해도 좋을 만큼 이데아를 사랑하고 있지 않은가. 그런데 왜?

"너는 그런 식으로 사실을 왜곡하여 신실한 부부 사이의 신뢰를 깨뜨렸다. 어떻게 책임질 건가."

"신실했다는 말을 잘도 하시는군요. 아가씨는 이미 알고 계셨습니다. 당신 논리에 따르면 이데아 님이 유일하게 당신을 부술 수 있다는 걸요."

"그것은 감정의 문제이지. 아내에게 바람직하지 못한 행동은 하지 않았다."

"그것도 당신 논리일 뿐이지요. 단지 처소에 발을 들이지 않았다고 해서 다른 여자를 사랑하는 남편을 용서할 수 있을 것 같습니까? 더군다나 함께 있을 때 알아차릴 수 있을 정도로 다른 모습을 보이는데요. 당신이라면 용납할 수 있습니까?"

그는 또다시 아까처럼 가만히 나를 바라보기만 했다. 내 질문이 뭐가 잘못되었나 되새기던 그때 어떤 사실 하나를 깨달았다.

앞에 있는 남자는 이데아를 지극히 사랑한다. 그리고 나는 조금 전 그녀의 침실에서 나왔다. 남자는 그 사실을 알고 있다. 그리고 지금 내 앞에 앉아있다. 이 단순한 사실을 이제야 깨닫다니.

"용납하지 않아도 할 수 없다. 어쨌든 나는 책임을 다하는 사람이고 그녀에게 남편으로서 충실할 것이다. 하지만 내 마음을 그녀 뜻대로 움직이려는 것에는 동의하지 않겠다."

아무 말도 할 수 없었다. 새로이 깨달은 사실에 정신이 없었기 때문이다. 절대로 이곳에서 무사히 나가지는 못할 것이다. 뭐라고 했더라. 혀를…… 제기랄. 내 눈, 내 목을!

"이제 가라."

고개를 퍼뜩 들었다.

"예?"

"그분께서는 지금 너를 아끼지. 그리고 필요로 하신다. 그러니 그분에게 충실해라."

명령하듯 말하는 그의 태도에 울컥했지만 그가 몰인정하긴 해도 공평한 성격이라는 걸 알고 있었다. 남이 자기 마음에 침범하는 것을 허락하지 않는 이상 그도 그러지 않을 것이다. 그러니 행동으로 책임을 다하라고 말하고 있는 거다. 그가 사라사에게 그러하듯이.

"아가씨에게는……."

"그녀에게서 말이 새어나가는 일은 없을 것이다. 너도 같은 실수를 반복하지는 않겠지."

그가 눈짓으로 경고했다. 서로 다른 색의 눈이 주는 희한한 공포. 나는 공포 때문이 아니더라도 고개를 끄덕였다.

"그렇게 하겠습니다. 그러니 당신도 당신 말대로 아가씨에게 충실하십시오."

경쟁심에 결국 불필요한 말 한마디를 덧붙이고 자리에서 일어났다. 블레이젝은 대답하지 않았다. 다만 테이블에 쌓여있던 책 중 하나를 꺼내 조용히 읽기 시작했다. 조금 전까지 나눈 대화들에 대해 더 이상 아무런 관심도 유감도 없다는 듯이.

여러 가지 일들 때문에 정작 화가가 되고 나서 그림을 거의 그리지 못했다는 걸 깨달은 나는 오랜만에 아카데미에 틀어박혔다. 붓의 감촉마저 낯설었다.

의뢰받은 그림이 없었기에 마음대로 그리면 되지만 막상 빈 캔버스를 보고 있자니 뭘 그려야 할지 알 수 없었다. 상상력이 완전히 고갈된 것 같았다. 아무 생각도 나지 않고 그리고 싶은 것도 없었다. 아니, 없진 않았다. 언젠가 꼭 가넬 신부의 작은 성당에 있는 천장화와 같은 그림을 그리고 싶었다. 하지만 시도해 보지 않아도 알 수 있었다. 아직 그런 것은 그릴 수 없다.

탄식 같은 한숨이 흘렀다. 예전에는 이렇지 않았다. 그저 산과 들, 수많은 꽃과 그윽한 향기만 그려도 행복했다. 보고 싶을 때마다 사라사의 얼굴을 그리는 것이, 스승님으로부터 핀잔을 듣고 레오나드의 작업을 구경하고 가끔은 마로와 투덕거리던 것까지도 즐거웠다.

나는 여기서 대체 뭘 하고 있는 거지. 뭘 위해서 그림을 그렸더라.

갑작스러운 허무와 정체였다. 어딘가로 열심히 걷다 문득 고개를 들었을 때, 내가 지금 어디에 있는지 어디로 가고 있었는지 잊어버렸을 때 느낄 법한 기분이었다.

붓을 들었다. 한 시간쯤 가만히 있다가 붓을 놓았다. 바깥으로 나가 아카데미 주변을 서성이며 몇 시간을 보내고 돌아왔다. 다시 붓을 들었다. 하지만 아무것도 그리지 않고 다시 놓았다. 그날은 그렇게 끝났다.

다음 날 또 붓을 들었다. 내려놓았다. 다음 날도, 또 다음 날도.

처음에는 단순히 여러 가지 일들 때문에 집중이 안 되어 그런 거라고 생각했다. 스승님의 칩거, 이데아와의 관계, 사라사와의 일 등이 있었으니. 하지만 시간이 지나 마음이 어느 정도 정리되어도 전혀 나아지지가 않았다.

결국 마음 한구석에 자리 잡았던 부정하고픈 현실과 마주하지 않으면 안 될 때가 왔다. 이것이 바로 사람들이 말하던 침체기일지도 모른다는 사실이었다. 어떻게 아무런 징조도 예고도 없이 이토록 쉽게 찾아올 수 있을까? 이해가 가지 않았다.

아카데미에는 이미 그런 화가들이 있었다. 보고 있기 딱할 정도로 우울한 얼굴을 하고 다니며 하루 한두 번 식사 때를 제외하고는 방 밖으로 나오지 않는 사람들. 그들은 열심히 그리는 다른 동료들을 보면 질시하거나 더 큰 실의에 빠져 오래도록 헤어나지 못했다. 몇몇은 이를 악물고 그리기도 하지만 그중 끝까지 완성해내는 사람은 드물었다. 대체로 화폭을 찢어버리고 다시 우울함에 빠지기 일쑤였다. 마치 아버지가 그랬던 것처럼.

얼마 전까지 나는 그런 걸 이해할 수 없었다. 그냥 그리면 될 걸 왜 안 그려진다고 하는 거지? 자기가 그리기 싫은 건 아니고? 게을러서 그런 건 아니고?

하지만 겪어보니 그렇게 간단히 말할 수 있는 문제가 아니라는 걸 깨달았다. 조금 있으면 나아지겠지 했던 게 1년 반 이상이나 지속될 줄 누가 알았단 말인가.

매일 빈 캔버스 앞에 멍하니 앉아있는 것이 일과의 전부였고 그러다 아버지의 심정을 이해할 날도 올 것 같았다. 그런 생각이 들자 소름이 끼쳤다. 그건 내가 가장 두려워하고 또 피하고 싶었던 일이다. 대체 언제부터 내가 그 길을 똑같이 가고 있었단 말인가.

빈 화폭을 볼 때마다 두근두근하던 마음이 점차 두려움으로 변질되어 갔다. 화폭을 마주 보는 것조차 힘들었다. 저기에 도대체 무엇을 그려야 하지? 내가 무엇을 그릴 수 있단 말인가? 물감 냄새도 기름 냄새도 역하기 그지없었다. 하얀 바탕만 바라봐도 어지럽고 속이 이상했다. 결국 나는 점차 작업실에 들어가는 것조차 피하기 시작했다.

그런 내 상황을 알아차린 건 내게 실망스러워하고 있던 레이번도, 그 기간 동안 가장 자주 만났던 이데아도, 정신적으로 의지하던 레오나드도 아니었다. 아마도 유별난 관찰력과 당시 맞닥뜨리게 된 좀 묘한 상황 때문이었겠지만 어쨌든 가장 먼저 알아차린 사람은 시세로였다.

그게 아마도 세 번째로 초록색 물감을 머리에 뒤집어쓰던 날이었을 거다. 가뜩이나 한여름이라 더운데 찐득찐득한 물감까지 뒤집어쓰니 결코 유쾌하다고 말할 수 있는 기분이 아니었다. 나는 독한 물감 냄새를 맡으며 심호흡을 했다. 하나, 둘. 이 정도면 많이 참은 거지?

"진짜 유치하게 자꾸 그럴래요?"

고개가 꺾어져라 위를 올려다보자 시세로가 사다리 작업대 위에서 머리를 내밀었다. 간신히 웃음을 참고 있었지만 입가가 푸들거리며 떨리는 것을 숨기지 못했다.

"뭐가?"

"일부러 쏟은 거잖아요. 벌써 세 번째라고요!"

"소리 지르지 마라. 귀 아프다."

워낙 넓은 공간이다 보니 소리가 울려 내 귀도 마찬가지로 괴로웠지만 그것만이 내 유일한 무기였으므로 포기할 생각은 없었다.

"내가 소리 지르는 게 싫으면 물감 간수 잘해요. 다음번에 또 이러면 작업 끝날 때까지 소리만 지를 거예요."

"진짜 성격 더러운 놈 같으니라고."

작업대 너머로 그의 머리가 사라졌다. 기가 막혔다. 누가 할 소릴 하고 있는 건지.

붓을 물통에 담그고 그만 아래로 내려갈 채비를 했다. 지금 시세로가 있는 곳처럼 발 한번 잘못 디뎠다간 목이 부러질 정도의 높이는 아니었지만, 위쪽 벽에서부터 작업하다 보니 어쨌든 나도 사다리차가 필요했다. 조심조심 한 걸음씩 내디뎌 아래로 내려갔다. 물감이 눈으로 들어가서 따끔거렸지만 다시금 위쪽을 노려봐 주고 씻을 곳을 향해 걸음을 옮겼다.

지금 이런 기막힌 상황을 맞이하게 된 건 모두 1년 반 전 무너진 어느 대성당 때문이다. 대가를 치른다고 하기는 뭐하지만 그 일이 아니었다면 지금 이러고 있지도 않을 거다. 우리가 한 일이 밝혀진 건 물론 아니다. 그랬다면 처음으로 셋이 사이좋은 모습으로 화형대에 올랐을 테니까.

원인은 두 가지였다. 하나는 교황이 초청한 젊은 건축가가 좀 지나치게 유능했다는 것, 그리고 이데아가 나를 좀 지나치게 아꼈다는 거다.

이국에서 왔다는 그 건축가는 프리우스가 3년에 걸쳐 간신히 올려놓았던 돔을 1년 만에 복구했다. 무너진 벽까지 함께 보강하는 일이었으니 아무리 교황의 전폭적인 지원이 있었다고 해도 경이로운 속도였다. 게다가 그는 한눈에 보기에도 프리우스보다 견고하며 아름다운 돔을 만들어냈다.(시세로는 자기가 만들면 그보다 훨씬 잘 만들 수 있지만 지금 것도 봐줄 만하다는, 그의 기준으로는 극찬을 했다.) 그사이 라잔 공방의 주인은 스승님 대신 라잔 경이 선택한 시세로가 되었다.(이 대목에서는 잠시 욕을 해도 좋다.) 교황의 명에 따라 레이번은 천장화와 제단화를 그릴 새로운 화가를 물색했

고, 시세로가 일찌감치 천장화를 맡기로 결정된 반면 제단화를 그
릴 사람은 쉽게 정해지지 않았다.

그때 나선 것이 예술에 지대한 관심을 가지고 있으며 레이번과
친분이 있고 마지막으로 나를 아끼는 왕세자비 이데아였다. 내 상
태를 잘 알지 못했던 이데아는 레이번에게 나를 추천했고, 당시 아
카데미에서 골칫덩이였던 내게 그런 중요한 일을 맡긴다는 것에
레이번은 난색을 표했다.

하지만 아무리 예술이 세속의 불가침 영역이라고 해도 아카데미
는 왕실의 재정으로 운영되고 있었으며 이데아의 후원은 큰 힘이
되고 있었다. 따라서 레이번은 이데아의 은근한 압박에 못 이겨 결
단을 내리지 않을 수 없었다.

그는 어느 날엔가 나를 찾아와 공방 안을 들여다보고 눈살을 찌
푸린 뒤, 자신의 뜻이 아니라는 걸 온몸으로 표현하며 말했다.

"솔직히 자네에게 거는 기대가 컸네. 자네의 마음가짐이 마음에
들었기도 하고 말이야. 아카데미의 다른 많은 화가들이 눈살을 찌
푸리며 나에게 그 경박한 짓을 그만두게 해달라고 청원했을 때에도
무시했네. 어떻게든 자네 나름의 방법으로 침체기를 극복하려는 거
라 생각했기 때문이야. 포기하고 허무에 빠져있거나 남에게서 답을
구하려 하기보다 스스로 찾으려는 줄 알았지. 한데 자네도 그저 유
명해지는 데에만 관심이 있었나? 그렇다면 왜 정당하게 자네의 실
력으로 이루려 하지 않고 남의 힘을 빌리는가?"

이데아의 행동을 몰랐던 나는 레이번의 말에 완전히 어리둥절해
질 수밖에 없었다. 내가 이해할 수 있는 건 앞부분뿐이었다. 아카데

미의 다른 많은 화가들이 눈살을 찌푸리는 그 일은 내가 라잔 공방에서도 했던 물감에 다른 재료를 섞는 일이었다. 그림이 안 그려지니 질감을 세밀하게 표현하는 방법이라도 연구해 볼 참이었던 것이다. 물론 라잔 공방에서 그랬던 것처럼 그건 다른 화가들의 경멸어린 눈초리를 받았다.

"도대체 무슨 말씀을 하시는 겁니까?"

"자네가 세기에 남을 영광스러운 임무를 맡게 되었네. 성 바이니 대성당의 제단화 말이야. 그걸 자네가 그려야 한다네."

레이번은 나 정도로는 어림없다는 표정을 짓고 있었다. 그제야 어렴풋 이데아의 손길이 작용했음을 깨달았지만 대놓고 회의적인 태도를 보이는 레이번에게 굳이 변명하고픈 마음이 들지 않았다. 오히려 가뜩이나 그림도 안 그려지는데 신경질이 나서 돌이킬 수 없는 말을 내뱉고 말았다.

"까짓 거 그리면 되지요."

"뭐라고?"

"덮어놓고 제가 못할 거라 믿는 이유는 뭡니까?"

"자네의 능력을 폄하하려는 것은 아니네. 하지만 경험이 많이 부족해. 자네는 캔버스가 아닌 벽에 그림을 그려본 일이 없지 않은가. 정말로 자네가 늙은 벡리처럼 대단한 작품을 그려낼 수 있을 거라고 생각하나?"

그럼 시세로는 할 수 있고? 속이 부글부글 끓었다.

"못 할 것도 없지요. 혹시 압니까? 더 나은 것을 그려낼 수 있을지도요."

"맙소사, 자네."

레이번은 믿어지지 않는다는 듯 나를 보다가 고개를 저었다.

"나도 늙었군. 판단력이 흐려진 모양이야. 사람을 잘못 봤는가
보군."

"마음대로 기대하시고 마음대로 실망하시는 점에 대해 제가 뭐
라 더 말하겠습니까. 바라던 건 아니지만 맡았으니 한번 해보기나
하지요. 그럼 하던 작업을 마쳐야 하니 이만, 안녕히 가십시오."

레이번은 씁쓸함과 분노가 뒤섞인 얼굴로 작업실에서 나갔다.
다시 하던 일에 몰두하려 했지만 더 이상 아무것도 눈에 들어오지
않았다.

그대로 붓을 던지고 아카데미를 나와 이데아를 찾아갔다. 그녀
는 방에서 졸고 있는 왕자의 등을 토닥이고 있었다.

"그래. 내가 그렇게 하도록 했다."

"어째서 말입니까?"

이데아는 희미하게 웃었다.

"또 그러는구나. 내가 너를 위해 무언가 해줄 때마다 기뻐하기에
앞서 꼭 이유부터 묻더구나. 설마 몰라서 묻는 것은 아니겠지?"

"저를 아끼시기 때문이죠. 하지만 사람들에게 제가 정부인 걸 공
개적으로 드러낼 필요까진 없을 텐데요."

"목소리에 날이 서있구나. 왜 그렇게 화가 났지, 파도? 너를 위해
서 그렇게 한 거다."

이데아가 내 얼굴을 향해 손을 뻗었지만 나는 뒤로 물러나며 손
길을 피했다.

"레이번 화백님께서는 제가 당신과의 친분을 이용해 이 일을 맡았다고 생각하십니다."

"그럴 수 있지. 내게도 여러 번 불만을 표했으니까."

"그런데도 왜 굳이 저에게 맡기신 겁니까?"

"널 아낀다는 이유도 있지만 무엇보다 네 능력을 높이 평가하기 때문이다. 너는 틀림없이 훌륭한 제단화를 그릴 수 있을 거야. 이건 사람들에게 이름을 알릴 수 있는 좋은 기회지."

그녀의 말대로 좋은 기회이기는 했다. 하지만 내가 그랑프리에 출품하기 위해 억지로 그렸던 종교화가 어떤 처참한 몰골이었는지 똑똑히 기억하고 있었다. 게다가 지금은 그림이라면 신물이 난 상태였다.

이데아가 일부러 마음을 써주었고 레이번에게 큰소리를 쳤음에도 불구하고 일을 포기하겠다고 말할 뻔했다. 하지만 그때 왕자가 깨어났다.

왕자가 잠에 취한 몽롱한 눈으로 나를 바라봤을 때, 언젠가 어둠 속에서 침실을 바라보며 자고 있던 그의 모습이 떠올랐다. 그때 느낀 내 불안감은 기우였던 모양이다. 그는 아무것도 달라진 게 없었다. 언제나처럼 바보 같은 얼굴을 하고 있을 뿐.

나는 왕자 앞에서 보란 듯이 이데아의 허리에 팔을 둘렀다. 그녀도 피하지 않았다. 언젠가부터 우리는 왕자나 블레이잭이 앞에 있을 때도 거리낌 없이 애정 행각을 벌였다. 왕자는 봐도 아무것도 모르고 블레이잭은 보고도 아무 반응을 보이지 않기 때문이다. 왕자는 무섭지 않았지만 솔직히 블레이잭 앞에서는 그럴 때마다 스스로 수명을 깎아내고 있는 기분이었다. 하지만 오히려 치기가 솟아 그만두지 않았다.

"알았습니다. 그럼 한번 해보지요."

"너라면 분명 그려낼 수 있을 거란다. 스스로를 믿지 못하겠다면 내 안목을 믿으렴."

그녀의 다정한 말에 조금 화가 가라앉았다. 나는 울상을 짓고 서성이는 왕자 앞에서 대담하게 그녀에게 키스했다.

그렇게 해서 바이니 대성당의 제단화 작업이라는 영광스러운 일을 맡은 지금, 한 가지를 간과했던 나 자신에게 저주를 퍼붓고 있다. 오랫동안 시세로와 한 공간에서 작업하게 된다는 것, 그것도 그가 위에 있고 내가 아래에 있게 된다는 걸 생각하지 못했던 것이다.

시세로는 천금같이 기다려온 기회인 양 틈이 날 때마다 나를 괴롭혔다. 물감을 뿌리거나 도구를 떨어뜨리는 건 예사고(한 번은 나이프가 떨어진 적도 있었다.) 말로도 나를 고문했던 것이다. 그동안 여러 가지 일이 있었던 만큼 전보다는 사이가 좋아지겠지 했던 기대는 작업을 시작한 첫날 빗나갔다.

그가 세 번째로 쏟은 물감을 씻으러 우물가에 도착하니 한창 작업 도구들을 씻고 있는 마로가 보였다. 녀석은 시세로의 보조로 성당에 나오곤 했다. 눈이 마주치자마자 녀석은 고개를 홱 돌렸다. 나도 굳이 알은척하고 싶지 않아 묵묵히 얼굴과 옷을 씻었다.

얼굴에 묻은 물기 때문에 눈을 뜨지 못해 손을 더듬어 수건을 찾는데 누군가 내 손에 수건을 쥐여 주었다. 설마하니 마로는 아닐 거라 생각하고 얼굴을 들었는데 놀랍게도 정말 마로였다. 녀석은 시선을 피하며 쭈뼛쭈뼛 입을 열었다.

"왜 나한테 화내지 않지?"

"뭘?"

"네 그림 부서진 거. 그거 내 짓이라는 거 안다며."

또 그 얘긴가. 이제 더 이상 입에 담고 싶지 않은 주제였다. 무시하고 몸을 돌려 걸어가자 녀석은 당혹스러운 듯 외쳤다.

"화 안 내냐고!"

문득 레오나드의 말이 떠올랐다. 그래, 이런 느낌이었군. 나는 고개만 돌려 녀석을 바라보며 말했다.

"화나지 않아. 네가 그렇게밖에 할 수 없었다는 걸 동정하지."

굳이 녀석의 표정을 확인하지 않고 걸음을 옮겼다. 뒤에 남겨진 무시무시한 침묵으로부터 대략 짐작할 수 있었다. 나도 그게 어떤 기분인지 알기 때문이다. 그렇기에 내 행동은 그냥 저열한 복수 이상도 이하도 아니었다.

"우습지 않냐?"

점심시간인지라 사다리차 위에서 간단히 음식을 먹는데 시세로의 목소리가 들려왔다. 나는 혹시라도 뭐가 떨어질까 흠칫하며 위를 올려다보았다.

"네?"

"우리가 저지른 짓 말이다."

그가 뭘 말하는지 깨닫고 황급히 주위를 둘러보았다. 다행히 마로는 돌아갔고 안에는 우리 말고 아무도 없었다. 놀란 가슴을 쓸어

내리며 그에게 쏘아붙였다.

"아예 도시사람들 다 듣게 큰 소리로 외치지 그래요?"

"내가 하고 있는 걸 봐. 난 지금 스승님의 그림을 덮고 있어. 내 그림으로."

그의 말대로였다. 시세로는 남아있는 스승님 그림의 흔적을 지우거나 덮어가며 작업하고 있었다. 그에겐 별로 감흥 없는 일이겠지 했는데 의외로 신경이 쓰였던 모양이다.

"배은망덕하다고 생각하겠지. 내가 받은 은혜가 있을 때의 이야기지만."

예전에 그런 이야길 들었으면 울컥했겠지만 지금은 어쩐지 좀 이해되었다. 스승님이 더 이상 자신을 스승이라 부르지 말라고 이르던 날, 깊은 곳에서부터 감정을 꺼내 격렬하게 외치던 시세로의 모습은 아직도 뇌리에 남아있다.

"하지만 난 그릴 거다. 더 잘나게 그려 보이겠어. 보란 듯이."

거기까지 말하고 그가 갑자기 고개를 불쑥 내밀어서 깜짝 놀랐다. 시선이 마주친 나는 슬그머니 고개를 돌렸다.

"그런 사람 앞에서 네 녀석의 태도는 아주 맥 빠진다."

"내가 뭘요?"

"하기 싫은 짓을 억지로 하고 있다고 얼굴에 드러내고 있잖냐. 상황 파악이 그렇게 안 돼? 아직도 어린애냐? 떼를 써봐야 받아줄 사람 여기 아무도 없다. 그러니 제대로 일해."

"떼쓴 적 없어요. 내가 언제 하기 싫댔어요? 도와달라고 한 적 없잖아요."

333

"그럼 저게 대체 뭐냐. 뭘 그리고 있는 거냐고."

보지 않아도 그가 뭘 가리켰을지는 뻔했다. 지지부진하게 칸을 나누고 배경을 칠하고 있는 내 그림이다. 나는 고개도 들지 않았다.

"그게 왔구만?"

다 안다는 듯 고소해하는 그의 말투에 꾹꾹 눌러온 화가 치밀었다.

"오긴 뭐가 와요? 남 일에 신경 쓰지 말고 당신 일이나 하시죠."

"멍청아, 아무 생각 하지 말고 그려. 쓸데없이 생각할 시간이 있는 것들한테나 그게 찾아가는 거니까. 게을러터져서는."

"아는 척 그만해요. 함부로 지껄이지 말라고요!"

"왕세자비 품에서 뒹굴고 노니까 좋냐? 그렇게 즐길 거 다 즐기고 시간 남을 때나 그림을 그리니 그렇게 되지."

분노와 별개로 너무 놀라서 말문이 막혔다. 그는 내 표정을 보더니 씩 웃었다.

"뭘 놀라고 그래. 모를 줄 알았어? 이미 소문 쫙 퍼졌는데."

"그게 무슨, 언제부터 그런 소문이······."

"왕세자비가 레이번한테 네 녀석이 제단화를 그리게 하라고 종용했을 때부터."

레이번이라니, 그럼 그가 떠들어댔단 말인가?

"할아범을 의심하나 본데 관둬라. 그 사람은 한마디도 안 했어. 하지만 이 바닥에서 감출 수 있는 소문은 별로 없지. 잘나가는 누구누구가 사실은 자기 도제의 그림을 훔쳐 그리고 있다더라, 누구누구가 인맥을 동원해서 모 백작의 초상화 건을 물었다더라, 누구랑 누구는 그렇고 그런 사이더라. 이런 건 절대 숨겨지지 않아. 부풀려지기는 할지언정."

그 말을 듣는 순간 맥이 풀렸다. 그럼 다들 알고 있고 떠들어대고 있다는 이야기였다.

'파도 조르디, 그 재능도 뭣도 없는 녀석이 왕세자비의 침실에서 애교를 떤 덕분에 대성당 제단화라는 큰 건을 물었다는 거 알아?'

'그래, 알지. 게다가 오랫동안 침체기라 겨우 칸만 나눠놓고 있다더군.'

'창피하군. 그런 놈이 라잔 공방 출신이라니.'

'시세로와 레오나드에 비하면 정말 한참 모자라지.'

누군지도 모르는 사람들의 비웃음소리가 귓가에 맴도는 것 같았다. 나를 경멸하듯 바라보던 레이번의 표정도 떠올랐다. 갑자기 욕지기가 솟았다.

"난 못 해요."

어지러움 속에 내 입에서 아무 말이나 튀어나갔다.

"그래…… 난 못 하겠어. 그만두겠어요."

빙글거리던 시세로의 표정이 경멸로 변했다.

"그 정도밖에 안 되냐?"

"마음대로 욕하고 깔아뭉개요. 그래도 난 안 해요. 못 해……. 이런 걸 하려던 게 아니었어요. 이런 건 내가 바라던 게 아니라고요. 모든 게 엉망진창이에요. 그림 같은 거 그리는 게 아니었다고요. 처음부터 그리고 싶지 않았어요. 그래서 내가 되기 싫다고 그랬는데, 하기 싫다고 그랬는데. 레오나드 탓이야. 키리오니 탓이야. 아버지 탓이야!"

쿵쾅거리는 소리와 함께 위에서 뭔가 굴러 떨어졌다. 놀라 고개를 들었다가 물감이 가득 든 나무통이 낙하하는 것을 목격했다.

"뭐······."

내 발치에 떨어진 그것은 요란한 소리를 내며 물감을 철퍽 쏟았다. 나는 당황스럽기도 하고 화가 나기도 해서 위를 올려다보았다.

"시세로!"

그러나 연달아 다른 물감통도 떨어졌다. 소리를 지르며 두 팔로 머리를 감쌌다. 어떤 것은 팔을 스쳤고 어떤 것은 내 몸에 물감을 뿌렸다. 움찔하며 물러서다 하마터면 사다리차 바깥으로 떨어질 뻔했다.

"그만해요!"

"너 같은 건 그냥 돼지는 게 낫겠다. 그딴 식으로 살 거면 물감통에 맞아 죽는 것도 감지덕지지."

떨어지고 부딪히고 부서지는 소리는 끔찍했다. 정말로 내가 죽을 때까지 끝나지 않을 것 같았다. 온몸을 감싼 채 주저앉아 있던 나는 소리가 끝났다는 걸 알면서도 팔을 풀 수가 없었다. 그저 덜덜 떨기만 했다.

"어디 가서 나랑 같은 공방 출신이라고 말하지 마라. 아니, 화가라는 말도 하지 마. 창피하니까."

그가 사다리를 타고 내려가는 소리가 들렸다. 잠시 후 문이 세게 닫혔다. 하지만 나는 여전히 내 속에 파묻혀 있었다.

어떤 물고기는 죽을 때가 되면 항상 태어난 곳으로 돌아간다고 한다. 나도 왠지 그런 심정이었다. 그곳은 내가 태어난 장소는 아니지만 어릴 때 아버지와 함께 살았던 집보다도 친근했다.

작고 고즈넉한 이름 없는 성당. 그 앞에 다다랐을 때는 이미 황혼 무렵이었다. 안으로 들어가기 전 문손잡이를 잡고 잠시 망설였다. 그 천장화를 다시 보는 순간 비참함과 황홀경 때문에 죽어버릴 것만 같았다. 하지만 차라리 그렇게 되길 바랐다. 나는 힘겹게 문을 열었다.

이미 위쪽에 고정되어 있던 내 시선은 새로운 장면에 압도당했다. 해가 지며 뻗어온 적색 빛이 둥근 천장 안을 강렬하게 태우며 모든 것을 자기 빛깔로 물들이고 있었다. 새벽녘에 봤던 것과는 비교도 안 되는 장엄한 색채였다. 이전에 보지 못했던 죽어있던 색들조차 그 빛으로 깨어나는 듯했다. 마치 신의 음성 같았다. 그래, 신의 색채가 있다면 바로 이럴 것이다. 그리고 이걸 그린 사람이야말로……

사람?

그제야 나와 똑같이 천장화를 올려다보고 있는 사람이 하나 더 있다는 걸 깨달았다. 때를 맞춘 듯이 그도 고개를 내려 나를 바라보았다. 우리는 눈이 마주친 채 한참을 아무 말도 하지 못했다.

왜 여기에?

그러는 너는.

상상 속의 대화가 오간 뒤 진짜 음성이 흘러나왔다.

"고해성사라도 하러 왔냐?"

나는 대답하지 못했다.

"신부는 여기 없어. 뭣하면 내가 대신 해주지. 그걸 바란다면 말이야."

그가 킬킬거리고 웃었다. 뜻밖에도 그의 말대로 하고 싶어졌다. 이 그림 앞에서가 아니면, 그의 앞에서가 아니면 할 수 없을 것 같았다.

"여기 오면서 생각났어요. 내가 왜 그림을 그렸는지."

텅 빈 목소리가 내 입에서 흘러나왔다.

"처음에는 재미있어서 그렸어요. 조금 지나니까 목표가 생겼어요. 그래서 그 목표를 달성하기 위해 그리는 줄만 알았어요."

"그런데?"

"지금 와서 생각해 보니까, 저와 아버지를 위해서 그리고 있었던 것 같아요."

"네 아버지라고?"

"전 찾아야 할 것이 있어요."

그래, 처음부터 지금까지도.

"괴로움이 나를 끝내기 전에 내가 먼저 괴로움을 끝내는 방법을 찾고 있어요."

거기서 말을 멈추고 잠시 위를 올려다보았다. 해가 지는 순간은 너무도 짧다. 그토록 찬란하던 그림이 어둠에 묻혀가고 있었다. 아마 그래서 더 아름답고 안타까운 거겠지.

"그런 방법은 없어."

기대하지 않았던 대답이 저편에서 들려왔다. 나는 깜짝 놀라 그를 바라보았다.

"뭐라고요?"

"그런 방법은 없다고."

"없다…… 없다고요?"

"그림을 그리는 사람이라면, 아니. 예술을 하는 사람이라면 모두 그런 끝나지 않을 괴로움을 가지고 있지."

그의 드문 진중한 목소리에 침을 삼켰다.

"끝나지 않는 괴로움이라고요?"

"그 길을 계속 가는 한."

그의 말이 거기서 끝난 것일까 봐 조바심이 났다. 물어야 하는데, 뭐라도 물어야 하는데.

"파도. 왜 괴로움을 끝내야 하지?"

안도하는 것도 잠시, 나는 처음으로 그가 내 이름을 불렀다는 사실에 경악했다. 차마 대답하지 못하자 그는 놀랍게도 달래듯이 이야기했다.

"대답해 봐."

"그건…… 괴롭기 때문이죠."

"그 괴로움 자체가 우리가 하는 일의 의미라고는 생각해 보지 않았어?"

"괴로움 자체가 의미라고요?"

"세상에는 수많은 고행자들이 있어. 그들은 멀고 먼 성지에 이르기까지 몇 년에 걸쳐 삼보일배하며 걷지. 말하지 않아도 얼마나 고통스러운 일인지 짐작할 수 있겠지? 그렇다면 그들의 그런 행동은 쓸데없는 짓인가?"

나는 가슴 속에서 무언가가 고통스럽게 울리는 것을 느끼며 대답했다.

"아니요."

"우리가 하는 일도 그처럼 성지에 이르려는 것이라면?"

"하지만 성지에 다다르는 것이 바로 괴로움을 끝내는 일 아닌가요?"

그는 탄식했다.

"그렇지 않아. 그들이 먼 순례길에 오르는 이유가 단지 괴로움을 끝내기 위해서라고 생각해? 아니, 그럴 거면 처음부터 시작할 필요도 없지. 순례길에 오르지 않으면 괴로움도 없는 거니까."

"하지만 그들에겐 목표가 있잖아요. 성지에 가야만 하는……."

머릿속에서 희미하게 뭔가 깜빡이는 것 같았다. 그가 말하려는 게 뭔지 알 듯 말 듯했다.

"화폭에 붓을 찍는 매순간이 우리에게 삼보일배의 순간이라면? 하나의 그림을 완성하는 게 바로 그 성지에 이르는 것이라면? 그렇다면 마침내 그곳에 도달했다 하여 괴로움이 끝나는 걸까? 아니야. 우리는 다시 똑같은 길에 올라야 해. 또 하나의 작품, 또 하나의 순례길. 그렇게 우리는 매순간 그곳에 도달하기 위해 걷고 또 걷는 거야. 네가 괴로움이라고 부르는 길을."

어째서인지 눈물이 흐를 것 같았다. 슬프면서도 벅찬, 형용할 수 없는 기분이 들었다. 어떻게 그에게서 이런 말을 들을 수 있는 걸까. 어떻게 그와 이런 대화가 가능한 걸까.

시세로는 그가 말하는 고행길에 서있는 사람처럼, 고통스럽지만 어쩐지 초연해진 목소리로 말을 이었다.

"그곳에 도달하고자 하는 이상 괴로움은 끝나지 않아. 이 길을 선택하면서부터 준비된 수순이지. 그렇지만 그건 네가 생각하는 것처럼 결코 괴롭기만 한 일은 아니야. 오히려 축복에 가깝지. 그곳으로 가기 위해 매번 같은 길을 걸을 의지가 있는 것. 기꺼이 괴로움의 길을 걷는 것. 그것이야말로 우리가 예술가로서 스스로를 증명하는 일이니까."

눈을 꽉 감았다. 온몸의 떨림이 멈추지 않았다. 가슴속에서 진동하는 이것, 범람하는 이것을 도대체 무어라 불러야 한단 말인가. 잊고 싶지도 그대로 흘려보내고 싶지도 않았다. 할 수만 있다면 영원히 못 박아두고 싶었다. 나는 거의 의식하지 못한 채 입을 열어 물었다.

"이 천장화는 언제 그린 거지요?"

"스물세 살. 가난하고 배고팠지만 그땐 그림을 그릴 수 있다는 것만으로도 행복했었지. 그러고 보면 지금 딱 네 나이로군."

나는 아무 말도 하지 않고 다만 보이지 않을 끄덕임을 했다. 몇 번이고 몇 번이고.

영원히 끝나지 않을 밤이 흘러 영원히 찾아오지 않을 새벽이 온다. 내게는.

10.

모든 것이 뒤바뀐 겨울

　고행길. 내가 제단화의 주제로 그걸 선택한 것도 놀라울 일이 아니다. 나는 전통적인 기법대로 화면을 세 폭으로 나누어 구성했다. 중앙에는 멀리 찬란하게 빛나는 성지가 있고 왼쪽에는 삼보일배하며 걷는 고행자들의 모습이, 오른쪽에는 성지에 다다른 자들의 모습이 그려질 것이다.

　나는 일부러 두 종류의 사람들을 크게 다르지 않게 표현할 생각이었다. 고행길에 있다 하여 고통스럽기만 하지도 않고 마침내 성지에 다다랐다 하여 뛸 듯이 기뻐하지도 않는다. 그렇게 해서 영원성을 표현하고 싶었다. 그 자체가 당신들이 살아가는 모습이며 신에게 닿는 길이라는 것을.

머릿속에 믿어지지 않을 만큼 분명하게 완성된 그림이 있었다. 남은 건 손으로 옮겨내는 일뿐이었다. 주제가 결정되고 거기에 완전히 빠지자 놀랄 정도로 집중력이 발휘되었다.

한번 자리에 앉아 그림을 그리기 시작하면 해가 질 때까지 꼼짝도 하지 않았다. 식사를 거르기는 예사고 붓을 손에서 놓은 후에도 계속 그림에 대해서만 생각했다. 하루 종일 그림을 그릴 수 없다는 게, 낮이 계속되지 않는다는 게 그토록 답답할 수가 없었다.

그리고 싶다. 그리고 싶다. 그리고 싶다. 죽을 때까지 그림만 그리고 싶었다.

어떻게 1년 반이 넘도록 아무것도 그리지 않을 수 있었을까? 내게 정말로 그런 시기가 있었다니 믿기지 않았다. 조바심을 못 이긴 나는 밤에도 촛불로 광원을 확보하여 그리려 했지만 시세로는 화가들이 바로 그러다가 눈이 머는 것이라며 허락하지 않았다.

가넬 신부의 성당에서 만난 후로 시세로는 특별히 다정하게 군다거나 친근하게 대하지는 않았지만 적어도 예전처럼 물감을 떨어뜨리거나 괴롭히지 않았다. 내가 제단화에만 완전히 몰두한 걸 알아차린 듯했다. 솔직히 그때는 옆에서 무슨 짓을 했어도 신경 쓰지 않았을 거다.

마로의 경우에는 수돗가에서 대화를 나눈 이후 서로를 완벽하게 무시했다. 이따금 녀석이 뒤에 있거나 어둠 속에 들어가 있을 때면 나를 조용히 노려보는 시선이 느껴졌다. 차라리 시세로처럼 대놓고 적의를 드러내면 그나마 나을 텐데 그런 녀석의 모습은 오히려 불안하고 불편했다. 하지만 설마하니 나에게서 그런 말을 듣고 다시 내 그림을 부수려는 짓은 하지 않을 거라고 생각했다.

확실히, 녀석은 그런 짓은 하지 않았다.

"기다리고 있었습니다. 파도 조르디."

작업을 마치고 충만하면서도 아쉬운 마음으로 아카데미에 돌아왔을 때였다. 방 안에서 한 기사가 나를 기다리고 있었다. 며칠 사이 두 번이나 왔던 사람으로, 그렇다면 이번이 이데아의 세 번째 부름이란 뜻이었다.

"죄송하지만 오늘도 찾아뵙기는 곤란할 것 같다고 말씀드려 주십시오."

"오늘은 그렇게 안 되겠습니다. 무슨 일이 있어도 반드시 데려오라 명하셨습니다."

난감한 기분과 함께 약간의 짜증도 느꼈다. 그림에만 완전히 몰두하고 싶었기에 그걸 방해하는 다른 요소는 어떤 것이든 멀리하고 싶었던 것이다. 그중 하나가 이데아였고 그래서 이미 두 번이나 그녀의 부름을 거절한 상태였다. 하지만 역시 세 번은 힘들었다.

"알겠습니다. 가지요."

왕성으로 향하는 동안 지난 몇 달간 간신히 억눌렀던 이름 하나가 떠올랐다. 사라사. 누군가가 심장을 아프게 움켜잡는 것 같았다. 불공평하기 그지없다. 그토록 노력했는데, 이제는 다른 여자의 정부가 되었는데 아직도란 말인가? 도대체 그녀의 건방지고 사랑스러운 얼굴을, 상냥한 듯하면서 강렬하게 내보이는 소유욕을 어떻게 하면 잊을 수 있지?

"파도 조르디."

상념에서 깨어나 정신을 차렸을 때 이미 이데아의 앞에 와있었다. 그녀는 입가에 미소를 올리고 있었지만 화가 난 기색이었다.

"오랜만에 뵙습니다, 이데아 님."

"바빴던 모양이지?"

"맡겨주신 제단화 일에 몰두하느라 그만."

"내가 맡긴 일은 그것뿐만이 아니었을 텐데?"

그녀의 낮은 목소리가 짜증스럽게 들리기는 처음이었다.

"대성당의 일이 얼마나 중요한지 알고 계시지 않습니까."

"아니까 네게 맡겼지. 하지만 그 때문에 나를 등한시하리라곤 예상하지 못했군. 미리 알았더라면 맡기지 않았을 텐데."

불쑥 화가 치밀어 올랐다. 무언가를 그리거나 그리지 말 것을 멋대로 결정하려는 그녀에게 적대감이 솟은 것이다. 나는 간신히 표정을 유지한 채 말했다.

"이제는 돌이킬 수 없게 되었지요. 그러니 부디 제가 제단화를 완성시킬 수 있게 도와주십시오."

"도와달라?"

그녀의 목소리에 조롱기가 묻어났다.

"일에 방해되니까 앞으로는 부르지 말아달라는 건가?"

"제가 어찌 감히. 자주 찾아뵙지 못함을 너그러이 이해해 주시길 바랄 뿐입니다."

"건방지군. 누구 덕에 그것을 그리고 있는지 잊은 건 아니겠지?"

잊지 않았다. 하지만 그녀 덕분은 분명 아니었다.

"물론이지요."

"몰두해서 열심히 하는 모습은 보기 나쁘지 않아. 하지만 기억하도록. 원하는 것이 저 멀리에 있다고 무작정 달려가다 보면 언제부터인가 주위에 아무도 남지 않는다. 주위에 있는 사람들을 소중히 하고 아낄 줄 알아야 해. 감사해야 할 사람에게 분명히 감사하고 사랑하는 사람에게 잊지 않고 사랑을 말해야 한다. 그리고 적은 만들지 않는 게 좋아. 언젠가 예기치 못하게 네 발목을 잡을 수도 있으니까."

말을 하면서 그녀의 얼굴에서 점차 웃음기가 사라지더니 마지막에는 무서울 정도로 굳었다. 그녀가 단지 친절한 조언을 하고 있는 게 아니라는 걸 깨달은 나는 천천히 고개를 숙였다.

"명심하겠습니다, 이데아 님."

"돌아가라. 다음에는 시간을 두고 부르지. 그때는 거절해선 안 될 것이다."

그녀가 그렇게 말했으니 결코 거절할 수 없을 터였다.

인사하고 방을 나오다 나를 빤히 바라보는 왕자와 마주쳤다. 그는 손가락에 낀 반지를 사탕처럼 빨고 있었다. 나는 그에게 우스꽝스럽게 절하고 나왔다.

그 무렵 세 개의 배치도 가운데 중앙, 그러니까 성지가 그려질 곳의 전경을 완성한 나는 새로운 고민에 빠져있었다. 성지에 가본 적이 없는 나로서는 시세로가 들려준 이야기와 몇몇 책의 기록만 보고 상상할 수밖에 없었는데, 공통점은 '그곳까지 가는 길은 너무나 황량하며 오직 멀리서 찬란하게 빛나는 성지만이 보인다'는 것이었다. 한데 도무지 그 황량함이라는 것을 어떻게 표현해야 할지 알 수 없었다.

머릿속에 떠오르는 건 적색 흙과 건조한 바람 그리고 오래도록 침식된 바위 등인데 물감만으로는 제대로 느낌을 살릴 수 없겠다는 생각이 들었다. 따라서 나는 오래도록 착오만 거듭해 온 실험, 즉 재료 섞기를 제단화에 시도해 보기로 마음먹었다.

하지만 그렇게 말했을 때 시세로는 전보다 더욱 경멸감을 드러냈다.

"화가가 물감 이외의 다른 것을 쓰는 건 편법이다. 물감 다루는 솜씨가 아주 형편없다고 스스로 인정하는 거나 다름없지. 흙의 느낌을 표현하고 싶다고 흙을 바를 거면 처음부터 그림이란 게 왜 필요하냐. 흙을 갖다놓고 바위를 갖다놓고 성지까지 아예 가져다 놓지 왜."

"하지만 레이번은 좋은 시도라고 했어요."

"평생 물감 냄새만 맡고 살아온 고루한 늙은이에게 뭔들 새롭지 않겠냐. 그렇지만 난 내 그림 밑에 흙이나 풀 따위를 섞은 조잡한 그림이 그려지는 거 참을 수 없다."

"젠장, 그럼 도제일 때 물감 다루는 법 좀 성실하게 가르쳐주시지 그랬습니까?"

"네놈이 내 도제였냐? 스승님 도제였지. 하다 못해 그렇게 강아지처럼 졸졸 따라다닐 때 레오나드한테라도 배웠어야지. 물감 다루는 솜씨는 그 녀석이……."

거기서 시세로의 말이 끊어졌다. 의아해하던 나는 그의 얼굴이

협오감으로 굳어지는 걸 보고 깨달았다. 방금 레오나르를 칭찬할 뻔했고 그런 자신에게 경악했다는 걸. 나도 모르게 웃어버렸다.

"너 지금 웃었냐? 이 몸이 말씀하시는데?"

"그만해요. 이러다 당신이 좋아지겠어요."

시세로는 어이없다는 듯 입을 벌렸다.

"너 요즘 들어 자꾸 친한 척하는데……."

"미움도 쌓이다 보면 정이 된다고 그랬어요."

"계속 기어오를래?"

나는 어깨만 으쓱였고 그는 등을 돌려 자기 자리로 가버렸다. 가까워질 수 있다고 믿을 때마다 시세로는 그런 식으로 선을 긋고 물러나는 일을 반복했다. 하지만 아무래도 좋았다. 나 역시 그와 필요 이상으로 가까워지는 걸 두려워하고 있었으니까.

고개를 들어 천장을 본다. 작업이 시작된 지 반년이 지난 지금, 스승님의 흔적은 거의 남아있지 않고 시세로의 그림이 모든 걸 뒤덮었다. 그리고 그걸 볼 때마다 가슴속에서 뭔가 꿈틀거렸다.

압도하고 있다. 압도하고 있다. 모든 것을 압도하고 있다.

직감적으로 느낀다. 이것은 장렬한 예술사의 한 페이지이며 언제까지고 사람들의 기억에 아로새겨질 걸작이라는 것을.

완벽하게 채색된 부분은 아직 일부에 불과하지만 그것만으로도 분명히 알 수 있었다. 덮여있던 천이 걷히듯 저 그림이 완전히 모습을 드러낼 때 아마도 나는 마주하리라. 하염없이 무릎 꿇고 바라볼 수밖에 없는 진실로 경애하는 어떤 것과. 만일 존재한다면 그것이야말로 내가 생각하는 신과 가장 가까운 종류의 것이 될 터였다.

나는 시세로를 존경하게 될까 봐 두려웠다. 그렇게 되면 그 아래 내가 그리고 있는 그림을, 그것을 그리고 있는 나를 미워하게 될 것 같았다. 일부러 보지 않고 마음에 두지 않으려 했다. 하지만 시간이 지나고 완성에 가까워질수록 차이가 난다. 그것을 부정할 수 없다.

완성의 그날, 마침내 대성당이 공개되는 그날 사람들은 의아해할지도 모른다. 어찌 거장의 그림 아래 어린아이의 그림이 그려져 있느냐고.

붓을 내려놓고 한숨도 내려놓고 두 손으로 머리를 쓸어 올렸다. 괜찮아. 나는 나만의 그림을 그리면 되니까. 내가 그리고 싶은 건 단지 훌륭한 그림이 아니야. 누구도 흉내 낼 수 없는 유일한…….

그러나 머릿속에 찬란했던 성지의 모습은 점차 희미해진다. 빛이 바랜다. 걸어가면 갈수록 더욱 멀어진다. 고통스럽다. 그것이 바로 이 일을 하는 의미라는데도 괴로움은 어쩔 수 없이 괴롭다. 괴롭다는 느낌밖에 들지 않는다.

끝내고 싶다.

그건 괴로움이 끝나는 게 아니야. 내가 끝나는 거지.

그렇다면 끝나고 싶다.

그러나 미련이, 이제는 어쩔 수 없다는 타협 섞인 미련이 나를 붙잡는다. 소용없는 일에 안간힘을 쓰게 하고 붓이 나아가게 만든다. 물감을 섞고 칠하고 씻어내고 물감을 섞고 칠하고 씻어내고…… 시간만이 미칠 듯이 흐른다.

제단화를 그리고 시세로와 투덕거리고 마로를 신경 쓰고, 가끔 레오나드를 만나고 스승님을 생각하고 사라사를 그리워하면서 시간은 계속 흐른다.

그렇게 아버지의 기일과 내 생일이 함께 속한 달이 다시금 도래하여, 겨울. 화가가 된 지 2년 반, 이데아와 잠자리를 하기 시작한 지 2년이 되는 달이었으며 긴 산고 끝에 사라사가 딸을 출산한 달이었다.

그리고 마지막으로 내 운명이 완전히 바뀐 달이기도 하다.

"어떻게 생각하냐, 이거?"

몰두하고 있던 부분에서 눈을 돌리기까지 상당한 시간이 필요했다. 나는 말을 건넨 상대가 인내심을 잃어버리기 직전 겨우 대답할 수 있었다.

"그게 뭔데요?"

시세로는 손 안에 쥔 종이를 이리저리 흔들며 말했다.

"초대장."

"무슨 초대장이요?"

"예술가들을 위한 행사라는데 난 들어본 적이 없는걸."

그에게서 종이를 받아 훑어보았다. 놀랍게도 이데아의 이름으로 발송된 것이었다.

"왕세자비 전하께서 직접 여는 행사인가 보네요. 예술가들을 좋아하시거든요. 친분도 많으시고."

"난 아무 친분 없는데 갑자기 왜 초대하는 거야?"

"작년에 당신이 그랑프리 대상을 받기도 했고 지금은 바이니 대성당의 천장화를 그리고 있으니 그렇겠지요. 인정하긴 싫지만 유

350

명하기도 하고."

"오호라, 이제 보니 예술가들을 좋아하는 게 아니라 단지 유명인을 좋아하는 거였군."

그의 말이 크게 틀린 것 같지 않아 잠자코 고개를 끄덕였다. 다시 그림에 몰두하려는 찰나 그가 뒤에서 또 말을 걸었다.

"너는 안 가냐?"

"갈 생각 없습니다. 지금은 그림 그리는 것 외에 다른 건 생각하고 싶지 않아요."

"가끔은 기분 전환도 필요하다. 그렇게 몰두만 한다고 안 될 일이 될 것 같냐?"

울컥한 나머지 고개를 홱 돌려 그를 노려보았다. 평소처럼 빈정거렸을 뿐인데 내가 예민한 반응을 보이자 시세로도 좀 놀란 것 같았다. 하지만 굳이 설명해 주고 싶지 않아 시선을 돌렸다.

그날 오후 또다시 작업을 방해하는 손님이 찾아왔다. 방해했다고 하기엔 조금 반가운 손님이었지만 말이다.

"이제 제법 윤곽이 드러나는구나."

"레오나드!"

내 목소리가 좀 컸던지 그가 얼떨떨하게 웃었다.

"그렇게 반가워하는 걸 보니 추위를 견디고 온 보람이 있네."

"아직 초겨울인데 그렇게 추워요?"

"온몸이 얼 지경이야. 그런데 이 안은 희한할 정도로 따뜻하구나."

"열이 잘 빠져나가지 않는 구조로 만들어졌대요. 시세로의 말이라서 난 이해는 못 하겠지만."

"시세로가 그렇다면 그런 거겠지."

"시세로 얘기가 나왔으니 말인데, 얼마 전에 *그*가 글쎄 당신을 칭······."

위쪽에서 단번에 반응이 왔다.

"아 거 되게 시끄럽네! 떠들 거면 나가서 떠들어. 그리고 너 열등생은 입 좀 다물고."

"바깥은 춥다잖아요."

"그럼 저쪽 구석으로 가든가!"

그의 사다리차를 향해 욕설에 해당되는 손짓을 해 보이고 레오나드와 함께 멀찌감치 떨어졌다. 레오나드는 조용히 웃으며 말했다.

"많이 친해졌구나."

"도대체 무슨 기준으로요?"

"그냥, 예전보다 좀 친근해 보여서. 같은 공간에서 작업하면 서로 예민해서 싸우기 십상인데 의외로구나. 워낙 서로 미워하기 때문에 반대의 결과가 나온 건가."

그의 말에 머뭇거리다가 말했다.

"난 이제 그를 미워하지 않아요."

레오나드는 피식 웃었다.

"결국 다들 그렇게 되지."

"결국이라니요. 놀라지 않아요?"

"화가로서 어떻게 미워할 수 있겠니. 저런 그림을 그리는 사람인데."

그가 천장 쪽을 눈짓했지만 나는 돌아보지 않았다. 겨우 다시 그림에 집중하고 있는 지금 그의 그림을 보고 싶지 않았다. 그런 내 기색을 눈치챘는지 레오나드가 고개를 저었다.

"하지 마. 쓸데없이 스스로를 소모하는 짓이야."

"뭐가요?"

"시세로와 너 자신을 비교하는 거 아냐? 그럴 필요 없어."

하여튼 두 사람 앞에서 내가 뭘 숨길 수나 있는지 궁금하다.

"누가 하고 싶어서 한대요? 바로 머리 위에 저런 게 있는데 어쩌라고요."

"오히려 그걸 기쁘게 여기도록 해. 네가 시세로의 그림 때문에 괴로움에 빠진다는 건 그의 뛰어남을 잘 알고 있다는 뜻이지. 몇몇 젊은 화가들처럼 자기가 가장 잘났다고 생각하지 않는다는 말이야. 너에겐 식견이 있고 겸손함이 있어."

"차라리 내가 제일 잘났다고 생각하면서 그렸으면 좋겠어요. 식견 따위 겸손함 따위 몰랐으면 좋았을걸."

"그렇지 않아. 내 말을 믿어, 파도. 그런 사람은 결코 오래가지 못해. 자기가 가장 잘났다고 생각하는 이상 아무것도 배우려 들지 않을 테니까. 하지만 진짜 좋은 그림이 뭔지 알고 있는 너는 그렇지 않아. 왜 그런 좋은 점을 괴로워하는 데 낭비하지? 그보다는 그에게서 뭔가 하나라도 배우려고 노력해 봐. 넌 정말 운이 좋은 거야. 머리 위에서 그가 작업하는 모습을 지켜볼 수 있으니까."

그런가. 그렇게 생각할 수도 있는 건가?

무심코 고개를 돌려 시세로가 작업하는 모습을 바라보았다. 그는 그 거대한 크기의 화폭을 세밀화를 그릴 때나 쓸 법한 아주 자그

마한 붓으로 메우고 있었다. 맨 처음 작업을 시작할 때는 깜짝 놀랄
만큼 뭉텅뭉텅 물감을 칠해서 제대로 할 생각이 있는 건지 의심스
러웠는데 말이다. 그 후로 사용하는 붓이 조금씩 작아지더니 커다
란 윤곽들도 점차 정교하게 변해갔다. 의미 없이 마구잡이로 그어
놓은 선인 줄 알았던 것이 옷의 주름이나 그림자가 되고, 구석에 잘
보이지도 않는 작은 사람들은 몇 날 며칠 매달려 아주 세밀하게 그
려내더니 아무렇지 않게 슥 뭉개버리기도 했다.

   그의 그런 작업은 처음부터 모든 것을 세세히 그리는 나와는 너
무도 달라서 이해하기 힘들었다. 그런데 무엇을 어떻게 배우라고?

   "왜 스승님은 제게 아무것도 가르쳐주지 않은 거죠? 당신과 시
세로에게는 저런 걸 다 가르쳤으면서."

   "우리가 스승님으로부터 많은 걸 배운 건 사실이지만 모든 것을
다 배운 건 아니야. 특히 시세로는 혼자 그려온 시간이 더 길었지."

   슬쩍 남의 탓으로 돌렸던 나는 낯이 뜨거워지는 기분이었다. 시
세로가 가넬 신부 성당의 천장화를 그린 것도 가난했던 시절이라
했으니 공방에 들어가기 전이었을 터. 그는 이미 혼자서 그 모든 걸
익혔던 것이다. 배우지 못해서라는 변명 따위나 내뱉고 있는 나는
어찌나 한심한지.

   "네가 보통 도제들과는 좀 다른 과정을 거친 건 사실이지. 하지
만 나는 그렇게 되도록 내버려 둔 스승님의 결정이 옳았다고 생각
한다."

   "옳았다고요?"

   "넌 특징이 분명하니까. 정석대로 배웠으면 오히려 그게 사라졌

을지도 몰라."

"그런가요? 특징이 분명하다고요?"

"그래. 색감이라고 해야 할지, 그게 참 따뜻하거든. 명암도 효과적으로 사용하고 입체감도 뚜렷해. 어릴 때 흙에다 그림을 그렸기 때문에 생겨난 특징 같구나. 그리고 무엇보다 작은 것 하나하나도 섬세하게 그리는 표현력이……."

그가 내 얼굴을 힐끗 보더니 갑자기 말끝을 흐렸다. 세상 가장 달콤한 음악인 양 그의 말을 듣던 나는 몽롱하게 물었다.

"왜요?"

"너 표정이 좀……."

"하던 말 계속 해줘요. 섬세함이 뭐요?"

"됐다. 그만하자."

"제발요! 칭찬을 들은 게 대체 얼마 만인지 모르겠다고요."

"충분히 해준 것 같구나. 아무튼 너무 걱정하지 말고 계속 그리렴. 저 제단화는 분명히 좋은 그림이 될 테니까."

"그럴까요? 이런 식으로 하다 보면 언젠가 정말 훌륭한 화가가 될 수 있을까요?"

"물론. 네가 그것을 포기하지만 않는다면."

그의 말에 가슴이 뜨끔했다. 요즘 죄다 관둬버리고 싶은 마음이 들 때가 한두 번이 아니었던 것이다.

"하지만 날 믿을 수가 없어요. 날마다 의심하고 또 의심해요. 아무리 해도 안 될 일에 비참하게 매달리고 있는 것은 아닌지, 단지 이 길을 너무 멀리 걸어왔기에 멈추거나 되돌아가는 게 두려워 떠밀려가고 있을 뿐은 아닌가, 그런 생각들을 해요. 목표로 하는 게 너무 멀어서 언젠가 이룰 수 있을 거란 희망도 현실감도 들지 않는다고요."

레오나드는 조용히 웃으며 내 머리를 문질렀다.

"그런 걸 심각하게 고민한다는 건 좋은 일이지. 하지만 너무 멀리 보고 걷다가는 눈앞의 작은 틈도 놓치기 십상이야. 목적지에 다다르기 위해서는 한 발 한 발 똑바로 내려다보며 걷는 것도 중요하지 않을까? 멀다고 투덜거리지 말고 일단 나아가는 거지. 그러다 보면 언젠가 자신도 모르는 사이 다다라 있을 테니까."

뭔가 깨달을 듯 말 듯한 그 순간 저편에서 시세로가 소리를 빽질렀다.

"레오나드, 너 그렇게 한가하냐? 공방 일은 제대로 하고 노닥거리는 거야?"

"오퍼스트가 맡아서 잘하고 있어."

"내가 너한테 맡겼지, 오퍼스트한테 맡겼어?"

레오나드는 고개를 절레절레 저으며 나에게만 들리도록 속삭였다.

"라잔 경은 성질머리 기준으로 공방장을 뽑았다니까."

그런 다음 그는 품에서 뭔가 꺼내 보여주었다.

"듣기로 네가 왕세자비와 친하다고 하던데, 이게 뭔지 아니?"

시세로가 보여준 것과 똑같은 초대장이었다. 시세로에게 설명해주었던 대로 레오나드에게도 간략하게 이야기했다. 다 듣고 난 그는 조금 난감해하는 기색이었다.

"이상하군. 나를 왜 부르는 걸까?"

"시세로까지 부른 걸 보면 새로운 화가들을 만나고 싶은 모양이지요."

그렇게 대답하는데 마음속에서 잠깐 서운함 비슷한 감정이 들었다. 요즘 그녀와 거리를 둔 것은 오히려 내 쪽인데 말이다.

"그렇군. 그럼 난 이만 가볼게. 모임에서 볼 수 있으면 보자."

그가 떠나고 아카데미로 돌아왔을 때 내 앞으로 발송된 초대장을 받았다. 두 사람의 것과 같았다. 좀 의외의 일이었다. 그동안 이데아는 항상 단둘이 있을 때만 나를 불렀지 어떤 모임에 초대한 적은 없었기 때문이다. 소문이 난 지금 괜찮을까 싶었지만 이번만큼은 정말로 거절해선 안 될 것 같아 가기로 했다.

간소한 모임인 줄 알고 평상시처럼 입고 갔던 나는 초대된 사람들 대부분이 화려한 연미복을 입은 걸 보고 주눅이 들었다. 예술가들의 어떤 지적인 모임이 아니라 사교적인 파티에 가까웠던 것이다.

높이 매달린 샹들리에는 수백 개의 촛불을 밝혔고 한쪽에서는 흥겨운 음악 소리가, 다른 한쪽에서는 사람들의 웃음소리가 들려왔다. 길게 늘어선 테이블 위에는 온갖 먹음직스러운 음식과 과일, 음료 등이 준비되어 있고 하인들조차 나보다 고급스러운 옷을 입은 채 시중을 들고 있었다.

어디에 어떻게 서있어야 할지 알 수 없었다. 일단 구석으로 가서 찬찬히 사람들을 훑어보았지만 아는 얼굴이라곤 접근하기 힘든 곳에 앉아있는 이데아와 블레이젝, 이제는 나와 말도 나누지 않는 레이번이 전부였다. 레오나드가 오지 않았나 주위를 두리번거리다 드디어 익숙한 목소리를 들었다.

"귀족들의 파티란 이런 거로구만."

그의 빈정거리는 목소리가 그토록 반갑게 들릴 날이 오리라곤 생각지 못했다.

"시세로!"

그는 내 위아래를 훑어보고 묘한 웃음을 머금으며 물었다.

"너 옷차림이 그게 뭐냐? 왕세자비의 초대인데."

"이런 거일 줄 몰랐다고요. 그런데 레오나드는 같이 안 왔나요?"

"같이 올 것 같냐?"

"하긴. 안 온다고 하던가요?"

"초대받은 줄도……."

말을 하다 말고 그는 어딘가를 보며 놀란 표정을 지었다. 단순한 놀라움이 아니라 의외의 곳에서 찾던 것을 찾은 듯한 기쁜 놀라움이었다. 의아해하며 그가 바라보는 방향으로 눈을 돌렸다.

"어, 키리오니?"

그는 라잔 저택에 왔을 때 그랬던 것처럼 변장을 하고 있었지만 한눈에 알아볼 수 있었다. 그건 시세로도 마찬가지인 것 같았다.

"그 이름을 그렇게 함부로 부르면 어떡하냐?"

"아는 사이인데 뭐 어때요. 키리오니!"

내 부름에 몇몇 사람들이 흠칫하더니 주위를 두리번거렸다. 키리오니 또한 놀란 얼굴로 나를 보더니 황급히 사람들 틈에 몸을 감추었다. 덕분에 나는 좀 머쓱해졌다.

"왜 저러죠?"

"변장하고 있잖냐, 멍청아. 저건 저 사람 취미다. 예고 없이 변장한 채로 나타나 이상한 말을 던지며 파티 주최자의 식견을 시험해 보는 거야. 자기인 줄 일찍 알아차리면 존중을 보내고 늦게 알면 경멸하는 식이지."

시세로가 누군가에게 그처럼 관심을 보이고 설명하는 모습은 처음이라 속으로 조금 놀랐다. 그러고 보니 예전에 키리오니가 공방에 찾아왔을 때도 안에 있는 게 정말 키리오니냐며 집요하게 물었었다.

"서로 아는 사이예요?"

"얼굴만 알지."

"그런데 왜 그렇게 관심이 많아요?"

"관심이 많긴 누가?"

"전에도 그에 대해서 묻더니 오늘은 보자마자 반가워했잖아요."

"무슨 말도 안 되는……."

그때 뒤에서 누군가 내 목을 움켜쥐는 바람에 꽥 하는 소리를 냈다. 급히 손을 치워내고 돌아보니 몽롱하게 눈을 빛내는 키리오니가 있었다.

"부러운 친구로군."

"이젠 그만 이름으로 좀 불러주시죠. 파도 조르디입니다."

"난 자네를 부러운 친구라고 부르는 게 좋아. 아무튼 오랜만에 보니 반갑군. 자네 덕에 하마터면 들통 날 뻔했지만 말이야."

그는 가만히 서있는 시세로를 흘끗 보고 다시 내게 눈을 돌리더니 목소리를 높였다.

"자네 소식은 여기저기서 듣고 있네. 역시 내 안목은 틀리지 않았다니까. 바이니 대성당의 제단화를 그리고 있다지? 그건 참 대단한 일이야. 틀림없이 대단한 일이고말고. 그렇지만……."

뒤에 있는 시세로를 소개시켜 줘야 하나 말아야 하나 고민하던 나는 그의 말에 정신이 번쩍 들었다.

"그렇지만이라뇨? 뭐가 잘못되었습니까?"

"아니, 그건 아니야. 사실 내가 가서 살짝 좀 봤지. 언제였더라. 아무튼 난 좀 기대를 많이 했지. 다른 사람도 아닌 부러운 친구니까. 하지만……."

"하지만 뭐요?"

안달하며 기다렸지만 그는 곰곰이 생각한 뒤에야 입을 열었다.

"기억하나? 처음 자네를 만났을 때 내가 자네 그림에 대해서 뭐라고 했었는지."

"어……."

그때는 흙바닥에 그림을 그리던 시절이었다. 그의 앞에서 뭘 그렸더라? 아마도 골짜기의 전경, 꽃이었을 것이다.

"아, 향기. 향기를 그린 게 독특하다고 했었죠?"

"그래, 그 점이 참 놀라웠어. 한데…… 흠. 단지 그리는 실력만 놓고 보자면 물론 지금과 그때를 비교할 수는 없겠지. 물감 다루는 솜씨와 붓 솜씨는 내가 봐도 확연히 차이가 날 정도로 발전했어. 하지만 그때의 그 반짝거림이 없더군."

"반짝거림이라고요?"

"향기와도 같은 반짝거림. 자네도 어느새 이 도시에 물들어 버린 모양이더군. 꽃과 향기처럼 진실로 살아있는 것들을 그리지 않아. 자네도 종교를 택했어. 또 종교지. 그 점이 좀 맥빠졌네."

뭐라고 말해야 할지 알 수 없었다. 좀 당황스러웠던 것도 같다.

"하지만 제단화니까 어쩔 수 없지 않습니까? 제단화에 종교가 아닌 다른 주제를 어떻게 그리나요."

"다른 주제를 말한 것은 아니야. 뭐랄까, 내가 기대한 건 자네다운 특별함이었네. 다른 수많은 종교화들과 차별되는 어떤 점 말이야. 다른 수많은 풍경화와 차별되었던 향기와도 같이."

내 그림이 다른 수많은 종교화와 아무 다른 점이 없다고?

"그건, 그런 것을 제단화에……."

힘겹게 변명하려는 내 어깨를 키리오니가 잡았다.

"그냥 내가 원하던 것일 뿐일세. 자네 그림은 지금도 훌륭하니까 너무 마음 쓰지 마."

이제 와서 그런 말을 해봐야 마음 쓰이지 않을 리가. 차라리 처음부터 아무 말도 하지 않았으면 모를까.

속상했지만 겉으로 드러내지 않기 위해 무던히도 애를 써야 했다. 키리오니의 말은 내가 쭉 목표로 하던 것에서 완전히 엇나갔음을 선언하는 바나 다름없었기 때문이다.

누구와도 같지 않고 그 누구도 그릴 수 없는 그림을 제가, 그릴 겁니다.

"꼭 그렇지만은 않습니다."

소리가 날 정도로 고개를 홱 돌렸다.

"이 녀석은 확실히 그때의 그걸 잃어버렸죠. 하지만 대신에 얻은 것도 있습니다. 하다 못해 마음가짐만이라도."

그의 얼굴엔 드물게 비웃음이 없었고 목소리마저 진지했다. 게다가 지금 나를 두둔해 주고 있었다. 다른 사람도 아닌 시세로가 말이다.

처음으로 그를 제대로 본 키리오니는 고개를 갸웃거렸다.

"마음가짐이라. 어떤 점이?"

"이 녀석이 그리고 있는 그림을 보셨다 했지요. 그게 무엇이었습니까?"

"성지와 고행길…… 아하."

키리오니는 그것만으로 다 이해했다는 듯 고개를 끄덕였다. 그러더니 갑자기 나에게 정중히 인사했다.

"자네에게 진심을 담은 경의를 표하네. 그것은 결코 말 한마디처럼, 그림 한 장면을 보는 것처럼 쉬운 일이 아니지. 나중에 다시 만났을 때 자네가 어떤 모습을 하고 있을지 궁금하군. 극복한 모습일지, 아니면……."

그는 웃으며 천천히 고개를 흔들었다. 그리고 시세로를 새로이 보았다.

"자네는 사람들의 평판과는 좀 다르군. 조만간 알 기회가 있겠지. 그럼 이 몸은 이만 퇴장일세. 즐기시게나, 젊은이들."

그는 손을 흔들고 출구 쪽으로 걸어가버렸다. 뒤에 남겨진 어색한 침묵은 온전히 우리 몫이었다. 나는 어렵게 입을 열었다.

"고마워요. 당신이 그렇게 말할 줄은……."

그러나 시세로는 듣지 않고 등을 돌려 가버렸다. 그의 뒷모습을 바라보는 기분은 말할 수 없이 복잡했다. 어쩌면 이제는 누구보다도 존경하게 되었을지 모르는 사람. 그가 나를 인정해 준 것이다. 실력은 모르겠지만 적어도 마음가짐 하나는.

지나가던 하인이 들고 있던 쟁반에서 샴페인 잔 하나를 손에 잡았다. 어색하고 낯설면서도 조금은 쑥스러운 기쁨 속에 혼자 축배를 들었다. 언젠가는 그에게서 마음가짐이 아니라 실력으로 인정받고 싶었다. 반드시 그런 날이 오게 하리라.

적당히 취기가 올랐기에 파티장 구석 휘장이 드리워진 방에 누웠다. 안에는 푹신한 안락의자가 준비되어 있었는데 술이 깨길 기다리는 동안 방의 용도가 궁금해졌다. 잠시 후 들뜬 웃음소리와 함께 두 남녀가 휘장을 걷고 들어왔다가 사과하곤 또다시 웃음을 터뜨리며 나갔다. 그제야 어떤 용도로 쓰이는지 알 수 있었다.

이데아가 이번 모임에서 찾으려는 건 어쩌면 새로운 화가가 아니라 새로운 정부인지도 모른다. 아무래도 상관없었지만 문득 이전 정부는 어떻게 되는 건지 궁금해졌다. 입막음을 부탁하고 더 이상 찾아오지 말 것을 종용할까? 그게 전부라면 다행이겠지만.

그때 문이 열렸다 닫히는 소리가 들렸다. 의자 뒤편이었다. 그런 곳에 문이 있는지 몰랐기에 놀라서 몸을 일으켰다. 뭔가 웅크리고 있는 것 같은데 어두워서 잘 보이지 않았다. 그쪽으로 조심스럽게 접근하면서 까닭 모를 불안감을 느꼈다. 그냥 나가는 게 나을지도

몰랐다. 하지만 돌아서려는 순간 어둠 속에서 사람의 형체가 몸을
일으켰다.

"부인, 부인."

나는 간신히 비명을 지르지 않을 수 있었다.

"와, 왕자님?"

멎을 뻔했던 심장이 항의하듯 쿵쿵거렸다. 어둠 속에서 비틀비
틀 걸어 나온 사람은 다름 아닌 왕세자였다. 언제나처럼 입 주변은
침 범벅이고 옷도 넝마였다.

"여기서 뭘 하시는 겁니까? 어떻게 오신 거예요?"

"부인, 부인……."

왕세자비를 찾아 나온 모양이었다. 휘장 밖으로 나가려는 그를
붙잡아두기는 했지만 어떻게 해야 할지 알 수 없었다.

"여기 가만히 계십시오. 여기서 기다리시면 부인이든 블레이젝
이든 불러올 테니까요."

하지만 그는 고집을 부리며 자꾸만 바깥으로 나가려고 했다. 슬
쩍 짜증이 치솟아서 그가 나가든 말든 가만 놔둘까 생각했다. 하지
만 많은 사람들 앞에서 이런 모습을 보인다면 모임을 주최한 이데
아의 체면은 말이 아니게 될 것이다. 하는 수 없이 그가 처음 나타
난 어둠 속으로 걸어갔다.

"분명히 문 같은 게 닫히는 소리를 들었는데……."

어둠 속을 더듬으니 차가운 벽이 만져졌다. 그대로 벽을 짚으며
조금 더 들어가자 발에 뭔가 탁 걸렸다. 나무판자라도 세워져 있는
것 같았다. 한참을 살펴본 끝에 벽에 난 통로를 발견했다. 왕자는

그곳으로 나온 것 같았다.

"무슨 비밀 통로라도 있나 보죠? 아무것도 모르시는 분이 이런 건 어떻게 찾은 건지…… 아무튼 여기로 되돌아가세요."

왕자를 떠밀었지만 그는 우는 소리를 내면서 내게 와락 달려들었다. 당황한 나머지 그를 떼어내려 했지만 왕자는 무섭도록 내 품에 매달렸다. 한참을 엎치락뒤치락 한 끝에 간신히 그를 문 안쪽으로 밀어 넣었다. 좀 야박하다는 생각이 들었지만 그대로 문을 닫을 수밖에 없었다.

그런데 문이 닫히기 직전 저편에 서있던 왕자와 눈이 마주쳤다. 너무도 기괴한 모습에 하마터면 소리를 지를 뻔했다. 그는 그곳에서 똑바로 나를 노려보고 있었다. 입가엔 부자연스러울 만큼 커다란 미소를 그린 채.

쿵.

문이 닫힌 뒤 한참을 그 자리에 서있었다. 등이 기분 나쁜 땀으로 축축해졌다. 그럴 리가. 분명 내 착각이었을 거다. 문조차 제대로 보이지 않는 이런 어둠 속에서 내가 왕자의 얼굴을 봤을 리 없다.

처음 이데아와 잠자리를 하고 나왔을 때도 이런 일이 있었다. 자고 있는 왕자의 얼굴을 보면서 그가 우리를 계속 지켜보았을지도 모른다고 생각했었다. 모두 내 죄의식이 만들어낸 환영인가?

극도의 피로감을 느끼며 다시 안락의자에 누웠다. 이데아나 블레이젝에게 알려야 한다는 생각이 들었지만 도저히 그럴 기운이 나지 않았다. 좀 전의 일로 술이 확 깬 기분이었지만 대신 피로가 몰려왔다.

"파도."

감기던 눈이 번쩍 뜨였다. 한참이나 눈동자를 굴리다가 간신히 위쪽에서 얼굴을 발견했다. 사랑스러워 몹시도 견딜 수 없는 얼굴이다. 깊은 눈동자와 부드러운 미소 그리고 내 얼굴을 쓰다듬는 손까지. 감당할 수 없는 행복감에 젖어 나는 그녀의 얼굴을 끌어당겨 키스했다.

"파도, 이러지 마."

"꿈 정도는 마음대로 할 수 있게 해주십시오."

"꿈이 아니란 거 알고 있으면서. 능청스러운데?"

"그럼 잠결이라고 해두죠."

그녀의 입술과 얼굴에 입을 맞췄지만 잠시뿐이었다.

"그만해."

그녀의 단호한 목소리에 아쉬워하면서 놓아주었다. 대신 사라사는 내 품에 안기듯이 누웠다.

"여기 와 계셨습니까?"

"응. 좀 전에."

"오셔도 괜찮습니까?"

"상관없어. 그 사람이 내가 어딜 가고 안 가고까지 결정하진 않으니까."

블레이젝과 결부시켜 한 질문은 아니었는데 그녀는 여전했다. 쓴웃음이 나왔다.

"아기를 혼자 두어도 괜찮냐는 뜻이었습니다."

"유모가 돌봐주고 있어."

"아기 이름은 뭐지요?"

"뒤벨."

이번에는 진심으로 웃고 말았다.

"여자아이 아니었나요?"

"나중에 커서 자기 이름을 왜 남자 이름으로 지었느냐며 원망할까?"

"저라면 그럴 겁니다."

"하지만 그렇게 붙이고 싶었는걸."

뒤벨 자작이 살아있었다면 뭐라고 했을지 궁금해졌다. 아니, 살아있었다면 아기가 그런 이름을 가질 일도 없었으려나.

"아가씨를 닮았다면 대단한 미인이겠군요."

"유감스럽게도 아버지를 닮았어. 특히 눈동자가 똑같아."

"자비 없는 기사를 닮았고 이름까지 뒤벨이라. 나중에 크면 무시무시한 숙녀가 되겠군요."

"너무 무시무시해서 아무도 부인으로 맞이하지 않으려고 하면 파도가 신부로 삼아줘."

그녀와 나 둘 다 키득거리고 웃었다. 한 살짜리 아기의 약혼자가 결정되는 순간이었다.

"농담이시겠죠?"

"진지하게 말하는 거야."

"잔인하시군요. 그때까지 혼자 있으라는 건가요?"

"다 늙어서 아름답고 젊은 신부 맞이하면 좋지 왜."

"장인어른께서 저를 죽이려 드시지 않을까요?"

"그럴까? 아무리 그 사람이라도 딸에게는 좀 인간적인 모습을 보이려나……."

그러고 보니 상상이 가지 않았다.

"아기가 태어났을 때 기뻐하지 않던가요?"

"잘 모르겠어. 기뻐하는 얼굴은 아니었지만 평소처럼 무감각한 얼굴도 아니더군. 꼭 세상에서 처음 보는 이상한 물건을 들고 있는 사람 같았어."

그때의 기억이 떠올랐는지 그녀가 짧게 웃음을 터뜨렸다. 그녀의 숨소리가 가슴을 건드리니 심장이 들락거리는 기분이었다.

"정말 그랬어요? 보고 싶은데요."

"다시 보여주지는 않더라고. 자기가 그랬다는 사실을 본인도 용서할 수가 없는가 봐."

그녀는 또다시 웃음을 터뜨렸다.

"그뿐만이 아니야. 나한테 수고했다면서 선물을 주겠다고 했어. 뭐든 원하는 게 있으면 말하래. 들어준다고."

"그답지 않게 파격적인데요."

"그렇지? 흔치 않은 기회일 테니 오래도록 곰곰이 생각해 보려고. 무얼 바라야 할지 잘 모르겠어. 사실 그 사람이 그런 말을 했다는 것만으로도……."

그녀의 목소리가 조금씩 가라앉았다. 잠시 여운이 흐르고 나서 그녀는 아른거리는 목소리로 다시 말했다.

"모두 아기 덕분이야. 그건 아주 이상했어. 손발을 꼼물거리며 움직이는, 진짜 살아있는 생명체가 내 몸에서 나왔다는 게 말이야.

게다가 도저히 말로 표현할 수 없이 아름답기까지 해. 내가 어떻게 그런 걸 낳았을까? 아직도 아기의 얼굴을 볼 때마다 어딘지 모르게 생경해. 물론 온몸이 찢어지는 것 같던 고통은 기억하지만 그 고통의 결과가 아기라는 것은 어쩐지 연결이 잘 안 돼."

"아기의 어머니가 아가씨인 건 틀림없는 거죠?"

내 농담에 그녀가 웃으며 내 가슴을 때렸다.

"당연하지. 그 아기는 내 아기야, 내 아이라고. 내 딸. 내……."

그녀는 입을 다물었다. 나는 그녀의 다음 말을 기다리면서 자세를 바꿀까 생각했다. 목이 아까부터 저려왔기 때문이다. 하지만 조금이라도 움직였다가는 그녀가 그만 일어서 버릴까 봐 걱정이 되었다.

"그 아기는 나처럼 살면 안 될 텐데."

예고도 없이 텅 빈, 허무의 나락에서 간신히 건져 올린 듯한 한마디가 그녀의 입에서 흘러나왔다. 순간 말문이 막혔다.

"사랑하는 사람과 살아도 행복하지 않고, 처음으로 내 아기를 가졌는데도 행복하지 않고, 나를 아끼고 사랑해 주는 사람의 품에서도 행복하지 못한 나처럼, 그렇게는."

탄식이든 고함이든 무슨 소리인가 낼 것 같아 입을 꽉 다물었다. 대신 몸을 뒤척여 두 팔을 자유로이 풀어냈다. 예상했던 대로 그녀는 그만 일어서려 했다. 하지만 나는 두 팔로 그녀를 꽉 끌어안았다.

"아가씨는 도대체 어떻게 해야 행복할 수 있나요?"

그녀는 힘을 주어 저항하다 곧 포기했다.

"모르겠어. 어떻게 해야 행복해질 수 있지?"

"제가 존경하고 또 좋아하지 않는 어떤 사람은 이런 말을 하더군요. 괴로움을 끝내고 싶다는 내 말에 왜 군이 괴로움을 끝내야만 하느냐고요. 괴로움 자체가 사는 의미일 수 있다고. 어쩌면 아가씨의 질문에도 같은 대답이 필요할지 모르겠습니다."

"괴로움이 삶의 의미라고?"

"영원히 행복한 상태로 사는 사람은 본 적 없습니다. 아마도 그건 사람에겐 불가능한 일이겠지요. 그렇다면 아가씨도 아마 저와 같은 길을 가야 할 겁니다."

"그게 무슨 길인데?"

"괴로움을 위해 기꺼이 괴로움을 선택하고, 그것으로 자신을 증명하는 길입니다."

그녀는 힘없이 웃었다.

"스스로를 학대하는 길?"

"아니요, 그건…… 아니, 역시 그럴지도 모르겠습니다. 하지만 대신에 그 길을 가는 동안 수많은 부산물들이 생겨나지요. 아름다운, 사람들을 감동시킬 수 있는, 어쩌면 영원할…… 저 자신을 구원할 수 있는 그런 것들이요."

"그림이구나."

그녀는 현명하게 대답했다. 나는 고개를 끄덕였다.

"아가씨에게는 아기입니다."

그녀도 나를 따라 고개를 움직였다. 그리고 내 가슴에 부드러이 얼굴을 비볐다. 잠시 후 뜨겁다가 곧 식어버리는 것이 옷 속으로 파고들었다. 나는 내 품이 그것을 받아주기에 충분하기만을 바랐다.

휘장 바깥에서 소란스러운 기색을 감지한 건 그로부터 조금 후였다. 내가 움직이자 사라사도 움찔하면서 몸을 일으켰다.

"뭐지?"

채 몸을 추스를 시간도 주지 않고 휘장이 걷혔다. 홀에서부터 오는 역광으로 인해 우리 둘 다 눈을 가려야 했다. 빛을 등지고 선 거대한 형체는 우리 둘을 묵묵히 내려다보고 있었다. 왜인지 압도된 채 눈을 가늘게 떴다.

"사라사."

나직한 목소리에 가슴이 철렁 내려앉았다. 하지만 내 품에 반쯤 안겨 있던 사라사는 놀란 기색도 없이 차분하게 대답했다.

"예."

"와있었습니까?"

"예."

"언제부터?"

"조금 됐군요."

"뒤벨은 어디 있습니까?"

남자 같은 딸의 이름을 그는 웃지도 않고 불렀다.

"유모와 있어요."

"그렇습니까. 지금 이쪽은 비상사태입니다. 홀 밖으로는 아무도 나갈 수 없으니 옷을 추스르고 나오십시오. 모두 모여야 하니까요."

"알겠어요."

자기 부인이 다른 남자의 품 안에 누워있는 걸 봤는데도 그에게는 일말의 동요조차 없었다. 나는 질리는 기분으로 물었다.

"비상사태라니 무슨 일입니까?"

그제야 블레이젝이 나를 똑바로 바라보았다. 그의 하얀 눈과 마주치는 순간 나도 모르게 숨을 죽였다.

"너도 나와라."

그는 휘장을 홱 치면서 바깥으로 나갔다.

"뭐해? 어서 나가."

사라사가 머리를 정리하면서 힐난하듯 말했다. 그제야 그녀에게 혼자서 정돈할 시간이 필요하다는 걸 깨달았다.

휘장을 걷고 나오니 아찔할 정도의 빛이 눈을 찔렀다. 눈을 비비면서 걷는 나를 누군가가 잡아챘다.

"대체 어디 있었던 거야?"

고개를 드니 반가운 얼굴이 보였다.

"레오나드, 언제 왔어요?"

"아까 왔어. 시세로한테 네가 와있단 이야기를 듣고 계속 찾았는데 안 보이더구나."

나는 휘장을 가리켰다. 거기 있었다는 뜻으로 그렇게 한 건데 공교롭게도 그 순간 사라사가 불쑥 나왔다. 레오나드는 눈을 휘둥그레 뜨더니 나와 그녀를 번갈아 보았다.

"너 어떻게…… 설마 아가씨하고?"

"아, 아니에요. 우연이에요. 내가 있던 곳은 그 옆이에요."

"어쩐지. 깜짝 놀랐구나. 한데 저 아가씨 오랜만에 보는구나."

안도하며 가슴을 쓸어내리는데 시세로가 슥 다가오며 못마땅한 표정으로 말했다.

"뭐야, 대체? 한창 재미있었는데 무슨 긴급 상황이라는 거야."

"당신도 몰라요?"

"몰라. 예전에 라잔 공방에서 같이 지낸 녀석들을 만나서 한창 레오나드를 욕하던 중이었지. 오랜만에 정말 유익한 시간이었어."

"그 레오나드 여기 있거든?"

"있었냐?"

홀에는 우리처럼 어리둥절한 표정으로 서로에게 무슨 일인가를 묻는 사람들이 있었다. 하지만 대부분은 단상 쪽의 이데아를 바라보며 수군거렸다. 이데아가 문제인가 싶어 그들처럼 눈을 돌렸던 나는 깜짝 놀랐다. 그녀의 곁에 왕자가 있었던 것이다.

"제기랄, 그냥 방으로 돌아가버릴 것이지 또 어떻게 나온 거야."

"왜 그래?"

"저기 있는 저 남자, 왕세자비의 남편이에요. 왕자라고요."

레오나드는 그쪽을 돌아보고 눈을 크게 떴다.

"저 사람이? 정말?"

"예. 저런 상태라서 방 밖으로 잘 나오지 않아요. 한데 어쩌다가 오늘은……."

그때 이데아가 손을 들어올렸다. 홀 안이 순식간에 고요해졌다. 그녀는 고고한 자태로 자리에서 일어났다. 왕자가 그녀의 다리에 우스꽝스럽게 매달렸지만 웃는 사람은 아무도 없었다.

"흥을 깨게 되어 유감입니다. 먼저 사과드립니다."

그녀의 낮은 목소리는 홀 안에 위엄 있게 울렸다.

"몇몇 분들은 이미 아실 테지만 처음 뵙는 분들이 더 많을 겁니

다. 인사드리십시오. 이분은 훗날 이 나라를 다스릴 당신들의 왕세
자십니다."

예상대로 사람들 사이로 혼란이 번졌다. 지금 왕세자비께서 농
담을 하신 거지? 저자가 우리의 왕자라고? 그렇게 속삭이는 소리
도 들렸다.

이데아는 굳건한 얼굴로 사람들을 내려다보았고 결국 앞에 있던
사람들부터 차례대로 고개를 숙였다. 번져가는 인사 행렬에 나와
레오나드도 동참했지만 시세로는 불성실하게 서있기만 했다.

인사가 끝나자 이데아는 짧지도 길지도 않은 시간 동안 고개를 숙
여 감사를 표했다. 그리고 다시 단호한 어조로 입을 열었다.

"몸이 조금 불편하신 관계로 평소 공식 석상에서의 업무를 내가
대신 해왔습니다. 그런 까닭에 귀한 분들도 내 이름으로 초대했던
건데 왕자님께서 오늘 이곳에 반드시 만나보고 싶은 사람이라도
있으셨던 모양입니다. 그분을 위해서라도 그 만남이 이루어졌기를
바랍니다."

사람들은 슬금슬금 서로의 눈치를 살폈다. 그게 누군지 궁금해
하기 보단 왕세자비가 대체 무슨 말을 하려는 건지 의아한 눈치
였다.

"한데 그 와중에 한 가지 유감스러운 일이 발생하고 말았습니다.
물론 몸이 불편한 왕자님께서 실수하셨을 가능성 또한 없지 않으
나, 누군가 이분께 불경한 짓을 저질렀을 가능성 또한 배제할 수 없
습니다."

도대체 이게 무슨 소리지? 사람들의 고갯짓이 빨라졌다. 하지만

사정을 아는 사람은 없어 보였다. 갑자기 심장이 불규칙하게 뛰기 시작한 나를 제외하고는 말이다. 불경한 짓이라고 불릴 만한 일이라면 아까 내가 했다. 감히 왕자를 통로 안으로 밀어 넣고 문을 닫아버렸지.

이데아는 칼같이 말을 내리쳤다.

"왕자님께서 항상 몸에 지니고 다니시던 소중한 물건이 없어졌습니다. 대대로 왕의 후계자에게만 물려지는 그것은 왕가의 문양이 새겨진 진귀한 반지입니다. 거기 박힌 진홍색 다이아몬드의 가치는 수치로 표현할 수 없으며 그 상징성에 있어서도 감히 값어치를 매길 수 없는 물건입니다."

그제야 사람들의 입이 열리며 큰 술렁임이 지나갔다. 놀라기는 했지만 나는 가슴을 쓸어내렸다. 내가 한 일을 말하는 게 아니었던 것이다. 하긴 왕자는 그런 걸 고자질할 능력도 없을 것이다.

"그래서 이 중 하나가 범인이라는 건가."

시세로가 못마땅한 듯 투덜거렸다. 레오나드도 동의하듯 고개를 끄덕였다.

"이곳엔 적지 않은 수의 유명인사들이 있으니 만약 도난당한 게 아니라고 판명되면 왕가의 체면이 말이 아니게 될 텐데."

단상 위로 뛰어오른 블레이젝이 이데아에게 다가가 몇 마디를 속삭였다. 이데아는 눈을 질끈 감았다가 뜨며 말했다.

"물론 내가 오해했다면 귀한 분들께 큰 결례를 범하는 것이 아닐 수 없습니다. 그러나 왕자님께서 기거하시는 곳과 홀 근처를 수색해 본 결과 어디에서도 반지가 발견되지 않았다고 합니다. 이곳에서 잃어버렸거나 도난당했을 가능성이 크니 혹시 누구라도 그와 비슷한 반지를 보았거나 가지고 있다면 솔직하게 말해주기 바랍니다. 반지의 정체를 모른 채 주워 가지고 있었을 뿐이니 죄를 묻지 않겠습니다."

시세로는 코웃음을 쳤다.

"대신 망신을 주겠지."

"망신이요?"

"여기 있는 사람들 모두 이름깨나 알려진 자들이지. 알고 그랬으면 자기가 탐욕스러운 인간임을 인정하는 꼴이고, 모르고 주웠다 해도 식견이 부족함을 만인 앞에 드러내는 건데 그걸 주웠다 한들 나설 리 있겠어?"

"하지만 숨겼다가 들통나면 더 큰 죄가 될 텐데요. 차라리 망신을 당하고 말지 칼에 맞아 죽고 싶진 않을걸요. 왕가의 보물을 훔친 거면 즉결도 가능할 텐데."

레오나드도 고개를 끄덕였다.

"누군지 몰라도 빨리 나타났으면 좋겠어."

이데아의 말이 끝나고 한동안 시간이 흘렀지만 모두 서로의 눈치만 볼 뿐 나서는 자가 없었다. 이데아는 예상하고 있었던 듯 조용히 한숨을 흘려보내고 입을 열었다.

"하는 수 없군요. 씻을 수 없이 무례한 일이라는 걸 잘 알지만 감히 여러분 모두의 몸을 수색해야겠습니다. 양해를 부탁드립니다."

당장 여기저기서 불만이 터져 나왔다. 그곳에는 한 자리 숫자의 계급을 가진 귀족도 있었고 참석자 대부분이 나이 지극한 거장 혹은 명사들이었다. 하지만 블레이젝은 단호히 명령을 내렸고 기사단이 일사불란하게 사람들을 에워쌌다. 신사들은 소리 높여 항의했고 레이디들은 서로 앞으로 나서지 않으려고 안달이었다. 이데아는 끝까지 지켜보겠다는 태도로 자리에 앉아있었다. 한데 그때였다.

"부인, 부인."

왕자가 더듬거리며 입을 열었다. 모두가 소란을 멈추고 왕자를 주목했다. 그의 입은 벌어져 있고 시선은 어디에도 고정되지 않았다. 그런 상태로 그가 손을 들어올렸다.

처음에는 그게 어떤 의미인지 알 수 없었다. 왕자는 팔을 뻗었고 주먹을 쥐었으며 마지막으로 그중 한 손가락을 폈다. 결과적으로 그는 어딘가를 가리키게 되었다. 사람들의 시선이 모두 그것을 따라갔다. 하지만 나는 고개를 돌릴 수 없었다. 돌릴 곳이 없었다.

손가락이 나에게로 향했을 때, 그저 어리둥절한 기분밖에는 아무것도 느낄 수 없었다. 허탈한 웃음이 나와서 이 재미있는 농담을 함께 즐기자는 기분으로 주위를 둘러보았다.

자, 이 중 누구라는 겁니까? 누가 반지를 감추고 있다는 거죠?

한데 모든 시선이 나에게로 되돌아왔다. 나는 한 바퀴 빙 둘러본 뒤 제자리로 돌아왔다. 시세로와 레오나드마저 나를 쳐다보고 있었다.

"나……요?"

손가락으로 스스로를 가리켜 보이며 물었다. 긍정은 먼 곳에서 되돌아왔다. 끄덕끄덕. 왕자는 헤 웃으면서 고개를 열심히 끄덕였다.

순식간에 내 주위로 원이 생겨났다. 무슨 전염병자라도 있는 것처럼 사람들이 후다닥 뒤로 물러선 것이다. 나는 물러서지 않은 사람들 중에 레오나드, 거기에 시세로까지 있다는 것에 안도와 당혹감을 느꼈다.

　"어, 저기. 전 아닙니다. 그런 거 본 적도……."

　아니, 본 적은 있었다. 언젠가 왕자가 손가락에 그것을 끼고 있는 걸 봤다. 그때 그는 그것을 사탕처럼 빨고 있었다. 그럴 상황이 아닌데도 웃어버릴 뻔했다. 거기에 분명히 왕가의 문양이 새겨져 있었다. 그런데 진홍빛이었던가? 그래도 왕자라고 그런 것을 낀다는 식의 생각을 했던 건 똑똑히 기억했다.

　그때 기사들이 철컥철컥 소리를 내며 다가왔다. 그들의 맨 앞에는 블레이잭이 있었다. 그의 얼굴을 보는 순간 그제야 겁이 덜컥 났다. 나는 필사적으로 이데아를 향해 외쳤다.

　"전 아닙니다!"

　그녀도 자리에서 일어선 상태였다. 조금 놀란 듯했지만 그게 다였다. 지금 이 말도 안 되는 상황과 자신은 아무런 관련도 없다는 듯했다.

　"제가 그럴 사람입니까? 저 사람은 단지 내 얼굴을 알기 때문에 저를……."

　"입조심해라. 네가 누굴 지칭하고 있는지 똑바로 봐라."

　블레이잭의 입이 열리고 얼음장 같은 목소리가 흘러나왔다. 나는 기세에 질려 입을 다물었다. 그는 분명한 동작으로 시세로와 레오나드에게 물러나라는 지시를 했다. 하지만 두 사람 다 움직이지 않았다. 레오나드는 나를 막아선 채 등을 보이며 물었다.

"파도. 넌 분명히 아니지?"

"아니에요. 맹세할 수 있어요."

"그럼 간단하군. 몸수색을 하라고 해. 만약 반지가 나오지 않는다면 너를 몰아세운 왕자만 우스운 꼴이 되겠지."

레오나드의 목소리는 냉담하기 그지없었다. 게다가 그는 블레이잭을 정면으로 노려보고 있었다. 언제나 유약해 보였는데 뜻밖의 모습이었다. 시세로도 한마디 거들었다.

"거 반지 하나 가지고 되게 유세네. 홀딱 옷 벗고 끝내버려."

당혹해하는 내게 블레이잭이 저벅저벅 걸어왔다. 그의 칼을 한 번 쳐다보고 얼굴을 올려다보았다. 설마 혐의만으로 칼을 휘두르지는 않겠지? 그는 한 걸음이면 닿을 거리에 와서 멈춰 섰다. 그리고 무뚝뚝하게 말했다.

"그들의 말대로다. 몸수색을 해서 반지가 나오지 않으면 보내주도록 하지."

나는 이데아 쪽을 곁눈질했다.

"왕세자비께서도 약속하시는 겁니까?"

"내 말이면 충분하다."

그의 자신감 넘치는 태도에 왠지 모를 불안감을 느끼면서 두 팔을 들어올렸다.

"그럼 마음대로 하십시오."

시세로와 레오나드는 그제야 물러났고, 탐탁지 않은 눈으로 나를 쳐다보던 블레이잭은 근처에 있는 다른 기사를 고갯짓으로 불러냈다. 부름에 응한 기사가 다가와 내 옷을 뒤지기 시작했다. 그러는 동안 나와 블레이젝은 서로에게서 단 한 번도 눈을 떼지 않았다. 그건 일종의 기세 싸움 같은 거였다.

반지가 나오지 않기만 해봐. 당신도 망신당할걸? 당신은 개처럼 충성만 바칠 뿐 진짜 중요한 게 뭔지 모르고 있어. 당신 곁에 있는 아가씨는 넘치도록 사랑받아도 부족하다고. 빌어먹을, 휘장 속에 있는 우리 둘의 모습을 보고 분노했다면 차라리 나를 때렸어야지!

블레이젝은 아무 말도 하지 않았다. 눈빛으로는 분명히 무언가 말하고 있는 것 같은데 읽어낼 수가 없다. 시세로나 레오나드라면 알까?

내 몸을 더듬던 기분 나쁜 손길이 마침내 멎었다. 드디어 끝났다는 사실에 두 팔을 내리고 의기양양하게 블레이젝을 노려보았다. 어떻게 그들이 나를 의심할 수가 있단 말인가? 저 천치가 아무나 가리킨다고 그걸 다 믿다니, 내가 몇 번을 그 방에 드나들었는데 이제 와 이런 짓을 한단 말인가. 특히 이데아는……

그때 주위가 너무 조용하다는 걸 깨달았다. 모두들 아직도 이쪽을 바라보고 있었다. 상황 파악 못 하는 그들의 바보 같은 표정 때문에 짜증이 났다. 뭐가 더 남은 거야? 참을 수 없이 혐오스러운 기분을 느끼던 나는 거기 있는 모든 사람들이 어딘가를 뚫어져라 보고 있다는 걸 깨달았다.

고개를 돌리니 위로 천천히 올라가는 손이 보였다. 사람들의 시선은 모두 그걸 따라가는 중이었다. 높이, 점점 더 높이. 이윽고 홀 안의 모든 사람들이 볼 수 있도록 팔이 하늘로 쭉 뻗어갔다.

조명에 반사되는 빛이 눈부시다. 차갑고 붉고 아름다운 보석. 기사의 손에 반지가 들려있었다. 선명한 새와 해의 그림. 왕가의 문장도 박혀있다. 어디서 많이 본 듯한 반지였다.

갑옷을 입은 기사들이 순식간에 나를 에워쌌다. 그때까지도 나는 이게 무슨 일인지 전혀 이해할 수가 없었다.

"역시 너였군."

블레이젝이 간단히 상황을 정리했다. 하지만 나는 뭐가 나라는 건지 알 수 없었다. 그는 기사로부터 반지를 받아들고 이데아를 돌아보았다.

"범인이 밝혀졌습니다. 어떻게 할까요?"

이데아의 얼굴은 하얗게 굳어있었다. 그녀와 눈이 마주치는 순간 나는 지금 이게 어떤 일인지 깨달았다.

"아닙니다!"

벼락같은 외침에 모두가 나를 돌아보았다.

"아니라고요. 내가 아닙니다. 이건 뭔가 오해가, 오해가 있어요. 잘못됐어요. 난 그 반지를 본 적도 없어요. 그게 왜 여기 있냐고요!"

"왕자님께서 반지를 잃어버린 뒤 너를 가리키셨다. 그리고 반지가 너에게서 나왔고. 이보다 분명할 수는 없다고 생각되는데?"

블레이젝의 차분한 대답에 돌아버릴 것 같았다.

"이건 모함입니다. 누군가 내 옷에 그걸 집어넣은 거예요. 누가 집어넣은 거라고요!"

어떻게 이보다 분명한 사실을 아무도 모를 수가 있단 말인가? 어떻게 제대로 알아보지도 않고 모두들 내가 범인인 것처럼 힐난하듯 바라볼 수가 있단 말인가? 어떻게 이데아가 나를 저런 눈으로 보는가?

"누가 그런 짓을 한다는 말이지?"

블레이젝이 담담히 반문했다. 나는 그때 필사적이었다. 누구든 의심 가는 대상을 찾기만 하면 그를 몰아세울 작정으로 고개를 움직였다. 먼저 레오나드의 얼굴이 보였다. 그는 놀라면서도 걱정하는 얼굴이었다. 가끔 숨길 수 없는 과거의 오만함이 언뜻 드러날 때도 있지만 그 때문에 나를 미워하지는 않는다. 경멸할지언정, 그는 아니었다.

사람들 틈에 사라사의 얼굴도 보인다. 그녀는 손으로 입을 막고 있었다. 아른거리는 눈망울에는 의혹과 충격, 걱정이 묻어있다. 미치도록 사랑스러운 당신. 당신을 사랑한 대가가 이건가? 이것뿐인가? 거기 가만히 서있지 말고 나를 구해달란 말이야!

이데아의 얼굴도 보인다. 그녀는 차갑게 눈을 내리깔고 있었다. 믿는 건가? 그래, 믿는 건가? 내가 아니라 당신의 바보 왕자를 믿는 건가? 아니지. 이걸 이용해 당신은 나를 버리려는 거다. 뒤벨 자작만큼은 진심으로 사랑했다고? 헛소리! 이런 식으로 당신은 당신의 욕망만 채우고 내버리는 거다. 저주받을 여자 같으니!

그리고 마지막으로 시세로의 얼굴이 보였다.

"당신이군요."

어떤 생각도 연결고리도 없이 입이 먼저 말을 토해냈다. 하지만 그가 내 마지막 희망이었다. 그만이 내 마지막 절망이었다.

시세로는 기막힌 듯이 입술을 비틀어 올렸다.

"뭐?"

"당신이에요. 그래, 당신이죠? 항상 날 미워했잖아요. 어떻게든 날 깔아뭉개려고 안달이었어요. 왜 이제야 당신이 떠올랐죠? 처음부터 이런 짓을 할 사람이라곤 당신밖에 없었는데. 당신이 그랬죠?"

"어이, 입조심해."

"아니, 당신이야! 당신이 틀림없어요. 당신이 이걸 내 품에 집어넣은 거야. 그러려고 다가온 거죠? 항상 날 끌어내리고 싶어 했잖아요. 죽이고 싶어 했잖아요. 내가 그렇게나 당신에게 위협적이었나요? 내가 두려웠어요? 당신은 비열해요. 실력으로 하지 않고 그림, 당신의 그 망할 그림으로 나를……."

맙소사. 도대체 내가 지금 무슨 말을 하고 있단 말인가.

맥이 풀려 그 자리에 주저앉았다. 벌레 같은 혐오감과 참을 수 없는 증오가, 미칠 듯한 억울함만이 솟구쳐 오른다. 아니야, 이게 아니야. 뭔가 다 잘못됐어. 장난인 거야. 꿈인 거야. 연극인 거야.

"파도 조르디."

거의 공황 상태가 되어 멍하니 고개만 들어올렸다. 내 이름을 부르는 사람의 서로 다른 두 개의 눈동자 때문에 어지러웠다. 제발 나를 그만 괴롭혀. 내가 아니잖아. 당신은 당신의 개인적인 감정 때문에 이러는 거야.

"너는 왕가의 보물을 훔쳤고 여기 있는 모두가 그 증거를 보았으므로 의심과 변명의 여지가 없다. 판결은 왕세자비께서 하실 거다."

블레이젝은 고개를 돌려 이데아를 바라보았다. 나도 그를 따라 멍하니 그녀를 바라보았다. 그녀는 갑작스럽게 겨냥 당한 사람처럼 몸을 뒤로 뺐지만 간신히 자세를 다잡았다. 그러곤 형언할 수 없는 눈으로 나를 바라보며 조용히 물었다.

"파도 조르디. 정말로 네가 그랬느냐?"

허탈한 웃음만 나왔다. 아무 생각이 들지 않았다. 입을 열어 조용히 대답했다.

"아니라는 것 아시잖습니까."

"그렇다면 왜 네게서 반지가 나왔지?"

"저는 정말로 모르겠습니다. 도대체 뭐에 홀린 건지 모르겠습니다. 하지만 왕세자비께서는 저를 믿으실 겁니다. 그렇죠?"

믿을 수밖에 없을 것이다. 그녀와 내가 함께 한 시간이 얼만데, 그녀에게 내가 얼마나 헌신했는데. 혹 그것이 헌신이 아니라 서로가 서로에게서 원하는 것만 취한 것이더라도 상관없다. 그녀가 모를 리 없다. 수없이 그곳을 들락날락거렸는데 이제 와 이런 짓을 했으리라고 생각할 리 없다. 설마 나를 버릴 리 없다.

이데아는 블레이젝에게 고개를 돌렸다.

"이런 경우 어떻게 처벌하는가?"

……뭐라고?

누군가 내 귀에 대고 망치를 쾅쾅 두드리는 것 같았다. 갑자기 소름 끼치는 현실이 눈앞에 똑바로 다가와 나를 직시했다.

"이데아 님, 진심이십니까? 그럴 수 없어요. 당신이 나한테 어떻게, 어떻게 이래요?"

"저 입 다물게 하라."

그녀의 굳은 목소리에 누군가 뒤에서 단단히 내 입을 틀어막았다. 마구 몸부림쳤지만 무릎까지 꿇렸고 누군가 위에서 머리를 내리눌렀다. 나는 바닥만 내려다보게 되었다.

지금 무슨 일이 일어나고 있는 거지? 이게 정말 다 현실인가?

"보통의 경우 팔을 자르는 것으로 처벌하나 이번 대상의 경우 훔친 물건의 가치가 너무나 큽니다. 찾지 못했더라면 왕가의 명예에도 상당한 누를 끼쳤을 터. 극형으로 처벌해야 마땅하다고 생각합니다."

속으로는 정말 웃기는 이야기라고 생각했지만 웃음이 나지 않았다. 나를 두고 하는 이야기가 아니라 멀리 연극 무대 위에서 벌어지는 일 같았다. 그렇게 현실성이 없는데도 온몸은 부서져라 떨렸다.

지금 저쪽에서 나를 죽일까 말까, 뭐 그런 이야기들을 나누고 있는 건가? 이건 내 목숨인데 당사자인 나는 참여할 수도 없단 말인가?

"혹은 사지를 자르고 추방하는 방법도 있습니다."

사람들의 놀라움에 찬 탄성이 들렸다. 그들은 무서워하는 걸까 아니면 흥분하는 걸까. 또다시 웃음이 나와서 이번엔 웃으려고 애를 썼다. 하지만 입에서는 이상한 신음만 나왔다.

잠시 지체한 후 이데아가 대답했다.

"그는 한때 나의 벗이었다. 용서는 무리겠지만 가능하다면 이번 일을 뉘우칠 수 있는 정도로만 처벌하고 싶군."

위하는 척하지 마, 이 가증스러운 작자야. 나를 살려줄 생각도 없으면서. 도와줄 생각도 없으면서! 당신 목숨이 아니라고, 당신 몸이 아니라고 그렇게 쉽게 말하지 마. 쉽게 명령하지 마!

블레이젝은 한 치의 망설임도 없이 대꾸했다.

"그렇다면 평민 도둑들에게 그러하듯 팔을 자르는 것으로 하소서."

몸이 주인의 의지를 배반하고 자꾸만 움찔거렸다. 이봐, 그렇게 마음대로 움직일 거면 자기주장이나 좀 하라고. 지금 네 목숨과 팔다리가 왔다 갔다 하는 판에 떨고만 있을 참이야? 하지만 단단히 틀어막힌 입은 아무 소리도 토해내지 못한다. 아무리 말을 해도 언어가 되어 나오지 않는다. 제발 살려줘, 누가 좀 도와줘. 누가…….

"그만두세요!"

막혀있던 가슴이 터지는 것 같았다. 나는 울음처럼 신음을 흘렸다.

"아직 파도가 했다는 게 확실하지 않잖아요. 판결을 미뤄주세요."

오, 사라사. 나의 사랑, 나의 여신. 사랑해도 사랑해도 사랑을 주지 않지만 대신 목숨을 주려 하는군. 그래, 제발 나를 살려줘요.

"그의 몸에서 반지가 나왔고 그 이상 분명한 증거는 없습니다. 무엇보다 왕자님께서 직접 범인을 지목하셨습니다."

"오해가 있었을 거예요. 제가 그를 변호하겠어요."

"물러나십시오, 부인."

"폰!"

블레이젝이 손짓하자 두 명의 기사가 그녀를 반강제로 끌어냈다.

"안 돼요, 폰! 제발 그만둬요. 파도를 해치지 마세요. 파도를 해치지 말라고요. 내 부탁을 들어줘요. 들어주기로 했잖아요……!"

그녀의 목소리가 멀어지고 마침내 들리지 않게 되었다. 나는 간신히 고개만 들어 이데아를 바라보았다. 그리고 눈으로 할 수 있는 모든 말을 쏟아내었다. 그녀를 원망하기보다는 살려달라고 빌었다. 굴욕감이 들어도 할 수 없었다. 나는 살고 싶었다.

이데아는 뜻을 짐작하기 어려운 표정으로 내 시선을 받아냈다. 위엄과 단호함을 가장하고 있었지만 분명히 그녀의 얼굴에도 갈등의 흔적이 있었다. 그녀는 잠시 고개를 돌려 흘끗 왕자를 보았다. 왕자는 이 모든 상황과 관련 없는 사람처럼 해맑게 웃고 있었다. 마침내 결심한 듯 그녀가 고개를 끄덕였다.

"근위대장의 뜻대로 죄인을 처벌하도록."

잠시 머리가 아득해졌지만 곧 정신을 차렸다. 이제는 남은 방법이 없었다. 내 힘으로 이 상황에서 도망쳐야 한다. 나는 마구 악을 쓰고 몸을 뒤틀며 일어서려고 애썼다. 입을 막은 손이 잠시 떨어졌지만 그동안 내가 뱉어낸 말이라곤 고작 '아'라는 탄식뿐이었다. 다시 입을 틀어막은 기사는 아예 내 머리를 바닥에 찍어 눌렀다.

간신히 고개를 비틀어 단상을 바라보니 이데아가 왕자를 데리고 도망치듯 빠져나가는 게 보였다. 그녀의 비겁함에 치가 떨렸다. 스스로 내린 결정을 목격할 용기조차 없는가? 당신은 정부를 이런 식으로 버리는 거였나?

그것을 시작으로 다른 사람들도 하나둘 바깥으로 나갔다. 몇몇 사람들은 무슨 일이 벌어질지 궁금하다는 듯 남아있으려 했으나 기사들이 모두 내보냈다.

"이거 놔! 당신들 모두 가만두지 않을 거야. 도대체 무슨 짓이야!"

멀리서 들려오는 레오나드의 목소리. 울컥 설움이 솟았다. 살려줘요, 레오나드! 그러나 그의 목소리도 멀어졌다. 혹시 시세로도 뭔가 말하지 않을까 싶었으나 그의 목소리는 들리지 않았다. 하긴 아까 그렇게 몰아붙였는데 내 편을 들어줄 리 만무하겠지. 나는 그렇게 끝까지 내 생각뿐이었다.

홀 안은 금세 텅 비었다. 나를 붙잡은 기사와 블레이젝만 남았다. 나는 바닥에 머리를 댄 채 언제 목으로 칼이 떨어질지 몰라 부들부들 떨었다. 차마 직접 보지는 못할 것 같아 눈을 꽉 감았다. 그때 칼 대신 그의 목소리가 떨어졌다.

"두고 나가라."

몸을 붙잡은 손과 입을 가린 손 모두 치워졌다. 나지막한 발소리가 들리더니 곧 조용해졌다.

"고개를 들어라."

할 말이 많을 것 같았는데 막상 입이 열리니 아무 말도 나오지 않았다. 다만 천천히 몸을 일으켰다. 블레이젝은 아직 칼을 뽑아 들지 않은 상태였다. 나는 일말의 지푸라기라도 잡는 심정으로 그에게 애원했다.

"도대체 나한테 왜 이럽니까? 이러지 마십시오."

"내가 이야기했을 것이다. 다시는 그녀와 단둘이 있지 말라고. 한 번 더 내 눈에 띄면 그 자리에서 너를 벨 것이라고 했다."

뭐……? 이제 와서 그 이야기를 하고 있단 말인가?

그때까지 참아온 온갖 부당함에 대한 분노와 억울함이 그제야 폭발했다.

"그래서 기회를 잡았다 이겁니까? 허세도 정도껏 부리시지요! 마치 모든 게 자기 뜻대로 된 듯 말하지 말란 말입니다. 나는 재수 없게도 천치 왕자의 손에 걸렸을 뿐입니다. 나를 죽이는 게 당신이라고 해도 결코 당신 때문은 아닙니다!"

"그렇게 생각하나?"

"물론이지요! 빌어먹을, 그냥 치십시오. 칼을 쥔 쪽에서 무슨 말인들 못 하겠습니까? 빨리 끝내십시오. 비참하게 구걸하고 싶지 않으니까요. 하지만 당신들은 알아야 할 겁니다. 지금 죄 없는 사람을 죽이고 있다는 걸요. 당신들은 살인자입니다. 이데아를 비롯해 저 실실거리는 왕자까지 당신들이 섬기는 신에 의해 지옥에 떨어질 겁니다!"

놀라우리만치 분노가 두려움을 모두 날려 보냈다. 그의 앞에서 만큼은 떨고 싶지 않았다. 죽음에 미련이 있다면 단지 사라사를 한 번 더 품에 안아보지 못하는 것, 제단화를 완성시키지 못하고 죽는다는 것 때문이었다. 적어도 이로써 아버지의 곁으로 갈 수 있을 것이다. 나를 사랑하고 또 질투했던 아버지. 그곳에 가면 물어볼 수 있겠지. 이제 아버지는 괴로움을 끝내셨느냐고. 그리고 웃으며 이야기해 줄 수 있겠지. 처음부터 그것을 끝낼 필요는 없었노라고.

"뒤벨 자작은."

뜻밖의 이름에 고개를 들었다. 블레이젝은 팔짱을 낀 채 한가롭다고도 할 수 있는 태도로 말했다.

"진실로 귀족다운 사내였지. 그를 죽이는 건 내키지 않았다. 왕세자비께서도 그를 정말 아끼셨으니까. 하지만 명령이라 어쩔 수 없이 수행해야만 했지."

"……예?"

"그의 하나뿐인 여동생과 결혼하게 되었을 때 나는 그것이 내 업보라고 생각했다. 내 아이가 그의 이름을 가지게 된 지금 어느 때보다도 뼈저리게 느끼고 있지."

지금 대체 무슨 이야기를 하고 있는 거지?

"그게 무슨 소리입니까?"

그는 경멸 어린 눈으로 나를 바라보았다.

"머리를 굴려라, 파도 조르디. 자살하여 죽은 것으로 된 뒤벨 자작에 대해 이야기하고 있지 않은가."

자살하여 죽은 것으로 된……이라니?

"당신이, 그럼 당신이 그렇게 만들었다는 겁니까?"

"그랬지. 그 외에도 많은 이들이 죽었거나 죽은 것으로 되었다. 언젠가 너는 궁금해했었지. 네 정의에 따르면 왜 그토록 사랑하면서도 그녀의 침실로 들어가지 않는지. 그건 그곳이 무덤이기 때문이다."

그녀의 침실, 이데아의 침실이 무덤이라고?

"처음부터 나는 분명하게 이야기했다. 내가 모시는 분은 왕자라고."

그 순간 모든 게 분명해졌다. 그제야 기억해 냈다. 아까 휘장 안에서 일어난 일. 왕자가 내 품으로 달려들어 죽을 것처럼 매달리고 또 어둠 속에서 웃으며 노려보았던 일 말이다. 그 모든 건 환상이 아니었다. 착각도 아니었다!

"왕자가 미친 척하고 있었군요. 사라사와 마찬가지로. 그가 내 옷에 자기 반지를 넣은 거예요!"

블레이젝이 발로 내 얼굴을 걷어찼다. 피맛을 느끼며 바닥을 뒹굴었다. 쇠로 된 부츠를 신고 있었기에 턱이 떨어질 만큼 고통스러웠다.

"몇 번을 가르쳐줘도 배우지를 못하는군. 함부로 이름을 부르지 말라고 했다."

"으…… 어떻게 그럴 수가. 잘도 남들을 다 속이고, 설마 이데아 님까지도?"

"그분은 속이고 있는 것이 아니다."

"거짓말하지 마십시오! 바보 같은 얼굴을 한 채 뒤에서는 이런 짓을 해왔다는 거 아닙니까? 정말 무섭고 가증스럽기 짝이 없군요. 뒤벨 자작님까지도……."

"아니. 그분은 정말로 아무것도 모른다."

나는 턱을 감싼 채 그를 노려보았다. 그는 설명해 줄까 말까 잠시 고민하는 듯하다가 입을 열었다.

"왕궁의사가 그러더군. 그분은 서너 살 정도 아이의 지능밖에는 가지고 있지 않다고. 하지만 세 살짜리 어린아이라고 해도 자기가 아끼는 장난감을 빼앗기면 화내고 울 줄 안다. 빼앗은 자를 미워할 줄도 알지. 그분의 행동은 그런 식이다. 부인을 빼앗기면 그들을 미워하고 그들에게서 되찾고 싶어 하지. 그런 일련의 행동들이 반복되면 지금과 같은 일이 생기는 것이다. 그분은 자기가 뭘 했다고는 생각하지 않는다. 그저 자기 장난감을 빼앗은 자가 없어지고 부인이 다시 곁으로 돌아온 것을 기뻐할 뿐. 모함과 죽음, 그런 것에 대해서는 알지 못해."

기가 막혀 아무 말도 나오지 않았다. 그런 것을 어찌 세 살짜리 아이와 비교한단 말인가?

"그건 순수한 무지에서 나오는 잔인성일 뿐이다. 인간이라면 모두 가지고 있지."

"웃기지 마십시오. 궤변입니다. 저 왕자는 미쳤어요. 이제 들어보니 아주 제대로 미쳤군요!"

"그럴지도. 어린애와 미친놈은 무슨 짓을 저지를지 모른다는 점에서 차이가 없는지도 모르지."

가슴이 서늘해지는 날카로운 소리와 함께 드디어 칼이 뽑혀 나왔다. 나는 눈을 질끈 감았다. 그렇게 마음을 다잡았건만 온몸이 부들부들 떨리는 것을 막을 수 없었다. 이제 끝이다. 돌이킬 수 없다. 어디서부터 되돌려야 이 모양으로 끝나지 않을지 알 수 없다. 의미도 없다. 그저 처음부터 모든 것이 엉망이었다. 아주 행복한 엉망진창이었지.

"그렇게 가만히 무릎 꿇고 앉은 채 칼을 받기만 할 생각인가?"

얼떨떨하게 고개를 들고 블레이젝을 바라보았다. 그는 아름답지만 공포스러운 하얀 칼을 늘어뜨리고 있었다.

"목숨에 별로 미련이 없는가 보지?"

뭐라고 말해야 할지 알 수 없었다. 내게 일말의 희망을 주려는 것인지 다만 놀리려는 건지 짐작할 수 없었다. 그는 가끔 보여주던 웃는 듯 마는 듯한 얼굴을 했다. 기이하게도 거기에는 어떤 온기 같은 것이 있었다.

"그녀가 내게 부탁했다. 너를 해치지 말아달라고."

"……네?"

"사라사 말이다. 네가 그렇게나 경애하는."

"그, 그래서요?"

"부인에게 약속했다. 무엇이든 한 가지 부탁하는 것을 들어주겠다고."

사라사에게 들어 알고 있었다. 아이를 낳아줘서 수고했다며 부탁을 들어준다고 했었지. 설마, 그래서 지금 그 부탁을 들어줄 셈이라고?

"네가 부인과 함께 있던 방에는 비밀 통로가 있다. 벽을 밀어보면 문을 발견 할 수 있을 것이다. 여러 곳으로 뻗어있지만 무조건 오른쪽으로 꺾어라. 그럼 성 바깥으로 나갈 수 있다."

비밀 통로. 그래, 그곳에 왕자를 밀어 넣은 비밀 통로가 있었다. 그런데 그리로 가라니?

그가 칼을 집어넣었다. 하지만 귀로 듣고 눈으로 보면서도 믿을 수가 없었다. 그는 가만히 있는 나를 보고 고개를 기울였다.

"뭘 하고 있지?"

"저, 정말로 보내준다는 겁니까? 저를요?"

"그렇게 하기로 결정했다."

"그래도 되는 겁니까? 당신은 이데아 님의 명령을……."

그는 심사숙고하는 사람처럼 턱을 만지작거리며 고개를 숙였다. 나는 결정을 내린 사람에게 쓸데없는 말을 던져 다시금 갈등에 빠지게 한 것은 아닌가 싶어 가슴이 철렁했다. 하지만 그는 이내 고개를 들고 말했다.

"한때 그런 이야기들을 했었지. 그분만이 유일하게 나를 부술 수 있다고."

"어…… 네?"

오래전의 이야기인데 왜 지금 이 자리에서 꺼내는 걸까. 그는 다시 고개를 숙이고 심사숙고에 들어갔다. 목숨이 왔다 갔다 하는 판에 그런 태도를 보이자 애가 탔다. 차라리 도망을 칠까? 무슨 말을 하려고 저리 고민하는 거지?

"그런데 생긴 것 같다."

마침내 결론을 내린 듯 그가 분명한 어조로 말했다.

"내가 부서지지 않도록 온전하게 잡아줄 수 있는 존재가 말이다."

그의 말과는 반대로 나는 와르르 무너졌다.

"당신은 설마 드디어 아가씨를……."

"뒤벨."

뜻밖의 이름이었다. 잠시 온화한 자작의 얼굴이 떠올랐다. 하지만 그가 말한 것은 전혀 다른 사람이었다.

"믿을 수 없을 정도로 작은 그 아기가 나를 지탱한다. 그럴 수 있으리라곤 생각해 보지 못했는데."

나도 그가 그런 말을 할 수 있을 거라곤 생각해 보지 못했다. 그는 생경한 얼굴을 하고 있었다. 아마도 사라사가 말했을 법한, 세상에서 처음 보는 이상한 물건을 들고 있는 사람 같은 얼굴이었다.

"나와 똑같은 눈을 가진 그 아기가 있는 한 나는 명령과 도덕과 의무를 떠나 어떤 의미 없는 일도 할 수 있을 것 같은 기분이 든다. 너는 그런 기분을 모르겠지."

물론 알 수 없었다. 그러나 그렇게 말하는 그에게서 어떤 비슷한 기분을 느낄 것도 같았다. 갑자기 어느 때보다도 자비 없는 기사가 가깝게 느껴졌다. 가슴 속에 진 응어리와 두려움이 마침내 풀어졌다. 나는 안도했다.

"무척이나 사랑받는 아기로군요. 그 아기는 틀림없이 아름답게 자라겠지요."

그리고 꽃처럼 아름답게 자란 어느 날 자기가 한 늙은 화가에게 시집가야 한다는 사실을 알고 울어버릴 것이다. 한 살 때 자기 어머니가 철없이 약혼을 결정해 버린 걸 알기나 할까? 그리고 장인어른이 될 남자는 처음으로 인간답게 불같이 화를 내며 그 남자를 죽이려 들지도 모른다.

그 모습을 상상하니 갑자기 미소가 그려졌다. 블레이젝은 의아한 듯 나를 보다가 냉정하게 말했다.

"가라. 네가 떠나자마자 죄인이 도망쳤다고 기사단을 풀 것이다. 최대한 이 도시에서 멀리 떠나라. 그리고 다시는 돌아오지 마라."

자리에서 일어나는 순간 급박한 바람이 머리 쪽을 스치고 지나갔다. 무슨 일이 일어난 건지 깨닫지 못했지만 본능적인 섬뜩함을 느꼈다. 옷 속에서 뭔가 움직이더니 땅으로 툭 떨어졌다. 사라사가 준 목걸이였다.

"그리고 이건 내가 회수하지."

나도 모르게 손을 뻗었지만 블레이젝이 더 빨랐다. 단지 칼로 툭 쳐올려 손으로 잡았다. 끊어진 줄이 그의 손에서 힘없이 흔들렸다. 그걸 보고 안타까움을 느꼈지만 도로 빼앗을 자신이 없었다.

하릴없이 몸을 돌려 휘장 쪽으로 향했다. 그러나 가다 말고 그를 되돌아보았다. 틀림없이 불필요한 말일 것이다. 그러나 하지 않을 수 없었다.

"아가씨를……."

"가라."

나는 뛰듯이 휘장을 걷고 들어갔다. 벽을 밀어 통로가 나오자마자 단번에 달음박질쳤다. 오른쪽으로 오른쪽으로 다시 오른쪽으로 돈다. 블레이젝에게서, 사라사에게서, 모든 것으로부터 도망친다. 목숨을 구하려는 것이다. 팔다리를 보전하려는 것이다.

그러나 눈물이 난다. 하염없이 후회와 원망이 흘러내렸다. 마침내 나는 빛을 보았다. 통로 끝의 작은 사각형의 빛. 나는 끝없이 빛을 향해 달려갔다. 그리고 끝없이 빛에서 멀어졌다.

미친 듯이 뛰어 도달한 곳은 라잔 공방이었다. 가기 전 레오나드와 시세로를 만나야 했다. 이유는 정확히 알 수 없었다. 작별 인사를 하려고? 아니면 사과를?

다행히도 혹은 불행히도 그것을 결정지어야 할 순간은 오지 않았다. 두 사람의 방 모두 텅 비어있었다. 아직 왕성에서 돌아오지 않은 것이다. 어쩌면 바깥에서 내가 어떻게 되었는지 알아보려고 기다리고 있을지도 모른다는 생각이 들자 눈물이 핑 돌았다.

책상 위의 아무 종이나 꺼내서 황급히 편지를 써 내려가기 시작했다. 대체로 고맙고 미안하다는 말, 그리고 잘 지내라는 말이었다. 무엇보다 시세로에게 많은 말을 했다. 내가 그를 얼마나 미워하고 존경하였는지, 무너지던 나를 그가 어떻게 붙들어 주었는지 모두 적었다. 마지막에 그런 말을 해서 미안했다고 나를 용서하지 않아도 좋다고 썼다.

맨 밑에 사인을 하고 편지를 접어 시세로의 그림 사이에 끼워놓았다. 그리고 방을 나가려는데 마침 누군가 안으로 들어왔다.

"시세로?"

아니, 마로였다. 묘하게 녀석의 표정은 시세로와 닮아있었다. 마로는 내 위아래를 훑어보고 퉁명스럽게 물었다.

"또 기어들어 왔군. 여기서 뭘 하는 거지?"

"알 필요 없어. 비켜."

"없긴 왜 없어. 바깥에 기사들이 몰려왔던데. 찾고 있는 거 너 맞지?"

가슴이 덜컥 내려앉았다. 벌써 여기까지 왔단 말인가? 하긴 나는 뛰어왔지만 그들은 말을 타고 왔을 터였다. 주위를 둘러본 나는 시세로의 방 창문으로 나가 담장을 뛰어넘어야겠다고 생각했다.

"여기 없다고 해."

"내가 왜?"

마로가 비웃듯이 반문했다. 급한 와중에도 화가 치솟았다.

"또 고자질하려는 건가, 그래? 잊었나 보지. 네가 내 그림을 부순 걸 용서해 준 사실을."

"뭐? 용서라고?"

녀석의 표정이 굳었다.

"그처럼 벌레 보듯, 하찮은 놈의 어쩔 수 없는 우둔한 짓인 양 바라봐 놓고서는, 용서? 너는 기억 못 해? 하긴 못 하겠지. 원래 사람은 자기가 당한 것만 기억하고 자기가 저지른 짓은 쉽게 잊어버리니까."

"먼저 일을 저지른 쪽은 너잖아!"

"동정한다고 말했잖아! 그렇게 할 수밖에 없었던 나를 동정한다고. 너 그 말이, 그 말이 듣는 사람한테 얼마나 모욕감을 주는지 알아? 스스로를 찢어버리고 싶을 정도였어! 그런 말을 들으니 너 따위의 그림, 내가 어떻게 하지 않았어도 고작 가작이나 받았을 그따위 그림 내버려 둘 것을! 그딴 걸 위해 나 자신을 최악으로 만들었다는 사실에 얼마나 후회했는지 알아?"

안다. 무서우리만치 이해하고 있다. 그래서 일부러 네게 그런 짓을 했다. 하지만 지금은 그걸 인정할 수 없었다.

"잘못은 네가 해놓고 내 탓이라는 거야? 솔직히 너는 그런 말을 들어도 싸. 자업자득이라고, 제기랄! 지금 이렇게 낭비할 시간이 없어. 그딴 지나간 일 때문에 너랑 논쟁할 시간이……."

"여기 있어요!"

마로가 갑자기 문 바깥에 대고 크게 소리를 질렀다. 녀석의 행동에 온몸이 굳어버릴 정도로 충격을 받았다. 지금 도대체 무슨 짓을?

"여기 있다고요! 당신들이 찾고 있는 그 도둑놈, 여기 있어요! 이쪽이에요!"

"너……."

너무 놀라 탓할 말조차 나오지 않았다. 뼈저린 배신감에 치를 떨며 몸을 돌렸다. 아무리 나를 미워해도 이런 짓을 하리라곤 생각하지 못했다.

창문을 열고 작업대를 밟아 훌쩍 뛰어넘었다. 시세로의 방 뒤편에 있는 담은 뛰어넘기엔 너무 높았다. 밟고 올라갈 만한 것이 없나 주위를 두리번거렸지만 적당한 물건이 보이지 않았다.

무작정 대문에서 먼 쪽으로 달렸다. 하지만 또다시 벽이 가로막고 있었다. 그 너머는 라잔 저택으로, 언젠가 정원에서 사라사가 뛰어다니는 것을 보기 위해 시세로가 목말을 태워줬던 곳이었다.

뒤에서 우르르 몰려오는 발소리가 들렸다. 마로는 여전히 꽥꽥 소리를 지르고 있었다. 여기 있다, 그놈이 여기 있다, 잡아라, 어서 잡으라고! 울컥 설움이 솟았다. 왜 그렇게까지 나를 미워하지? 내가 너에게 도대체 무슨 잘못을 했다고?

뒤로 물러났다가 이를 악물고 뛰어 담벼락에 매달렸다. 올라가려고 몇 번을 시도했지만 역부족이었다. 온몸이 긁히도록 벽을 차고 기어올랐다. 간신히 발 하나를 올릴 수 있었기에 힘껏 몸을 끌어당겼다. 그런데 반대로 몸은 뒤로 떨어졌다.

등부터 단단한 바닥에 부딪혔다. 폐를 찌르는 고통과 함께 숨이 턱 막혔다. 어디선가 겪어본 듯한 상황이었다. 그래, 그때도 시세로가 나를 이렇게 내던졌었다. 이번엔 마로인가?

차가운 쇠의 감촉이 목에 닿고 나서야 정신이 번쩍 들었다. 기사들이 몰려들어 나를 에워싼 채 내려다보고 있었다. 일말의 감정도 인간성도 없어 보이는 굳은 얼굴들이다. 그중 내 목에 칼을 겨누고 있는 기사가 동료들을 둘러보며 물었다.

"잡으면 어떻게 하라고 했지?"

"글쎄, 죽이라고 했던 것 같군."

"즉결로?"

"아마도."

"아닌데, 마지막 판결은 팔을 자르라는 것 아니었나?"

"그랬던가?"

"아마도."

"단장님은 뭐라고 그랬지?"

"죄인이 도망갔다고."

"그게 끝이야?"

"그러니 잡아오라는 거겠지. 일단 잡아가지."

"잠깐, 그랬다가 왜 명령대로 처분하지 않았냐고 물으면 뭐라고 할 거야? 우리가 못 들은 거라면?"

"왜 쓸데없는 것 가지고 논쟁이야. 그냥 처리해. 평민 하나 죽인다고 무슨 문제가 된다고."

모두들 동의하는 분위기이자 나는 필사적으로 외쳤다.

"잠깐만요!"

되돌아온 건 대답이 아니라 불이 번쩍하는 구타였다. 입안이 찢어지는 느낌과 함께 신음을 토했다.

"닥쳐라. 한 번만 더 입을 열면 목을 자를 테니까."

"그게 아니라 당신들의 단장은……."

그다음부터 거의 숨도 쉬지 못할 정도로 얻어맞았다. 고통과 더 없는 비참함 속에 세상이 아주 잘못되었다는 생각이 들었다. 한 사람의 미래와 수없이 많이 남은 가능성들이 그 자신과 그를 소중히 여길 다른 사람들은 아랑곳하지 않고 논의된다. 더없이 무덤덤하게.

그들의 행동은 끔찍했다. 거기서 아무 유감도 묻어나오지 않았기에 더욱 그랬다. 차라리 기절을 했으면 좋겠다고 생각했다. 구타를 멈춘 그들은 나름대로 진지한 토론을 벌이고 있었다. 나는 찢어져 부어오른 입이 달싹거리는 것을 느꼈다. 사실대로 말하고 싶어 미칠 지경이었으나 또다시 발길질이 시작될까 봐 무서웠다. 가증스럽게도 그 순간에는 죽는 것보다 맞는 게 더 두려웠다.

"저, 저기요."

나도 모르게 목소리를 낸 줄 알고 움찔했다. 하지만 목소리는 뒤쪽에서 흘러나온 것이었다. 기사들의 고개가 홱 돌아갔다. 입을 연 사람은 겁먹은 기색이면서도 조심스럽게 물었다.

"죽이신다고요?"

"그래. 죄인의 위치를 알려줘서 고맙다. 적절한 포상이 있을 테니 가서 기다리도록."

마로는 사색이 되어 나를 봤고 나도 녀석의 눈을 봤다. 분노하고 미워해야 마땅한데 이상할 정도로 아무 감정이 들지 않았다. 죽음을 목전에 두니 모든 게 아무것도 아닌 것처럼 느껴졌다.

"하지만 저……."

"닥쳐라. 너도 같이 죽고 싶나?"

마로는 기이한 신음 소리를 내더니 뒤로 돌아 도망쳤다. 비겁했지만 차라리 그런 행동은 인간적이기라도 했다. 기사들은 피식피식 웃더니 다시 나를 주목했다. 칼을 든 자가 내 얼굴을 물끄러미 내려 보았다. 눈을 보는 순간 그가 결정을 내렸다는 걸 깨달았다. 더 이상은 입을 다물고 있을 수 없었다.

"제발 그만두세요. 그런 게 아니란 말입니다. 당신들의 단장이······."

"또 입을 열다니 겁도 없군."

"당신들 단장이 나를 풀어줬습니다. 무사히 도망가라고 풀어줬단 말입니다. 나는 그 비밀 통로로······."

여기저기서 웃음이 터져 나왔다. 나는 웃는 기사들을 이해할 수 없었다.

"나를 그냥 데려가세요. 당신들 단장이 대신 처벌할 겁니다. 그는 나를 붙잡아 오라고 했지 팔을 자르거나 죽이라고 말하지 않았습니다. 그랬다간 당신들도 무사하지 못할 겁니다."

"그런가?"

칼을 든 사람만이 내 말을 듣는 것 같아 필사적으로 그에게 말했다.

"그렇습니다. 그렇다고요. 데려가서 물어보십시오. 제발 나를 그냥 데려가십시오."

그는 주의 깊게 들었다는 듯 고개를 끄덕였다. 그리고 대답했다.

"싫어."

"당······."

그러나 채 말을 잇기도 전에 눈앞에서 빛이 번뜩였다. 너무도 강렬하고 너무도 깊이 잔상이 남아서 한순간 나는 아름답다는 생각까지 했다.

뒤이어 불 같은 차가움이 내 두 어깨 위로 떨어졌다.

11.

붓을 문 토르소

찢어진다, 찢어진다, 내 몸이 찢어진다!

팔이 없다, 팔이 없어, 더 이상 내게 팔이 없어!

나는 병신이다. 흙바닥을 굴러다니며 비명을 지를 뿐인 비참한 괴물이다. 버러지다.

부서진다, 부서진다. 내가 분열된다. 파도 조르디. ㅍㅏ ㄷㅗㅈㅗ ㄹㅡㄷㅣ. 이제 아무도 그 이름을 부를 수 없겠지.

고통. 고통고통고통고통. 유일하게 내 세계에서 의미 있는 단어.

내가 죽은 것인지 살아있는 것인지 판단할 수 없었다. 가끔 눈을 뜬 것 같다는 생각도 들었지만 내가 본 풍경이 꿈의 그것인지 현실의 그것인지 알 수 없었다.

나는 긴 시간 동안 고통 속에서 잠을 잤다. 꿈에서든 깨어나서든 차라리 죽는 게 나을 정도의 고통이었다. 깨어있는 상태라고 생각될 때 보이는 얼굴들이 있었지만 기억에는 남지 않았다. 그중 하나가 레오나르드였던 것도 같다. 레오나르드라고? 그제야 나는 그런 사람이 있었다는 걸 깨달았다.

곁에는 또 다른 사람도 있었다. 누구였더라. 내가 아는 사람인 것 같기는 한데 확실치 않았다. 다만 그를 볼 때마다 알 수 없는 증오가, 애가 타는 안타까움이 솟구쳤다.

틀림없이 당신은 나를 절망 속으로 밀어 넣었다가 다시 구원해 준, 그런 악독한 사람일 테지.

그러나 어쨌든 고통 속에서는 모든 것이 무의미했다.

어느 날에는 너무도 의식이 또렷했다. 눈을 뜨고 내 주위의 모든 사물과 모든 사람들을 인지했다. 그러자마자 꿈속에서 쭉 하고 싶었던 말을 입으로 내뱉었다.

"살고 싶지 않아요. 죽여줘요. 그냥 죽여주세요."

따가운 것이 뺨을 때리고 사라진다. 옆에서 말리는 사람의 목소리가 들려왔다. 하지만 차게 타오르는 눈동자는 나를 경멸했다.

"너 살리려고 수일간 밤낮을 지킨 사람들한테 할 말이 아냐."

억울하고 아파서 눈물이 났다. 그런 건 내가 원한 게 아니었다.

"아파요. 너무 아프다고요. 아파서 죽을 것 같아. 당신이 이 고통을 느껴봐요. 살고 싶은가 느껴보라고요. 팔이 타는 것 같아요. 아니 이미 타고 있어. 온몸이 다 타고 있어!"

나는 몸을 뒤틀었다. 그러나 사실은 비참하게 꿈틀거릴 뿐이었다. 얼음장 같은 얼굴로 나를 내려다보기만 하는 그에게 깊이 원망을 느꼈다. 내가 죽어가고 있잖아! 가만히 서서 뭘 하는 거야? 그를 붙잡고 매달리고 싶었다. 한데 아무것도 움직여지지가 않는다. 내 팔, 내 팔이 어디로 갔지? 고개를 좌우로 돌려보았다. 그리고 있어야 할 것이 있어야 할 자리에 있지 않은 무시무시한 상실을 목격한다. 의식이 무너지고 가슴은 부서진다.

"내 팔, 내 팔, 팔이!"

"파도, 진정해. 제발 진정해."

내내 기다리고 기다리던 목소리다. 다정한 목소리. 내가 매달려야 할 쪽은 이쪽이었다.

"살려줘요. 레오나드, 살려줘요! 나 좀 살려줘!"

"죽지 않아. 괜찮아, 파도. 죽지 않는다니까. 이걸 마셔. 마시면 나아질 거야."

그가 주는 것이라면 독약이라도 마실 수 있었다. 달콤한 듯 쓴 이상한 액체를 받아 마셨다. 속이 경련하듯 떨렸지만 곧 잠잠해졌다. 기분도 나른해졌다.

"금방 괜찮아질 거야. 내가 여기 있을게. 진정하고 눈을 감아. 좀더 자도록 해."

좀더 자도록 해. 좀더 자도록 해.

알았어요, 레오나드. 알아들었으니까 그만 말해도 돼요.

좀더 자도록 해. 좀더 자도록.

알았다니까요. 이제 그만해요. 날 자게 내버려 둬요. 아니 죽게 내버려 둬.

　좀 더…….

　먼 바다의 꿈을 꾸었다. 해가 뛰어노는 이상한 바다였다. 별들은
물고기처럼 헤엄치다 수면 위로 첨벙첨벙 뛰어올랐고 그때마다 휘
어진 달이 매처럼 별을 낚아챘다. 별을 그렇게 많이 먹어서 보름달
이 되는 거로군. 자연스럽게 그렇게 생각했다. 이곳이라면 괜찮아.
여기라면 누구도 찾아올 수 없어. 아무도 날 해칠 수 없어. 내 팔을
가져갈 수 없어…….

　꿈의 마지막에 하얀 천장이 보였다. 내가 어디에 있는 거지? 팔
의 감각이 이상했다. 저린 듯 간지러운 듯 좀 만져보고 싶었다. 하
지만 움직여지지 않았다. 누가 묶어둔 걸까? 필사적으로 고개를 움
직여 내 몸을 확인해 보았다. 하지만 목 바로 아래까지 이불이 덮여
있어 어떻게 된 상황인지 알 수 없었다.

　이상해. 일어날 수가 없어. 혹시 난 죽은 건가? 원래 사람이 죽고
나면 몸은 썩고 정신만 영원히 깨어있는 상태가 되는 건가? 그러자
끔찍한 결론이 뒤따랐다. 그럼 이제부터 움직일 수 없는 몸뚱이에
갇혀 천 년이고 만 년이고 썩어가는 나를 바라보기만 해야 한다는
뜻이었다.

　싫어! 그건 안 돼! 머리가 터질 정도로 격렬하게 외쳤다. 몸을 움
직이려고 애쓰다 내가 한 일이라곤 고작 아랫도리를 뜨끈하게 적
시는 것뿐이었다. 볼썽사납기 그지없었지만 나는 너무 기뻐서 눈
물을 흘렸다. 배설할 수 있다면 먹을 수도 있다는 뜻이고, 그건 죽

지 않았다는 말이니까.

그때 문이 열리고 누군가 걸어 들어왔다. 나는 간신히 눈알을 굴려 누구인지 확인했다.

"일어났구나."

"레……."

목에서 이상한 소리가 흘러나왔다. 큼큼거리며 목을 가다듬었지만 더욱 이상한 소리만 날 뿐이었다. 레오나드가 다가와 내 얼굴을 확인하곤 물을 마시게 해주었다. 차가운 물이 목으로 넘어가자 고통스러우면서도 더할 나위 없이 행복해졌다. 그제야 몹시도 목이 말랐었다는 걸 깨달았다.

주전자에 있던 물을 전부 다 마시고 나서야 갈증이 조금 풀렸다. 나는 한결 맑아진 머리로 레오나드를 바라보았다. 그는 근심과 반가움이 뒤섞인 얼굴이었다.

"어때. 이제 좀 괜찮니?"

"나…… 어떻게 된 거예요?"

끔찍하게 갈라졌지만 어쨌든 목소리가 흘러나와서 안도했다. 레오나드는 어째서인지 쉽게 대답하지 못했다.

"아주 이상한 꿈을 꿨어요. 누가 자꾸 내 팔다리를 뽑아가려는 거예요. 내내 지키느라고 고생했어요. 완전히 탈진해 버렸다고요. 꿈인데도 너무 힘들었어요."

레오나드의 입술이 달싹거렸다. 그는 여전히 아무 말도 하지 않았다. 서서히 기분 나쁜 불안감이 밀려들었다.

"꿈…… 아니에요?"

"파도."

"이불 걷어줘요. 당장 이불 걷어달라고요!"

가만히 서있기만 하는 레오나드에게 폭력을 가하고 싶은 충동까지 느꼈다. 그러나 폭언을 퍼붓기 직전 그가 움직였다. 입을 꾹 다물고 시선을 돌린 채 이불을 걷어 내렸다.

나는 고개가 부러져라 들고 내 몸을 확인했다. 먼저 시큼하고 비린 냄새를 맡았다. 하지만 그런 것 따윈 머릿속에서 금세 날아갈 광경을 목격했다.

정확히 어깨에서부터 아무것도 없었다. 익숙하지 않은 공백이었다. 우스울 정도로 텅 비어있다. 그 자리를 대신하고 있는 것은 피와 고름이 묻은 붕대들뿐이었다. 마치 토르소 같다.

"이게, 이게…… 이럴 리…….'

눈과 감각이 서로 다른 주장을 하고 있다. 분명하게 내 팔이 여기 있다는 걸 느끼는데 눈에는 아무것도 보이지 않는다. 나는 팔을 꿈틀거릴 수 있고 움직일 수 있다고 생각한다. 한데 아무것도 변하지 않는다. 거기 있는데 거기 없다.

"레오나드, 가슴이…….'

가슴이 끔찍하게 이상했다. 고통은 아닌데 뭔지 모르게 견딜 수가 없었다. 나는 몸을 뒤틀었다.

"가슴이, 가슴이!"

"왜 그러니? 파도, 왜 그래?"

귀가 찢어져라 비명을 지르고 뒤이어 울부짖었다. 울음과 괴성이 뒤섞인 짐승 같은 발악에 공방 안에 있던 모든 사람들이 달려왔다.(그제야 거기가 공방이라는 것도 깨달았다.) 나는 소리를 지르고 또 질렀다. 목이 찢어지고 갈라져 피맛이 올라올 정도로.

"이게 뭐야, 이게 뭐야!"

"진정해, 파도!"

"내 팔을 어떻게 한 거야! 내 팔이 어디로 갔어!"

"파도!"

한참을 더 악을 쓰다 갑자기 뚝 멈췄다. 나를 붙잡아 진정시키려던 사람들은 당혹해했다. 나는 눈을 감은 채 헐떡거리면서 서서히 기억을 되새겼다. 나를 두고 장난감처럼 죽일까 자를까 고민하던 기사들의 얼굴이 떠올랐다. 더 거슬러 올라가서 나를 놓아주겠다고 말하던 블레이젝의 얼굴도 보였다. 나를 잡으라고 외치던 마로, 외면하던 이데아, 그리고 사라사의 모습도.

눈물이 줄줄 흘러내렸다. 딱히 운다는 생각도 감정도 없는데 그저 둑이 무너진 것처럼 그렇게 흘렀다. 슬픔이나 비참함은 이 거대한 허무에 비하면 아무것도 아니었다.

나는 병신이 되었다. 처음부터 존재 자체가 성립되지 않는 비논리적인 존재가 된 것이다. 나는 팔이 없는 화가다.

억울하지도 막막하지도 않았다. 살겠다는 의지가 전혀 없었으니까. 신기하게도 이런 상태가 되니 스스로에 대해 동정심이 치솟기는커녕 더 학대하고 싶어 미칠 지경이었다. 아예 혀도 뽑아버리고 눈도 앗아가지 왜? 그럼 정말 제대로 볼 만했을 텐데.

내가 킬킬거리고 웃자 사람들은 이상한 표정을 지었다. 나는 희극하는 배우처럼 말했다.

"살려줘서 참 고맙군요, 여러분. 그런데 미안하지만 이제 그만 죽어야겠어요."

진심으로 그렇게 되었으면 좋겠다고 생각하며 눈을 감았다. 그리고 그대로 정신을 잃어버렸다.

어깨의 상처가 낫는 동안 레오나드는 이런저런 이야기들을 해주었다.

"다행히 처벌은 이걸로 마무리됐어."

다행이라고요? 남의 이야기라고 쉽게 말하는군요, 레오나드.

"시세로는 여전히 천장화를 그리고 있지. 네가 그리던 제단화는 어떻게 할지 아직 결정을 내리지 못한 것 같아."

그래서요? 이제 와서 천장화니 제단화니 그런 게 다 무슨 소용이죠?

"공방에 있는 한 녀석이 그러는데 자기가 아는 사람도 태어날 때부터 두 팔이 없었대. 하지만 마부니 심부름꾼이니 닥치는 대로 일을 해서 지금은 자기 가게를 가지고 있다나 봐."

그러니 지금부터 열심히 두 팔 없이 사는 법을 익혀 언젠가 내 가게를 갖겠다는 꿈이나 가지고 살라는 건가요?

"제발 그 입 좀 닥쳐요, 레오나드."

할 수 있는 일을 열거하던 그는 입을 다물었다. 속에서 스멀스멀 올라오는 미안한 감정은 분노가 남김없이 덮어버렸다.

"그렇게 쉽다는 듯 이야기하지 말아요. 두 팔 없이 살아가야 하는 게 나지 당신이 아니니까요. 억지로 희망을 주려고도 하지 마요.

아무도 지렁이에게 너도 날 수 있다는 말을 하지는 않으니까!"

레오나드는 아무 말 없이 자기 무릎만 내려다보았다. 그러다 애써 밝은 얼굴로 다시 고개를 들었다.

"난 이만 주문받은 작업을 마무리하러 가야 해. 혼자 있기 싫다면 여기로 가져와서 작업할까?"

"지금 내 앞에서 보란 듯이 그림을 그리겠다는 거예요? 제정신이에요?"

그는 잠시 틈을 두었다가 사과했다.

"내가 생각이 짧았구나. 그럼 이따가 올게."

그는 터벅터벅 걸어 나갔다. 드디어 혼자 남겨지니 안도와 짜증이 함께 치밀어 올랐다. 나는 앞으로도 영원히 이 모양일 터였다. 누군가 찾아오기만을 바라며 침대에만 누워있는…… 아니지, 두 다리는 멀쩡하잖아? 왜 걸어 다닐 수 있다는 생각조차 하지 못했을까?

몸을 일으키기 위해 무의식중에 팔을 움직였지만 내 몸을 떠받쳐야 할 것이 자리에 없었다. 이제는 일어나는 간단한 동작조차 쉽지 않은 것이다. 비명이나 울음이 터져 나올 것 같아 입을 꾹 다문 채 가까스로 몸을 옆으로 굴렸다. 오른쪽 어깨 상처가 침대에 눌리며 끔찍한 고통이 몰려왔지만 계속 자학적인 충동을 느꼈던 나는 눈물을 줄줄 흘리면서도 그 고통을 만끽했다.

꿈틀거리며 움직이다가 다리를 위로 뻗었다 내리자 반동으로 상체가 튀어 올랐다. 처음부터 그렇게 했으면 되었을 것을 바보 같다는 생각이 들었다. 그런 식으로 처음 육체를 얻은 사람인 양 몸을 움직이는 방법들을 깨달으며 간신히 자리에 앉았다.

바닥을 내려다보니 문득 현기증이 일었다. 하지만 천천히 한 발씩 내디뎌 침대에서 일어났다. 몸이 휘청거렸다. 손으로 침대를 짚으려던 나는 당연하게도 그대로 어깨부터 침대에 부딪히며 바닥에 널브러졌다. 고통은 말할 것도 없거니와 침대가 밀리고 쓰러지면서 어마어마한 소리가 났다. 누군가 달려온다면 또 흉한 꼬락서니나 보일 터였다.

몸을 일으키려고 필사적으로 아까와 같은 짓을 반복했지만 바닥에서 하자니 엉덩이와 꼬리뼈가 너무 아팠다. 유념할 만한 사항이라고 생각하며 다른 방법을 찾던 그때 어떤 무시무시한 사실을 깨달았다.

나는 지금 이 몸에 적응하려 하고 있는 것이다.

충격 때문에 한동안 일어날 생각을 못 했다. 하지만 곧 정당한 이유가 떠올랐다. 죽으려고 해도 일단 나 스스로 몸을 움직일 수 있어야 한다. 레오나드나 다른 누가 죽여줄 것 같진 않으니까 내가 하는 수밖에 없는 것이다. 이건 모두 그러기 위해서다. 겨우 진정을 하고 나서야 누군가 안으로 들어왔다.

"볼 만하구만."

그는 내가 이렇게 된 후에도 동정심을 보이지 않는 유일한 인물이었다. 나는 차라리 안도했다. 그림을 그리다가 온 듯 그의 옷에는 물감이 묻어있고 손에는 커다란 붓이 들려있었다.

"잘 생각했다. 이제 폐는 그만 끼치고 스스로 움직여야지."

"그럴 겁니다."

혼자 일어나려고 기를 쓰며 말했다. 그는 어떻게 하는지 보겠다는 듯 팔짱을 낀 채 기다렸고 나는 몇 번의 시행착오 끝에 간신히 바닥에 앉을 수 있었다. 하지만 거기서부터 일어나는 게 문제였다. 무게중심이 전혀 맞지 않아서 다리에 힘을 잘못 주면 앞으로 고꾸라질 것만 같았다. 천천히 등을 침대 난간으로 받치면서 일어섰다. 그리고 간신히 두 발로 섰다. 조금 불안하긴 했지만 드디어 일어선 채 시세로를 똑바로 마주 볼 수 있었다.

"됐네. 그런 식으로 하면 돼."

"그래요. 당신이 있었군요."

"뭐가?"

"내 부탁을 들어줄 만한 사람 말이에요."

"레오나드랑 헷갈린 거 아냐?"

"날 죽여줘요."

그는 놀라지도 않고 다만 어깨를 으쓱했다.

"살리는 것도 귀찮았는데 그보다 더 귀찮은 짓을 내가 왜 해."

"날 죽이고 싶어 하잖아요."

"그런 꼴로 사는 걸 지켜보는 게 오히려 더 즐거울 것 같은데?"

내게 두 팔이 남아있었더라면 분명히 그의 목을 졸랐을 것이다. 물론 입에 발린 위로도 짜증나긴 마찬가지지만 내가 이렇게 된 것을 진심으로 즐거워하다니 믿을 수가 없었다. 시세로는 한가로이 말했다.

"그렇게 죽일 듯이 노려보기만 해서 내가 죽겠냐? 말 함부로 내뱉는 건 너만 할 수 있는 줄 알았던 모양이지. 수많은 사람들 앞에서 날 망신시켰던 걸 떠올려봐라. 다시 바닥에 내팽개치지 않은 것만도 다행인 줄 알아."

"그러니까 속 시원하게 날 죽이라고요!"

"시끄러워. 이 손은 그런 추잡한 일을 하라고 있는 게 아니야. 위대한 작품을 완성시키기 위해 있는 거지. 너와는 다르게."

"이 비겁자! 겁쟁이! 사악한……."

"마음껏 떠들어라. 네가 할 수 있는 게 이제 그 입 나불대는 거 말고 뭐가 더 있겠냐? 하긴 예전에도 그것뿐이었던 것 같지만."

화를 못 이겨 앞으로 뛰쳐나간 나는 그의 발밑에 보기 좋게 넘어졌다. 몸이 맥을 못 출 정도로 가벼웠다. 스스로가 우습고 비참해서 드러누운 채 악을 썼다. 시세로는 듣기 싫다는 듯 들고 있던 붓으로 내 입을 틀어막았다.

"한결 화가답군. 어디 계속 그러고 있어보라고. 보는 사람마다 불쌍해서 미치려고 할걸. 혹시 아냐. 그중에서 누군가는 널 돌봐줄지. 레오나르다든가."

시세로는 방을 나갔고 발걸음 소리가 점차 멀어졌다. 멍하니 천장만 올려다보다가 붓의 존재를 깨닫고 내뱉으려 했다. 그러나 작은 충동 하나가 그러지 못하도록 붙잡았다.

나는 붓을 놓고 싶지 않았다. 빌어먹을 만큼 얄궂은 일이었다. 바로 얼마 전까지 그림 때문에 괴로워하고 이 길을 택한 것을 후회했었다. 시세로의 그림과 비교할 때마다 스스로가 싫고, 그림도 싫고 모든 것이 싫었다.

한데 지금, 더 이상 아무것도 그릴 수 없게 된 이 지경이 되어서야 그림이 그리고 싶다. 훌륭한 작품이 아니어도, 유일한 작품이 아니어도 좋았다. 어린아이 장난 같은 그림이라도 상관없었다. 팔 하나, 아니 손가락 단 두 개만이라도 돌려받을 수 있다면 무엇과도 맞바꿀 수 있을 것 같았다.

그림이 그리고 싶다. 스스로도 믿어지지 않을 만큼 간절히, 세상에서 유일하게 그것밖에 못한다고 해도 영원히 그림만 그리고 싶다. 내 제단화, 나의 제단화를 완성시켜야 한다. 붓의 감촉, 물감의 냄새, 화폭 위로 번져가던 색채의 희열…… 그림이 그리고 싶다. 미치도록 그리고 싶었다.

며칠 뒤 다시 정신을 차렸을 때 곁에서는 의외의 인물이 걱정스러운 얼굴로 내려다보고 있었다. 한동안 이름을 떠올릴 수가 없었다. 얼마나 그리워한 이름인데, 얼마나 간절히 간절히 부르고 싶었던 이름인데.

"파도."

그녀가 내 이름을 부르는 순간 모든 것이 선명해졌다.

"사라사 아가씨."

나는 안도했다. 그리고 소리를 질렀다.

"나가요! 당장 나가라고요. 여긴 왜 온 겁니까? 나가요!"

"파도, 왜 그래?"

"나가라고요!"

내게 두 팔이 없어 그녀를 떠밀 수 없다는 게 원망스러웠다. 나는 필사적으로 몸을 꿈틀거려 그녀에게서 등을 돌렸다.

"나가요! 제발, 제발 나가라고요……."

그녀는 침묵했다. 나가는 소리도 들리지 않았다. 몸을 떨면서 홀로 수치감과 분노를 견뎌야 했다. 그녀에게 이런 꼴을 보여야 한다니, 뒤에서 그녀가 이런 나를 가만히 지켜보고 있을 거라니 참을 수가 없었다. 그때 등에 따뜻하고 부드러운 것이 와 닿았다.

"그 사람 때문에 그러는 거야?"

뭐라고? 맙소사, 뭐라고?

"널 이렇게 만든 게 그래서 나조차 보기 싫은 거야?"

지금 이 순간에마저 그녀의 머릿속엔 블레이젝, 블레이젝, 블레이젝. 모든 행위와 모든 언사가 그를 중심으로 돌아간다.

"그 남자가 무슨 상관입니까? 아가씨가 나를 보는 게 싫단 말입니다!"

그녀의 손이 움찔하더니 등에서 떨어졌다. 진심으로는 그녀가 안아주길 바랐지만 그런 자신이 혐오스러워 견딜 수가 없었다.

"괜찮아, 달라진 건 아무것도 없어. 너는 그대로 파도 조르디니까."

"달라진 게 없다고요? 웃기지 마십시오. 다들 너무나 쉽게 말하는군요. 하긴 자기 일이 아니니까요. 본인에게 닥친 불행이 아니니까요! 내가 정말로 파도 조르디입니까? 당신이 알던 그 사람인가요? 아니요, 나는 그냥 병신입니다. 혼자서는 밥도 먹을 수 없는 버러지라고요!"

"팔이 없어 병신이라는 거야? 그래서 파도 조르디가 아니라는 거야? 하지만 너는 이미 예전부터 그랬어."

그 말에는 그녀를 돌아보지 않을 수 없었다. 그녀의 눈에 아슬아슬하게 눈물이 맺혀있었다. 나는 적잖이 당황했다. 어떻게든 그것이 떨어지기 전에 막아야 했다.

"아가씨……."

"사랑하는 여자가 다른 남자를 사랑하는데도 가만히 보고만 있던 병신이었어. 자신을 사랑해 주지 않을 여자가 언제까지고 그녀에게만 애정을 다 쏟으라고 말했을 때도 그렇게 하겠다고 대답한 병신이었어. 외로울 때만 찾아와 위로받고 기대고, 그러면서 항상 다른 남자 이야기를 하는 여자를 그저 품에 안아준 그런 병신이었다고."

그녀가 얼굴을 가리며 내 옆에 엎드렸을 때 두 팔이 남아있었더라면 부서져라 껴안아 주었을 것이다. 그녀는 내가 무슨 소설 속 주인공인 것처럼 낭만적이고 헌신적인 사람으로 이야기했지만 현실과 많이 달랐다. 순수하게 그녀를 사랑하기보다는 욕망했고 그녀에게만 애정을 쏟는 대신 이데아와 만났다. 나는 그녀의 눈물을 받을 자격도 없었다.

그러나 이기적인 마음으로 그녀가 그것을 모르기를 바랐다. 이렇게 된 나를 이제 와 버리거나 외면하지 않기를 바랐다. 나는 이토록 끝까지 나밖에 모르는 놈인데.

"걱정하지 마. 나는 너를 버리지 않으니까. 내가 돌봐줄게. 곧 왕궁에서 나와 라잔 저택으로 돌아올 거야. 네게 저택의 방을 하나 내주도록 아버님께 부탁드렸어."

나는 멍청하게 반문했다.

"네?"

"아버님이 뒤벨을 정말로 좋아하셔. 어머님도 오랜만에 미소를 보이시고 말이야. 두 분은 내가 뒤벨과 함께 저택으로 돌아오길 바라셔. 그러니 내가 너를 돌봐줄 수 있어."

"저를 돌봐주신다고요?"

"그렇게 할 거야."

믿기지 않고 현실 같지 않은 그 말은 둘째 치고 나는 한 사람을 떠올리지 않을 수 없었다.

"블레이젝은요?"

"알아서 자기가 있을 곳을 정하겠지. 나는 이제 그 사람을 포기했어."

포기했다고? 그렇지만…….

"그가 너를 이렇게 만들었어. 약속을 해놓고 지키지 않았지. 말뿐이었던 거야. 항상 그렇듯이."

지키지 않았다고? 결과는 이렇게 되긴 했지만 그는…….

"언젠가는 그가 변화할 거라 믿었어. 우리가 결혼을 하면, 함께 살면, 그리고 아이가 생기면. 하지만 그는 무엇 하나 변하지 않았어. 자기 아이를 따뜻하게 바라보지도 안아주지도 않아. 나는 이제 그를 포기했어."

가슴이 조심스럽게 뛰었다. 진실을 알고 있는 것은 나뿐인 것 같았다. 그가 어떤 얼굴로 어떤 말을 했었는지 나만 보고 들었다.

그 아기가 있는 한 나는 명령과 도덕과 의무를 떠나 어떤 의미 없는 일도 할 수 있을 것 같은 기분이 든다. 너는 그런 기분을 모르겠지.

그는 틀림없이 전과 어딘가 달랐다. 나를 놓아준 것부터가 그것을 증명하고 있다. 하지만 사라사는 그걸 모른다. 가슴이 은밀하게 뛰었다.

"이제는 그와 상관없이 뒤벨과 살아갈 거야. 그 아이가 있으니까 난 괜찮아. 그리고 파도도."

그녀의 손이 따스하게 내 뺨을 감싸는 순간 갈등하고 불안해하던 마음은 순식간에 무너졌다. 이제 나는 누군가의 도움 없이 살아갈 수 없고 그것이 다른 누구도 아닌 사라사라면 더 바랄 게 없었다. 비겁하고 사악하다고 말해도 좋았다. 이제 그렇게 되지 않고서는 살 수 없으니까.

바로 얼마 전까지 계속 죽고 싶어 했으면서도 그녀의 얼굴을 보는 순간, 그녀가 내게 손을 내미는 순간 이상하리만치 살고 싶은 욕구가 치솟는다. 나는 그녀가 나를 붙잡아 주길 바라며 물었다.

"제가 싫다면, 살고 싶어 하지 않는다면 어쩌시겠습니까?"

그녀는 별로 놀라지 않았다. 오히려 다 이해한다는 듯이, 일찍이 그녀에게서 본 적 없던 너그럽고 초연한 표정으로 말했다.

"모든 것은 지나가기 마련이야, 파도. 쉽게 말한다고 할 수도 있겠지. 하지만 나는 두 팔을 잃어본 적은 없어도 나 자신만큼이나 소중히 했던 사람을 잃은 적은 있어. 내 오라버니. 오라버니가 죽었을 때는 정말 어떻게 해야 할지 몰랐어. 견딜 수 없고 미치고만 싶어서 그런 척했지. 하지만 파도가 말했어. 시간이 지날수록 견딜 수 있게 되지 않더냐고. 정말 그랬어. 가끔 참을 수 없이 그리워지기는 하지만 살아갈 수 없을 정도는 아니었지."

나는 조용히 고개를 끄덕였다.

"그러니까, 지금 당장 죽을 것처럼 괴로워도 시간이 지나면 나아질 거야. 내가 오라버니 없이도 살 수 있는 법을 배웠듯 파도도 두 팔 없이 사는 법을 배우면 돼. 내가 도와줄게. 언젠가는 틀림없이 그때 죽지 않아서 다행이라고 생각할 만큼 행복한 날이 있을 거야. 분명히 그럴 거야."

있을까? 정말로 그런 날이 올까?

누구도 아닌 그녀의 말이기에 절대적으로 믿고 싶은 마음뿐이었다. 이제 아무것도 할 수 없고 그림조차 그릴 수 없는 내게 그런 기회가 올 거라고. 행복할 수 있는 기회가.

"약속해 주시겠습니까? 그런 날이 올 때까지 제 곁에 있어주시겠습니까?"

그녀는 일그러진 얼굴로 미소 지었다.

"네 곁에 있을게."

라잔 경은 외알 안경을 낀 채 서재에서 책을 읽고 있었다. 들어왔다는 기척을 내기 위해 헛기침을 했다. 그는 몰두했던 것에서 빠져나오듯 서서히 돌아보았다.

"자네였군. 날 보자고 했다지?"

여전히 위압적인 모습이다. 수많은 귀족들 틈에서도 누구보다 귀족 같던 그 모습을 어찌 잊겠는가. 하인으로 있을 때 그는 진정으로 존경할 수 있는 주인이었다. 하지만 지금은 두려움이 더 컸다.

"돌아가신 뒤벨 자작님에 대해 드릴 말씀이 있습니다."

라잔 경의 얼굴이 굳어졌다. 그는 조금 전과 달리 찬찬히 주의 깊게 나를 살폈다. 잠시 후 그의 입이 열렸을 때 등골이 서늘해질 정도로 냉기에 찬 목소리가 흘러나왔다.

"입을 신중하게 놀리지 않는다면 남아있는 목도 무사하지 못할 것이다."

그의 말에 당황하지는 않았다. 이보다 더한 반응도 예상하고 있었으니까. 그가 나를 단박에 내치지 않은 것만도 다행이었다.

"말씀드리기 전에 우선 여쭐 것이 있습니다. 제가 알기로 경께서는 제삼 귀족으로 이 나라에서 왕족을 제외하고 세 번째로 높은 지위라 들었습니다. 그렇다면 그 지위는 어느 정도까지 영향력을 발휘할 수 있는 겁니까?"

라잔 경의 눈이 가늘어졌다. 하지만 그는 이제 호기심을 보이고 있었다.

"너 정도는 소리 소문 없이 없앨 수 있다."

"그것으로는 부족합니다. 아마 제 이야기를 듣고 나시면 그보다 더한 사람을 없애려 하실 테니까요."

"가령?"

"왕자와 왕세자비라든가."

라잔 경의 눈에서 여유로운 기색이 사라졌다. 그는 나를 미친놈 취급하신 대신 딱딱한 어조로 말했다.

"설명해라."

아무것도 숨기지 않고 모든 걸 사실 그대로 말했다. 뒤벨 자작이 나를 성당에서 만나 데려온 일, 그곳에서 왕세자비와 만난 일, 라잔 저택으로 왕세자비가 몇 번이고 찾아와 밀회를 나눈 일. 그리고 그녀가 그런 식으로 곁에 두었던 정부는 '아무것도 모르는' 왕자의 손에 의해 처리되었으며 그중 하나가 나라는 것까지도. 오직 그걸 처리하는 사람이 블레이젝이라는 것과 사라사와 나의 관계에 대해서만 말하지 않았다.

이야기가 끝나자 라잔 경은 천천히 벽난로 쪽으로 돌아서서 한참을 사그라지는 불길만 바라보았다. 그의 표정을 본 나는 그가 단지 감정적으로 침통해하는 게 아니라 빠르게 머리를 굴리고 있음을 알아차렸다.

"네 말을 내가 어찌 믿어야 하겠느냐?"

"이런 모습이 된 저를 보고도 못 믿으시겠다면 저도 더 이상 증명할 방법이 없습니다."

그는 까끌까끌해 보이는 턱을 만지작거렸다.

"소문이야 예전부터 들어 알고 있었지. 일견 고고해 보이는 왕세자비에게 왕자를 대신하는 정부들이 있다고. 그중 하나가 내 아들이었다는 건가."

나는 고개를 끄덕여 긍정했다.

"왕세자비께 드리기 위해 제가 그렸던 뒤벨 자작님의 초상화도 있었습니다. 하지만 왕자가 그것을 망쳐버렸죠. 그때 이상하다는 것을 눈치챘어야 했습니다."

"네가 그린 초상화라고?"

그가 새삼스럽게 나를 보더니 그제야 깨달은 듯 말했다.

"아, 그래. 사라사와 블레이젝의 초상화를 그린 게 너였지."

"그렇습니다."

"나는 그 그림이 마음에 들지 않았다. 너무 현실을 있는 그대로 내보이는 듯해서. 애정을 갈구하는 건 오직 내 딸이며 신랑이 될 남자는 그런 것에 전혀 관심 없다는 사실을 말이지."

내색하지 않았지만 나는 적잖이 놀랐다. 라잔 경은 제대로 간파하고 있었다. 내 기색을 읽어낸 그가 준엄하게 물었다.

"해서 묻겠는데, 블레이젝은 이 일과 관련이 없느냐? 그는 왕자의 개다."

대답하기 전에 잠시 지체하고 말았다. 왜인지 그가 다 알고 있으면서 묻는 것처럼 들렸기 때문이다. 분명하게 알고 있는 사람 앞에서 거짓말을 하기란 쉽지 않았다.

"그것까지는 모르겠습니다."

목소리가 떨리지 않아서 성공이라고 생각했다. 라잔 경은 잠시 나를 보다가 다시 벽난로로 고개를 돌렸다.

"알겠다."

그리고 더 이상 아무 말도 하지 않았다. 문득 불안해졌다. 설마 그걸로 끝이란 말인가?

"저……."

"말할 것 없다. 너는 내가 복수하기를 바라는 거겠지. 그렇게 해야 네 두 팔을 자른 버러지들에게도 복수할 수 있을 테니까."

"바로 그렇습니다."

"그렇다면 네가 도와줄 것이 있다."

"무엇입니까?"

"지금 내 앞에서 했던 이야기를 되풀이하는 것이지. 다른 사람 앞에서."

다른 사람이라니, 누구를 말하는 것일까? 왕이나 왕비? 하지만 그들이 내 말을 믿을지 의문이고, 혹 믿는다 해도 자기 아들과 며느리를 처벌하려 들지는 않을 터였다. 하지만 다행스럽게도 라잔 경은 그보다 나은 생각을 가지고 있었다.

"예로부터 왕권을 뛰어넘는 건 단 한 가지뿐이었다."

그 말에 깨달았다. 마음에 들지는 않지만.

"신이군요."

"왕족의 모든 결혼 서약은 교황 앞에서 하게끔 되어있지. 교황은 그들의 맹세를 수호하고 지켜보는 역할을 한다. 만약 그들 중 누군가 신성한 서약을 깨뜨렸다가는……."

"교황이 직접 처벌합니까?"

라잔 경은 고개를 끄덕였다.

"신으로부터의 단죄다. 왕족도 결코 예외가 될 수 없지."

문득 히죽거리며 웃던 왕자의 얼굴이 떠올랐다. 과연 교황 앞에서도 그럴 수 있을지 궁금해졌다. 그러나 라잔 경은 내가 그렇게 한가한 처지가 아님을 일깨워 주었다.

"그러나 그것은 네 죄를 고백하는 것이기도 하다."

"제 죄라고요?"

"너 또한 왕세자비의 정부였지 않느냐. 신실했다고 말할 수는 없겠지만 어쨌든 한 가정 사이에 끼어든 죄인이지."

듣고 보니 그랬다. 하지만 아무려면 어떠랴. 여기서 더 처벌한다고 해봐야 죽음밖에 더 있겠는가. 그런 것은 이제 두렵지 않았다.

"상관없습니다. 복수만 할 수 있다면."

라잔 경은 고개를 끄덕였다.

"그리고 네가 말하지 않아야 할 것도 있다."

"그게 뭡니까?"

라잔 경은 잠시 고개를 숙였다. 그제야 그 사실의 무서움을 깨닫기라도 한 듯이.

"내 아들의 죽음이 자살로 처리되었다는 이야기는 하면 안 된다."

이유는 묻지 않아도 알 수 있었다. 그러면 라잔 경이 그걸 숨기려 했다는 사실 또한 탄로 나니까. 나도 그것을 바라지 않았다.

"알겠습니다. 알려진 대로 낙마해 돌아가시도록 꾸몄다고 말씀드리지요."

"좋다. 곧 자리를 마련하겠다. 그때까지 기다려라."

고개를 숙여 보인 뒤 물러났다. 한데 방을 나오기 직전 혼잣말 같은 라잔 경의 목소리가 들려왔다.

"오랜 시간 아들을 그렇게 죽게 했다는 회한 속에 살았지. 진실을 말해주어 고맙다."

왕자와 왕세자비의 문제는 이제 제쳐두더라도 내 팔을 자른 기사와 마로가 남았다. 기사의 경우에는 명령이었다고는 하지만 어딜 자를까 고민하며 빙글거리던 모습을 잊을 수 없다. 하지만 라잔 경이 내 개인적인 복수에까지 힘을 보태주진 않을 터였다.

마로는 일단 내 고발로 인해 공방에서 쫓겨난 상태였다. 잘 기억은 나지 않지만 열이 높아 정신이 오락가락할 때 녀석의 행동에 대해 말했던 모양이다. 마로에게 사실을 확인한 시세로는 별 고민도 하지 않고 녀석을 쫓아냈다. 6년간 도제 생활을 했던 기록도 모두 말소한 채였다. 제 가족의 뒤를 찌르는 행위는 어떤 이유에서든 용서할 수 없다는 게 그 이유였다.

그거면 만족스러운 복수 아니냐고? 천만에. 6년간의 생활이 물거품이 되는 것과 두 팔을 잃는 것 중에 뭐가 더 불행한지는 따질 필요도 없다. 도시 어디에서 굴러먹든 혹 벌써 다른 공방으로 들어가 새로이 일을 시작했든 녀석을 용서할 수 없었다. 살을 도려내는 것 같던 배신감. 나를 잡으라고, 저기 있다고 외치던 비열한 목소리는 죽을 때까지 잊을 수 없을 것이다.

라잔 저택에서 공방으로 돌아왔을 때 레오나르가 방에서 기다리고 있었다. 그의 얼굴을 보는 순간 기분이 밑바닥으로 떨어졌다. 그는 내 모습을 보고 의아한 표정을 지었다.

"어딜 다녀오는 거니?"

"두 팔은 없어도 두 다리는 그대로인데 어디든 갈 수 있잖아요."

"요새 도대체 뭘 하고 다니는 건데?"

"당신이 내 보호자라도 돼요? 관심 꺼요."

"파도, 왜 그렇게 나한테 화가 났지?"

그는 조용히 듣겠다는 태도를 취했지만 외면했다. 솔직히 나도 이유를 뭐라 설명할 수 없었다. 다만 요즘 들어 그를 보거나 목소리만 들어도 짜증이 치밀어 올랐다.

"날 보고 이야기 좀 해."

"집어치워요. 나가요."

"혹시 불안해서 그런 거라면 걱정 마. 네가 원하는 한 언제까지고 여기 머물러도 돼. 쉽진 않겠지만 내가 책임지도록 노력을……."

"필요 없어요!"

이젠 그의 참견에 화가 날 지경이었다.

"난 라잔 저택으로 들어가요. 아가씨가 직접 돌봐줄 거라고요. 당신의 책임이라고요? 그딴 거 정말로 원치 않아요. 그러니까 제발 나한테 신경 끄라고요!"

한동안 우리는 서로를 말없이 바라보았다. 레오나드의 경우에는 담담하게, 나는 죽일 듯이.

왜 이토록 미칠 듯한 분노와 온갖 부당함을 그에게만 쏟아내고 싶은 건지, 그로 인해 그가 상처받는 모습을 보고 싶은 건지 이해할 수 없었다. 나도 당했으니 너도 당해봐라 그건가? 가장 다정하게 대해주는 사람에게 제일 못되게 굴고 싶은 건 대체 무슨 심보란 말인가.

"알았다. 그게 네가 바라는 거라면."

레오나드는 딱딱하게 내뱉고 방을 나갔다. 그렇게 되길 바랐음에도 허탈감이 밀려왔다. 그런 듯 보이지만, 혹은 그러려고 노력하지만 레오나드는 절대로 너그럽기만 한 사람은 아니었다. 어쩌면 다시 나를 안 보려 할지도 모른다.

그래서 뭐 어쨌다는 거야.

오기로 그 사실을 무시하고 책상 위에 놓인 물건들을 치우기 위해 손을 뻗었다. 그리고 한동안 왜 아무 일도 일어나지 않는가 의아해했다.

아, 그래. 이제 더 이상 손이 없지.

왜 계속 잊어버리는지, 그럴 때마다 엄습하는 이 무시무시한 상실감은 언제쯤 사라질지 아득하기만 하다. 모든 걸 포기한 채 그대로 쓰러져 다시는 일어나지 않았으면 했다. 그러나 억지로 이를 악물고 버텼다. 팔이 없으면 입으로 하면 된다. 뭐든지 이대로 살아가는 법을 배워나가면 돼.

책상 위의 물건들을 입으로 하나씩 물고 남아있는 어깨로 떠받쳐가며 열심히 옮겼다. 사실 굳이 할 필요가 없는 일이었다. 그러나 내가 할 수 있다는 확신이 필요했다.

이가 욱신욱신 쑤시고 목과 어깨가 저릴 정도가 되어서야 겨우 어느 정도 정리할 수 있었다. 그러나 모든 것이 삐뚤삐뚤하고 치우기 전과 크게 달라진 점도 없었다. 나는 혼자 킬킬거리고 웃었다. 주로 나를 비웃거나 동정할 때 그렇게 웃지만 기분은 별반 나아지지 않았다.

레오나드에게 미안했다.

그가 없을 때는 그를 필요로 하지만 곁에 있으면 짜증과 미움이 치솟는다. 이유를 알 수가 없다. 팔뿐만 아니라 내 머리도 크게 잘못되어 버린 것은 아닐까? 그는 내가 이렇게 불행해진 것과는 아무 상관이 없는데.

혹 아무 상관도 없기 때문일까.

순전히 호기심 탓이었다. 혹은 그리움 탓이거나. 어느 쪽이든 걸음이 멎었을 때 나는 성 바이니 대성당 앞에 있었다. 사위는 놀랍도록 고요했고 겨울답지 않은 따스한 햇볕이 내리쬐었다. 성당 앞 넓은 대로는 사람 없는 한적함 속에 평온했다. 마음이 가라앉는 풍경이었다.

기대하지 못했던 일이다. 이곳에 오면 슬픔 혹은 분노 때문에 미쳐버릴 줄 알았다. 하지만 차분했다. 안에서 작업 중인 시세로의 모습이 그려지는 것 같았다. 입은 불경한 말을 내뱉지만 손은 극도의 정성을 들여 그림을 그려낸다. 그런 사람이 시세로였다.

들어가 봐도 될까? 내 그림이 남아있을까? 그걸 보고도 지금처럼 차분할 수 있을까?

고개를 저었다. 나는 걸음을 옮겨 그대로 성당을 지나쳤다. 그리고 오래된 친숙한 길로 들어섰다.

이 길 끝에는 아버지와 내가 살았던 옛집이 있다. 거기서 두 골목 전에 꺾어 들어가면 가넬 신부의 작은 성당이 있다. 그 지붕 뒤로 희끄무레하게 보이는 작은 산엔 아버지의 무덤이 있다. 새삼 이곳이 그렇게 멀지 않다는 느낌이 들었다.

나는 그중 어느 곳으로도 가지 않았다. 내가 향한 곳은 이 도시에서 가장 어둡고 비참한 곳이었다. 경멸당하는 사람들조차 경멸하는 곳. 그러나 마음만 먹는다면 성당의 돔 하나쯤은 어렵지 않게 무너뜨릴 수 있는 힘을 가진 곳.

"또 너냐?"

무너진 건물의 잔해쯤으로 보이는 가게에서 얼핏 어린아이로 착각할 만큼 작은 중년의 여성이 나왔다. 키가 내 허리께밖에 못 미치는 그녀는 사람들에게 난쟁이라는 이름과 함께 또 다른 특별한 이름으로 불리고 있었다.

"안녕하십니까, 연금술사님."

"연금술사고 연똥술사고 네 녀석 때문에 내가 얼마나 곤란한 지경에 빠졌는지 알아?"

"곤란한 지경이라뇨?"

그녀는 주위를 둘러보더니 내 허리춤을 잡고 홱 잡아당겼다. 아직 두 팔 없이 균형을 잡는 일에 익숙하지 못했던 나는 그대로 넘어지며 그녀를 깔아뭉개고 말았다. 꽥꽥거리며 내 밑에서 빠져나온 그녀는 화를 내려던 표정 그대로 굳어버렸다. 망토가 뒤집어진 탓에 내 꼴을 보고 만 것이다.

"너……."

"좀 일으켜 주시죠. 혼자 일어나는 게 쉽지 않거든요."

그녀는 작지만 탄탄한 몸으로 내 상체를 번쩍 들어주었다. 선반에 기대어 앉고 나니 그녀와 눈높이가 비슷해졌다.

"어쩌다 그렇게 된 거야?"

"다음에 말씀드리죠. 한데 무슨 곤란한 지경에 빠지셨다는 겁니까?"

"너 때문에 기사들이 여길 다녀갔단 말이야, 왕궁 기사들이! 오금 저려서 죽는 줄 알았네. 이 녀석아, 내가 준 화약으로 가서 때려부술 게 대성당이었으면 그렇다고 이야길 했어야지."

"제가 말씀 안 드렸던가요?"

"안 했다!"

분한 듯 외친 그녀가 갑자기 웃음을 터뜨렸다.

"그럴 작정이란 걸 알았으면 내가 더 화끈한 걸로 줬을 텐데. 정말로 그게 무너지디? 내 화약으로 성당의 돔이 내려앉았어?"

"그랬습니다. 일행이 다른 거랑 어떻게 섞긴 했지만."

크게 웃음을 터뜨리는 그녀를 보고 있자니 정말로 곤란한 건지 아니면 그 반대인지 알 수가 없었다. 하지만 기사들이 다녀갔다면 내게도 좋은 소식은 아니었다.

"그들이 와서 뭐라고 물었습니까?"

"아무래도 연금술사의 장난질인 것 같다고 누가 화약을 사갔는지 물어봤어. 안타깝지만 그 기술은 우리 아버지 대에서 끊어졌다고 말하고는 통곡해 버렸지. 내가 어찌나 실감나게 울었던지 나중에는 유감이라고까지 말하더군."

"대단하시네요."

"대단하긴 뭐가 대단해? 네 녀석 덕에 당분간 화약은 절대로 못 팔게 생겼는데."

"그래도 돔이 무너졌잖습니까."

내 말에 그녀의 얼굴은 다시 밝아졌다.

"아, 그래. 그건 참 볼 만했지. 과학이 뭔지도 모르고 악마의 짓으로만 몰아가는 고루한 신부 노인네들 진짜 꼴불견이었거든. 하지만 금세 복구해 버려서 아쉬워. 부술 거면 아예 가루도 안 남게 해버리지 그랬어."

"다음에 또 그럴 일이 있으면 생각해 볼게요."

그녀는 픽 웃고 내 다리를 툭 쳤다.

"그래서, 이번엔 무슨 일이야?"

"보시다시피."

나는 비어 있는 두 어깨에 시선을 주고 다시 그녀를 바라보았다. 그녀는 뚱한 얼굴로 볼을 붉혔다.

"내가 아무리 천재적인 연금술사여도 팔을 만들어줄 수는 없어."

"팔까지는 바라지 않아요. 다만 비슷하게라도…… 하다 못해 볼일 보기 위해 바지 정도는 내가 내릴 수 있도록 해주세요."

그녀는 시선을 돌린 채 얼굴을 빨갛게 물들이며 헛기침을 했다. 세상만사 다 겪은 듯 험한 그녀도 가끔은 이런 모습을 보였다.

"글쎄, 뭘 달아줘야 할지 모르겠네."

"가능하다면 혹시…… 그림을 그릴 수 있을까요?"

"그림이라고?"

그녀는 측은하다 못해 딱하다는 표정을 지어 보였다.

"내가 예술에 대해 잘은 모르지만 그림이란 거 대단히 섬세한 작업이잖아? 배워보면 놀라겠지만 우리 몸은 엄청나게 복잡하고 또 정교해. 특히 요 손가락이란 놈은 눈에 보이지 않는 것까지도 잡아내는 대단한 녀석이지. 그 정도로 예민한 녀석이라면 혀 정도가 있을까. 아무튼 그런 걸 가짜 팔이 대신하진 못할 거야. 네 어깨에 뭘 단다고 해도 그건 그냥 위아래로 움직이는 막대기 정도라는 거지. 그걸로 그림을 그릴 수 있어?"

물론 없을 것이다. 그림 비슷한 건 그릴 수 있겠지만 내가 생각하고 있는 것, 이를테면 대성당의 제단화를 끝내는 일 같은 건 불가능할 터였다. 분명히 알고 있고 기대를 한 것도 아닌데 끝없는 추락감에 몸서리가 쳐졌다. 이대로 평생 그림을 포기하고 살아야 하는 건가.

망연하게 앉아있는 나를 아랑곳하지 않고 연금술사는 내 몸 여기저기를 살피고 만져보았다. 그녀가 뭘 하든 내버려 두었다. 이제 내가 원한 건 영원히 불가능하다는 걸 깨달았으니까. 그녀는 자를 가지고 와서 어깨와 어깨 사이의 거리를 재어보기도 했다. 그리고 혀를 찼다.

"무슨 사고였는지 몰라도 안타깝구먼. 어깨 아래로 팔이 조금만 남아있었어도 도구를 달고 훨씬 자유롭게 움직일 수 있을 텐데, 남아있질 않아."

그녀는 분명히 안타까워하고 있었지만 나에게는 그렇게 쉽게 말하는 태도야말로 잔인했다. 내가 아무 대답도 하지 않자 그녀는 안으로 들어가 한참을 부스럭거렸다.

문득 뭘 위해 여기에 왔는가 하는 회의가 들었다. 그림을 그릴 수 있는 팔은 여기에 없다. 그렇다면 처음 그녀에게 말했던 것처럼 바지나마 스스로 내릴 수 있는 팔이라도 얻어야 할 것이다. 사실 그게 제일 절박하고 고마운 건데 그런 줄 알면서도 여기 혼자 절망에 빠져있다. 얼마나 가소로운 일인지.

"자, 이거 한번 둘러보자고."

되돌아온 그녀는 손에 큼지막한 철제 기구를 들고 있었다. 가운데에 뚫린 커다란 구멍으로 머리를 넣으니 양 어깨에 묵직하게 기구가 내려앉았다. 양팔이 있을 자리에는 팔 대신 기다란 철제 막대가 있었다.

"움직여 봐."

그녀의 말대로 상체를 움직여 보았지만 기구는 꿈틀거리기만 할 뿐이었다. 그녀는 한참을 심각한 얼굴로 내려다보다가 한마디를 토해냈다.

"역시 안 되나."

가슴이 덜컥 내려앉는 말이었다. 내가 얼마나 안일했는지 새삼 깨달았다. 기구의 힘을 빌려도 내겐 간단한 동작조차 힘든 것이다.

"어깨에서 힘을 가할 수 있는 부분이 없으니 당연한 거겠지. 그 렇다면 역시 입을 사용하는 수밖에 없겠어. 손잡이나 버튼처럼 누르게 하면……. 그래, 그런 방법도 있겠군."

그녀는 혼자 이런저런 말을 중얼거렸다. 어쩌면 다른 방법이 있을지도 모른다는 생각에 약간이나마 희망이 생겼다. 그녀는 곧 기구를 빼내어 갔다. 잠깐 얹었을 뿐인데도 어깨가 뻐근할 정도로 무거웠다. 나는 안으로 들어가는 그녀의 등에 대고 말했다.

"좀 더 가볍게는 안 되겠습니까?"

"해볼게. 간단한 동작을 할 거라면 철제보다 나무가 낫겠어. 수분에 강하도록 가공해야 하니 시간이 좀 많이 필요해."

"얼마나 말입니까?"

"글쎄. 일단은 일주일 뒤에 다시 와봐."

몇 달은 걸리겠다고 생각했던 나는 안도했다. 연금술사의 시간 개념은 아무래도 좀 다른 모양이었다.

"알겠습니다. 고맙습니다."

"고맙긴 뭘. 이대로 두면 죽어버릴 거라는 얼굴로 나타났잖아."

"제가요?"

"그래. 하지만 이 늙은이 말 믿어라. 살다 보면 어떻게든 살아지게 되어 있어. 난 말이야, 친구들이 한창 키가 자랄 때 나만 그대로여서 정말 속상했어. 오죽하면 내가 제일 처음으로 만든 도구가 내 키를 팔꿈치 길이 정도 높이는 신발이었을까. 그 후로도 필요한 게 있을 때마다 내 손으로 만들었고 그러다 보니 여기까지 왔지. 산다는 건 그런 거야. 없으면 없는 대로, 필요하면 필요한 대로 만들어가며 대충 사는 거라고."

무책임하게 들리는 말이었지만 억척스럽고 푸근한 그녀에겐 어쩐지 그것이 어울리기도 했다. 이상하게 내 마음까지 가벼워졌다.

"당신 말이 맞을지도요. 어떻게든 살아가기는 하겠지요. 살아만 있다면."

원하는 걸 하지 못하면 원하는 걸 죽이면 된다. 그런 식으로 하나둘 포기하다 보면 언젠가 마침내 아무것도 원하지 않게 될 것이다. 그림을 그리는 것도, 두 팔도, 사라사도.

하지만 그 얼마나 소름 끼치는 일인가. 그런 인생은 그냥 길거리에 널린 돌멩이 중 하나가 될 뿐이다. 누군가 차면 차이는 대로 구르고 나머지 시간에는 관심도 시선도 받지 못하는 하찮은 것이.

나는 그렇게 되고 싶지 않았다. 태어났다면 최소한 내가 여기 있었다는 증거를 남겨야 한다. 분명하게 내 흔적을 남기는 것. 그래서 내가 그림을 택했는지도 모르겠다. 아무도 나라는 존재가 세상에 있었다는 걸 모르고 내 죽음이 신문 구석에 한 줄로 정리되는 건 싫다. 내가 죽은 이후에도 세상이 아무 일도 없었다는 듯 그대로 흘러가는 것도 싫다.

파도 조르디. 이 이름은 분명히 어딘가에 남아있어야 한다. 내가 아니면 내 그림이라도. 영원히 남아있어야 한다. 세상의 그 어디엔가 반드시.

"이봐, 괜찮아?"

그녀가 걱정스럽게 나를 보았다. 하지만 나는 새로운 깨달음에 놀라워하고 있었다.

신이 내 인생의 마지막을 이렇게 적지는 않았을 것이다. 신이 없다면 내가 내 인생의 마지막을 이렇게 끝내지 않을 거다. 괴로운 줄 알면서도 끝나지 않을 괴로움의 길을 걷는다. 기꺼이. 그것이 바로 내가 그리던 주제였다.

"이만 가봐야겠습니다. 일주일 뒤에 다시 올게요. 아, 그리고."

나는 그녀의 얼굴에 소리 나게 입을 맞추었다.

"고맙습니다."

새빨개진 얼굴로 아무 말도 못 하는 그녀를 내버려두고 그곳을 나왔다. 갑자기 시야가 환해지고 탁 트이는 기분이었다.

아직 아무것도 끝나지 않았어. 난 여기 이렇게 살아있으니까.

손이 없다면 입이든 발가락이든 다른 것으로 그리면 된다. 도둑으로 몰려 팔이 잘렸을지언정 장인의 자격이 없어진 건 아니다. 나는 여전히 라잔 공방 출신의 장인이고 왕립 아카데미의 회원이다. 어느 작은 성당의 천장화를 존경하고 언젠가 그런 그림을 그리고 싶어 하는 화가다.

나는 파도 조르디다. 반드시 세상에 그 이름을 남긴다.

그날부터 시작이었다. 고통을 좀먹는 고통, 비참함 이상의 비참함은.

연금술사가 말했었다. 손가락만큼이나 예민한 녀석은 혀뿐이라고. 내가 생각하기에도 내게 남은 것은 그것뿐이었다. 팔을 잃은 후부터 여러 물건을 짚거나 옮기는 데 모두 입을 썼다. 그림이라고 못 그릴 게 뭐란 말인가.

나는 붓을 입에 문 채 그림 그리기를 연습하기 시작했다. 물론 남들은 차마 눈 뜨고 볼 수 없어 했다. 그러나 그들이 나를 어떻게 여기든 아무 상관없었다. 나를 구원할 수 있는 건 나지 그들이 아니니까.

연금술사가 만들어준 기구는 곧 도착했다. 나무로 된 긴 팔에 집게 같은 것이 달려있었는데 확실히 철제보다는 가벼웠다. 그것을 어깨 위에 얹고 턱이 닿는 위치에 있는 버튼을 누르면 팔이 접히거나 펴지고, 올라가거나 내려가고, 좌우로 움직이거나 물건을 집는 등의 일을 할 수 있었다. 얼핏 간단해 보이는 동작들이지만 그로써 할 수 있는 일이 무궁무진해졌다.

그때부터 본격적으로 팔 없는 삶에 적응해 나가기 시작했다. 어느 정도 기구를 다루는 것에 익숙해진 나는 오직 그림에만 매달렸다. 입으로 모든 것을 하던 때보다 조금 나아졌다. 물감이나 물통의 위치를 원하는 대로 옮길 수 있고 화폭도 마찬가지였다. 그림을 훼손하지 않고 화폭을 입으로 무는 게 제일 힘들었던 것이다.

그러나 몸은 익숙하지 않은 행동들에 고통을 호소했다. 아무리 가벼워도 기구를 얹은 어깨와 목이 편할 리 없다. 붓을 입에 문 채 움직이는 것도 엄청난 근력을 필요로 했다. 턱과 어깨가 번갈아가며 경련하기를 수차례, 결국 마비 증상까지 왔다. 그러는 동안 내가 그려낸 것이라곤 형체를 알아볼 수 없이 일그러진 사람 몇 명뿐이었다.

라잔 저택으로 들어와 나를 돌보기 시작한 사라사는 물론 불같이 화를 냈다.

"제발 그 짓 그만둬. 그런 거 안 해도 이젠 살 수 있잖아?"

"살 수 없어요. 얄궂게도 그걸 지금 알아버렸어요."

"그런 말이 어디 있어? 왜 그렇게 일부러 스스로를 고통스럽게 만드는 거야?"

"예전에 블레이젝을 사랑하는 아가씨에게 저도 같은 질문을 하고 싶었죠."

사라사는 더 이상 아무 말도 하지 않았다.

남들이 발악이라고 부르는 그 행위를 나는 계속했다. 붓을 문 채 한참 움직이다 보면 적잖이 침이 흘렀다. 혼자 닦아내기 힘들었던 나는 어린애처럼 턱받이까지 해야 했다. 날이 갈수록 꼴이 가관이었다. 하지만 즐거운 기분이었다. 한동안은 정말로 그랬다.

그러나 점차 몸에 한계가 왔고 턱이 떨어져 나갈 것처럼 아파왔다. 어느 날에는 이에서 피가 나기도 했다. 입안은 몽땅 헤지고 입 근처가 자주 경련을 일으켰다. 그러나 다른 모든 건 목 상태에 비하면 아무것도 아니었다.

뻣뻣해진 목 때문에 자주 마비가 왔다. 두통은 말할 것도 없었다. 미치겠는 건 없는 팔까지도 저리다는 사실이었다. 팔이 아직 거기 있고 단지 내 눈에만 안 보일지도 모른다는 어처구니없는 생각이 자주 들었다. 이제 존재하지도 않는 놈이 아프기만 곧잘 아프니 그 이상 억울할 수 없었다.

온몸이 아프고 모든 게 힘겨워 죄다 포기하고 싶었다. 물감이고 붓이고 모두 던져버리고 눈앞의 거지같은 화폭을 갈기갈기 찢어버리고 싶을 때가 한두 번이 아니었다. 그러나 그러기 위해서마저 손이 필요했다. 그제야 그 사실을 깨달은 것처럼 한참을 웃고 또 한참을 울었다. 스스로가 가엾게 느껴지기는 그때가 처음이었다.

다 아문 줄 알았던 어깨의 잘린 단면도 자꾸만 아팠다. 기구를 얹은 자리가 닿고 쓸리기 때문이었다. 항상 시퍼렇게 멍이 들거나 짓무르고 고약한 냄새가 나기도 했다. 나를 돌보는 하녀가 의사에게 보이자고 했지만 그러지 말아달라고 부탁했다. 또다시 화를 내는 사라샤를 보고 싶지 않았기 때문이다. 이런 상처를 본다면 붓이나 물감 모두 빼앗을 게 분명했다.

다행스러운 건 그렇게 몸을 혹사시킨 덕분에 조금씩 그림이 나아지고 있다는 점이었다. 연금술사의 말이 옳았다. 혀와 입술은 아주 예민했다. 처음에는 제멋대로였지만 어느 정도 다루기 익숙해지자 놀라울 정도로 세밀하게 붓을 움직일 수 있었다.

조금만 더 연습한다면, 조금만 더 이 고통에 익숙해진다면 제대로 된 그림을 그려내는 것도 불가능하지 않아 보였다. 그것을 깨닫고 거의 기쁨의 눈물을 흘릴 뻔했다.

나는 쓸모없는 일을 하는 게 아니었다. 이대로만 가면 언젠가 정말로 그릴 수 있는 날이 올지도 모른다. 스스로도 발악에 불과할지 모른다고 생각했던 일이 드디어 성과를 보이고 있는 것이다. 이 일말의 가능성을 보기 위해 지불했던 고통은 어마어마했지만 그것이 보답받고 있다. 그림을 그리기 시작한 뒤로 느낀 성취감 중에 가장 크다고 말해도 과언이 아니었다.

얼마 후 나는 라잔 경의 도움으로 교황과 독대할 기회를 얻었다. 현재 그가 기거하는 성 크리시스 성당은 바이니 대성당에 비하면 초라한 건물이었다. 다른 사제들의 눈을 피하기 위해 그는 황송하게도 나와 고해실 안에 단둘이 들어갔다. 그곳에서 나는 왕자와 왕세자비의 소행에 대해 모두 고발했고 나 또한 그녀의 정부였음을 고백했다.

항상 스스로를 가장 낮은 자라 칭하지만 누구보다도 높은 존재인 교황은 이웃에서 흔히 볼 수 있는 마음씨 좋은 할아버지 같은 얼굴을 하고 있었다. 백 살에 가까워 살아있는 기적이 된 그는 쇠약해졌다는 소문과 다르게 적어도 겉으로 보기엔 앞으로 십 년은 더 거뜬히 살 수 있을 것처럼 보였다.

내 이야기를 다 들은 그가 고해실 저편에서 미소를 지었다.

"그것 참 곤란한 일이 다 있구나. 병약한 왕자를 돌보아야 할 왕세자비가 그의 우둔함을 이용하여 부정을 저질렀다니. 이는 실로 용인할 수 없는 죄악이로구나."

"그럼 그들은 대가를 받을까요?"

"옳다. 물론이다. 이제 내가 알게 되었지 않느냐."

어떤 대가인지 몰라도 교황의 단죄가 결코 가볍지만은 않을 것이다. 기뻐하려던 순간 나의 죄 또한 떠올랐다.

"저에게도 처벌을 내리실 테지요?"

"너에게 말이냐?"

"저도 부정을 저질렀으니까요."

"아하, 그래. 분명히 그랬지."

그는 잠시 고민해 보는 듯했다. 어떤 대가든 왕자와 왕세자비와 같은 것이기를 바랐다. 그래야 그들이 벌받는 자리에서 같이 비웃어줄 수 있을 테니까.

"내 생각에 너는 이미 벌을 받은 것 같구나."

"예?"

어두운 곳에서 나를 바라보는 그의 눈은 희한하리만치 맑게 반짝였다. 나는 그가 무슨 말을 하는지 깨달았다. 내 어깨의 두 공백.

"또다시 처벌하는 건 너무 잔인한 일로 느껴지는구나. 네 죄는 이로써 사하여졌다."

"……감사드립니다."

"천만에. 그럼에도 너는 살아가려 노력하고 있구나. 네 고통과 상처가 그 증거일 테지. 그래, 그렇게 살아가거라. 꿋꿋하게 살아라. 신의 자식이라면 누구라도 응당 그래야 한다."

신을 믿지 않는다는 말은 불필요할 터였다. 그의 너그러운 태도에 나는 혹시나 하고 물었다.

"뻔뻔하다고 생각하실지 모르지만, 한 가지 부탁을 들어주실 수 있습니까?"

"무슨 부탁인지 우선 들어보자꾸나."

"팔을 잃기 전까지 제가 하던 일이 있습니다. 성 바이니 대성당의 제단화를 그리는 일이었죠. 그건 제 몫이었습니다. 지금은 비록 두 팔이 없지만 대신 입으로 붓을 물어 그리는 연습을 하고 있습니다. 조금만 더 노력하면 손으로 그리는 것과 다르지 않게 그릴 수 있을 것 같습니다. 그러니 부디 제가 그것을 완성시킬 수 있도록 기다려주십시오."

교황은 아무 말도 하지 않았다. 벽 너머 침중한 그의 얼굴은 마치 오래된 명화 속의 현자 같았다. 침묵이 길어지자 불안해졌다. 그의 입으로 꿋꿋하게 살아가라 했으니 자비를 보이기를 바랐다.

"그것은 불가하다."

마침내 그의 입에서 한마디가 떨어졌다. 크게 기대한 건 아니지만 맥이 풀렸다.

"네 입으로 말했듯이 그건 뻔뻔할 뿐 아니라 도리에 어긋나는 일이다. 왕세자비의 부정을 고발하기 위해 나를 찾아와서는 죄악의 부산물 중 하나를 용인하라 하고 있지 않은가."

"저, 무슨 뜻인지 모르겠습니다."

"자네처럼 젊은 화가가 어찌하여 그 제단화를 맡게 되었는지 잊었단 말인가?"

그 말을 듣고 나서야 예전의 일을 떠올릴 수 있었다. 그의 말이 맞았다. 그건 이데아가 힘을 써준 덕분이었다. 그녀의 정부에게 주는 선물로.

"죄송합니다. 잊고 있었습니다. 하지만 저는 정말로 훌륭한 제단화를 완성시킬 자신이 있습니다. 그저 시간만 주십시오. 이미 작업이 반 이상 끝났기 때문에 오래 걸리지는……."

"이미 불가하다고 내가 말했다. 그리고 자네가 달라고 요구하는 것이야말로 내게는 가장 절실한 문제다. 시간 말이지."

그의 굳건한 표정은 내가 아무리 용을 써도 결코 움직일 수 없는 산 같았다. 매달려 해결할 문제도 그럴 수 있는 상대도 아니라는 걸 깨달았다. 그가 나를 벌하지 않는 것에, 왕자와 왕세자비가 합당한 대가를 받을 것이란 말에 기뻐하고 물러나는 수밖에 없었다.

내가 고개를 끄덕이자 그는 희미한 동정의 눈길로 나를 위해 기도하겠다며 두 손을 모았다. 나도 그렇게 하기 위해 눈을 감았지만 모을 수 있는 두 손은 거기 없었다.

두 손이 없으면 기도조차 할 수 없는 거로군.

교황이 단 한 사람을 위해 기도하는 귀중한 자리에서 내가 지을 수 있는 건 숭고한 비웃음뿐이었다.

"이젠 안 그리는 거야? 그림."

사라사가 나를 내려다보며 물었다. 나는 그녀의 무릎을 베고 누워있었다. 그녀의 얼굴 뒤로 펼쳐진 하늘이 눈부시다. 저런 색을 내려면 파란색과 하얀색 물감을 일 대 구의 비율로 섞어서 초록색도 약간 첨가하고…….

"더 이상 의미가 없어졌습니다."

"내가 그렇다고 계속 이야기했잖아."

"남자의 어리석음을 깨우쳐주는 건 늘 곁에 있는 여성의 몫이라고 누군가 말했었죠. 이제야 어떤 의미인지 깨닫네요."

"누군지 몰라도 훌륭한 사람이었네."

그녀가 웃으며 고개를 들었다. 그녀의 목 근처에서 바람에 나풀
나풀 움직이는 머리카락이 아름다웠다. 섬세한 머리카락 표현을
위해서는 바탕이 되는 색깔 위에 밝은 색으로 여러 번 날카롭게 선
을 그어주는 게 좋다. 붓보다는 나이프가 선명하다.

"오랜만에 여기 오니까 좋네. 하나도 변한 게 없어. 우린 이렇게
나 많이 변했는데."

우리가 있는 곳은 라잔 저택 뒤의 골짜기였다. 너른 초원과 바다
에서 불어오는 청량한 바람 모두 그대로였다. 그녀의 말대로 이곳
은 변한 게 없는데 우리는, 아니 나는 많이 변했다.

"미안. 그런 뜻은 아니었어."

그녀가 갑작스레 깨달은 듯 말했다. 나는 고개를 저었다. 어떤 의
미로 한 말인지 알고 있었다. 나 스스로 피해 의식에 젖어있을 뿐.
그녀는 두 손으로 내 얼굴을 감싸고 빤히 들여다보았다.

"또 그런 얼굴이야. 차라리 몸을 혹사시키더라도 그림에 몰두하
던 때가 나았어. 그때는 이렇게 죽은 얼굴을 하고 있지 않았어."

"어쩔 수 없잖습니까. 저는 지금 불행합니다."

"이렇게 사랑스러운 내가 곁에 있는데도 불행하다는 거야?"

"몸은 여기 있지만 마음은 여기 없으니까요."

그녀는 흠칫했지만 금세 미소를 되찾았다.

"내가 아직도 그 사람을 생각하고 있다는 그런 이야기를 하려는
건가?"

"아니요. 뒤벨 아가씨 이야기를 한 겁니다만."

"아."

그녀는 잠시 다른 곳을 보다가 아무렇지 않게 말했다.

"그래. 낮잠에서 깰 때가 되었네. 내려가는 게 좋겠어."

내가 일어날 수 있도록 그녀가 등을 받쳐주었다. 힘주어 몸을 일으키는데 갑자기 떠받치던 힘이 사라졌다. 나는 고목나무마냥 속절없이 풀밭에 쓰러졌다. 먼저 일어선 그녀가 저만치 앞서가며 웃음을 터뜨렸다.

"날 놀린 벌이야."

아아, 밉도록 사랑스러운 나의 가짜 연인 같으니.

그녀는 내 망토를 어린아이처럼 붙잡고 걷는 것을 좋아했다. 저택에 거의 다 왔을 무렵 하인들 눈도 있고 하니 그만 놓으라고 말할 참이었다. 한데 그녀가 자리에 멈춰 섰다. 시선은 한곳에 고정되어 있었다. 나도 그녀를 따라 시선을 돌렸다가 똑같이 고정되었다.

저택으로 들어가는 정문 앞에 누군가 서있었다. 하인과 이야기 중이었는데 문을 열라고 명령하는 듯 보였다. 하인은 난감한 얼굴로 그의 말을 거절했다. 그것이 라잔 경의 명인 이상 어쩔 수 없을 터였다.

출입을 거절당한 그는 두어 걸음 물러나 멀리 저택을 올려다보았다. 누구를 보고 있는 걸까. 그때 사라사가 성큼성큼 앞으로 걸어나갔다. 그가 소리를 듣고 고개를 돌려 그녀를 쳐다보았다.

"여긴 어쩐 일이시죠?"

사라사의 목소리는 높고 날카로웠다. 그는 평온한 어조로 말을 받았다.

"뒤벨을 보러 왔습니다. 아비가 자식을 보는 걸 막으리라곤 생각하지 못했지만 말입니다."

"당당하시군요. 그렇게 아무렇지 않은 얼굴로 나타날 줄 몰랐어요."

"나는 아직도 당신이 무엇에 화가 나서 나를 떠난 건지 모릅니다."

"모르시겠다고요? 이걸 한번 보시죠!"

그녀가 예고도 없이 내 망토를 걷어 올렸다. 팔의 빈자리가 드러나자 당혹스럽고 창피했다. 그녀만 아니었다면 불같이 화를 냈을 거다.

"사람을 이렇게 만들어놓고 아무것도 모르겠다고요? 어떻게 그럴 수 있죠? 파도가 고통스러워하고 살기 위해 몸부림치는 동안 당신은 뭘 했죠? 왕세자비 곁에서 편히 잠들었나요?"

그녀는 나 대신 화내는 척하고 있었지만 분노의 원인이 내가 아니란 것쯤은 쉽게 알 수 있었다. 블레이젝의 눈이 잠시 내게 머물렀다.

"의도한 바는 아니었습니다. 도망친 죄인을 잡아 오라는 명령을 내렸지만 수하들에게 제대로 전달되지 않았던 모양입니다. 물론 그들은 적당한 처벌을 받았습니다."

"사람의 두 팔이 잘렸는데 무엇이 적당한 처벌이죠? 그들의 두 팔도 잘랐나요?"

"기사직 해임과 불명예제대. 그리고 각각 스무 대의 태형에 처했습니다."

"아하, 태형이라고요. 일주일쯤 누워있으면 다시 일어나 걸어 다닐 수 있겠군요."

"그들 모두 귀족의 자제였고 그 정도면 무거운 처벌입니다."

사라사가 뭐라 쏘아붙이려 했지만 내가 한 걸음 나서서 그녀를 막았다.

"괜찮습니다. 블레이젝 기사님은 자기 할 도리를 다했습니다."

"하지만, 정말 그걸로 괜찮아?"

"만족하지는 않습니다. 하지만 기사단장님 잘못이 아니니까요."

"그의 잘못이 맞아. 수하들의 잘못은 우두머리의 잘못이지. 책임자라는 자리가 괜히 있는 게 아니니까."

우리의 언쟁을 들은 블레이젝이 다소 지친 듯 물었다.

"그럼 내가 어찌해야 하겠습니까. 내 팔도 자르길 원합니까?"

뜻밖의 물음에 사라사는 당황한 얼굴을 할 뿐 대답하지 못했다. 블레이젝의 칼이 부드럽지만 섬뜩한 소리를 내며 뽑혀 나왔다. 우리 둘 다 흠칫하자 그가 그것을 높이 들어올렸다.

"그렇게 하면 뒤벨을 보게 해줄 겁니까?"

"잠깐만요, 폰!"

그대로 검이 아래로 향했기에 더 생각할 겨를도 없이 뛰쳐나갔다. 팔이 없었기 때문에 그를 들이박는 수밖에 없었다. 우리 둘 다 바닥을 나뒹굴었고 칼이 쇳소리를 내며 땅에 떨어졌다. 간신히 정신을 수습한 나는 블레이젝을 노려보았다.

"남은 죽도록 갖고 싶어 해도 못 가지는 걸 그렇게 함부로 내버리시면 안 되죠."

블레이잭은 대꾸하지 못했다. 누군가 덮치듯 그의 품으로 쓰러졌기 때문이다. 사라사는 그를 끌어안고 엉엉 울었다. 중간 중간 '사랑한다.'라는 말과 '보고 싶었다.'라는 말이 섞여있었던 것 같지만 불분명해서 알아들을 수는 없었다.

블레이잭의 얼굴에 떠올랐던 당혹스러운 기색이 서서히 가라앉았다. 그는 사라사의 등에 가만히 손을 얹었다. 한참 후 그녀의 울음이 잦아들었을 때쯤 그는 한마디를 겨우 내뱉었다.

"미안하오."

아기는 작은 침대에 누워있었다. 팔다리를 꼬물거리면서 오랜만에 보는 얼굴을 신기해하고 있었다. 블레이잭은 지나치다 싶을 정도로 거리를 둔 채 아기를 물끄러미 바라보기만 했다. 딸을 보기 위해 팔까지 자르려 했던 사람치곤 이해할 수 없는 행동이었다.

사라사가 곁으로 걸어가서 아기를 안아들었다. 그리고 블레이잭에게 안겨주려 했다. 하지만 블레이잭은 순식간에 두어 걸음 물러나 고개를 저었다. 사라사의 얼굴이 슬프게 일그러졌다.

"왜 한 번 안아주려 하지도 않죠?"

블레이잭은 세상에서 가장 어려운 질문을 받은 사람처럼 한참이나 침묵했다. 그는 스스로도 잘 모르겠다는 듯이, 이게 답이 맞는지 판단할 수 없다는 듯이 대답했다.

"내 손엔 너무 많은 피가 묻어서…… 그게 아기에게 좋지 않을 것 같습니다."

사라사는 놀란 듯 눈을 동그랗게 떴고 멀리서 지켜보던 나도 마찬가지였다. 블레이젝은 자신의 대답이 다른 사람들을 얼마나 놀라게 했는지 전혀 모르는 듯 아기만 바라보았다. 잠시 후 사라사가 한 걸음 앞으로 나왔다.

"당신의 손이 어떤 손인지는 상관없어요. 당신이 어떤 사람인지도요. 무엇보다 중요한 건 당신이 이 아이의 아버지라는 사실이에요."

사라사가 아기를 조심스레 내밀었다. 블레이젝은 한참이나 머뭇거렸다. 그를 마침내 움직이게 한 것은 아기였다. 아기가 그에게 가고 싶다는 듯이 작은 두 팔을 뻗었다. 세상에서 그걸 거절할 수 있는 사람은 없었다.

그는 조심스럽게 아이를 받았다. 하지만 품으로 데려가지는 못하고 어색하게 들고 있기만 했다. 사라사는 살짝 웃음을 터뜨리며 아기를 그의 품에 안겨주었다. 그리고 아기가 편하도록 자세를 잡아주었다. 잠시 시간이 흐른 뒤에야 안은 사람이나 안긴 사람이나 보는 사람 모두 만족스러운 자세가 나왔다. 그는 제법 아버지처럼 아이를 안은 채 신비로운 눈으로 내려다보았다.

아기는 자기 아버지와 똑같은 눈으로 그를 마주 보았다. 세상이 얼마나 삭막한지, 살아가는 게 얼마나 만만치 않은지, 사람이 얼마나 수십 가지의 얼굴을 하고 있는지 전혀 모르는 눈이다. 자라나며 현실을 깨달아가는 동안 아기는 상처 입고 눈물을 흘리고 그러면서 성숙해 갈 것이다. 중요한 건 그런 아기의 곁에 언제나 아버지가 있을 것이란 사실이다. 누구보다도 강인하고 아기를 위해 무엇이든 한 점 망설이지 않을 아버지가.

나는 슬며시 웃고 코를 문지르려 했지만 어깨만 꿈틀거렸다. 어깨에 코를 비비려 했지만 무른 상처가 아프기만 할 뿐 잘 되지 않았다. 해서 적당한 도구를 찾을 겸 자리를 피해주기로 했다.

한때 사라사에게 그녀의 오라버니를 죽인 게 블레이젝이라는 말을 할까 했었다. 그걸 알면 아무리 그녀라고 해도 마음이 바뀔 거라 생각했다.

하지만 그러지 않아서 다행이다. 나중에는 이 결정을 후회할지도 모르지만 지금은 어쨌든 그들을 방해하고 싶지 않았다.

아기를 들여다보며 서로 침묵하는 그들은 완전한 가족인 것처럼 보였다.

12

두
손
없
는
기
도

아마도 그건 도시에서 볼 수 있는 가장 이상한 행렬 중 하나일
것이다. 질서정연하지만 서글프고, 수많은 호위를 거느렸지만 명
예롭지 못했다.

성으로부터 추방당하는 왕족의 행렬. 아무 치장 없이 검은 휘장
이 드리워진 마차가 대로를 따라 행렬의 중심에서 가고 있다. 사람
들은 길을 에워싸다시피 모여있었지만 거기에 반드시 수반될 만한
환호성은 없었다. 그저 물끄러미 마차를 따라 고개를 서서히 움직
일 뿐이었다.

멀리서부터 느릿느릿 다가오던 마차가 드디어 내 앞을 지나갔
다. 휘장 속에서 그녀는 어떤 표정을 짓고 있을까. 혹시 바깥을 내

다보고 있을까? 만약 나를 보고 있다면……. 나는 그녀에게 잘됐다는 비웃음을 보이지는 않았다. 다만 무표정하게 마차의 휘장 속을 들여다보았다. 휘장도 아무 표정 없이 나를 마주 보았다. 그대로 마차는 지나갔다.

나는 이 상황이 기쁜 걸까? 왕세자비의 악덕이 밝혀져 마침내 결혼의 신성한 수호자인 교황으로부터 단죄받는 지금이. 이데아는 얼마 전 왕실로부터 추방됐고 수도에서 마차로 보름이 걸리는 수도원으로 가는 중이었다. 절벽 위에 완전히 고립된 그곳이 그녀가 평생을 보내야 할 곳이다.

왕자에 대해서는 공식적으로 아무 이야기가 없지만 사라사한테 들은 바로는 철문이 달려 있는 그의 방에 감금되다시피 지낸다고 했다. 왕세자비가 사라지자 한동안 난리를 피웠던 모양인데 그 때문에 왕실에서 그를 유폐한 것이다. 날마다 울다 지쳐 잠드는 것만이 생활의 전부라고 했다.

두 사람 다 평생을 그렇게 살 것이라 생각하면 마음이 어느 정도 가라앉았다. 그러나 완전히 풀리지도 않았다. 그런다 한들 어쩔 것인가. 팔이 없어진 자리가 매일 밤 아픈 것처럼 두 사람 다 끝없이 고통과 괴로움 속에서 살기를 바랄 수밖에.

행렬이 멀어지고 마차도 희미해졌다. 그녀와 함께했던 기분 좋았던 기억들이 어렴풋 떠올랐다 사라졌다. 앞으로 살아가면서 그것들이 다시 떠오를 일은 없을 것이다. 그런 예감이 들었다.

사람들 틈에서 빠져나와 익숙한 곳으로 향했다. 매일같이 찾아가지만 아무것도 하지 않는 곳. 멀리서도 누구나 바라볼 수 있는 높은 지붕으로 그 신성성을 증명하려는 곳. 저택을 나와 있는 동안 내가 주로 머무는 그곳은 바로 성 바이니 대성당이었다.

언제나처럼 안으로 들어가지는 못하고 주변만 서성였다. 그렇게라도 눈으로 확인하지 않으면 마음이 불안해 견딜 수 없었다. 누군가 내 제단화를 덮어버리고 다른 것을 그리기 시작하지 않을지 걱정이 되었던 것이다. 쓸모없는 짓임을 알면서도 이렇게 매일 지키고 있다.

다행히 아직은 시세로와 그를 돕는 도제 이외에 다른 화가가 드나드는 것 같지는 않았다. 그러나 머지않아 교황이나 레이번이 다른 화가를 지명할 터였다. 그렇다면 도대체 누가 그 일을 한다는 말인가. 누가 내 그림을 덮고 그 위에 자기 그림을 그린단 말인가. 상상하는 것만으로도 속이 뒤틀리는 기분이었다. 만일 내가 인정하는 화가라면……. 아니 그것도 싫다. 나 이외의 다른 누구는 용납할 수 없다.

혼자 그렇게 감정을 삭이느라 대성당에서 누가 나온 것도 몰랐다. 알아차린 것은 그가 몇 걸음 떨어지지 않은 곳까지 왔을 때였다. 바로 몸을 돌려 가려 했지만 그가 나를 가로질러 길을 막았다. 그리고 이죽거렸다.

"그래, 포기했다고?"

대꾸하고 싶지 않아 피하려는데 그가 덧붙였다.

"이제야 정말로 병신 같구나, 너."

울컥해서 노려보았지만 내가 할 수 있는 건 고작 그것뿐이었다.

"하긴 예전부터 근성 없는 건 알아봤지."

"쉽게 말하지 말아요. 쉽게 말하지 말라고요!"

"쉽게 말하는 거 같아?"

"그럼 당신이 어떻게 알겠어요? 당신 두 팔은 멀쩡히 달려있잖아요. 한 번도 그런 노력을 해보지 않고서, 목이 끊어지고 어깨가 부서지도록 입으로 붓을 물고 그림을 그려보지 않고서는 누구도 함부로 말할 수 없어요!"

"아, 그건 당연히 모르겠지. 그거야 네 사정이니까."

기가 막혀 말조차 안 나왔다. 하긴 언제나 그는 이런 식이었다. 일일이 화를 내고 반응하는 내가 그의 말마따나 병신일 뿐이다. 무시하고 지나가려는 순간이었다.

"너 대신 누가 제단화를 완성하는지 알고나 있냐?"

지금껏 그 말을 하기 위해 그가 내 속을 긁었다는 걸 깨달았다. 극적인 효과를 노리기 위해서 말이다. 알면서도 도저히 뒤돌아보지 않을 수 없었다.

"결정되었어요?"

"교황이 직접 뽑았지. 이례적인 선택이었고 뽑힌 당사자도 이례적인 반응을 했어."

누구기에? 대체 누구기에? 머릿속에 수많은 사람들의 이름이 떠올랐다. 설마 레이번이 직접? 혹은 천장화를 거의 다 완성한 시세로가 또? 아니면 타국에서 온 건축가처럼 전혀 모르는 사람?

하지만 시세로는 내가 물어볼 때까지 자기 입으로 먼저 말하지 않을 태세였다. 나는 굴욕감을 느끼면서도 묻지 않을 수 없었다.

"그게 누굽니까?"

그는 히죽 웃고 한 이름을 말했다.

"레오나드."

머릿속에 떠오른 무수한 사람들 중에 결코 그 이름은 없었기에, 한동안 나는 레오나드라는 이름을 가진 다른 사람이 있나 생각했다. 내가 아는 그는 아닐 거라고, 그럴 리 없다고 믿고 싶었다. 다른 사람이라면 누구라도, 시세로라도 상관없었다. 하지만 레오나드는 아니었다. 레오나드는 안 되었다.

그가 나에게 그런 짓을 할 리 없잖아.

"레오나드는 그걸 받아들였어. 자기 그림은 안 그린다는 그 녀석이 말이지."

"거짓말."

무언가 생각해 보기도 전에 말이 먼저 튀어나갔다. 정말 교황이 의뢰를 했다 해도 그는 나를 위해 거절했을 거다. 분명히 그랬을 거다.

"그렇게 생각하고 싶다면 뭐 마음대로."

히죽 웃고 먼저 등을 돌린 쪽은 시세로였다. 아주 잠깐이었지만 그를 붙잡고 싶었다. 붙잡아서 뭐, 매달려서 뭘? 속절없이 그는 멀어져갔다.

"거짓말이야."

진실이라면 어떻게 할 건가?

"그럴 리 없어."

하지만 이미 사실이란 걸 마음속으로 느끼고 있었다.

"레오나드가……."

내가 못되게 굴었기 때문인가? 그래서 복수하는 건가?

그럴 생각이었다면 정말 제대로 성공했다고 말해줄 수 있었다. 이보다 더 끔찍한 기분을 느낄 수는 없을 테니까. 시세로였다면 차라리 그러려니 했을 것이다. 다른 사람이었다면 속은 쓰릴지언정 체념했을 것이다.

그런데 레오나드라고 한다. 자기 그림은 그리지 않는다고 고고한 척 굴던 사람이 이제 와 그걸 그리겠다고 한다. 다른 누구도 아닌 내 자리를 빼앗아서, 내 그림을 덮어가면서. 그렇다. 그는 이게 내 자리를 빼앗는 일이기 때문에 받아들인 거다. 절망하는 내 꼴을 보기 위해, 보란 듯이 내 앞에서 그림을 그리기 위해.

날 비웃기 위해.

용서할수없어용서할수없어절대로용서할수없어당신이나한테이러면안되지내게이럴수없지내태도가그렇게당신을견딜수없게했나그럼하루아침에갑자기두팔을잃어버린사람이무슨말인들못하겠어항상그렇게사람좋은얼굴뒤에감추고있는어쩔수없는오만과경멸당신은늘그걸가지고있지난알고있어알고있었단말이야왜냐하면나도나도나도……

내가 그렇게 미웠는지, 꼭 나에게 이렇게 해야만 하는지 묻고 싶다. 내가 그에게 무슨 큰 잘못을 했기에 이렇게까지 복수하는 건지 따지고 싶다. 억울하다, 원망스럽다, 끓어오른다. 분노와 증오와 온갖 부정적 감정들이.

온몸이 떨려와 내가 제정신인 게 의심스러울 지경이었다. 정신을 차렸을 때 이미 나는 라잔 저택으로 들어가는 문 앞에 주저앉아 있었다. 심장이 평소와 다른 이상한 박자로 뛰고 숨 쉬기도 힘들었다. 나는 한참 동안 꺽꺽거리며 숨을 쉬려고 노력했다.

왜 나에게만 왜 나에게만 왜 나에게만 왜 나에게만.

스스로의 처지가 이렇게 된 것에 특별히 증오할 사람이 없을 땐 그저 불합리한 세상을 탓하게 된다. 그런다고 세상이 나에게 공정함이나 관대함을 보여주는 것도 아닌데. 피해 의식과 억울함만이 가득 담긴 저 한마디를 떠올리는 순간 나는 저항하지 못하는 바보가 된다. 세상의 장난질에 하필 내가 얻어걸린 것에 지독히도 운이 없었다고 원망하고 욕을 하고 주저앉아 운다. 그것뿐.

가슴이 터질 것 같았다. 그대로 온몸이 폭발해 가루가 돼도 이상할 게 없었다. 더 이상 추락할 곳이 없다고 해도 이러지는 않아야 하는데. 어떤 짓을 해도 추하기만 할 뿐이라고 해도, 사는 것도 사랑하는 것도 모두 꿈틀거리는 것처럼 보일 뿐인 지렁이라고 해도⋯⋯.

저택이 보였다. 그러나 그곳으로 들어가지 않았다. 다리를 일으켜 세워 향한 곳은 그 옆의 공방이었다. 지금 내가 만나려는 사람, 그의 얼굴을 보는 순간 내가 무슨 짓을 할지 나도 알 수 없었다. 혹 무슨 짓을 해도 상관없을 것 같았다. 그는 그래도 충분할 만한 일을 저질렀으니까.

공방 안의 길을 쭉 걸어가는 동안 누구와도 마주치지 않았다. 맨 끝에 레오나드의 방이 보였다. 주위에는 아무도 없었다. 혹 아무도 없는 것처럼 고요했다. 언젠가처럼 또 갑자기 마로가 튀어나와서 내가 여기 있다고 소리를 지를 것 같아 주위를 둘러보았다. 하지만 곧 녀석이 공방에서 쫓겨났다는 걸 기억해 냈다. 나는 녀석을 향한 건지 나를 향한 건지 모를 비웃음을 웃으며 레오나드의 방으로 들어갔다.

안에는 아무도 없었다. 그걸 확인한 순간 뜻 모를 안도감이 들었다. 구석에 그가 세워놓은 그의 작품들이 보였다. 예전에 혼자 살 때 그려둔 죽은 아내의 그림이었다. 그때보다 작품 수가 늘지 않은 것으로 보아 공방에 들어와서는 예전처럼 모사만 했던 것 같다.

그랬던 사람이 왜 이제 와서야.

다시 보니 확실히 내가 그랑프리에 출품했던 사라사의 초상화와 그의 그림이 많이 흡사했다. 그때는 그것이 부끄럽고 미안했었다. 그러나 그는 나에게 말했다. 그렇게밖에 할 수 없었던 나를 동정한다고.

다시금 참을 수 없는 모멸감이 밀려왔다. 따지고 보면 늘 가벼운 조롱을 던지는 시세로보다 핵심을 찌르는 그가 나를 더 괴롭혀 왔다는 생각이 들었다. 지금도 그렇지 않은가. 어쩌면 그가 자기 입으로 말했던, 재능 있던 아이를 일부러 타락시켰던 시세로의 행위는 그 자신의 행위였는지도 모른다. 아니, 틀림없이 그럴 것이다.

용서할 수 없다. 그를 용서할 수 없다. 이 감정들을 그에게 되돌려 주려면 어떻게 해야 하지? 그를 괴롭히려면 어떻게 해야 할까?

다시금 눈에 그의 그림들이 들어왔다. 자기 때문에 죽은 그의 아내. 시세로에게서 빼앗아 억지로 결혼하고선 결국 제 손으로 죽여버렸다. 그러고 보니 그런 파렴치한 짓을 해놓고 그는 잘도 살아있다. 조의를 표하는 척 자신의 그림은 안 그린다고 해놓고 그 맹세를 깨려 한다. 막아야 한다. 그럴 수 있는 건 나뿐이다.

그의 방에서 나와 물감을 만드는 공정실로 들어갔다. 거기엔 재료를 가열할 때 쓰는 램프와 성냥이 있었다. 성냥을 입에 무는 순간 스스로가 저지르려는 짓의 무서움을 깨닫고 놓을 뻔했다. 하지만 억지로 꽉 물었다. 그를 단죄해야 했다. 왕자나 왕세자비와는 달리 그에게는 내가 직접 복수할 수 있으니까.

성냥을 그의 방에 옮겨다 놓고 다시 공정실로 돌아와 가열 램프도 물어 왔다. 레오나드의 작업대 앞에 걸터앉은 나는 서두르지 않고 램프의 뚜껑을 열었다. 그리고 성냥을 쏟은 뒤 그중 하나를 물어 작업대 위에 긁었다. 화악 불이 붙으면서 눈앞으로 불똥이 튀었다. 눈으로 불꽃이 들어가는 줄 알고 깜짝 놀라 성냥을 떨어뜨렸다. 천천히 타들어가던 불은 이윽고 꺼졌다.

심장이 두근거리는 것을 느끼며 다시 하나의 성냥을 물었다. 이번엔 눈을 감고 그었다. 보이진 않았지만 소리와 열기로 불이 붙었음을 느낄 수 있었다. 나는 조심조심하며 램프에 불을 붙이고 재빨리 성냥을 뱉었다. 이제 타오르는 램프만이 작업대 위에 남았다.

그림을 한 번 보고 다시 불을 돌아본다. 일렁이는 불이 나를 부추겼다. 자, 전부 태워버려. 그에 대한 미움과 질투와 애정까지. 그러면 모든 것이 끝나. 아무것도 남지 않지. 가끔 뒤적거릴 수 있는 잔재 외에는.

고개를 끄덕였다. 내 눈으로도 불꽃이 옮겨온다. 아무것도 보이지 않고 아무것도 떠오르지 않는다. 무의식중에 턱으로 램프를 밀어 떨어뜨렸다. 램프가 깨지는 소리와 함께 삽시간에 불이 타올랐다. 바닥으로 번진 기름을 타고 불이 옮겨간 곳은 레오나드의 그림이 세워진 곳이었다.

타오른다. 그림 속 아름다운 얼굴이 일그러지고 뭉개진다. 가슴 깊은 곳에서 은밀하고 자극적인 쾌감이 연기처럼 피어올랐다. 내가 그의 그림을 망쳤어. 내가 그의 그림을 불태워 버렸다고!

하지만 불은 생각 이상으로 커졌다. 그의 방에서 나와 마당에 서서 지켜보았다. 아직 바깥에서는 아무런 기미가 보이지 않았다. 주위에는 아무도 없었다. 그러자 퍼뜩 어떤 깨달음이 머리를 스쳤다.

이대로 도망치면 아무도 내가 했다는 사실을 알지 못해.

갑자기 맥박이 빨라졌다. 흥분으로 가슴이 요동쳤다. 이대로 도망칠 수 있을까? 저택은 바로 옆에 있고 금방 몸을 피할 수 있다. 하지만 그렇게 하면 그건 분명한 범죄가 된다. 정당한 복수가 아니라 비겁한 범죄 말이다. 하지만 아무려면 어떠랴. 그에게 내가 느끼는 이 괴로움의 반만이라도 느끼게 할 수 있다면.

슬슬 발을 움직였다. 여전히 레오나드의 방을 주시하면서 천천히 걸음을 떼었다. 설마 크게 불이 번지진 않을 거라고 생각했다. 기껏해야 그의 방 정도를 불태우고 말겠지.

"파도, 여기 있었구나."

심장이 멈춘다거나 머리가 새하얘진다거나, 어떤 말로도 그때 느낀 기분 그대로를 표현해 낼 수는 없을 것이다. 나는 그야말로 시체처럼 굳어버려서 아무것도 할 수 없었다. 어떤 말도 떠오르지 않았다. 심지어 변명조차도.

"그렇지 않아도 계속 찾아다니고 있었어. 저택에 가도 네가 늘 없다기에 아카데미까지 가봤지. 그런데 어디에도 없더구나."

레오나드는 내 상태를 전혀 알아차리지 못한 것처럼 들뜬 채 말했다. 그가 무슨 말을 하는 거지? 도대체 무슨 말을 하는 거야? 머릿속 어딘가가 열이 나듯 뜨거웠다.

"꼭 해야 할 말이 있어서 그랬어. 들었는지 모르겠지만 대성당의 제단화 말인데, 나한테 맡겨졌거든."

그 말 하나는 이해할 수 있었다. 안다. 알고 있다. 그랬기 때문에 방금 전 내가 당신의 방에……

"처음에는 널 생각해서 거절하려고 했는데, 그때 기막힌 생각이 떠올랐지. 만약 내가 그걸 받아들이고 널 조수로 쓰면 어떨까 하는 생각 말이야. 내가 얼마나 모사를 잘하는지 알고 있지? 화가의 화풍과 버릇까지 그대로 따라 한다는 것도. 난 네 그림을 지우지 않고 그대로 완성할 생각이야. 곁에서 도와주면 네가 그리려던 대로 구현해 낼 수 있을 거야. 그건 물론 네가 원하는 일은 아닐지도 모르지. 하지만 난 그 방법밖에는 떠올릴 수 없더구나. 둘이서 한번 완성해 보자. 최대한 네 뜻을 따를 테니까. 그건 물론 네 그림이기도 하고 내 그림이기도 하겠지. 그렇지만 원한다면 표가 나지 않도록 네 서명을 넣어도…… 그런데 이게 무슨 냄새지?"

거짓말. 거짓말이야. 그는 알고 있어. 내가 무슨 짓을 했는지 다 알고 있어. 그래서 저런 말을 하는 거야. 단지 모르는 척하고 있을 뿐이야. 내게 죄책감을 심어주기 위해, 내가 지금 얼마나 쓸데없는 오해와 분노로 끔찍한 짓을 저질렀는지 일깨워 주기 위해서.

"무슨 냄새가 나지 않니? 뭔가 타는…… 내 방이야!"

그가 나를 지나쳐 자기 방으로 달려갔다. 잠시 후에야 멍하니 뒤

461

를 돌아보았다. 그의 방 지붕과 창문으로 연기가 새어 나오고 있었다. 문이 열리지 않자 레오나드는 발로 문을 차부수고 안으로 들어갔다. 그제야 그를 불러야 한다는 생각이 들었다. 그렇지만 왜? 무슨 말을 하려고? 내가 그랬다는 걸 고백하려고?

안에서 알 수 없는 외침이 흘러나왔다. 레오나드의 목소리였다. '내 그림!'이라거나 '사람을 불러!' 혹은 '물이 필요해!' 뭐 그런 목소리인 것 같았다. 한데 나는 못 박힌 듯 꼼짝도 할 수 없었다. 발걸음도 뗄 수 없었다. 단 한 걸음도.

쾅 하고 안에서 뭔가 폭발하는 소리가 들렸다. 뒤늦은 비명도 들려왔다. 그제야 번쩍 정신이 들었다.

"레오나드…… 레오나드?"

저절로 두 다리가 움직였다. 그의 방으로 힘껏 달렸지만 방 앞에 도달했을 때 이미 불길이 입구를 가로막고 있었다. 매캐한 연기가 코와 입으로 들어오는 것을 느끼며 레오나드의 이름을 불렀다.

"레오나드! 레오나드!"

안에서는 더 이상 아무 소리도 들리지 않았다. 뭔가 타오르고 튀는 소리만 들려올 뿐이었다. 다급히 주위를 둘러보았다. 연기를 본 것인지 문간으로 하나둘 사람의 모습이 보였다.

"도와줘요! 도와달라고요! 안에 사람이 있어요! 레오나드가 있다고요!"

그제야 사람들이 달려왔다. 나를 밀치고 안으로 들어가려던 사람들은 거센 불길을 보고 걸음을 멈췄다. 누군가 다급히 물을 가져오라고 외쳤다. 공방 여기저기 널린 게 물이니 금세 가지고 왔지만 입구에 대고 아무리 부어도 불길은 사그라지지 않았다.

눈앞의 긴박하고 무서운 상황이 도저히 현실 같지가 않았다. 불은 모든 걸 집어삼킬 듯이 타오르고 그 안에 레오나드가 있는데도 눈앞에서 벌어지고 있는 상황이 지금과는 어째 연결이 되지 않았다.

어쩌면 내가 모든 걸 잘못 봤을지도 모른다. 레오나드를 만난 것 자체가 환상이었을지도 모른다. 저 안에 사람이 있다면 이렇게 조용할 리가 없다. 아직도 저 안에 누군가 있을 리 없다. 그래, 저 안엔 불과 그림 외엔 아무것도 없는 거다. 나는 레오나드를 만난 적도 없다.

장인 중 하나인 시벨이 어디선가 두터운 담요를 가져와 뒤집어쓴 채 안으로 들어가겠다고 악을 썼다. 하지만 주위에 있는 다른 장인과 도제들이 그를 말렸다. 나머지는 계속 물을 떠 와 붓고 있었다. 나는 그 모든 걸 지켜보기만 할 뿐 아무것도 할 수 없었다. 내겐 팔이 없으니까, 그래, 내겐 팔이 없으니까…….

"진짜로 레오나드가 저 안에 있어? 저 안에 있냐고!"

시벨이 내 어깨를 쥐고 흔들었다. 안 그래도 곪아있는 어깨가 찢어지는 것처럼 아팠다. 나는 고통과 두려움 속에 무슨 말을 하는지도 모르고 중얼거렸다.

"모르겠어요. 있었던 것 같은데…….."

"있었던 것 같다는 건 무슨 소리야? 확실히 말해! 저 안에 있냐고!"

그때 다시 한번 안에서 쾅 하는 소리가 들리고 불똥이 튀었다. 사람들이 비명을 지르며 물러났다. 이제는 돌이킬 수 없는 것처럼 보였다. 나는 시벨이 떠미는 힘을 이기지 못하고 뒤로 쓰러졌다. 몸에 아무런 힘이 들어가지 않았다.

"빌어먹을, 누가 연락 좀 해! 살수차 가져오라고 하란 말이야!"

레오나드는 들어간 적 없어. 나는 그를 만난 적도 없다고. 저 안엔 아무것도 없는 거야. 단지 그림만 조금 타고 말 뿐이야.

그런데 왜 이렇게 몸이 부서져라 떨리는 거지?

"물 부어! 계속 부어! 담요 좀 적셔봐. 내가 들어가야겠어!"

소란과 혼란, 고함과 아우성 모두 나오는 동떨어져 보인다. 어지럽고 머리가 제대로 돌아가지 않는다. 계속 이마가 뜨겁다. 하늘을 뒤덮은 시커먼 연기와 지독한 냄새. 마치 내 마음의 더러움을 내보이는 것 같다. 추하고 역하다. 현실과 지옥 그 어느 중간쯤에서 끝없이 허우적거리는 기분이었다.

내가 무슨 짓을…… 오, 도대체 내가 무슨 짓을. 한순간의 분노와 한순간의 충동적인 선택이 어떻게 이렇게까지 될 수가 있단 말인가. 이건 현실이 아니다. 현실이라면 이렇게 아득할 리가 없다. 눈앞에서 벌어지는 일이라면 이렇게 꿈같을 수 없다.

사람들은 여전히 어지럽게 외치며 뛰어다녔다. 의식 바깥에서 메아리치던 소음들 중 하나가 내 귀에 똑똑히 와서 틀어박혔다. 모두들 곧 벌어질 어떤 일을 직감하고 그쪽을 돌아보았다.

나무가 갈라지며 끔찍한 비명을 내질렀다. 이어 산이라도 무너지듯 어마어마한 굉음이 터졌다. 타오르던 지붕이 풀썩 무너져 내리면서 무수한 불씨와 연기가 하늘을 살라먹을 듯 치솟았다. 마치 들뜬 축제와도 같았다.

모두들 아무 말도 못 했다. 입을 벌린 채 바라만 볼 뿐.

"……레오나드?"

간신히 내 입에서 한마디가 흘러나왔다. 그 이름은 무시무시한 현실이 되어 나를 덮쳤다.

　시간이 어떻게 흘렀는지, 내가 그 시간 동안 대체 무얼 했는지 아무것도 기억에 없다. 아무것도 인식 속에 없다.

　다만 고통에 시달렸다. 팔이 떨어져나간 자리가 불로 지지는 것처럼 아팠다. 가끔 고통 때문인지 피로 때문인지 정신을 잃었다 깨어나기도 했다. 하지만 그런 상태라는 것을 누구에게도 말하지 않았다. 왜 아픈가 의문조차 가지지 않았다. 내게는 그런 벌이 마땅했으니까.

　고통 속에 가끔 다른 생각이 머리를 비집고 들어올 때가 있었다. 오직 레오나드에 대한 생각만이 그렇게 할 수 있었다. 처음에 나는 모든 것이 진심으로 아리송했다. 내가 정말 그를 만났었는지, 그가 그림을 구하러 방 안으로 뛰어 들어갔었는지, 그 후로 어떻게 된 건지 헷갈렸다. 다만 불을 지른 기억만이 도저히 지울 수 없이 선명했다. 성냥과 램프를 가져와 불을 붙이고 그의 그림 위로 어떻게 떨어뜨렸는지 작은 것 하나까지도 잊지 않고 똑똑히 기억했다. 무서우리만치.

　그 후에는, 그리고 그 후에는…….

　장례식이 있었다. 반쯤 정신이 나간 채 누워있다 눈을 떴을 때 사라사가 나를 내려다보고 있었다. 동정하면서도 어딘지 질려있는 얼굴이었다.

　"장례식이라고요?"

그녀는 대답하지 않고 고개만 끄덕였다. 검은 옷을 내어준 그녀가 먼저 나갔다. 하인 하나가 곁에서 나를 기다리고 있었다. 나는 그 옷을 한참 동안 노려보았다. 장례식이 끝날 때까지 그렇게 노려보기만 했다.

그 후로 아무도 나를 찾지 않았다. 아무도 나에게 죄를 묻지 않았다. 무수한 부조리와 불합리와 불일치가 나를 공격한다. 왜? 도대체 왜? 또다시 무수한 부조리와 불합리와 불일치가 나를 공격하는 나날들이 지나고 나서야 깨닫는다.

불을 지른 게 나라는 걸 아무도 모르고 있는 거다.

당연한 일이다. 본 사람이 없다. 남들 눈에 최초로 내가 띈 것은 불이 활활 타오를 때였다. 하지만 안에 사람이 있다고, 레오나드가 있다고 도와달라고 모두에게 외쳤으니 내가 알고 있었다는 말이 된다. 레오나드가 그 안에 있었다는 것을.

그럼 의심해야 하지 않나? 왜 불이 났고 어떻게 내가 레오나드가 거기 있는 걸 알았는지, 평소 저택에만 머물던 내가 어째서 공방에 와있었는지 말이다. 그런데 아무도 의심하지 않는다. 아무도 추궁하지 않는다. 왜?

내가 레오나드에게 그런 짓을 할 리 없으니까.

속이 이상하다. 욕지기가 솟는다. 이런 상황에서 논리적으로 따져보고 있는 내 자신에게 치가 떨린다. 먼저 슬퍼해, 슬퍼하란 말이야. 나도 그러고 싶다. 하지만 어떻게 그걸 하는지 알 수 없다. 다들 어떻게 그리도 쉽게 눈물 흘리는지 이해가 가지 않는다. 레오나드가 정말로 죽었나? 그가 이 세상에 더 이상 없다는 걸, 만날 수 없고 이야기도 나눌 수 없고 부를 수 없다는 걸 어떻게 받아들이지? 내게는 모든 게 거짓말 같다. 그가 없다는 게, 그렇게 만든 게 나라는 게.

그럴 때마다 끓어오르는 이 혐오감만이 진실이다. 스스로의 살을 뜯어내고 싶은 욕구만이 사실을 말하고 있다. 처음으로 나는 팔을 잃은 내가 불쌍하지 않았다. 고통에 몸부림치는 나에게 오히려 희열을 느꼈다. 나 같은 놈에게 그건 정당한 벌이었다. 이보다 더한 것을 당해도…….

"진짜 구역질나는 놈이다, 너."

라잔 저택의 방에서 단 한 걸음도 밖으로 나오지 않고 고통과 자기혐오에 들끓던 나날. 그대로 모든 게 묻혀버린 채 평생 스스로를 증오하며 살아갈지도 모른다고 생각한 순간 드디어 징벌자가 찾아왔다.

"네가 스스로 찾아올 때까지 기다리려고 했다. 이 정도면 충분히 오래 기다렸지. 한데 찾아오지 않더군. 이 비열한 자식아, 다른 누구였다면 네가 수십을 죽인 살인마였어도 관심을 가지지 않았을 거다. 하지만 레오나드를 그렇게 만들어놓고 입을 다물어? 레오나드를? 장례식조차 얼굴 안 비치고 숨어있으면 아무도 모를 줄 알았냐? 레오나드가 제단화를 대신하게 되었다는 이야길 듣고 네놈이 그런 얼굴로 뛰쳐나갔는데, 그러고 나서 레오나드 방에 불이 났고 그 옆에 네놈이 있었는데 정말로 내가 모를 줄 알았냐고!"

그의 말이 맞았다. 적어도 한 명은 있었다. 내 행동을 확인해 주고 고발해 줄 사람이. 그의 등장이 나는 차라리 반가웠다. 그것이 그인 것도 고마웠다.

"그래요. 내가 그랬어요."

이 얼마나 쉽고 간결한 고백인가. 이 말을 하기 위해 17일이나 걸렸고 이 말을 받아들이기 위해서는 그보다 오랜 시간이 걸릴 것이다. 내 대답에 시세로의 눈썹이 꿈틀거렸다.

"정말이냐?"

"그래요."

"네놈이 직접?"

"네. 제가 불을 질렀어요."

"레오나드는?"

"그림을 구하기 위해 뛰어들었어요. 하지만 나오지 못했어요."

"넌?"

"바깥에 있었어요."

"가만히 서서 구경만 했다고?"

변명하기 위해 말을 멈춘 것은 아니었다. 진심으로 내가 그때 뭘 했는지 기억이 나지 않았다.

"모르겠어요. 그랬던 것 같아요."

"그 녀석을 죽일 생각이었냐."

가슴이 덜컥 흔들렸다. 고개를 떨어뜨렸다. 그건 아니다. 무수한 기억과 감정들이 혼탁하게 뒤섞였다. 뭐가 뭔지 이제는 나도 알 수가 없었다.

"……모르겠어요. 그랬을지도 몰라요."

시세로는 아무 말이 없었다. 그조차 말문이 막힌 것인지도 모른다. 내가 저지른 행위는 어떤 말로도 설명할 수 없었다. 그냥 나만 아니라면 누구의 말이든 다 맞을지도 모른다. 그를 죽이려고 했던 것이든 아니든.

"그렇군."

한참 후 그가 그렇게 말했다. 그제야 몸이 조금씩 떨리기 시작했다. 이제 어떻게 될 것인가. 그가 나를 고발할까? 나는 죽게 될까?

"그럼 사죄해라."

"당신에게요?"

"그 녀석한테."

그가 내 머리를 뒤에서 붙잡은 채로 끌어당겼다. 나는 속절없이 끌려갔다. 거의 개처럼 그렇게 끌려갔던 것 같다. 저택 바깥으로 나올 때까지 네댓 명 정도 되는 하인들과 마주쳤지만 아무도 감히 말릴 엄두를 못 냈다. 보지 않아도 시세로의 표정이 어떨지 알 수 있었다.

17일 만에 만난 바깥의 공기는 습했다. 비라도 내렸던 모양이었다. 땅만 보고 걷는 동안 고인 빗물과 지렁이 몇 마리, 동전 몇 개를 발견했다. 가끔 빗물에 내 모습이 비치기도 했다. 고개를 푹 숙인 채 머리를 붙잡힌 모습이 꼭 교수대에 매달려 있는 것 같다. 어쩌면 정말로 곧 그렇게 될지도 모를 일이지.

얼마 걷지 않아 시세로가 걸음을 멈췄다. 나는 머리에 얹힌 무게도 있고 고개를 푹 숙인 채 걸었기에 말도 못 하게 목이 아팠다. 하지만 감히 놓아달라고 말할 생각은 못 했다. 아마 놓아주었어도 쉽게 고개를 들지 못했을 거다. 그가 데려간 곳이 레오나드의 무덤 앞이라고 생각했으니까.

그런데 문 열리는 소리가 들렸다. 왜인지 그 소리는 낯설지 않았다. 우리는 어떤 건물 안으로 들어갔다. 조용하고 몹시 차분한 공기가 우리를 맞이했다. 냄새조차도 익숙했다. 내 머릿속에 한 단어가 떠올랐지만 정말 그곳일 거라고는 믿을 수 없었다.

그때 시세로가 내 머리를 붙잡고 고개를 홱 쳐들게 했다. 한쪽으로 굳어있던 목이 너무 아파서 한순간 그대로 기절하는 줄 알았다. 하지만 곧 시야에 광경이 들어왔다.

그곳은 공방 안, 그것도 시세로의 방이었다. 하지만 왜 이리로 데려온 것인지 알 수 없었다. 사죄를 해야 한다면 레오나드의 무덤 앞이거나 내가 불을 지른 자리, 즉 레오나드의 방이어야 한다. 그런데 왜?

시세로가 내 등을 떠밀었다. 나는 휘청거리며 앞으로 나아갔다. 그러자 조금 전까지 보이지 않던 게 보였다.

구석에 침대가 하나 있었다. 그리고 거기에 누군가 누워있었다. 가슴이 덜컹 내려앉았다. 설마. 나는 시세로를 돌아보았다. 그는 고갯짓으로 그쪽으로 가보란 뜻을 했다.

떨면서 천천히 침대 쪽으로 다가갔다. 눈으로 보고 있으면서도 믿을 수가 없었다. 머리끝까지 붕대를 감고 누워있는 한 사람, 붕대에 가려져 있지 않은 것은 코와 입과 평온하게 감겨 있는 두 눈뿐이었지만 그럼에도 그가 누군지 모를 수는 없었다.

"……레오나드?"

그의 몸이 움찔거렸다. 잠시 시간을 두고 그가 눈을 떴다. 몇 번 눈을 깜빡이더니 눈동자가 내 쪽으로 향한다. 틀림없었다. 레오나드의 눈이었다. 그에게만 있는 듯한 어떤 온화함, 사람을 끌어당기는 온기가 거기 있었다. 그 모습으로도 여전히.

"레오나드! 레오나드, 레오나드!"

그의 머리맡에 엎드리는 순간 깊은 곳에서부터 폭발적인 설움이 터져 나왔다. 믿을 수 없는 죄책감과 두려움에 젖었지만 그보다는 안도감이 훨씬 컸다. 나는 하염없이 그의 이름을 불렀다. 참을 수 없이 눈물만 쏟아져 나왔다. 죽은 줄 알았을 때도 나오지 않던 눈물이 그제야 흐른다. 그가 살아있다. 그가 살아있다. 그가 살아있다.

"파도구나."

그가 쉰 목소리로 말했다. 퍼뜩 고개를 들어 그의 얼굴을 확인했다. 진짜 레오나드였다.

"어떻게, 어떻게 된, 이게 어떻게……."

"장례식 얘기 때문에 네가 오해할지도 모른다고 생각했지. 시세로한테 대신 전해달라고 했는데 역시 안 전해줬나 보구나."

뒤에서 코웃음 치는 소리가 들렸지만 돌아보지 않았다. 어찌 됐든 상관없었다. 그가 살아있으니까 이제는 진심으로 다른 건 상관없었다.

"다행이에요. 정말 다행이에요. 다행이라고요……."

레오나드는 희미하게 웃으며 붕대 감긴 팔을 들어 내 머리를 툭 쳤다.

"그래. 나도 죽는 줄 알았다."

"그럼 그 장례식은 뭐였죠?"

그는 금방 대답하지 못했다. 잠시 뭔가를 떠올리듯 눈을 감았다

떴다.

"파도. 스승님께서 돌아가셨다. 벡리 스승님께서."

뭐라고? 스승님, 스승님이라니?

머릿속이 아득해졌다. 우리 셋이 힘을 합쳐 대성당을 무너뜨린 그날 이후 다시는 자신을 그렇게 부르지 말라던 스승님의 얼굴이 떠올랐다. 그런데 그게 마지막이었다고? 그렇게 가버리셨다고?

"어째서……."

"공방에서 떠난 이후 홀로 잘 계시지 못했던 모양이야. 내가 마지막으로 찾아뵈었을 때도 많이 야위셨었지. 눈도 거의 보이지 않았어. 다음에는 꼭 모셔와야지, 다음에는, 다음에는. 그러다 이렇게 되어버린 거야. 우리 모두의 잘못이다."

가슴이 무너져 내렸다. 그분은 그렇게 쓸쓸한 최후를 맞이하실 분이 아니었다. 그의 말대로 우리 모두의 잘못이다. 대성당의 천장이 무너진 이후, 오랫동안 기다려온 딸의 복수가 그렇게 무산되어버린 이후 그분은 살 의지를 잃어버렸는지도 모른다. 이렇게 될 바에 우리는 그분의 그림을 그대로 놔뒀어야 했다. 차라리 세상을 비웃으며나마 가실 수 있도록.

"그런 짓을 저질러놓고 장례식에도 가지 못했다니……. 스승님께 정말 죄를 지었군요."

"우리 모두 의아했다. 왜 나타나지 않았니?"

가슴이 이상하게 출렁거렸다. 이제는 더 이상 숨길 수 없었다.

"당신의 장례식인 줄로만 알았어요. 그래서 도저히 갈 수 없었어요. 면목이 없었으니까요. 당신에게 죄를 지었으니까요."

레오나드는 나를 가만히 보기만 했다. 그도 이미 짐작하고 있었는지 모른다. 그가 알고 있다고 생각하니 오히려 더 쉽게 말할 수 있었다. 그 때문에 그가 다시 나를 보지 않는다 해도.

"내가 그랬어요. 내가 당신 방에 불을 질렀어요. 당신이 이렇게 된 건 모두 나 때문이에요."

말하고 나서야 목이 메었다. 다 들은 레오나드는 아무 말도 하지 않았다. 시세로조차도. 방 안에 내려앉은 침묵은 묘했다. 고개를 떨구고 있다가 가까스로 시선을 들어 레오나드의 얼굴을 살폈다. 그는 천장만 바라보고 있었다.

"미안해요."

내가 덧붙였다. 그런 말로는 터무니없이 모자랐지만.

"미안해요. 정말로 미안해요. 죽을 때까지 이 말만 하고 있으라고 해도 그렇게 할게요. 미안해요."

레오나드는 고개를 저었다. 그의 입이 열리는 것을 보고 안도하기는커녕 더 불안해졌다. 나는 그의 말을 가로챘다.

"안 돼요. 또다시 그런 말을 하지는 말아요. 그럴 수밖에 없었다는 것을 동정한다는, 그런 말은 하지 마세요. 당신은 이해 못 하니까, 내가 무슨 심정으로 무엇 때문에 그랬는지 당신은 그 반도 느끼지 못할 테니까, 그러니 제발 그런 말은……."

레오나드는 그제야 조금 놀란 모양이었다. 갑자기 손을 뻗어서 내 어깨를 잡았다. 횡설수설 아무 말이나 뱉어내던 나는 말을 멈췄다. 그의 고개가 양 옆으로 움직였다.

"그만하자. 나도 사과할 테니까."

사과라니, 그가 농담하는 건가?

"그 말이 그렇게 상처가 될 줄 몰랐다. 네 말대로 한순간의 오만이었지. 차라리 그때 너한테 화를 내는 것이 옳았어. 한데 그보다 더한 짓을 했구나. 똑같이 상처 입혔으니까."

똑같은 상처라는 말에 눈을 크게 떴다. 그는 붕대 틈에 드러난 입술로 웃었다.

"그래. 내색하지 않았을 뿐 나도 네 행동에 충격을 받았지. 시세로가 그 이야길 해줬을 때 내심 돌려줘야 한다고 생각했어. 한데 그걸 그런 식으로 유치하게 해버렸으니 나도 아직 어른이 덜 된 거지. 내가 그 말을 했을 때 네 자존심이 상하리란 걸 분명히 알았다. 그렇기에 다시는 그런 짓을 하지 않으리란 것도."

그가 옳았다. 다시는 그런 짓을 하지 않겠다고 결심했으니까.

"그러니 이제 서로 화해하자."

나는 고개를 저었다.

"화해라니, 그건 터무니없어요."

"그럼 내가 먼저 너를 용서할게. 그러니 너도 나를 용서해 줄래?"

용서? 그의 그림과 방이 모두 타버린 건 차치하더라도 그는 이렇게 온몸에 붕대를 감고 있다. 그런 그를 용서한다고? 그때 나는 가장 먼저 물을 게 있었다는 걸 깨달았다.

"손! 당신 손은 괜찮아요? 그림 그릴 수 있어요?"

"괜찮아. 그릴 수 있어. 얼굴에는 흉터가 좀 남겠지만 별 상관없겠지."

"하지만, 그때 그렇게 지붕까지 무너졌는데 어떻게 무사한 거죠?"

"무사해서 유감이야?"

그의 목소리엔 웃음기가 섞여 있었다. 나도 그렇게 웃을 수 있었으면 좋겠다.

"그땐 정말로 모든 게 잘못된 줄만 알았단 말이에요. 당신은 그게 어떤 기분인지 모를 거예요. 내가, 내가 당신을……."

"그만, 됐어. 사실 나도 너와 비슷한 생각을 했어. 그대로 끝일 수도 있겠다고 생각했지. 들어갔을 때 이미 크게 불이 번져 있었지만 그래도 그림을 놔둘 수 없었어. 어떻게든 그림을 가지고 나오려 했지. 그러다 위에서 뭔가 무너졌고 그대로 정신을 잃어버렸어. 사람들이 날 찾아낸 건 그림들 잔해 아래였대. 캔버스가 어지럽게 쌓인 채로 용케 틀이 무너지지 않았던 거야. 날 지탱해 준 거지."

나는 크게 안도했다.

"다행이에요. 정말 운이 좋았군요."

"아니, 난 그렇게 생각 안 해."

그때까지 가만히 있던 시세로가 움찔하는 기색이 느껴졌다. 의아해서 돌아보려는 순간 레오나드가 덧붙였다.

"운이 아니야. 그림이 나를 구한 거지. 그녀가 말이야."

가까스로 시세로를 돌아보려는 것을 참았다. 잠시 어색한 침묵이 흐르고 레오나드가 다시 밝은 목소리로 입을 열었다.

"그러니 정말로 나에게 사죄하고 싶다면 같이 제단화를 완성시키자. 그때 말했듯이 네가 그리려고 했던 걸 완성하도록 내가 도와줄게. 라잔 공방 최고의 모사가께서 말이지. 그 일을 하기 위해 너도 나도 큰일을 겪고 살아난 거라고 생각하면 돼."

어떤 말도 떠오르지 않았다. 그렇게 쉽게 용서할 수 있는 건가? 어떻게 이토록 너그러울 수 있지? 나였다면 나와 같은 녀석은 죽을 때까지 용서하지 못했을 거다. 하지만 그는 용서했다. 너무도 간단하게.

"정말…… 그럴 수 있나요?"

"그래. 최대한 네 화풍에 맞도록 할 수 있어."

"아니 그게 아니라, 당신은 그래도 괜찮아요? 당신에게 맡겨진 일인데 당신이 그리고 싶은 걸 그릴 수 있잖아요. 당신의 이름을 그 대단한 건축물에 영원히 남길 수 있다고요. 그걸 내게 양보할 생각이에요? 그 일 때문에 당신을 이렇게 만든 내게요?"

"사고였을 뿐이니까 더 이상 이 일에 대해서는 말하지 말자. 그리고 전에도 이야기했지만 나는 그녀가 아니라면 다른 그림은 그리지 않아. 이름 같은 것도 아무래도 상관없어. 그건 처음부터 네 그림이었으니 네 그림으로 완성시키는 게 옳아."

이름 같은 건 아무 상관이 없다니, 내게는 그것이 가장 중요한데.

감격이나 고마움, 그런 단어로 간단히 말할 수는 없었다. 처음 그에게서 이야기를 들었을 때부터 마음 속 깊이 너무나 간절히 원했으니까. 그의 말을 들은 직후 나는 그의 그림에 불을 지른 게 미안하다기보다 후회했다. 내가 한 행동 때문에 그가 함께 제단화를 그리자고 한 걸 취소할까 봐 두려웠다. 그가 불 속으로 뛰어들기 전까지 내 머릿속엔 그런 생각들뿐이었다. 나는 이토록 역겨운데.

"그럼 그렇게 해주겠어요?"

속에서부터 썩어 들어가는 내 냄새를 맡으며 물었다.

"제가 그걸 그릴 수 있도록 해주겠어요?"

"그래. 그리는 거야 내가 할 테지만, 네가 그리는 거나 마찬가지……."

"아니, 제가 그리겠어요."

레오나드와 시세로 모두 나를 쳐다보는 시선이 느껴졌다. 하지만 나는 두 사람 다 바라보지 않았다. 내 냄새에 질식할 것만 같았다. 잊고 있던 어깨의 고통이 다시 시작되었다.

"아무리 나와 똑같이 그린다고 해도 다른 사람의 손으로 그리는 건 싫어요. 내가 그리겠어요. 팔을 잃은 뒤로 쭉 입에 붓을 물고 그리는 걸 연습해 왔어요. 내가 할 수 있어요."

그렇다면 코를 없애버리고 아무것도 맡지 말자. 어깨가 떨어져 나갈 것처럼 아프다면 남은 어깨마저도 잘라버리자. 죄책감 때문에 아무것도 못 하겠거든 그것마저도 죽여버리면 된다. 지금 내게 중요한 것은 제단화뿐이다.

"정 그렇다면…… 알겠다. 교황한테는 내가 작업하는 걸로 해둘게. 완성은 네가 하렴."

순간 몸을 타고 흐르는 희열은 아플 정도였다.

"고마워요, 레오나드."

이 그림만 완성할 수 있다면 남은 인생을 평생 그에게 사죄하며 산다고 해도 좋았다. 아니 정말로 그럴 생각이었다. 속죄는 완성 이후에. 모든 것이 끝난 이후에.

어렸을 적 아버지 앞에서 그림 그리는 걸 꺼리던 시절, 내가 커서 화가가 될 수 있을 거라고는 믿지 않았던 시절, 그럼에도 마음속에 있는 꿈은 늘 화가뿐이었다. 그런데 마침내 화가가 되어 꿈을 이룬 순간 나는 별로 행복하지 않았다. 꿈을 이루는 바로 그 순간이 끝이 아니라 시작이라는 걸 몰랐던 것이다.

꿈이란 놈이 일단 꾸기 시작하면 끝이 있기나 한 것인지 모르겠다. 아무튼 기왕 시작된 거 가보는 수밖에 없다. 죽도록 괴로워하고 또 가끔은 행복 비슷한 것을 느끼고, 그런 식의 일이 끝없이 반복되더라도 그만둘 수 없다. 그만두어서는 안 된다.

그것이 꿈을 가진 자라는 것을 증명하는 길이니까.

"어때, 파도. 잘 되어가?"

레오나드와 화해하고 성 바이니 대성당의 제단화를 다시 그리기 시작한 지 한 달. 그러나 나는 지금 내 꿈을 스스로 망쳐가고 있다.

"아니요."

그림에서 눈을 떼지 않고 붓을 문 채 대답했다. 너무 안일하게 생각했었다. 아무리 연습을 했어도 십수 년에 걸쳐 단련된 손의 감각을 혀가 따라갈 수는 없다. 여기저기 삐뚤어진 붓자국이 남고 아무리 노력해도 매끄럽게 칠해지지 않았다. 오히려 먼저 그려둔 내 그림마저 망치고 있었다.

이것은 업보일까? 완성되어 가던 그림을 스스로 망치는 것이? 다시 그림을 그릴 수 있게 된 것만으로는, 제단화를 내가 직접 완성시킬 기회를 얻은 것만으로는 만족할 수 없었다. 내가 욕심이 큰 걸까? 그러나 이미 완성된 시세로의 천장화 아래 내 그림은 비참하기만 하다. 역시 레오나드에게 맡겨야 했는지도 모른다. 그라면 틀림없이 내 원래 그림보다도 훌륭하게 그려냈을 테니까.

매끄러운 선 대신 짧은 선들의 집합체가 그림을 불분명하게 만든다. 어쩔 수 없었다. 팔에 비해 고개는 움직이는 범위가 좁다. 짧은 선을 여러 개 이어나가는 수밖에 없었다. 덕분에 그림은 점점 더 난잡해졌다. 붓자국을 감추려는 완벽성의 추구는 감히 엄두도 못 낼 일이었다.

이렇게 하여 완성시키는 게 과연 의미가 있을까? 나는 매일같이 절망을 느꼈다. 그러나 이렇게라도 그리는 게 어디냐고, 어쨌든 남의 손을 빌리지 않고 내가 직접 완성하는 게 아니냐고 희망을 가지려고 노력했다.

하지만 그림만큼 객관적으로 실력을 드러내 보이는 분야도 잘 없다. 그림이 갈수록 엉망이 되어간다는 건 누가 봐도 분명했다. 이 세기의 건축물에, 그것도 내가 존경하는 화가의 그림 아래 내 그림은 가당치도 않았다. 두 팔이 있었더라면 벌써 물감을 부어버렸을지도 모를 일이다.

"너무 조급해하지 마. 넌 잘 해내고 있어. 입으로 이만큼 그려내는 것도 대단한 일이지. 다들 널 존경하고 있어."

레오나드의 말에 붓을 물통 속에 퉤 뱉어내고 말했다.

"격려해 주려는 건 고맙지만 거짓말은 하지 말아요."

"거짓말 아니야. 두 팔을 잃고도 그림을 포기하지 않은 것만으로 넌 존경받아 마땅해. 누구나 그렇게 할 수는 없을 거야."

레오나드가 하도 진지하게 말하는 바람에 낯이 뜨거워졌다. 나는 그를 외면한 채 중얼거렸다.

"잘 해냈을 때의 일이겠죠. 이건 어린애 실력만큼도 안 돼요."

"꼭 그렇지는 않아. 물론 예전 네 그림의 장점은 세밀함과 완벽성에 있었지. 하지만 지금은 아주 독특한 개성을 보이고 있어."

"독특한 게 아니라 그냥 엉망이에요."

"그렇지 않다니까."

레오나드가 다가와 제단화를 어루만지듯 손을 움직였다.

"이 짧은 선들의 연결, 네게는 신체적인 한계 때문에 생겨난 특징이겠지만 덕분에 그림이 아주 흥미로워. 꼭 빗속에서 젖지 않는 그림을 보는 기분이야."

솔깃하긴 했지만 레오나드야 워낙 다른 사람의 장점만 보는지라 덮어놓고 믿을 수가 없었다. 누군가 객관적으로 말해줄 만한 사람이…… 시세로라면 정말 한 치의 배려도 없이 직설적으로 말해줄 텐데. 그래서 오히려 물어보기가 무서웠다.

"어찌 됐든 내가 추구하는 건 이런 게 아니에요."

"하지만 언젠가 그렇게 말했다며? 누구와도 같지 않은 너만의 그림을 그리겠다고. 스승님한테 들었던 것 같은데."

분명히 그렇게 말하긴 했었다. 하지만 그건 단지 다른 화가와 차별되는 특징만을 말하는 것이 아니었다. 그건 그러니까…….

"나 말고는 누구도 그릴 수 없는 그림을 말한 거예요."

그건 개성의 문제가 아니었다. 누구도 흉내 낼 수 없는 독보적인 위대함. 그래, 마치 가녈 신부의 성당에 있는 그림과 같이. 도저히 말로 표현하기 힘든 자신만의 분위기를 풍기던 레오나드의 그림과 같이.

"아."

레오나드는 알아들었다는 듯 내뱉고 내 머리를 투박한 손길로 쓰다듬었다.

"욕심도 많구만, 이 녀석."

"당신은 해냈잖아요. 시세로도 그렇고. 그러니 나도 할 거라고요."

"그래. 언젠가 꼭 그렇게 되려무나. 할 수 있을 거야, 분명히."

별말도 아닌데 괜히 가슴이 울컥한다. 나는 코를 쿵 삼키고 다시 붓을 물었다. 허리가 끊어질 것 같고 어깨와 목이 말도 못 하게 아팠지만 고통을 느낄 때야말로 내가 살아있을 자격이 있는 것처럼 느껴졌다.

다시 힘겹게 선을 긋는다. 언젠가 완성에 다다를 때까지.

"거의 다 되었다며?"

나는 고개를 끄덕였다. 오랜만에 곁에 앉은 사라사가 차가운 물이 담긴 컵을 들어 내게 마시게 해주었다. 그러면서 목을 받쳐주는 세심한 손길에 가슴이 가볍게 뛴다. 그녀는 컵을 내려놓고 잠시 다른 쪽을 바라보았다.

한 남자가 아기를 높이 들어올렸다가 내려주었다. 아기가 까르르 하고 웃는다. 남자는 고개를 갸웃거리고는 다시 그 행동을 반복했다. 그러자 아이가 또다시 웃었다. 가엾게도 남자는 완전히 당황해 버렸다. 무엇이 아이를 즐겁게 한 건지 전혀 모르는 것 같았다.

사라사가 웃음을 터뜨렸다.

"제법 아버지답지?"

"그러게요. 아이와 놀아주면서 당황해하는 자비 없는 기사라니, 상상해 본 적도 없는데."

"서툴지만 노력하고 있어. 그것만으로도 충분한 일이지."

"네. 기대 이상으로 열심히 하는 것 같네요."

"그와 아버님은 요새 뤼벨을 돌볼 사람이 필요할 때마다 서로 양보하지 않으려고 해."

근엄한 라잔 경과 무시무시한 폰 블레이젝이 서로 아기를 돌보겠다고 싸우는 모습이라니, 도저히 상상이 불가능했다. 다만 보기 드물 만큼 재미있을 거란 생각이 들었다.

"그거 정말 한번 그려보고 싶은 주제네요."

내 말에 그녀가 또다시 웃었다. 행복한 것 같았다. 그녀의 얼굴 위에 감도는 따스한 빛이 햇빛 때문인지 미소 때문인지 알 수 없었다. 다만 아름다웠다. 다시 그림을 그리게 된 이후 희한하게도 그녀에 대한 증오와 도피하고 싶은 욕구는 사라졌다.

"그래서 말인데, 할 이야기가 있어."

"전 괜찮습니다."

사라사가 의아한 듯이 쳐다보았다.

"무슨 이야기인 줄 알고?"

"돌아가시려는 거죠? 블레이젝에게로."

아무 말도 못 하는 그녀를 보고 내 짐작이 맞았다는 걸 깨달았다. 이미 그럴 거라 생각하고 있었다. 그녀는 블레이젝이 변화한 것을 보고 희망을 가졌다고 말할 테지만, 아마 그가 변하지 않았어도 분명히 돌아갔을 거다.

"비슷하긴 하지만 완전히 맞지는 않아."

그녀가 체념한 듯이 말했다.

"그를 이 집으로 불러들이기로 했어. 원래 그렇게 하기로 되어 있었으니까."

"그렇군요."

"나 때문만이 아니야. 아기에게도 아버지는 필요하잖아."

"제게 변명하실 필요는 없습니다. 여긴 아가씨의 거처지요. 아가씨 마음입니다."

그녀는 고개를 떨어뜨린 채 말했다.

"화났구나."

아니라고 말하려는 순간 가슴 속에서 뭔가 욱신했다. 하마터면 신음을 토할 뻔했다. 요즘 자주 그렇게 가슴께가 아팠다. 내가 이를 꽉 문 채 침묵하고 있으니 사라사는 정말로 화가 났다고 믿어버린 모양이었다.

"어떻게 해야 네 화를 달래줄 수 있을까."

"그러실 필요…… 없습니다. 처음부터 언제나 아가씨에게 가장 소중한 건 제가 아니었습니다. 그리고 유감스럽지만 지금의 제게도 가장 소중한 건 아가씨가 아니에요."

사라사는 내 말에 상처받은 듯하기도 하고, 안도하는 듯도 한 미소를 지어 보였다. 그러곤 무심코 예전에 내 손이 있었을 법한 자리로 손을 뻗었다가 자신의 실수를 깨닫고 흠칫했다. 그녀는 대신 내 얼굴을 붙잡고 볼에 입을 맞추었다.

"서로가 서로에게 가장 소중하지는 않더라도, 여전히 친구일 수 있겠지?"

"물론이죠."

내 대답을 듣고 만족한 듯 일어서서 걸어가는 사라사를 보며 나는 이상한 기분을 느꼈다. 어떤 예감이랄 수도 있었다. 블레이젝에게서 아이를 건네받고 해맑게 웃고 있는 사라사의 모습이 먼 과거의 기억처럼 보였다. 이제 다시는 그녀와 예전처럼 지내거나 이야기를 나눌 수 없을 거란 생각이 들었다. 그것이 아기 때문이든 블레이젝 때문이든.

"안녕히. 나의 아가씨."

내 작별인사를 들은 것처럼 하얀 눈의 기사가 잠시 이쪽을 바라보았다. 사라사가 내게 입 맞추는 모습을 보고 그러나 싶었지만 그는 짓는 듯 마는 듯한 미소를 보이고 다시 아기를 향해 고개를 돌릴 뿐이었다.

결코 변할 것 같지 않던 사람이 변할 수 있다는 사실이 내게 묘한 위안을 주었다. 할 수 있다면 나도 변하고 싶었다. 어느 쪽이든, 지금과는 다르게.

"어이가 없네. 뭘 어떻게 그리면 이 지경이 되냐?"

한 손에 술병을 든 시세로가 뒤에 와서 내 그림을 쳐다보고 있었다. 이제는 놀랍지도 않다. 천장화를 완성시킨 뒤 자아도취에 빠진 그는 요즘 대성당으로 찾아와 남의 속을 긁는 것만이 유일한 낙이었다.

"별로 어렵지 않습니다. 입으로 그리면 되지요."

"진심으로 부끄럽다. 이런 그림이 내 그림 아래 있다는 것이 못 견디게 부끄러워."

"저런 그림을 당신 같은 사람이 그렸다는 게 저도 창피하니까 서로 비긴 셈이네요."

"이 자식 정말 날이 갈수록 기어오르네."

중간에서 레오나르드가 웃음을 터뜨리자 우리 둘 다 그를 노려보았다. 그는 머쓱하게 웃음을 그치고 제단화로 눈을 돌렸다.

"얼마 안 남았다. 얼른 완성시켜야지."

"완성 좋아한다. 공개한 그날 바로 제단이 무너질걸? 조악한 제단화에 제대로 열 뻗친 교황의 손에 의해서."

너무나 현실감 있게 들려서 안 그래도 없던 기운이 더 축 처졌다. 레오나르드는 당황하면서 나를 격려하기 위해 애썼다.

"그렇지 않아. 그분은 이해할 거야. 네가 이 그림을 완성시킨 거야말로 고행길이라는 주제에 딱 들어맞는다는 걸 말이지. 분명 신도들에게도 좋은 귀감이 될 거라 생각할 거야."

"하지만 교황은 모르잖아요. 이 그림을 당신이 그렸다고 생각할 텐데요."

내 말에 갑자기 레오나르드가 시세로를 쳐다보았다. 하지만 시세로는 그 시선을 외면했다. 당황한 레오나르드가 다시 나를 바라보았다.

"아, 그래. 그건 그렇지."

뭐지, 이 어딘가 어색하고 꿍꿍이가 숨겨져 있는 듯한 분위기는.

"아무튼 완성부터 시키자. 내 말 믿어. 네 그림에는 독특한 분위기가 있어. 그렇게 혹평을 얻지만은 않을 거야."

"네에."

나는 다시 붓을 입에 물었다.

그런 식으로 어렵고 고통스럽지만 조금씩 희망이 보이는 날들이 이어졌다. 짧은 선을 길게 하나인 것처럼 보일 수 있도록 끊임없이 연습했고 덕분에 희미하지만 나아지는 기미도 보였다.

그림은 거의 다 완성되었고 손으로 그린 것보다는 못했지만 처음 걱정했던 것처럼 그렇게 엉망진창도 아니었다. 어쩌면, 정말로 어쩌면 교황이 마음에 들어 할지도 모른다고 생각했다. 하지만 낙담하고 싶지 않아 기대는 아주 조금만 했다.

대성당 공개를 앞두고 일주일. 드디어 나는 완성된 그림 앞에 마주 섰다. 입에서 붓을 떨어뜨리고 멍하니 올려다보았다. 정말로 이상한 기분이었다. 그림이 잘되었냐고 누군가 물어본다면 이보다 더 형편없을 수는 없다고 대답할 것이다. 그러나 그와는 별개로 이 그림이 내 것이라는, 지금까지 그려온 다른 어떤 그림보다도 특별하고 소중하다는 느낌을 분명하게 받았다.

훗날 이와 같은 그림을 남겼다는 것을 후회할지도 모른다. 그러나 모나고 부족한 내 분신이기에 오히려 애틋함이 컸다. 앞으로 사람들에게 비난받고 조롱당할 게 분명하기에 나라도 아껴주지 않으면 안 된다는 생각이 들었는지도 모른다.

나는 그림에 해가 가지 않도록 조심스럽게 머리를 벽에 기대었다. 그리고 커다란 아쉬움과 허무, 그 와중에 미미한 충족감을 느끼며 중얼거렸다.

"수고했어, 파도 조르디. 너치고는 아주 잘한 거야."

그제야 조금 끝났다는 실감이 들었다.

그날 오후 완성된 그림을 본 레오나드는 아무 말 없이 내 머리만 쓰다듬었다. 부드러운 미소를 짓고 있는 그와 잠시 눈이 마주쳤는데 그 눈은 이렇게 말하고 있는 것 같았다. '완성한 것만으로도 대단한 거야. 고생했어.' 괜히 눈물이 날 것 같았다.

다음으로 내 신경은 온통 팔짱을 낀 채 못마땅한 표정을 짓고 있는 시세로에게 쏠렸다. 그의 입에서 무슨 말이 나오는가는 내게 굉장히 중요한 문제였다. 칭찬 같은 건 바라지도 않으니 너무 지나친 조롱만은 안 하기를 바랐다.

그가 마침내 그림에서 눈을 떼고 나를 바라보았다. 비스듬히 올라가 있는 입 꼬리가 분명 좋은 말이 나올 기세는 아니었다. 나는 두려워하며 그의 말을 기다렸다. 움찔거리는 나를 보고 그가 픽 웃었다.

"뭘 그렇게 기대하고 있냐?"

"네?"

"무슨 말을 해주길 바라는 건데."

그의 말에 잠시 머뭇거렸다. 해주길 바라는 말이야 많았다. 하지만 내가 기대하는 말을 시세로가 해줄 리 없었다. 그러면 틀림없이…….

"뭐든 네 머릿속에 떠오르는 말이 있겠지. 그게 내가 할 말이야."

아이고, 맙소사. 그에게 완전히 항복하고 싶은 심정이었다.

"화가들이 자기 작품을 바라보는 시각은 매우 주관적이기에 본인 작품의 완성도를 제대로 판단할 수 없을 것 같지만, 생각보다는 잘 알고 있거든. 내가 무슨 말을 할지 상상했을 때 가장 먼저 떠오른 말이 아마 네 작품에 가장 잘 맞는 말일 거다."

젠장. 그렇다면 좀 더 너그러운 말을 상상할 걸 그랬다.

풀이 죽은 채 대성당을 나오는데 레오나드는 들러야 할 곳이 있다며 먼저 사라졌다. 그 말은 시세로와 단둘이서 돌아가야 한다는 걸 뜻했다. 까마득한 기분을 느끼며 걸음을 옮기는데 시세로가 내 어깨를 붙잡았다.

"그냥은 못 가지. 이 몸이 술친구가 필요하시다."

그가 반강제로 데려간 곳은 시장 부근에 있는 그의 단골 술집이었다. 예전에 그곳에서 그와 말다툼을 한 적이 있기에 약간 껄끄러운 기분이 들었다.

술과 안주가 나오자 그는 내게도 한 잔 따라주었다. 받을 손이 없어 멍하니 지켜보기만 했다.

"이야기 들었냐? 마로 녀석."

마로라고? 그러고 보니 그 이름을 굉장히 오랜만에 듣는다는 기분이 들었다. 녀석을 미워하는 것조차 잊고 있었다.

"녀석이 왜요? 다른 공방에 들어갔대요?"

"아니. 한 번 그렇게 안 좋은 소문이 나면 어느 공방에서도 안 받아줘. 특히 공방에서는 서로를 형제라고 부르잖냐. 우애를 중시하는 만큼 그런 일에는 용서가 없지."

"우애라, 우리한테는 참 안 어울리는 말이네요."

"뭐 그렇지. 누가 자존심 세우며 뻗대는 바람에."

"그게 나란 거예요? 당신이 처음부터 잘 대해줬어 봐요. 나도 형님 형님 해드렸지."

"됐다. 네 녀석한테 그런 소리 들으면 속이 이상할 것 같다."

그는 술잔을 비우고 내 입에도 컵을 대어 마시게 해주었다. 고맙다고 말하는 건 왜인지 쑥스러워서 고개만 끄덕했다.

"아무튼 마로가 왜요?"

"여길 아예 떠난 모양이더라. 녀석의 고향은 원래 여기가 아니었거든."

"그럼 고향으로 돌아간 건가요?"

"모르지. 아무튼 화가가 되는 건 포기했다고 봐야겠지."

기분이 묘했다. 통쾌하지도 않고 그렇다고 동정심이 일지도 않고, 그냥 그렇구나 싶었다.

"이제 와서 하는 말이지만 그 녀석 진짜로 재능 없었어. 가르칠 때마다 속이 터져 죽는 줄 알았다."

나는 소리 죽여 웃었다. 짜증스럽다는 듯이 그렇게 말한 시세로는 조용히 덧붙였다.

"그래도 진짜 열심이었다. 날 어찌나 존경하는 눈으로 바라보던지. 하나라도 더 배우려고 누구보다 노력했다. 그런 모습은 솔직히 귀여웠어. 잘되었으면 했는데."

어쩐지 더 이상 웃고 있을 수가 없었다.

"아무튼 그렇게 가버렸다. 내가 쫓아내긴 했지만 그래도 말은 하고 떠날 줄 알았는데. 쳇."

그는 다시 술을 따라 들이켰다. 그제야 왜 갑자기 술 마시는 데 친구가 필요했는지 알 것 같았다. 답지 않게 정 많은 척은, 술도 따라줄 수 없는 술친구 따위 뭐가 좋다고. 아무 말 없이 앉아있는 내게 그가 기습적으로 말했다.

"거지 같은 그림 완성시키느라 수고했다."

"……젠장. 남은 그거 하느라 죽는 줄 알았는데 말 좀 곱게 해요."

"뭘 어떻게 더 곱게 해. 그게 사실인걸."

"아, 정말. 전 가겠어요."

그는 붙잡지도 않았다. 오히려 떠나는 나를 향해 낄낄거리며 축배를 들었다.

"어이, 다음엔 더 잘해라."

"그야 당연하죠! 하여튼 좋아할 수가 없다니까."

저택에 다 돌아오고 나서야 나는 그가 '다음'이란 말을 썼다는 걸 깨달았다. 하지만 그렇다고 해서 다시 되돌아가는 건 너무 신파적이라 도저히 할 만한 짓이 아니었다. 하긴 그 말에 감동받는 것도 똑같은 짓인지 모른다.

더 잘하라는 건 다음 기회가 있다는 말이고, 다음 기회가 있다는 건 두 팔이 없는 나도 화가로서 인정하겠다는 말이니까, 그에게는 과도한 칭찬이었던 셈이다.

대성당의 문이 굳게 닫힌 채 공개날을 기다리는 일주일 동안 도시는 축제라도 하듯 들뜬 공기가 흘렀다. 당일에는 교황이 집전하는 대미사가 있었고 미사가 끝나면 시민들에게 무료로 성대한 음식이 제공될 예정이었다.

세기의 건축물을 보기 위해 지방에서 귀족들도 올라오기 시작했고 길에는 연일 마차가 지나다녔다. 타국에서 온 이국적인 마차들도 흥미로운 볼거리였다. 사람들은 잔뜩 들떠서 웃음소리가 끊이지 않았고 장사꾼과 호객꾼들의 우렁찬 목소리가 여기저기서 들려왔다. 도시가 그토록 활기에 넘친 적은 없었다. 40년 넘게 도시를 괴롭혀 온 뚝딱거리는 소리는 이제 멎었고 대신 앞으로는 정오마다 긴 종소리가 들려올 터였다.

공개일 바로 전날, 도시의 열기는 절정에 달했고 저택에 있으면서도 묘하게 그 들뜬 기분을 느낄 수 있었다. 라잔 저택의 정원에 홀로 앉아 나는 멀리 하늘을 내다보았다. 끝이 없을 만큼 높고 가슴 트이게 뻥 뚫린 푸른 하늘이었다. 보고만 있어도 눈이 부시고 가슴속에 뭔지 모를 것들이 차올랐다. 쉬지 않고 욱신거리던 가슴의 통증도 그때만큼은 잠잠했다.

"햇볕 쬐는 건가?"

나른한 목소리에 고개를 돌려보니 키리오니가 서있었다. 그의 갑작스러운 등장이 전혀 놀랍지 않고, 왜 거기 있는 것인지도 궁금하지 않았다. 그냥 당연하게 받아들여졌다.

"네. 식물 흉내를 내보고 있었습니다."

"식물? 설마 스스로를 꽃 같다고 생각하는 건가?"

"여러 여성들의 총애를 한몸에 받았는데 그렇게 생각해도 무리는 아니지요."

"그런가?"

그는 웃지도 않고 내 곁으로 걸어와 앉았다. 그리고 나와 똑같은 자세로 햇볕을 쬐기 시작했다. 그의 표정이야말로 스스로를 꽃 같다고 생각하는 것 같아서 나는 거북함을 느꼈다.

"여긴 어쩐 일이십니까?"

"자네 그림을 보았네. 흥미로웠다는 이야기를 해주려고 왔지."

"욕하러 오신 건 아니고요?"

"개인적으로는 정 떨어질 만큼 완벽한 시세로의 그림보다 자네의 그림이 더 좋았다네."

너무도 의외인지라 말문이 막혔다. 겸손하려는 게 아니라 시세로의 그림에 그런 평가는 진실로 부당하다는 생각이 들었다.

"시세로가 그 말을 들으면 굉장히 서운해할걸요. 당신에게 특별한 관심이라도 있는 것 같던데."

"그는 내게서 인정받고 싶어 하니까."

쉽게 대답해 버리는 그에게 깜짝 놀랐다. 이상한 질투 같은 걸 느꼈던 것도 같다. 놀랍게도 나는 시세로의 편을 들고 싶었다.

"그는 남의 인정을 필요로 하는 사람이 아닙니다."

"그럴 리가. 그런 사람은 없어. 적어도 화가들 중에는 확실히 없다고 단언할 수 있지."

"어째서요?"

"글쎄. 어째서일까."

그는 뜻 모를 미소를 짓고 있다가 말했다.

"시세로의 자존심은 스스로 남의 인정 같은 건 필요하지 않다고 생각하게끔 만들지. 그러나 어쨌든 화가라면 반드시 인정이 필요하고 그래서 시세로는 찾아다니는 거야. 감히 자기를 평가해도 괜찮을 만한 사람을. 내가 꽤나 적당해 보였겠지. 기행을 일삼고 귀족들을 마음대로 하고 예술에 대해 해박한 지식을 가지고 있는 나. 아마 특별해 보였을 거야."

이상한 기분이 들어서 그에게서 시선을 거뒀다. 인정하고 싶지 않은 것도 같았다.

"하지만 자네 말이 맞아. 시세로에게 그건 별로 필요하지 않지. 그 자신만 모를 뿐. 그나저나 내일 드디어 그림이 공개되는데 긴장되나?"

"네, 뭐. 딱 죽지 않을 만큼요."

"좋은 일이군. 그만큼 열심히 했다는 거니까."

"그런가요?"

"어떤 일이든 애정도 노력도 쏟지 않았다면 긴장도 되지 않겠지."

그의 말을 가만히 생각해 보다가 고개를 끄덕였다.

"그렇군요. 아무튼 큰 기대는 안 해요. 괜히 내 욕을 레오나드가 대신 먹게 생겼어요."

"레오나드라고?"

그가 놀란 듯 돌아보더니 갑자기 웃음을 터뜨렸다.

"아직 모르는군. 하긴, 두 사람 다 이야기 안 했겠지."

"네? 무슨 말씀인지요?"

"교황은 이미 자네가 제단화를 그렸다는 걸 알고 있네. 내일 사람들 앞에서도 그렇게 발표될 거야. 지금쯤 자네의 비극적인 이야기와 신의 위대함을 어떻게 뒤섞어 말할지 고민하고 있겠지."

나는 자리에서 튀어오를 만큼 놀랐다.

"아니 대체, 언제부터 그런……."

"진정하고 앉게. 그야 두 사람이 애써줘서 그렇게 된 거지. 나도 조금 힘을 보탰고."

나는 조급한 마음으로 자리에 앉았지만 안절부절못했다. 도저히 가슴이 진정되질 않았다.

"모두 레오나드의 의견이었지. 그림은 자네가 그렸는데 자기 이름으로 발표되는 게 아무래도 편치 않은 것 같더군."

"그랬겠죠. 그렇게 엉망인 그림을 자기 것이라고 하려니 자존심 상했겠죠."

키리오니는 웃으며 나를 돌아보았다. 어린애 보듯 하는 얼굴이었다.

"그런 의미가 아니라는 것 알잖나."

물론 알고 있었다. 하지만 차라리 그런 식으로 생각하지 않으면 이 벅찬 고마움을 감당할 수 없게 된다.

"얼마 전 시세로와 레오나드는 함께 교황이 있는 곳으로 불려갔네. 교황이 두 사람의 노고를 칭찬하려는 뜻으로 부른 거지. 한데 거기서 레오나드가 먼저 사실을 고백했다네. 제단화는 자기가 아니라 자네가 그린 거라고."

맙소사, 레오나드다웠다.

"그래서요? 교황님은 화를 냈을 텐데."

"물론이지. 하마터면 그는 교황청 감옥에 들어갈 뻔했어. 그걸 구해준 게 시세로고."

"시세로가요?"

"그래. 교황은 시세로의 천장화를 아주 마음에 들어 했지. 시세로는 만약 제단화를 그대로 두지 않으면 자기 천장화도 지워버릴 거라고 말했어."

맙소사. 다른 어떤 일도 그에 비하면 놀라울 게 없었다.

"그래, 그래서요?"

"처음에는 화를 내던 교황도 결국엔 단념했지. 자기를 상대로 흥정하는 예술가들은 처음 본다면서 웃어버리고 끝이 났어. 다행이지.

하지만 무엇보다 도저히 그 천장화를 포기할 수 없었던 것 같아."

그 말에는 강하게 공감할 수밖에 없었다. 누구라도 그런 그림이 지워지도록 내버려둘 수는 없을 것이다. 그나저나 시세로가 그런 짓을 했다니 충격적이었다. 나를 위해서, 아니 레오나드를 위해서 인가? 어느 쪽이든 놀라웠다.

"그래서 제단화는 온전히 자네 것이야. 결코 지워지지 않고 그대로 남을 테지. 대성당이 그 자리에 있는 한 언제까지고."

그의 목소리는 마치 내게 기적을 들려주는 천사의 음성 같았다. 이게 정말 다 현실인가? 어떻게 이런 일이 나에게 일어날 수 있지?

"정말이지……."

그림을 다시 그릴 수만 있어도 행운이라고 생각했다. 그러나 얼마 지나지 않아 가당찮게 제단화를 욕심냈다. 많은 우여곡절이 있었지만 결국엔 그것까지도 그려냈다. 레오나드의 이름으로 공표되어도 그걸 완성한 건 나니까 상관없다고 생각했다. 언젠가는 틀림없이 내가 그렸다는 게 밝혀질 거라고 생각했다. 그런 바람으로 누구의 눈에도 띄지 않게 나만의 서명도 그려 넣었다. 그걸 생각하니 낯이 뜨거워졌다. 나는 그렇게 나밖에 생각하지 않았는데.

"다들 바보 같아요. 왜 그렇게까지 나를 위해서……."

"고마운 걸 안다면 보답하면 되겠지. 우선 뭘 하면 되겠나?"

"감사해야죠. 감사 인사."

키리오니는 가만히 웃었다.

"두 사람 다 공방에 있을 테니 가보게."

나는 자리에서 벌떡 일어났다. 조금 달려가다가 키리오니를 떠올리고 다시 몸을 돌렸다. 그를 향해 고개를 푹 숙였다. 그는 고개를 한 번 끄덕거리기만 했다. 다시 돌아서서 공방을 향해 달렸다.

레오나드. 이따금 오만했던 시절을 상기시키기도 하지만 더없이 다정하고 온화한 사람. 내게는 정말로 형 같은 사람.

시세로. 그리고 당신에게는 정말 뭐라고 해야 할지…….

당신? 아직도 당신이냐? 형님이라고 불러야 한다는 걸 알 텐데.

아, 그래. 이제는 그렇게 부를 수 있을 것 같다. 기꺼이 형님이라고 불러드리지. 좋아할지는 의문이지만 말이다. 아니, 틀림없이 질색하면서 그만두라고 할 게 뻔했다. 이제 와 무슨 짓이냐면서, 소름 끼친다면서. 그것 참 기대되지 않을 수 없는 반응이었다.

아무도 없는데 웃음이 나와서 혼자 소리 내어 웃어버렸다. 스스로도 정신이 나갔다고 생각했다. 하지만 팔을 잃은 뒤로 이렇게 유쾌해 본 적이 또 있나 싶다. 이토록 가슴이 벅찼던 적도.

멀지 않은 곳에 공방으로 향하는 문이 보인다. 그리로 들어가는 길은 특별할 것 없는 갈색의 흙길이었다. 그런데 오늘따라 그 길이 더욱 선명하게 보였다. 마치 방금 만든 물감으로 칠해둔 것처럼, 채 마르지 않고 반짝거리는 화폭처럼. 늘 걷던 똑같은 길이고 갈색을 별로 좋아하지 않는데도 어째서 달라 보이는 걸까. 참 아름답다.

그렇게 내려다보고 있자니 곧 그 길이 일어나 나를 품에 안았다.

성 바이니 대성당 공개일 교황의 축연 요약

오늘 새로이 신의 예배당이 열린 이 자리에서 여러분들이 꼭 기억해야 할 것이 있습니다. 그것은 이 아름다운 성당을 짓기 위해 얼마나 많은 신도들의 눈물과 노고가 들어갔는가 하는 것입니다. 일일이 이름을 언급할 수 없는 많은 사람들이 신의 성전을 짓기 위해 자신의 일생을 바쳤습니다…… ……그리고 경이로운 천장화 아래 있는 이 조그마한 제단화를 보십시오. 놀랍게도 이 그림은 어느 두 팔 없는 화가가 그린 것입니다. 그는 어려서부터 그림에 두각을 나타낸 재능 있는 화가였으나 불행한 사고로 두 팔을 잃고 말았습니다. 그러나 절망에 빠져 현실을 부정하는 대신 포기하지 않고 이것을 그려냈습니다. 신으로부터 부여받은 사명을 완수하기 위해 손 대신 입으로 붓을 물어 마침내 이 그림을 완성시킨 것입니다. 이 얼마나 기적 같은 일입니까. 눈앞에 있는 이 그림이야말로 신께서 우리와 함께하시는 증거입니다. 〈고행길〉이라는 제목 그대로 화가는 끝없는 고통과 인내의 길을 걸으면서도 결코 단념하지 않았습니다. 믿음은 이와 같은 것입니다. 괴로워하고 의심하면서도 끝내 그곳에 다다를 것을 포기하지 않는 것입니다. 이제 그를 위해 기도합시다. 두 팔이 없어 스스로 손을 모을 수 없던 그를 위해 우리가 대신 두 손을 모읍시다. 아멘.

부고란

데안 포르츠. 포르츠 가문의 장남이자 남작 지위. 지병 천식으로 어제 저녁 자택에서 사망.

코델리아 오네사. 오네사 가문의 차녀이자 자작부인 지위. 마차 사고로 어제 새벽 도시 외곽에서 사망.

....

파도 조르디. 가문 없고 지위 없음. 라잔 공방 출신 왕립 아카데미 소속 화가. 성 바이니 대성당의 제단화 〈고행길〉을 그린 두 팔 없는 화가로 알려졌으며 팔을 잃은 자리로 파상풍균이 침투, 어제 오후 라잔 공방 앞길에서 사망.

어느 오후의 대화

"나는 그런 게 싫다는 거죠."

"한 줄로 정리되는 것이 싫다?"

"사람들은 모를 거 아니에요. 그냥 부고란에 쓰인 글만 보겠죠. 내 이름이 무엇이고 나이가 어떻게 되는지, 죽음의 원인은 무엇인지, 그 정도만요."

"하긴. 그 사람의 인생은 무척 길었고 하고 싶은 것도, 하고 싶은 말도 많았을 텐데 그건 좀 허무하겠네."

"그렇죠? 그러니 스스로 작성할 수 있다면 아가씨는 아가씨의 부고란에 어떤 말을 쓸 거죠?"

"글쎄, 생각해 본 적이 없는걸. 난 그런 문구보다는 그냥, 내가 죽었을 때 사람들이 많이 슬퍼해 줬으면 좋겠어."

"슬퍼해 줬으면 좋겠다고요?"

"응. 이기적인 바람이겠지만 그래야 쓸쓸하지 않을 것 같아. 내가 아끼고 사랑했던 사람들이 나 때문에 많이 울기를 바라. 그리고 오래도록 기억해 주길 바라."

"아가씨야말로 바라는 게 너무 크신 거 아닌가요?"

"그런가? 파도는 그럼 어떻게 쓸 건데?"

"부고란에요?"

"응. 마음껏 쓸 공간이 있다고 생각하고."

"전 모두 다 쓸 거예요."

"모두 다?"

"네, 전부 다요. 이를테면 나라는 사람이 얼마나 이 세상을 열심히 살아갔던가, 내 꿈은 무엇이었나, 그 꿈을 위해 얼마나 노력했는가 등등. 정말로 중요한 것들을 적을 거예요. 그렇게 처음 페이지부터 끝 페이지까지 모조리 제 이야기로 채울 거예요. 그게 제 부고란이에요."

외
전

그의 얼굴은 그녀의 얼굴 뒤에 있다

'배고프구만.'

시세로는 바닥에 드러누운 채로 성당 천장을 올려다보았다. 꼬박 반년을 몰두한 그림이 거의 다 완성된 상태였다. 그동안 주로 푼돈을 받고 가게 간판이나 길거리 초상화를 그렸던 그였기에 처음으로 시도한 천장화는 결코 만만치 않은 작업이었다. 첫 시도치고는 마음에 들었지만 어딘지 모르게 부족하다는 느낌을 지울 수 없었다.

때마침 빨간색 물감이 떨어졌기에 그날은 더 이상의 작업도 불가능했다. 그 참에 바닥에 널브러져 그림을 복기하며 문제점을 찾고 있었다.

'분명히 어딘가 부족한데 그게 뭔지 잘 모르겠단 말이야.'

보면 볼수록 미궁에 빠지는 기분이었고 설상가상 이틀을 굶은 지금은 집중력도 흐렸다. 작은 성당의 교구 신부는 처음 작업을 의뢰할 때부터 푼돈밖에는 약속할 수 없었고, 그나마도 매주 봉헌금이 걷힐 때마다 조금씩 나누어 지불하기로 했다. 그러나 봉헌이 들어오는 주보다 그렇지 않은 주가 훨씬 많았기에 시세로는 사비까지 털어 물감과 재료를 충당하고 있었다. 그러니 음식은 자연스레 뒷전이 될 수밖에 없었다.

'아무래도 그 신부한테 속은 것 같단 말이지.'

그는 낮게 킬킬거리고 웃었다. 그런 조건에도 불구하고 작업을 중단하지 않은 건 이게 그의 화가 인생에 있어 귀중한 경험이 될 것임을 알았기 때문이다. 이 도시의 화가라면 누구나 성당 한구석에 자신의 그림이 남길 원했고, 아직 가난하고 이름 없던 그에게는 도저히 거부할 수 없는 유혹이었다.

바삭 하고 누군가 음식을 씹는 소리가 난 건 그때였다. 시세로는 만약 신부가 혼자 숨어서 뭔가 먹고 있는 거라면 당장 성을 내줄 요량으로 몸을 벌떡 일으켰다.

성당 맨 뒤 의자에 앉아있던 자그마한 소년이 그와 눈이 마주치자 마치 범죄라도 저지르다 들킨 사람처럼 움찔거렸다.

"뭐야. 또 너냐?"

시세로가 지긋지긋하다는 듯 쏘아붙이자 소년은 죄스러운 표정으로 먹던 빵에서 슬그머니 입을 뗐다.

"죄, 죄송해요. 아무도 없는 줄 알았어요."

"내가 그만 오라고 했지? 도대체 왜 맨날 숨어서 남이 하는 일을 훔쳐보는 건데? 음침하기 짝이 없게시리."

소년의 몸은 점점 줄어들 듯이 아래로 꺼졌다. 시세로가 그쪽으로 걸어가자 아예 숨을 것처럼 의자 뒤로 몸을 웅크렸다.

"누가 때리기라도 하냐? 그거 줘봐."

시세로가 가리키자 소년은 홀린 듯 빵을 내밀었다. 아무런 양심의 가책 없이 그걸 빼앗은 시세로는 단 세 입 만에 다 먹어버렸다.

"그거 먹던 건데……."

"관람료라고 생각해."

시세로는 트림까지 하고 기지개를 켰다.

"이렇게 달고 부드러운 걸 보니 비싼 빵일 텐데. 너 돈 좀 있나 보다?"

"어…… 조금요?"

"그래?"

시세로는 함박웃음을 지으며 소년에게 다정히 어깨동무를 했다.

"그럼 나하고 같이 어디 좀 가야겠다."

소년의 이름은 에드나라고 했다. 시세로는 왠지 여자아이 같은 이름이라고 생각했다.

"그런데 진짜 성당엔 왜 맨날 오는 거냐?"

"보고 있으면…… 좋아서요. 당신이 그림 그리는 거."

"아 그래? 이 몸의 실력이 제법 출중하기는 하지."

소년이 진지하게 고개를 끄덕이자 시세로는 괜히 뿌듯한 기분을 느꼈다.

"그런 이유라면 가끔 와서 구경하는 것 정도는 봐줄 수 있어. 그렇지만 빈손으로 오지는 마라. 난 너그러우니까 빵 두 개 정도로 넘어가 주지."

소년은 빵 두 개, 하고 기억하려는 듯 중얼거렸다.

두 사람은 마을 광장에 있는 화구점에 들어갔다. 필요했던 빨간색 물감을 고른 시세로는 멍한 얼굴로 화구점 안을 둘러보는 에드나를 발견했다. 주의 깊게 소년의 행색을 살핀 뒤 다른 색의 물감을 여러 종류 더 담았다.

"야, 여기 계산해."

"네? 네."

에드나는 한마디 반론도 없이 지갑을 꺼내 물건값을 지불했다. 돈이 가득 들어있는 그의 지갑을 보고 시세로는 깜짝 놀랐다. 잠시후 꾸러미를 들고 성당으로 되돌아가는 동안 은근슬쩍 물었다.

"흠, 너 뭐 귀족 나부랭이 그런 건 아니지?"

만약 그렇다고 대답한다면 큰일이었다. 귀족을 함부로 대한 건 물론이고 등쳐 먹기까지 했으니.

"아, 아니에요."

대답하면서 살짝 웃는 에드나가 순간 소년이 아니라 소녀처럼 보여서 시세로는 흠칫 놀랐다. 그러나 눈을 깜빡이고 다시 보니 그냥 잘 차려입은 도련님일 뿐이었다.

"그럼 됐고. 어디 가서 내가 뭐 강탈했다는 소리 같은 건 하지 마라. 다시 한번 말하지만 이건 관람료야, 관람료."

"알겠어요. 그럼 내일 또…… 와도 돼요?"

에드나가 반짝거리는 눈으로 물었다. 부담스러울 만큼 기대하는 눈빛이라 시세로는 약간 위화감을 느꼈지만 이제 와서 안 된다고 말하기엔 손에 들린 꾸러미가 너무 무거웠다.

"마음대로 해. 대신에 작업에 방해되거나 조금이라도 귀찮게 굴면 바로 쫓아낸다."

"거, 걱정 마세요. 있는지도 모르게 숨죽이고 있을게요."

성당 앞에 도착하자 에드나는 고개를 꾸벅 숙이고는 발랄한 걸음으로 저만치 뛰어갔다. 시세로는 그 모습을 바라보다가 뒷머리를 벅벅 긁었다.

"이것 참. 벌써부터 추종자가 생기다니 말이야. 다 이 몸의 능력이 너무 출중한 탓이라니까."

그의 웃음소리가 성당 마당에 울려 퍼졌다.

에드나는 꾸준히 성당으로 출석했다. 하지만 시세로는 한 번도 그가 들어오거나 나가는 모습을 포착할 수 없었다. 일하다 고개를 들면 빵을 들고 조심스럽게 손을 흔드는 소년의 모습이 보이고, 또 일이 끝나서 고개를 들면 빈자리가 보일 따름이었다. 덕분에 음식과 물감 걱정이 줄어든 건 사실이지만 에드나가 뒤에서 지켜보고 있다고 생각하면 왠지 모르게 붓질을 하면서도 신경이 쓰였다.

그건 세 번째로 다시 그리는 성녀 파나엘의 얼굴 때문인지도 몰랐다. 그녀의 표정이야말로 이 그림의 정점이자 완성인데, 자신의 아이를 신에게 바치던 순간마저 고고함을 유지했다는 그 모습을 어떻게 표현해야 할지 고민스러웠던 것이다.

처음에는 슬픔을 간신히 감내하는 어머니의 얼굴로 그렸다. 하지만 그건 성전의 해석과 맞지 않을뿐더러 지나치게 인간적이었다. 다음으로는 아이를 담담히 신에게 건네는 초연함으로 표현했다. 하지만 그건 그가 납득할 수 없었다. 아무리 신을 사랑한다 한들 자신의 아이를 그런 얼굴로 바칠 어머니가 세상에 어디 있단 말인가?

그는 그 표정마저 지워버리고 공백이 된 성녀의 얼굴을 마주했다. 그러다 잠시 후 성을 내며 붓을 바닥에 던졌다. 어머니의 얼굴 따위 알 게 뭐란 말인가. 그가 한 번도 본 적 없는 것을 어떻게 그려내라는 건가.

그날도 결국 채워 넣지 못하고 사다리 아래로 내려왔는데, 어쩐 일인지 에드나가 그때까지 가지 않고 기다리고 있었다. 왠지 모를 반가움이 느껴져 시세로는 그의 방식대로 이죽거렸다.

"웬 일로 이 시간까지 이 몸을 기다렸냐?"

에드나는 대뜸 손가락을 들어 비어 있는 성녀의 얼굴을 가리켰다.

"왜 마저 그리지 않아요?"

"뭐? 그건…… 네가 알 바 아니잖아."

"저는 맨 처음에 그린 게 마음에 들었어요."

시세로도 사실은 그렇게 생각하고 있었지만 남에게서 그런 말을 듣는 건 다른 문제였다.

"누가 네 의견 물어봤어?"

"뭐든 처음에 그려낸 게 정답일 때가 많다고 그랬어요. 자꾸 수

정하는 건 스스로에게 자신이 없어서 그럴 뿐이라고요."

평소 에드나는 시세로에게 절대 먼저 말을 걸지 않았고 시세로가 말을 걸어도 우물쭈물할 뿐 대답도 잘 못 했다. 그런데 그림을 보고 있는 지금은 눈동자 속에 어떤 강렬한 열망 같은 게 비쳐 보였다. 게다가 평소처럼 말을 더듬지도 않았다.

그림에만 푹 빠진 소년은 시세로가 지금 어떤 표정을 짓고 있는지도 보지 못했다.

"그렇게 잘났으면 네가 올라가서 한번 그려보지 그래."

시세로의 말에서 찬 기운을 감지했는지 에드나가 문득 입을 다물었다. 그러곤 두려움 가득한 눈으로 그를 돌아보았다.

"죄…… 죄송해요. 제가 괜히 아는 척을 했나 봐요. 아빠가 한 말인데 저도 모르게 따라했어요."

"네 아빠는 뭐 얼마나 대단한 사람인데?"

때를 맞춰 성당 문이 거친 소리를 내며 열렸기에 시세로는 답을 듣지 못했다.

"에드나!"

제법 건장한 몸집의 사내가 소년의 이름을 부르며 들어섰다. 시세로는 만약 그 대단하신 아빠가 나타난 거라면 재미있겠다고 생각했지만 그렇다기엔 너무 젊었다. 오히려 형이라고 해야 어울릴 듯했다.

그건 그렇다 치고, 가까이 오면서 시세로를 노려보는 사내의 눈빛이 심상치 않았다.

"공방에 없다 했더니 여기 있었어? 이런 데서 뭘 하는 거야?"

508

그가 다그치자 소년은 기어들어가는 목소리로 말했다.

"으응. 과, 관람."

"관람?"

사내는 눈살을 찌푸린 채 시세로의 행색을 위아래로 살피고 천장화 쪽으로도 눈길을 한번 돌렸다. 이어서 그의 표정이 비웃음으로 변했다.

시세로는 타인이라면 거의 대부분 싫어했지만, 이토록 짧은 시간 안에 완벽하게 싫어진 사람은 눈앞의 사내가 유일했다.

"굳이 여기서 뭘 하려. 그림을 배우고 싶으면 내가 가르쳐주겠다고 했잖아."

"하지만…… 이 사람의 그림이 좋은걸."

시세로는 자신이 할 수 있는 가장 모욕적인 말을 준비해 두었지만 그걸 사내에게 내뱉어 줄 필요는 없어 보였다. 에드나의 말 한마디로 이미 크게 상처입은 듯 보였던 것이다.

"에드나, 넌 아직 어려서 어떤 그림이 좋고 나쁜지 제대로 판단하지 못해. 그걸 가르쳐줄 사람은 우리 공방에 더 많으니까……."

"그러는 넌 판단할 수 있고?"

시세로가 말을 자르자 사내는 기분 나쁘다는 듯 돌아보았다.

"미안하지만 우리끼리 얘기 중이니까 참견하지 말아줘."

"누가 할 소린데. 여긴 내 작업터야. 허락 없이 들어온 건 그쪽이고."

사내는 못마땅한 듯했지만 시세로의 말에는 틀린 점이 없었다. 그대로 그는 에드나의 손을 잡고 나가려 했다.

"가자. 돌아가서 얘기해."

"나, 난 여기 있고 싶어. 혼자 가, 레오나드."

"스승님께서 널 찾으신단 말이야."

"아빠가?"

에드나도 그 단어 앞에서는 저항하지 못하는 듯 보였다. 왠지 모를 안타까운 눈으로 시세로를 돌아보았지만 시세로는 소년이 뭘 원하는 건지 알 수 없었다. 저 기분 나쁜 사내에게 억지로 끌려가는 거라면야 그냥 놔두지 않겠지만, 아버지가 부른다는데.

"내일…… 또 와도 돼요?"

에드나가 용기를 그러모아 물었다. 솔직히 뒤에 딸려온 사내도 그렇고 시세로는 소년의 존재가 슬슬 성가시다고 생각하던 참이었다. 성녀의 얼굴을 그리지 못하는 게 소년의 탓은 아니었지만, 뒤에서 누가 지켜보고 있다는 사실이 작업에 전혀 영향을 주지 않는 것도 아니고, 더군다나 앞으로도 그림에 대해 한두 마디씩 첨언을 할 생각이라면 정말로 반갑지 않은 일이었다.

그러나 대답을 기다리는 에드나의 얼굴이 왠지 울 것처럼 보여 시세로는 또 한 번 지고 말았다.

"마음대로 해라. 대신 내일부터는 관람료가 두 배다."

에드나는 밝아진 얼굴로 고개를 꾸벅 숙인 뒤, 그때까지 이를 악물고 기다리고 있던 남자의 손을 잡고 성당을 나갔다. 시세로는 그 모습을 보고 어이가 없어 투덜거렸다.

"대체 사내자식들끼리 손은 왜 잡고 다니는 거야."

눈썹을 그릴 자리에 붓을 대는 순간 시세로는 알았다. 자신이 또 잘못 그려내리란 것을.

신경질적으로 붓을 물통에 담그고 아래를 내려다보았다. 그 밑엔 아무도 없었다. 성당 신부조차 예배당엔 얼씬도 하지 않았다. 시세로가 작업 중일 때 방해받는 걸 무척이나 싫어한다는 사실을 알기 때문이었다.

"어이가 없네. 오지 말라고 할 때는 그렇게 꾸역꾸역 나타나더니."

에드나가 성당에 오지 않은 지 일주일이 넘었다. 레오나드라는 사내의 손에 이끌려 나간 뒤로 쭉 그랬다. 혹시 그게 납치는 아니었을까? 아니면 관람료가 두 배라는 말 때문이었나? 빵 네 조각은 부유해 보이는 소년에게도 부담이 됐을지 모른다.

처음에는 낯선 사람이 주변에 있는 게 신경에 거슬려 작업이 되지 않았다면 지금은 그 낯선 사람이 주변에 없어서 작업이 되지 않으니 참으로 얄궂은 일이었다.

'아니, 다 변명이지. 내가 결정을 못 내리고 있는 거야.'

여전히 비어있는 성녀의 얼굴이 그를 마주보았다. 시세로는 그 얼굴이 점차 무섭게 느껴지기 시작했다.

공방을 찾은 이유라면 여러 가지를 댈 수 있었다. 그림이 잘 그려지지 않으니 기분 전환을 하려고 한다든가, 언젠가 속하고 싶은 곳에 호기심이 생겨 방문했다든가.

성당에서 소년과 사내는 분명히 공방이라는 단어를 언급했다. 성당 근처의 공방 몇 개를 뒤져보면 의외로 금방 찾을 수 있을지도 몰랐다.

에드나의 근황을 군이 알고 싶은 건 아니었지만 자신이 납치 현장을 멀뚱히 보고만 있었던 게 아니라는 확신이 필요했다. 주위 사람들은 절대 그렇게 보지 않지만 시세로는 아주 예민한 성격이었고, 이런 사소한 일마저도 해결이 되지 않으면 끊임없이 신경이 쓰였다.

'녀석이 어디 나자빠져 있는지만 확인하고 바로 돌아가서 작업을 끝내는 거야.'

그는 성당에서 가장 가까운 두오네 공방부터 찾아갔다. 조각공들이 한창 작업 중이라 땀 냄새가 물씬 풍기는 작업실엔 레오나드나 에드나라는 사람이 없었다.

두 번째로 간판조차 제대로 달려있지 않은 작은 공방에 들렀지만, 그곳은 늙은 도예가가 혼자 운영하는 곳이었다. 대신 도예가는 시세로가 불러준 이름을 듣고서 뭔가를 기억해냈다. 레오나드라는 이름을 가진 한 젊은 화가가 라잔 공방에 있다는 소문을 들었다는 것이었다.

아직 이 도시의 생리에 귀가 어두운 시세로도 그 공방에 대해서는 들어본 적 있었다. 도시에서 손꼽히는 귀족 가문이 직접 후원하는 곳으로, 궁정 화가 출신의 공방장을 비롯해 수많은 재능 있는 예술가들이 모여있다고 했다. 하지만 거긴 너무 유명했고 마차를 타고 가야 할 만큼 멀었다. 자신이 만난 두 사람을 그런 곳과 연결하려 해봐도 어쩐지 어울리지 않는 느낌이었다.

'동명이인인가? 하긴 흔한 이름이긴 하지.'

그는 조금 멀리 떨어진 곳까지 두어 개의 공방을 더 돌았고, 레오나드라는 화가가 라잔 공방에 있다는 말을 한 번 더 들었을 따름이었다. 게다가 벌써부터 왕실에서 주목할 만큼 재능 있는 화가라는, 그다지 필요하지 않는 정보까지 얻었다.

"됐어. 이 정도 했으면 할 바는 다 한 거지. 처음부터 제멋대로 나타났는데 갑자기 사라진들 무슨 상관이람."

해가 뉘엿뉘엿 지자 그는 성당으로 돌아왔다. 쌓여있는 물감통을 한쪽 구석으로 밀어놓고 대충 자리를 깔고 누웠다. 그대로 아침까지 한 번도 깨지 않고 잤다. 푹 자긴 했지만 오래 걸은 탓인지 일어나고 나서도 온몸이 찌뿌둥했다.

오늘도 작업이 잘 되기는 글렀다고 생각하며 사다리차 위로 올라갔고, 그대로 성녀의 얼굴과 마주하는 순간 별다른 고민 없이 붓을 물감에 찍어 슥슥 그리기 시작했다. 평소의 그답지 않게 치밀한 계산을 하지 않았다. 손이 가는 대로 대충 그리는 것은 그가 가장 혐오하던 행동임에도 그날따라 피곤해서인지 스스로 엄격하게 지키던 모든 규율을 무시했다.

그건 놀랍게도 효과가 있었다. 반나절 만에 자신의 몸통만 한 성녀의 얼굴을 완성한 것이다. 게다가, 아마도 내일 다시 보면 생각이 바뀔지도 모르지만 지금 당장은 썩 마음에 들었다. 파나엘은 슬픔에 잠겨있지도, 초연한 얼굴을 하고 있지도 않았다. 얼핏 무정한 듯 표정이 없었지만 미간 사이에 한 줄의 굵은 주름이 나있었다. 그녀가 분노하고 있다는 증거였다.

하지만 누구에게? 아이를 바치는 자신에게? 목숨을 보전하기 위해 그녀에게 그런 선택을 강요한 사람들에게? 아니면…… 신에게?

시세로는 붓을 내려놓고 킬킬거리고 웃었다. 방금 그가 한 생각을 누군가 알아차리기라도 한다면 당장 신성모독 죄로 끌려가도 할 말이 없었다. 신부는 이 그림을 마음에 들어 하지 않을 게 분명했지만, 그럴수록 시세로는 이 그림을 옹호하게 될 것이다.

"저……."

아래에서 누군가의 목소리가 들려와 급격하게 몸을 돌리던 시세로는 하마터면 사다리차 위에서 떨어질 뻔했다. 간신히 모퉁이를 붙잡긴 했지만 갑작스러운 움직임에 사다리차가 쓰러질 듯 흔들거렸다. 아래에 있던 사람이 깜짝 놀라며 사다리차를 붙잡고 버텼다.

"야, 위험해!"

그대로 사다리차가 그 작은 몸을 덮치기라도 한다면 시세로는 평생 자신을 용서하지 못할 터였다. 그러나 다행히 그런 일은 벌어지지 않았다. 기우뚱했던 사다리차는 균형을 회복했고 안정감 있게 멈춰 섰다. 그럼에도 둘 다 한동안 제자리에서 움직이지 못했다.

심장이 들락날락하는 기분을 느끼며 시세로가 숨을 몰아쉬는 동안 아래에서 작게 웃음을 터뜨리는 소리가 들려왔다.

"까, 깜짝 놀랐어요."

"너 지금 웃음이 나오냐? 우리 둘 다 죽을 뻔했어!"

"그랬어요?"

시세로는 잔뜩 성을 낼 준비를 하고 사다리차 아래로 내려갔고, 그제야 그의 표정을 확인한 소년의 얼굴에 겁먹은 기색이 떠올랐다.

"너 뭐냐?"

"네, 네?"

"갑자기 그렇게 말도 없이 사라지면 걱정할 거란 생각은 안 하냐?"

"걱정……했어요? 나를?"

"그럼 그 험악하게 생긴 놈한테 끌려간 뒤로 안 나타나는데 걱정이 안 되겠냐? 내가 그렇게 몰인정한 놈으로 보여?"

"험악?"

그 단어에 눈을 동그랗게 뜨고 있던 에드나는 뭔가를 깨달았는지 갑자기 꺄르르 하고 웃음을 터뜨렸다. 또다시 소녀처럼 보이는 웃음이었다.

"레오나드가 허, 험악…… 이 얘기 공방 사람들한테 꼭 해줄 거예요."

"그놈의 공방 소리. 도대체 네가 들어가 있다는 공방이 어딘데? 내가 얼마나……."

하마터면 찾아다녔다는 얘길 할 뻔했으나 시세로는 간신히 정신을 가다듬었다.

"흠. 너 뭐 도제나 그런 거냐?"

"아니에요."

에드나의 얼굴에서 문득 미소가 사라졌다.

"아, 아빠가 여자는 도제가 될 수 없다고 그랬어요."

"여자? 확실히 드물긴 하지만 불가능한 건……."

무심코 말을 이어가던 시세로는 에드나가 무슨 말을 한 건지 깨달았고, 너무 놀랍고 믿을 수가 없어서 상대의 팔을 덥석 잡았다.

"너 여자였냐?"

"네?"

에드나의 얼굴에 진심으로 상처받은 기색이 떠올라 시세로는 더욱 당황했다.

"모, 몰랐어요?"

"내가 그걸 어떻게……. 아니, 그게 아니라."

이 상황에서 무슨 말을 해야 하는지 그는 알지 못했고 배운 적도 없었다. 어쩐지 선이 너무 부드럽다 싶긴 했다. 하지만 아직 미성숙한 소년에 불과하기 때문이라고 생각했다.

신기한 무언가를 손에 쥐고 있다 그제야 알아차린 사람처럼 시세로는 에드나의 얼굴을 뚫어져라 바라보았다. 그러다 문득 자신이 허락도 없이 그녀의 팔을 너무 세게 붙잡고 있었다는 걸 깨닫고 황급히 놓았다.

"아, 미안."

"괜찮아요."

에드나가 자신의 뒷머리를 괜히 만지작거렸다.

"오, 옷도 이렇고 머리가 짧아서…… 오해하는 사람들이 있어요."

"어 그래. 제대로 못 본 내 잘못이다."

에드나는 부드럽게 미소 지으며 천장 쪽을 눈짓했다.

"다 그렸네요."

시세로도 그녀를 따라 고개를 돌렸다. 성녀 파나엘의 분노에 찬 얼굴이 그들을 내려다보고 있었다. 아까 그릴 때는 너무 가까워서 표정에만 집중했는데 멀리서 보니 아기를 든 채 두 팔을 뻗은 자세와도 잘 어울려 보였다.

"응. 이젠 고치지 않을 거야."

그는 다시 고개를 내려 여전히 그림에 빠져 있는 에드나를 바라보았다. 그리고 평소라면 남에게 절대로 하지 않았을 질문을 던졌다.

"마음에 들어?"

"네."

에드나는 더듬지도 망설이지도 않고 곧장 대답했다. 그러곤 손가락을 들어 그의 얼굴을 가리켰다.

"당신을 닮았어요."

시세로는 그녀의 말이 무슨 뜻인지 조금 뒤에야 알아차렸다. 무심코 성녀의 얼굴을 향해 고개를 돌렸고 그녀의 말이 틀리지 않다는 걸 깨달았다.

"그렇군."

시세로는 만약 신부가 그림이 마음에 들지 않으니 다시 그리라고 할 경우 반박할 만한 말을 세 종류나 준비해 두었다. 사실 내용은 비슷비슷했고 말할 때 어떤 태도를 보이는가에 차이가 있었다. 차례대로 분노, 비굴, 생떼였다.

"정말 훌륭하군요."

그러나 뜻밖에도 신부는 그림을 보자마자 이렇게 이야기했다.

"내가 비록 예술에 깊은 조예가 있는 건 아니지만 대단한 작품이라는 걸 알 수 있어요. 내가 제시한 금액은 터무니없이 적을 정도군요. 미안한 마음이 듭니다."

시세로는 속으로 안도했지만 겉으로는 별거 아니라는 듯 말했다.

"이 정도야 어렵지 않죠. 나머지 금액이나 잊지 말고 보내주십쇼."

"물론이지요. 당신이 사비를 꽤 썼다는 걸 알고 있습니다. 시간이 걸리더라도 그 부분까지 보충할 수 있도록 해보지요."

"그래주면 고맙고요."

가넬 신부가 마지막으로 손을 내밀었다. 시세로는 그 손을 잡아 흔들고 밖으로 나왔다.

그토록 몰두하던 일이 드디어 끝나자 이상한 기분이 들었다. 후련해야 할 것 같은데 어째서인지 미련이 남았다. 그는 한번 완성한 그림을 다시 돌아보는 성격이 아니었다. 그런데도 이 성당의 천장화만큼은 오래도록 마음에 남아있을 것 같았다. 처음 시도해 본 일이기 때문일까?

성당을 둘러싼 돌담을 막 벗어나는 순간 골목길에 숨어있던 사람이 툭 튀어나와서 그를 놀래주려고 했다. 조금도 놀라지 않았지만 시세로는 짐짓 놀란 척했다. 그래야 기다린 보람이 있을 것이므로.

"오늘도 왔냐? 정말 지치지도 않는다."

"축하, 축하해요. 천장화 완성."

"뭘 새삼스럽게. 앞으로 질리도록 그릴 텐데."

"또 그리러 가요? 어, 어디로?"

"왜, 또 따라오려고? 아주 지겹다, 지겨워."

놀리려고 한 말인데 에드나의 얼굴은 금세 침울하게 변했다. 시세로는 흠칫했지만 신경 쓰지 않는다는 티를 억지로 내며 말했다.

"결정되면 알려줄게. 대신 다음에는 관람료를 더 비싸게 받을 거니까 그렇게만 알아."

"빵…… 안 가져왔는데."

"오늘은 뭐 보여준 것도 없잖아. 됐으니까 대신 나랑 어디 좀 가자."

또 화구점에 가는 줄 알았는지 에드나는 자신의 지갑을 확인하려 했다. 그러나 시세로는 그녀의 팔을 잡고(하마터면 손을 잡을 뻔했다.) 다른 방향으로 이끌었다.

"오늘은 기념으로 내가 살 거야. 지금 기분이 아주 좋거든."

두 사람은 시세로가 자주 가는 선술집을 찾아 야외 테이블에 앉았다. 그곳에서는 광장을 한눈에 바라볼 수 있기에 한잔하며 얼간이들을 구경하기에 안성맞춤이었다. 어쩔 줄 몰라 하는 에드나를 보니 그런 곳에 처음 와봤다는 걸 알 수 있었다.

"술을 안 마셔본 건 아니지?"

"어, 그게……."

"뭐야. 이제 보니 곱게 자란 숙녀였네?"

시세로가 킬킬거리고 놀리자 에드나의 얼굴이 붉어졌다.

"설마 아직 성인이 안 된 거야?"

"지, 지난달에 됐어요."

"그런데 왜 이렇게 조그마한 거야. 처음에 내가 소년으로 오해할 만했다고 보지 않냐?"

"그건, 그거야……. 당신이 관찰력이 부족하니까."

"뭐? 이젠 막 기어오르네."

시세로가 손을 뻗어 그녀의 볼을 잡아 쭉 늘렸을 때였다. 누군가 그를 향해 소리를 버럭 질렀다.

"야, 이 돼먹지 못한 자식아! 감히 누구 딸 얼굴에 함부로 손을 대는 거냐?"

불같은 호령이란 아마 그런 것일 터였다. 무서울 게 별로 없는 시세로였지만 박력 때문인지 자신도 모르게 움찔하며 손을 놓았다.

돌아보니 백발의 자그마한 노인이 형형하게 빛나는 눈으로 그를 노려보고 있었다.

"아빠?"

에드나의 부름은 더 놀라운 것이었다. 시세로는 멍청하게 그 말을 따라했다.

"아빠?"

불청객은 노인뿐만이 아니었다. 그 뒤에 레오나드가 서있었던 것이다. 무섭게 굳어진 얼굴로 주점에 들어온 그는 에드나의 손을 붙잡아 자리에서 일으켜 세웠다.

"이런 데서 뭐 해. 가자."

"하, 하지만……."

이번에도 그녀는 왠지 모를 안타까운 눈으로 시세로를 보았고, 시세로도 그때처럼 가만히 보내줄 생각이 없었다.

"어이, 그 녀석 놔줘라. 자기 다리가 있고 의지가 있는데 왜 자꾸 네 멋대로 하려고 하냐."

"뭐?"

레오나드가 눈살을 찌푸리며 돌아보자 시세로도 일어서서 그를 마주보았다.

"놔주라고. 나랑 여기서 술 한잔하기로 했으니까."

그 말에 발끈한 건 노인이었다.

"술은 무슨 놈의 술! 에드나, 당장 이리 나와라."

아버지의 명은 거부할 수 없는지 에드나도 더 이상 어쩌지 못하고 그쪽으로 갔다. 노인은 딸의 손을 필요 이상으로 강하게 잡아당기며 시세로에게 말했다.

"너, 앞으로 내 딸 근처에 다신 얼씬도 하지 마라."

"그거 너무 진부한 대사 아닙니까? 내가 결혼을 하겠다는 것도 아닌데요. 그리고 얼씬거린 쪽은 그 댁 따님이었습니다만."

"뭐야, 이놈아?"

노인이 지팡이를 들어 올리려 하자 에드나가 그 팔을 붙잡고 매달렸다.

"아, 아빠. 이 사람이 그 사람이에요. 그림 잘 그리는 사람이요. 우, 우리 공방에 들어오게 해줘요. 네?"

이 말에 나머지 세 사람의 입에서 각기 다른 감탄사가 동시에 터져 나왔다. "뭐?", "응?", "어?". 타이밍이 제법 우스웠기에 세 사람 다 겸연쩍은 기분을 느꼈다.

잠시 후 노인이 조금 누그러진 목소리로 입을 열었다.

"네가 매일 가서 지켜봤다는 그림 말이냐?"

"네, 네."

노인은 시세로의 행색을 위아래로 살피곤 마지못한 기색으로 내뱉었다.

"안내해 봐라."

"뭘요."

"귀가 먹었느냐, 이놈아? 네놈의 그림이 있는 곳으로 날 안내하라고."

"제가 왜요."

노인은 끙 하는 소리를 내며 지팡이를 부여잡았고 레오나드가
대신 분에 찬 목소리로 말했다.

"감히 이분이 누군 줄 알고 그런 소리를 하는 거야? 직접 네 그
림을 보러 가시겠다는데, '왜요'?"

"난 누군지 전혀 모르겠는데. 언제 자기소개라도 했어? 이름도
말하기 전에 소리부터 지르셨지."

"벡리 화백님이시다! 내 스승님이자 현 라잔 공방의 주인 말이
야. 설마 그 이름도 모르진 않겠지?"

시세로는 그다운 자존심으로 놀라움을 겉으로 드러내지 않았다.

"난 잘 몰라. 이 도시에 온 지 얼마 안 됐거든."

"이……."

에드나가 이번엔 레오나드의 팔에 매달렸다.

"얘, 얘기해 줘, 레오나드. 봤잖아. 그 그림을 봤잖아."

"그래, 봤지. 하지만 난 저 녀석의 그림이 어디가 그렇게 좋다는
건지 모르겠어. 그 정도 그리는 사람은 이 도시에 널렸다고."

이 말은 확실히 시세로의 심기를 건드렸다.

"감히 네까짓 게 뭐라고 내 그림을 그런 식으로 평가하냐."

"글쎄, 스승님에 비하면 한참 부족하지만 나도 그림을 그리고 있
는지라. 어느 정도 안목은 있다고 자신하는데."

그제야 시세로는 에드나를 찾으러 공방을 돌아다닐 때 들은, 라
잔 공방의 레오나드라는 젊은 화가가 아주 재능 있더라는 말을 떠

올렸다. 이렇게 재수 없는 놈이라는 말까지는 미처 못 들었지만 말이다.

"내 그림에 대해 그렇게 할 말이 많으면 네 것도 나한테 좀 보여주지 그래. 감히 이 몸을 평가할 만한 실력이 있는지 없는지 확인 좀 하게."

"원한다면 얼마든지."

딱 소리가 남과 동시에 레오나드가 머리를 감싸 쥐었다. 목적을 달성하고 지팡이를 회수하는 노인을 그가 억울한 듯 돌아보았다.

"스승님!"

"한참 어리고 배워야 할 게 많은 녀석들이 이렇게 건방을 떨어서야. 됐으니 그만 가자."

"하, 하지만 아빠……."

"너도 조용히 해. 내 공방에 건방진 놈은 레오나드 하나로 충분하다. 저런 놈까지 들이고 싶지 않구나."

노인이 지팡이 끝으로 자신을 가리키자 시세로는 귓구멍을 쑤셨다.

"누가 그런 데 들어가고 싶답니까? 이쪽이야말로 사양이니까 꿈 깨시죠."

"끝까지 입만 산 고얀 놈 같으니."

벡리는 투덜거리면서도 어쩐지 시세로의 얼굴을 좀 더 들여다보다가 몸을 돌렸다. 아버지의 팔을 붙잡고 떠나가며 에드나가 몇 번 뒤를 돌아보았다.

멀뚱히 그녀를 보던 시세로는 문득 이게 마지막 만남일지도 모르겠다고 생각했다. 이제 더 이상 성당에 갈 일이 없고 그녀도 찾아오지 않을 테니. 그럼 앞으로 어떻게 만나지?

'아니 잠깐, 왜 계속 만나야 하는데?'

그가 스스로의 생각에 의아해하고 있을 때 누군가 앞으로 끼어들었다. 아직 스승을 따라가지 않은 레오나드였다.

"우리 얘긴 안 끝났다. 네가 그렇게 잘 그리면 다음번 왕실 그랑프리에 참가해라. 거기서 먼저 입상을 하는 사람이 이기는 걸로 하자."

"그랑프리? 그건 장인 자격 있는 사람만 참가할 수 있는 거 아냐?"

레오나드의 입가가 비웃음으로 일그러졌다.

"장인 자격도 없는 놈이 그렇게 설친 거였어? 난 또 어디 대단한 공방 소속이라도 되는 줄 알았네."

그건 시세로에게 조금 아픈 구석이었다. 이 도시로 건너오기 전까지 그는 쭉 건설 현장에 있었고 설계도를 그리면서 막노동 일을 같이 했다. 그림의 세계에 뛰어든 건 성년이 된 이후라 어느 공방에서도 도제로 받아주지 않았다. 하지만 물론 눈앞의 상대에게 그런 것까지 이야기할 생각은 없었다.

"그까짓 공방 아무데나 들어가면 되지. 딱 3년만 기다려라. 금세 장인이 되어 그랑프리인지 뭔지 참가해서 입상이 아니라 대상을 타낼 테니까."

"기대하지. 그때까지 네 이름을 잊어버리지 않으면 말이야."

세상에는 무슨 짓을 해도 서로 이해할 수도 가까워질 수도 없는 사람이 있다. 손을 살랑살랑 흔들고 사라지는 레오나드를 보며 시세로는 저놈이야말로 바로 그런 놈일 거라고 생각했다.

"너뿐이라니까? 진짜 한 번만 도와주라, 시세로. 부르는 대로 주겠다잖아."

"아, 거 귀찮게 하시네. 안 한다고요!"

프리우스는 거의 무릎이라도 꿇을 기세였다.

"교황이 날 얼마나 달달 볶는지 아냐? 나라고 완성하기 싫어서 안 하겠냐고. 바르바오 그 개 같은 양반이 설계도에 얼마나 말도 안 되는 짓거리를 해놨는지 네가 봐야 해."

"내가 왜요. 그런 고통을 뭐 하러 같이 나눕니까?"

"이 무정한 놈아. 그래도 우리가 함께한 세월이 있는데 이러기냐? 그림은 그냥 취미로 해도 되잖아. 이런 말까지 하긴 싫지만 건축계에 너만 한 인재가 없다. 원한다면 천재로 떠받들어 줄 테니 제발 돌아와다오."

"싫어요. 이쪽을 선택한 이상 어떻게 되든 끝까지 가볼 생각입니다. 괜히 힘 빼지 말고 그만 가십쇼."

시세로는 프리우스를 성당 밖으로 밀어내고 문을 쾅 닫았다. 누구에게나 성당의 문은 열려 있어야 한다고 말하는 가넬 신부가 본다면 크게 경을 칠 일이었다.

"내가 여기 있는 건 또 어떻게 안 거야."

투덜거리며 그는 성가대석의 긴 의자에 드러누웠다. 성 바이니 대성당의 건설을 맡고 있는 프리우스와는 예전에 몇 번 일을 같이 한 적이 있었다. 그 사이 그의 재능을 남몰래 눈여겨보았던 모양이었다.

"고달프구만. 능력 많은 인간의 삶이란."

그는 스스로의 말을 비웃듯 킬킬거렸다. 제대로 된 집을 얻을 돈이 없어 가넬 신부의 성당에 빌붙어 사는 처지면서 말이다. 사람 좋은 신부는 그림값을 다 지불할 때까지 얼마든지 있어도 좋다고 말했다. 여관을 빌리지 못할 정도로 금전 사정이 나쁜 건 아니었지만 공짜로 지낼 공간이 있는데 굳이 돈을 쓸 필요는 없었다.

정말로 오직 그 이유 때문이었다. 계속 거기 머무르는 건. 다른 이유가 있을 턱이 없지 않은가.

무심코 천장을 올려다볼 때마다 마주하는 그의 그림이, 그중에서도 성녀의 얼굴이 이따금 그런 그를 힐난하는 것처럼 느껴졌다.

"그렇게 보지 마쇼. 당신 아이를 바치라고 한 게 나도 아니고."

분노한 성녀는 말이 없고 시세로는 그저 누운 채로 끊임없이 시간을 죽였다.

'언젠가는.'

그는 그 뒤에 따라올 말을 결코 속으로 덧붙이는 경우가 없었다.

그래, 언젠가는.

시세로가 에드나를 발견한 건 그렇게 성당에서 지낸 지 한 달이 다 되어가는 시점이었다. 언젠가 올 거라고 생각했지만 그의 예상보다는 많이 늦었다. 게다가 시세로가 뒤에서 가만히 지켜보는 동안에도 성당 안쪽을 볼 수 있는 창문 근처만 서성거릴 뿐 안으로 들어갈 생각이 없어 보였다.

다시 나타나면 화부터 내주리라 생각했는데 억지로 감정을 끌어올리려 해봐도 전혀 화가 나지 않았다. 결국 그는 화내는 걸 포기하고 에드나의 뒤로 조용히 다가가 어깨를 툭 건드렸다. 화들짝 놀란 그녀는 뒤를 돌아보는 자세 그대로 벽에 기댄 채 주르륵 흘러내렸다.

"하여튼 겁은 많아서."

시세로는 자신의 말투가 의도한 것과 달리 전혀 이죽거리지 않아서 당황했다. 심지어 상대를 걱정하는 기색까지 내비치고 있지 않은가. 그는 헛기침을 하고 좀 더 신경을 써서 목소리를 굳혔다.

"괜찮아? 그렇게까지 놀랄 필요는 없잖아."

에드나는 시세로가 내민 손을 붙잡고 일어섰다. 변함없이 소년 같은 행색을 하고 있는 그녀를 보고 시세로는 언뜻 웃었다.

"나 보러 왔구나?"

"아…… 아닌데."

"아니야? 진짜로?"

그녀는 고개를 끄덕이고 시세로의 뒤쪽을 가리켰다. 그쪽으로 눈을 돌린 시세로는 담벼락에 놓여 있는 작은 캔버스와 미술 재료가 들어있는 꾸러미를 발견했다.

"연습하려고요. 당신 그림 보면서…… 해도 되면."

그렇게 말한 에드나는 부지런히 품을 뒤져 빵이 들어 있는 봉투를 꺼내 내밀었다.

"이, 이건 관람료."

시세로는 봉투를 받지 않고 멀뚱히 쳐다보기만 하다가 중얼거
렸다.

"뭐야, 진짜로 아니었다니……."

"응?"

"모사든 뭐든 마음대로 해. 빵은 필요 없으니까 너나 그림 그리
다 배고프면 간식으로 먹어라."

시세로는 그녀에게 손을 흔들어주고 그 자리를 떠났다. 방해하
지 않기 위해 일부러 성당에서 멀리 떨어진 곳으로 가서 한동안 시
간을 보냈다. 그러다 문득 궁금해졌다. 저명한 화가의 딸은 과연 어
떤 그림을 그리려나?

호기심을 못 이긴 그는 다시 성당으로 돌아왔고 아까 에드나가
했던 행동을 그대로 따라했다. 창문 근처를 서성거리며 안쪽을 몰
래 들여다보았던 것이다.

캔버스를 입구 근처에 세운 그녀는 완전히 몰두한 얼굴로 그림
을 그리고 있었다. 이따금 천장의 그림을 확인할 때가 아니면 고개
한 번 들지 않았다. 집중할 때 나오는 표정인 듯 한쪽 눈이 졸린 것
처럼 반쯤 감겨있었는데 심각하게 귀여워서 시세로는 자신도 모르
게 웃음을 터뜨렸다. 이걸 들었는지 문득 고개를 든 에드나가 시세
로를 발견하고 허둥지둥 그림을 가리려 했다.

"왜, 왜 보고 있어요?"

"너도 맨날 훔쳐봤잖아. 난 보면 안 되냐?"

"어……."

그녀가 할 말을 찾지 못하는 사이 시세로는 기왕 들킨 거 안으로

들어가 대놓고 그림을 보았다. 솔직히 그렇게까지 큰 기대는 없었다. 훌륭한 화가를 아버지로 둔 자식답게 가끔 따라해 보는 정도의 수준일 거라고 생각했던 것이다.

하지만 그의 예상은 완전히 빗나갔다. 아직 스케치 단계였지만 에드나는 몇 개 되지 않는 선으로도 인물과 구도를 완벽하게 잡았고 음영 표현 또한 훌륭했다. 채색은 시작도 하지 않았지만 볼 필요도 없었다. 그녀는 뛰어난 화가였다.

"야, 너…… 대단하다. 잘 그리는데."

"저, 정말요?"

에드나의 얼굴이 그 어느 때보다도 새빨갛게 변했다.

"응. 채색은 아직 안 봐서 모르겠지만 스케치만 놓고 봤을 땐 나보다도 나은걸. 이런 표현은 나도 좀 배워야겠다."

만약 다른 화가의 앞이었다면 그런 말까지는 하지 않았겠지만 왠지 모르게 그녀 앞에서는 솔직하게 이야기할 수 있었다. 에드나는 어쩔 줄 몰라 하며 입술만 만지작거리다가 불쑥 말했다.

"관람료."

"응?"

"나, 나도 받을래요. 그거."

그녀가 내민 손을 멀뚱히 바라보던 시세로는 이내 웃음을 터뜨렸다. 그렇게 유쾌하게 웃어본 게 얼마 만인가 싶었다.

그날부터 시세로는 그녀를 흥미롭게 관찰했고 덕분에 몇 가지 사실을 알게 되었다. 겁이 많아 성인이 되기 전엔 집 밖 멀리 나가 본 적이 없고 더군다나 혼자서 마차를 타고 그 성당까지 오고간 건 무척이나 이례적인 일이었다는 것, 어려서부터 꾸준히 그림 연습을 했고 화가가 되고 싶다는 소망을 남몰래 가지고 있지만 아버지를 비롯한 공방의 누구도 그런 그녀의 바람을 진지하게 여겨주지 않는다는 것, 언급하길 꺼리는 어릴 적의 사건 때문에 말을 더듬게 되었지만 그림에 대해서 이야기할 때만큼은 더듬지 않는다는 것 등이었다.

그녀는 시세로가 그녀의 그림을 보며 해주는 선입견 없는 칭찬들에 무척 고마워했고, 캔버스를 나란히 세우고 함께 그림을 그릴 때면 자신도 화가가 된 것 같다며 기뻐했다.

"시세로."

"응?"

"다, 다음에 당신이 공방장이 되면……."

"장인도 아니고 공방장? 될 턱이 있나. 나이 많다고 도제로도 안 받아주는데."

에드나가 조용히 팔을 잡자 그는 더 이상 빈정거리지 않았다.

"알았어. 되면?"

"야, 약속해. 나처럼 그림을 배우고 싶어 하는 아이가 있으면, 그게 여자아이여도 도제로 받아주겠다고."

시세로는 약간 놀라서 에드나를 바라보았다. 하지만 그녀의 눈빛은 진지했다.

"글쎄. 그런 부탁은 레오나드라는 놈한테나 가서 하지 그래. 네 아버지 공방을 녀석이 물려받을 것 같던데."

"레오나드는……."

그녀는 무언가 말하려다가 고개를 젓고 시세로의 팔을 조르듯 흔들었다.

"약속하라고."

"너도 내 부탁 들어준다면 생각해 보지."

"무, 무슨 부탁?"

시세로가 자신의 얼굴을 손가락으로 가리켰다.

"내 초상화 그려줘. 네가 그린 걸로 갖고 싶어."

에드나는 한참동안 시세로의 얼굴을 빤히 바라볼 뿐 대꾸가 없었다. 시세로는 자신이 그렇게 큰 걸 요구했나 싶어 머쓱한 기분을 느꼈다. 하긴 스스로 말했듯 그가 공방장이 될 확률은 극히 희박한데 너무 뻔뻔스러운 요구였는지도.

"알겠어."

에드나는 시세로가 그냥 해본 말이라며 철회하려던 순간 대답했다.

"정말이지? 무르기 없다."

"다, 당신이야말로 꼭 약속 지켜."

"정말로 공방장이 될 수 있으면 그런 게 대수야. 재능 있고 그림을 그리고 싶어 하는 아이라면 다 가르칠게. 여자아이건 남자아이건 상관없이."

그 말에 에드나가 지어 보인 표정은 어떤 의미로든 시세로를 놀라게 했다. 자신이 누군가에게 그런 미소를 만들어줄 수 있다니, 그게 다른 누구도 아닌 에드나라니 스스로가 무척이나 자랑스럽게 느껴졌던 것이다. 심지어 그 표정을 다시 볼 수 있다면 또 다른 어떤 약속이라도 해줄 수 있을 것 같았다.

'이상하네.'

시세로는 거의 행복한 기분을 느낄 뻔했다.

'정말 이상해.'

캔버스에 몰두한 채 또다시 졸린 눈을 하고 있는 에드나를 보고 시세로는 세 번째로 웃음을 터뜨렸다. 에드나가 캔버스 너머로 힐난하듯 그를 바라보았다.

"가, 가만히 있으라고."

"아니, 이 상황이 너무 웃기잖아."

"당신이 그려달라고 했거든?"

에드나는 목탄을 내려놓고 시세로에게 다가와 세 번째로 자세를 고쳐주었다. 어쩌면 그래서 자꾸만 시세로의 자세가 흐트러지는 건지도 몰랐다. 그는 에드나의 손이 자신의 어느 한 부분에 닿을 때마다 간질거리면서도 짜릿한, 도저히 말로 설명할 수 없는 기분을 느꼈다. 그 기분을 거의 사랑이라고 생각할 뻔했다.

'안 돼.'

시세로는 소매를 걷으며 캔버스로 돌아가는 그녀의 뒷모습을 바라보았다. 그리고 천장에 있는 자신의 그림으로도 한 번 눈을 돌렸다.

'그래. 적어도 아직은.'

에드나가 다시 그림에 집중하자 시세로도 이번만큼은 자세를 바꾸지 않으려고 했다. 그마저도 얼마 가지 못했지만 말이다.

"네가 그렇게 칭찬하던 그림이 저거냐?"

두 사람 다 목소리가 들려온 쪽으로 황급히 고개를 돌렸다.

언제 들어왔는지 한가롭게 지팡이를 짚은 벡리가 천장을 올려다보고 있었다. 에드나는 너무 놀랐는지 목탄을 떨어뜨렸고 시세로도 자리에서 벌떡 일어섰다.

벡리는 두 사람의 반응은 전혀 신경 쓰지 않고 성당 안을 천천히 걸어 다녔다. 고개를 천장에서 조금도 떼지 않았는데 그러고도 의자에 부딪히지 않고 잘도 돌아다녔다. 시세로는 저명한 화가가 자신의 그림을 어떻게 평할지보다 에드나가 그의 초상화를 그리고 있다는 사실을 노인이 알게 될까 봐 그게 더 신경 쓰였다. 왜인지 완성하게 놔두지 않을 것 같았기 때문이다.

에드나의 생각도 같았는지 벡리가 천장화에 정신이 팔려 있는 사이 캔버스를 돌려 그림이 보이지 않게 벽에 세워놓았다.

"그렇구나."

마침내 노인이 한마디 내뱉고 혼자서 고개를 몇 번 끄덕였다. 그러곤 시세로 쪽으로 시선을 돌렸다.

"짐을 정리하는 대로 공방으로 들어오거라."

"……네?"

"한 번 더 말해야겠느냐?"

에드나가 새된 소리를 질렀다. 환호성이었다.

"아빠! 저, 정말이에요?"

"네 부탁 때문이 아니다. 어쨌든 저 녀석이 제법 그리는구나. 레오나드와는 다른 화풍이야. 함께 두면 서로 배우면서 실력을 쌓을 수 있겠지."

막 기분이 좋아지려던 찰나 그 이름을 듣자 시세로는 오히려 기분이 나빠졌다.

"제가 왜 거길 들어가서 그런 놈한테 배워야 한다는 겁니까?"

"시, 시세로."

에드나가 애원하듯 바라보았지만 시세로는 아무리 그녀의 부탁이라고 해도 레오나드의 도제가 될 생각은 추호도 없었다.

"그런 놈 밑에서 도제로 사느니 예전처럼 막일이나 하고 말죠."

"누가 네놈더러 레오나드의 도제가 되라고 했더냐?"

벡리가 맞받아치자 이번에는 시세로도 할 말을 잃었다. 레오나드의 도제가 되란 소리가 아니었다고?

"우선은 내 도제인 것으로 해두겠다. 하지만 보통의 어린 녀석들이 하는 그런 잡일은 하지 않아도 된다. 들어와서 시키는 대로 군말 없이 그림을 그린다면 3년 후에는 장인 자격을 주마."

시세로는 도저히 믿을 수 없어 에드나를 바라보았다. 그녀의 표정에도 평소와 다른 놀라움이 떠올라있었다.

"그게 정말입니까?"

"한 공방의 장으로서 거짓을 말하겠느냐? 대신 한 가지 조건이 더 있다."

"뭡니까?"

시세로가 얼른 물었다. 누가 가르쳐주지 않아도 이게 그의 화가 인생에 있어 두 번 다시 오지 않을 기회라는 걸 알았기 때문이다. 그러나 노인은 바로 대답하는 대신 딸에게 먼저 고개를 돌렸다.

"넌 나가 있어라."

"네? 하, 하지만……."

"두 번 말하게 하지 마라."

시세로도 그녀에게 재촉하는 눈빛을 보냈다. 조건이 뭔지 얼른 듣고 싶었던 것이다. 에드나는 약간 침울한 표정으로 성당을 나갔고 딸이 나간 걸 확인한 벡리가 말했다.

"조만간 내 딸과 레오나드를 결혼시킬 생각이다. 나중에 내 자리도 레오나드가 물려받을 테지. 이 부분에 있어 네놈이 아무 문제가 없어야만 내 공방에 들어올 수 있다."

시세로는 입을 벌렸지만 아무 말도 꺼낼 수 없었다. 쉽게 대답할 수 없을 만큼 노인이 형형한 눈빛으로 그를 지켜보고 있었다. 거짓말은 금세 탄로 날 것이다.

'뭘 고민하는 거야. 이건 도제 생활을 면하게 해주는 거나 다름없어. 어디에서도 들어본 적 없는 조건이야. 게다가 다른 데도 아니고 라잔 공방이잖아. 3년. 딱 3년만 지나면 나도 장인 자격을 얻을 수 있다고.'

그러면 그랑프리에 출전해서 그 재수 없는 레오나드의 콧대도 꺾을 수 있을 것이다. 자신에게 져서 굴욕감으로 일그러지는 얼굴을 보는 건 퍽 재미있을 터였다.

정말 그럴까? 에드나의 미소를 보는 것보다?

"그거 따님의 의견은 어디까지 반영되어 있는 겁니까?"

어리석은 질문이다. 그런 걸 생각했다면 벡리가 일부러 에드나를 밖으로 내보내지 않았을 테니.

벡리 역시 왜 그런 질문을 하는지 이해하지 못하는 얼굴이었다.

"네놈이 무슨 상관인지 모르겠다만 내 딸은 당연히 내 말을 듣는다. 벌써부터 후회가 되려는 참이니 생각할 시간 같은 건 달라고 하지 마라. 이대로 돌아서면 그걸로 내 제안은 끝이다."

벡리는 정말로 가려는 것처럼 지팡이를 짚었다. 노인이 그런 잔인한 행동을 하지만 않았어도, 하다 못해 반나절만 생각할 여유를 주었어도 시세로도 그렇게 쫓기듯이 대답하지 않았을 것이다.

"그 말에 따르겠습니다."

아버지의 손을 붙잡고 공방으로 돌아갔던 에드나는 해가 질 무렵 다시 돌아왔다. 시세로는 짐을 싸고 있었기에 그녀를 맞이할 시간이 없었다. 성당에서 지낸 지 얼마나 되었다고 짐이 많아도 너무 많았다. 어떻게 욱여넣어도 마음에 들지 않았다. 쌌던 것을 풀고 다시 싸기를 반복하는 건 오직 그 때문이었다.

"가려고?"

시세로는 돌아보지도 대답하지도 않았다.

"초상화만. 다, 당신 초상화만 완성하고 가. 응?"

그녀의 목소리에 울음이 섞인 걸 알았지만 그래도 돌아보지 않았다.

"아빠는 내가 공방에 오는 걸 싫어해. 다, 당신이 들어오면 오히려 만나지 못해."

"그게 더 나을지도 모르지."

"응?"

시세로는 아까부터 옆에 두고 있었지만 내내 외면하고 있던 걸 드디어 집어 들었다. 그의 얼굴이 스케치된 캔버스였다. 그녀의 스케치는 언제나처럼 완벽했다. 사실 때때로 그녀의 그림은 채색한 것보다 스케치가 더 나았다. 단 하나 마음에 들지 않는 건 그림 속 그가 짓고 있는 표정이었다. 자신이 이렇게 부드럽게 웃고 있을 리 없지 않은가.

"가져가."

"그려달라고 한 건…… 당신이잖아."

"이제 필요 없어. 난 그 약속 못 지킬 거야. 공방장은 되지 못할 거라고."

"어째서?"

시세로는 대답하는 대신 캔버스를 내밀었다. 물끄러미 바라보던 에드나가 그걸 강하게 쳐서 떨어뜨렸다. 깜짝 놀란 시세로는 얼른 그림을 주워 들고 상한 곳이 없나 살펴보았다.

"무슨 짓이야?"

"버려."

그녀는 조금도 더듬지 않고 분명하게 말했다.

"부숴버리든지 태워버리든지 당신 마음대로 해."

그대로 몸을 돌려 에드나는 성당을 나갔다. 혼자 남겨진 시세로는 캔버스를 든 채 그 자리에 한참 동안 꼼짝 않고 서있었다.

라잔 공방에 들어간 이후 3년 동안 시세로는 그의 인생을 통틀어 가장 많고 다양한 그림을 그렸다. 초상화 주문이 제일 많았고 벽이나 가구나 장식 그림을 그려 넣기도 했다. 장인 자격이 없음에도 금세 입소문이 났고 그의 그림을 찾는 사람들이 많아졌다.

도제 과정을 면해주는 거나 다름없는 파격적인 처사 때문에 공방에서 몇 번 불만의 목소리가 나오기는 했다. 오퍼스트 같은 경우 내심 언짢게 생각하다가 기회가 됐을 때 시세로를 한번 손봐주려 한 적도 있었다. 그러나 어릴 때부터 건축 현장에서 닳고 닳은 시세로에게 그런 괴롭힘은 우스운 수준이었다. 오히려 이때 호되게 당한 오퍼스트는 그 뒤로 결코 단둘이 있으려 하지 않았다.

에드나는 그녀가 말했던 대로 잘 볼 수 없었다. 가끔 공방에 올 때도 있었지만 벡리가 없을 때면 다른 장인들이 점잖게 그녀를 돌려보냈다. 어릴 때부터 봐온 사람들 모두 그녀를 아꼈지만, 오히려 그렇기 때문에 남자들만 우글거리는 장소에 오래 두지 않으려 했다. 그녀를 공방에서 발견하고도 눈감아 주는 건 레오나드와 시세로뿐이었다.

"네 녀석이 스승님한테 말해서 여기 좀 있게 해주지 그래."

어느 날 시세로는 레오나드의 방 문가에 기댄 채 퉁명스레 쏘아붙였다. 그 이상을 넘어가는 경우는 잘 없었지만, 최소한 첫인상만큼 서로가 최악이 아니라는 걸 알게 된 이후 대화 정도는 나누는 사이가 되었다.

레오나드는 캔버스에서 시선을 떼고 어리둥절한 표정을 지었다.

"뭘?"

"에드나 말이야. 네 약혼자!"

"에드나?"

레오나드는 잠깐 뭔가 떠올려보는 듯하더니 대수롭게 않게 말했다.

"지금도 마음대로 오가고 있지 않나?"

"마음대로? 네 눈에는 그렇게 보이냐?"

"스승님의 딸이잖아. 에드나는 이곳에서 뭐든 원하는 대로 할 수 있어."

이렇게 대꾸한 레오나드는 다시 캔버스에 집중했다. 그러고 나면 무슨 말을 해도 더 이상 소용없었다.

시세로는 태평하기 그지없는 그가 한심하기도 하고 부럽기도 했다. 이런 둔감한 형태의 인간들은 타인의 어려움에 대해서는 잘 알지 못하고 관심도 없다. 그저 자기 그림에만 몰두한 채 그림이 잘 그려지면 세상을 다 얻은 것처럼 굴다가 잘 그려지지 않으면 또 내일 당장 죽을 것처럼 굴지. 본인에게만 오롯이 집중할 수 있는 삶이란 얼마나 이상적이고 이기적인가.

"으응. 레오나드는 그래."

언젠가 우연히 마주친 에드나에게 이 부분을 이야기하자 이미 익숙한 듯 그녀가 대답했다.

"내가 처한 상황을 잘 이해하지 모, 못해. 오히려 배부른 소리라고 생각하지. 그림은 집에서도 마음대로 그릴 수 있는데 뭐가 문제냐는 식이야. 어, 어쩔 수 없지. 우린 서로 다르게 살아왔는걸."

"너 그래서 그때 나한테……."

"응?"

시세로는 눈을 동그랗게 뜨고 마주보는 그녀에게서 고개를 돌렸다.

"아니야."

"우, 우습네. 당신은 다르다는 것처럼."

"뭐?"

"다르지 않아, 당신도."

시세로는 속에서 뭔가 울컥 치밀어 오르는 걸 느꼈다. 유일하게 그녀를 화가로 바라보는 게, 그녀의 소망을 지지해 주는 게 누군데 그런 식으로 반응한단 말인가.

"아 그래. 남들과 똑같이 배려 없고 눈치 없는 내가 괜한 걱정을 했군."

하지만 그의 빈정거림은 예전처럼 그녀에게 힘을 발휘하지 못했다. 이어지는 에드나의 말에 오히려 시세로가 당황했다.

"공방에 들어오는 조건으로 아빠가 당신한테 무슨 이야기를 했는지 알아. 레오나드와의 야, 야, 약혼을 다시 생각해 보겠다고 했을 때 아빠가 말해줬어. 당신도 결국은 나와의 약속보다 당신 자신을 선택한 거잖아."

"그건……."

다르다고 말하고 싶었지만 그는 말을 잇지 못했다. 정말 다른가?

"장인 자격을 얻으면 내가……."

그까짓 종이 쪼가리 하나가 더해지면 뭐, 부끄럽지 않게 당당히 그녀에게 청혼이라도 할 생각이었을까? 그래서 그랬던 거라고?

아니라는 걸 그는 안다.

"그래, 네 말이 맞아. 나도 다르지 않아."

결국 그는 항복을 선언했다. 에드나는 시세로가 한 대답을 믿지 못하겠다는 듯 몇 번이고 눈을 깜빡였다. 처음 그렇게 말한 게 자신임에도 아니라고 말해주길 바랐는지도 모른다.

"그렇다고 네가 싸워야 할 상대가 나야? 아니잖아. 여기 와서 그림을 그리고 싶으면 내 방을 얼마든지 써도 좋으니까……."

"누, 누가 그런 걸 바란대?"

"내가 바라."

시세로는 그녀에게 성큼 다가가 손을 내밀었다. 하지만 그녀의 손을 잡지 못하고 다시 거두면서 말했다.

"난 너와 함께 그림을 그리고 싶어."

성당에서 나란히 캔버스를 놓고 그림을 그리던 시절은 그의 인생에 다시없을 평온이자 안락함이었다. 가끔은 장인 자격이라는 게 그걸 버릴 정도로 값어치가 있나 의문이 들기도 했다. 그러나 이미 벌어진 일을 두고 끝없이 후회하는 건 그의 성격에 맞지 않았다. 그가 할 수 있는 건 이곳에서도 그때처럼 함께 그림을 그릴 수 있도록 최대한 노력하는 것뿐이었다. 그게 그녀의 약혼을 망치는 일도, 그가 공방장이 되는 일도 아니니 노인과의 약속을 저버리는 일은 아니었다.

에드나는 꼼짝하지 않은 채 그를 바라보고 있었다.

"에드나!"

바깥에서 레오나드가 찾는 목소리가 들려왔다. 시세로는 둘이 함께 있는 모습을 레오나드가 보면 별로 좋아하지 않을 거라는 걸 알았지만 움직이지 않고 가만히 있었다.

541

"고마워, 시세로."

마침내 그녀가 조용히 대답했다.

"언제나 그 말을 잊지 않을 거야. 하지만 내가 어디선가 그림을 그린다면 그건 레오나드의 곁이겠지. 그렇더라도…… 알아줘. 내가 그림을 그릴 땐 언제나 당신 생각을 한다는 걸."

참아보려 했지만 시세로는 결국 그녀에게 다시 손을 뻗었다. 그러나 에드나는 이미 몸을 돌려 방을 나가고 있었다. 황급히 그 뒤를 따랐으나 그녀를 발견한 레오나드가 다가와 무슨 말인가 건넸다. 뒷모습만 보여서 에드나가 무슨 표정을 짓고 있는지는 알 수 없지만 레오나드가 걱정스럽다는 듯이 대하는 걸로 봐선 대충 짐작할 수 있었다.

"머저리 같은 놈."

시세로는 스스로를 향해 욕설을 내뱉었다. 자학하는 놈을 언제나 혐오했지만 그날만큼은 도저히 참을 수가 없었다.

시세로의 말 때문인지 몰라도 얼마 후 레오나드는 자신의 작업실 한쪽에 에드나를 위한 자리를 마련했다. 그 때문에 벡리와 드물게 말다툼을 하는 모습도 보였다. 에드나를 아끼는 시벨도 지지해줬기에 결국은 벡리가 졌고 에드나가 공방에 들어오게 되었다. 시세로는 딸의 의견보다 제자 둘의 의견을 더 중요하게 여기는 벡리의 행동이 우습기만 했다.

그렇게 그녀는 레오나드의 곁에서 그림을 그리기 시작했다.

시세로는 얼마 후 약속보다 빠르게 장인 자격을 받았다. 누구보다 반대할 거라 생각한 레오나드는 의외로 가장 먼저 축하한다고 말해주었다. 심지어 축하주 명목으로 둘이 함께 술을 마시기까지 했다. 헤어지기 전 레오나드가 술값을 지불하겠다고 말했을 때, 시세로는 그를 거의 친구라고 부를 뻔했다.

에드나는 레오나드와 함께 자신의 서명을 만들었다. 처음으로 자기 그림에 서명하는 그녀의 얼굴은 무척이나 행복해 보였고 곁에서 지켜보는 레오나드도 마찬가지였다. 처음에는 에드나가 단지 무료함을 달래기 위해 그림을 그리는 거라고 생각했던 그도 곁에서 그녀의 그림을 지켜보며 생각이 달라졌다. 레오나드는 그녀를 한 명의 화가로 존중했고 이때부터 시세로도 그가 조금씩 덜 미워졌다.

장인이 되자 시세로에게 처음으로 도제가 생겼다. 그 아이는 시골에서 전 재산을 가지고 올라왔다는데 간신히 공방에 들어오는 비용을 지불할 수 있을 정도였다. 실력은 아무리 봐도 부족했지만 그림을 그리고 싶어 하는 아이라면 누구든 받아달라고 했던 에드나의 말을 떠올리고 그를 도제로 받아들였다.

에드나의 그림과 레오나드의 그림이 서로 닮아가기 시작했다. 공방 사람들은 누가 누구의 그림을 닮아가는 것인지 두고 의견을 나누길 좋아했지만 시세로가 보기엔 의미 없는 짓이었다. 레오나드의 스케치는 어느새 에드나의 스케치가 가진 장점을 흡수했고 에드나가 물감을 다루는 방식은 어느새 레오나드의 방식을 닮아 한층 더 표현이 깊어졌다. 서로가 서로에게서 좋은 것을 배워가는 모습을 보며 시세로는 그들이 연인이라는 사실보다 더 깊은 질투를 느꼈다.

장인 자격을 받은 해 시세로는 그랑프리에 참가했다. 그러나 밀려드는 주문 속에서 자신의 그림을 따로 그려야 했기에 시간이 많이 부족했다. 어떻게든 완성해서 내긴 했지만 최하위 성적으로 간신히 입상했을 뿐이다. 반면 레오나드는 2등상을 받았고 당연히 그걸 가지고 시세로를 한참이나 놀렸다. 하지만 시세로는 의외로 별로 기분이 나쁘지 않았다. 일일이 화낼 수 없을 만큼 바쁘기도 했고 또…… 레오나드의 그림이 탁월하다는 건 그도 인정했기 때문이다. 다만 자신이 영원히 질 거라고는 생각하지 않았다. 끊임없이 노력하고 있었고 그런 만큼 성과가 보였다.

다음 해 그랑프리에서 시세로는 일정을 잘 조율하여 그림을 그렸고 3등을 했다. 레오나드는 또다시 2등이었다. 이번에도 그는 시세로를 놀리러 왔지만 왠지 전처럼 여유를 부리지는 못했다. 쫓기는 기분이겠지. 시세로는 다음번에 비웃어줄 사람은 분명히 자신일 거라고 생각했다.

1년 후 그는 그랑프리에서 2등을 했지만 레오나드는 최연소로 대상을 받았다. 이번에는 굳이 시세로를 놀리러 올 필요도 없었다. 상금을 가지고 곧장 에드나와 결혼식을 올렸으니까. 에드나는 아버지에게 결혼 선물로 장인 자격을 달라고 말했던 모양이지만 단번에 거절당했다. 이 부분에 있어서만큼은 레오나드도 어떻게 해줄 수 없었다. 대신 그는 달래듯 속삭였다. '나중에 내가 공방장이 되면.' 아직 오지 않은 미래의 것을 약속하는 일은 얼마나 쉬운가.

시세로는 그때까지 간직했던 에드나가 그려준 그의 초상화를 불태워 없앴다. 슬프기보다는 그로써 마침내 해방된 기분이었다.

"시세로. 있어?"

결혼식 이후 오랜만에 에드나가 작업실로 찾아왔다. 시세로는 캔버스에서 눈을 떼지 않고 대답했다.

"어. 왜."

에드나는 대답 없이 걸어와 시세로의 곁에 서서 그림을 구경했다. 붓이 의도와 다른 방향으로 나아가기 시작하자 결국 시세로는 붓을 내려놓고 그녀를 돌아보았다.

"뭐."

"어. 왜. 뭐."

그녀는 시세로의 말투를 따라하곤 살짝 웃었다.

"왜 그렇게 마, 말하는 거야? 예전처럼 대해줘."

그야 네가 이제 레오나르드의 부인이 되었기 때문이지. 그렇게 말하는 건 너무 치졸했다.

"마감이 얼마 안 남아서 예민해서 그런다."

"가, 가끔 안 믿겨. 당신 같은 화가도 긴장을 한다는 게."

"넌 언제나 날 높이 평가하더라."

"내가 제일 존경하는 화가인걸."

시세로는 그녀가 그런 식으로 말할 때마다 드는, 가슴이 내려앉는 느낌이 너무 싫었다.

"존경은 하지만 사랑은 할 수 없었던 모양이지?"

터무니없다는 걸 알면서도 그는 입 밖으로 나가는 말을 막지 못했다. 에드나는 예전처럼 얼굴을 붉히거나 어쩔 줄 몰라 하지 않았다. 오히려 더 이상 어린애 같지 않은 모습으로 부드럽게 대꾸했다.

"심술부리지 마, 시세로."

상대가 그렇게 나오니 그도 더는 뭐라 쏘아붙일 수가 없었다.

"용건이 뭔데."

"다, 당신 도움이 필요해. 내가 착각했길 바라지만…… 레오나드가 뭔가를 그리고 있는 것 같아. 그러면 안 되는 것을."

그녀의 말에 시세로가 가장 먼저 떠올린 건 신이라는 단어였다. 이 도시에서 금기된 주제는 그것뿐이니까. 설마 하는 눈으로 에드나를 보았지만 그녀는 진지하게 고개를 끄덕였다.

"내게도 보여주지 않아. 마, 말려도 어차피 내 말은 듣지 않을 거야. 하지만 당신이라면……."

"그러거나 말거나 나랑 무슨 상관이야."

"시세로."

"난 자살하겠다는 사람 굳이 말리지 않는 편이야."

시세로는 더 이상 할 말 없다는 의미로 캔버스로 시선을 돌렸지만 그때 에드나가 다가와 그의 팔을 가만히 붙잡았다. 그때부터 그의 온 신경은 팔에 닿은 그녀의 부드럽고 따뜻한 감촉에만 쏠려있었다.

"부, 부탁이야. 당신이 알아보고 내 말이 맞으면 레오나드를 말려줘."

그때 시세로의 머릿속에 하필 그녀의 결혼식 장면이 떠올랐다. 에드나는 레오나드의 팔을 붙잡고 있었고 주교는 그녀에게 그와 영원히 함께 하겠느냐고 물었다. 그녀는 대답할 때 조금도 더듬지 않았다. '네.'

"미안하지만 난 너무 바빠. 그런 일을 해야 할 건 내가 아니라 그

녀석의 부인 되는 사람이겠지."

이 말을 했을 때 에드나가 지어 보인 표정을 시세로는 죽을 때까지 잊을 수 없을 것이다.

그녀는 한동안 시세로를 바라보더니 곧 조용히 그의 팔을 놓고 작업실을 나갔다. 에드나가 돌아설 때부터 이미 미친 듯이 후회하고 있었지만 시세로는 후회를 밖으로 내보일 생각이 추호도 없었다.

"어쩌라는 거야? 도대체 나더러 어쩌라고."

그날은 더 이상 어떤 작업도 할 수 없었다.

시세로와 레오나드는 동갑이었고 둘 다 술을 좋아해서 공방에서 오랜 시간을 같이 지내는 동안 친구 비슷한 것이 되기는 했다. 하지만 친구 사이라고 해서 서로를 증오할 수 없는 건 아니다.

사랑하는 사람을 빼앗기고, 그랑프리에서도 연속으로 지고, 본인은 장난삼아 그러는 거겠지만 이에 대해 매번 놀림을 당하는 일이 지속되니 시세로는 결코 레오나드에게 좋은 감정만 가질 수는 없었다. 그림에 대한 그의 재능을 존중하지만 않았어도 친구라고 부르지도 않았을 거다.

하지만 어쨌든 그 친구 비슷한 것이 자살 충동을 느끼고 있다는데 들여다보지 않을 수는 없었다. 레오나드의 작업실을 기웃거리던 그는 하필 방의 주인에게 딱 걸리고 말았다.

"내 방엔 웬 일이냐? 그랑프리 때문에 벌써 견제하는 거야?"

레오나드가 놀리듯이 말하자 시세로는 자신의 행동을 열 번쯤 후회하면서 말했다.

"너 말고, 에드나의 그림이 궁금해서."

"아."

레오나드는 뭔가 생각하는 표정을 짓더니 왜인지 시선을 회피하며 말했다.

"이제 여기서 안 그려. 그림은 다 집으로 가져갔어."

"왜?"

"내가 혼자 집중할 필요가 있어서 부탁했어. 다음 작품 때문에 말이야."

"뭐 얼마나 대단한 걸 그릴 생각이라서?"

시세로의 말투에서 뭔가를 느꼈는지 레오나드가 문득 그를 경계하듯 바라보았다.

"네가 관심 가질 정도는 아니야. 너야말로 다음번 그랑프리 준비나 미리 하지 그래. 내년에도 나한테 망신당하기 싫으면."

그건 그들끼리 늘 주고받는, 아니 일방적으로 레오나드가 던지곤 하는 농담이었다. 평소에는 무시하고 지나갔지만 왜인지 이번만큼은 열이 뻗쳐서 시세로는 그를 밀쳐내고 작업실을 나왔다. 에드나의 말 때문에 잠시나마 진지하게 걱정했던 자신이 한심하게 느껴졌다.

"그래. 차라리 완성해서 나 좀 보여주라. 너 같이 오만한 녀석이 아니면 감히 누가 신을 그리겠냐."

그다음 일어날 일을 알았다면 결코 그런 말을 내뱉지 않았을 것이다.

사람마다 모욕에 대처하는 방식은 제각기 다르다. 시세로의 경우에는 그림으로 당한 모욕은 그림으로 갚아주자는 주의였다. 하지만 당연히 모든 사람이 시세로처럼 반응하는 것은 아니다. 게다가 레오나드가 비웃고 다닌 사람은 시세로 하나가 아니었다.

벡리는 이미 레오나드에게 여러 번 경고했었다. 거만하기 짝이 없는 그 성격을 고칠 수 없다면 적어도 겉으로 드러내지는 말라고. 아무리 사소해 보여도 한번 사람의 원한을 사면 나중에 어떤 부메랑이 되어 돌아올지 모른다고 말이다. 하지만 당시의 레오나드의 귀에는 어떤 말도 들어오지 않았다. 최연소로 그랑프리 대상을 받은 데다 그토록 원하던 사람과 결혼하고, 심지어 벌써부터 차기 공방장감으로 사람들 입에 오르내리고 있으니 무서울 게 뭐가 있었을까.

레오나드가 신을 그리기 시작했다는 소문이 공방에 돌기 시작했다. 겉으로는 다들 쉬쉬했지만 뒤에서는 둘 이상 모이면 누구나 그 이야기를 했다. 여론은 둘로 나뉘었다. 그가 미친 짓을 하고 있다는 쪽과 그 레오나드라면 신을 정말로 그려낼 수도 있다는 쪽이었다.

그들은 은밀히 시세로를 찾아와 그에 대한 의견을 나누고 싶어 했지만 시세로는 언제나 귀를 닫고 대꾸하지 않았다. 대신 자기 작업에만 깊이 몰두했다. 그 시기에 그는 스스로도 놀랄 정도로 그림에 집중했다. 그리고 또 그릴수록 무언가 손에 잡힐 듯했다. 세상에 어떤 진리라는 게 있다면 그건 모두 그림 안에 담겨있을 것 같았다. 하지만 레오나드처럼 그걸 신이라고 생각하지는 않았다. 신은 단 한 번도 그에게 매력적인 주제로 다가온 적이 없었다. 그래서 이따금 에드나의 걱정 어린 목소리가 떠오르긴 해도, 레오나드가 하는 일 자체에는 별 생각이 없었다.

주홍색 옷을 입은 교황청의 병사들이 들이닥치기 전까지는 말이다.

그날 공방의 모든 방이 뒤집히고 사람들은 억지로 떠밀려 마당에 쓰러졌다. 여기저기 캔버스가 부서지는 소리가 들리고 모두가 정신이 없는 가운데 레오나드의 그림이 발견되었다. 마침내 그것이 작업실 밖으로 나왔을 때 공방 사람들, 특히 늙은 벡리는 크나큰 충격을 받았다. 일평생 그림을 그려온 그조차 그런 그림은 어디에서도 본 적이 없었다. 그러나 보는 순간 어째서인지 서늘함이 느껴짐과 동시에 눈을 돌려야 할 것 같은, 오래 마주 보고 있기 어려운 그림이었다.

'훌륭하네.'

시세로는 레오나드의 그림을 흘끗 보며 생각했다. 병사들의 지시 아래 모두가 무릎을 꿇고 엎드려있었기에 마치 신을 앞에 두고 경배하는 사람들 같았다. 이제 그런 탁월한 그림을 그린 대가로 레오나드가 병사들의 손에 붙들려 개처럼 끌려나올 터였다.

느지막이 그에게 좀 더 분명히 경고를 해줬어야 했다는 후회가 들었다. 그가 친구여서라기보다는…… 이대로 사라지기엔 너무나 아까운 재능이 아닌가.

마침내 교황청 병사들이 누군가의 팔을 양쪽에서 붙들고 거칠게 끌어냈을 때, 시세로는 단단한 걸로 머리를 크게 얻어맞은 듯한 기분을 느꼈다.

'에드나?'

그림 앞에 강제로 무릎 꿇린 그녀는 부들부들 떨고 있었지만 그 그림을 그린 게 자신이라고 말하고 있었다.

'지금 무슨 소리를 하는 거야?'

시세로는 너무 어이가 없어서 그 모든 상황이 연극인 것처럼 느껴졌다. 누가 장난을 하고 있는 게 분명했다. 그런 말을 믿을 사람이 누가 있단 말인가? 그러나 에드나는 엉엉 울면서도 그림 한쪽에 있는 자신의 서명을 가리켰다. 그걸 본 시세로는 온몸이 얼어붙는 것 같았다. 그녀가 만든 그녀의 서명. 무척 자랑스러워하던 그것이 왜 거기에 박혀있단 말인가.

레오나드가 미친 듯이 울부짖으며 반항하다가 병사의 창끝에 얼굴을 맞고 피를 쏟으며 쓰러졌다. 노화백은 말하는 법을 잊어버린 사람 같았다. 공방의 모든 사람들이 그랬다.

"그러지 마, 에드나."

병사 중 하나가 무릎 꿇으라고 외쳤지만 시세로는 자신도 모르게 자리에서 일어섰다.

"뭐가 됐든 그거, 하지 마."

그녀가 시세로 쪽으로 고개를 돌렸다. 눈물 때문에 엉망이 된 그녀의 얼굴에 간신히 미소 비슷한 것이 나타났다. 어떻게 지금 이 상황에서 웃을 수 있어? 그는 묻고 싶었지만 입을 열지 못했다. 그와 그녀 사이에 누군가의 주먹이 끼어들었고 시세로는 더 이상 아무것도 기억하지 못했다.

시세로가 아는 한 그녀는 언제나 겁쟁이였다. 그것도 필요 이상으로 겁이 많았다.

'그런데 왜 그랬어?'

이단으로 낙인찍히면 어떤 결말을 맞이하는지 모르지 않을 터였다. 그런데도 그녀가 레오나드를 대신해 죄를 뒤집어쓰고 끌려갔다는 사실을 도저히 받아들이기 어려웠다. 시세로가 아는 그녀는 결코 그런 일을 할 수 있는 사람이 아니었다. 그 정도로 레오나드를 사랑했다고도 믿을 수 없었다.

'왜 그랬어? 왜? 왜, 왜, 왜, 왜?'

그녀가 끌려간 날부터 레오나드는 아무것도 먹지 않고 교황청 앞에 엎드려있었고 벡리는 뒤에서 따로 교황과 접촉하기 위해 갖은 애를 썼다. 여러 번 교황청의 의뢰를 받아 작업을 했기에 교황과 어느 정도 친분이 있었던 것이다. 그러나 이단과 관련된 일은 이단 심판관의 고유 권한이라 교황이 해줄 수 있는 일이 별로 없었다. 그녀의 행동을 독단적인 것으로 간주하고 라잔 공방의 나머지는 최대한 관련이 되지 않도록 해주겠다는 게 전부였다.

이단 심판관의 재판 아래 하루 만에 즉각적으로 에드나의 화형이 결정되었다. 벡리는 그가 가진 재산 중 많은 부분을 헌금으로 냈지만 그렇게 해서 얻어낸 건 에드나가 고통 없이 갈 수 있도록 독약을 몰래 쥐여주는 것뿐이었다. 에드나는 화형식 전날 독약을 먹고 스스로 목숨을 끊었다.

'어떻게 그럴 수 있어?'

시세로는 겁쟁이였던 그녀가 가끔 한심하다고 생각했지만 이렇게 될 거였다면 차라리 영원히 겁쟁이로 남아있는 게 좋았을 것이다. 자신은 꿈도 꿀 수 없는 그런 용기가 대체 어디에서 나왔을까?

정신을 차렸을 때 그는 가넬 신부의 성당 앞에 서있었다. 그녀와 이곳에서 함께했던 기억이 꿈처럼 떠올랐다 사라졌다. 안으로 들어간 그는 예전처럼 성가대석 의자에 누워 자신의 천장화를 올려다보았다. 몇 년이 지나 다시 보니 이제는 알 것 같았다. 그때 왜 이 그림이 부족하게 느껴졌는지.

'내가 그들을 대상으로서 바라보고 있군. 저 안에서 무슨 일이 벌어지든 나와는 별로 상관이 없었던 거야.'

이제는 상관이 있다는 걸 안다.

그는 근처에서 대충 아무 물감과 붓을 사와 신부에게 양해도 구하지 않고 그림 일부를 다시 그리기 시작했다.

언젠가 에드나는 성녀의 얼굴이 시세로를 닮았다고 말했었다. 그걸 말끔히 지워내고 거기에 그려져야 마땅할 얼굴, 지금 그가 그리고 싶은 유일한 대상을 그려 넣었다. 울면서도 간신히 웃어 보이던 그녀의 마지막 모습이었다.

이곳에 이렇게 그녀가 있으면 찾아올 때마다 그녀를 만날 수 있다. 이 성당이 남아있는 한 언제까지고 그녀는 존재할 수 있다. 사람들은 저 밑에서 그녀를 위한 경건한 찬송을 부르고 신부는 듣기 좋은 기도문을 읊어줄 것이다. 그녀는 그런 대접을 받아야 마땅했다.

그림은 스스로 놀랄 정도로 금세 완성되었다. 어느 때보다도 완벽했지만, 완벽하지 않더라도 별로 상관하지 않았을 거다.

작업을 마친 그는 사다리차에서 내려와 에드나가 그의 초상화를 그려주던 단란했던 자리를 잠시 바라보았다.

'그 초상화를 태워버리지 말았어야 했어.'

그녀가 그린 모든 그림은 교황청에서 수거해 폐기해 버렸다. 그녀의 그림과 구분하기 어려운 레오나드의 것까지 전부. 이제 남은 것이 없었다. 그 상실감은 그녀를 잃은 것만큼이나 컸다.

"이곳에서 너를 떠나지 말았어야 했어……."

딸이 죽은 뒤 벡리는 칩거하는가 싶더니 한 달 정도 지나 다시 공방에 나오기 시작했고 나중에는 아무렇지 않게 교황청의 그림까지 주문받았다. 레오나드는 늘 넋이 나간 채로 공방 어딘가에 널브러져 있었다. 벡리는 그런 레오나드를 쫓아내려 하지도 않았다.

언젠가 걸어가다 마주친 벡리에게 시세로는 참지 못하고 불쑥 내뱉었다.

"당신에게 딸이란 게 존재하긴 했습니까? 분노할 줄도 모르는 망할 늙은이야."

시세로는 자신이 당장 쫓겨날 거라고 생각했지만 노인은 잠깐 고개를 들더니 아무 말 없이 가던 길을 걸어갈 뿐이었다. 시세로도 두 번 다시 같은 행동을 하지 않았다.

그의 세상은 이제 색채를 잃었고 그림을 그리면서도 자기가 뭘 그리는지 모를 때가 많았다. 그럼에도 불구하고 시세로의 그림은 인기가 나날이 높아졌고 왕립 아카데미에서 초청장을 보내오기도 했다. 하지만 시세로는 모든 초대를 거절했고 그랑프리에도 더 이상 참가하지 않았다.

"그러니까, 공방이란 게 이런 곳이었군요?"

그에게는 평생 잊을 수 없도록 각인될 그 목소리.

그해 여름은 유독 더웠고 열기가 쌓인 작업실엔 누구도 들어가 일을 할 수가 없었다. 온몸에 물을 뿌리고 마당에 늘어져 있던 시세로는 입구 쪽에서 들려온 이 목소리에 눈을 떴다. 그가 제일 싫어하는 종류의 말투였다. 마치 자신이 방문한 걸 영광으로 여기라는 듯하고 있지 않은가.

고개를 들어 보니 이제 겨우 어린애 티를 벗어나기 시작한 한 소년이 멀뚱히 서서 그를 보고 있었다.

"뭐야, 넌 또."

"시험을 보고 싶어서요. 도제가 되려면 여기서 시험을 봐야 한다던데, 맞죠?"

"너 여기가 어딘지는 알고 온 거냐?"

"라잔 공방 아닌가요? 이 도시에서 여기가 최고라고 하던데요. 전 최고가 아니라면 시험 볼 생각 없어요."

예전 같으면 화가 났을 법도 한데 소년의 당돌함에 시세로는 오히려 웃음이 터졌다.

"그런 거라면 잘 찾아왔다. 캔버스든 물감이든 널려 있는 대로 쓰고 어디 마음껏 그려보려무나."

소년은 자기 집처럼 거리낌 없이 돌아다니며 곧 필요한 재료를 모아왔다. 소년이 택한 붓은 도제들이나 쓰는 질이 별로 좋지 않은 것이었다. 물감도 고작 서너 개만 골라왔다. 그거면 충분하다는 듯이.

시세로는 더 볼 필요도 없겠다고 생각하고 다시 마당에 드러누웠다. 그늘 아래 있는데도 열기가 너무 뜨거웠다. 머리가 익어버릴 것만 같던 날. 결코 잊을 수 없는 그날을 떠올리면 항상 그 열기가 가장 먼저 떠올랐다. 이후로 벌어진 모든 일은 꼭 신기루 같았기에.

그날 시세로는 처음으로 누군가를 천재라고 불렀다. 이전에도 없었고 이후로도 없었다. 소년이 그려낸 건 단지 바라보는 것만으로도 그것을 그린 사람을 열렬히 사랑할 수 있을 것 같은 그림이었다.

그의 등장은 여러모로 공방에 활기를 불어넣었다. 에드나의 일이 있고 나서 죽은 듯이 고요했던 공방이 조금씩 떠들썩해졌다. 다들 소년의 그림을 볼 때마다 감탄해 마지않았고 다른 장인들도 스스로를 채찍질했다.

시세로도 오래간만에 그림을 그리고 싶은 욕구가 치솟는 걸 느꼈다. 그의 세상이 조금씩 색채를 되찾았다. 소년의 존재는 그에게 구원과 같았다. 다만 한 가지 걱정되는 건 소년이 너무 뛰어났으며 스스로 그 사실을 잘 알고 있다는 점이었다. 심지어 가끔은 시세로의 그림에도 한두 가지 지적을 하곤 했다. 그런 행동이 어딘가 자꾸만 레오나드의 예전 모습을 떠올리게 했다.

'안 돼. 너만은 그렇게 되어선 안 돼.'

소년은 겸손을 배울 필요가 있었다. 자신이 이미 완성되어 있다는 사실을 모를 필요가 있었다.

그렇게 해서 그가 소년에게 한 짓이 결국은 레오나드가 에드나에게 한 짓과 뭐가 다를까.

그가 너무나 아끼고 경애하던 소년이 스스로의 손을 엉망으로 만들고 공방을 나갔을 때, 시세로는 처음으로 그림을 그만두고 싶다고 생각했다. 그래서 그것을 허락받기 위해 누군가를 찾아갔다. 그에게 그런 걸 허락해 줄 수 있는 사람은 하나뿐이니까.

"아, 당신이군요. 드디어."

등 뒤에서 감탄사와 함께 신께 감사드린다는 중얼거림이 들려왔다. 고개를 돌려 누군지 확인한 시세로는 성당의 교구 신부임을 알아보았다. 오래 전이라 이름은 잊어버렸지만 서글서글한 눈매는 그대로였다. 예전보다 주름이 많이 생기긴 했지만 말이다.

"오랜만입니다, 신부님. 그새 많이 늙으셨네요."

시세로가 킬킬거렸지만 신부의 표정은 변함없이 인자했다.

"날 용서하십시오, 형제여. 내가 당신의 이름을 잊어버렸답니다."

"뭐, 그때는 기억할 만한 이름도 아니었으니까요."

"그런 말 마십시오. 이곳을 찾는 이들 중 많은 수가 저 천장화를 그린 게 대체 누구냐고 내게 여러 번 물었답니다. 그때마다 대답해 줄 수 없어 어찌나 안타깝던지요. 신께 당신을 이곳으로 인도해 달라고 늘 기도드렸지요. 오늘 드디어 그 응답을 받는군요."

시세로는 그동안에도 종종 성당을 찾았지만 늘 사람이 없는 새벽 시간에 왔기에 신부와 마주친 건 그때가 처음이었다.

"모르면 모르는 채로 그냥 두십쇼. 이제 와서 알려져 봤자 뭐하겠습니까."

신부는 안타까운 표정을 지었지만 두 번 묻지는 않았다.

"참, 당신에게 전해줄 것이 있었답니다."

"나한테 줄 거라고요?"

"여기서 잠깐 기다리세요."

신부는 서둘러 예배당을 나갔고 기다리는 동안 시세로는 그때 다 받지 못한 그림값이라도 주려는 건가 생각했다. 그때 신부는 매주 착실히 대금을 치렀지만 돈을 다 지불하기 전에 시세로가 라잔 공방으로 들어갔고, 그 후로는 정신없이 바빠 잊고 있었던 것이다.

'그래봐야 얼마 안 되는 돈일 텐데.'

시세로는 문득 성당을 둘러보고 예전보다 더 초라해진 것 같다고 생각했다. 도시 외곽에 있는 작은 교구다 보니 지원을 많이 받지 못하는 것인지도 몰랐다. 왕세자비가 이따금 찾아올 정도로 신부의 인품이 널리 알려져 있었으나, 그만큼 아낌없이 베푸는 게 문제였다.

잠시 후 돌아온 신부의 손에는 뜻밖에도 작은 캔버스가 들려있었다. 한눈에 보기에도 오래되었고 뒤쪽에 곰팡이까지 피어있었다. 신부는 죄스러운 표정으로 그걸 내밀었다.

"정말 미안합니다. 잘 보관한다고 한 것이…… 몇 년 전 긴 장마가 이어졌을 때 성찬식에 쓸 물건들뿐 아니라 이 그림에도 곰팡이가 피고 말았지요. 열심히 닦고 말려보았지만 이게 최선이었답니다."

"그거야 뭐 상관없지만 웬 캔버스랍니까? 제가 예전에 작업하다 놓고 갔나요?"

"아닙니다. 이건 예전에 어떤 여성분께서 당신이 오면 전해달라고 부탁했던 물건입니다."

단지 여성이라는 단어를 들었을 뿐인데 시세로의 가슴이 한순간 격렬하게 날뛰었다. 얼떨결에 받기는 했지만 차마 돌려서 그림을 보지 못하고 그대로 넋이 나가 서있었다. 신부는 왜인지 모두 이해한다는 듯 따스한 얼굴로 그의 어깨를 두드려주곤 자리를 비켜주었다.

　혼자 남겨진 뒤로도 시세로가 그 그림을 확인하기까지는 꽤나 오랜 시간이 걸렸다.

　'말도 안 돼. 어떻게?'

　그는 천장을 한 번 올려다보고 간신히 그림을 볼 용기를 냈다.

　마침내 캔버스를 돌려보는 순간 할 말을 잊었다. 거기엔 그의 얼굴이 그려져 있었다. 비록 색이 바래고 한쪽 구석엔 물감이 번져 있었지만 그가 너무나 잘 알고 있는 화풍이었다. 아직 레오나드와 같이 그림을 그리기 전이라, 그녀만의 특징이 고스란히 남아있는, 에드나의 그림. 언젠가 그려주겠다고 약속했던 그의 초상화였다.

　"어째서…… 직접 전해주지 않은 거야. 이걸 줬으면, 그때 이걸 나한테 줬더라면……."

　달랐을까. 모든 게 과연 지금과 달라졌을까.

　그림은 단순히 눈에 보이는 형상이 전부가 아니다. 거기에는 그림을 그린 자의 시간이, 그가 쏟은 노력과 영감이 들어있다. 혼이라고 부를 수밖에 없는 어떤 것들이 여전히 그 안에 남아 그림을 지켜보는 자에게 들리지 않는 음성을 전한다.

　알아줘. 내가 그림을 그릴 땐 언제나 당신 생각을 한다는 걸.

　이렇게 가슴이 미어질 만큼 그녀가 보고 싶었던 적이 또 있었을까.

시간이 흐르고 아침이 되자 성당으로 사람들이 하나둘 들어서기 시작했지만 그는 그 자리에서 움직일 줄도, 흐르는 눈물을 닦아낼 줄도 몰랐다. 천장을 올려다보는 자세 그대로 한 이름만 계속 중얼거리고 있었다. 에드나. 그에게 있어 그 어떤 성지보다 찬란하게 빛나는 이름.

만약 그곳에 다다르는 일이 고통이라면 그는 기꺼이 그 고통을 감내할 것이다. 오히려 행복하게 흠뻑 맞이할 것이다. 어쩌면 예술을 한다는 것은 그렇게 한 사람에 대한 사랑과 기억을 끊임없이 재생산하는 일인지도 모른다. 분명한 건 그녀를 영원히 기억하기 위해서는 끊임없이 그려야 한다는 것뿐.

그는 캔버스를 소중히 품에 안고 괜찮으냐고 물어보는 사람들 틈을 헤치고 걸어갔다. 그에게는 지금 물감이, 붓이 필요했다. 캔버스든 낡은 종잇조각이든 무엇이라도 그릴 화폭이 필요했다. 지금 붓을 잡으면 틀림없이 그가 스스로 역작이라고 부를 수 있는 무언가가 나타나리라.

그것이 부디 그녀의 얼굴이길, 시세로는 간절히 바랐다.